ULLSTEIN

W0001557

Das Buch

Eine fünf Millionen Jahre alte Statue aus makellosem Diamant – nicht nur der Wert dieses Objekts ist eine Sensation, sondern auch ihr Fundort: eine weit verzweigte Höhlenlandschaft mehrere Kilometer unter dem Eis der Antarktis. Ein Team von Spezialisten aus der ganzen Welt wird mit dem geheimen Forschungsprojekt beauftragt. Für die toughe Archäologin und Anthropologin Ashley Carter, Leiterin der Expedition, lauten die entscheidenden Fragen: Woher stammt die Figur? Liegen hier – und nicht in Afrika – die Wurzeln der menschlichen Zivilisation?

Doch scheinbar geht es ihren Auftraggebern nicht nur um wissenschaftliche Erkenntnisse. Und was Ashley und ihr Vertrauter, der australische Höhlenexperte Ben, auch nicht wissen: Ihr Team ist nicht das erste, das in diese faszinierende Welt vordringt. Die Forscher, auf deren Spuren sie sich bewegen, kehrten nie zurück ...

Der Autor

James Rollins wurde 1968 in Chicago geboren. Er ist promovierter Veterinärmediziner und hat eine Tierarztpraxis in Sacramento, Kalifornien. Dort geht er auch seinen beiden nach dem Schreiben wichtigsten Leidenschaften nach: Höhlenforschung und Tauchen.

James Rollins

Sub Terra

Roman

Aus dem Amerikanischen
von Rudolf Krahm

Ullstein

Ullstein Taschenbuchverlag
Der Ullstein Taschenbuchverlag ist ein Unternehmen
der Econ Ullstein List Verlag GmbH & Co. KG, München
Deutsche Erstausgabe
1. Auflage 2002

Titel der amerikanischen Originalausgabe: Subterranean
(Baror International, Inc., Armonk, New York)
Übersetzung: Rudolf Krahm
Redaktion: Verlagsbüro Oliver Neumann
Umschlagkonzept: Lohmüller Werbeagentur, Berlin
Umschlaggestaltung: Bezaubernde GINI – Art of Creation
Titelabbildung: Corbis
Gesetzt aus der: Sabon
Satz: Buch-Werkstatt GmbH, Bad Aibling
Druck und Bindearbeiten: Clausen + Bosse, Leck
Printed in Germany

ISBN 3-548-25292-3

Für John Clemens

Es sind einfach zu viele Menschen, denen ich für die Entstehung dieser Geschichte danken müsste. Dank an Pesha Rubinstein, meine literarische Agentin, die in der Rohfassung des Manuskriptes etwas glitzern sah; an Lyssa Keusch, meine Lektorin, die meine Geschichte mit Akribie in die vorliegende Form brachte; an meine Autorengruppe, die die Geschichte mit viel Mühe zerpflückte und sie dadurch besser machte (Chris Crowe, Dennis Grayson, Dave Meek, Jeffrey Moss, Jane O'Riva, Stephen and Judy Prey, Caroline Williams). Besonderer Dank an Carolyn McCray für ihre Unterstützung, Kritik, Liebe und Freundschaft.

Und zuletzt an die beiden Menschen, denen ich alles verdanke: meine Eltern!

Großer Gott! Dies ist ein schrecklicher Ort.

Kaum leserlicher Eintrag im Tagebuch des gescheiterten Südpolfahrers Robert F. Scott

Prolog

Mount Erebus, Antarktis

So weit das Auge reichte, bedeckte blau schimmerndes Eis den Kontinent. Peitschende Stürme hatten Gestein, Sand und Geröll über die gefrorene Landschaft gefegt und ihr den Glanz von satiniertem Glas gegeben. Es gab kein Leben auf der Oberfläche, bis auf die schmutzigen Flecken gelber Flechten, die weit älter waren als die Besatzung der McMurdo Base.

Drei Kilometer unter dem Mount Erebus, unter Gletschereis, Dauerfrost und Granit, wischte sich Private Peter Wombley den Schweiß von den Augen. Er träumte von dem Kühlschrank in der Schlafbaracke und dem Kasten Coors darin. »Was für ein Wahnsinn. Oben tobt ein verdammter Blizzard, und hier unten ist es heißer als im Hintern eines Pavians.«

»Wenn Sie endlich aufhören würden, darüber nachzudenken, wäre es halb so schlimm«, erwiderte Lieutenant Brian Flattery. Er löste die Blendlaterne vom Transportmotorrad. »Gehen wir. Vor dem Ende der Schicht müssen noch drei Relais geeicht werden.«

Wombley schnappte sich seine Laterne, schaltete sie an und folgte ihm. Wie eine Klinge schnitt das Licht durch die Dunkelheit.

»He, passen Sie auf, wohin Sie treten«, sagte Flattery und richtete den Lichtstrahl der Laterne auf eine Spalte im Höhlenboden.

Wombley huschte mit einem misstrauischen Blick an der

schwarzen Spalte vorbei. Seit seinem Eintreffen vor drei Monaten hatte er vor dem verwirrenden Höhlensystem einen gehörigen Respekt bekommen. Er beugte sich über den Rand und leuchtete in die Spalte. Sie schien geradewegs zum Mittelpunkt der Erde zu führen. Fröstelnd überlegte er, ob es ein Tor zur Hölle gab. »Warten Sie!«

»Ich mache mich jetzt auf den Weg zur Relaisstation«, sagte Flattery und zog den Transportschlitten am Tunneleingang in Position. »Sie können fünf Minuten Pause machen, bis ich zurückkomme.«

Wombley seufzte heimlich vor Erleichterung. Er hasste die »Wurmlöcher«. Diesen Spitznamen hatte die Truppe den gewundenen Höhlengängen verpasst, die einen so kleinen Durchmesser hatten, dass ein Mensch gerade eben hindurchpasste. Nur mit dem Motorschlitten konnte man sich durch die Wurmlöcher von Höhle zu Höhle bewegen.

Wie beim Rodeln legte sich Flattery bäuchlings auf den Motorschlitten, mit dem Kopf in Richtung Tunnelöffnung. Er gab Gas, und das Dröhnen des Motors hallte mit doppelter bis dreifacher Dezibelzahl von den Wänden wider. Flattery hob den Daumen und ließ die Kupplung kommen. Der Schlitten schoss in den schmalen Tunnel.

Wombley war in die Hocke gegangen, um Flattery hinterherzuschauen. Die Lichter verblassten, als der Schlitten in der Ferne um eine Kurve röhrte. Nach wenigen Augenblicken verklang sogar der Lärm. Wombley war allein in der Höhle.

Im Licht seiner Laterne schaute er nach der Uhrzeit. Flattery würde in etwa fünf Minuten zurück sein. Er grinste. Wenn Flattery allerdings das Funkrelais auseinander bauen und Teile ersetzen musste, dauerte es vielleicht auch zwanzig Minuten. Das sollte mehr als genug Zeit sein.

Er zog einen schmalen Joint aus der Brusttasche. Dann schwenkte er die Laterne im Kreis, um die Umgebung auszuleuchten. Schließlich lehnte er sich an die Höhlenwand, fischte ein Streichholz aus der Tasche und zündete es an. Er nahm einen tiefen Zug. Ah! Er legte den Kopf zurück an die Wand und inhalierte den Rauch genüsslich.

Plötzlich hallte ein schabendes Geräusch durch die Höhle.

»Scheiße!« Wombley verschluckte sich am Rauch und griff zur Laterne. Er ging in die Mitte des Raumes und schwenkte die Lampe vor und zurück. Niemand. Nur eine leere Höhle. Er lauschte angestrengt, hörte jedoch nichts mehr. Die Schatten tanzten im Lampenlicht unermüdlich auf und ab.

Ganz plötzlich kam es ihm noch viel kälter und viel dunkler vor.

Er schaute auf die Uhr. Vier Minuten waren um. Flattery musste auf dem Rückweg sein. Wombley trat den Joint aus und wartete. Er würde vergeblich warten.

Brian Flattery schloss die seitliche Abdeckung des Funkrelais. Die Einheit war vollkommen in Ordnung. Zwei weitere Relais mussten noch überprüft werden. Zwar hätten seine Support-Mitarbeiter die Testroutinen durchführen können, doch die Relais waren seine Babys. Die kleine atmosphärische Störung empfand er als persönlichen Angriff auf seine fachliche Kompetenz. Ein wenig Feinjustierung, und alles wäre perfekt.

Er ging zum Schlitten hinüber, der im Leerlauf war, schlüpfte in Position und legte den Gang ein. Bevor er in den Tunnel hineinfuhr, duckte er sich. Als ob man von einer Schlange verschluckt würde, dachte Flattery. Die glatten Wände huschten an seinem Kopf vorbei, der Scheinwerfer zeigte ihm den Weg. Nach einer Minute glitt der Schlitten aus dem Tunnel in die Höhle, in der er Wombley zurückgelassen hatte.

Flattery stellte den Motor ab und blickte sich um. Die Höhle war leer, doch bemerkte er einen vertrauten Geruch. Marihuana. »Verflucht!«, schnaubte er. Er hievte sich vom Schlitten und brüllte: »Private Wombley! Bewegen Sie Ihren Arsch hierher, aber ein bisschen plötzlich!«

Das Echo seiner Worte hallte von den Wänden wider. Wombley antwortete nicht. Mit seiner Laterne suchte Flattery die Höhle ab, fand jedoch nichts. Die beiden Motorräder, mit denen sie hergekommen waren, standen noch am selben Platz an der gegenüberliegenden Wand. Wo war der Scheißkerl?

Er ging auf die Motorräder zu. Mit seinem linken Stiefel rutschte er auf einer nassen Stelle aus; er ruderte wild mit den Armen, um sich an der Wand festzuhalten – und griff daneben. Mit einem heiseren Schrei knallte er heftig auf sein Hinterteil. Die Blendlaterne schlitterte über den Boden und blieb schließlich mit auf ihn gerichtetem Strahl liegen. Warme Feuchtigkeit drang durch seine Khakihose. Er knirschte mit den Zähnen und fluchte.

Wieder auf den Beinen, wischte sich Flattery über den Hosenboden und schnitt eine Fratze. Ein gewisser Private würde in Kürze Flatterys Stiefel einen Meter tief in den Arsch bekommen. Als Flattery das Hemd in die Hose steckte, sah er, was da von seinen Händen tropfte. Er rang nach Luft und machte einen Satz rückwärts, als ob er vor den eigenen Händen fliehen könnte.

Warmes Blut bedeckte seine Handflächen.

Erstes Buch

Teamwork

1

Chaco Canyon, New Mexico

Verfluchte Klapperschlangen.

Ashley Carter trat den Lehm von den Stiefeln, bevor sie in ihren rostigen Chevy Pickup stieg. Sie warf den staubigen Cowboyhut auf den Beifahrersitz und wischte sich mit dem Taschentuch über die Stirn. Über den Steuerknüppel gebeugt, klappte sie das Handschuhfach auf und holte das Erste-Hilfe-Set für Schlangenbisse heraus.

Mit einem Knöchel schaltete sie das Funkgerät ein. Statisches Rauschen kam aus dem tragbaren Empfänger. Summend pellte sie die Spritze aus der Verpackung und zog die übliche Menge Gegengift auf. Mittlerweile konnte sie es schon nach Augenmaß dosieren. Sie schüttelte die Flasche. Fast leer. Es wurde Zeit, dass sie sich in Albuquerque Nachschub besorgte.

Nachdem sie mit einem Alkoholtupfer die Haut desinfiziert hatte, stach sie sich die Nadel in den Arm. Sie zuckte zusammen, als sie sich die bernsteinfarbene Flüssigkeit injizierte. Dann löste sie die Aderpresse ein wenig, strich Jod auf die beiden Male an ihrem Unterarm und legte sich einen Verband an.

Nachdem sie die Aderpresse etwas fester gezogen hatte, blickte sie auf die Uhr am Armaturenbrett. In zehn Minuten würde sie die Presse wieder lockern.

Sie nahm das Mikrofon des Funkgeräts und drückte den Knopf an der Seite. »Randy, bitte kommen. Over.« Sie hörte atmosphärische Störungen, als sie den Knopf losließ.

»Randy, nimm bitte ab. Over.« Ihr Nachbar Randy war wegen einer Rückenverletzung, die er sich in der Mine zugezogen hatte, noch arbeitsunfähig. In den vergangenen zehn Wochen hatte er sich schwarz ein paar Extra-Dollar verdient und sich tagsüber um ihren Sohn Jason gekümmert.

Sie ließ den Motor an und setzte in die tiefen Furchen des Wegs zurück. Das Funkgerät stieß plötzlich verstümmelte Worte aus, dann hörte sie: »... ab. Ashley, was ist los? Wir haben schon vor einer Stunde mit deiner Rückkehr gerechnet.«

Sie nahm das Mikrofon an den Mund. »Tut mir Leid, Randy. Ich habe eine neue Kammer in der Anasazi-Ausgrabungstätte gefunden. Unter einem Bergrutsch verschüttet. Die musste ich untersuchen, solange das Licht noch ausreichte. Nur hatte eine Diamantklapperschlange andere Pläne. Jetzt will ich noch bei Doc Marshall reinschauen. In etwa einer Stunde bin ich daheim. Könntest du schon mal die Lasagne in den Ofen schieben? Over.« Sie hängte das Mikrofon wieder an das Funkgerät.

Rauschen. »Ein Biss! Schon wieder! Das ist das vierte Mal seit Weihnachten. Du forderst dein Glück heraus, Ash. Diese Alleingänge kosten dich eines Tages das Leben. Aber hör zu, sobald dich Doc Marshall untersucht hat, komm schnell nach Hause. Hier warten ein paar Typen von den Marines auf dich.«

Sie runzelte die Stirn. Was hatte sie angestellt? Sie stöhnte und nahm wieder das Mikrofon zur Hand. »Was ist los? Over.«

»Keine Ahnung. Sie stellen sich dumm.« Mit leiser Stimme fügte er hinzu: »Und das beherrschen sie verdammt gut. Richtige GI-Jungs. Du wirst sie nicht ausstehen können.«

»Die haben mir gerade noch gefehlt. Wie kommt Jason damit klar? Over.«

»Dem geht es gut. Genießt es förmlich. Quatscht gerade irgendeinem Corporal das Ohr ab. Ich glaube, er hätte dem Trottel beinahe die Kanone abgeschwatzt.«

Ashley klatschte mit der flachen Hand aufs Lenkrad. »Was bringen diese Scheißkerle Waffen in mein Haus? Verdammt, ich bin gleich bei euch. Halt die Stellung. Over.«

Sie trug niemals eine Waffe. Noch nicht einmal in den Badlands von New Mexico. Verdammt wollte sie sein, wenn sie einer Bande zu groß geratener Halbstarker erlaubte, Waffen in ihr Haus zu schleppen. Sie knallte den Gang rein, und die Räder griffen im losen Felsgestein.

Ashley sprang vom Pickup, den Arm in einer blauen Schlinge. Sie durchquerte ihren Kaktusgarten und eilte auf eine Gruppe uniformierter Männer zu, die sich auf der Veranda unter der kleinen grünen Markise zusammendrängten, die den einzigen Schatten im Umkreis von einhundert Metern bot.

Während sie die Holzstufen hinaufstampfte, wichen die vorderen Männer zurück. Bis auf einen, der mit Lametta auf jeder Schulter protzte und sich nicht von der Stelle rührte.

Sie schritt genau auf ihn zu. »Was glauben Sie eigentlich, wer Sie sind? Platzen hier mit einem Arsenal herein, mit dem man ohne weiteres ein vietnamesisches Dorf in die Luft jagen könnte. In diesem Haus wohnt ein Kind!«

Der Mund des Offiziers wurde zu einer dünnen Linie. Er lehnte sich zurück, nahm seine Sonnenbrille ab und offenbarte ein Paar kalte und gefühllose blaue Augen. »Major Michaelson, Ma'am. Wir eskortieren Dr. Blakely.«

Sie starrte ihn an. »Ich kenne keinen Dr. Blakely.«

»Er kennt Sie, Ma'am. Er sagt, Sie seien einer der besten Paläoanthropologen dieses Landes. Zumindest habe ich gehört, wie er das zum Präsidenten sagte.«

»Dem Präsidenten wovon?«

Er starrte sie verständnislos an. »Dem Präsidenten der Vereinigten Staaten.«

Ihre Überraschung wurde von einem rotblonden Wirbelwind, der sich seinen Weg durch die Uniformierten bahnte, unterbrochen. »Mama! Endlich bist du zu Hause! Das musst du dir ansehen.« Ihr Sohn musterte die Schlinge, dann packte er sie am anderen Ärmel. »Komm schon.« Obwohl er kaum über ihre Gürtelschnallen hinausragte, scheuchte er die Soldaten zur Seite.

Wütend ließ Ashley sich durch die Tür zerren. Als die Tür der Trennwand hinter ihr zufiel, lief sie aufs Wohnzimmer zu. Da bemerkte sie eine Lederaktentasche, die jemand auf dem Tisch abgelegt hatte. Es war nicht ihre.

Aus der Küche wehte ihr der Knoblauchgeruch der Lasagne im Backofen entgegen. Ihr Magen reagierte mit einem Knurren. Seit dem Frühstück hatte sie nichts mehr gegessen. Randy, mit fleckigen Topfhandschuhen bewaffnet, versuchte, die blubbernde Lasagne aus dem Ofen zu ziehen, ohne dass sie überlief. Sie musste beim Anblick dieses Bären von einem Mann lächeln, der, mit einer Schürze bekleidet, mit einer Auflaufform voll Lasagne kämpfte. Er sah sie an und rollte mit den Augen.

Als sie gerade zu einer Begrüßung ansetzte, zog jemand drängelnd an ihrem Arm. »Komm schon, Mama, schau dir an, was Dr. Blakely hat. Das ist affengeil.«

»Pass auf, was du sagst, junger Mann«, warnte sie ihn. »Du weißt, dass diese Ausdrucksweise hier nicht erlaubt ist. Jetzt zeig mir, was das alles soll.« Sie winkte Randy zu, während sie ins Wohnzimmer gezerrt wurde.

Ihr Sohn deutete auf die Aktentasche und flüsterte: »Es ist da drin.«

Das Geräusch von fließendem Wasser aus dem Gäste-WC erregte ihre Aufmerksamkeit. Die Tür ging auf, und ein langer Schwarzer, dünn wie eine Bohnenstange, in einem dreiteiligen Anzug trat in die Diele. Er war schon älter, sein kurz geschorenes Haar ein wenig ergraut. Er schob die Nickelbrille den Nasenrücken hinauf. Als er Ashley bemerkte, machte sich ein Lächeln des Erkennens in seinem Gesicht breit. Er ging rasch auf sie zu und streckte ihr die Hand entgegen. »Professor Ashley Carter. Ihr Foto in der *Archaeology* vom letzten Jahr war eine Untertreibung.«

Ashley wusste genau, wann sie jemand einwickeln wollte. So wie sie aussah – voller Dreck, einen Arm in der Schlinge und mit lehmverschmierter Jeans –, war sie keine Schönheitskönigin. »Hören Sie auf mit dem Quatsch. Was wollen Sie hier?«

Er ließ die Hand sinken. Für einen Augenblick riss er die Augen auf, dann lächelte er umso freundlicher. Er hatte mehr Zähne als ein Hai. »Mir gefällt Ihre nüchterne Einstellung«, sagte er. »Sie ist so erfrischend. Ich möchte Ihnen einen Vorschlag ...«

»Kein Interesse.« Sie wies zur Tür. »Sie können sich mit Ihrem Gefolge jetzt aus dem Staub machen. Auf Wiedersehen.«

»Wenn Sie mir nur zuhör...«

»Ich möchte Sie ungern mit einem Arschtritt verabschieden.« Ihr Arm schnellte mit einer knappen Bewegung in Richtung Tür.

»Sie bekommen hundert Riesen für zwei Monate Arbeit.«

»Machen Sie endlich ...« Ihr Arm sank herab. Sie räusperte sich, starrte Dr. Blakely an und hob die Augenbrauen. »Ich bin ganz Ohr.«

Seit ihrer Scheidung hatte sie alle Hände voll zu tun gehabt, damit sie etwas zu essen auf dem Tisch und ein Dach über dem Kopf hatten. Das Gehalt einer Assistenzprofessorin deckte kaum die Lebenshaltungskosten, geschweige denn ihre Forschungsprojekte.

»Warten Sie«, fuhr sie auf. »Eine Minute. Ist es legal? Das ist doch nie und nimmer legal.«

»Ich versichere Ihnen, Dr. Carter, dieses Angebot ist korrekt. Und das ist noch nicht alles«, fuhr Dr. Blakely fort. »Ihnen gehört das exklusive Recht, Ihre Forschungsergebnisse zu veröffentlichen. Und ein Lehrstuhl an der Universität Ihrer Wahl wird Ihnen garantiert.«

Träume wie diesen hatte Ashley nur nach zu viel Zwiebel-Salami-Pizza. »Wie ist das möglich? Es gibt Universitätsstatuten ... Vorschriften ... ältere Rechte ... Wie?«

»Dieses Projekt wird von höchster Stelle befürwortet. Ich habe freie Hand, jeden, den ich haben will, für das Gehalt, das ich bestimme, einzustellen.« Er setzte sich auf die Couch, legte ein Bein über das andere und streckte die Arme auf der Rückenlehne aus. »Und ich will Sie.«

»Warum?«, fragte Ashley immer noch misstrauisch.

Dr. Blakely beugte sich vor und bat mit gehobener Hand um Geduld. Er griff nach seiner Aktentasche und öffnete klickend den Verschluss. Mit beiden Händen zog er vorsichtig eine kleine Kristallstatue aus dem Inneren. Er wandte sie ihr in aufrechter Position zu.

Es war eine menschliche Figur – nach den hängenden Brüsten und dem schwangeren Bauch zu urteilen, war die Figur weiblich. Das schwindende Licht verfing sich in der kristallinen Struktur und reflektierte funkelnd.

Nickend forderte er sie auf, die Figur in die Hand zu nehmen. »Was halten Sie davon?«

Ashley zögerte. Sie fürchtete sich davor, die zerbrechliche Schönheit zu berühren. »Eindeutig primitiv ... Sie scheint eine Art Fruchtbarkeitsstatue zu sein.«

Dr. Blakely nickte eifrig. »Stimmt, stimmt ... Hier, gucken Sie näher hin.« Er hob die schwere Statue, und seine Arme zitterten vor Anstrengung. »Bitte schauen Sie genau hin.«

Sie griff nach der Figur.

»Sie ist aus einem einzigen Diamanten geformt worden«, sagte er. »Makellos.«

Nun verstand sie die bewaffnete Eskorte. Sie zog die Hände von diesem unschätzbar wertvollen Objekt zurück, während sie über die Zusammenhänge nachdachte. »Das ist ja affengeil«, flüsterte sie.

Ashley Carter beobachtete über den Tisch hinweg, wie Dr. Blakely sein Handy zuklappte und in seine Brusttasche zurücksteckte. »So, Professor Carter, wo waren wir stehen geblieben?«

»Ist irgendetwas nicht in Ordnung?«, fragte Ashley und wischte mit ihrem Knoblauchtoast Tomatensoße vom Teller. Sie saßen an ihrem grünen Aluminiumküchentisch.

Blakely schüttelte den Kopf. »Ganz und gar nicht. Nur die Teilnahmebestätigung eines Ihrer potenziellen Begleiter. Ein australischer Höhlenexperte.« Er lächelte ermutigend. »Wo waren wir stehen geblieben?«

Sie betrachtete ihn wachsam. »Wer wird noch an der Expedition teilnehmen?«

»Ich bedaure, die Namen sind vertraulich. Aber ich kann Ihnen sagen, dass wir mit einem führenden Biologen aus Kanada und einem Geologen aus Ägypten im Gespräch sind. Und einigen … anderen.«

Ashley erkannte, dass sie auf diese Art nichts aus ihm herausbekam. »Fein. Dann zurück zur Diamantstatue. Sie haben mir nie gesagt, wo das Artefakt gefunden worden ist.«

Er schürzte die Lippen. »Diese Information ist ebenfalls vertraulich. Nur für diejenigen bestimmt, die mit dem Forschungsprojekt zu tun haben.« Er faltete die Gingham-Serviette auf seinem Schoß zusammen.

»Doktor, ich habe gedacht, dies wäre ein Gespräch. Doch Sie sind mit Ihren Antworten eher sparsam.«

»Vielleicht. Aber Sie haben mir auch noch keine konkrete Antwort gegeben. Wollen Sie sich nun meinem Forschungsteam anschließen?«

»Ich brauche mehr Details. Und mehr Zeit, um meinen Arbeitsplan umzuorganisieren.«

»Um den Kleinkram kümmern wir uns schon.«

Sie dachte an Jason, der sein Abendessen von einem wackligen Tablett vor dem Fernseher aß. »Ich habe einen Sohn und kann nicht einfach alles stehen und liegen lassen. Mein Sohn ist *kein* Kleinkram.«

»Sie haben einen Exmann. Scott Vandercleve, glaube ich.«

»Bei ihm wird Jason nicht bleiben. Vergessen Sie's.«

Blakely seufzte laut. »Dann haben wir ein Problem.«

Doch Ashley würde in dieser Hinsicht nicht mit sich reden lassen. Jason hatte Ärger in der Schule gehabt, und sie hatte sich geschworen, in diesem Sommer viel Zeit mit ihm zu verbringen. »Das steht nicht zur Debatte«, sagte sie mit so viel Überzeugung, wie sie aufbringen konnte. »Entweder begleitet Jason mich, oder ich habe keine andere Wahl, als abzulehnen.«

Blakely musterte sie schweigend.

Sie fuhr fort: »Er ist schon bei anderen Ausgrabungen dabei gewesen. Ich weiß, dass er klarkommt.«

»Ich halte das nicht für klug.« Er lächelte schwach.

»Er ist ein zäher und gewitzter Junge.«

Blakely zog eine Grimasse. »Schließen Sie sich dem Team an, wenn wir uns in diesem Punkt einigen?« Er hielt kurz inne, nahm seine Brille ab und rieb über die Abdrücke auf seinem Nasenrücken. Er schien laut nachzudenken. »Ich glaube, er könnte in der Alpha-Basis bleiben. Dort ist er sicher.« Er setzte die Brille wieder auf und streckte ihr über den Tisch hinweg seine Hand hin. »Einverstanden.«

Erleichtert atmete sie auf und schüttelte seine trockene

Hand. »Und warum machen Sie sich solche Umstände, um mich in Ihr Team zu bekommen?«

»Ihr Spezialgebiet. Die Anthropologie der primitiven Felsenbewohner. Ihre Arbeit über die Gilahöhlen war hervorragend.«

»Dennoch, warum ich? Es gibt andere Paläoanthropologen mit ähnlichen Forschungsinteressen.«

»Aus unterschiedlichen Gründen. Erstens«, zählte er an seinen Fingern ab, »haben Sie bei anderen Ausgrabungen unter Beweis gestellt, dass Sie ein Team leiten können. Zweitens, Ihre Nase fürs Detail ist unübertroffen. Drittens, die unnachgiebige Beharrlichkeit, mit der Sie Rätsel lösen. Viertens, Sie sind körperlich in Bestform. Fünftens, ich habe Respekt vor Ihnen. Sonst noch Fragen?«

Fürs Erste zufrieden und leicht verlegen, schüttelte Ashley den Kopf. Es gelang ihr, nicht zu erröten. Auf ihrem Gebiet bekam man selten Lob zu hören. Peinlich berührt, änderte sie das Thema des Gesprächs. »Da wir jetzt Partner sind, können Sie mir vielleicht verraten, wo Sie dieses einzigartige Artefakt entdeckt haben.« Sie stand auf, um den Tisch abzuräumen. »Ich nehme an, irgendwo in Afrika.«

Er lächelte. »Nein, eigentlich in der Antarktis.«

Sie warf einen Blick über die Schulter, um zu erkennen, ob er sie auf die Probe stellte. »Auf diesem Kontinent gibt es keine primitiven Kulturen. Da ist nur unfruchtbares Gletschereis drauf.«

Blakely zuckte mit den Schultern. »Wer hat von *darauf* gesprochen?«

Sie klapperte mit dem Geschirr in der Spüle. »Wo dann?« Sie drehte sich zu ihm, lehnte sich an die Spüle und trocknete sich mit einem feuchten Küchenhandtuch die Hände ab.

Er deutete mit dem Finger auf den Boden.

Darunter.

2

Black Rock, Australien

Benjamin Brust beobachtete eine braune Küchenschabe, die durch das weiße Waschbecken schlitterte. Er ging zum Gitter hinüber und fuhr sich mit der Hand über die Bartstoppeln auf seinen Wangen, die ihm seit seiner Inhaftierung gewachsen waren. An der Zellentür war der Gestank nach altem Urin schwächer. Ein Wachsoldat in Khakiuniform schaute von dem *GQ-Magazin* auf seinem Schoß hoch. Ben nickte ihm zu, und der Wachmann wandte sich ohne weitere Reaktion wieder seiner Lektüre zu.

Wenigstens erholte sich Bens Kunde, Hans Biedermann, zusehends – Gott sei Dank. Eine Anklage wegen unfreiwilligen Totschlags konnte er wahrlich nicht gebrauchen. Biedermann sollte heute nach Deutschland zurückfliegen. Für die kleine Eskapade hatte er gerade mal eins auf die Finger bekommen, während Ben als Organisator der Expedition eine lange Haftstrafe im Militärgefängnis vor sich hatte.

In den vergangenen fünf Jahren hatte sich Ben darauf spezialisiert, diejenigen, die den richtigen Eintrittspreis zahlen konnten, zu exotischen Schauplätzen und seltenen Sehenswürdigkeiten zu begleiten. Ausflüge, die es erforderlich machten, die eine oder andere Regel zu beugen oder gar zu brechen. Bens Spezialität waren Höhlenabenteuer: verlassene Diamantminen in Südafrika, verschüttete Klosterruinen im Himalaja, Tiefseetunnel vor der karibischen Küste – und jetzt, hier in Australien, ein phänomenales Höhlensystem, das zum militärischen Sperrgebiet erklärt worden war. Es lag in einem entlegenen Abschnitt der Black-Rock-Militäranlage. Ben hatte diese außergewöhnlichen Höhlen vor vier Jahren entdeckt und vermessen, als er hier stationiert gewesen war.

Es war alles perfekt gelaufen, bis sein pummeliger deutscher Kunde, Hans Biedermann, ausrutschte und sich das Bein brach. Ben hätte ihn dort verrecken lassen sollen, als Strafe dafür, dass er seine Warnung nicht ernst genommen hatte. Doch stattdessen hatte er versucht, Biedermanns armseligen Hintern aus der Höhle zu schaffen. Biedermanns Wehgeschrei lockte die Militärpolizei herbei, und Bens Bemühungen wurden damit belohnt, dass man ihn festnahm.

Er wandte der Zellentür den Rücken zu und ließ sich auf das von Motten zerfressene Feldbett fallen. Dann lehnte er sich zurück und betrachtete eingehend die Flecken an der Decke. Er hörte die harten Schritte von Stiefelabsätzen auf dem Gang und wie jemand der Wache etwas zuflüsterte. Die schwere Zeitschrift klatschte auf den Boden. »Hier drin, Sir. Die vierte dort hinten.« Er hörte Angst in der Stimme des Wachpostens.

Die Schritte kamen näher und hielten plötzlich an. Ben stützte sich auf die Ellbogen, um zu sehen, wer vor seiner Zelle stand. Er erkannte das Gesicht seines alten Kommandeurs. Glatze, Hakennase, bohrende graue Augen. »Colonel Matson?«

»Irgendwie wusste ich, dass Sie hier enden würden. Sie waren schon immer ein Unruhestifter.« Doch das Lächeln in den Mundwinkeln milderte die Schroffheit des Gesagten. »Wie hat man Sie behandelt?«

»Als wäre es das Hilton, Sir. Der Zimmerkellner ist allerdings ein bisschen langsam.«

»Wie üblich.« Der Colonel bedeutete der Wache, die Zelle zu öffnen. »Folgen Sie mir, Sergeant Brust.«

»Ich heiße jetzt Mr. Brust, Sir.«

»Wie auch immer«, sagte der Colonel stirnrunzelnd und wandte sich ab, »wir müssen miteinander reden ...«

Die Wache unterbrach ihn. »Soll ich ihm Handschellen anlegen, Sir?«

Ben blickte Colonel Matson mit Unschuldsmiene an.

»Ja«, sagte Matson, »das wäre besser. Trauen Sie nie einem Zivilisten.«

»Okay, okay«, meinte Ben und nahm Haltung an. »Sie haben gewonnen. *Sergeant* Brust meldet sich zum Rapport.«

Nickend winkte Colonel Matson die Wache fort. »Dann mal los, Sergeant. Gehen wir in mein Dienstzimmer.«

Ben folgte ihm aus dem Gefängnis. Nach einer kurzen Fahrt kamen sie beim Verwaltungsgebäude an. Das Dienstzimmer des Colonels hatte sich nicht verändert. Derselbe Walnussschreibtisch, den klebrige Ringe von Kaffeetassen verunzierten; die Wände mit Transparenten der republikanischen Old Guard geschmückt; die Seitenwand von Trophäen gesäumt. Während der Fahrt hatte das zögerliche Verhalten des sonst so temperamentvollen Mannes Ben verraten, dass er etwas Wichtiges zurückhielt.

Der Colonel bot Ben einen Stuhl an, stützte sich dann auf die Schreibtischkante und musterte ihn. Sein Gesicht war wie versteinert.

Ben versuchte, dem Blick standzuhalten. Schließlich sagte sein alter Kommandeur mit müder Stimme: »Was zum Teufel ist mit Ihnen passiert? Sie waren der Beste der Besten und sind einfach verschwunden.«

»Ich hatte ein besseres Angebot.«

»Was denn? Reiseleiter für Yuppies mit Midlifecrisis auf Nervenkitzeltouren?«

»Ich spreche lieber von ›Abenteuerurlaub‹. Außerdem verdiene ich genug, um die Schafstation meines Vaters über Wasser zu halten.«

»Einen gewissen Ruf haben Sie sich auch erarbeitet. Als Hansdampf in allen Höhlen. Ich habe von der Höhlenrettungsaktion in den Staaten gelesen. Der große Held, was?«

Ben zuckte mit den Schultern.

»Aber das war nicht der Grund, weshalb Sie gegangen sind. Es war Jack, nicht wahr?«

Bens Miene wurde ausdruckslos, als der Name seines Freundes fiel. »Ich habe an die Guard geglaubt. Und an die Ehre. Ich habe *Ihnen* geglaubt.«

Colonel Matson schnitt eine Grimasse. »Manchmal muss man auf Grund politischer Einflussnahme das Recht beugen und die Ehre Ehre sein lassen.«

»Blödsinn!« Ben schüttelte den Kopf. »Der Sohn des Premierministers hat jeden einzelnen Schlag, den Jack ihm verpasst hat, verdient, nach dem Mist, den er mit seiner Freundin angestellt hat.«

»Ein Premierminister hat mächtige Freunde. Er konnte nicht ungestraft davonkommen.«

»Zur Hölle!« Ben knallte die Faust auf die Stuhllehne. »Ich hätte dasselbe getan. Das Kriegsgerichtsverfahren war eine Farce.« Er hielt inne, schluckte heftig und sprach dann mit ruhigerer Stimme weiter. »Man hat Jack die Menschenwürde genommen. Und da wundern Sie sich, dass ich gegangen bin?«

Matson seufzte, anscheinend zufrieden. »Jetzt hat sich die Waage des Schicksals zu Ihren Gunsten verschoben. Nun haben sich die politischen Kräfte vereint, um Ihnen zu helfen.«

Ben runzelte die Stirn. »Was meinen Sie damit?«

»Ich sollte so tun, als hätte ich diesen Brief nie erhalten. Bei dem Ärger, den Sie verursacht haben, verdienen Sie mit Sicherheit noch einige Jahre hinter Gittern.«

»Was für einen Brief?«

»Eine Anordnung vom Innenministerium. Sie sollen freigelassen werden.«

War das ein Scherz? Sie wollten ihn einfach laufen lassen? Ben sah, wie ein besorgter Blick über Matsons Gesicht huschte. »Was ist los, Colonel?«

»Da gibt es einen Haken.«

Na klar, dachte Ben. Den gab es immer.

»Sie müssen sich einer internationalen Expedition anschließen. Ein Professor aus den USA benötigt Ihre Kompetenz als Höhlenforscher. Eine Art Undercover-Operation. Keine weiteren Einzelheiten. Die erlassen Ihnen Ihre Haftstrafe und bezahlen Sie für Ihre Dienste.« Er schob Ben ein Blatt Papier zu. »Hier.«

Ben überflog das Schreiben. Sein Blick blieb bei der Zahl am Ende der Seite haften. Er starrte auf die vielen Nullen und traute seinen Augen nicht. Das konnte nicht stimmen. Damit wäre er schuldenfreier Besitzer seiner Schafstation. Keine halbseidenen Expeditionen mehr.

»Fast zu schön, um wahr zu sein?« Matson beugte sich vor und legte die Hände auf Bens Schultern. »Aber unmöglich auszuschlagen.«

Benommen nickte Ben.

»Eine innere Stimme sagt mir, dass Sie besser auf Ihren Arsch aufpassen sollten, Ben.« Matson ging zum Stuhl hinter seinem Schreibtisch und setzte sich. »Die großen Jungs spielen mit Ihnen, und sie neigen dazu, die kleinen Jungs plattzuwalzen. Denken Sie an Ihren Freund Jack.«

Ben starrte auf die Zahl am unteren Blattrand und atmete tief ein. Zu schön, um wahr zu sein.

Als Ben wieder in seiner Zelle lag, schlief er, einen Arm über die Augen gelegt, ein und hatte einen Albtraum, den er seit seiner Kindheit nicht mehr geträumt hatte. Er war wieder ein kleiner Junge, befand sich in einer riesigen Höhle und bahnte sich seinen Weg durch meterdicke Steinsäulen hindurch. Er kannte diesen Ort. Sein Großvater hatte ihn einmal mitgenommen und ihm Petroglyphen der Aborigines gezeigt.

Es war dieselbe Höhle, doch aus den Steinsäulen wuchsen Äste, an denen Früchte hingen. Neugierig griff er nach einer der matschigen Kürbisfrüchte, kam jedoch nicht bis ganz heran. Als er seinen Arm zurückzog, spürte er einen bohrenden Blick im Nacken. Er schnellte herum, doch hinter ihm war niemand. Plötzlich spürte er Blicke aus allen Richtungen. Aus den Augenwinkeln nahm er eine Bewegung hinter einer Steinsäule wahr.

»Wer ist da?«, rief er, rannte zur Säule und schaute nach. Auch dort war nichts. »Was wollt ihr?«

Unwillkürlich schoss ihm das Wort »Geister« durch den Kopf.

Er begann zu laufen ...

Er fühlte, dass ihn etwas verfolgte, ihn zurückrief. Aber er ignorierte es, rannte und suchte nach einem Ausgang. Die Säulen um ihn herum standen immer enger und ließen ihn nur langsam vorankommen. Da spürte er eine sanfte Berührung in seinem Nacken und hörte, wie jemand verzerrte Worte in sein Ohr raunte.

»Du bist einer von uns.«

Mit einem Schrei schoss er aus dem Traum hoch.

Er lag auf seiner Pritsche, sein Herz raste wie wild, und er rieb sich die Schläfen. Zum Teufel! Was hatte den alten Albtraum wieder hervorgerufen? Er schloss die Augen und erinnerte sich daran, dass die Träume begonnen hatten, nachdem er sich mit seinem Großvater in einer Höhle in der Nähe von Darwin gestritten hatte. »Nein, das stimmt nicht«, hatte der dreizehn-jährige Ben geschrien, als ihm die Enthüllung die Tränen in die Augen trieb.

»Doch, junger Mann. Und ich lasse mich nicht einen Lügner schimpfen.« Sein Großvater blickte ihn aus seinem zerfurchten, ledrigen Gesicht stirnrunzelnd an. »Dies war einmal das Heim meiner Großmutter und der Sitz ihrer Vorfahren«, wiederholte er und tippte ihm mit dem Finger auf die Brust. »Eine direkte Verwandte von dir.«

Der Gedanke, dass in seinen Adern Blut der Aborigines fließen könnte, jagte ihm Angst ein. Er und seine Freunde hatten sich immer über die dunkelhäutigen Aborigine-Kinder in der Schule lustig gemacht. Und nun war er plötzlich einer von ihnen geworden. Er schüttelte den Kopf. »Ich bin kein verdammter Darkie!«

Die Ohrfeige tat weh. »Du wirst deine Vorfahren achten!«

Auch jetzt ließ ihn die Erinnerung noch zusammenzucken. Als Kind hatte ihn dieses Erbe beschämt. Zu jener Zeit hielt man Aborigines für Bürger zweiter Klasse, für nur wenig mehr als Tiere. Glücklicherweise konnte er die vererbte Schande leicht geheim halten, da im Laufe vieler Generationen sein Aborigine-Blut durch europäisches Blut verdünnt worden war. Damals hatten die Albträume begonnen.

In zahllosen Nächten war er aufgewacht, die Laken klebten an seinem nass geschwitzten Körper, Tränen liefen ihm übers Gesicht. Das Bettlaken in den Händen zusammengeballt, betete er, dass niemand von seinem Geheimnis erführe.

Mit der Zeit war er reifer geworden, hatte sogar Respekt und Sympathie für seine geheimnisvolle Herkunft entwickelt, und die Träume waren schließlich verschwunden, wie altes Spielzeug, das man in Pappkartons gesteckt hatte. Vergessen und nicht mehr gebraucht.

Er schüttelte den Kopf. Warum also jetzt? Wieso tauchten seine Kindheitsängste plötzlich wieder auf?

Muss an dieser verfluchten Zelle liegen, folgerte er und vergrub sich tiefer unter der fadenscheinigen Decke. Dank des Briefs, der gerade zur rechten Zeit eingetroffen war, würde er dieses verdammte Loch bald hinter sich gelassen haben.

Einen Monat später schickte sein mysteriöser Wohltäter ein Telegramm nach Black Rock, und zwanzig Stunden später hatte Ben seine enge Zelle in Australien gegen eine Suite im Sheraton von Buenos Aires eingetauscht.

Er prüfte das Badewasser mit einem Zeh. Die Hitze ließ ihn kurz zusammenzucken, dann lächelte er. Ahhh, perfekt. Nach einem Monat im Gefängnis von Black Rock, nach einem Monat lauwarmer Duschbäder, die kaum die Schmutzschichten auf seiner Haut lösten, hatte ein volles, heißes Bad eine fast orgastische Wirkung. Er stieg in die Wanne, ließ sich ins dampfende Wasser sinken und regulierte die Wasserzufuhr. Kitzelnde Strömungen massierten ihn von allen Seiten und erzeugten einen sanften Strudel. Ausgesprochen orgastisch.

Er seufzte, lehnte sich in der Wanne zurück, entspannte sich und ließ sich in den Wasserstrahlen treiben.

Da klopfte es an der Tür.

Ohne das Klopfen zu beachten, glitt Ben tiefer in die Strömung. Wieder klopfte es, diesmal eindringlicher.

Er stemmte sich hoch. »Wer ist da?«

Eine undeutliche Stimme antwortete: »Verzeihung, Sir, aber Dr. Blakely bittet um Ihr Erscheinen im Raum Pampas im Parterre. Die anderen Gästen treffen auch gerade ein.«

Ben rieb sich die geröteten Augen. »Ich brauche fünf Minuten.« Er hievte sich aus der Wanne; die kühle Luft rief auf seinen nackten Beinen Gänsehaut hervor. Nachdem er einen alten braunen Tweedanzug angezogen hatte, begab er sich zur Konferenzsuite.

Zu seiner Erleichterung hatte man im Vorraum des Auditoriums eine mobile Bar aufgestellt. Ein Bartender stolzierte hinter einem Regal mit Flaschen hin und her und verteilte Drinks. Eine Schar von Männern und Frauen hatte sich bereits zusammengefunden und stand in einzelnen Grüppchen herum.

Er blickte sich um. Keiner schaute zu ihm hin. So viel zur herzlichen Begrüßung. Nachdem er ein letztes Mal suchend umhergeguckt hatte, beschloss er, dass er sich nach einem Schluck Whisky auf dieser »Party« sicher wohler fühlte, und ging zur Bar hinüber.

»Was darf es sein, Sir?«

»Whisky und ein Bier zum Nachspülen.« Er stützte sich mit dem Ellbogen auf die schwarze kunstlederne Verkleidung der Bar und schaute sich um. Die Leute hier waren nichts für ihn. Niemand lachte laut, niemand verschüttete Drinks, keine wütendenden Betrunkenen. Langweilig. Nachdem er den Whisky ohne Umwege hinuntergekippt hatte, knallte er das Schnapsglas auf die Theke, ignorierte das Brennen und machte sich an das Bier heran.

Hinter ihm erklang die Stimme einer Frau: »Whisky. Pur, bitte.«

Ben drehte sich um, weil er sehen wollte, wer seinen Geschmack teilte. Whisky trinkende Frauen waren so selten wie Hühner mit Zähnen. Er war nicht enttäuscht.

Sie spielte mit dem Drink, den man ihr hinstellte. Lange Finger, kurze polierte Nägel. Keine Ringe. Kein Ehering – gut. Sie war so groß wie er, für eine Frau außergewöhnlich. Ihre Haut hatte die Farbe von Bronze, ein satter kupferroter Ton, der verriet, dass sie viel Zeit an der frischen Luft verbrachte. Aber was ihm den Atem nahm, war ihr schwarzes Haar, das ihr in lässigen Locken bis auf die Hüften hing.

»Darf ich Ihnen noch einen ausgeben?«, fragte er und betonte seinen australischen Akzent. Damit zog er die Aufmerksamkeit der Damen immer auf sich.

Sie hob ihre linke Augenbraue. »Die Drinks sind umsonst«, sagte sie, »sie gehen aufs Haus.«

Sein spitzbübisches Lächeln wurde breiter. »Wenn das so ist, wie wäre es dann gleich mit zwei Drinks?«

Sie starrte ihn schweigend aus ihren grünen Augen an.

Er streckte ihr seine Hand hin. »Ben Brust. Aus Sydney.«

»Das hätte mir Ihr Akzent schon verraten können«, sagte sie mit dem Anflug eines Lächelns. »Aber er klingt eher nach Westaustralien, weniger nach Neusüdwales.«

»Nun«, sagte er, ließ seine Hand sinken und ging stotternd in die Defensive, »eigentlich bin ich auf der Schafstation meines Vaters in der Nähe von Perth aufgewachsen. Westaustralien. Aber die meisten Menschen wissen nicht, wo …«

»Dachte ich es mir doch.« Sie nahm ihren Drink und wandte sich ab. »Die Besprechung müsste gleich anfangen.«

Bevor sie ging, musste er noch um wenigstens einen Knochen betteln. »Und Sie sind?«

»Ashley Carter.« Sie glitt an ihm vorbei.

Ben schaute ihr nach. Nicht gerade der Gang einer Professorin. Er trank den Rest seines Biers und genoss den Anblick.

3

Buenos Aires, Argentinien

Ashley ging zu dem jungen spanischen Mann, der ihren Ausweis kontrollierte. Nickend öffnete er die Tür. Im Raum befanden sich Stuhlreihen mit etwa fünfzig Sitzen, von denen nur ein Viertel besetzt war. Ein Platzanweiser führte sie zu einem reservierten Sitz in der ersten Reihe und entfernte sich dann. Sie zitterte in dem leichten Kostüm, das sie trug, und wünschte, man würde den Thermostat höher drehen.

Jetzt, wo sie saß, ging sie die Ereignisse der vergangenen Wochen im Geiste durch; ihre alten Ängste tauchten wieder auf. Eine besonders.

Jason.

Sie hasste es, ihren Sohn allein im Hotelzimmer zurückzulassen. Heute Abend war er ihr sehr still vorgekommen; er war nicht so ausgelassen gewesen wie sonst. Ihre Finger krallten sich in ihre Handtasche.

Und dann diese Mission. Ein postalisch zugestellter Brief mit den Flugtickets und der Aufforderung, sofort zu kommen. »Für alles Weitere ist gesorgt«, hatte darin gestanden. Keine weiteren Einzelheiten.

Ein Mann setzte sich neben sie. »Ach, hallo.«

Sie blickte sich kurz um. Es war wieder der Typ aus Australien. Zum Teufel. Konnte man nicht einmal für einen Augenblick in Ruhe gelassen werden? Die einsamen Canyons von New Mexico zu Hause waren ihr noch nie so reizvoll vorgekommen.

»Ich möchte es noch einmal versuchen ...« Er streckte die Hand aus. »Benjamin Brust.«

Um ihn nicht zu verletzen, schüttelte sie ihm kurz die Hand. Und jetzt hau ab, dachte sie.

Er lächelte sie an. Weiße Zähne, rotbrauner Teint, kräftige Wangenknochen, in den Augenwinkeln Krähenfüße von der Sonne. Volle Lippen.

»Was wissen Sie von alldem hier?«, fragte er.

Ashley zuckte mit den Schultern, versuchte, die beginnende Konversation im Keim zu ersticken, und wandte sich ab.

»So viele Geheimnisse«, murmelte Ben.

Sie nickte. »Vielleicht erhalten wir in Kürze einige Antworten.«

Er schwieg, doch sie fühlte seine Gegenwart an ihrer Seite. Sein Rasierwasser war würzig und intensiv, er atmete tief und gleichmäßig.

Sie rutschte auf ihrem Stuhl hin und her. Das Auditorium war fast voll. Langsam wurde es warm. Sie wünschte, man würde den Thermostat reparieren.

»Trauen Sie ihm?«, fragte er flüsternd.

»Nein«, antwortete sie und blickte geradeaus. Sie wusste, wen er meinte. »Überhaupt nicht.«

Von einem der Eingänge aus beobachtete Blakely, wie sich der Saal füllte. Sein Team hatte sich auf den fünf Sitzen in der ersten Reihe eingefunden. Er gab seinem Assistenten Roland am anderen Ende des Raums ein Zeichen.

Roland nickte und hob ein Mikrofon an den Mund. »Meine Damen und Herrn, bitte nehmen Sie Ihre Plätze ein. Wir fangen gleich an.«

Noch wenige Augenblicke Unruhe, weil ein paar Nachzügler eintrafen, dann wurden die Türen des Auditoriums geschlossen und das Licht leicht gedämpft. Blakely bestieg das Podium und stellte sich hinter das beleuchtete Rednerpult. Er tupfte die Stirn mit einem Taschentuch ab. Seine Rede konnte er auswendig, seine Worte waren mit Bedacht gewählt.

Prüfend klopfte er ans Mikrofon. Gleichzeitig bat er die Zuhörer damit um Ruhe. »Zuerst möchte ich mich für Ihre Teilnahme bedanken.« Er machte eine Pause. »Ich weiß, dass es für jeden eine Strapaze bedeutet, seinen gewohnten Alltag so plötzlich hinter sich zu lassen. Aber ich bin sicher, Sie in wenigen Augenblicken davon überzeugen zu können, dass sich diese Unterbrechung gelohnt hat.«

Er nahm die Fernsteuerung des Diaprojektors und drückte die Taste. Auf der Leinwand erschien das Bild eines schneebedeckten Bergs mit einer schmutzigen Rauchwolke. »Der Mount Erebus auf Ross Island, direkt vor der Antarktisküste. Einer von drei vulkanischen Bergkegeln auf diesem Kontinent. Am Fuß dieses Vulkans befindet sich die amerikanische Forschungsstation McMurdo, seit fünf Jahren meine Heimat.« Er drückte erneut auf die Taste, und es erschien die Nahaufnahme einer Gruppe flacher Metallbauten auf der Oberfläche des grauen Gletschers. Eine Anordnung von Satellitenantennen wuchs aus den Dächern wie eine bizarre Spinne.

»Während der letzten zehn Jahre habe ich geothermische Untersuchungen an einigen heißen Spalten durchgeführt, die tief unter dem Kegel und unter dem benachbarten Rossmeer immer noch aktiv sind. Diese Untersuchungen wurden von der NASA unterstützt. Ihr drittes Shuttle machte vor sechs Jahren Aufnahmen von der Erdkruste, um Ölfelder und ähnliche Einschlüsse zu finden. Ich beantragte Aufnahmen von Mount Erebus und entdeckte ein paar erstaunliche Dinge.«

Er betätigte die Taste, und die Leinwand zeigte ein Querschnittsdiagramm der Erdkruste unter dem Vulkankegel. Ein Murmeln erhob sich im Raum. »Wie Sie sehen, wurde dabei ein komplexes Höhlensystem unter dem Mount Erebus entdeckt, das sich über viele hundert Kilometer erstreckt.«

Mit einem Klick erschien das nächste Dia. »Nähere Untersuchungen mit Sonar und Radar offenbarten uns eine riesige Höhle, die vom tiefsten Spalt nur durch sechshundert Meter Fels getrennt wird.« Er führte den Lichtzeiger an den verzweigten Spalten entlang, die zu dem massiven Einschluss führten. »Wir haben diese Höhle Alpha-Höhle genannt. Mit einem Durchmesser von beinahe acht Kilometern befindet sich der Höhlenboden drei Kilometer unterhalb der Oberfläche des Kontinents. Das ist dreimal tiefer, als je ein Mensch vorgedrungen ist.«

Das nächste Dia zeigte eine Gruppe lächelnder Personen, deren Gesichter mit Lehm und Staub bedeckt waren und die vor einem großen, scharfkantigen Loch posierten. »Nach dreijähriger Arbeit hatten wir uns den Weg in die Höhle gesprengt. Ein weiteres Jahr hat es uns gekostet, ein

Lager in der Höhle aufzubauen und Leitungen zu verlegen.« Auf der Leinwand erschienen als Nächstes einige beleuchtete Nissenhütten und Zelte im Scheinwerferlicht. Aus der Mitte ragte ein dreistöckiges Holzgebäude hervor. Ein zweites, ähnliches Gebäude war als eingerüsteter, hölzerner Rohbau zu sehen. »Die Alpha-Basis«, kommentierte er. »Die Arbeiten wurden geheim gehalten. Zugang nur für Personen mit entsprechender Unbedenklichkeitsbescheinigung.«

Beim nächsten Dia schnappten die Zuschauer nach Luft. Blakely lächelte schwach. »Meine Damen und Herren, ich präsentiere Ihnen nun ein Rätsel.«

Ashley, die sich bisher die Augen gerieben, gegähnt und sich gefragt hatte, was das ganze Gerede über Vulkanaktivität und Sprengungen mit ihr zu tun habe, schoss plötzlich aus ihrem Stuhl hoch. Das musste eine Fälschung sein. Was sie sah, sprengte alle anerkannten anthropologischen Theorien.

Die Projektion zeigte einen Ausschnitt der Höhlenwand im Scheinwerferlicht. Ein Geflecht von Felsenbehausungen, die in die Wand geschlagen waren, erstreckte sich über eine Höhe von über einhundert Metern. Im Unterschied zu den organisierten Anasazi-Felsenhöhlen – Behausungen mit erkennbaren Terrassen und geometrischer Formgebung –, die sie in New Mexico untersucht hatte, waren diese Behausungen eine bruchstückhafte, unbeholfene und zufällige Ansammlung von primitiven Höhlen.

Blakely fuhr fort, als sich die Unruhe unter den Anwesenden gelegt hatte und nur noch leises Murmeln zu hören war. »Unglücklicherweise war niemand zu Hause« – nervöses Lachen klang vereinzelt auf –, »aber wir haben eine Reihe von Artefakten entdeckt.« Er klickte nun durch die nächste Diaserie. Eines der Fotos zeigte die diamantene Fruchtbarkeitsstatue.

Ashley war wie betäubt, als sie auf ihren Stuhl zurücksank. Sie hob die Hand. »Entschuldigen Sie, Dr. Blakely.«

Er gab ihr mit einem Handzeichen das Wort und trank einen Schluck Wasser.

»Wurde der Ort datiert?«, fragte sie.

Schluckend nickte er. »Wir haben einige oberflächliche Kohlenstoffdatierungen vorgenommen. Wir können von 5,2 Millionen Jahren ausgehen.«

»Was!« Ashley schoss ein zweites Mal von ihrem Stuhl hoch. »Das ist unmöglich.«

»Die Datierung wurde von mehreren Laboratorien wiederholt«, antwortete er mit einem herablassenden Lächeln. Die Augen aller Anwesenden waren nun auf Ashley gerichtet. Ein Beleuchter setzte sie mit einem Spot in Szene. Sie schirmte ihre Augen mit der Hand ab. »Aber die ersten Hominiden, die frühesten Vorfahren des heutigen Menschen, tauchten erst vor vier Millionen Jahren auf diesem Planeten auf. Und diese frühen Hominiden hatten weder die Werkzeuge noch die Gesellschaftsstruktur, um so etwas zu bauen.«

Er zuckte mit den Schultern. »Deshalb sind wir hier.« Klickend erschien das nächste Dia: die Fotografie eines Tunnels am Fuß der Wand. »Diese Tunnel führen aus der kolossalen Kammer in viele unterschiedliche Richtungen hinaus. Wir glauben, dass am Ende eines dieser Gänge die Antworten auf Professor Ashley Carters Fragen liegen. Wer hat die Höhlen gebaut? Wer hat die Skulpturen gemacht? Wo sind die Erbauer jetzt?«

Die Zuhörer verharrten staunend und schweigend. Ashley setzte sich wieder; sie war immer noch geschockt.

»Ich habe ein kleines Team zusammengestellt, das mit der Erforschung beginnen soll. Es soll sich tiefer in das Labyrinth der Tunnel wagen und entdecken, was sich noch da unten befindet. Die Gruppe wird geführt von Professor

Carter, einer Expertin in Paläoanthropologie und Archäologie. Alle weiteren Mitglieder sind Koryphäen in ihren jeweiligen Bereichen.«

Er zeigte auf eine blonde Frau mehrere Plätze von Ashley entfernt. »Linda Furstenburg, Professorin für Biologie an der Universität Vancouver, wird das Team begleiten, um die einzigartige Biosphäre zu erforschen, die wir dort unten entdeckt haben. Außerdem ein Geologe, Khalid Najmon«, sagte er und nickte in Richtung eines Arabers, der mit übereinander geschlagenen Beinen links neben Linda saß. »Er wird uns, wie viele von Ihnen bereits ahnen, helfen, die Reichtümer unter dem antarktischen Eis zu kartieren. Seine Ergebnisse dürften unsere Sichtweise des Kontinents verändern.«

Blakely beendete die Vorstellung, indem er auf die beiden weiteren Männer in der ersten Reihe wies. »Aus dem fernen Australien kommt Benjamin Brust, ein weltberühmter Höhlenforscher; er wird das komplexe, einzigartige Höhlensystem kartieren. Und dieser schmucke Herr in Uniform ist Major Michaelson von den US Marines, der das Team mit zwei weiteren ausgebildeten Militärangehörigen aus sicherheitsrelevanten und logistischen Gründen begleiten wird.«

Mit einer Armbewegung schloss er die gesamte Gruppe vor sich ein. »Meine Damen und Herren, dies ist Ihr Team.« Gemurmelter Beifall erklang vereinzelt aus der Menge.

Ashley versuchte, sich auf ihrem Stuhl klein zu machen.

Nachdem weitere Einzelheiten erklärt und ein paar Fragen beantwortet worden waren, war die Konferenz beendet. Befriedigt verließ Blakely das Podium.

Im gegenüberliegenden Zimmer seufzte er und lockerte seine Krawatte. Den ersten Teil hatte er hinter sich. Roland, der seit über fünfzehn Jahren sein Assistent war, kam mit dem Diamagazin herein. Blakely nickte ihm zu.

»Das verlief ausgezeichnet, Sir«, sagte Roland und packte die Dias in Schachteln. »Den Regierungsvertretern und Ihren anderen Sponsoren scheint es gefallen zu haben.«

»Ja«, sagte er mit einem müden Lächeln. »Das glaube ich auch.« Er zog sein Jackett aus, ließ es auf den Stuhl neben sich fallen und setzte sich auf einen zweiten.

Roland verpackte das Diakarussell in einer Pappschachtel. »Keiner hat den Verdacht, dass es ein erstes Forscherteam gegeben hat.« Blakely zuckte mit den Schultern. »Davon müssen sie im Augenblick auch nichts wissen.«

»Aber was ist, wenn …«

»Dieses Mal sind wir viel besser vorbereitet, keine Sorge. Dieses Team verlieren wir nicht.«

4

Zum zweiten Mal innnerhalb der letzten zwei Monate standen sich Ashley und Major Michaelson Auge in Auge gegenüber. Auch jetzt, in seiner blauen Uniform, sah er für Ashley wie der blauäugige Zinnsoldat aus, der Dr. Blakely vor ihre Haustür eskortiert hatte. »Es ist mir egal, ob Sie mein Team mit Ihren beiden Deppen begleiten«, sagte sie, als sie ihn sich vor dem Hörsaal schnappte. »Aber ich möchte ein für alle Mal klar stellen, dass es *mein* Team ist.«

Er stand kerzengerade und wich ihrem Blick nicht einen Zentimeter aus. »Ma'am, ich habe meine Befehle.«

Sie hasste solche Überraschungen. Blakely hätte ihr vorher sagen sollen, dass eine bewaffnete Eskorte ihr Team begleiten würde. »Das ist eine wissenschaftliche Mission, keine militärische.«

»Wie Dr. Blakely bereits erklärte, dient dies nur zu Ihrer Verteidigung. Zur Sicherheit.«

»Fein«, sagte sie und blickte ihm geradewegs in die Augen, »aber denken Sie daran: Auch wenn Sie die Waffen tragen, gebe ich die Befehle. Verstanden?«

Ohne mit der Wimper zu zucken, nickte er kurz. »Ich habe meine Befehle, Ma'am.«

Sie knirschte mit den Zähnen und unterdrückte einen Wutanfall. Was sollte sie tun? Sie trat einen Schritt zurück. »Wir haben uns verstanden.«

»Gibt es Probleme, meine Dame?« Ben trat zu ihr. Er lächelte, doch sein Lächeln gefror, als er den Major anblickte.

Ashley spürte Bens Nervosität, die ganz im Gegensatz zu seiner sonstigen Schnoddrigkeit stand. Er ist wahrscheinlich auch nicht besonders begeistert von der Idee, von Kanonen umgeben zu sein. »Nein«, sagte sie, »wir klären nur ein paar Punkte.«

»Bestens. Wir werden einen Sommer lang gemeinsam in einer drei Kilometer tiefen Höhle begraben sein. Vertragen wir uns also.« Ben hielt dem Offizier die ausgestreckte Hand hin.

Major Michaelson ignorierte sie. »Sie erledigen Ihren Job und ich den meinen.« Er nickte Ashley zu, wandte sich ab und ging davon.

»Netter Typ«, sagte Ben. »Geradezu freundlich.« Der Sarkasmus in seiner Stimme war kaum zu überhören.

»Ich habe keinen Retter gebraucht.«

»Wie meinen Sie?«

»Ich komme mit Major Michaelson auch ohne Ihre Unterstützung klar.«

»Das habe ich gesehen.« Ben sah gekränkt aus. Tief gekränkt. »Aber aus diesem Grund bin ich nicht zu Ihnen gekommen. Ich habe mich mit Professor Furstenburg und

Mr. Najmon unterhalten. Wir gehen alle zur Hotelbar. Ich wollte Sie nur bitten, mit uns zu kommen.«

Ashley blickte zu Boden, verlegen wegen ihrer ungehobelten Bemerkung. Ben hatte ihren Zorn gar nicht verdient. Sie hatte nur jemanden gebraucht, an dem sie ihre Frustration abreagieren konnte, und unglücklicherweise war er gerade zur rechten Zeit gekommen. »Hören Sie, es tut mir Leid. Ich wollte Sie nicht ...«

»Vergessen Sie es.« Wieder spielte ein Lächeln um seine Lippen. »Wir Aussies sind ein dickhäutiges Volk. Warum kommen Sie nicht mit uns?«

»Ich sollte lieber wieder in mein Zimmer gehen. Mein Sohn ist oben.«

Ben hob die Augenbrauen. »Sie haben Ihren Sohn mitgebracht? Wie alt ist er?«

»Elf«, sagte sie abwehrend. »Er war schon öfter bei Ausgrabungen dabei.«

»Nett. Es gibt doch nichts Schöneres, als die lieben Kleinen mit zur Arbeit zu nehmen.« Er wies auf ein weißes Hoteltelefon an der Wand. »Warum rufen Sie ihn nicht an? Und wenn es ihm gut geht, kommen Sie einfach mit.«

Sie hatte eine Gardinenpredigt erwartet, weil sie ihren Sohn über den halben Globus gezerrt hatte, doch seine Reaktion beruhigte sie ein wenig. Vielleicht war es ja doch in Ordnung, wenn Jason bei diesem einmaligen Abenteuer dabei war. »Sie haben Recht. Ich rufe ihn an.«

Der kurze Anruf aus der Lobby ergab, dass Jason immer noch wie ein Süchtiger mit seinem Nintendo-Gameboy spielte. Sie konnte die Geräusche des Konsolenspiels im Hintergrund hören. »Ich kann jetzt nicht reden, Mama. Ich bin fast bei Level 23. So weit bin ich noch nie gekommen. Und ich habe noch drei Leben übrig.«

»Klingt fantastisch, mein Schatz. Pass auf, ich bin in ungefähr einer Stunde bei dir. Ist das okay?«

»Na klar. Wann du willst. Ich muss jetzt auflegen.«

»Dann viel Spaß.« Er hatte eingehängt. Sie seufzte und ging zur Bar.

Trotz allem war es gut, ihre Teamkameraden vor der morgigen Reise etwas besser kennen zu lernen.

Maxi's, die Hotelbar, war die Kneipe ihrer Wahl. Die Einrichtung hatte Pariser Motive zum Vorbild, mit winzigen Cafétischen und intimen Separees. Eine französische Flagge hing über der Bar. An den Tischen saßen die Gäste der abendlichen Theatervorstellung. Espressos, Milchkaffees und exotische Drinks standen auf den Tischen herum. Im Kontrast zur europäischen Aufmachung erklang rhythmische, laute lateinamerikanische Musik.

Das Team hatte bereits eine Nische in der hinteren Ecke besetzt. Sie sah, wie Ben die Drinks durch den Raum hinübertrug. Ein Bier und drei Cocktails mit beiden Händen balancierend, manövrierte er durch den Wirrwarr von Ellbogen, Knien und Füßen. Es gelang ihm, nicht allzu viel zu verschütten. Ashley rutschte in die Nische und machte ihm Platz.

Er setzte sich neben sie und gab ihr ein Glas. »Soweit ich mich erinnere, trinkt die Dame Whisky.«

Sie lächelte. »Danke.«

»Sie scheinen bereits Bekanntschaft geschlossen zu haben«, sagte der ägyptische Geologe, Khalid Najmon, der am anderen Ende des Tisches neben Linda Furstenburg saß. Sein strahlendes Lächeln kontrastierte mit seiner dunklen Haut. Auf eine finstere Art sah er sehr gut aus. »Kennen Sie sich schon lange?«, fragte er und trank einen Schluck Wein.

»Nein, wir haben bei der Konferenz nebeneinander gesessen«, erklärte Ashley. »Ansonsten sind wir einander vollkommen fremd.«

Ben tat so, als wäre er gekränkt. »›Fremd‹ ist ein hartes Wort.«

»Nun«, sagte Khalid, »während Mr. Brust die Drinks holte, habe ich mit Professor Furstenburg Bekanntschaft geschlossen.«

»Bitte nennen Sie mich Linda.« Sie wurde ein wenig rot und schob zum wiederholten Mal eine blonde Strähne hinter das Ohr. Äußerlich gab sie sich entspannt, doch sie blickte mit glasigem Blick fortwährend im Raum umher.

Khalid nickte. »Linda erzählte mir gerade von ihrer Promotion. Evolutionsbiologie. Sie hat die Entwicklung von phosphoreszierenden Algen in Höhlensystemen untersucht. Ungeheuer faszinierend.«

»Ich habe diese leuchtenden Algen einmal gesehen«, meinte Ben, »in einer Höhle auf Madagaskar. Dort gab es Höhlen, die so voll mit dem Zeug waren, dass man am liebsten eine Sonnenbrille getragen hätte.«

Linda nickte. »*Rinchari luminarus*. Eine wunderschöne Spezies. Man findet sie in den verschiedensten Farben.« Sie erklärte die Unterschiede der individuellen Arten.

Ashley hörte auf, dem Gespräch zu folgen. Sie betrachtete Linda, während sie sprach. Ihre Augen waren so blau, dass sie sich fragte, ob sie echt waren. Ihre Figur war üppig und weich, sie hatte kleine Hände und die zarten Finger eines Kindes. Ein direkter Gegensatz zu Ashleys drahtigem, schlanken Körper. Niemand würde Ashley als weich bezeichnen.

Khalid wandte seinen Blick nicht von ihr ab. Hin und wieder nickte er während ihrer Beschreibungen. Offensichtlich faszinierte ihn mehr als nur die genetischen Variationen von leuchtenden Algen. Sogar Ben lächelte in einem fort, während er ihr lauschte.

Ashley fühlte sich wie ein Stück Granit neben einer Rose. Sie trank ihren Whisky.

»… und so habe ich meinen Doktor bekommen.«

»Ich kann verstehen, warum Dr. Blakely Sie haben wollte«, sagte Ashley. Die beiden Männer erwachten aus ihrer Trance. »Ihr Wissen über die einzigartigen Wege der Evolution wird uns bei der Dokumentation unserer Entdeckungen gute Dienste leisten.«

Ben räusperte sich. »Eindeutig ein Gewinn.«

Khalid nickte. »Auf jeden Fall.«

Endlich wandte sich Ben von Linda ab. »Und Sie, Khalid, was ist Ihr Spezialgebiet? Geologie, oder?«

Khalid trank einen Schluck und sagte dann: »Der Antarktisvertrag von 1959.«

»Bitte?«, fragte Ben.

»Niemandem gehört die Antarktis. Der Vertrag von 1959 erklärt den Kontinent zu einer Zone, die zu friedlichen, wissenschaftlichen Zwecken genutzt werden soll.«

»Ja, das ist mir bekannt. Australien besitzt dort ein paar Stationen.«

»Aber wissen Sie auch, dass auf Grund des Verbots, Rohstoffe abzubauen, das Ausmaß der Bodenschätze immer noch unbekannt ist? Ein weißer Fleck.«

Khalid gab den Zuhörern etwas Zeit, das zu verarbeiten, bevor er weitersprach. »Nun, das Abkommen ist 1991 ausgelaufen. Die Bodenschätze des Kontinents dürfen jetzt erforscht werden, allerdings mit einer kritischen Auflage: Das Land muss vor Flurschäden geschützt werden.«

Jetzt dämmerte es Ashley. Die Konsequenzen waren enorm. »Dieses unterirdische Höhlensystem erlaubt eine Untersuchung der Bodenschätze ohne eine Beschädigung der Oberfläche.«

»Ja«, erwiderte er nickend. »Und alle Lagerstätten – Öl, Mineralien, Edelsteine – gehören dem Staat, der sie entdeckt.«

»Angesichts des Verlangens der US-Regierung nach weiteren territorialen Ansprüchen«, entgegnete sie, »braucht man sich nicht zu wundern, dass die National Science

Foundation so großzügig mit ihrer finanziellen Unterstützung ist. Aber mit wem genau stecken wir hier eigentlich unter einer Decke?«

»Ich nehme an, es handelt sich um eine Kombination aus Wissenschaft, Kommerz und Politik«, antwortete Khalid – und fügte mit einem Grinsen hinzu: »Vergleichbar mit dem Manhattan Project Ihrer Regierung.«

Ashley schnitt eine missmutige Grimasse. »Großartig. Und schaut euch nur das wunderbare Ergebnis an.«

»Was glaubst du, wie wahrscheinlich ist es, dass wir fündig werden?«, fragte Linda und zog die Aufmerksamkeit des Ägypters auf sich.

»Wenn man in Betracht zieht, dass ein Wissenschaftler entdeckt hat, dass mit dem vulkanischen Rauch Goldstaub ausgestoßen wird – der einzige Rauch dieser Art auf unserem Planeten –, so werden die Ausgaben für dieses Team, glaube ich, mehr als ausreichend gedeckt sein.«

»Gold im Rauch eines Vulkans«, sagte Ben. »Das klingt ziemlich an den Haaren herbeigezogen.«

Khalid schaute bei diesem Einwurf für einen Moment finster drein. »Darüber ist ausführlich berichtet worden.«

Die anderen Teammitglieder blieben still. Sprachlos.

Ashley kochte vor Wut. Wieder einmal hatte Blakely ihnen nicht das ganze Ausmaß ihrer Mission verraten. Zuerst die bewaffnete Eskorte, dann das. »Ich weiß nicht, ob mir das gefällt«, sagte sie, »einen Kontinent zu vergewaltigen. Zu wessen Wohl?«

Linda nickte zustimmend.

Alle dachten schweigend über die ernüchternden Neuigkeiten nach.

Mit einem plötzlichen Temperamentsausbruch vertrieb Ben die düstere Stimmung. »Zum Teufel damit. Gehen wir tanzen! Verdammt noch mal, das hier ist der Geburtsort des Tangos. Los jetzt, Buenos Aires wird gerade erst wach.«

Ashley runzelte die Stirn. Dieser australische Schafhirte macht wohl nie Pause, dachte sie. »Ich passe. Ich muss meinen Sohn ins Bett stecken.«

Auch Khalid schüttelte den Kopf. »Bei uns zu Hause tanzen wir keinen Tango.«

Linda dagegen lebte auf. »Ich komme mit. Ich will raus aus diesem stickigen Hotel.«

»Ausgezeichnet!«, sagte Ben. »Jemand hat mir von einer Bar im Stadtteil San Telmo erzählt. Urig und authentisch.«

Er schoss aus der Nische und reichte Linda die Hand. »Die Nacht und die Sterne warten auf uns«, deklamierte er mit einer leichten Verneigung.

Verlegen lächelte Linda.

Als die beiden davongingen, bemerkte Ashley, dass Khalid die Stirn in Falten legte. Er murmelte etwas auf Arabisch, verabschiedete sich von ihr und rutschte ebenfalls hinter dem Tisch hervor.

Sie blickte Ben nach, der Linda hinauseskortierte. Man konnte noch hören, wie sie in schallendes Gelächter ausbrachen, dann traten die beiden auf die Straße hinaus.

Ashley blieb sitzen und widmete sich dem Rest ihres Drinks. Wie auf ein Zeichen hin jaulten plötzlich die klagenden Akkorde eines Tangos aus den Lautsprecherboxen der Bar. Von der leidenschaftlichen Musik wurde ihr noch einsamer zumute.

Zweites Buch

Die Alpha-Basis

5

Schon wieder im Flugzeug, dachte Ashley missmutig, die Nase an die Scheibe gedrückt. So weit das Auge reichte, erblickte sie unter sich nur Gletscher und Granit.

Dies war die letzte Etappe ihrer zweitägigen Reise. Gestern waren sie dreizehnhundert Kilometer von Buenos Aires nach Esperanza geflogen, dem argentinischen Militärstützpunkt an der Spitze der antarktischen Halbinsel. Dort hatte Ashley zum ersten Mal antarktische Luft geschnuppert. Mit jedem Atemzug glaubte sie, es würde Eiswasser in ihre Lungen gepumpt. Das Team übernachtete in der Kaserne des Stützpunkts und wurde am nächsten Morgen wieder an Bord des argentinischen Transportflugzeugs gebracht. Gegen Mittag, so hatte Blakely versprochen, sollten sie das endgültige Ziel ihrer Reise erreichen, den amerikanischen Marinestützpunkt McMurdo. Ashley lechzte danach, einmal mehr als vierundzwanzig Stunden außerhalb eines Flugzeugs zu verbringen. Sie richtete sich ein wenig auf, um nachzuschauen, ob Jason sich auch benahm. Er saß auf der anderen Seite der klappernden Kabine neben Ben und unterhielt sich lebhaft mit Händen und Füßen mit ihm. Die zwei hatten rasch Freundschaft geschlossen, seit sie sich in Esperanza ein Etagenbett im Männerschlafsaal der Kaserne geteilt hatten.

Ben bemerkte ihren Blick und grinste sie über Jasons Kopf hinweg an. Der Australier zeigte eine bewundernswerte Geduld. Jasons Geschichten konnten langatmig sein.

»Es geht ihm gut«, sagte Major Michaelson neben ihr.

Erschrocken blaffte sie ihn an: »Ich habe Sie nicht nach Ihrer Meinung gefragt.«

»Ich wollte ja nur …« Er schüttelte den Kopf und furchte die Stirn. »Dann eben nicht.«

Ashley biss sich auf die Unterlippe. Offensichtlich versuchte er nur, sie zu beruhigen. »Es tut mir Leid. Das hat nicht Ihnen gegolten. Mich plagen nur Zweifel, ob meine Entscheidung, Jason mitzunehmen, richtig war.«

Seine angespannte Haltung schien sich zu lockern. »Ihr Sohn hat eine Menge Mut. Er schafft das schon.«

»Danke. Aber was ist mit Ben? Er hat sich dieser Mission sicher nicht angeschlossen, um für mich den Babysitter zu spielen.«

Der Major lächelte. »Vielleicht bleibt ja etwas von Jasons Reife an ihm hängen.«

Sie gluckste. »Der Mann ist geradezu ein wandelnder Unterhaltungsdampfer.«

»Auf jeden Fall versteht er etwas von seinem Geschäft.« Er nickte in Richtung Ben. »Ich habe die Unterlagen über ihn gelesen. Ein gefeierter Rettungsarbeiter, der sich auf Höhlenaufklärung spezialisiert hat. Vor zwei Jahren hat er ein erfahrenes Forschungsteam aus den Lechuguilla-Höhlen gerettet. Die Forscher waren acht Tage lang verschwunden gewesen. Keiner konnte sie finden. Ben ging allein hinein und kam mit einem gebrochenen Bein und vier Forschern wieder heraus. Mit Höhlen kennt er sich aus. Er hat beinahe einen sechsten Sinn.«

»Das habe ich nicht gewusst …« Sie sah zu Ben hinüber, der jetzt mit Jason Karten spielte, und dachte über diese Enthüllung nach.

»Die Unterlagen über Sie waren genauso beeindruckend«, sagte der Major.

»Über mich?«

»Anscheinend haben Sie die bewundernswerte Fähigkeit, neue Entdeckungen dort zu machen, wo andere bereits alles untersucht haben.«

Bei seinem Lob zuckte sie nur mit den Schultern. Der Major war anscheinend außerordentlich gesprächig. Er war doch sonst so verschlossen und stoisch? Sie schaute ihn an. »Sie wissen verteufelt viel über uns, aber alles, was ich von Ihnen bekommen habe, waren Tickets und ein Terminplan. Ich kenne nicht einmal Ihren Vornamen.«

»Ich heiße Dennis«, antwortete er. »Dr. Blakely plant eine ausführliche Besprechung in der Alpha-Basis.«

Major Dennis Michaelson, dachte sie. Mit Vornamen wirkte der Major beinahe menschlich. Sie sank in ihren Sitz zurück. »Woher kommen Sie, Dennis?«

»Aus Nebraska. Die Farm meiner Familie liegt in der Nähe von North Platte.«

»Und warum sind Sie zu den Marines gegangen?«

»Mein Bruder Harry und ich haben uns gemeinsam bei den Marines gemeldet. Er kannte sich mit allem aus, was einen Motor hat – Autos, Motorräder, Hochgeschwindigkeitsfahrzeuge, solches Zeug. Er ging zu den Marines, um noch größere Maschinen in die Finger zu kriegen. Er war erst glücklich, wenn seine Hände vom Öl klebten. Musste immer herumbasteln.« Ein liebevolles Lächeln erschien auf Major Michaelsons Gesicht, als er seinen Bruder beschrieb.

»Und Sie? Was trieb Sie weg von der Farm?«

»Zum einen wollte ich auf Harry aufpassen. Und zum anderen sagte ich ja, dass unsere Farm in der Nähe von North Platte lag. Und North Platte liegt hinter den sieben Bergen.«

»Dann sind Sie zu den Marines gegangen, um die Welt zu sehen. Und wo sind Sie jetzt angelangt? An ihrem Arsch.«

»Ja«, erwiderte er beinahe grimmig. »Und jetzt erscheint mir North Platte so schön wie nie.«

»Also, warum hängen Sie Ihren Job nicht an den Nagel und gehen zurück zur Farm?«

Plötzlich legte Michaelson seine Stirn in Falten, und seine schwarzen Augenbrauen zogen sich zusammen. Er schüttelte den Kopf, sagte aber nichts.

Sie versuchte, mehr aus ihm herauszubekommen. »Wie sind Sie an so einen langweiligen Auftrag geraten? Einen Haufen Wissenschaftler zu bewachen.«

»Ich habe mich freiwillig gemeldet«, grummelte er.

Sie rümpfte die Nase. Nicht gerade die Entscheidung, die sie von einem Karrieresoldaten erwartet hätte. Kein Ansehen, kein Ruhm, am Ende der Welt stationiert. »Weshalb?«

Er zuckte mit den Schultern. »Ich habe meine Gründe.« Er öffnete seinen Sicherheitsgurt, verließ den Platz und murmelte etwas von »Toilette«.

Wieder allein, beobachtete sie die Landschaft, die unter den Kufen des Flugzeugs vorbeiglitt. Das Sonnenlicht wurde vom Eis reflektiert. Je besser sie ihre Teamkameraden kennen lernte, umso weniger schien sie sie zu verstehen. Aber was war daran neu? Sie verstand die Menschen doch nie. Man schaue sich nur ihre Ehe an. Flitterwochen, die acht Jahre dauerten, bis sie eines Tages mit Schwangerschaftsübelkeit früher von der Ausgrabung nach Hause kam und ihren Mann mit seiner Sekretärin im Ehebett erwischte. Keine Alarmzeichen. Kein Lippenstift am Kragen. Kein blondes Haar auf seinem Sakko. Nichts. Für sie ein absolutes Rätsel.

Ashley legte eine Hand auf den Bauch. Scotts Untreue war noch nicht einmal das Schlimmste gewesen. Sie erinnerte sich an die schmerzhaften Krämpfe und die Blutungen. Die emotionale Belastung hatte eine Fehlgeburt ausgelöst. Der Verlust des Babys hätte sie beinahe umgebracht. Nur der Gedanke an Jason, der damals sieben war, hatte sie vor dem Wahnsinn bewahrt.

Auch wenn seitdem Jahre vergangen waren, so spürte ein Teil von ihr noch den Schmerz, immer wenn sie daran dachte, wie viel sie verloren hatte. Nicht nur das Baby, auch das Vertrauen in ihre Mitmenschen. Sie wollte nie wieder so leichtgläubig und so verletzbar sein.

In ihren Sitz gelümmelt, starrte sie aus dem vereisten Fenster. Am äußersten Horizont erhob sich eine Rauchsäule, eine schwarze Unterschrift auf blauem Himmel. Sie richtete sich auf. Während das Flugzeug dröhnend weiterflog, kam die Quelle der grauen Rauchwolke in Sicht und erhob sich von der flachen Erdoberfläche wie ein erwachender Riese. Der Mount Erebus.

Das Innere des Dodge-Vans stank nach Zigaretten und wurde fast synchron zum Bassrhythmus einer Pearl-Jam-Kassette hin- und hergeschüttelt. Eine müde Mittagssonne ragte bleich über den Gipfel des Mount Erebus. Der Fahrer, ein junger Ensign der Navy, schüttelte den Kopf zur Musik. »Beinahe zu Hause«, rief er nach hinten. »Gleich hinter dem nächsten Eisrücken.« Die Straße von Williams Field zur McMurdo Base war notdürftig in das Eis gehauen worden. Mit einem letzten Aufprall, der ihnen sämtliche Knochen zusammenstauchte, hatten sie den Höhenzug umrundet, und Ashley sah das Ziel ihrer Reise.

Sie wischte mit einem Handschuh über das beschlagene Beifahrerfenster. Die anderen Mitglieder des Teams taten dasselbe. Neben dem blauen Eisschelf, welches das Rossmeer bedeckte, war McMurdo ein schwarzer Klecks. Der Industriekomplex mit grauen Gebäuden wirkte klein neben dem riesigen Schuttabladeplatz im Süden. Der Van rumpelte an einer brennenden Müllkippe vorbei, von der öliger Rauch in den blauen Himmel hinaufstieg.

Ein Helikopter der Navy kreischte über den Van hinweg. Der Druck und das Geräusch ließen die Fenster vibrieren. Jason hielt sich die Ohren zu. Die Basis schwirrte vor lauter Hubschraubern. Ashley tippte dem Fahrer auf die Schultern. »Ist das hier immer so hektisch?«

Der Fahrer zeigte mit dem Daumen nach oben. »Heute ist ein gemütlicher Tag«, rief er.

Sie lehnte sich zurück. Na toll.

Blakely lächelte. »Wir werden uns hier nur ein paar Stunden aufhalten. Dann geht es unverzüglich weiter zur Alpha-Basis. Dort ist es viel ruhiger.« Er schaute wehmütig aus dem Fenster. »Nach etwa einem Jahr gewöhnt man sich sogar an den Lärm und den Gestank hier oben. Mir fehlt das fast.«

»Für einen wissenschaftlichen Stützpunkt scheint es eine Menge Umweltverschmutzung zu geben«, sagte Linda und schnitt eine Grimasse. »Die Biotope hier sind labil.«

Blakely zuckte mit den Schultern. »Wir haben ein Budget von zehn Millionen Dollar für Flurbereinigungsmaßnahmen zugeteilt bekommen. Das wird schon wieder.«

»Das will ich hoffen«, sagte Linda.

Nahe einem kastenförmigen Betongebäude wurden sie abgesetzt. Ashley zog ihren Parka enger zusammen. Der Wind brannte, als er ihr über die Wangen peitschte. Bei mangelndem Schutz konnten in wenigen Minuten Erfrierungen eintreten. Ihre Teamkollegen stürzten zum Eingang. Sie überzeugte sich davon, dass Jason vor ihr war. Sie wollte nicht, dass er sich von der Gruppe fortbewegte und verloren ging.

Wärme. Das Innere war geheizt, aber die Luft stickig und feucht. Überall herrschte der stechende Geruch von Schweiß vor. Sie rümpfte ihre Nase und bemerkte das Regenbogenspektrum farbiger Parkas, die in der Eingangshalle an den Haken hingen.

Blakely zeigte ihnen, wo sie ihre Parkas aufhängen konnten. »Sie brauchen sich keine Sorgen zu machen, sie werden nicht gestohlen. Manteldiebe haben hier mit der Todesstrafe zu rechnen.«

Ashley half Jason aus seinem Parka und hängte ihn neben ihrem auf.

»Wir bleiben hier nur zum Mittagessen und brechen dann zur Alpha-Basis auf«, fuhr Blakely fort. »Die Messe hier in Gebäudekomplex E befindet sich am Ende des Korridors. Fühlen Sie sich wie zu Hause. Wir treffen uns in zwei Stunden wieder hier. Bei der Messe um die Ecke befindet sich ein Pausenraum mit Tischtennisplatten und Billardtischen. Viel Spaß damit.«

»Sie kommen nicht mit?«, fragte Ashley.

»Nein, ich habe eine Besprechung mit dem Captain der Station und kläre mit ihm die letzten Einzelheiten.«

Nachdem Blakely gegangen war, schritten sie zur Messe. So manch ein Marinesoldat hob die Augenbrauen, als sie vorbeigingen. Ein junger Mann starrte Ashley länger an, als ihr angenehm war, bis sie ihn mit einem strengen Blick einschüchterte. Im Großen und Ganzen jedoch schien die Mannschaft von den Neuankömmlingen unbeeindruckt zu sein. Ashley nahm an, dass sie sich als Besatzung der Basis für Operationen der National Science Foundation an das Kommen und Gehen neuer Gesichter gewöhnt hatte.

Ashley balancierte ein Tablett mit zwei Äpfeln, einem üppigen Sandwich mit Frühstücksfleisch und einem halben Liter Milch. Jason hatte sein Tablett mit Pudding und Keksen voll geladen, doch hatte sie ihn mit den Süßigkeiten zurückgeschickt. »Zuerst das Mittagessen. Danach kannst du dir gern einen Schokoladenpudding und einen Keks holen.«

Jason schlurfte traurig mit dem kleinsten Sandwich, das er finden konnte, zum Tisch und warf noch manchen Blick auf die Theke mit den Desserts.

Ben setzte sich zu ihnen, während Major Michaelson, Linda und Khalid am Nachbartisch Platz nahmen.

»Wir sind fast da«, flüsterte Ben ihr ins Ohr, als er sich setzte. »Am Tor zu einer neuen Welt. Wie fühlst du dich dabei, Captain?«

Vielleicht waren es seine Worte, vielleicht auch nur sein

kitzelnder Atem – Ashley lief jedenfalls ein Kribbeln über den Rücken. »Bestens«, sagte sie. »Ich bin richtig aufgeregt und scharf darauf, die Höhlen unter die Lupe zu nehmen.«

»Geht mir genauso.« Mit einem strahlenden Lächeln streckte er seine Hand aus. Seine Finger zitterten. »Ich zittere am ganzen Leib vor Erwartung, dass es endlich losgeht.«

Sie wusste nicht, ob er sie auf den Arm nahm. Er war schwer zu durchschauen. »So kurz davor zu sein«, sie zuckte mit den Schultern, »ist nervenaufreibend.«

»Ich weiß, wie dir zu Mute ist«, sagte Ben nickend. »Ich bin jetzt seit zwei Jahrzehnten Späleologe. Das ist meine erste Chance, meine Nase in alte Schachteln zu stecken.«

»In alte Schachteln? Was heißt denn das?«

»Psst, Mama!«, sagte Jason entsetzt, der neben ihr saß und den Mund voll Sandwich hatte. »Das sagt man so bei den Höhlenforschern, wenn jemand etwas zum ersten Mal entdeckt.«

»Ach so, verstehe.« Sie schmunzelte über seinen Versuch, sie zu beeindrucken.

»Ben und ich haben uns darüber unterhalten. Er hat mir alles erzählt über – wie heißt das noch mal? Ach ja, den Jungfrauendurchstoß.«

»Was?« Sie fuhr herum zu Ben. »Was zum Teufel hast du meinem Sohn erzählt?«

»Jungferndurchgänge«, sagte Ben und hielt das Lachen nur mit Mühe zurück. »Gänge, die noch nie ein Mensch betreten hat. Solche Sachen.«

»Oh«, sagte sie, plötzlich verärgert, »ich dachte …«

Er unterbrach sie mit einem beiläufigen Grinsen. »Ich weiß, was du gedacht hast.«

Sie wurde wütend. »Du denkst wohl, du bist der nächste Neil Armstrong?«

»Wer?«

Angesichts dieser Bildungslücke schüttelte sie den Kopf. »Der erste Mensch, der den Mond betreten hat. ›Ein großer Schritt für die Menschheit.‹«

Bens Augen leuchteten auf. »Genau! Der erste Mensch zu sein, der etwas Neues zu Gesicht bekommt. Ein Wahnsinnsnervenkitzel.«

Sie erinnerte sich an das verschüttete Anasazi-Grabmal, das sie entdeckt hatte. Ihr Herz hatte wie verrückt geklopft, und sie hatte es kaum gewagt, Luft zu holen, als sie den letzten Stein umkippte und so das Innere des Allerheiligsten des Hohepriesters öffnete. Der modrige Geruch der uralten Grabkammer. Die Sonne auf ihrem Rücken. Sie war die Erste, die ein Geheimnis entdeckte, das Jahrhunderte verborgen gewesen war. Und nun hatte sie es mit einem Geheimnis zu tun, das Jahrtausende verborgen gewesen war. Was würde sie dort finden? In ihren Ohren dröhnte ihr Herzschlag. Doch, sie konnte Bens Aufregung nachvollziehen.

»Willst *du* denn deine Nase in alte Schachteln stecken?«, fragte er.

Lächelnd blickte sie in seine lachenden Augen. »Zum Teufel, ja. Ich hoffe, wir haben nachher noch Zeit, die Höhlen der Felsenbewohner zu untersuchen. Ich würde sogar das Mittagessen auslassen, wenn man mich noch heute dahin ließe.« Sie biss heißhungrig in ihr Sandwich. Das Brot war feucht und das Fleisch wie Gummi. »Besonders *dieses* Mittagessen.«

Ben lächelte sie ununterbrochen an. »Magst du keine Armeeverpflegung?«

Sie grinste zurück. »Ich hole mir jetzt Pudding und Kekse.«

»He«, rief Jason, »das ist nicht fair.«

Jason tupfte mit dem Finger jeden einzelnen Kekskrümel von seinem Dessertteller auf. Dann leckte er ihn ab und genoss die letzten Spuren von Schokolade. »Darf ich mir noch einen Keks holen?«, bettelte er seine Mutter an.

»Du hattest schon zwei. Das reicht. Geh bitte ins Bad und wasch dir die Finger.«

Jason murmelte etwas Unverständliches und schob seinen Stuhl zurück. »Na gut.«

»Wie wäre es mit einer Partie Poolbillard, wenn du fertig bist?«, fragte Ben, als Jason sich an ihm vorbeidrückte.

Jasons verkniffene Gesichtszüge lockerten sich. Er schaute seine Mutter an. »Darf ich?«

»Klar. Jetzt beeil dich. Wir brechen bald auf.«

»In einer Minute bin ich wieder da, Ben«, sagte Jason und schoss durch die Messe zur Toilette am anderen Ende des Saals. Der Vorraum war leer. Jason schlüpfte in die mittlere Kabine und fummelte an seinem Gürtel.

Als er sich hinsetzte, hörte er, wie die Tür aufging, Lärm aus dem Saal hereindrang und die Tür wieder zufiel. Jemand pfiff falsch eine Melodie, näherte sich den Toilettenkabinen und betrat die Kabine rechts von Jason. Immer noch pfeifend ließ der Mann seinen Rucksack auf den Boden der Kabine fallen. Genau rechts neben Jason.

Jason sah mit großen Augen, wie eine schwarzbehaarte Hand hinunterlangte, die Schnalle des Rucksacks öffnete und darin herumwühlte. Er hörte, wie ein Streichholz angezündet wurde … und jemand langsam ausatmete. Es roch nach einer brennenden Zigarette. Während der Mann immer noch pfiff, öffnete er geräuschvoll den Gürtel. Als er sich setzte, trat er mit dem Absatz gegen den Rucksack und warf ihn um. Ein kleiner Haufen in Plastik verschweißter Würfel, die wie graue Play-Doh-Knete aussahen, kullerte in Jasons Kabine.

In diesem Moment ging die Tür zur Herrentoilette wieder auf. Ein anderer Mann ging zu den Urinalen hinüber. Jason nahm das Öffnen eines Reißverschlusses und das charakteristische Plätschern wahr. Der Mann am Urinal seufzte. Jason belauschte seinen Nachbarn, der seinen Gürtel zuzog und den umgekippten Rucksack aufhob.

Der Nachbar verließ die Kabine.

Der Mann am Urinal sprach. Jason erkannte Bens Stimme. »Khalid, mein Bester, Rauchen ist hier nicht erlaubt.«

»Ach, die Amerikaner haben einfach viel zu viele Vorschriften. Wie soll man da wissen, welche man befolgen und welche man ignorieren soll? Möchtest du eine Zigarette?«

»Danke für das Angebot«, erwiderte Ben, »aber ich bin zum Billard verabredet.«

Die Tür der Herrentoilette wurde aufgestoßen, und Khalid stampfte hinaus.

Jason setzte seine Füße wieder auf den Boden und stand auf. Während er seinen Gürtel schloss, schaute er auf den Boden. Der Ägypter hatte einen seiner eingeschweißten Würfel übersehen. Er war zur gegenüberliegenden Seite von Jasons Kabine gekullert. Jason streckte den Arm aus und hob den Würfel auf. Was sollte er damit machen? Wenn man kräftig zupackte, fühlte er sich an wie feste Tonerde. Ihm war bewusst, dass er den Würfel Khalid zurückgeben sollte, aber dann käme heraus, dass er gelauscht hatte. Er steckte ihn in seine Hosentasche und verließ die Kabine.

»Da bist du ja!« Ben stand vor ihm. »Deine Mutter hat schon gedacht, du wärst ins Klo gefallen.«

Jason grinste. Er schob den Würfel noch tiefer in seine Tasche.

»Was hast du denn da, Sportsfreund? Hast du dir den dritten Keks gemopst?«, fragte Ben augenzwinkernd.

»Nein«, sagte Jason und bekam einen Schluckauf vom Lachen. »Ist nichts Besonderes.«

»Na gut. Dann auf zum Billard.«

Blakely stemmte sich gegen eine Windbö, während er durchs Camp schritt. Das Büro des befehlshabenden Offiziers lag auf der anderen Seite der Basis, weit weg von der Müllkippe. Wenn er diese verdammte Ausrüstung nicht so nötig gehabt hätte, wäre er direkt zur Alpha-Basis weitergereist. Doch Rolands Communiqués und Gesuche hatten den sturen Offizier nicht umstimmen können. Er brauchte diese verfluchten Platinen; sie waren für das Funkverbindungsnetz lebensnotwendig.

Er schritt die Stufen zum Basishauptquartier hinauf, und eine Wache prüfte seine Personalien. Blakely schenkte dem Mann einen säuerlichen Blick, während er wartete. Ein roter Helikopter der US Navy flog dicht an ihnen vorbei und schleuderte Eis und Dreck in das Wachhäuschen. Mit gerunzelter Stirn schaute die Wache hinauf.

»Alles okay, Dr. Blakely.«

»Danke.« Er ging hinein. Verdammte Vorschriften. Nachdem er seinen Parka aufgehängt hatte, eilte er weiter den Flur entlang. Das Eckbüro des befehlshabenden Offiziers lag im Parterre. Er ging auf den Sekretär zu, einen Unteroffizier mit schwarzem Brillengestell und schlechter Haltung.

»Ich möchte mit Commander Sung sprechen«, sagte Blakely, noch bevor der Sekretär den Mund aufgemacht hatte.

»Haben Sie einen Termin?«

»Sagen Sie ihm, Blakely ist hier. Dann lässt er mich schon rein.«

»Er ist im Augenblick sehr beschäftigt.«

Blakely schüttelte den Kopf. Er wusste, wann man ihm einen Bären aufbinden wollte. »Sagen Sie ihm, dass ich da bin.«

»Einen Moment.« Der Sekretär drückte einen Knopf auf einem Kontrollpult mit gelben Lämpchen. Er wandte sich ab, als er sprach, doch Blakely konnte das eine oder andere Wort verstehen. »Verzeihen Sie, Sir, aber hier ist ein Dr. Blakely, der Sie sprechen möchte.« Eine Pause entstand, als er in den Hörer lauschte, dann sagte er mit noch leiserer Stimme: »Das habe ich versucht, Sir. Er besteht darauf.« Eine weitere Pause, sein Gesicht lief rot an. Es gehörte nicht viel dazu zu erkennen, dass der Sekretär gerade heruntergeputzt wurde. Das Gespräch wurde mit einem letzten »Ja, Sir« beendet.

Die Schweißperlen standen ihm auf der Stirn, als er sich wieder Blakely zuwandte. »Der Commander wird Sie jetzt empfangen. Vielen Dank für Ihre Geduld.«

Blakely hatte Mitleid mit ihm. Er beugte sich herab, als er an seinem Schreibtisch vorbeiging, und flüsterte: »Machen Sie sich nichts draus, mein Sohn, jedermann weiß, was Sung für ein Arschloch ist.«

Der Sekretär schnitt eine Grimasse. »Viel Glück.«

Sorg du mal für dein eigenes Glück, dachte Blakely, als er die Tür zu Sungs Büro aufstieß.

Commander Sung saß hinter einem breiten Mahagonischreibtisch, der so dick lackiert war, dass er aussah, als wäre er nass. Vor ihm ausgebreitet lagen mehrere Akten. Mit einem Finger schob er Blakely eine Akte zu, als ekelte er sich davor. »Ich habe Ihr Gesuch gelesen, Andrew.«

Blakely hasste es, wenn ihn jemand mit dem Vornamen anredete. Vor allem so ein prinzipientreuer Schreibtischtäter wie Sung. Das war nicht das erste Mal, dass sich die beiden ins Gehege kamen. Als leitender Wissenschaftler der National Science Foundation war Blakely bereits öfter mit dem Senior Navy Officer aneinander geraten. Manches Mal waren Wissenschaft und Militär über bestimmte Themen uneins – besonders was die knappe Versorgung des abgelegenen Stützpunkts betraf.

Ihre Feindseligkeit war von dem Moment an stärker geworden, als Blakely die Diamantstatue fand. Er konnte

Sung förmlich ansehen, wie er grün vor Neid wurde – Neid auf die Zuwendung und das Geld, das Blakely mit einem Mal zufloss. Seitdem lief die Zusammenarbeit mit dem Militär auf dem Stützpunkt ab, als würden sie einander Zähne ziehen.

Sung fuhr mit einem leichten Grinsen im Mundwinkel fort: »Ich dachte, ich hätte mich unmissverständlich ausgedrückt. Die Platinen sind die Letzten, die wir auf Lager haben. Ich kann die Herausgabe erst dann genehmigen, wenn der Nachschub eingetroffen ist.«

»Das ist Schwachsinn, und das wissen Sie. Ich brauche die Platinen, um eine fehlerhafte Funkverbindungsleiterplatte zu reparieren.«

Sung zuckte mit den Schultern. »Verdammtes Pech, dass Ihre Leiterplatten einen Kurzschluss haben.«

»Das wäre nicht passiert, wenn Sie mir neue Platinen geliefert hätten statt der uralten, die Sie gebrauchten Geräten entnommen haben.« Blakely stützte sich mit den Fäusten auf den Schreibtisch. »Ich will *neue* Platinen. Ich lasse nicht zu, dass sie meine Expedition gefährden.«

»Dann warten Sie auf die nächste Lieferung. Die trifft in drei Wochen ein.«

»Wir sind ohnehin spät dran.«

»Als befehlshabender Offizier dieses Camps treffe ich diese Entscheidung, und sie ist endgültig.« Sung drehte sich in seinem Sessel zurück.

Blakely hatte die Schnauze voll von diesem Arschloch. Er langte über den Schreibtisch. Sung fuhr mit verschrecktem Gesichtsausdruck zurück. Offenbar dachte er, er würde ihn angreifen. Was für ein Trottel! Blakely schnappte sich das Telefon und zog es zu sich herüber. Er hatte etwas viel Schlimmeres vor.

Blakely ignorierte Sungs Proteste, wählte eine Nummer und nannte ein Passwort. Er lauschte, während er von einem Operator zum nächsten vermittelt wurde. Endlich eine vertraute Stimme. Blakely antwortete: »Sir, ich habe Probleme mit dem Base Commander.« Er hielt inne. »Ja, Sir. Genau. Er sitzt direkt neben mir, Sir.«

Blakely lächelte und reichte Sung den Hörer. »Ihr Boss.«

Langsam streckte Sung die Hand aus und nahm den Telefonhörer. »Hallo, hier spricht Commander Sung.«

Blakely sah zu, wie das Gesicht des Commanders zuerst bleich wurde und dann knallrot anlief. Wieder einmal wurde er Zeuge, wie jemandem der Arsch aufgerissen wurde.

»Jawohl, ich werde dafür sorgen«, sagte Sung mit hoher Stimme. »Sofort, Herr Minister. Ich habe die Wünsche des Präsidenten verstanden.«

6

Nur noch eine Minute, und es ist vorbei.

Obwohl Ashley im Sitz des Navy-Helikopters festgegurtet war, hielt sie sich am Haltegriff über ihr fest. Ein plötzlicher Ruck, eine Drehung des Flugzeugs, und ihre Knöchel traten weiß hervor. Ein dumpfes Klopfen hinter den Augen kündigte drohende Kopfschmerzen an. Nun setzt doch dieses Ding endlich auf die Erde, dachte sie. Wie als Antwort tauchte der Hubschrauber nach unten ab.

Jason rief laut »Juhu!«, als der Hubschrauber auf die vereiste Felswand zustürzte. Die Hänge des Mount Erebus füllten den gesamten Ausblick auf der Steuerbordseite, eine scheinbar endlose, in den Himmel kletternde Abfolge von verschneiten Felsen und schwarzen Abgründen.

Ashley schloss die Augen vor Übelkeit.

Jason zupfte an ihrem Ärmel. »Das musst du dir anschauen, Mama!«

Sie stieß seine Hand fort. »Nicht jetzt, mein Schatz.«

»Aber man kann in das Loch hineingucken. Es ist irre gruselig.«

Sie stöhnte und öffnete ein Auge. Die Welt war ein schräger Teller, und unter ihnen kam der Fuß des Mount Erebus in Sicht, als sie in die Tiefe kreisten. Das Areal war mit orangefarbenen Zelten geschmückt, die aussahen wie Furunkel auf einem weißen Hintern. Eine Straße aus ausgehobenem Matsch und Morast führte vom Zeltplatz zu einem schwarzen Schlund in der Felsfront des Mount Erebus. Sie war gerade groß genug, um einen Doppeldeckerbus aufnehmen zu können. Der Schnee trieb von der Öffnung weg, als ob der klaffende Schlund ausatmete.

Der Helikopter richtete sich auf und senkte sich wie ein Aufzug auf den Landeplatz. Eis und Schnee wogten um sie herum, als sie aufsetzten.

Blakely schrie im Inneren des Hubschraubers über den Lärm der Rotoren hinweg: »Alles klar, Leute! Draußen warten zwei Pistenraupen, die uns zur Öffnung bringen.«

Ben, der Ashley gegenübersaß, grinste. »Von nun an geht es nur noch bergab.«

Da ihr Sohn sich einen Fensterplatz in dem engen Abteil der breitspurigen Sno-Cat erbettelt hatte, fand sich Ashley eingequetscht zwischen Jason und Ben wieder. Linda – ohne das Handikap eines Sohns – hatte einen Platz neben dem Fahrer ergattert. Die anderen folgten im nächsten Wagen.

Vor ihnen ragte die Öffnung des Tunnels auf. Ursprünglich war es ein natürlicher Riss, der sich tief in die Wand des Mount Erebus einschnitt. Mithilfe von Sprengstoff und Minen war die Öffnung vergrößert und der Zugang zum Vulkan geebnet worden. Ashley hielt den Atem an, als das Fahrzeug über die Schwelle in den gähnenden Tunnel polterte, durch den zwei Lastwagen gepasst hätten. Eine normale, zweispurige Straße führte zum Herz des Vulkans.

Die vom Sprengen und Bohren zerklüfteten Wände wurden von Halogenlampen beleuchtet, die entlang der Decke befestigt waren. Als die Raupe sich um eine Kurve fräste, war das Tageslicht verschwunden. Nur die Lampen sorgten nun noch für Beleuchtung. Der Fahrer schaltete die Scheinwerfer ein, die durch die Dunkelheit schnitten.

Obwohl es so schien, als ginge die Reise über ebenen Boden, hatte Ashley in der Besprechung erfahren, dass sie sich abwärts bewegten. Der sechs Kilometer lange Tunnel sollte sie über 1200 Meter tief hinabführen.

Sie kamen nur langsam voran. Wegen der holprigen Strecke wurde sie selbst bei ihrem Schneckentempo fortwährend gegen Ben geschleudert.

»Entschuldigung«, sagte sie und stieß sich von Bens Schulter ab.

»Keine Sorge, ist mir ein Vergnügen.«

Sie grinste ihn an. Hörte der jemals auf?

Linda schaute sich nach ihnen um. »Habt ihr etwas dagegen, wenn ich mein Fenster einen Spalt öffne? Ich würde gern ... na ja ... es ist ein bisschen stickig.«

Ashley runzelte die Stirn. Linda war bleich, ihre Lippen waren ausgetrocknet und rissig. Anscheinend vertrug sie den Flug auch nicht. Ashley war entschieden ihrer Meinung, doch es war verdammt kalt draußen. »Ich weiß nicht. Ich möchte nicht, dass Jason im Zug sitzt. Vielleicht ...«

»Ein wenig Frischluft klingt gut«, sagte Ben. Er griff hinüber und drückte Ashleys Hand. »Hast du etwas dagegen, Jason?«

Ashley starrte auf Bens Hand. Er knetete ihre in einem fort, als wollte er ihr etwas mitteilen. Sie verkniff sich eine spitze Bemerkung. Ihr Sohn, der mit offenem Mund in den

Tunnel vor ihnen starrte, winkte mit einer Hand ab. »Mir egal.«

»Na gut«, sagte Ashley, »dann kannst du es aufmachen, Linda. Aber du, Jason, bleibst warm eingepackt.«

Linda grinste schwach und wandte sich wieder nach vorn. Als sie das Fenster wenige Zentimeter öffnete, wirbelte eine eisige Brise in die Kabine. Linda hielt die Nase ans Fenster, holte tief Luft und entspannte sich spürbar.

Ben lies Ashleys Hand los. Sie kuschelte sich tiefer in ihren Parka und zog die Kapuze vors Gesicht. Sie drehte sich zu Ben, um ihn etwas zu fragen, doch er beobachtete Linda mit sorgenvollem Blick.

Resigniert lehnte sich Ashley zurück und betrachtete das Aufblitzen der Deckenlampen, unter denen sie fuhren.

Und Alice verschwand im Bau des weißen Kaninchens.

Blakely saß neben dem Fahrer und starrte auf das Rücklicht der Sno-Cat vor ihnen. Er hatte die vorbeiziehenden Tunnelwände betrachtet und besonders ein Auge auf die Elektrizitäts- und Telefonleitungen geworfen. Es war alles in Ordnung. Solange der Base Commander nicht in letzter Minute ihre Pläne sabotierte, stand alles bereit.

Khalid beugte sich aus seinem Sitz im hinteren Teil der Sno-Cat vor. »Wie weit noch?«, fragte er.

Blakely schaute über die Schulter und sah den Geologen an. »Wir erreichen den Fahrstuhlschacht in etwa zehn Minuten. Zum Mittagessen sind wir in der Alpha-Basis. Entspannen Sie sich also und genießen Sie die Fahrt.« Khalid nickte, und Blakely sah, wie der Ägypter die vorbeihuschenden Lampen und Kabel aufmerksam betrachtete und sich dabei alle Einzelheiten einprägte.

Blakely lehnte sich in seinen Sitz zurück. Er verstand die Nervosität des Geologen. Das Warten zerrte an den Nerven.

Ashley dehnte die Muskeln, die während der Fahrt steif geworden waren. Sie warf einen Blick zurück und sah, wie die zweite Sno-Cat in die große Höhle rumpelte und ihre Passagiere entließ. Dann richtete sie ihre Aufmerksamkeit wieder auf den mächtigen Aufzug – einen Gitterkäfig aus Stahl.

Jason erforschte die riesigen Kisten, die den hinteren Teil der Höhle füllten. Er sah wie eine Maus aus, die im Kinderzimmer zwischen den verstreuten Bauklötzen umherhuschte. »Jason!«, rief sie. »Bleib in der Nähe, Schatz.«

Jason winkte ihr zu.

Blakely deutete auf den Aufzug und bat Ben: »Helfen Sie mir mit den Türen.«

Ben und Major Michaelson schoben die Türen auf, und die Crew ging hinein. Jason war herübergeschlendert. Ben wuschelte ihm durchs Haar. »Bist du bereit, Sportsfreund?«

Jason grinste, als sie den Aufzug betraten, der so groß wie eine Garage war und in dem beide Sno-Cats Platz fanden. »Und ob. Es ist irre.«

Ashley nahm das Innere des Aufzugs in Augenschein. Decke und Boden bestanden aus massiven roten Eisenplatten, doch die Wände aus Eisenstäben von einem Zoll Stärke. Wie ein überdimensionaler Vogelkäfig.

»Wir legen jetzt umgerechnet zweihundert Stockwerke zurück«, sagte Blakely, als sich die Türen schlossen. »Es hat allein drei Jahre gedauert, den Schacht zu bohren, der von dieser Höhle bis hinunter zur Alpha-Höhle in sechshundert Meter Tiefe führt.« Er betätigte einen Hebel, und Ashley spürte einen vertrauten Ruck, als sich der Aufzug rumpelnd in Bewegung setzte.

Sie hielt Jasons Hand. Wie sicher war diese Konstruktion? Ashley äußerte ihre Bedenken.

Blakely lächelte. »Wir haben schwere Maschinen mit

diesem Aufzug befördert. Sogar einige Lastwagen. Da wird er ein paar Menschen wie uns schon aushalten.« Er klopfte an die Metallstäbe des Käfigs. »Das hier ist die Hauptschlagader der Alpha-Basis. Sie wird wie eine teure Schweizer Uhr gewartet und wie die Kronjuwelen bewacht.«

Ashley bemerkte Khalids Lächeln. Wahrscheinlich amüsierten ihn ihre weiblichen Ängste, dachte sie. Noch so ein Macho und furchtloser Rationalist. Sie sah, wie er den Käfig prüfend in Augenschein nahm.

Ein peinliches Schweigen entstand, während das Team weiter in die Tiefe vordrang. Die einzige Lichtquelle war die Lampe an der Decke des Käfigs. Es schien, als schwebten sie im All.

Um das Schweigen zu unterbrechen, wandte sich Ashley an Blakely. »Wissen Sie«, sagte sie, »eine Sache quält mich. Und ich könnte mir vorstellen, die anderen auch.«

»Hm?« Er schien in Gedanken versunken.

Ben wurde hellhörig und löste sich vom Gitter, an dem er gelehnt hatte. Auch die anderen sahen sie interessiert an.

»Ich erwarte eine ehrliche Antwort«, sagte sie. »Sind wir hier, um diesen Kontinent zu erforschen oder um ihn auszubeuten?«

Blakely hob die Augenbrauen.

»Uns allen ist bekannt, dass man in den Naturwissenschaften nicht *so* viel verdienen kann. Hier geht es doch um mehr als nur um eine archäologische Untersuchung.«

»Richtig«, bestätigte Blakely, nahm die Brille ab und rieb sich den Nasenrücken, »doch möchte ich Ihnen versichern, dass ich in erster Linie Wissenschaftler bin. Für mich ist und bleibt dies eine wissenschaftliche Mission. Das ist einer der Gründe, warum ich Sie zur Leiterin dieses Teams ernannt habe, Professor Carter. Ich möchte, dass diese Mission ein wissenschaftliches Unternehmen bleibt. Natürlich befinden wir uns nicht im luftleeren Raum. Die Mission weist einige signifikante ökonomische und politische Züge auf.« Er fügte hinzu: »Fällen Sie keine voreiligen Urteile. Dadurch sind wir in der Lage, die Kosten zu decken, unsere Ausrüstung zu beschaffen und« – er zeigte auf jeden Einzelnen, zuletzt auf sie – »ein erstklassiges Team anzuheuern.«

»Dennoch«, sagte sie, »welche Konsequenzen der Erforschung müssen wir in Kauf nehmen? Wenn am Ende ein ausgebeuteter und verwüsteter Kontinent übrig bleibt ... ist mir der Preis zu hoch. Ich muss das Geheimnis der Höhlen nicht lüften.«

Er schaute sie traurig an. »Wirklich, Professor Carter?«

Sie wollte ihre Überzeugungen näher erläutern, doch eine Lüge kam ihr einfach nicht über die Lippen. Sie hatte Blakely gebeten, ehrlich zu sein. Wie konnte sie ihm da nicht die Wahrheit sagen? Sie erinnerte sich an die im letzten Licht des Sonnenuntergangs funkelnde Diamantfigur und schwieg. Verflucht.

Er nickte und zeigte nach unten. »Da ist es.«

In diesem Moment wehte eine Brise in den Käfig und blies Ashley die Kapuze vom Kopf. Eine warme Brise! Im gleichen Augenblick brach Licht über sie herein. Der Aufzug hatte soeben die Höhle erreicht.

Die Höhlendecke, die von unten angestrahlt wurde, war voller tropfender Stalagtiten, gewaltigen Bergen, die kopfüber herunterhingen. Einige reichten bis zum Boden und bildeten gigantische Säulen. Eine natürliche Kolonnade. Der Aufzug stieg neben einer Säule hinab, die den doppelten Durchmesser der Kabine hatte. Ashley sah, dass jemand Graffiti auf die Säule geschmiert hatte. Ein Pfeil, der nach unten zeigte, mit grob eingeritzten Buchstaben beschriftet: »Hölle ... 1 km!«

Ben runzelte die Stirn. »Eine Höhle verunstalten. Das zeugt nicht nur von schlechtem Geschmack, für einen Höhlenforscher bedeutet das sogar Unglück.«

Blakely sah Roland, seinen Assistenten, grimmig an. »Sorgen Sie dafür, dass das entfernt wird – *heute noch.*«

Ashley schüttelte den Kopf. Tröpfchen flogen ihr von der Nasenspitze. Sie wischte sich über die Stirn. Feucht. Die Luftfeuchtigkeit musste fast einhundert Prozent betragen. Aber diese Luft! Sie atmete tief ein. Sie war so rein.

Suchend schaute sie mit zusammengekniffenen Augen umher, doch die Wand auf der anderen Seite wurde von der Säule verdeckt. Verdammt. Sie hatte gehofft, einen Blick auf die Höhlenbehausungen werfen zu können.

»Mama! Schau!« Jason zeigte auf den Boden der Höhle.

Ashley stöhnte fassungslos, stellte sich auf die Zehenspitzen und drückte ihre Stirn gegen die kalten Gitterstäbe. Der Boden unter ihnen war übersät von Gebäuden und Zelten, die von Suchscheinwerfern beleuchtet wurden und mit Lampen behängt waren. Eine tiefe Schlucht teilte die Basis wie eine schwarze Wunde in zwei Hälften. Eine beleuchtete Brücke führte über die Kluft und verband die beiden Hälften. Sie waren am Ziel ihrer Reise.

Die Alpha-Basis.

»Schaut, dort drüben«, rief Linda, »da kann man Fische erkennen.«

Ashley trat hinter Linda, legte eine Hand auf ihre Schulter und schaute hinunter. Am Rand der Alpha-Basis reflektierte ein riesiger See, der mehrere hundert Morgen groß war, die Lichter des Camps. Seine Oberfläche kräuselte sich sanft. Von oben konnte man sehen, wie die schimmernden Bewohner des Sees unter der glasklaren Wasseroberfläche umherschossen oder gemächlich schwammen. Auf eine merkwürdige Art poetisch.

»Cool«, rief Jason.

»Allerdings, Sportsfreund.« Ben stupste Ashley mit dem Ellbogen an. »Faszinierend, was?«

Ashley nickte benommen. Ihre Bedenken von vorhin waren plötzlich nur noch eine vage Erinnerung. Ihr Forscherdrang war erwacht. »War das richtig? Sagten Sie, die Höhle misst acht Kilometer im Durchmesser?«

Blakely nickte, die Spur eines Lächelns um die Mundwinkel. »Ungefähr.«

Ben pfiff anerkennend.

Innerhalb weniger Minuten sank der Aufzug auf den Höhlenboden und stoppte in seinem »Heimathafen«. Eine uniformierte Eskorte stand bereit, um sie zu ihren Quartieren zu begleiten. Blakely wandte sich zur Gruppe. »Wir sind zu Hause!«

7

Die Alpha-Basis, Antarktis

Mit einem Schmunzeln beobachtete Ashley, wie Jason in seinem Schlafzimmer herumwirbelte. Ihr eigenes Zimmer in der Zweizimmer-Suite war ebenso beeindruckend. Kaum zu glauben, dass jeder Expeditionsteilnehmer eine eigene Suite im zentralen Wohnheim der Basis hatte. Die Vergünstigungen, die einem bei dieser Mission zuteil wurden, wurden immer besser. Spitzengardinen, Schreibtische aus Walnussholz, bequem gepolsterte Stühle, Designertapeten. Kaum zu glauben, dass sie sich drei Kilometer unter der Erdoberfläche befanden.

»Schau, Mama«, Jason zeigte auf den Schreibtisch in der Ecke, »ein richtiger Pentium II. Keiner von diesen lahmen Klonen.«

Zwar wollte sie ihm seine Illusionen nicht nehmen, doch einmal musste er es erfahren. »Der ist für deine Hausaufgaben.«

Jason fiel das Kinn herunter, als er sich umdrehte. »Es ist Sommeranfang, Mama!«

»Nur ein paar Stunden am Tag. Ich möchte, dass du die Zeit nutzt, in der ich nicht da bin. Es gibt eine Bibliothek auf der Basis. Ich möchte, dass du zwei Bücher dort ausleihst und zu jedem einen Aufsatz schreibst.«

Entgeistert riss er die Augen auf. »Was für ein Sommer!«

»Es wird dir Spaß machen. Roland wird ... sich um dich kümmern.« Sie wagte nicht, das Wort »Babysitter« in den Mund zu nehmen, Jason würde es ihr nie verzeihen. »Er wird während meiner Abwesenheit bei dir sein. Ich erwarte, dass du ihm gehorchst.«

Jason verzog wütend das Gesicht.

»Wenn du dich benimmst und deine Hausaufgaben machst ... *ohne zu murren* ... dann warten ein paar Überraschungen auf dich.«

»Klar«, sagte er in skeptischem Tonfall. »Zum Beispiel?«

»Zum einen habe ich hier einen Kampfsportexperten gefunden, der deinen Unterricht fortsetzen kann. Wenn du den gelben Gürtel bis Ende des Jahres haben willst, wirst du trainieren müssen, wenn ich fort bin.«

Ein wenig hellte sich seine finstere Miene auf.

»Außerdem kann man hier mit elektrischen Fahrrädern und Jetski fahren.«

Jason verzog das Gesicht. »Wieso elektrisch?«

»Um das Ökosystem hier unten nicht zu belasten, lässt man nur eine begrenzte Anzahl von Verbrennungsmotoren zu. Das ist der bescheidene Beitrag des Militärs zur Erhaltung der Höhle.« Ashley entsann sich Bens Missmut, als sie über das Gelände gefahren waren. Auf dem ganzen Weg hatte er über die offenkundige Misshandlung des zerbrechlichen Ökosystems geschimpft.

Jasons Schmollgesicht erforderte noch ein wenig Zuwendung. Ashley wischte ein paar lose Strähnen aus ihrem

Gesicht. »Aber, Jason, das ist noch nicht alles, was ich für dich vorbereitet habe. Es gibt außerdem Angeln, Basketball und was dein Herz sonst noch begehrt. Genug, um dich bei Laune zu halten, bis ich zurück bin. Und wenn du deine Hausaufgaben gut machst, darfst du, das hat Dr. Blakely mir versprochen, mit ihm in den Kontrollraum. Dort kannst du ihm dabei helfen, unser Fortschritte zu überwachen. Du wirst sogar mit mir sprechen können.«

»Na ja, ich glaube, das ist okay«, sagte Jason, immer noch ein wenig schmollend.

»Außerdem«, sagte Ashley und wies auf das Wohnzimmer der Suite, »gibt es hier Kabelanschluss. Einhundertfünfzig Sender, alle dekodiert.«

»Wow, das muss ich ausprobieren.«

Als er an ihr vorbeistürmte, erwischte sie ihn am Ärmel. »Moment, Söhnchen. In einer halben Stunde gibt es Mittagessen. Geh und wasch dir die Hände.«

»O Mann, kann man hier denn gar keinen Spaß haben?« Er stampfte zum Badezimmer.

Sie grinste. Genau wie zu Hause. Nur drei Kilometer unter der Erdoberfläche.

»Na, was hältst du davon?«, fragte Ben und trat von hinten an Linda heran.

Sie stand am Rand des Sees, dem die Soldaten den Spitznamen »Fass ohne Boden« verpasst hatten. Nur ein paar Zentimeter entfernt schwappte dunkles Wasser an einen Felsen; Wellen, die ein vorbeifahrendes Marineponton verursacht hatte.

Er kratzte sich die Bartstoppel am Kinn.

Sie warf ihm einen Blick zu. Die Lichter des Camps tanzten in ihren Augen. »Es ist ein Wunder.« Sie wies auf die Decke mehr als hundert Meter über ihnen. »Als wäre man im Freien.«

Er nickte und wies in Richtung Wasser. »Hättest du Lust, nackt zu baden?«

Sie lächelte. »Nein, aber du kannst es durchaus tun.«

»O nein, nachher schnappst du dir meine Unterwäsche, und die ganze Basis lacht mich aus.«

Sie grinste noch breiter und entspannter. »Das habe ich nicht gemeint. Ich wollte sagen, man kann hier *wirklich* schwimmen. Ich habe gehört, dass ein paar von den Marines das öfter tun. Das Wasser ist ziemlich warm, 28 Grad Celsius. Ich habe es gemessen. Erwärmt von vulkanischen Luftströmen.«

»Ist doch merkwürdig«, sagte Ben. »Über uns liegt Eis und toben eiskalte Stürme. Hier unten kann man baden, und es weht eine tropische Brise.«

»Das ist nicht so merkwürdig, wie es scheint. Ich habe gehört, dass das Meer bei Deception Island vor der antarktischen Küste sich manchmal aufheizt und man Wassertemperaturen wie in Badeorten misst. Die vulkanischen Aktivitäten sind so ausgeprägt, dass das Wasser in der Tat oft kocht. Nur wenige Meter von den Gletschern entfernt.«

»Aha«, sagte er und hob die Augenbrauen, als glaubte er ihr nicht.

Sie stupste ihn mit dem Ellbogen. »Ungelogen.«

Er lächelte. »Ich glaube dir ja. Auch andere Höhlen werden durch unterirdische Risse erwärmt. Das ist nicht so selten. Ich habe dir nur auf den Zahn gefühlt.«

»Na klar«, sagte sie und verdrehte die Augen.

Ein leuchtender bernsteinfarbener Fisch sprang einen Meter vom Ufer entfernt aus dem Wasser, so dass Linda erschrocken nach Luft schnappte. Ben zog die Augenbrauen zusammen. »Hör mal, über eines möchte ich mit dir sprechen.«

Sie schob die feuchten Strähnen aus ihrem Gesicht. »Was?«

»Ich habe dich beobachtet und ich ... na ja, ich ...«

Sie hob die Hand. »Es tut mir Leid, Ben. Ich weiß, wir sind in Buenos Aires zusammen tanzen gewesen. Aber das habe ich nur getan, um ein bisschen Dampf abzulassen. Ich möchte, dass du dieses Erlebnis als eine rein berufliche Angelegenheit verstehst.«

Ben feixte, als ihm klar wurde, dass Linda dachte, er wollte sie anbaggern. So wie sie aussah, kam das sicher oft vor. »Moment, Lady. Deswegen bin ich nicht hier.«

»Weshalb dann?«

»Im Lauf der Jahre habe ich eine ganze Menge Touristen in Höhlen geführt, und ich ... na ja, Probleme kann ich mittlerweile riechen. Seit wir tanzen waren, beobachte ich dich. Sowohl in der überfüllten Bar als auch hier in den Höhlen bist du furchtbar nervös geworden. Flache Atmung, verschwitzte Hände, bleiches Gesicht.« Ben sah, dass sie bei seinen Worten auf den Boden blickte. »Deswegen bin ich auch hier rausgekommen, um mit dir allein zu reden. Ich dachte, vielleicht ist da etwas, was du gern von der Seele hättest.«

Sie hob den Kopf, ihre Augen waren voller Tränen. »Du hast Recht, Ben. Ich habe Probleme mit überfüllten und engen Räumen.«

»Klaustrophobie?«

Sie rieb sich die Stirn, senkte die Augen wieder und nickte.

»Auf unserer bevorstehenden Reise wird es *viele* enge Räume geben. Ein Expeditionsmitglied, das panisch reagiert, kann uns alle gefährden.«

»Ich weiß. Aber ich nehme Medikamente und habe viele Jahre Therapie hinter mir. Ich kann damit umgehen.«

»Sogar die Tango-Bar in Buenos Aires hat dich aus dem Gleichgewicht gebracht.«

»Weil ich meine Tabletten nicht genommen hatte. Ich

hatte nicht gedacht, dass ich sie brauche. Auf die überfüllte Bar mit der lauten Musik war ich nicht gefasst. Ich kann meinen Auftrag erfüllen.«

Er streckte die Hände aus und fasste sie bei den Schultern. »Bist du sicher?«

Sie schaute ihn an. »Mir geht es gut. Ich schaffe das.«

Wieder sprang platschend ein Fisch hoch. Dieses Mal erschrak Linda nicht. Sie blickte Ben weiterhin unbeirrt in die Augen.

Ben schwieg für einige Momente und wog seinen Entschluss ab. »Hast du eine Angel eingepackt?«, fragte er schließlich.

»Weshalb?«

»Du brauchst eine, wenn du unterwegs was fangen möchtest.«

»Stimmt«, sagte sie lächelnd. »Du erwähnst den anderen gegenüber also nichts davon?« Sie wischte sich die Tränen aus den Augen.

Ben ließ sie los und hob einen flachen Stein auf. Er ließ ihn über die glatte Wasseroberfläche springen. »Was soll ich nicht erwähnen?«

Je stärker sich das Leben verändert, umso mehr bleibt es dasselbe, dachte Ashley und starrte auf ihren Teller. Vor ihr, in der dampfenden Marinara-Sauce, schwamm weiße Pasta, und der Käse warf Blasen. Wogen von Knoblauchgeruch schwappten an ihre Nase. Wieder Lasagne. Ashley lächelte und erinnerte sich an die letzte Lasagne, als Blakely ihr die Mission angetragen hatte. Das Essen war das Gleiche, aber die Umgebung nicht. Tischtuch, feines Porzellan, Kristallkronleuchter, Esstisch aus Mahagoni. Nicht die Kochnische in ihrem Wohnmobil. Sie spießte Pasta auf die Gabel.

»Professor Carter«, sagte Blakely, »ich habe eine Führung für Sie arrangiert. Ein wissenschaftlicher Mitarbeiter,

Dr. Harold Symski, wird Sie morgen früh auf einer Tour zur Nordwand begleiten. Er holt Sie gegen acht Uhr ab.«

Sie hielt die Hand hoch und schluckte erst einmal ihren Bissen herunter. »Da mir nur ein Tag zur Verfügung steht, wäre es mir lieber, die Tour früher zu beginnen. Sagen wir um sechs?«

Blakely lächelte. »Ich werde es Dr. Symski mitteilen.«

Ben räusperte sich und wischte sich einen Tropfen Käsesauce vom Kinn. »Ich würde gern mitgehen, um mir die Wand auch anzuschauen.«

»Von mir aus gern«, sagte Blakely. »Sind Sie einverstanden, Professor Carter?«

Ashley stellte sich vor, wie Ben sich mit ihr in eine enge Höhle quetschte und seinen Körper gegen ihren presste. »Solange er nicht im Weg herumsteht.«

Er hob die Hände, als ob er seine Unschuld beteuern wollte. »Wer, ich?«

Blakely wandte sich an den Rest der Gruppe. »Noch jemand?«

Jason hob vorsichtig die Hand. »Ich käme auch gern mit.«

»Ich glaube nicht, dass das klug ist«, sagte Blakely streng. »Dort gibt es viele Steinschläge und Gruben. Hier bist du sicherer.«

Jason schaute Ashley an. »Aber Mama, ich ...«

Linda unterbrach ihn. »Er kann mich bei der Untersuchung des Sees begleiten. Der Abschnitt, den ich in Augenschein nehme, liegt innerhalb der Grenzen des Camps.«

Sie wandte sich an den Jungen. »Hättest du Lust, mir zu helfen?«

Ashley schaute auf ihren Sohn, der rot geworden war. »Wärst du damit einverstanden, Schatz?«

Er nickte, und seine Stimme krächzte ein wenig. »Klar. Das könnte mir gefallen.«

Linda lächelte. »Abgemacht. Jason und ich gehen forschen.«

Ben, der auf Jasons anderer Seite saß, stupste ihn mit dem Ellbogen an. »Da hast du dir was vorgenommen, Sportsfreund«, flüsterte er, aber mit Absicht so laut, dass Ashley es verstehen konnte. »Jetzt haben wir beide ein Rendezvous.«

Jason grinste hinter vorgehaltener Hand.

Ashley verdrehte die Augen. Männer.

Das Licht verlosch. Von seinem Fenster aus beobachtete Khalid, wie die Lampen im Camp für die Schlafenszeit ausgingen. Ein vorgetäuschter Sonnenuntergang in der dunklen Höhle. Wie wichtig der zirkadianische Rhythmus in einer verdunkelten Umgebung war, hatte Blakely ihnen bereits zu einem früheren Zeitpunkt erklärt. Um Leistungsspitzen zu erreichen, war es nötig, die Umwelt auf ein Tagesmuster von Licht und Dunkelheit auszurichten.

Das kam seinen Plänen sehr entgegen. Schatten webten einen dichten Umhang.

Schon bald leuchteten nur noch vereinzelte Glühbirnen. Und natürlich der Suchscheinwerfer beim Aufzug. Sein Lichtstrahl traf die Decke und bewegte sich in Ovalen langsam um die Stalagtiten herum, die wie schwarze Finger herunterzeigten.

Er warf einen Blick auf seine Armbanduhr. Zehn Uhr. Zeit, an die Arbeit zu gehen. Er verließ sein Zimmer und schlich durch den Wohnheimeingang hinaus. Die »Nacht« war immer noch warm, fast mild, die Luft gesättigt von Feuchtigkeit. Kein Vergleich mit den trockenen Nächten zu Hause. Der Wüstensand blieb dort noch bis tief in die Kühle der Nacht hinein heiß. Die Sterne bedeckten den Himmel wie die Feuer von Allahs heiligem Krieg.

Während Khalid durch den Wohnbereich des Camps

schlich und sich durch die Khakizelte schlängelte, verließ er selten den Schatten. Dennoch schlenderte er daher, für den Fall, dass ihn jemand beobachtete. Auf der anderen Seite des Camps, jenseits der tiefen Schlucht, lagen die Forschungslaboratorien und das militärische Hauptquartier. Sein Ziel, der Fahrstuhl, befand sich in diesem entfernteren Teil des Lagers.

Das einzige Hindernis: die Brücke über der Schlucht. Als er früher am Tag vom Aufzug hergekommen war, hatte er bemerkt, dass sie bewacht wurde. Diese eine Wache machte Khalid jedoch wenig Sorgen.

Er schlich weiter durch das schlafende Camp. Nachdem er sich an der letzten Nissenhütte vorbeigestohlen hatte, beobachtete er die Brücke, die aus Holz und Metall gebaut war und an den Ecken von Laternen beleuchtet wurde. Eine der Ecklaternen war ausgefallen. Ein einzelner Mann in Uniform lehnte an einem Laternenpfahl, ein Gewehr über der Schulter. Ein kurzer Blick in alle Richtungen überzeugte Khalid davon, dass die Luft rein war.

Nachdem er den Inhalt seiner Tasche kurz überprüft hatte, trat er in den Lichtkegel neben der Brücke und schlenderte auf die schwarze Schlucht zu. Die Wache bemerkte ihn, stieß sich vom Laternenpfahl ab und nahm das Gewehr von der Schulter. Khalid ging hinüber zum Rand des Abgrunds, einen guten Meter von der Brücke entfernt. Er lehnte sich hinüber und schaute suchend in die Finsternis. Der Grund der Schlucht blieb ein schwarzes Geheimnis.

Die Wache, ein junger Bauernbursche mit weizenblondem Schopf, rief ihm zu: »Vorsicht, die Kante bröckelt leicht ab.« Khalid langte in die Brusttasche seiner Jacke. Er bemerkte, dass die Wache bei dieser bedrohlichen Geste nicht einmal eine Augenbraue hob.

Gut.

Er zog ein Päckchen Winstons heraus und klopfte eine

Zigarette hervor. Dann steckte er sie in den Mund, tat das Päckchen zurück in die Tasche und nahm ein rotes Bic-Feuerzeug. Er beobachtete die Wache aus den Augenwinkeln, als er das Feuerzeug entzündete. Die Flamme zog die Aufmerksamkeit des Mannes auf sich.

Khalid machte das Feuerzeug aus und ließ es in die Seitentasche gleiten, neben das Messer. »Zigarette gefällig?«, rief er der Wache zu.

Der Wachposten zuckte mit den Schultern. »Danke.« Er verließ seinen Posten und ging zu Khalid, der am Abgrund stand.

Khalid holte die Schachtel hervor und schüttelte mehrere Zigaretten für die Wache heraus. »Nehmen Sie sich gleich zwei.«

Der Posten steckte eine zwischen die Lippen und eine weitere in eine Uniformtasche. »Haben Sie Feuer?«

»Klar.« Khalid langte in seine Tasche, schloss seine Hand um das Stilett und hustete, um das Klicken zu übertönen, als er den Knopf drückte. »Hat man je den Boden des Abgrunds untersucht?«

»Nein.« Die Wache schielte in die finstere Schlucht. »Verdammt tief.«

»Gut.« Khalid riss das Messer heraus, stach dem abgelenkten Marine tief in den Hals und vergewisserte sich, dass er den Schnitt unterhalb der Luftröhre vornahm, damit der Tod leise eintrat. Kein Schrei, nur ein feuchtes Gurgeln.

Während er zurücktrat, um nichts von dem Blut abzubekommen, das die Schlagader verspritzte, gab er der Wache einen Schubs, damit sie hintenüber in die Schlucht fiel. Für einen Moment taumelte der Marine, seine Arme kreisten, als er versuchte, das Gleichgewicht zurückzugewinnen. Die Augen waren weit aufgerissen in Todesangst, und ein Blutstrom ergoss sich über seine Brust. Dann stürzte er in die Schwärze.

Khalid lauschte. Nach einigen Sekunden hörte er einen fernen Aufprall.

Zufrieden überquerte er die Brücke und glitt zurück in die Dunkelheit. Von hier aus musste er schnell und leise vordringen. Er bewegte sich quer durch die Basis auf den Aufzug zu und vermied dabei jeden Lichtkegel. Glücklicherweise gab es nur wenige, und sie lagen weit voneinander entfernt.

Nach vier Minuten war er am Aufzug. Das Areal war gut beleuchtet, unbeobachtet und unbewacht. Kaum war die Armee vom Rest der Welt abgeschnitten, traf sie unzureichende Sicherheitsvorkehrungen für die Randgebiete.

Nachdem Khalid eine weitere Minute den Fahrstuhl untersucht hatte, hockte er sich hin und machte sich an dem riesigen Metallbehälter, in dem sich das Innenleben des Aufzugmotors befand, zu schaffen. Er zog einen Würfel Plastiksprengstoff aus der Jackeninnentasche und befestigte ihn in einer dunklen Ecke des Motors. Dann hielt er einen Moment inne. Dies war nicht der Zeitpunkt für Sparsamkeit. Er nahm einen zweiten Würfel und befestigte ihn neben dem ersten. So war es besser. Mehr als genung, um einen Krater zu hinterlassen, wo jetzt noch der Motor stand. Vorsichtig verdrahtete er die Bombe, um sie mit dem richtigen Signal von seinem Sender-Empfänger aus zu zünden. Er betrachtet sein Werk mit einem leisen Lächeln.

Ein Sicherheitsnetz. Wenn die Zeit gekommen war, wollte er so seinen Rückzug decken und sicherstellen, dass ihm niemand nach oben folgte.

Nach einem letzten Check tauchte er wieder in die Dunkelheit hinein.

8

Sieben Uhr morgens? Wohl eher Mitternacht.

Ashley schüttelte den Kopf und starrte durch die Windschutzscheibe, während das Fahrzeug durchs Gelände rumpelte. Aufgrund der Vergiftungsgefahr durch Kohlenmonoxid waren Verbrennungsmotoren in der Höhle verboten. Die Ausnahme machten ein paar Wasserfahrzeuge. Daher waren die Elektrofahrzeuge, die Golf-Carts ähnelten und vom Marinepersonal den Spitznamen »Maultiere« bekommen hatten, das einzige Fortbewegungsmittel in der Alpha-Höhle.

Ashley wischte über die beschlagene Scheibe des Maultiers. Nur die Scheinwerfer durchbrachen die Finsternis vor ihnen. Neben ihr hatte Dr. Symski das Steuer mit beiden Händen fest gepackt. Symski war ein junger Wissenschaftler mit Sommersprossen, der erst vor kurzem seinen Doktor gemacht hatte. Vom Rücksitz her übertönte Bens Schnarchen explosionsartig das summende Jammern des Elektromotors. Sie warf einen Blick über die Schulter. Wie konnte er einfach so einschlafen? Die Fahrt ging eine Stunde lang über raues Gelände. Ein besonders starker Aufprall schleuderte sie wieder nach vorn.

Dr. Symski schielte kurz zu ihr. »Ich kann es einfach nicht glauben, dass ich neben Professor Carter sitze«, sagte er. »Ich habe Ihre Arbeit über die Gilahöhlen gelesen. Faszinierend. Und jetzt sind Sie hier.«

»Danke«, sagte sie. Der junge Wissenschaftler besaß für diese Uhrzeit zu viel Enthusiasmus. Die Tasse Kaffee hatte noch nicht gewirkt, und ihr war übel vom Ozongestank, den die Batterie von sich gab.

»Ich wünschte, Sie wären von Anfang an hier gewesen. Ich befürchte, es gibt nichts mehr zu erforschen. Wir haben bereits jeden Quadratzentimeter untersucht, katalogisiert, kartiert und analysiert. Steht alles in den Unterlagen, die ich Ihnen letzte Nacht geschickt habe.«

Sie rieb sich die geröteten Augen. Um vier Uhr morgens hatte sie die Datenmassen zu Ende gelesen. Zwei Stunden Schlaf reichten nicht aus für einen angenehmen Morgen. »Es wäre schön gewesen, wenn mir jemand die Unterlagen früher zugefaxt hätte. Ich hätte sie gern sorgfältiger durchgearbeitet, bevor ich mir das Gelände anschaue.«

»Tut mir Leid, aber die Unterlagen trugen den Vermerk ›Vertraulich‹. Wir hatten die Anweisung, sie Ihnen erst nach Ihrer Ankunft zugänglich zu machen.«

Ashley blickte auf die Straße vor ihnen, während das Maultier durch die Dunkelheit rollte. »Noch mehr gottverdammte Geheimniskrämerei«, brummte sie.

»Ich zeige Ihnen die wichtigsten Stellen, wenn wir ankommen. Ich bin sozusagen Ihr Fremdenführer.«

Zum Teufel damit, dachte sie. »Hören Sie, Dr. Symski, ich bin sicher, dass Ihr Team sehr genau gearbeitet hat, aber ich ziehe es vor, mir allein ein Bild zu machen. Um ein Gefühl für den Ort zu bekommen. Zur Untersuchung einer Ausgrabungsstelle gehört mehr als bloßes Nummerieren und Katalogisieren.«

»Wie meinen Sie das?«

Sie holte tief Luft. Wie sollte sie ihm das erklären? Je länger man an einer Ausgrabungsstätte arbeitete, umso mehr kam ihr Charakter, ihr Wesen zum Vorschein. Zum Beispiel »fühlten« sich die Gilahöhlen anders als der Chaco Canyon an. Ashleys Ansicht nach erweiterte diese individuelle Perspektive den Einblick in Kultur und Bräuche. »Vergessen Sie es«, sagte sie. »Ich mache es halt anders.«

Er zuckte mit den Schultern. »Dann lasse ich Sie allein. Ich wollte sowieso noch ein paar Messungen überprüfen.«

Sie nickte. Gut. Er ging ihr langsam auf die Nerven.

Sie sank in ihren Sitz zurück und ließ sich vom Rumpeln

des Wagens einschläfern. Gerade als ihre Augen schon halb zugefallen waren, bremste Dr. Symski scharf. »Wir sind da«, sagte er.

Sie schaute hinaus. Jenseits des Scheinwerferlichts gab es nichts als Finsternis. »Wo?«

»Ich muss den Generator erst anwerfen.« Er öffnete seine Tür, und die Innenbeleuchtung des Fahrzeugs sprang an. Ben erwachte mit einem aufgeschreckten Grunzen.

»Sind wir schon da?«, fragte er mit rauer Stimme und fuhr sich mit der Hand durch die Haare.

»Ja«, sagte sie und versuchte, so viel Verachtung wie möglich in ihre Stimme zu legen. »Weißt du, du hättest deinen Schlaf auch im Camp nachholen können.«

»Um das hier zu verpassen? Niemals.«

Sie beobachtete den jungen Wissenschaftler, der mit der Taschenlampe in der Hand zur gegenüberliegenden Wand ging, wo sich der Generator befand. Er bückte sich und fummelte an dem Gerät herum. Stirnrunzelnd kletterte Ashley vom Lastwagen und hoffte, dass die grobschlächtigen Armeewissenschaftler die Ausgrabungsstätte nicht beschädigt hatten. Früher war es oft vorgekommen, dass entscheidende Hinweise auf die Geschichte einer alten Kultur von Ahnungslosen zertrampelt worden waren.

Innerhalb weniger Augenblicke hustete und spotzte der Generator und ging dann zu einem gleichmäßigen, rumpelnden Geräusch über. Das Flutlicht flammte auf und blendete sie nach der Fahrt im Dunkeln. Die Nordwand war wie eine riesige Bühne angeleuchtet.

»Wow«, sagte Ben, als er aus dem Wagen kletterte und neben sie trat.

Ein Gerüst aus Metallrahmen und verworfenen Brettern verdeckte die von Höhlen durchsetzte Wand. Die Behausungen waren in fünf erkennbaren Ebenen angeordnet, schätzungsweise über eine Höhe von vierzig Metern. Verbunden wurden die Ebenen durch eine Reihe Haltegriffe oder primitive Stufen. Ashley schielte nach links; die Behausungen erstreckten sich sogar über den See. Felsplateaus ragten wie Vorbauten über das Wasser.

»Was hältst du davon, Ashley?« Ben stand zu ihrer Linken.

»Ich könnte hier Jahre verbringen.«

»Wer, glaubst du, sind die Erbauer gewesen?«

Sie zeigte auf die Wand. »Eines weiß ich mit Sicherheit. Der Homo sapiens war es nicht.«

»Wer dann?«

»Eine frühere menschliche Spezies, nehme ich an. Schau dir die Größe der Höhlen an. Keine ist höher als ein Meter fünfzig. Viel zu klein für den Homo sapiens. Vielleicht war es der Homo erectus, aber das bezweifle ich auch.« Sie dachte laut nach. »Ein Stamm von Neandertalern? Ich weiß es nicht. Ich habe noch nie einen Hinweis darauf gefunden, dass Neandertaler derart weiträumige Bauten anlegten. Und wie sind sie überhaupt hierhergekommen?«

»Sollten wir nicht auf Dr. Symski warten?«

»Ich glaube, das ist nicht nötig.« Sie ging zur Wand und setzte sich einen Grubenhelm auf.

Ashley hörte, dass Ben hinter ihr herschlurfte. Dr. Symski rief ihr zu: »Geben Sie Acht, wo Sie hintreten. Dort gibt es jede Menge Felsspalten, und manche sind sehr tief.«

Sie winkte ihm zu, schüttelte aber den Kopf. Hielt er sie etwa für eine blutige Anfängerin? Sie schritt energisch aus.

Plötzlich packte sie jemand von hinten. Instinktiv stieß sie ihren Ellbogen zurück.

»Autsch!«, rief Ben, ließ sie los und taumelte rückwärts. »Ich wollte doch nur verhindern, dass du in ein Loch fällst.« Er zeigte auf den Boden vor ihr und rieb sich den Solarplexus. »Was hast du für spitze Knochen? Bearbeitest du sie täglich mit dem Schleifstein?«

Sie hielt sich den Ellbogen, als wollte sie ihn verstecken. »Entschuldigung.« Selbst wenn man es wusste, war die schwarze Spalte von dem Felsgestein kaum zu unterscheiden. Ashley ging um das Loch herum. »Ich habe es nicht gesehen.«

»Du hättest dir den Fuß verstauchen können.«

»Danke.«

»Gern geschehen. Wenn ich dich das nächste Mal berühre, lass mich bitte am Leben.«

Sie spürte, wie ihr die Röte ins Gesicht trat, und räusperte sich, glücklich darüber, dass sie noch nicht die erleuchteten Felsen erreicht hatten. Die Dunkelheit verbarg ihr Gesicht.

»Schauen wir uns einmal die unteren Behausungen an«, schlug sie vor und machte einen Schritt vorwärts. Sie wusste nicht, ob ihr der Fauxpas peinlicher war oder ihr Zorn auf Ben ... oder etwas anderes. Er war vollkommen anders als ihr Exmann. Während Scott durch und durch Finanzbuchhalter, ausgeglichen und oft zurückhaltend war, ein Mensch, der sich selten jemandem anvertraute, ließ sich Ben seine Unbeschwertheit und seine gute Laune nicht verderben.

Sie erreichten den Eingang einer Behausung. »Ladys first«, sagte Ben.

Ashley vermied den Blickkontakt, hockte sich hin und leuchtete mit ihrer Helmlampe in das Innere der Höhle. Die Kammer reichte etwa fünf Meter weit in den Fels hinein. Die schmucklosen Wände waren offenbar aus dem Stein herausgehauen und poliert worden. Sie strich mit der Hand über die glatte Oberfläche und staunte über den Einfallsreichtum und die Ausdauer der Frühmenschen. Mit groben Werkzeugen mussten sie Jahre für das Aushöhlen der Kammern benötigt haben.

Das leere Innere wies keinerlei Hinweise auf ihre Bewohner auf. Sie bückte sich und krabbelte hinein. Es schadete nie, sich einmal umzuschauen.

Ihr Helm schabte an der Decke entlang, als sie sich durch die schmale Öffnung wand. Sie bemerkte ein kleine Senkung in der Mitte der Höhle, nahe beim Eingang. Wahrscheinlich eine alte Feuerstelle. Sie drang in den hinteren Teil der Kammer vor. Nichts. Sie setzte sich einen Moment und dachte über die Erbauer nach.

»Hast du was gefunden?« Ben kniete, den Grubenhelm auf dem Kopf, am Eingang, den er vollkommen ausfüllte.

»Es ist merkwürdig«, sagte sie.

»Was?«

»Wo sind sie alle?«

Er zuckte mit den Schultern. »Wahrscheinlich tot. Ausgestorben. Wie die Dinosaurier.«

Sie schüttelte den Kopf. »Nein, das ergibt keinen Sinn. Es widerspricht dem Zustand des Fundortes.«

»Wie meinst du das?«

»Die ersten Forscher haben nur eine Hand voll zerbrochene Werkzeuge und primitive Steinschüsseln gefunden. Normalerweise sind solche primitiven Behausungen voller Artefakte. Doch hier … nichts.«

»Dann müssen sie weitergezogen sein und ihre Sachen mitgenommen haben.«

»Genau!« Sie nickte, beeindruckt von Bens Intuition. »Aber warum? Warum haben sie Jahrzehnte damit verbracht, ihre Wohnungen herauszuhauen, nur um sie dann wieder zu verlassen? Und was ist mit der Diamantstatue? Warum haben sie die zurückgelassen?«

Ben schwieg.

»Wenn ich nur mehr Zeit hier verbringen könnte.« Sie klatschte mit der flachen Hand auf den Fels.

»Warum? Sieht doch so aus, als hätte man bereits alles sorgfältig durchkämmt.«

Sie schüttelte den Kopf. »Nein, zu oft werden Hinweise übersehen. Auch nach jahrelanger Untersuchung. Ich brauche mehr Zeit.«

»Warum? Vielleicht finden wir Antworten auf unserer Expedition.«

»Ich hoffe es.« Sie kroch wieder zum Eingang. Ben reichte ihr die Hand. Sie akzeptierte sie, und seine warme Hand ergriff ihre kalten Finger. Er zog sie zu sich. Überrascht registrierte sie seine Kraft. Mit dem linken Fuß glitt sie in der Feuerstelle aus. Sie kippte nach hinten, landete mitten in der Feuerstelle und zog Ben bäuchlings auf sich. Bens Nase befand sich nur einen Zentimeter von ihrem Busen entfernt. Er schaute zu ihr hoch. »Kriege ich jetzt wieder Prügel?«

»Entschuldige. Ich bin ausgerutscht.« Sie wurde puterrot, als sie das Gewicht seines Körpers spürte.

Er räusperte sich. »Kein Problem«, sagte er grinsend. »Noch ein paar dieser Ausrutscher, und wir müssen wohl heiraten.«

Sie schnitt eine Grimasse. »Mach, dass du von mir runterkommst.« Sie wollte streng sein, konnte aber nicht ernst bleiben.

Plötzlich brach sie in unkontrolliertes Lachen aus. Sie konnte einfach nicht anders. Und sie konnte auch nicht mehr aufhören. »Ich meine es ernst ...«, keuchte sie zwischen ihren Lachanfällen. »Steig runter!«

Er schaute sie sonderbar an und erhob sich. »Es ist schön, dich lachen zu hören.«

Sie wischte sich die Lachtränen aus den Augen. Immer noch schüttelten sie einzelne Ausbrüche. Sie legte den Kopf auf den Boden, versuchte, zu Atem zu kommen, und starrte dabei an die Decke. Und sah es. An der Decke, direkt über dem Eingang. »Verdammt!«

Sie zwinkerte mit den Augen und schaute noch einmal hin. Es war keine Einbildung. »Verdammt!«

Sie richtete sich auf.

»Was ist los?«, fragte Ben mit sorgenvoller Miene.

»Diese Amateure behaupten, sie hätten hier jeden Quadratzentimeter untersucht. Keine Kunstgegenstände. Keine Höhlenmalereien.« Sie zeigte an die Decke. »Und was ist das?«

Ben lehnte sich zurück und drehte den Kopf nach oben. »Was ist was?«

»Du musst dich hinlegen. Das ist wahrscheinlich der Grund, warum es niemand entdeckt hat.« Sie rutschte beiseite, damit er sich neben sie legen konnte. Sie richtete den Strahl ihrer Helmlampe darauf.

»Genau dort! Schau!«

Im Zentrum des Lichkegels befand sich ein primitives Relief. Das Oval, das jemand in die Decke gemeißelt hatte, war nur eine Handspanne breit. Mitten hindurch verlief eine Zickzacklinie wie ein Blitz.

Ben hob den Arm und tastete mit dem Finger an den Umrissen entlang. Er stieß einen langen Pfiff aus. Dann flüsterte er: »Weißt du was? Das kommt mir irgendwie bekannt vor.«

»Wie meinst du das?« Sie machte sich auf eine neunmalkluge Antwort gefasst.

»So etwas habe ich schon einmal gesehen. Mein Großvater hat es mir gezeigt.«

»Das meinst du nicht im Ernst?«

»Doch, ganz bestimmt.« Seine Stimme klang ehrlich. Fast ehrfürchtig. »Meine Urgroßmutter war eine reinrassige Gagudja. Das ist ein Stamm der Aborigines aus der Region Djuwarr. Habe ich dir das schon erzählt?«

»Nein.«

Er lächelte, zwei Zentimeter von ihrer Nase entfernt. »Nichts als die Wahrheit, Euer Ehren.«

Dieser Mann hatte mehr Seiten als das Pentagon. Oder

er erfand gerade eine Lügengeschichte. Sie schaute ihm prüfend in die blauen Augen und erkannte, dass es ihm ernst war. Sie schluckte und blickte wieder auf das Deckenrelief. »Erinnert es dich an etwas Bestimmtes?«

Er zuckte mit den Schultern und stupste dabei gegen ihren Arm. »Es ist nicht genau dasselbe. Aber es sieht aus wie das Symbol der Gagudja für eines ihrer Geistervölker. Eines der ältesten, das sie Mimi nennen.«

Sie dachte über diesen Hinweis nach. Konnte es da eine Verbindung geben? Vielleicht ein verschwundener Stamm der Aborigines? Aber diese Höhlen waren vor fünf Millionen Jahren entstanden. Äonen bevor die Aborigines auf dem australischen Kontinent erschienen waren.

Nachdenklich betrachtete sie die ovale Zeichnung. Wahrscheinlich war es nur ein Zufall. Sie hatte in verschiedenen Kulturen oft eine Universalität von Symbolen festgestellt. Konnte das hier auch der Fall sein? Verdammt, das Symbol war ziemlich einfach. »Dieser Mimi-Geist«, setzte sie an, »was für eine Art Geist war das?«

»Ach, das ist reiner Unsinn. Geschichten halt.«

»Nein, erzähl. Mythen sind in ihrem Kern oft wahr.«

Er klopfte an die Höhlenwand. »Mimis waren Geister, die in Felsen lebten.«

Ein Schauer lief ihr über den Rücken, als ihr bewusst wurde, dass sie von Felsen umgeben waren.

»Die Mimis zeigten den ersten Buschmännern, wie man jagt und malt. Sie wurden sehr verehrt. Und gefürch...«

In diesem Moment kam Dr. Symski und blieb vor ihren Füßen stehen. »Was machen Sie denn da?« Seine Stimme klang gleichzeitig anklagend und peinlich berührt.

Ashley wurde sich ihrer merkwürdigen Lage bewusst und kroch aus der Höhle. »Ich dachte, Sie hätten das Gelände untersucht.«

»Haben wir auch. Warum?«

Sie wies auf den Platz neben Ben. »Sehen Sie selbst. Oben an der Decke.«

Der Wissenschaftler krabbelte neben den Australier. »Großer Gott!«, rief er, als Ben ihm das Relief zeigte. »Das ist ja umwerfend. Mein Gott, was, glauben Sie, mag es bedeuten?«

»Ich habe keine Ahnung«, erwiderte sie, die Hände in die Seiten gestemmt. »Aber ich werde es herausfinden.«

Linda saß auf einer Decke und beobachtete, wie die Wellen des kristallklaren Sees einen Meter entfernt an den Strand schlugen. Das Wasser war so klar, dass man das Gewimmel der Fische und anderer Meerestiere mit bloßem Auge erkennen konnte. Der Lunchkorb, den ihnen der Messekoch gepackt hatte, stand offen neben ihr. Zwei angebissene Sandwiches lagen auf einem Papierteller, eins mit Wurst, eins mit Käse.

»Sie sehen wie kleine Monster aus«, sagte Jason. Linda lächelte den Jungen an, der sich über ihr tragbares Nikon-Mikroskop beugte und eine Wasserprobe aus dem See betrachtete. »Die kegelförmigen heißen Tintinnen«, erklärte sie, »und die rechteckigen sind Kieselalgen.«

»Was ist das? So eine Art Käfer?«

»Eigentlich nicht. Sie gehören eher zu den Pflanzen. Genauer gesagt, zu einer Familie von Organismen, die man Phytoplankton nennt. Sie fangen das Sonnenlicht ein und verwandeln es in Energie, so wie das auch Pflanzen tun.«

»Aber wenn sie Sonne brauchen wie die Pflanzen« – Jason hob plötzlich den Kopf und machte ein nachdenkliches Gesicht –, »wie überleben sie dann hier unten im Dunkeln?«

Sie wuschelte ihm durch die Haare. »Eine sehr gute Frage. Ich bin nicht ganz sicher, aber ich glaube, es gibt eine unterirdische Strömung, die das Plankton von Gewässern auf der Erdoberfläche zu diesem unterirdischen See transportiert. Das Wasser ist sehr salzig. Wie verdünntes Meerwasser.«

»Warum sind sie so wichtig, diese« – er zeigte auf das Mikroskop – »Käfer?«

Während sie über die Zusammenhänge nachdachte, blickte sie zum Camp hinüber. Ihr fiel die plötzliche Aktivität des Militärpersonals auf, das sich um die Schlucht tummelte, die die Basis in zwei Hälften teilte. Wahrscheinlich eine Art Manöver.

»Na?«, sagte Jason und lenkte ihre Aufmerksamkeit wieder auf sich.

Sie wandte sich dem Jungen zu. »Wie wäre es mit einer Lektion in Biologie?«

»Au ja!«, entgegnete er enthusiastisch.

»In Ordnung, du hast es so gewollt.« Sie strahlte ihn an. Sein Wissensdurst gefiel ihr. »Aus diesem Plankton bestehen die Bausteine des Lebens. Oben, an der Erdoberfläche, verwandelt Gras das Sonnenlicht in Energie. Dann wird das Gras von Kühen gefressen. Und wir essen schließlich die Kühe. Auf diese Weise wird die Sonnenenergie an uns weitergegeben. Im Meer ist es das Phytoplankton, das das Sonnenlicht in Energie verwandelt. Das Phytoplankton wird von kleinerem Getier, zum Beispiel von Quallen gefressen« – sie deutete auf die kleinen Fische in der Nähe des Ufers –, »die wiederum von diesen kleinen Fischen aufgefressen werden. Dann fressen größere Fische die kleinen Fische. Und so weiter. Auf diese Weise wird sogar im Meer die Sonnenenergie weitergegeben. Verstanden?«

»Dieses Planktonzeugs ist also wie unser Gras.«

»Korrekt. Es ist die Weide, auf der dieses Ökosystem wächst und gedeiht.«

Er nickte. »Praktisch.«

»Im ersten Schritt haben wir also festgestellt, dass das

Wasser lebt. Sobald wir unsere Sandwiches aufgegessen haben, müssen wir als Nächstes ein paar von den Tieren, die im Wasser wohnen, einfangen. Ich habe dort drüben, in der Nähe des Ufers, Seesterne gesehen und einige Schwämme. Hilfst du mir, ein paar einzufangen?«

»Und ob!«

»Einer von den Marines hat mir versprochen, uns später auch einen von den leuchtenden Fischen zu fangen.« Sie war auf die phosphoreszierenden Eigenschaften dieser großen Fische neugierig. Da sie derartige Fische noch nie gesehen hatte, machte sie die Aussicht, eine neue Spezies klassifizieren zu können, ganz aufgeregt.

»Warum fangen wir nicht gleich an?« Jason stand schon auf. »Ich habe ein paar ...«

»Einen Moment, junger Mann.« Sie zeigte auf den Teller. »Zuerst isst du dein Sandwich auf. Ich trage die Verantwortung für dich, bis deine Mutter zurückkommt.«

Er verzog den Mund und plumpste zurück auf die Decke. »Okay, okay.«

Sie gab ihm das Sandwich und nahm einen Bissen von ihrem. »Aber wir beeilen uns. Schließlich müssen wir Fische fangen.«

»Große«, fügte er strahlend hinzu.

»Die größten. Die gibt es dann zum Abendessen.«

»Leuchtende Fische? Igitt!«

»He, mein Freund, mach mal halblang. Wenn das Licht ausfällt, können wir wenigstens noch erkennen, was wir essen.«

Das brachte ihn zum Lachen. Linda grinste und vergaß beinahe, dass Felsmassen über ihrem Kopf hingen.

Ben sah Ashley zu, die sich bückte und den Altar untersuchte. Diese Frau war verdammt gut gebaut. Er nahm seinen Helm ab und wischte sich mit einem roten Taschentuch über die feuchte Stirn. Es wurde immer später und sein Magen knurrte. Gott sei Dank war das die letzte Höhle, die sie untersuchten.

Er stöhnte, als er sah, dass Ashley das Maßband herauszog. »Nicht schon wieder«, fluchte er leise vor sich hin. Seit der Entdeckung von heute Morgen zockelte er hinter Ashley und Dr. Symski her und fühlte sich wie das fünfte Rad am Wagen, während die beiden ihre Untersuchungen vornahmen. Vor jeder Höhle blieben sie stehen: messen, kratzen, Proben sammeln. Öde. Er hatte gehofft, mit Ashley allein zu sein, aber seit der Entdeckung des Reliefs waren beide Wissenschaftler wie Bluthunde auf einer Fährte. Nichts konnte sie ablenken. Kein Witz und kein Bonmot. Ben war Luft für sie.

»Also, hier haben Sie die Diamantstatue gefunden?« Ashley kniete vor dem Steinpodium, das unvermittelt aus dem Boden einer Kammer aufragte. »Das Podest wurde aus dem Steinsockel gemeißelt. Nahe liegend, dass die Erbauer diese Höhle absichtlich so angelegt hatten. Alle anderen Höhlen haben an dieser Stelle die Feuerstellen.« Sie wies auf die Decke. »Außerdem ist das der einzige Raum, in dem es kein ovales Symbol über der Tür gibt.«

Ben stand auf dem Felsvorsprung, der die Schwelle zur Höhle darstellte. Er warf einen Blick über die Kante auf das Wasser in der Tiefe. Die Höhle befand sich auf der obersten Ebene und in dem Teil der Felswand, die über dem See lag. Ohne das Gerüst wäre es ein beschwerlicher Aufstieg gewesen, auch für ihn.

Ashley wandte sich wieder an Dr. Symski, der im hinteren Teil der Kammer hockte. »Als ihre Wissenschaftler die Statue fanden«, sagte sie, »schaute die Figur nach außen oder nach innen?«

»Nun ...« Er trat von einem Fuß auf den anderen. »Wissen Sie, es gab da einen Zwischenfall. Der erste Mann, der die Höhle betrat, stieß die Figur um. Wir wissen nicht, in welche Richtung sie blickte.«

Sie klatschte mit der Hand auf den Altarstein. »Welche entscheidenden Details haben Sie sonst noch vermasselt?«

Dr. Symski wurde rot.

Ben, den die ganze Korinthenkackerei nervte, mischte sich ein. »Was macht denn das für einen Unterschied? Ob sie nun hinein- oder hinausgeschaut oder auf dem Rücken gelegen hat?«

Ashley ging mit zusammengekniffenen Augen auf ihn zu. »Es macht einen verdammt großen Unterschied. Wir haben es hier mit dem einzigen aussagekräftigen Artefakt dieser Ausgrabung zu tun, das für diese Kultur einmal eine enorme Bedeutung gehabt haben muss. Wenn es nach außen gerichtet war, handelt es sich wahrscheinlich um einen Zauber, der böse Geister verbannen sollte. Wenn es nach innen gerichtet war, so war es wahrscheinlich ein Gegenstand der Verehrung, der bei Ritualen eine Rolle spielte.«

Ben kratzte sich hinter dem Ohr. Schweißtropfen liefen unter seinem Helm hervor. »Was macht es, im Ganzen gesehen, für einen Unterschied, ob es sich um einen Zauber oder ein Götzenbild handelt? Was soll das zur Lösung des weitaus größeren Rätsels, wohin die Leute verschwunden sind, beitragen?«

Sie öffnete den Mund, um zu antworten, schloss ihn jedoch mit einem fast hörbaren Geräusch wieder. »Ich gebe es auf«, war alles, was sie murmelte, während sie ihn zur Seite schubste und hinabstieg.

Ben bereute seine Bemerkung sofort. Instinktiv war ihm klar, dass er den guten Eindruck, den er an diesem Tag bei Ashley hinterlassen hatte, zunichte gemacht hatte. »Warte doch!«, rief er und kletterte hinterher. Dr. Symski folgte ihm.

»Geht beide zum Teufel!«, rief sie und schaute nicht einmal zurück.

Schweigend fuhren sie zur Alpha-Basis zurück.

9

»Du hättest den Fisch sehen sollen, den ich gefangen habe, Mama.« Jason breitete die Arme aus, so weit er nur konnte und stieß dabei beinahe Linda an, die beim Abendessen neben ihm saß. »Sogar noch größer.«

»Was für ein Bursche!«, sagte Ashley.

»Er war phosphoreszierend. Das heißt, er leuchtet.«

Ashley war aufgefallen, dass er sich beim heutigen Abendessen absichtlich neben Linda gesetzt hatte. Die beiden hatten wohl einen schönen Tag zusammen verbracht.

»Er war blau und hatte riesige Zähne.«

»Klingt ganz schön wild, Sportsfreund«, sagte Ben, der eben den Essraum betrat. Seine Haare waren noch feucht von der Dusche. »Ein richtiges Wundertier.«

»He, Ben!«, begrüßte ihn Jason und strahlte von einem Ohr zum anderen. »Du hättest dabei sein müssen.«

»Tut mir Leid, Sportsfreund«, sagte Ben, »ich musste deiner Mutter helfen.« Er setzte sich einige Plätze von Ashley entfernt hin.

Sie wusste, warum er so viel Abstand hielt. Sie schob die Erbsen über ihren Teller und gestand sich ein, dass sie sich an diesem Nachmittag ganz schön zickig benommen hatte.

Vielleicht sollte sie sich für ihren Wutausbruch entschuldigen. Sie setzte gerade an, als die Tür aufgestoßen wurde und Khalid eintrat.

»Guten Abend allerseits«, sagte er im Vorübergehen und setzte sich neben Linda. »Tut mir Leid, dass ich zu spät komme, aber ich habe noch Dr. Blakely getroffen, der mich bat, euch mitzuteilen, dass er wegen der letzten Vorbereitungen nicht am Abendessen teilnehmen kann.«

Ashley fiel auf, dass noch jemand fehlte. »Weiß jemand, was mit Michaelson los ist?«

»Ich«, sagte Linda und hob die Hand. »Obwohl, eigentlich nicht so genau. Der Marine, der uns heute beim Fischen geholfen hat, sagte mir, dass Major Michaelson im militärischen Bereich der Basis untergebracht ist. Auf der anderen Seite der Schlucht.«

»Warum denn das?«, fragte Ashley. »Hier ist doch genügend Platz. Das Haus ist praktisch leer.«

»Ich nehme an, er bereitet die anderen zwei Soldaten auf die Expedition vor«, sagte Linda. »Unsere Aufpasser.«

Na großartig, dachte Ashley, noch zwei Revolverhelden, die mit auf die Reise gehen. Doch Jammern half jetzt nicht. Es war der Vorabend ihres Abenteuers. Außerdem sollte sie als Teamchef ein paar Worte sagen. Etwas Dramatisches. Etwas Motivierendes. Sie legte die Gabel hin. Auch wenn ihr nichts einfiel, war sie entschlossen, eine Rede zu halten.

Während sie dabei zuschaute, wie die anderen zu Ende aßen, suchte sie nach den richtigen Worten. Nachdem Ben mit einem Stück Brot die Sauce vom Teller gewischt und mit einem Seufzer seinen Bauch getätschelt hatte, wusste sie immer noch nicht, was sie sagen sollte. Zum Teufel mit den »richtigen« Worten.

Ashley räusperte sich. »Ich ... möchte ... einen Toast aussprechen.« Sie hob ihr Wasserglas und stand auf. Die anderen schauten sie erwartungsvoll an. »In den letzten Tagen hat man uns eine Menge zugemutet. Und ich glaube, wir alle fühlen uns ein wenig wie durch den Wolf gedreht. Aber morgen begeben wir uns auf eine Mission, deren Erfolg von unserer Fähigkeit abhängt, im Team zusammenzuarbeiten. Auch wenn mir Dr. Blakely persönlich auf die Nerven gehen mag, so hat er doch ein fantastisches Team zusammengestellt. Daher« – sie hob ihr Glas – »auf uns. Auf unser Team.«

»Auf unser Team!«, wiederholten die anderen und hoben die Gläser.

»Yeah, auf euch, Männer!«, sagte Jason und nahm einen Schluck von seiner Cola.

Linda wuschelte ihm durch die Haare. »Und was ist mit uns Frauen?«

Jason wurde rot. »Du weißt, wie ich das gemeint habe.«

»Natürlich weiß ich das.« Linda beugte sich herab und gab ihm einen Kuss auf die Wange. »Danke.«

Jason wurde purpurrot vor Verlegenheit.

Ashley musste über die Verlegenheit ihres Sohns lächeln. In diesem Moment tippte ihr jemand auf die Schulter. Ben stand hinter ihr. Er beugte sich zu ihr und flüsterte ihr ins Ohr. »Ich möchte mit dir sprechen. Wie wäre es mit einem Spaziergang nach dem Abendessen?«

»Hm …«, machte sie ausweichend. Sie war nicht auf der Hut gewesen. Damit hätte sie überhaupt nicht gerechnet. »Ich muss Jason ins Bett bringen.«

»Okay, wie wäre es danach? Es dauert nicht lange.«

»Ist es so wichtig? Hat es nicht Zeit bis morgen?«

»Na ja, ich bekäme die Sache gern heute noch von der Seele.«

»Na gut«, stimmte sie widerwillig zu, »ich glaube, das lässt sich machen. In einer halben Stunde?«

»Bestens. Wir treffen uns draußen vor dem Eingang. Ich hole mir nur eine Jacke.«

Sie nickte und sah ihm hinterher. »Jason, wir gehen jetzt in unser Zimmer.«

Jason hatte wieder seine normale Hautfarbe angenommen, da sich Linda nun Khalid widmete. Er stieß seinen

Stuhl mit einem lauten Quietschen zurück. »Darf ich Kabelfernsehen gucken?«

»In Ordnung, aber nur eine halbe Stunde. Danach geht es ab ins Bett.« Sie legte den Arm um ihn, drückte ihn und winkte den anderen beiden zu. »Bis morgen früh.«

Linda winkte zurück, Khalid nickte.

Nachdem sie Jason vor einer alten Folge von *Gilligans Insel* abgesetzt hatte, zog sie sich einen gelben Pullover an. »Ich bin gleich wieder da.«

Den Blick auf den Fernseher gerichtet, winkte Jason ihr zu.

Ashley stieß die Tür nach außen auf und entdeckte Ben, der gerade mit der Wache sprach. Winkend verabschiedete er sich von dem Marine und kam zu ihr herüber. »Danke fürs Kommen.«

Sie verschränkte die Arme vor der Brust. »Und?«

»Sollen wir zur Schlucht hinübergehen?« Er zeigte zum gegenüberliegenden Teil des Camps. »Ich habe gehört, das Gelände dort eignet sich fantastisch für ein Rendezvous.«

Sie stemmte die Fäuste in die Hüften. »Wenn du glaubst ... Deswegen bin ich bestimmt nicht gekommen.«

Ben grinste sie an. »Ich mache doch nur Spaß.«

»Worüber wolltest du reden?«

»Komm. Gehen wir erst einmal. Ich möchte mir die Schlucht wirklich gern ansehen. Gestern, als wir darüber gefahren sind, habe ich kaum etwas davon zu Augen bekommen.« Er hielt ihr den Arm hin. »Na los.«

Sie ignorierte seinen Arm und ging an ihm vorbei. »Ich kann nicht lange fortbleiben. Jason ist noch auf und wartet auf mich.« Er holte sie ein und schritt neben ihr her. »Es geht um heute Nachmittag ...«

Sie hob die Hände. »Ich weiß, ich weiß, ich habe überreagiert.«

»Nein, überhaupt nicht. Ich habe mich wie ein Esel benommen.«

Sie drehte sich zu ihm herum. »Meinst du das ehrlich?«

»Und ob. Ich habe meine Nase in etwas hineingesteckt, das mich nichts anging.«

Sie blickte prüfend in sein ernstes Gesicht und auf sein entschlossenes Kinn, das vom Licht einer nahen Laterne umrandet wurde. »Weißt du«, sagte sie, und sie spürte eine Enge in der Kehle, die sie mit Mühe sprechen ließ, »das macht *mir* wirklich zu schaffen.«

»Was?« Er strich mit seiner Hand über ihre, die sie zurückzog.

»Ich soll hier der große Boss sein. Der das Team führt und motiviert. Doch schon eine einfache Frage, und ich gehe an die Decke. Ein schöner Boss bin ich.« Ihre Stimme krächzte ein bisschen.

»Jetzt mach dich nicht selbst fertig.« Erneut ergriff er ihre Hand. Seine Berührung versetzte ihr einen beinahe elektrischen Schlag. Sie unternahm einen schwachen Versuch, sich zu entziehen, doch er hielt sie fest. »Hör zu, Ashley, du hattest kaum Zeit. Zum Teufel, dir stand nur ein Tag zur Verfügung, um die Höhlen zu untersuchen. Und ich habe dich auch noch mit dämlichen Fragen genervt.«

»Deine Fragen waren nicht dämlich. Meine Antwort war es.« Sie versuchte, ihre Hand frei zu bekommen, doch während sie zog, kam sie ihm näher. »Ich …« Wie strahlend seine Augen das Licht der Laterne reflektierten. »Ich … glaube, wir gehen jetzt besser weiter.« Endlich konnte sie ihm ihre Hand entwinden.

»Ja …« Er schaute in eine andere Richtung. »Du hast Recht.«

Schweigend gingen sie durch das Camp.

Schon bald wurde die Stille unangenehm. »Weißt du«, sagte sie, »jetzt, wo ich Zeit habe, darüber nachzudenken … was mich heute Nachmittag zornig gemacht hat, war die Tatsache, dass du Recht hattest.«

»Womit?«

»Mit der Statue. Im Augenblick ist es nicht so wichtig zu wissen, wie herum sie gestanden hat. Manchmal bin ich derartig auf die Details fixiert, dass ich das große Ganze völlig aus dem Blick verliere. Und als du mir das vor Augen geführt hast, bin ich ausgerastet. Es tut mir Leid.«

»He, du hast unter großem Druck gestanden. Nebenbei bemerkt mag ich es, wenn jemand sagt, was er denkt.«

Sie lächelte.

»Jemand wie du«, flüsterte er.

»Danke, Ben.« Sie gingen um eine Nissenhütte herum. Eine schwarze Spalte öffnete sich vor ihnen. Zu ihrer Linken führte eine beleuchtete Brücke über die Schlucht. Kaum waren sie ins Licht getreten, rief ihnen eine Wache von der Brücke her zu: »Bleiben Sie dort stehen.«

Der Soldat unterstrich seinen Befehl, indem er das Gewehr auf sie richtete. »Der Zutritt zu diesem Gelände ist verboten.«

»Meine Güte«, raunte Ben ihr zu, als sich eine zweite Wache näherte. »Jetzt verstehe ich, warum das ein romantisches Örtchen sein soll.«

Mit versteinertem Gesicht überprüfte der Wachposten ihre Ausweise. »Sie können passieren.« Er drehte sich zu seinem Kollegen an der Brücke und hob den Daumen. »Tut mir Leid, wenn ich Sie erschreckt habe, aber die Sicherheitsmaßnahmen wurden verschärft.«

»Warum?«, fragte sie.

»Tut mir Leid, Ma'am. Das ist geheim.« Er wandte sich ab und schritt zur Brücke.

Ashley fragte Ben: »Wirst du daraus schlau?«

Er zuckte mit den Schultern. »Wer versteht schon das Militär? Ein Haufen toller Hunde.«

»Ich weiß. Ich hätte nichts dagegen, die ganze Bande in diese verdammte Schlucht zu schmeißen.«

»He, schau mal einer an. Wir haben etwas gemeinsam.« Er drehte sich auf dem Absatz um – sehr militärisch –, um auf das Wohnheim zuzusteuern, und hielt ihr seinen Arm hin.

Dieses Mal ergriff sie ihn.

Blakely reckte sich vor dem Kontrollpult und lehnte sich zurück. Er blickte auf die Wanduhr. Ein paar Minuten nach Mitternacht. Ab nun lief der Count-down. In neun Stunden würde das Team aufbrechen.

»Grünes Licht«, sagte eine Stimme hinter ihm. »Endlich.«

Er drehte sich zum Chef der Funkleitzentrale, Lieutenant Brian Flattery, um. »Ich wusste, dass es mit den neuen Platinen klappt«, sagte Blakely. »Mit dem funktionierenden Funkverbindungsnetz können wir mit dem Team überall auf der Welt in Verbindung treten.«

»Das ist ein großer Vorteil«, sagte Flattery, »aber dennoch …«

»Machen Sie sich keine Sorgen. Dieses Mal wird alles anders.«

Flattery blickte zu Boden. »Wombleys Leiche haben wir nie gefunden. Nur diesen Blutfleck.«

»Ich weiß, ich weiß.«

»Außerdem haben wir immer noch kein Lebenszeichen vom ersten Team. Mittlerweile ist es vier Monate her. Und was ist mit dem neuen Vorfall? Dem vermissten Wachposten von der Schlucht?«

Blakely hob die Hand. Ähnliche Bedenken hatte er schon vereinzelt im Camp zu Ohren bekommen. »Dieses Mal sind wir gut vorbereitet. Wir werden in ständiger Funkverbindung mit dem Team stehen.«

»Sollte man das Team nicht über das bestehende Risiko aufklären?«

Blakely zuckte mit den Achseln. »Major Michaelson und seine beiden Männer wissen Bescheid. Das allein ist wichtig. Ich denke, ich sollte dem übrigen Team ein paar Einzelheiten verraten, aber alles müssen sie nicht erfahren. Dieses Mal ist uns das Risiko bekannt. Wir sind gewappnet.«

»Das wissen wir nicht genau.«

Blakely warf einen Blick auf die grünen Lämpchen des Kontrollpults. Er klopfte auf eines, das flackerte. Das Lämpchen stabilisierte sich und leuchtete wieder gleichmäßig grün. »Ich glaube nicht, dass wir uns deshalb Sorgen machen müssen.«

Drittes Buch

Unter dem Vulkan

10

Der Rucksack wog schwer, und die gepolsterten Gurte schnitten in Ashleys Schultern. Sie schüttelte ihn vom Rücken und setzte ihn vor sich auf den Boden. Schwer, aber noch zu tragen. Sie sah, dass Linda ein Gesicht schnitt, als sie versuchte, ihren eigenen Rucksack ordentlich aufzusetzen. Ashley kam ihr zu Hilfe und schob ihr den Rucksack höher auf den Rücken. »Wenn du ihn so trägst, ist es nicht so schlimm.«

Linda lächelte, doch hatte sie immer noch Kummerfalten auf der Stirn. »Danke. Ich muss mich nur daran gewöhnen.«

Ashley nickte. Das geht uns allen so, dachte sie.

Sie führte Linda zu der Gruppe, die sich um das Funkgerät des Teams versammelt hatte. Blakely erklärte Ben, Khalid und Major Michaelson, wie es funktionierte. »Unser Netzwerk arbeitet mit einer sehr tiefen Frequenz. Die Stationen sind überall unter der Erde verteilt, so dass wir imstande sind, durch hunderte Kilometer Felsgestein hindurch in alle Richtungen miteinander zu kommunizieren.«

Major Michaelson hob das Funkgerät hoch und schätzte sein Gewicht. »So ähnlich wie die vergrabenen Sender, die unseren Unterseebooten die Funkverbindung ermöglichen.«

»Genau das gleiche Prinzip – kaum spürbare Schwingungen. Das System wurde getestet und hat sich bestens bewährt.«

»Wie oft stellen wir den Kontakt her?«, fragte Ashley.

»Dreimal am Tag, zu bestimmten Uhrzeiten«, antwortete Blakely. Er zeigte auf das Funkgerät. »Dies ist der wichtigste Ausrüstungsgegenstand, den Sie mit sich führen.«

Major Michaelson klopfte auf die Pistole an seiner Hüfte. »Dies ist *mein* wichtigster Ausrüstungsgegenstand.«

Ben grunzte. »Sie haben beide Unrecht. Das beweist ihre mangelnde Höhlenerfahrung.« Er zeigte auf seinen Gürtel mit dem Ring von Batterien. »Das hier sind die wichtigsten Ausrüstungsgegenstände. Keine Batterien, kein Licht. Ohne Licht habt ihr keine Ahnung, worauf ihr schießt, und kein Funkgerät der Welt bringt euren Arsch heil aus diesem Loch.« Er packte seinen Batteriegürtel. »Das hier ist euer Lebenselixier da unten.«

Jeder schaute nun auf Ben. »Natürlich«, sagte er und zog eine Rolle Klopapier aus seinem Rucksack, »ist das hier auch scheißwichtig.«

Ashley lächelte, und Linda unterdrückte ein Kichern. Manchmal hatte er was, das musste man ihm lassen. »Was ist mit Wasser?«, fragte Khalid, der neben dem Funkgerät gehockt hatte und nun aufstand. »Dehydrierung ist eine der größten Gefahren, nicht wahr?«

»So ungefähr. Aber die meisten großen Höhlensysteme besitzen zahlreiche Reservoire mit Trinkwasser. Geht mit dem Wasser in euren Feldflaschen zwischen den Wasserlöchern sparsam um.«

Ashley biss die Zähne zusammen. Funkgeräte, Pistolen, Batterien, Wasser. Und alle waren für das Gelingen der Mission lebensnotwendig. Für ihren Geschmack zu viele Variablen.

Dann wurde ihnen der Rest des Rucksackinhalts erklärt. Gefriergetrocknete Lebensmittel, in Alufolie verpackt, Elektrolytersatz, zusammengefaltete Luftmatratzen, ein Erste-Hilfe-Kasten, eine kleine Schachtel Toilettenartikel und obenauf eine große Trommel, auf die ein dickes Seil gewickelt war. Außer dem Rucksack trug jeder einen leichten

Kletteranzug mit einem Kreidebeutel, um die Hände zu trocknen, und einen Helm mit einer Karbidlampe.

Bens Rucksack enthielt zusätzliche Kletterausrüstung: Karabinerhaken, Expressschlingen, Ösen und Spits. Der Zweck dieser Ausrüstung war Ashley klar. Major Michaelsons Rucksack versetzte sie jedoch in Angst und Schrecken. Er enthielt vier weitere Pistolen, ein in Teile zerlegtes Gewehr und zahlreiche in versiegeltes Leinen verpackte Schachteln mit Munition.

Und für den Fall, dass das nicht reichen sollte, stellte man ihnen die beiden letzten Mitglieder der Expedition vor: Major Skip Halloway und Major Pedro Villanueva. Auf den Schultern einen Adler, der einen Dreizack in den Krallen hielt. Diese Insignien sprachen für sich: Navy SEALs, die Elitetruppe. Sie waren mit Waffen förmlich gespickt, und jeder trug einen Rucksack, der doppelt so groß war wie die der anderen. Ein enormes Gewicht, doch sie glichen muskelbepackten Maschinen oder bewaffneten Ochsen.

Ben stupste Ashley in die Seite. »Eine verdammte Menge Schusswaffen, die wir da mit uns schleppen.«

Sie nickte. »Gefällt mir auch nicht.«

»Ich habe schon viel von diesen SEALs gehört. Gehen nirgendwo ohne ein ganzes Waffenarsenal hin.«

Ashley biss sich auf die Unterlippe. »Warum glaubst du ...«

Blakely unterbrach sie. »Ab jetzt ist Professor Carter Ihre Vorgesetzte. Ihr Wort gilt so viel wie mein Wort.«

Ashley bemerkte, wie der rothaarige SEAL, Skip Halloway, grinste. Er stieß seinen Kumpel an, dessen Gesicht jedoch ausdruckslos blieb. Pedro Villanueva, mit seinen schwarzen Haaren und schwarzen Augen, war so unergründlich wie ein Marmorblock.

Sie stöhnte. Toll, noch zwei Machos, die sie im Zaum

halten musste. Ihr fiel auf, dass sie nicht die Einzige war, die die Neuankömmlinge musterte. Khalid machte ein besonders verdrießliches Gesicht, als er die SEALs prüfend betrachtete. Er verzog die Mundwinkel zu einer hässlichen Grimasse, dann drehte er sich um und flüsterte Linda etwas ins Ohr. Sie lächelte und verbarg den Mund hinter der Hand.

»Also«, sagte Ben, »bist du bereit, diese Rasselbande von Abenteurern ins Innere der Erde zu führen?«

»Im Augenblick hoffe ich einfach nur, dass uns keine Meuterei bevorsteht.«

Ashley ging hinüber zu der kleinen Öffnung an der Südwand der Höhle. Sie blickte in den winzigen Tunnel. Sie wurden Wurmlöcher genannt, doch glich dieses hier eher einem Abwasserrohr. Der schwarze Eingang war gerade einmal 75 Zentimeter hoch. Sie hockte sich hin und leuchtete mit ihrer Blendlaterne in den Gang hinein. Mit aufgesetztem Rucksack, schätzte sie, durfte es beinahe unmöglich sein, durch diese Gänge zu kriechen.

Wie als Antwort auf diesen Gedanken stellte man ihnen nun den letzten Gegenstand ihrer Ausrüstung vor. Blakely gab Ashley ein Plastikbrett mit Rädern.

»Ein Rollbrett?« Ashley rollte mit einem Rad über ihre flache Hand.

»Ich nenne sie lieber Transportschlitten«, sagte Blakely. »Eine Spezialanfertigung für diese Rutschen. Ich darf Ihnen das einmal zeigen.« Er nahm eines der anderen fluoreszierenden Bretter und schlug mit der flachen Hand auf die Oberfläche. »Wir haben zwar auch motorbetriebene Aluminiumschlitten gebaut, doch die sind zu sperrig, um sie zu tragen. Diese hier sind dagegen aus strapazierfähigem Plastik, sowohl Brett als auch Räder. Die Radlager sind aus korrosionsresistentem Titan. Ideal für diese Art von Gelände und bei dieser Feuchtigkeit. Lösen Sie diesen Riegel –

so –, lässt sich das Brett auf die Länge des Oberkörpers auseinander ziehen. Der Fahrer legt sich mit dem Bauch darauf, Becken und Brust werden dabei abgestützt. Mit behandschuhten Händen und Füßen stößt man sich ab und bremst man.«

»So ähnlich wie bei einem Surfbrett«, sagte Ben, »nur an Land.«

»Nun, diese Analogie ist zutreffend. Sind Sie einmal durch den Tunnel hindurch, kann das Brett wieder zusammengeschoben und im Rucksack verstaut werden. Jedes Brett wurde individuell angepasst. Sie finden Ihren Namen auf der Unterseite. Außerdem hat jedes eine andere Farbe, so dass Sie sie unterscheiden können.«

Ashley probierte den Schiebemechanismus aus. Er war einfach zu betätigen, und das Brett war Gott sei Dank leicht. Und das alles, nur um durch die Wurmlöcher zu rutschen.

»Dr. Blakely«, fragte Linda, »auf welche Art sind diese Wurmlöcher entstanden? Sind es Lavaschächte?«

»Ja und nein«, antwortete Blakely. »Es stimmt natürlich, das ganze Gebiet ist von Lavaschächten durchlöchert. Manche sind nicht größer als eine Faust, andere so groß wie ein Mensch. Lavaschächte sind normalerweise rau und unregelmäßig wie die meisten gewöhnlichen Schächte in dieser Gegend. Aber die Schächte mit diesem Durchmesser« – er zeigte auf das Wurmloch – »sind Ausnahmen. Sie sind einheitlich groß und bemerkenswert glatt poliert. Wodurch und warum? Noch ein Rätsel, das wir lösen müssen.«

»Wie weit sind Sie mit der Erkundung bisher gekommen?«, fragte Ashley. Offensichtlich hatte man viele andere Schächte bereits untersucht.

»Diese Wurmlöcher verlaufen von der zentralen Höhle aus wie die Speichen eines Rads. Manche sind Sackgassen. Aber die meisten, so wie dieses, sind mit einem Netzwerk von Gängen und Höhlen verbunden, das sich tiefer und tiefer erstreckt. Seismische Messungen lassen vermuten, dass sich dieses System über viele hundert Kilometer erstreckt.«

»Und weiter sind Sie mit Ihren Untersuchungen bisher noch nicht gekommen?« Ashley hob die Augenbrauen. »Sie sind doch schon seit Monaten hier unten.«

Blakely starrte sie für einen Augenblick an, nahm dann die Brille ab und rieb seinen Nasenrücken. Die anderen, durch die Stille aufmerksam geworden, unterbrachen ihre Aktivitäten und kamen näher.

Ben legte die Rollbretter hin, die er untersucht hatte, und stellte sich zu Ashley.

Michaelson kam dazu. »Erzählen Sie es ihnen,« sagte er und sah ihm tief in die Augen. »Sie haben es verdient, mehr zu erfahren.«

Blakely hob die Hand, die Handfläche auf den Major gerichtet. »Ich wollte gerade darauf zu sprechen kommen.«

Ashley bekam plötzlich ein flaues Gefühl im Bauch.

»Professor Carter«, sagte Blakely, »die bevorstehende Enthüllung erfüllt mich keineswegs mit Stolz. Aber aus bestimmten, zweckdienlichen Gründen musste ich so handeln. Wir mussten gewisse Geheimnisse wahren.«

»Ach ja?«, sagte Ben.

Ashley brachte ihn mit einem strengen Blick zum Schweigen und sah Blakely weitaus eisiger an. »Fahren Sie fort. Was für Geheimnisse?«

»Sie haben mich gefragt, ob wir das Höhlensystem nicht weiter erkundet haben. Nun, das haben wir.« Er zeigte auf das Wurmloch. »Sie sind nicht das erste Team, das diese Route erforscht. Ein Team aus fünf Wissenschaftler und einem Marine verschwand vor über vier Monaten in diesem Wurmloch.«

Ashley schüttelte den Kopf. »Warum schleppt man uns dann hierher, wenn schon alles untersucht worden ist?«

»Das andere Team ist noch nicht zurück.«

»Was?«, rief Ben und kam näher. »Wollen Sie damit sagen, die sind immer noch da unten?«

»Ohne Funkgeräte hatten wir keine Möglichkeit, mit den Expeditionsteilnehmern Verbindung aufzunehmen. Das Team sollte nach zwei Wochen Forschungsarbeit zurückkehren. Drei Wochen vergingen ohne ein Sterbenswörtchen von ihnen. Also schickten wir eine Suchmannschaft hinterher. Bei einer oberflächlichen Durchsuchung fanden wir das dichte Netz von Tunneln, Schächten und Höhlen. Von den Expeditionsteilnehmern fehlte jede Spur.«

»Warum zum Teufel haben Sie die Suche nicht ausgedehnt?« Ben hatte mittlerweile einen puterroten Kopf.

»Ohne entsprechende Funkgeräte waren die Suchmannschaften ebenfalls gefährdet. Ihnen drohte dasselbe Schicksal wie dem ersten Team. Also haben wir die Suche abgebrochen. Das Team wurde als vermisst gemeldet.«

»Toll«, sagte Ashley. »Und was passiert, wenn wir in Schwierigkeiten geraten? Lassen Sie uns dann auch im Stich?«

»Das ist doch Schwachsinn«, fügte Ben hinzu, »Sie hatten einfach die Hosen voll.«

Blakely ballte die Fäuste und verengte die Augen zu schmalen Schlitzen. »Dieses Team stand unter meiner Leitung. Ich habe mich für den Verlust persönlich verantwortlich gefühlt. Ich konnte nicht riskieren, noch mehr Leute zu verlieren. Wir haben das erste Team verloren, weil wir aufgeregt waren und ohne angemessene Vorsicht vorgegangen sind. Ich habe die weitere Suche nach ihnen so lange untersagt, bis ein funktionierendes Funkverbindungsnetz installiert wurde.« Er wies mit dem Finger auf das Funkgerät. »Da ist es!«

Ben gab nicht nach. »Tut mir Leid, aber ich glaube immer noch, ein kleines Team ...«

Michaelson unterbrach ihn: »Es war auch meine Entscheidung.«

Ashley drehte sich zum Major um, der bei den Rucksäcken stand. »Und warum zum Teufel haben *Sie* dann nichts unternommen?«

Michaelson sah Ashley fest in die Augen. »Als Vorgesetzter der hier stationierten Marines hatte ich die Entscheidung zu treffen, entweder blind vorzudringen oder auf Dr. Blakelys Rat zu hören und zu warten, bis das Funkverbindungsnetz vollständig aufgebaut war. Ich habe mich für das vorsichtige Vorgehen entschieden.«

»So ist sie, die Armee«, sagte Ben verbittert, und ein höhnisches Grinsen gefror ihm im Gesicht. »Untergebene sind nur Schachfiguren, die man wegwirft, wenn man sie nicht mehr braucht. Wen kümmert es, dass das andere Team aus wirklichen Menschen, die ein wirkliches Leben führten, bestand. Werft sie einfach fort.«

Mit zusammengebissenen Zähnen drehte sich Michaelson auf dem Absatz um. Bens verbitterter Gesichtsausdruck machte ihn hässlich, fand Ashley.

Sie folgte dem Major, um ihn weiter zur Rede zu stellen, doch Blakely berührte sie am Ellbogen, als sie an ihm vorbeigehen wollte. Er flüsterte ihr ins Ohr: »Major Michaelsons Bruder gehörte zum ersten Team.«

Ashley blieb stehen und sah, wie Michaelson den Inhalt seines Rucksacks mit hastigen und ruckartigen Bewegungen prüfte. »Harry?«, fragte sie und erinnerte sich an das warme Lächeln des Majors, als er von seinem jüngeren Bruder und dessen Begeisterung für Fahrzeuge und Motoren erzählte. Vielleicht sollte sie etwas sagen …

Aber da rief Ben hinter Michaelson her: »Schöne Kameradschaft. Die Menschen einfach umkommen zu lassen. Wenn ich Sie wäre …«

Ashley gebot Ben mit einer Handbewegung Einhalt.

»Genug. Es ist gut jetzt. Lass ihn in Ruhe.« Sie sah, dass Michaelson seine Ausrüstung im Rucksack verstaute und fortging. Sie wandte sich zu Blakely. »Und jetzt?«

Blakely räusperte sich. »Die damaligen Entscheidungen sind strittig. Wir müssen uns einigen, wie es jetzt weitergeht. Egal zu welchem Entschluss Sie alle gelangen, die beiden SEALs und Major Michaelson werden heute aufbrechen, um Spuren zu suchen, die auf das Schicksal der ersten Expedition hinweisen. Der Rest Ihres Teams muss sich jetzt entscheiden. Da Sie über das andere Team Bescheid wissen – wie viele von Ihnen möchten weiterhin an der Expedition teilnehmen?«

Ben meldete sich als Erster zu Wort. »Wenn es nicht um diese vermissten Menschen ginge, würde ich sofort alles an den Nagel hängen. Aber ich habe lange genug gewartet. Ich komme mit.«

Aller Augen richteten sich auf Ashley. »Das ändert alles. Ich brauche Zeit, um zu überlegen«, sagte sie. »Dies ist nun eine Rettungsmission.«

»Nein«, sagte Blakely. »Diese Expedition hat für mich einen *doppelten* Auftrag. Das erste Ziel ist und bleibt dasselbe wie das der ersten Expedition: das Höhlensystem nach Hinweisen auf den Ursprung der Höhlenbewohner zu durchsuchen. Aber da Ihr Team den Fußabdrücken des ersten folgen wird, hoffe ich, dass beide Aufträge gleichzeitig erreicht werden können.«

Blakely zeigte mit dem Finger auf Ashley. »Deshalb habe ich Sie als Teamchef ausgesucht. Möchten Sie das Team auch jetzt noch leiten?«

Ashley runzelte die Stirn. »Sie hätten uns früher warnen sollen. Ich mag es nicht, wenn man mich belügt.«

»Ich habe Sie nie belogen. Ich habe nur den Fehler gemacht, es Ihnen zu verschweigen. Aber auch ich hatte keine andere Wahl. Ich hatte meine Befehle. Das Schicksal des ersten Teams unterliegt immer noch der höchsten Geheimhaltungsstufe. Man hat noch nicht einmal ihre Familien benachrichtigt.«

Ben schnaufte und murmelte etwas Unverständliches.

Blakely ignorierte ihn. »Professor Carter?«

Sie merkte, dass sie an Jason dachte, der sich im Camp bei Blakelys Assistent Roland in Sicherheit befand. Sollte sie das Risiko eingehen? Außer ihrer Karriere hatte sie noch andere Verantwortungen. Sie schwieg.

»Ich komme mit«, sagte Khalid. »Dies ist zu wichtig.«

»Ich auch«, sagte Linda. »Wir brauchen die Fähigkeiten eines jeden von uns, um das andere Team zu finden.«

Ashley konnte es auch nicht mit sich vereinbaren, das andere Team im Stich zu lassen. Sie blickte Blakely an. »Okay. Ihr Team ist immer noch vollständig! Aber wenn wir ab jetzt nicht absolut ehrlich …«

Blakely nickte und sagte mit ernster Stimme: »Sie haben mein Wort.« Er ging ein paar Schritte zurück und bedeutete ihr, ihm zu folgen. »Denken Sie daran, wir bleiben in regelmäßigem Kontakt, um ihr Vorankommen und eventuelle Zwischenfälle registrieren zu können. Ansonsten treffen Sie ab sofort alle Entscheidungen. Darüber, wie oft Sie das Lager aufschlagen oder wann Sie zurückkehren wollen. Ihr Wort ist Gesetz.«

Wieder waren aller Augen auf Ashley gerichtet. Das Ausmaß ihres Auftrags drohte sie zu überwältigen. »Okay«, sagte sie, »es bringt nichts, wenn wir hier sitzen bleiben. Wir brechen auf. Halloway, gehen Sie bitte als Erster. Alle anderen folgen; wir treffen uns in der nächsten Höhle.«

Jeder prüfte seine Ausrüstung, nahm seinen Rucksack, schulterte ihn und zog die Gurte fest. Ashley sah zu, während sich die anderen mit ihren Transportschlitten beschäftigten.

Halloway wartete keine weitere Diskussion ab. Er überprüfte den Sitz seines Helms und tauchte mit seinem Brett in den Schacht hinab. Die anderen standen Schlange, um ihm zu folgen.

Zufrieden, dass es nun endlich losging, zog Ashley ihre Handschuhe an und die Velcro-Klettbänder fest. Sie griff nach ihrem Rucksack und schulterte ihn. Während die anderen nacheinander in das Wurmloch schlüpften, trat Blakely zu ihr. Sie blickten sich an. Mit eisiger Stimme sagte sie: »Passen Sie gut auf meinen Sohn auf.«

»Selbstverständlich. Roland wird dafür sorgen, dass der Junge jeden Morgen am Funkgerät ist, damit Sie sich davon überzeugen können.«

Sie nickte und bemerkte, dass die anderen mittlerweile alle im Wurmloch verschwunden waren. Sie kniete nieder und legte sich auf das Rollbrett, schaltete die Karbidlampe ihres Helms an und griff an die Wände links und rechts, um sich abzustoßen. Mit einem kräftigen Schubs schnellte sie in den Tunnel.

Das verdammte Ding erinnerte sie immer noch an ein Abwasserrohr.

11

Ashley schob den Schlitten in den Rucksack zurück und ging zu den anderen hinüber, die sich um einen Stalagmitenhain versammelt hatten. Die Strahlen der Blendlaternen und Helmlampen schwirrten kreuz und quer durch die Dunkelheit wie Leuchtkäfer in einem Einmachglas. Diese Höhle hatte die Größe eines Fußballstadions und war damit immer noch unendlich viel kleiner als die Alpha-Höhle, die eher mit dem Grand Canyon vergleichbar war.

Eine kräftige Brise, mild und feucht, wehte durch die

Höhle. Linda hielt ein Taschentuch in die Höhe, und es flatterte im Wind wie eine Flagge.

»Höhlen atmen ein und aus«, erklärte Ben Linda gerade, als Ashley hinzutrat. »Als Reaktion auf Veränderungen des barometrischen Drucks. In einer Höhle in Belize konnte ich sogar einen Drachen steigen lassen.«

Linda ließ den Arm sinken. »Dieser Wind ist wunderbar ... so erfrischend.«

»Okay, Leute«, sagte Ashley und stellte sich neben Ben. »Die nächsten Kilometer sind bereits kartiert, also können wir zügig vordringen.«

Ben hob die Hand. »Ich hätte einen Vorschlag.«

Ashley nickte. »Selbstverständlich! Bitte macht Vorschläge und gebt Input, wann immer ihr wollt. Wir sind ein Team.«

»Bevor wir das unerforschte Gelände vor uns erreichen, sollte sich jeder von uns einen Partner suchen. In Höhlen bewegen wir uns mehr aufwärts und abwärts kletternd als auf ebenen Oberflächen. Zu zweit bewältigen wir die größeren Hindernisse besser.«

»Klingt gut«, sagte Ashley. »Ich glaube ...«

Ben fuhr fort: »Außerdem können wir zu zweit Batterien sparen. Ein Paar benötigt nämlich nur eine Lampe. In dieser Dunkelheit erzeugt auch ein einzelnes Licht einen hellen Lichtkegel.« Er grinste sie an. »Und nach einem Tag hier unten werden eure Augen bei zu viel Licht schmerzen. Glaubt mir.«

Sie nickte. Ashley sprach zum Team und wies mit dem Daumen auf Ben. »So machen wir es. Jeder sucht sich einen Partner.«

Ben ging auf sie zu. »Hallo, Partner.«

»Moment«, sagte sie. »Vielleicht hast du bemerkt, dass wir eine ungerade Anzahl sind? Als Teamchefin schließe ich mich anderen Paaren an, wenn sie Hilfe brauchen.«

Mittlerweile waren Linda und Khalid ein Paar, und die beiden SEALs steckten ihre Köpfe zusammen und tuschelten. Die beiden übrigen Teilnehmer, Ben und Michaelson, schauten sich an.

»Scheiße«, brummte der Major.

»Ich und meine bescheuerten Ideen«, sagte Ben kopfschüttelnd.

Ashley grinste heimlich, während sie ihren Rucksack zurechtrückte. »Das wäre erledigt. Weiter also. Wir haben noch einen langen Weg vor uns.«

Nickend wies sie auf das griesgrämige Paar. »Ben und Michaelson übernehmen die Spitze. Beobachtet Ben auf den nächsten Kilometern aufmerksam. Er ist der erfahrenste Höhlenkletterer, und ich möchte, dass ihr von ihm lernt, wie sich ein Höhlenkletterer im Hinblick auf Sicherheit und Professionalität verhält. Dann wird es uns hoffentlich nicht so ergehen wie dem ersten Team.«

Die Leute justierten ihre Rucksäcke und schalteten die überzähligen Blendlaternen aus. Ashley bemerkte, dass die Lichtmenge dadurch unerheblich geringer war. Sie folgte Ben und Michaelson. Während sie ging, schwang ihre Laterne vor und zurück, als würde sie von Geisterhand bewegt.

In Gedanken beschäftigte sie sich mit ihrem Auftrag – den beiden Aufträgen. Sie stellte sich vor, sie wäre in dieser stygischen Finsternis gestrandet und müsste hilflos mit ansehen, wie die letzten Batterien den Dienst versagten und die Schwärze sie in ihre kalten Arme schloss. Sie fröstelte. Und was war mit den Höhlenbewohnern, den vermissten Vorfahren der Menschheit? Wie hatten sie in der Dunkelheit überlebt?

Sie verscheuchte ihren Tagtraum, als sie am Eingang des nächsten Wurmlochs ankamen. Sie ging nach vorn. Ben hatte seinen GPS-Empfänger geöffnet, ein notebookgroßes

Gerät zur Bestimmung der Position, das auf einen Sender der Basis eingestellt war. Ben besaß durch den Empfänger die Möglichkeit, die Position des Teams nicht nur in Bezug auf die vier Himmelsrichtungen, sondern auch auf die Tiefe zu bestimmen.

»Und das soll eine Karte sein?«, fragte er. Als Führer trug er die Zeichnung bei sich, die frühere Kundschafter angefertigt hatten. »Das ist Unsinn. Schau dir das an.« Er schob Ashley das Blatt hin. »Keine Kompassmarkierungen, keine erkennbaren Höhlenbegrenzungen, keine Tiefenangaben ... Kein Wunder, dass das erste Team sich verirrt hat!«

»Deshalb bist du hier«, sagte Ashley. »Du kartierst uns unseren Rückweg einfach. Wir zählen auf dich.«

»Okay ...«, sagte er und suchte nach Worten. »Ein Kind hätte es besser gemacht.«

»Dann bist du ja genau der Richtige für den Job.«

Er schaute sie prüfend an, während sie eine Unschuldsmiene machte, so gut sie nur konnte. Anscheinend zufrieden gestellt, wandte er sich ab, den Kompass in der Hand.

Sie schüttelte den Kopf. Manchmal waren Ben und Jason einander erschreckend ähnlich. »Wenn alle so weit sind«, sagte sie, »geht es jetzt weiter. Spätestens wenn wir unser Lager aufschlagen, möchte ich Neuland erreicht haben.«

Ashley zögerte.

»Noch ein kleines Stück«, rief Ben ihr von unten zu.

Während sie sich auf die Unterlippe biss, starrte sie den Steilhang hinunter, der vor ihr lag. Es sah nach fast zwei Kilometern aus. Der Fels war mit Lehm verschmiert und glatt wie Eis. Sie richtete den Blick nach oben. Mehrere Meter über ihr hatte es sich Michaelson in einem Spalt gemütlich gemacht und sich mit einem Seil gesichert. Darüber, am Felsrand, hing Villanueva und hielt sich an einem

Felsvorsprung fest, ebenfalls mit einem Seil gesichert. Beide hatten die Aufgabe, den anderen einen sicheren Abstieg zu ermöglichen.

Ashley holte tief Luft und stieß sich von der Wand ab, wie sie es gelernt hatte, und ließ das Seil in die Karabinerbremse einrasten, um ihren Fall zu stoppen. Dann tastete sie sich tiefer und balancierte mit einem Zeh ihres linken Fußes auf einem Felsvorsprung. Nur noch ein kleines Stück.

Der Stein, der sie stützte, löste sich plötzlich und fiel in die Tiefe. Sie stürzte hinterher, und das Seil raste durch ihre Handschuhe. Ben hatte ihnen eingeschärft zu rufen: »Ich falle!«, wenn so etwas passierte, aber da ihr die Angst die Kehle zuschnürte, war sie nur zu einem hohen Jaulen fähig.

Einen Augenblick später hakte sich das Seil zischend in die Karabinerbremse ein, und ihr Fall wurde abrupt gestoppt. Von oben erklang ein protestierendes Schnauben, als Michaelson ihr Gewicht auffing.

»He, aufgepasst da oben«, rief Ben. »Es hätte nicht viel gefehlt, und du hättest mir das Gesicht geliftet.«

»Entschuldige«, sagte sie zu der lehmverschmierten Wand, vor der sie wenige Zentimeter baumelte, und klammerte sich mit beiden Händen an das Seil.

»Na los, sei ganz locker«, sagte Ben. »Stemm die Füße wieder gegen die Wand. Den Rest schaffst du auch noch. Du bist fast auf festem Boden.«

Gerade die Festigkeit des Bodens machte ihr Sorgen. Als sie fiel, hatte sie sich vorgestellt, wie sie mit dem Kopf auf dem Boden auftraf. Doch sie konnte nicht einfach so hier hängen bleiben. Es gab nur einen Ausweg aus diesem Dilemma. Sie zog die Beine an, stemmte die Stiefel gegen die Wand, drückte ihre Beine durch und stieß sich von der Wand ab. Mit diesem Stoß seilte sie sich zwei Meter ab, bis sie mit den Füßen wieder auf der Wand auftraf. Dieses Mal zögerte sie nicht, stieß sich erneut ab und fiel wieder ein paar Meter tiefer. Nach zwei weiteren Sprüngen spürte sie Bens Arme um ihre Taille.

»Siehst du«, sagte er, »ein Kinderspiel.«

Sie setzte die Füße auf den Felsboden. Ihre Knie zitterten ein bisschen. »O ja, kein Problem.«

»Das war eine gute Übung. Glücklicherweise sind wir am ersten Tag auf diesen Abhang getroffen. Ich bin sicher, wir haben noch haarigere Felsen vor uns.«

Sie legte den Kopf in den Nacken. Von Villanueva war nur ein verwaschener Fleck an der Felskante über ihnen zu sehen. Sie unterdrückte ein Stöhnen und lehnte sich an einen Stalagmiten. Und das am ersten Tag.

Ashley rieb sich den Rücken und legte sich langsam auf die Luftmatratze. Sie hörte, wie Michaelson mehrere Meter entfernt etwas in das Funkgerät murmelte und den Tagesbericht übermittelte. Sie hatten Spuren des ersten Teams gefunden – Abfall, Stiefelabdrücke im Matsch, Schrammen an den Felsen – und die Verfolgung aufgenommen.

Sie stieß einen langen Seufzer aus und streckte sich. Ihr Körper antwortete mit einem stechenden Schmerz im unteren Teil des Rückens. Das heutige Tagespensum hatten sie sich hart erkämpft. Glitschiger Lehm bedeckte die meisten Wege. Scharfe Gipskristalle klebten ihr wie Sand am ganzen Körper und scheuerten mit jedem Schritt stärker. Steile und gefährliche Hänge erschwerten die Tour und ließen sie nur schleppend vorankommen.

Das Schlimmste war jedoch die Hitze, die wie ein allgegenwärtiges nasses Laken im Laufe des Tages immer schwerer auf ihnen lastete. Ashley nahm ihr Stirnband vom Kopf und wrang es aus, so dass der Schweiß heraustropfte. Jetzt verstand sie, wie gefährlich Dehydrierung war. Sie schraubte den Verschluss ihrer Feldflasche auf, die fast leer war. Sie legte den Kopf zurück und schluckte die letzten warmen Tropfen.

»Du musst auf deinen Wasservorrat acht geben«, warnte Ben. »Wir können nicht damit rechnen, jeden Tag auf ein Wasserloch zu stoßen.« Er wies auf den kleinen See, der sich in der hinteren Hälfte der Höhle befand, halb versteckt hinter einer Felsnase.

»Ich wusste von diesem Wasserloch«, sagte sie. »Es ist auf der Karte eingezeichnet.«

»Richtig, aber das hier ist die letzte Höhle auf der Karte. Von hier aus stoßen wir ins Unbekannte vor.«

»Ich weiß. Ab morgen bin ich sparsamer. Wir sollten morgen früh alle daran erinnern. Besonders Linda. Sie hatte bereits heute Mittag kein Wasser mehr und hat aus meiner Feldflasche getrunken.«

»Ach, aus deiner auch?«, sagte Ben mit einem Lächeln. »Sie hat meine vor einer Stunde leer getrunken.«

»Kluges Mädchen«, sagte Ashley. »Wo ist sie übrigens?«

»Drüben beim Teich ... einen Schluck Wasser trinken.«

Sie schüttelte den Kopf. »Ab morgen müssen wir strenger rationieren.«

»Ach, lass sie. Das war ein Scherz. Sie analysiert das Wasser. Außerdem nimmt sie das alles sehr mit.«

»Das geht jedem so.«

Ben zeigte auf die beiden SEALs, die ein paar Meter entfernt den Campingkocher aufbauten. Die Lichtkegel ihrer Laternen tanzten um sie herum. »Sie haben kaum einen Tropfen Schweiß verloren.«

Sie sah zu, wie Villanueva ein Khaki-T-Shirt auszog, sich das Gesicht und die Achselhöhlen trocken rieb und dann eine grüne Weste überzog. Als Halloway den Campingkocher anmachte, entflammte das Butangas mit einer leisen Explosion. Beide wirkten so frisch, als ob die heutige Tour nicht mehr als ein Sonntagsspaziergang im Park gewesen wäre, während die anderen sich schleppten, als brächten sie die letzten Meter des Todesmarschs von Bataan hinter sich, so ausgemergelt und zerschlagen waren sie. Ashleys Magen knurrte verräterisch.

Ben zog eine Augenbraue hoch. »Ich bin auch hungrig. Es gibt bloß nichts außer gefriergetrockneten Bohnen und Würstchen.«

»Wäre mir im Augenblick aber gar nicht unrecht.«

Ben grinste. »Und dann ein Bier zum Nachspülen ... *das* wäre der Himmel auf Erden.« Als er sich auf seine Luftmatratze setzte, schlug er sich plötzlich auf den Arm. »He, gerade hat mich etwas gestochen.«

»Was?«

Er leuchtete auf seinen Arm.

Ashley beugte sich vor und betrachtete die Stelle. »Sieht aus wie eine Mücke.«

»Riesiges Biest. Hat mir fast ein Stück aus dem Arm gebissen.«

»Jetzt übertreib nicht.«

Er piekste sie mit dem Finger. »Wart nur ab, bis sie dich aufspießen. Und komm dann nicht heulend zu mir.«

»Das ist seltsam«, sagte sie und kratzte sich hinter dem Ohr. »Was macht eine Mücke in der Antarktis? So weit im Süden?« Bens Miene wurde ernst. »Gute Frage. Man findet so tief unten kaum Insekten. Grillen, ein paar Spinnen, Tausendfüßler, so etwas – aber ich kann mich nicht entsinnen, jemals eine Mücke gesehen zu haben.«

Ashley fragte sich, was diese Entdeckung zu bedeuten hatte. »Vielleicht sollten wir unsere Biologin fragen.«

»Vielen Dank, dass du mir heute etwas von deinem Wasser abgegeben hast, Khalid«, sagte Linda. »Ohne deine Hilfe hätte ich es nicht ausgehalten.«

»Gern geschehen«, sagte er und atmete schnaufend die

feuchte Luft. Er saß auf einem Stein und schaute Linda zu, die Wasser in kleine Glasgefäße füllte. Gierig betrachtete er den nassen Streifen auf ihrem Rücken. Ihr T-Shirt klebte an ihrem Körper und der Verschluss ihres Büstenhalters zeichnet sich unter dem dünnen Stoff ab. Khalid biss sich auf die Zunge, um seine aufkommende Lust zu bezähmen.

Linda lächelte ihn an, stand auf, setzte sich auf den Felsen neben ihn und schüttelte das Fläschchen. »Der letzte Grat war brutal. Ich bin froh, dass wir es für heute geschafft haben.«

Nur eine Handbreit von ihr entfernt, spürte Khalid Lindas pulsierende Körperwärme. Schweigend saßen sie nebeneinander, während sie die kristallklare Oberfläche des Teichs betrachtete und er nur Augen für sie hatte.

»Mein Gott!«, rief sie plötzlich und sprang an den Rand des Teichs. »Khalid, schau doch!« Sie hockte sich auf die Knie und winkte ihn zu sich.

Er schritt zu ihr hinüber und roch ihren Duft, ein betäubendes Parfüm in der feuchten Luft. »Was ist denn?«

Sie hob eine gewellte Muschel hoch, die im Licht der Laterne tropfte und leuchtete und im seichten Wasser, halb von einem Stein verdeckt, gelegen hatte. Khalid neigte den Kopf. Sie ähnelte einem Schneckenhaus, war aber riesig, beinahe so groß wie eine Wassermelone.

Er fragte wieder: »Was ist?«

Sie setzte sich und legte die riesige Muschel in ihren Schoß. »Wenn es sich um das handelt, für was ich es halte …« Sie schüttelte den Kopf und legte eine Hand auf sein Knie. »Wenn du nicht darauf bestanden hättest, noch ein wenig zu bleiben, hätte ich es vielleicht nie entdeckt.«

Ihre Hand brannte wie Glut auf seinem Knie. Die zunehmende Enge im Schritt seines Overalls stellte seine Beherrschung auf eine harte Probe. »Was ist so besonders an einer leeren Muschel?«, fragte er angespannt.

Bevor sie antworten konnte, wurde sie von Stimmen unterbrochen.

»Ich sage es dir, das verdammte Vieh hat mich heftiger gebissen als eine Schlange ohne Giftzähne.«

Ben sah Khalid und Linda am Ufer des Teichs. Er bemerkte, wie sie ihre Hand vom Knie des Biologen nahm, als sie den felsigen Steilhang umrundeten, und zog die Augenbrauen hoch.

Ashley räusperte sich, um ihr Kommen anzukündigen. »Linda«, sagte sie, »Ben wurde gerade von einem Insekt gestochen, das einer Mücke sehr ähnlich sieht. Wir wüssten gern, was du davon hältst.«

»Aber klar, kein Problem. Habt ihr es gefangen?«

»Na ja, so ähnlich,« sagte er und zeigte auf das zerquetschte Insekt auf seinem Unterarm.

Sie lächelte, nahm seinen Arm und drehte ihn zum Licht. »Da hast du mir aber nicht viel übrig gelassen.« Sie beugte sich dichter darüber. »Ich bin nicht ganz sicher. Es gibt hunderte Arten von bluthungrigen Mücken, Fliegen und Moskitos. Das hier könnte alles Mögliche sein.« Sie ließ seinen Arm los.

»Ich war nur neugierig«, sagte Ashley. »Ben meinte, Insekten kämen selten in Höhlen vor.«

Linda legte die Stirn in Falten. »Das stimmt auch. Wovon sollten sie sich ernähren? Hier unten gibt es keine warmblütigen Spezies.« Sie schüttelte den Kopf. »Sie müssen sich auf andere Weise ernähren. Allerdings hat dieses Exemplar versucht, eine neue Nahrungsquelle anzuzapfen.« Sie zuckte mit den Schultern. »Diese Höhlen werden immer merkwürdiger.« Unter ihrem Arm hielt sie die große Muschel. »Schaut euch zum Beispiel das hier an.« Sie hielt die Muschel hoch, damit Ashley und Ben sie betrachten konnten. »Erkennt ihr sie?«

Ashley nahm die Muschel, hob sie hoch, drehte sie, um sie von allen Seiten zu betrachten, und fuhr mit der Hand an der spiralförmigen Linie entlang. »Sieht aus wie das Gehäuse eines Weichtiers, aber die Spezies kenne ich nicht. Außerdem bist du die Biologin.«

»Und du bist die Archäologin. Wenn ich nicht Evolutionsbiologie studiert hätte, hätte ich es auch nicht erkannt.«

»Und? Um was handelt es sich deiner Meinung nach?«, fragte Ben, nahm die Muschel und fragte sich, was der ganze Wirbel sollte.

»Es ist das Gehäuse eines Ammoniten, eines räuberischen Tintenfischs«, sagte Linda. »Spezies *Maorites densicostatus*.«

»Was?« Ashley riss Ben die Muschel aus der Hand. Sie untersuchte sie nun mit stärkerem Interesse und hielt sie, als wäre sie aus feinstem Porzellan. »Das ist unmöglich. Es handelt sich um eine gegenwärtige Muschel, keine fossile.«

Ben starrte auf seine leeren Hände. »Was soll der ganze Zauber? Was ist so aufregend daran?«

Beide Frauen ignorierten ihn. »Bist du sicher?«, fragte Ashley. »Paläobiologie war nicht gerade meine Spezialität.«

»Ganz sicher«, sagte Linda. »Schau dir diese Furchen an. Kein heutiges Weichtier hat diese Struktur. Schau dir die Kammern im Inneren an. Nur eine Spezies besitzt dieses einzigartige Gehäuse. Ganz eindeutig ein Ammonit.«

Ashley ging näher heran. »Aber was hat der hier zu suchen? Die Ammoniten starben mit den Dinosauriern am Ende der Kreidezeit aus. Das ist eine alte Muschel, aber ich bezweifle, dass sie 65 Millionen Jahre alt ist.«

»Lasst mich mal schauen«, sagte Ben und hob die Muschel hoch. »In vielen Höhlen findet man gut erhaltene Fossilien, die dort vor dem Witterungseinfluss geschützt waren. Vielleicht ist diese Muschel ein ebenso gut konserviertes Fossil.«

Linda nickte. »Vielleicht. Aber vor Beginn der Expedition habe ich noch einiges über das Tierleben der Antarktis gelesen. Auf Seymour Island, ganz in der Nähe, haben Wissenschaftler zahlreiche fossile Ammoniten entdeckt. Funde, die man auf eine Zeit *nach* dem kreidezeitlichen Aussterben datiert hat.«

»Kreidezeitliches Aussterben?«, fragte Ben. »Wovon redet ihr eigentlich?«

Ashley klärte ihn auf. »Vor etwa 65 Millionen Jahren, gegen Ende der Kreidezeit, führte eine enorme Umwälzung zum Aussterben unzähliger Tierarten. Dazu gehörten auch die Dinosaurier.

Einige Wissenschaftler vertreten die These, dass damals ein riesiger Asteroid auf die Erde gefallen ist und Staubwolken aufgewirbelt hat, die die Sonne verdunkelten und die Temperaturen sinken ließen.«

»Genau«, fügte Linda hinzu, »und die Paläontologen, die die Antarktis erforschen, glauben nun, dass der Spin des Südpols die Winde derart herumgewirbelt hat, dass die Staubpartikel die Antarktis vom großen Aussterben verschont haben.«

Ben unterbrach sie. »Das alles ist frühe Erdgeschichte. Diese Schnecken haben also länger überlebt, als irgendjemand vermutet hätte, meint ihr. Na und? Ich meine ...«

»Linda!«, rief Khalid. Er hatte sich von der Gruppe entfernt und kniete nun am Ufer des Teichs. »Hier ist noch eine Muschel.« Er griff ins Wasser und tauchte seinen Arm beinahe bis zur Schulter ein. »Ich komme nicht ran ... warte, nein ... jetzt ... ich habe es.« Er zog den durchnässten Arm heraus. In seiner Hand hielt er eine Muschel, die noch größer als die erste war. Er richtete sich auf und hielt die Muschel über seinen Kopf wie eine Trophäe.

Ben schüttelte den Kopf. Plustert sich auf wie ein Pfau, dachte er. Er setzte gerade zu einer Bemerkung an, als plötzlich wirbelnde Tentakeln aus der Muschel schossen. Linda verschlug es den Atem.

Die Tentakeln saugten sich an Khalids Arm fest.

Er versuchte, den Tintenfisch vom Arm zu reißen, doch der hielt ihn in eisernem Griff fest. Die Schmerzen trieben Khalid Tränen in die Augen. Er verzog das Gesicht zu einer Grimasse. »Das verdammte Vieh beißt mich.« Blut rann seinen Arm hinab. Stöhnend schleuderte Khalid den Arm mit der Muschel krachend gegen die nächste Wand an. Ohne Ergebnis.

Ben zog das Messer aus seinem Gürtel. »Halt still!«

Khalid hielt still, dann verzerrte ein neue Welle des Schmerzes sein Gesicht. »Sieh zu, dass du das Vieh von meinem Arm runterkriegst«, stieß er zwischen den Zähnen hervor.

Ben schob die Klinge zwischen einen Tentakel und Khalids Haut. Sie passte kaum dazwischen. Die Fangarme des Tiers klammerten sich beharrlich an Khalids Fleisch. Ben durchschnitt das Fleisch eines Tentakels, und grünlichschwarzer Schleim spritzte aus dem amputierten Ende. Khalid stöhnte laut auf, als sich das Tier mit den übrigen Fangarmen umso stärker festsaugte.

Die Kraft des Monstrums war fürchterlich. Wenn es noch stärker zudrückt, dachte Ben, wird es ihm den Arm brechen. Vorsichtig trieb er das Messer unter einen zweiten Fangarm und schnitt ihn ab. Dieses Mal zuckte das Tier und lockerte seine Umarmung. Nachdem er zwei weitere Tentakeln durchschnitten hatte, ließ das Tier los, fiel zu Boden, schwabbelte und zog die restlichen Tentakeln in sein Gehäuse zurück.

Khalid sank mit einem tiefen Stöhnen auf die Knie und bedeckte mit einer Hand die Wunde, während das Blut zwischen seinen Fingern hindurch rann.

Ben beobachtete die Muschel, aus deren Öffnung

schwarzer Schleim quoll. Er schnitt ein grimmiges Gesicht, holte mit einem Bein weit aus und trat die Muschel in hohem Bogen über den Teich. Platschend traf sie auf dem Wasser auf und versank in der Tiefe.

Ashley schrie: »Warum zum Teufel hast du das getan? Wir hätten das Tier untersuchen können. Schließlich ist es eine ausgestorbene Spezies.«

Ben zeigte auf Khalids blutüberströmten Arm. »Von wegen ausgestorben.«

»Er wird es schon überleben«, sagte Major Villanueva.

Ashley sah zu, wie er Khalid einen Verband mit wasserdichtem Klebeband anlegte. Der SEAL war ausgebildeter Sanitäter und hatte nach ihrer Rückkehr ins Camp die Regie übernommen. Nachdem er Khalids Wunde gesäubert hatte, behandelte er ihn mit den neuesten systemischen Antibiotika.

»Wird er an der Expedition weiter teilnehmen können?«, fragte Ashley.

Villanueva zuckte mit den Schultern. »Außer einer tiefen Wunde im Unterarmmuskel und einigen Prellungen hat er nichts. Es geht ihm bald wieder gut.«

Sie nickte und ging davon. Gut. Sie würde ungern einen Expeditionsteilnehmer verlieren, bevor sie unerschlossenes Gebiet erreichten. Als sie am Campingofen vorbeikam, hielt Halloway ihr eine Schüssel lauwarmes Chili und Bohnen in einer Alupfanne hin. Sie nahm sein Angebot mit einem knappen Danke an, ließ sich auf der Luftmatratze nieder und setzte die Pfanne vorsichtig auf den Schoß.

Ben hatte seine Schüssel bereits leer gekratzt und sah gierig auf ihren Teller. »Und wie geht es Khalids Arm?«, fragte er.

»Prima. Sie haben ihn mit Antibiotika und schmerzstillenden Mitteln voll gepumpt.«

Ben setzte seinen Teller ab. »Was für ein verfluchtes, schauderhaftes Vieh.«

Sie zuckte mit den Schultern und sagte mit einer Portion Bohnen im Mund: »Ich habe mit Linda darüber gesprochen. Sie hat gesagt, dass ihre Hauptnahrungsquelle eine Art prähistorischer Hummer war, und die Gewässer hier wimmeln förmlich von den unterschiedlichsten Krustentieren. Daher nehme ich an, dass der Tintenfisch in dieser isolierten Umgebung eine ähnliche Nahrungsgrundlage hat.«

»Da fragt man sich so einiges.«

»Was zum Beispiel?«

Er nickte hinüber zum Camp, wo Michaelson sein Gewehr gerade in kleine Metallteile zerlegt hatte und nun ein jedes prüfte und reinigte. »Zum Beispiel, was hier unten noch so überlebt hat.«

In dieser Nacht hatte Ben wieder seinen Traum. Er ging durch die Höhlen des Albtraums seiner Kindheit. Überall waren Säulen, aus denen Äste wuchsen, die voller Früchte waren. Licht drang aus allen Richtungen in die Höhle. Und während er durch den Hain ging, schien ihn etwas anzuziehen und zu rufen.

»Hallo«, rief er laut in die leere Höhle hinein. »Wer ist da?«

Es zog ihn zur Nordseite der Höhle, und er versuchte, dem Gesang der unsichtbaren Sirenen zu folgen. Aber die Bäume wurden immer dichter und undurchdringlicher. Schließlich war es ihm nicht mehr möglich, sich durch die Säulen zu quetschen, und er konnte nur noch an ihnen vorbeischielen.

Die Nordwand der Höhle strahlte ein sanftes Licht aus. Nur ein einzelnes Loch in der Wand gähnte schwarz. Eine kleine Höhle wie die, die man in der Nähe der Alpha-Basis gefunden hatte.

»Ist da jemand?«, rief er und quetschte sein Gesicht zwischen zwei Säulen.

Keine Antwort. Er wartete und stemmte sich gegen die Säulen, als könnte er sie dadurch fortschieben. Während er hindurchschaute, kroch jemand auf runzligen Händen und knotigen Knien aus der Höhle. Der alte Mann richtete sich im Licht auf. Sein dunkles Gesicht war mit roten und gelben Streifen bemalt, und er trug einen Lendenschurz. Er winkte Ben zu sich.

Ben streckte den Arm aus und versuchte, sich durch die Steinsäulen zu zwängen. »Großvater!«

Ben schoss im Schlaf hoch, schlagartig erwacht und in Schweiß gebadet. Er saß kerzengerade auf der Luftmatratze. Nur eine einsame Laterne beleuchtete das schlafende Camp. Villanueva saß auf einem Felsen und warf ihm einen Blick zu. Die SEALs hatten darauf bestanden, Wachen aufzustellen. Nach dem Zwischenfall mit dem Tintenfisch hatte niemand widersprochen.

Ben legte sich wieder hin, rollte sich auf die Seite, mit dem Rücken zum Licht. Immer noch hatte er die Bilder seines Traums vor Augen. Wie ein Echo wurden sie von den Felswänden zurückgeworfen. Noch immer spürte er ein unbestimmtes Zerren, ein Verlangen, tiefer in das Labyrinth einzudringen. Er drückte die Augen fest zu.

12

»Komm her«, rief Ben Ashley zu, »schau dir das an.«

Sie wischte ihre Hände am Hosenboden ihres Overalls ab und ging zu ihm hinüber. »Was hast du gefunden?« Nach den ersten drei Tagen ihrer Expedition in unbekanntes Territorium hatte sie sich an Bens unaufhörliches Geplapper gewöhnt. Immerfort wies er sie auf ungewöhnliche Höhlenformationen hin – Sintervorhänge, Excentriques und Höhlenperlen. Manchmal machte er ein finsteres Gesicht, wenn sie nicht die nötige Ehrfurcht zeigte. Sie ging zu ihm und beugte sich über ihn. Er hockte am Boden und hielt eine Blechtasse in den Händen. Sie hatte eine Beule an der Seite, der Henkel fehlte, und sie sah genauso aus wie die, welche sie bei ihren Feldflaschen mit sich führten.

»Na und?«, sagte sie.

»Es ist keine von uns.«

Sie kniete sich neben ihn und nahm die Tasse. »Bist du sicher? Vielleicht hat sie jemand verloren ...«

»Nein«, sagte er. »Sie war im Schlamm eingetrocknet. Halb vergraben. Die muss dem ersten Team gehört haben. Ich glaube, sie hatten hier für eine Nacht ihr Lager aufgeschlagen. In dieser Höhle gibt es Trinkwasser.« Er zeigte auf den Bach, der mitten durch die kleine Höhle floss. »Und schau dir an, wie zertrampelt der Lehm hier ist. Ich wette, wenn wir nur richtig suchten, würden wir noch weitere Überreste ihres Biwaks finden.«

»Ich glaube, du hast Recht.« Sie seufzte. Seitdem sie gestern zum letzten Mal zum Ausgangspunkt zurückgekehrt waren, hatten sie keine Anzeichen des ersten Teams entdeckt. »Wir sollten Michaelson davon berichten. Seit wir die Spur des Teams verloren haben, brennt ihm der Boden unter den Füßen.«

Ben brummte zustimmend. »Dann werden wir ihm jetzt etwas Feuer unter dem Arsch machen.«

Sie schritten durch die Höhle, sprangen über den Bach, der sich mitten durch die Höhle gegraben hatte und sich um die zahlreichen Stalagmiten, die sich vom Boden erhoben, herumwand. Ben ging voran, Ashleys Helmlampe beleuchtete seinen Rücken. Sie sah zu, wie er über eine kleine Felsnase kletterte, während seine Muskeln abwechselnd kontrahierten und sich entspannten und sich sein feuchter, lehmverschmierter Overall eng an seinen Körper legte. Sie schluckte und richtete ihre Lampe ein wenig nach links, von Ben weg. Sie wischte sich mit der Hand über die Stirn. In dieser verfluchten Höhle war es so heiß wie in einem Backofen.

Links von ihr bewegte sich etwas. Vor Schreck ließ sie fast den matschigen Felsen los, an dem sie sich festhielt. Sie leuchtete mit ihrer Helmlampe in die Richtung, wo sie die Bewegung wahrgenommen hatte, sah aber nur die üblichen verdrehten Stalagmiten. Da war nichts.

Ben, der ihr Zögern bemerkt hatte, drehte sich nach ihr um. »Brauchst du Hilfe?«

»Nein, ich hatte nur den Eindruck, dort drüben hätte sich etwas bewegt.« Sie wies nach links hinüber. »Aber da ist nichts. Wahrscheinlich nur tanzende Schatten vom Licht meiner Lampe.«

Ben tat so, als hätte er Angst – seine Augen zuckten suchend nach links und nach rechts. »Vielleicht war es auch die Raubschnecke, die an Khalids Blut Geschmack gefunden hat. Ich sehe es geradezu vor mir: ›Antarktische Vampirschnecken greifen an‹.«

Sie schubste ihn vorwärts. »Geh weiter.«

Ein paar Augenblicke später kamen sie am nächsten Wurmloch an, wo sich die anderen bereits versammelt hatten und auf Steinen hockten. Linda untersuchte Khalids Arm. Alle, bis auf die SEALs natürlich, machten einen erschöpften Eindruck. Vielleicht, dachte sie, sollten sie früher Schluss machen und das Nachtlager aufschlagen.

Als sie sich nach Michaelson umschaute, bemerkte sie, dass er fehlte. Toll, suchte er nun auf eigene Faust? Sie hatte niemandem davon erzählt, dass Michaelsons Bruder zu den Vermissten gehörte. Sie dachte, wenn er ein Geheimnis daraus machen wollte, war das seine Angelegenheit. Aber sie hatte wahrgenommen, dass die Sorgenfalten auf seiner Stirn tiefer und zahlreicher geworden waren. Wenn er nun fortlief …? Sie fragte Villanueva: »Wo ist Michaelson?«

Er zeigte auf den Tunnel vor ihnen. »Aufklärung.«

Verdammter Kerl, dachte sie. Er konnte es einfach nicht abwarten. Immer musste er vorauseilen, um nach Spuren seines Bruders zu suchen. »Ich habe niemandem erlaubt, auf eigene Faust vorauszugehen.«

Halloway zuckte mit den Achseln. »Sie waren nicht da.«

»Schön, jetzt bin ich es. Und ich möchte, dass Michaelson sofort hier oben erscheint, aber ein bisschen plötzlich.«

Wieder erwischte sie den SEAL bei einem arroganten Grinsen. »Ich sage es ihm, wenn er zurückkommt.«

Sie stieß ihm kräftig mit dem Finger gegen die Brust. »Finden Sie ihn, jetzt.«

Das Gesicht des SEALs verfinsterte sich. Drohend wie ein Löwe auf eine Maus schaute Halloway auf sie hinab.

Ashley fiel ihm ins Wort, bevor er den Mund richtig aufmachen konnte. »Sie haben Ihre Befehle, Soldat.« Ihr Blick durchbohrte ihn.

Halloway knirschte mit den Zähnen und lächelte plötzlich kühl. »Eins, zwei, drei, Major Michaelson, ich komme.« Er drehte sich auf dem Absatz um und im nächsten Augenblick war er im Tunnel verschwunden.

Leise atmete sie die angehaltene Luft aus.

Linda und Khalid starrten sie an. Villanueva, von dem Wortwechsel offensichtlich unbeeindruckt, zuckte mit den Schultern und schliff weiter an einem Messer herum.

Ben klopfte ihr auf die Schulter, und sie fuhr hoch vor Schreck. »Gute Arbeit, Captain. Ist doch ein seltsamer Typ, oder?«

Sie konnte nicht umhin, sich von ihm in den Arm nehmen zu lassen. Sie zitterte ein wenig von dem Adrenalinstoß, den der Streit hervorgerufen hatte. Er hielt sie fester und führte sie ein paar Schritte von den anderen fort. Mit ruhiger Stimme sagte er: »Gut gemacht. Aber einen Freund hast du nicht gewonnen.«

Sie nickte und löste sich sanft aus seinem Arm. »Ich habe genug Freunde. Aber vielen Dank, Ben.«

»Jederzeit, Ash.«

Sie wandte den Blick ab und hielt der Versuchung stand, wieder in seine tröstenden Arme zurückzufallen. Schweigend setzten sie sich nebeneinander; ihre Knie berührten sich.

Nach einer zähen Wartezeit rief Linda endlich: »Schaut, da ist Major Michaelson.«

Ashley blickte zum Wurmloch und sah, wie der Major vor der Öffnung gerade auf die Beine kam. Sein offenkundig missmutiges Gesicht ließ darauf schließen, dass er enttäuscht war. »Michaelson«, sagte sie, »ich dachte, wir hätten uns darauf geeinigt, den Rest der Pause hier gemeinsam zu verbringen.«

»Ich weiß, aber ich musste einfach herausfinden, ob die andere Expedition auch hier durchgekommen ist.«

»Wenn Sie nicht in einer so verdammten Eile gewesen und vorgelaufen wären, sondern stattdessen die Höhle wie Ben etwas gründlicher durchsucht hätten, hätten Sie gefunden, wonach sie suchten.«

»Was meinen Sie damit?« In seiner Stimme war eine Spur von Hoffnung zu hören. »Haben Sie etwas gefunden?«

Ben trat hinzu. »Nur das hier.« Er hielt die zerbeulte Tasse hoch. Nicht gerade ein Pokal, aber in Major Michaelsons Augen schien es der Heilige Gral zu sein. Seine Augen leuchteten auf wie Christbaumkerzen, und seine hängenden Schultern nahmen wieder Haltung an.

Wie üblich beherrschte er jedoch seine Gefühle. »Sind Sie sicher, dass es keine von uns ist?«, fragte er nüchtern.

Ben nickte.

»Gut.« Er drehte sich um, um seinen Rucksack auf einem Felsen abzusetzen. »Dann sind wir auf dem richtigen Weg. Nach dieser Ruhepause sollten wir uns aufmachen. Es ist noch früh.«

»Schön langsam!«, sagte Ashley. »Das war ein langer Tag. Und in Anbetracht dieser Entdeckung sollten wir vielleicht erst morgen früh, wenn wir wieder frisch und munter sind, aufbrechen.«

Michaelson verzog das Gesicht. »Ich widerspreche nicht gern, aber bei meiner Untersuchung der Nachbarhöhle bin ich auf ein Hindernis gestoßen, das wir lieber heute als morgen überwinden sollten.«

»Und worum handelt es sich dabei?«, sagte Ashley und fragte sich, ob er die anderen nur zum Aufbruch anstacheln wollte, damit sie gemeinsam hinter seinem Bruder herrannten.

»Um einen Fluss, der etwa zehn Meter breit ist und in einem raschen Tempo mitten durch die Höhle fließt. Wir werden ihn überqueren müssen. Ich bin dafür, dass wir das heute noch tun. Damit wir es hinter uns haben. Das ist besser, als morgen als Erstes in den Fluss zu steigen und dann den ganzen Tag in nassen Kleidern herumzulaufen.«

Linda stöhnte und löste sich von Khalid, um zu den anderen zu treten. »Nicht heute. Ich würde das lieber morgen in Angriff nehmen. Was soll es, wir sind sowieso den ganzen Tag nass. Ob nun mit Bad am Morgen oder ohne.«

Khalid pflichtete ihr natürlich bei. »Es ist schon spät. Ich bin auch dafür, dass wir hier übernachten.«

Ashley sah, wie sich die Furchen auf Michaelsons Stirn vertieften. Anscheinend hatte die zerbeulte Tasse ihn noch besorgter um seinen Bruder werden lassen. Sie konnte erkennen, wie gern er losstürmen würde. »Sie haben Recht. Wenn wir durch den Fluss sind, können wir unsere Kleider über Nacht trocknen lassen. Gute Idee, Major.«

Mit viel Gemurre packten sie ihre Ausrüstung zusammen und holten die Rollbretter hervor. Ashley rief Michaelson zu: »Wartet Halloway unten?«

»Halloway?« Michaelson hob eine Augenbraue und blickte sich um.

Ashley spürte ihr Herz klopfen. »Ich hatte ihn hinter Ihnen hergeschickt, um Sie zu holen. Ich dachte, deswegen wären Sie zurückgekommen.«

Michaelsons Gesichtszüge erstarrten. »Ich habe niemanden getroffen.«

13

Ashley schoss aus dem Wurmloch heraus, sprang eilig auf und trat zur Seite, um Villanueva Platz zu machen, der als Nächster herausrutschte. Gut. Das war der Letzte des Teams. Die anderen untersuchten die neue Höhle mit ihren Stablampen. Ben rief Halloways Namen. Ashley trat zu Michaelson. »Irgendein Zeichen?«

Der Major schüttelte den Kopf. »Nein, und in Anbetracht all dieser verdammten Hindernisse werden wir noch eine ganze Weile suchen.«

Ashley verzog das Gesicht. Jede Minute war kostbar. Falls Halloway verwundet war, konnte jede Verzögerung seinen Tod bedeuten. Sie leuchtete mit ihrer Lampe die Höhle ab und stöhnte beim Anblick der Felsformationen. Riesige kugelrunde ockerfarbene Felsbrocken ragten vom Höhlenboden auf, manche so groß wie Elefanten, andere so groß wie Einfamilienhäuser. Manche waren wie gigantische, versteinerte Eier zu einem Nest gruppiert. Andere, allein stehende wirkten wie einsam brütende Monster. Die riesigen Felsbrocken überragten sie.

Sie schüttelte den Kopf. Die Felsen verstellten ihnen den Blick und machten eine Suche mit den Stablampen schwierig. Halloway konnte hinter jedem dieser Felsen verwundet liegen.

»Wir teilen uns in drei Gruppen auf«, sagte Ashley und hatte Mühe, das widerhallende Rauschen des Flusses zu übertönen, der in der Höhlenmitte durch ein tiefes Bett floss. »Wir müssen hinter jedem Felsen nachschauen.«

Ben kratzte mit dem Fingernagel über die Oberfläche eines Felsens. »Zum Teufel! Das sind Höhlenperlen!« Er trat einen Schritt zurück und kratzte sich am Kopf. »Ich habe noch keine gesehen, die auch nur annähernd so groß gewesen wäre. Normalerweise sind sie nicht größer als Grapefruits.«

»Ben, dafür haben wir jetzt keine Zeit«, sagte Ashley. »Wir haben größere Sorgen. Wir müssen ...«

Er hob die Hand. »Nein, das hier ist wichtig.«

»Warum?« Sie seufzte und hoffte, er würde es kurz machen.

»Na ja, Höhlenperlen entstehen durch Ablagerungen von gelöstem Kalkstein an einem Kieselstein oder einem Sandkorn. Sie bilden sich im fließenden Wasser inmitten von Wirbeln, was nahe legt, dass diese Höhle einst bis zur Decke unter Wasser stand.«

»Toll«, sagte sie. »Was willst du damit sagen? Dass diese Höhle jederzeit wieder voll laufen kann? Und uns der Rückweg abgeschnitten wird?«

Er schüttelte den Kopf. »Nein. Die Perlen sind schon seit Jahrtausenden trocken. Die Wasserverlauf muss sich geändert haben.«

Sie seufzte. »Ben, ich schätze deine Höhlenweisheiten sehr, aber wir müssen uns darauf konzentrieren, Halloway zu finden.«

»Ich weiß. Darum geht es mir ja. Wenn er hinter einem

dieser Felsbrocken läge, sähen wir es nämlich.« Ben schaltete seine Stablampe an und stellte sie auf einen Felsen. Plötzlich leuchtete der Felsen wie eine riesige Lampe auf und glühte in einem strahlenden Gelb. »Sie sind lichtdurchlässig. Auch wenn sie aussehen, als wären sie undurchsichtig, dringt Licht durch diese verdammten Dinger. Wenn Halloway hier ist, dann hat er kein Licht.«

Ashley seufzte. Die Wahrscheinlichkeit, Halloway bald zu finden, schwand zunehmend. »Also ist er entweder verletzt, oder er versteckt sich mit Absicht.«

Ben nickte.

Linda war auf den Felsbrocken zugegangen und rief plötzlich: »O mein Gott! Schaut mal, was da drin ist!«

Ben sah es auch. Er stieß einen langen Pfiff aus.

Ashley schaute in den Fels hinein. »Ein Kieselstein ist das in deiner Perle aber nicht.«

Ben drückte eine Hand flach auf den Felsen. »Alles kann als Kern für eine Höhlenperle dienen.« Er winkte Ashley zu sich. »Wir brauchen mehr Licht, um sicher zu gehen.«

Ashley hockte sich neben ihn, schaltete ihre Stablampe ein und richtete sie mitten ins Innere des Felsbrockens. Der Stein glühte jetzt strahlend weiß. Auch wenn die kristallinen Schichten das Objekt im Inneren verzerrten, so gab es nun keinerlei Zweifel mehr. »Es ist ein Schädel. Ein menschlicher Schädel.«

Lindas bebende Stimme erklang aus einem Meter Entfernung: »In diesem hier ist auch ein Schädel. Das sind doch nicht etwa die Vermissten, oder?«

Ashley schüttelte den Kopf und nahm die Lampe vom Felsen. »Nein. Die außergewöhnliche Größe der Steine lässt darauf schließen, dass sie vor einer Million Jahren entstanden sind. Ich denke, es handelt sich vielmehr um unsere Höhlenbewohner.« Sie wandte sich vom Stein ab. Was hätte sie dafür gegeben, diese Entdeckung stundenlang zu untersuchen. Aber die Lösung dieses Rätsels musste warten. Mist! Nach drei mühevollen Tagen hatten sie endlich eine Spur der verschwundenen Kultur gefunden und konnten sie nun, zumindest vorübergehend, nicht weiterverfolgen. Um Halloway zu retten, mussten sie die Suche schleunigst vorantreiben. Sie erhob ihre Stimme: »Alle Mann sammeln! Wir dringen weiter vor.«

Die anderen kamen von der flüchtigen Untersuchung der benachbarten Perlen zurück. Der Erste war Michaelson. »Ich denke, wir sollten mit einer systematischen Suche auf dieser Seite des Flusses fortfahren. Halloway ist vielleicht verwundet oder in eine Felsspalte gefallen.«

Ashley nickte zustimmend, als Khalid und Villanueva herankamen.

»Vielleicht hat er ja auch den Fluss überquert«, sagte Linda zweifelnd und blickte dabei den anderen SEAL an.

Villanueva schüttelte den Kopf und warf sein kurzläufiges CAR-1-Sturmgewehr von einer Hand in die andere. »Er hätte das Team niemals verlassen«, sagte er verbissen.

Ashley wandte sich der Gruppe zu. »Dann suchen wir hier. Linda und Khalid bleiben beim Wurmloch für den Fall, dass Halloway zurückkommt, wenn wir unterwegs sind. Ben und Villanueva suchen in nördlicher Richtung, Michaelson und ich widmen uns der südlichen Hälfte. Auf diese Weise müssten wir das ganze Gebiet abdecken.«

Ben warf ein: »Ich glaube, ich sollte dich begleiten.«

»Nein, ich möchte, dass zu jeder Suchmannschaft eine bewaffnete Person gehört. Außerdem sollten wir eine Waffe hier bei Khalid lassen.« Sie drehte Ben den Rücken zu.

Da es keine weiteren Einwände gab, machten sich die Suchmannschaften auf den Weg. »Seid vorsichtig da draußen. Haltet die Augen offen – und bitte lasst alle Lampen an. Im Augenblick sollten wir nicht mit Batterien sparen.«

Weitere Lichter flammten in der Dunkelheit auf. Gut. Sie wollte nicht, dass noch jemand im Dunkeln verschwand.

Michaelson half ihr, über eine breite Kluft zu springen. Ein weiteres Hindernis auf ihrem Weg. Bis jetzt war ihr Vorankommen dadurch aufgehalten worden, dass sie sich um Felsbrocken herumschlängeln, ihren Weg aus Sackgassen zurückfinden und gefährlichen Felsspalten ausweichen mussten. Kein Wunder, dass Halloway verschwunden war.

»Das hier wäre alles tausendmal einfacher, wenn man uns mit Walkie-Talkies ausgestattet hätte. Dann hätten wir Halloway einfach angefunkt.«

Michaelson brummte. »Zu viele Felsen. Würde nicht funktionieren.«

Ashley seufzte und arbeitete sich schweigend mehrere Meter weiter vor. Dann fragte sie zum dritten Mal: »Sie haben also weder etwas gehört noch gesehen, als Sie hier unten waren?«

»Warten Sie ab, bis Sie erst den Fluss erreicht haben. Das Rauschen ist ohrenbetäubend. Eine Büffelherde hätte in wilder Panik hier durchtrampeln können – ich hätte nichts gehört.« Er klang aufgeregt. »Ich hasse diese Verzögerungen. Wir sollten längst am anderen Ufer und wieder auf dem Weg sein. Zum Teufel mit Halloway!«

Ashley schreckte bei seinem Ausbruch leicht zusammen. »Es war nicht sein Fehler.«

»Wie meinen Sie das?«

»Sie hatten Ihre Befehle. Sie sollten am Wurmloch bleiben. Sie haben eigenmächtig entschieden, sich auf eigene Faust vorzuwagen. Aus diesem Grund musste ich Ihnen jemanden hinterherschicken. Nun ist Halloway verschwunden.«

Michaelson schüttelte den Kopf. »Das war ein Aufklärungseinsatz. Ich wollte uns ein schnelleres Vorankommen ermöglichen und unnötige Verzögerungen verhindern.«

»Das ist doch Schwachsinn, Dennis.«

Er blieb stehen und erstarrte.

»Dennis«, sagte sie, »ich weiß, warum Sie hier sind. Ich weiß von Ihrem Bruder.«

»Dann hat es Blakely Ihnen erzählt.«

»Es kommt nicht darauf an, wer es mir erzählt hat«, sagte sie. »Worauf es mir ankommt ist, dass Ihre Absicht, Harry zu finden, unsere Mission gefährdet.«

Er erstarrte noch mehr. »Das sehe ich nicht so.«

»Ich weiß. Darum habe ich das Thema ja aufgebracht. Einer muss es Ihnen sagen. Sie denken mit dem Bauch, nicht mit dem Kopf. Sie sehen die Spuren gar nicht – zum Beispiel die eingebeulte Tasse. Sie stürmen als Erster vor. Allein. Womit Sie sich selbst schon genug gefährden. Doch jetzt haben Sie jemand anders in eine gefährliche Situation gebracht.«

Er spannte seine Schultern an und senkte die Stimme. »Aber ich *muss* meinen Bruder finden.«

Ashley legte ihm tröstend eine Hand auf die Schulter; er zuckte bei der Berührung zusammen. »Wir werden ihn finden. Aber gemeinsam.«

Ein paar Sekunden lang rührte er sich nicht, dann machte er einen ungeschickten Schritt nach vorn und räusperte sich. »Wir sind fast am Fluss. Er ist gleich da vorn.«

Kopfschüttelnd folgte Ashley Michaelson um den Felsen herum. Der Pfad wurde immer unwegsamer, je näher sie dem dröhnenden Fluss kamen. Auf den letzten Metern versperrte ihnen eine Formation von Höhlenperlen den Weg, und sie mussten darunter weiterkriechen.

Schlammbedeckt erreichten sie schließlich das Flussufer. Unter ihnen, zwischen den steilen Ufern, wühlte sich schwarzes Wasser durch das Flussbecken. Die salzhaltige Gischt stach ihnen in die Augen.

Mit einem feuchten Taschentuch wischte sich Ashley

den Lehm von der Stirn, beugte sich nahe zu Michaelson und schrie ihm ins Ohr, um den Fluss zu übertönen: »Er hätte niemals versucht, den Fluss allein zu überqueren.«

Michaelson nickte. »Vielleicht haben Ben und Villanueva ja mehr Glück«, brüllte er. »Warum gehen wir nicht ...«

Ein Schrei durchschnitt das Dröhnen des Flusses und schallte durch die Höhle.

Erschrocken blickten sich Michaelson und Ashley an.

»Was war das, zum Teufel?«, brüllte sie. »Es klang, als käme es von der anderen Seite des Flusses!«

Michaelson versuchte, mit seinem Licht den Sprühnebel zu durchdringen. »Es könnte auch ein Echo gewesen sein.«

»Das gefällt mir nicht. Lassen Sie uns die anderen zurückrufen.« Ashley drehte sich herum, um den Weg zurückzugehen, als ein zweiter Schrei ertönte, der abrupt abbrach. »Wir machen besser, dass wir fortkommen.«

Doch Michaelson stand da, die Lampe in die Dunkelheit des anderen Flussufers gerichtet.

Ashley biss die Zähne zusammen und zog ihn am Arm. »Los, Soldat. Wir müssen hier weg.«

Ben kratzte sich hinter dem linken Ohr. Warum brauchten Ashley und Michaelson nur so lange? Er und Villanueva hatten ihren Teil der Suche vor einer Viertelstunde beendet. Der SEAL hatte ein ziemliches Tempo vorgelegt. Ben hatte immer geglaubt, er sei gut in Form, aber als er kämpfen musste, um mit Villanueva Schritt zu halten, kam er sich wie seine eigene Großmutter mit Arthritis vor. Sein Beitrag zur Suche hatte hauptsächlich darin bestanden, dem SEAL zuzurufen, er möge langsamer gehen. Doch trotz aller Anstrengungen hatten sie keine Spur von Halloway entdeckt. Daher konnten sie Linda und Khalid keine Neuigkeiten überbringen, als sie zum Wurmloch zurückkehrten.

Ben beobachtete Villanueva. Der SEAL ging auf und ab, eine Hand stets am Pistolenholster. Rastlos wie ein Tiger im Käfig. Offensichtlich war es für ihn unerträglich, auf die Rückkehr der anderen warten zu müssen.

Auch Ben machte sich langsam Sorgen. Sie hätten längst zurück sein müssen. Er schlug auf den Stein, den er mit seiner Stablampe gerade untersucht hatte. *Er* hätte mit ihr gehen sollen. Er verstand mehr von Höhlen als Michaelson. Wenn sie nun wie Halloway einfach vom Erdboden verschwinden würde?

Linda hockte vor einer Höhlenperle und rief ihm zu: »Ben, komm her und schau dir das an.«

Er ging zu ihr und hockte sich neben sie. »Was ist denn?«

»Leuchte mit deiner Lampe hinein. In diesem kleinen Stein kann man die Einzelheiten besser erkennen.«

»Linda, haben wir dafür jetzt Zeit?«, murrte er, tat aber, was sie ihm sagte.

Vor wachsender Aufregung sprach sie immer schneller. »Schau dir die Augenhöhlen an. Sie stehen viel zu stark vor. Und die Ohrlöcher. Sie sitzen viel zu tief am Schädel.« Sie schaute Ben mit glänzenden Augen an. »Das ist kein menschlicher Schädel. Oder besser gesagt, er gehörte keinem modernen Menschen. Die Größe des Hirnschädels lässt auf einen fortgeschrittenen Hominiden schließen, aber die Verzerrung ist zu groß, um die Spezies zu erkennen. Das muss Ashley sich anschauen. Sie erkennt sie bestimmt.«

Plötzlich blickte sich Linda um und sprach aus, was Ben Sorgen bereitete. »Wo bleiben sie nur so lange?«

Unvermittelt schallte ein Schrei durch die Höhle. Ben und Linda fuhren gleichzeitig hoch. Linda rückte näher zu Ben, dem das Herz bis zum Hals schlug. Ashley!

Villanueva hatte die Pistole im Anschlag und verharrte bewegungslos. Der Strahl seiner Stablampe diente ihm als

Visier. Khalid lief zu Linda hinüber, und wie ein kleiner Mond wurde sie in die Umlaufbahn eines anderen Planeten gezogen und bewegte sich von Bens in Khalids Schatten.

Ein zweiter Schrei. Ben trat zu Villanueva. »Wir müssen ihnen nach«, sagte Ben. »Sie stecken in der Klemme.«

»Nein«, sagte Villanueva. »Wir bleiben hier.«

»Sind Sie wahnsinnig? Sie werden angegriffen!«

Das Gesicht des SEAL blieb unbeweglich. »Nein. Der Schrei kam aus großer Entfernung. Von der anderen Seite des Flusses.«

»Warum sind Sie sich da so sicher? Die akustischen Verhältnisse in Höhlen täuschen oft.«

Villanueva blickte weiterhin durchdringend in die Dunkelheit. »Ich bin mir sicher.«

»Mir egal. Ich mache mich auf die Suche nach ihnen.«

»Wenn Sie das versuchen, schieße ich Ihnen ins Bein.« Die Beiläufigkeit, mit der er das sagte, ließ vermuten, dass er es ernst meinte.

»Was glauben Sie eigentlich, wer Sie sind?«

»Ich bin im Augenblick der Offizier mit dem höchsten Dienstrang hier. Mein Wort gilt.«

»Aber ...«

»Dies hier ist der vereinbarte Treffpunkt. Wenn die anderen in Schwierigkeiten sind, werden sie versuchen, hierher zu gelangen. Wir geben ihnen noch zehn Minuten.«

»Und was dann? Suchen wir dann nach ihnen?«

»Nein. Wir ziehen uns zurück.«

»Und lassen sie hier unten? Nur über meine Leiche!«

»Michaelson hat das Funkgerät. Ohne ihn haben wir keinerlei Möglichkeit, mit der Basis in Verbindung zu treten. Wenn er nicht in zehn Minuten zurück ist, räumen wir die Höhle.«

Ben starrte auf den schwarzen Vorhang und stellte sich vor, wie sich die furchtbarsten Dinge dahinter ereigneten.

Ashley, wie sie um ihr Leben rannte und von sabbernden Monstern verfolgt wurde. Ashley, übel zugerichtet und blutverschmiert. Zehn Minuten lang wagte Ben kaum zu atmen. Zum Teufel mit dem verfluchten SEAL. Wenn sie nicht zurückkam ... Er wusste, wie er unter der Erde allein überlebte.

Villanueva senkte den Arm. Die Finsternis füllte rasch das Vakuum, das der Strahl der Lampe hinterließ, und eroberte gierig ihr verlorenes Territorium zurück. »Packt eure Sachen«, rief er nach hinten. »Wir ziehen uns zurück.«

Ben trat von einem Fuß auf den anderen und versuchte angestrengt, die Dunkelheit mit seinem Blick zu durchdringen.

»Gehen wir, Mr. Brust.« Der SEAL wies ihm den Weg mit der Waffe. »Machen Sie es uns nicht zu schwer.«

Ben hatte eine Idee. »Wartet. Macht alle eure Lampen aus.«

»Was?«, sagte Linda, ein Zittern in der Stimme, »bist du wahnsinnig?«

»Tut es einfach. Wenn wir dann keinen Schimmer ihrer Laternen sehen, dann machen wir, dass wir hier rauskommen.«

Villanueva sah ihn prüfend an und kniff die Augen misstrauisch zusammen. »Eine Minute.«

Linda kuschelte sich noch dichter an Khalid, als sie die Lampen ausschalteten.

Finsternis hüllte das Camp ein.

Ben brauchte ein paar Sekunden, bis sich seine Augen an das Dunkel gewöhnt hatten; blasse Reflexe der erloschenen Lichter brannten noch auf seiner Netzhaut. Als diese letzten Spuren verschwunden waren, blieb ein Punkt links im Blickfeld übrig. Er versuchte zu fokussieren. Eine Höhlenperle phosphoreszierte. Dann eine zweite, nähere. Die

Lichter kamen auf sie zu. »Da kommt jemand«, sagte Ben, und Erleichterung schwang in seiner Stimme. »Sie kommen zurück.«

Linda sagte: »Ja, jetzt sehe ich es auch!«

Villanueva befahl, die Lampen einzuschalten. Die brennenden Laternen drängten die Dunkelheit zurück. Innerhalb weniger Minuten sahen sie die hüpfenden Lichtkegel der Stablampen näher kommen. Der SEAL hatte seine Waffe immer noch ins Dunkel gerichtet. Als die Lichter nahe genug herangekommen waren, rief er: »Bleiben Sie stehen! Identifizieren Sie sich!«

Ashleys Stimme rief ärgerlich zurück: »Dreimal dürft ihr raten.«

Dann die Stimme von Major Michaelson: »Wir sind es, Major. Kein Grund zur Beunruhigung.«

Villanueva senkte die Waffe.

Ashley stampfte ins Camp, gefolgt von Michaelson, der immer wieder hinter sich zum Fluss blickte. »Wer hatte denn die glänzende Idee, die Lichter auszuschalten?«, fragte Ashley säuerlich. »Sie haben uns nämlich als Leuchtfeuer für den Rückweg gedient. Wir dachten, euch wäre etwas passiert, und sind losgerannt. Beinahe wäre ich von einem Felsen gefallen.«

Linda zeigte mit dem Daumen auf Ben.

»Wir wollten nur nach euch Ausschau halten«, sagte er und wies nickend auf den SEAL. »Nachdem wir den Schrei gehört hatten, wollte unser Freund hier, dass wir die Beine in die Hand nehmen und uns Hals über Kopf auf den Rückweg nach oben machen, falls ihr nicht rechtzeitig auftaucht.«

Ashley kochte. »Was zum Teufel …?«

Michaelson unterbrach sie mit erhobener Hand. »Er hatte Recht. Wir hatten das Funkgerät. Sie nicht.«

Ben schluckte. »Aber euch im Stich lassen …«

Ashley rieb sich nachdenklich die Schläfe und nickte dann. »Er hat Recht. Hör beim nächsten Mal auf ihn, Ben.« Sie stürmte an ihm vorbei und schaute sich im Camp um. »In Ordnung, unter den gegebenen Umständen müssen wir entscheiden, ob wir weitergehen oder umkehren.«

Michaelson trat nach vorn. »Ich schlage vor, Major Villanueva und ich schauen uns das andere Flussufer einmal genauer an, während ihr bleibt, wo ihr seid.«

Ashley schüttelte den Kopf. »Nein, wir bleiben zusammen. Wir haben ja schon erlebt, was passiert, wenn wir uns trennen.«

»Dann verlassen wir die Höhle«, sagte Michaelson geradeheraus. »Ich habe nicht vor, das Leben weiterer Zivilisten aufs Spiel zu setzen. Halloway kannte das Risiko.«

Ashley machte ein missmutiges Gesicht. »Und was, wenn einer von *uns* da draußen schreien würde? Würden Sie dann auch so rasch aufbrechen?«

Michaelson antwortete nicht.

»Dachte ich es mir doch«, sagte sie. »Ich denke, Halloway verdient genauso viel Unterstützung wie jeder von uns.«

Linda meldete sich zu Wort. »Außerdem ist er vielleicht nur verwundet oder bewusstlos. Seit den Schreien haben wir nichts mehr von ihm gehört. Wir können nicht einfach verschwinden, ohne wenigstens gründlich nach ihm zu suchen.«

Michaelson wollte widersprechen, doch Ashley hob die Hand. »Da unsere Zivilistenärsche auf dem Spiel stehen, sollten wir uns entscheiden, ob wir weitergehen oder nicht.«

Ben und Linda nickten. Khalid starrte vor sich hin.

»Ich bin dafür weiterzugehen«, sagte Ashley. »Wer ist anderer Meinung?«

Die anderen schwiegen.

»Fein«, sagte sie, »in einer halben Stunde möchte ich auf dem anderen Flussufer sein.«

Ashley ging am Ufer auf und ab. Villanueva hatte sich bis auf die Unterwäsche ausgezogen und watete vorsichtig in das pechschwarze Wasser. Er hatte ein Seil um die Taille, das ihn mit den anderen am Ufer verband. Michaelson hatte es um den nächsten Stalagmiten gebunden.

»Wir könnten jetzt schon alle hinübergeschwommen sein«, sagte Ashley. »Diese ganze Anseilerei ist nur Zeitverschwendung.«

»Keineswegs«, sagte Michaelson und machte einen Knoten ins Seil. »Die Strömung ist zu stark. Wenn wir hinüberschwimmen würden, könnten wir mit Leichtigkeit abgetrieben werden.«

»Dann binden Sie halt alle mit dem Seil aneinander.« Sie verstand nicht, warum er so stur reagierte. War ihm nicht klar, dass jede verschwendete Minute Halloways Tod bedeuten konnte?

Ben schüttelte den Kopf und versuchte, Ashley mit einem Lächeln aufzumuntern. »Zu leicht hat sich jemand verheddert, Ash. Auf die Art ist schnell jemand ertrunken.«

Ein lauter Platscher zog ihre Aufmerksamkeit auf sich. Villanueva war kopfüber ins tosende Wasser gesprungen und hatte bereits den halben Fluss durchschwommen, als er wieder auftauchte. Mit seinen starken Armen pflügte er durch das Wasser, aber dennoch trieben ihn die Fluten stromabwärts.

Linda griff nach Ashleys Arm und krallte sich vor lauter Panik an ihr fest. »Sieh nur!«

Ashleys Blick folgte ihrem ausgestreckten Arm, der von ihrem Standort aus stromaufwärts zeigte. Eine einen Meter große albinoweiße Rückenflosse tauchte aus dem brodelnden Wasser auf und verschwand wieder unter der Oberfläche. Ben hatte sie auch gesehen und gaffte mit offenem Mund auf das Wasser. »Grundgütiger Gott!«, entfuhr es ihm.

Michaelson, der sich mit einer Hand im Sicherungsseil seines Kameraden verheddert hatte, versuchte sich zu befreien, aber das Seil war eng um seine Taille geschlungen. Es gelang ihm, sein Gewehr zu lösen und es Ben zuzuwerfen, der den besseren Schusswinkel hatte. »Schießen Sie, bevor das Biest Villanueva zu packen kriegt.«

Ungeschickt legte Ben an und suchte im Wasser nach seinem Ziel. In diesem Augenblick brach unter ihnen ein weißer Fleck durch die Wasseroberfläche und ein Schuss explodierte. Wo die Kugel das Wasser traf, schoss eine kleine Fontäne in die Luft – mehrere Meter von der Flosse entfernt. Daneben.

»Scheiße«, fluchte Ben und feuerte noch einen Schuss ab. Wieder daneben.

Villanueva, der die Schüsse über das Tosen hinweg gehört hatte, hatte innegehalten, sich hastig herumgedreht und starrte sie nun an, während er immer noch gegen die Strömung anging. Linda und Ashley gestikulierten zum gegenüberliegenden Ufer hin. »Schnell! Machen Sie, dass Sie an Land kommen!«, schrie Ashley.

Die Rückenflosse tauchte wieder in ihrer vollen Größe auf und schnitt mitten zwischen dem Team und Villanueva durch das Wasser. Im hohen Bogen sprang der SEAL auf das gegenüberliegende Ufer zu. Das Wasser schäumte, wo er mit den Armen und den Beinen ruderte. Aber die Strömung widersetzte sich seinen Anstrengungen. Villanueva strampelte wie eine Fliege im Bernstein. Er schafft es nicht bis ans Ufer, dachte Ashley und ballte die Fäuste.

Die Flosse glitt auf den strampelnden SEAL zu.

Ben hatte das Gewehr angelegt, ließ es aber wieder sinken.

»Verdammt. Ich kriege keinen sauberen Schuss hin. Aus diesem Winkel könnte ich Villanueva treffen, wenn ich danebenschieße.«

Ashley entriss ihm das Gewehr und legte an. Der erste Schuss fetzte ein Stück aus der Flosse. Beim zweiten Schuss zielte sie tiefer. Als sie den Abzug durchzog, bekam sie den Rückschlag mit Wucht vor die Schulter. Diesmal erzeugte der Aufschlag der Kugel eine rote Fontäne.

Die Rückenflosse kippte zur Seite und verschwand im Wasser.

Ashley knirschte mit den Zähnen. Sie wartete darauf, dass das verletzte Tier aus dem Wasser schoss und sich in dem Navy SEAL festbiss. Wachsam hielt sie Ausschau, das Gewehr im Anschlag, als Villanueva das Ufer erreichte und den rutschigen Felsen hinaufkletterte. Er winkte dem jubelnden Team zu und marschierte stromaufwärts.

Ben ging auf Ashley zu, nahm das Gewehr aus ihren zitternden Händen und sagte: »Ich dachte, du hasst Waffen?«

Sie rieb sich die Hände. »Was man nicht kennt, kann man nicht hassen.«

Ben nickte und schien zu spüren, dass sie darüber nicht weiter sprechen wollte.

Sie blickte auf die andere Seites des Flusses hinüber. Villanueva hatte sich das Seil von der Taille gebunden und schnürte das Ende um einen dicken Stalagmiten. Michaelson zog das andere Ende straff und band es auf seiner Seite um einen Felsen, so dass das Seil eine Brücke zwischen den Stalagmiten bildete. Die beiden arbeiteten, als wäre nichts geschehen. Als ob es das Ungeheuer niemals gegeben hätte, das einen von ihnen hatte verschlingen wollen.

Der Major testete die Haltbarkeit der Brücke und zog daran. Zufrieden wandte er sich an die Mannschaft. »Jetzt kommen wir hinüber.«

Ashley atmete tief ein, und ihr pochendes Herz beruhigte sich. Bring es hinter dich, sagte sie sich, du hast ein Team zu führen und einen Vermissten zu finden.

Mit Karabinerhaken befestigten sie die Klettergurte am Seil, mit deren Hilfe sie sich Hand über Hand auf die andere Seite zogen. Ashley vermied es, nach unten zu schauen, als sie am Seil baumelte. Die Entfernung zum Wasser war zwar nicht groß, doch der Gedanke an das, was unter der Wasseroberfläche auf sie lauerte, lähmte sie.

Villanueva, der seinen Overall wieder angezogen hatte, half ihr, sich vom Seil zu lösen. Seine Hand zitterte ein wenig, als er sie auf den Boden setzte – ob von der niedrigen Wassertemperatur oder von den Nachwirkungen der Todesgefahr, konnte sie nicht erkennen.

»Danke«, sagte er hastig und blickte sie verlegen an, »ich schulde Ihnen etwas.«

Sie versuchte zu antworten, doch er hatte sich bereits umgedreht und Michaelson zugewandt, der als Letzter den Fluss überquerte.

Sobald der Major seine Füße auf die Felskante gesetzt hatte, trommelte Ashley ihre Leute zusammen. »Dieser Teil der Höhle ist weitaus kleiner. Daher durchsuchen wir das Gebiet gemeinsam. Es geht los. Haltet Augen und Ohren offen. Was auch immer die Schreie ausgelöst hat, es kann immer noch da sein.«

Die Suche ist überflüssig, dachte Khalid. Er kratzte mit einem kleinen Messer schwarzen Lehm unter einem Fingernagel hevor. Halloway war mit Sicherheit tot. Wann wurde das diesen verfluchten Idioten endlich klar, so dass sie endlich weiter ziehen konnten?

Er beobachtete, wie der SEAL das Wurmloch untersuchte, das sie entdeckt hatten. Von dem vermissten Teamkameraden keine Spur. Sie hatten jeden Kieselstein umgedreht und in jeden schwarzen Spalt geguckt. Nichts.

»Das hat keinen Zweck«, sagte Villanueva, während er mit der Stablampe in das Wurmloch leuchtete. »Dieses Loch hat seit Jahren keiner mehr benutzt. Schaut euch die Lehmschicht am Eingang an. Keine Fuß- oder Schlittenspuren.«

Ashley hockte sich neben ihn und steckte einen Finger knöcheltief in den Lehm. »Sie haben Recht. Wenn jemand hier durchgekommen wäre, wäre eine Spur zu sehen.« Sie richtete sich mit einem Ruck auf und wandte sich an die anderen. »Es muss noch einen weiteren Ausgang geben, den wir bisher übersehen haben.«

Khalid wollte die anderen wachrütteln, ihre Aufmerksamkeit wieder auf die eigentliche bevorstehende Mission zu lenken. Er hatte einen Plan auszuführen, ob sie nun Halloway fanden oder nicht. Deshalb sagte er: »Vielleicht kam er nicht mehr aus dem Fluss raus und wurde von der Strömung mitgerissen.«

Michaelson schüttelte den Kopf. »Nein, der Schrei ertönte ein gutes Stück vom Ufer entfernt. Ich stimme Ashley zu. Es muss noch einen anderen Ausgang geben.«

Khalid versuchte, sein missmutiges Gesicht zu verbergen. »Bevor wir diese Höhle verlassen, sollten wir jemanden durch das Wurmloch schicken. Nur um diese Möglichkeit auszuschließen. Freiwillige?«

Villanueva zog seinen Schlitten aus dem Rucksack. »Ich gehe.«

Ashley nickte. »Seien Sie vorsichtig. Stellen Sie nur fest, wo das Wurmloch hinführt, und kommen sie dann sofort zurück. Keine Alleingänge.«

Er nickte und glitt ins Loch. Ashley schaute auf die Uhr.

Khalid rollte mit den Augen über die zusätzliche Verzögerung und ging hinüber zu Linda, die auf einem Felsen saß. Sie hatte die Arme fest vor der Brust verschränkt, als er sich zu ihr setzte.

»Glaubst du, wir finden ihn?«, fragte sie mit piepsiger Stimme.

»Nein. Egal was der Major glaubt, ich bin sicher, er wurde fortgespült.«

Linda schauderte. Er wusste, was sie dachte. Die Rückenflosse war so weiß wie der Bauch einer Made gewesen. Wie der Geist eines Hais, der ihnen ihre Seelen nehmen wollte. Mit den Menschen und den Felsen wurde er fertig, aber mit den Tieren hier unten ... Zuerst der Tintenfisch, der seinen Arm fressen wollte, und jetzt dieses Monster ... Der Anblick der Flosse hatte ihn erschauern lassen. Als ob die Natur ihnen zeigen wollte, wie klein sie doch waren.

Er erinnerte sich, wie man ihm als Kind von dem Sandsturm erzählt hatte, der das Lager, in dem seine Mutter lebte, unter sich begraben und jeden getötet hatte. Sie nannten das die »schwarze Hand Allahs«, doch er wusste es besser. Es war nur die Natur, ein gleichgültiger Gott, gleichgültig gegenüber den Plänen der Menschen. Ihrer Willkür war jeder wehrlos ausgeliefert. Und Khalid hasste es, wehrlos zu sein.

Linda schlang die Arme noch fester um sich, während sie weiterhin auf den Fluss schaute. »Dieser weiße Hai. Er war so riesig. Um solch ein Raubtier am Leben zu erhalten, muss das Ökosystem hier unten weit komplexer sein, als ich dachte. Wenn es nicht um Halloway ginge, hätte ich nichts dagegen, hier zu bleiben, um einige Untersuchungen durchzuführen.«

Khalid zog eine Grimasse und rieb seinen Arm dort, wo ihn der Ammonit gebissen hatte. »Ich meide das Ökosystem lieber und bleibe auf festem Boden.«

»Ich habe etwas gefunden!«, rief Ben aus mehreren Metern Entfernung.

Khalid reckte den Hals, um Ben zu Gesicht zu bekommen. Er stand an der Höhlenwand mit einem Streichholz in der Hand.

Ashley rief: »Was ist es, Ben?«

»Ich habe einen zweiten Weg aus dieser Höhle gefunden.«

Wen wollte er auf den Arm nehmen?, fragte sich Ashley, als sie in den engen Spalt schielte, der im Schatten einer Verwerfung der Felsoberfläche verborgen lag. Er reichte vom Boden bis zur Decke, war aber nur etwa dreißig Zentimeter breit. Leicht zu übersehen. »Kein Mensch passt da durch«, sagte sie. »Viel zu eng.«

»Doch, ich habe es ausgemessen«, sagte Ben.

»Womit?«

»Mit meinem Schuh.«

Sie starrte ihn verständnislos an.

»Die Faustregel eines jeden Höhlenforschers: ›Ist sie breiter als dein Schuh – durch passt du.‹«

»Glaube ich nicht. Ganz bestimmt nicht Halloway. Er ist ein großer Kerl.«

»Sicher ist es knapp, aber ich glaube schon, das er hineingepasst hätte.«

»Aber wer sagt uns, dass auf der anderen Seite etwas ist?«

Als Antwort hielt Ben ein angezündetes Streichholz vor den Spalt. Die Flamme wich von der Öffnung zurück. »Wind«, sagte er. »Eine Brise weht von der anderen Seite herüber.«

Ashley sah, wie die Flamme flackerte. Vielleicht …

Ein Schaben vom Wurmloch hinter ihr lenkte sie ab. Ein Paar Beine rutschte rückwärts aus der Öffnung. Es war Villanueva. Er stand auf und wischte sich seine Hände an den Knien ab.

»Es ist blockiert«, sagte er und schnaufte ein wenig.

»Nach etwa dreißig Metern ist der Gang durch einen Steinschlag blockiert worden. Es war eine verteufelte Strapaze, rückwärts wieder hinauszukommen.«

Ashley fluchte. Wenn dieser Gang nicht passierbar war, dann kamen sie nur durch den zweiten weiter.

Linda kam nach vorn und blickte in den engen Spalt hinein. »Wäre Halloway denn überhaupt hier durchgeklettert?« Sie betrachtete den Spalt ängstlich. »Ich meine, warum sollte er überhaupt den Fluss überquert haben?«

»Weil er angegriffen wurde«, antwortete Villanueva, »von etwas, mit dem er nicht fertig wurde. Er hätte versucht, es fortzulocken. Damit es uns nicht überrascht, so wie es ihn überrascht hat.«

»Warum glauben Sie das?«, fragte Ashley.

Villanueva schaute ihr in die Augen. »Weil ich das Gleiche getan hätte.«

Ashley kaute auf der Unterlippe herum. »Was schlagen Sie also vor? Was sollen wir tun?«

»Er will für uns Zeit gewinnen, damit wir entkommen können. Wir sollten sie nutzen.«

Sie schloss die Augen. Ihr graute vor dem Gedanken, ihn hier zurückzulassen.

Ben hatte sich in die Spalte gezwängt, um den Durchgang zu erkunden, und rief sie nun zu sich. »Kommt und schaut euch das an!«

Ashley war im Nu bei ihm. Er streckte ihr aus der engen Spalte die Hand entgegen. Die Handfläche war voller Blut. Frischem Blut.

»Er ist durch diesen Spalt durch«, murmelte Ashley. »Erst vor kurzem.« Sie drehte sich zu Villanueva um. »Wollen Sie immer noch umkehren?«

Er biss die Zähne zusammen. »Sie sind der Boss.«

Ben kletterte aus der Spalte. »Wer geht als Erster durch? Wir sollten uns beeilen.«

Ashley seufzte. Offenbar hatte Ben von der Diskussion nichts mitbekommen. »So einfach geht das leider nicht.«

»Was? Wir sind ihm dicht auf den Fersen.«

»Villanueva glaubt, dass Halloway etwas von uns ablenken will.«

Ben rief wütend: »Vielleicht ist er ja auch nur ein bisschen verletzt und braucht Hilfe!« Er packte sie bei den Schultern. »Ash, ich schwöre dir, er ist direkt vor uns. Wir können ihn jetzt nicht im Stich lassen.«

Sie rieb ihre müden Augen und nickte dann. »Okay. Machen wir uns auf den Weg.«

Linda stand zitternd in ihrer Unterwäsche vor der Felswand. Sie hatte den Rucksack abgesetzt und den Overall ausgezogen. Damit sie sich keine Laufmaschen zieht, hatte Ben gesagt. Macht schlanker. Ein Schauder lief ihr über den Rücken. Wie in aller Welt sollte sie sich durch die Spalte quetschen? Zwischen den engen Felswänden würde sie keine Luft bekommen.

Sie warteten noch auf Ben und das Ergebnis seiner Erkundung. Vor über drei Minuten war er in dem schwarzen Felsen verschwunden. Ashley und Michaelson standen wie Wachposten auf beiden Seiten, während Ben ihnen zurief, wie er vorankam.

»Ich bin durch«, rief er und seine Stimme hallte durch die Höhle. »Der Durchgang ist weniger als zwei Meter tief und mündet abrupt in einen Tunnel von akzeptabler Größe. Ein Kinderspiel. Nur noch eine klitzekleine, enge Stelle kurz vor dem Ausgang.«

Ashley sagte zu den anderen: »Ich schicke Villanueva als Nächsten durch. Er ist der Kräftigste von uns allen. Wenn er durchkommt, schaffen es die anderen auch.«

Keiner widersprach.

Linda hielt die Luft an und hoffte, der SEAL würde es

nicht schaffen; dann müsste sie nicht durch den engen Gang kriechen.

Bens Jubelruf machte ihre Hoffnung zunichte. »Er ist durch! Hat die Brust ein wenig zerschrammt, aber sonst ist ihm nichts passiert.«

Ashley rieb sich die Hände. »In Ordnung! Los geht's!«

Khalid ging als Nächster. Als er sich von Lindas Seite löste, drückte er ihre Hand. Sie spürte es kaum. Sie sah zu, wie er verschwand und das Seil, das um seine Taille gebunden war, hinter sich herzog. Sobald er drüben wäre, würden die Rucksäcke mit dem Seil durch die Spalte befördert.

»Alles klar!«, rief Ben. »Schickt die Rucksäcke als Nächstes durch!«

Sie benötigten zähe zehn Minuten, um ihre Ausrüstung und die Waffen am Seil zu befestigen und auf die andere Seite zu ziehen.

»Das war der Letzte«, brüllte Ashley und sagte zu Linda: »Du bist die Nächste.«

Linda starrte reglos auf den schwarzen Spalt. Sie wollte vorangehen, doch ihre Beine versagten ihr den Dienst. Ihr Herz schlug so heftig, und sie keuchte so laut, dass sie kaum die Stimmen der anderen wahrnahm.

»Linda?«

»Ich ... ich ... kann nicht.«

»Natürlich kannst du. Villanueva ist doppelt so breit wie du.«

Sie schüttelte den Kopf, schluckte schwer und presste die Wörter durch die zugeschnürte Kehle: »Nein, ich kann nicht. Es ist zu eng.«

Ashley kam zu ihr und legte ihr den Arm um die Schulter. Linda zitterte am ganzen Leib. »Wir können dich nicht hier zurücklassen.« Ashley nahm sie noch fester in den Arm. »Hör mal zu. Ich komme mit dir und bleibe direkt hinter dir. Du schaffst das, Linda.«

Ashley ging voraus und zwang sie, ihr zu folgen.

»Ich … ich versuche es«, sagte Linda und zog ihre bleischweren Füße über den Boden. »Aber halt bitte meine Hand. Lass mich nicht los.« Ihre Stimme krächzte.

»Bestimmt nicht. Wir stehen das gemeinsam durch.«

Linda versuchte vergeblich zu lächeln. Sie folgte Ashley, die ihre Hand ergriffen hatte. Ihr Mund fühlte sich an, als hätte ihr jemand einen Eimer Sand hineingeschüttet.

»Richte die Helmlampe immer nach vorn«, sagte Ashley. »Lehn dich mit dem Rücken gegen die linke Wand. Ben sagt, es ist die glattere. Und jetzt gleite hinein.«

Linda schob die linke Schulter zuerst in den Spalt. Ihre Zehen bewegten sich vor und zurück. Während sie sich Zentimeter für Zentimeter in die Spalte schob, versuchte sie, ihr panisches Herzflattern zu unterdrücken und sich aufs Vorwärtsgehen zu konzentrieren. Weiter vorn drang Licht um die enge Biegung. Nur wenige Schritte entfernt warteten die anderen auf sie.

Der Spalt hatte sie jetzt ganz verschluckt. Die Wände schlossen sie ein. Es war so eng, dass sie noch nicht einmal den Kopf drehen und Ashley hinter sich sehen konnte. Sie konnte nur ein Bein vorwärts bewegen und den restlichen Körper hinterherziehen. Sie zählte die Schritte, um sich abzulenken, ein Trick aus der Therapie.

»Das machst du gut«, ermunterte sie Ashley und drückte ihre Hand. »Nur noch ein kleines Stück.«

… Fünf … Sechs … Sieben … Mittlerweile atmete sie regelmäßig. Mit jedem Atemzug machte sie einen Schritt. Jetzt konnte sie das Ende des Spalts sehen und ein Gesicht, das nach ihr Ausschau hielt.

»Braves Mädchen«, sagte Ben, »du bist ein Goldstück. Noch drei Schritte, und du hast es geschafft.«

Auf ihrem Gesicht sah man einen Anflug von Lächeln. Gleich hatte Sie es geschafft! Acht … Neun … Ze… Sie bewegte den linken Fuß vorwärts, doch als sie nachrücken wollte, steckte sie plötzlich mit der Brust in der Spalte fest. Sie gab einen heiseren Schrei von sich. Panikerfüllt versuchte sie, sich hindurchzuquetschen, klemmte sich jedoch nur noch stärker ein. Sie versuchte, sich rückwärts herauszuwinden und sich zu befreien, scheiterte aber.

Bitte nicht so!, flehte sie. Bitte lasst mich nicht auf diese Weise sterben. Mittlerweile hyperventilierte sie, sah Sterne vor den Augen, ihre Knie gaben nach.

»Linda«, sagte Ashley, »gib jetzt nicht auf. Du bist fast durch.«

»Ich stecke fest«, quiekte sie mit panikerstickter Stimme.

»Ben«, rief Ashley, »Linda steckt fest.«

»Zum Teufel«, erwiderte er, »kommt mit euren Lampen her!«

In Sekundenschnelle war die Spalte hell erleuchtet.

»Alles klar«, sagte Ben. »Hör mir gut zu, Linda. Streck eine Hand aus. In meine Richtung. Genau so. Ich habe sie. Und jetzt zähle ich bis drei. Ich möchte, dass du bei drei die ganze Luft aus deinen Lungen ausatmest, damit dein Brustkorb kleiner wird. In dem Moment ziehe ich dich heraus.«

»Nein«, flüsterte sie und schloss die Augen. Sie konnte ihren Brustkorb kaum noch ausdehnen. »Dann klemme ich nur wieder fest. Und kann überhaupt nicht mehr atmen.«

Schweigen. Ratlosigkeit. Linda fühlte, wie Ben ihre Hand losließ und ein anderer sie ergriff. Sie erkannte die Hand. Sie hatte ihr bereits über viele Hindernisse hinweggeholfen. Khalid, ihr Teampartner.

Der Ägypter sprach mit sanfter und beruhigender Stimme zu ihr, fast als wollte er sie hypnotisieren. »Linda, du weißt, ich kann dir helfen. Du kennst meine starken Arme. Tu, was Ben gesagt hat. Ich ziehe dich zu mir. Vertrau mir.«

Lindas Herz schlug ihr bis zum Hals. Sie öffnete die Augen. Die Sterne vor ihren Augen waren mittlerweile zu

Sternbildern angewachsen. Sie wusste, dass sie kurz davor war, ohnmächtig zu werden. Sie nickte. »Ich vertraue dir.«

»Bei drei«, sagte Ben, der hinter Khalid stand. »Eins ... zwei ... drei!«

Linda quetschte die ganze Luft aus ihrem Brustkorb, bis ihre Lungen schmerzten. Dann wurde sie am Arm einen Viertelmeter weiter gezogen, bis sie wieder feststeckte. Tränen liefen ihr übers Gesicht. So sollte sie also sterben.

Ein Schmerz schoss plötzlich in ihre Schulter. Wieder zerrte jemand an ihrem Arm und kugelte ihr fast das Schultergelenk aus. Sie schrie sich die letzte Luft aus den Lungen. Das genügte. Sie flog aus dem Spalt wie ein Korken aus einer geschüttelten Sektflasche. Frei.

»Alles in Ordnung?«, fragte Ashley, als sie aus dem tückischen Spalt schlüpfte und sah, dass Khalid Linda in den Armen hielt.

Ben nickte. »Ich denke schon. Sie steht hauptsächlich unter Schock. Ihre Schulter wird verteufelt wehtun, aber sie wird sich erholen.«

Ashley nickte. »Dann bleibt nur noch Michaelson. Ich möchte, dass jeder abmarschbereit ist, sobald er durch ist.«

Villanueva hockte mehrere Meter tiefer im Tunnel und rief ihnen zu: »Halloway ist hier lang.« Der SEAL beleuchtete seinen erhobenen Finger. Er war rot vom Blut. Dann zeigte er mit der Taschenlampe den Tunnel hinunter. »Die Blutspur führt dort entlang.«

Ashley sagte kein Wort. Halloway war noch am Leben. »Jeder bewaffnet sich«, sagte sie mit leiser Stimme. »Sofort!«

Als sie ein raschelndes Geräusch hinter sich hörte, drehte sie sich um und sah, wie Major Michaelson mit zerrissenem T-Shirt aus dem Spalt stolperte. Ashley rief das Team zusammen. »Macht euch abmarschbereit. In zwei Minuten brechen wir auf. Jeder nimmt eine Pistole oder ein Gewehr in die Hand.«

»Vielleicht sollten wir uns doch zurückziehen«, sagte Linda. Ihre Wangen waren immer noch feucht vor Tränen, und ihre Stimme zitterte.

Ashley legte die Hand auf Lindas Schulter. »Wir sind schon zu weit vorgedrungen. Wir müssen jetzt zusammenhalten.«

Linda holte tief Luft und schien sich zusammenzureißen. Als sie sprach, klang ihre Stimme fester. »Du hast Recht.«

Ashley drückte Lindas Schulter und wandte sich an die ganze Gruppe. »Los geht's.«

Wenige Augenblicke später marschierte das Team ohne Murren den Tunnel hinab. Villanueva und Ben gingen an der Spitze als Kundschafter voraus.

»Bleibt in Sichtweite«, rief sie, als Ben sich zu weit entfernte. »Lasst uns beisammen bleiben.«

Der Tunnel gabelte sich. Welche Abzweigung sollten sie nehmen? Ashley blickte ihre Scouts fragend an. Villanueva zeigte mit seiner Lampe in eine Richtung. »Die Blutspur führt hier entlang«, sagte er.

Mit ihrer Pistole gab sie ein Zeichen weiterzugehen. Sie rechnete hinter jeder Biegung damit, Halloway auf dem Boden zu finden. Je tiefer sie in den Tunnel eindrangen, umso schneller wurde ihr Tempo, bis sie zu den vorsichtigeren Scouts aufschlossen.

»Rück mir nicht zu nah auf die Pelle«, zischte Ben Ashley an. »Halloway hat nichts davon, wenn wir eine Klippe hinunterfallen.«

»Tut mir Leid, aber hier liegt so viel Blut.«

»Wir gehen so schnell, wie es unsere Sicherheit erlaubt.«

Villanueva unterbrach ihre Unterhaltung mit einer ruckartigen Armbewegung. Er zeigte um die nächste Biegung. Ashley kroch zu ihm und lugte um die Kurve. Vor ihnen mündete der Tunnel in eine große Höhle. »Ich glaube, ich gehe allein voran«, sagte der SEAL, »und untersuche das Gelände.«

»Nein, dieses Mal nicht«, sagte Ashley mit Nachdruck. »Ich möchte, dass das Team zusammenbleibt. Jeder behält seinen Vordermann im Auge und den Finger am Abzug.«

Villanueva zuckte mit den Schultern.

Das Team drang geschlossen in die Höhle vor. Wie die Speichen eines Rades kreisten die Strahlen der Stablampen durch das Dunkel. Die Höhle unterschied sich nicht von denen, die sie bisher gesehen hatten. Zahlreiche Stalagmiten ragten vom Boden auf, Stalagtiten hingen wie Dolche von der Decke. Nur etwas war anders. Ashley rieb sich eine Schneeflocke vom Augenlid. »Verflucht, hier *schneit* es.«

Ein Wirbel dicker Schneeflocken trieb durch die Lichtkegel.

Linda streckte den Arm aus, und einige Flocken landeten auf ihrer Hand. »Sie sind weder kalt noch nass.«

Ben drängte sich neben Ashley und tippte gegen die aufgefangenen Flocken. »Das ist ein schlechtes Zeichen.«

»Warum?«

»Das sind keine Schneeflocken, sondern Gipskristalle.« Er leuchtete mit seiner Lampe auf die Äste aus Gipskristallen, die die Höhlendecke wie fünf Meter breite, weiße Kronleuchter schmückten. »Das sind sehr zerbrechliche Strukturen. Körperwärme kann dazu führen, dass sie sich lösen und Flocken bilden.«

Ashley wischte sich die Flocken wie Schuppen von der Schulter. »Und was ist daran so gefährlich?«

»Um diesen Schneefall auszulösen, muss sich erst kürzlich eine Menge Körperwärme durch den Raum bewegt haben. Mehr, als ein verwundeter SEAL verursacht.«

Bei dieser Schlussfolgerung bekam Ashley große Augen. »Wir sind nicht allein hier unten.«

Das Treiben der Gipskristalle wurde umso dichter, je tiefer sie in die Höhle eindrangen. Lichtstrahlen schossen in alle Richtungen, Schatten tanzten und hüpften. Ashley zog das Taschentuch zurecht, das sie sich vor die Nase gebunden hatte, um keine Flocken einzuatmen. Sie schaute nach den anderen, die wie ein Haufen Banditen maskiert waren und aussahen, als schlichen sie sich an ein nichts ahnendes Opfer heran. Villanueva ging immer noch voraus. In gebückter Haltung sprang er von Deckung zu Deckung, bevor er den anderen ein Handzeichen gab, ihm zu folgen. Keiner sprach viel. Jeder fürchtete sich vor dem, was hinter der nächsten Ecke auf sie lauern könnte.

Ben holte neben ihr auf, die nach vorn gerichtete Pistole in der Hand. Er strich mit dem Lichtstrahl über den Höhlenboden. »Die Blutspur wird dünner«, flüsterte er.

Der allabendliche Tagesbericht an die Alpha-Basis war schon eine Stunde überfällig, doch konnten sie ihre Suche jetzt nicht unterbrechen. Es würde sie eine halbe Stunde kosten, die Einzelteile des Funkgeräts aus den wasserdichten Kunstoffbehältern auszupacken, zusammenzubauen und den Bericht abzusetzen. Nicht nur die Blutspur, auch die Zeit lief ihnen davon.

Ein wildes Zischen von Villanueva lenkte ihre Aufmerksamkeit von der Blutspur ab. Die anderen verharrten in der Hocke. Ashley war die Einzige, die aufrecht stand. Ben zog sie zu sich herunter und hielt ihre Hand fest.

Der SEAL, der am Fuße eines mächtigen Felsbrockens hockte, hielt einen Finger vor die Lippen und gab ihr ein Zeichen, nach vorn zu kommen ... leise. Ashley kroch zur Spitze.

Villanueva drückte ihr die Lippen aufs Ohr und sprach hastig: »Wir haben die andere Seite der Höhle erreicht. Es gibt zwei Ausgänge, ein großer Tunnel und ein kleines Wurmloch.«

»Und? Dann los. In welche Richtung führt die Blutspur?«

Er schüttelte den Kopf. »Ich bin mir nicht sicher. Der Lehm ist so zerwühlt, dass man keine eindeutige Spur erkennen kann.«

»Dann untersuchen wir beide«, sagte sie und wollte sich wieder zurückziehen

»Moment, deswegen hatte ich Sie nicht hergerufen.« Er wies in die Richtung jenseits des Felsens. »Halten Sie den Kopf um die Ecke, und hören Sie genau hin.«

Ashley hob die Augenbrauen und streckte den Kopf um den Felsen. In der Felswand, die sie vor sich sah, entdeckte sie einen weiteren Tunnel mit unebenen Wänden; genau wie derjenige, der zur Höhle hinführte. Zuerst hörte sie nichts außer ihrem eigenen japsenden Atem. Vielleicht hatte sie nicht so gute Ohren wie der SEAL. Doch als sie Villanueva gerade fragen wollte, was er gemeint hatte, hörte sie es auch. Ein Knacken und Knirschen, als würde morsches Holz zertreten. Und ein kehliges Schlürfen. Ein Schauder lief ihr über den Rücken. Das Geräusch kam aus dem Tunnel vor ihnen.

Sie hob die Lampe, um in das Innere des Tunnels zu leuchten, doch Villanueva schlug ihren Arm hinunter.

»Nein«, zischte er, »was auch immer da drin ist, weiß nicht, dass wir hier sind.«

»Vielleicht ist es Halloway«, sagte sie ernsthaft, glaubte aber selber nicht daran.

»Unsinn«, sagte der SEAL.

»Und was machen wir jetzt? Abwarten und Tee trinken?«

Wie als Antwort ertönte plötzlich ein Niesen hinter ihnen. Ashley schnellte herum. Khalid zuckte entschuldigend die Schulter und wies auf die treibenden Flocken, während er mit der anderen Hand ein zweites Niesen unterdrückte.

Ashley drehte sich zu Villanueva um und hielt den Atem an. »Ich kann es nicht mehr hören«, flüsterte sie.

Der SEAL nickte. Er hielt die Augen geschlossen. »Ich auch nicht.«

Scheiße! Was sich auch immer in dem Tunnel verbarg, wusste jetzt, dass sie da waren. Es hatte keinen Sinn mehr, sich zu verstecken. Sie stand auf und hielt die Pistole jetzt mit beiden Händen. »Ben, Villanueva, ihr beide folgt mir. Michaelson, Sie bleiben mit den anderen hinter dem Felsen in Deckung.«

Michaelson kam auf sie zu. »Hier handelt es sich um eine militärische Angelegenheit. Sie sollten hier bleiben. Das ist sicherer. Ich begleite Villanueva und Ben.«

»Nein«, sagte sie und überprüfte ihre Pistole. »Ich brauche Sie hier, um uns den Rücken zu decken und die anderen zu beschützen. Unter Umständen müssen wir uns schnell zurückziehen.«

Sie sah, dass der Major diese Entscheidung erst verdauen musste. Da er anscheinend kein Gegenargument finden konnte, nickte er. »Seien Sie vorsichtig.«

Sie spannte den Hahn ihrer Pistole. »Los geht's.«

Ihr Team schritt zur Vorderseite des Felsens, die Waffen auf den Tunneleingang gerichtet.

»Ich schlage vor, wir eröffnen das Feuer«, sagte der SEAL leise. »Schießen in den Tunnel und stellen die Fragen später.«

»Nein«, zischte Ashley. »Es besteht immer noch die Möglichkeit, dass Halloway da drin ist.«

Villanueva hob sein Sturmgewehr. »Wir nutzen unseren Vorteil, solange wir ihn noch haben.«

Sie schob sein Gewehr mit der Schulter zur Seite und ging einen Schritt nach vorn. »Halloway!«, rief sie. »Wenn Sie da drin sind, geben Sie uns ein Zeichen!«

Die Tunnelöffnung starrte sie ausdruckslos an.

»Zufrieden?« Verachtung troff aus Villanuevas Frage, als er das Gewehr wieder in Anschlag brachte. Er senkte den Kopf, um sich dem Visier zu nähern. Die Höhle explodierte unter dem Gewehrfeuer, als er blind in das schwarze Auge des Tunnels hineinschoss. Das Echo hallte durch die Höhle.

Ashley klingelten noch die Ohren, als der SEAL das Feuer schon wieder eingestellt hatte. Eine Wolke aus Felsstaub und Rauch wälzte sich aus der Öffnung auf sie zu.

Ben bündelte den Strahl seiner Stablampe, um tiefer in die Schwärze einzudringen, aber vergebens. »Mist!«

Aus der Öffnung des Tunnels brach plötzlich ein heulendes Geschrei hervor, wie das Klagen eines Falken, nur kehliger und keuchender. Ashley zuckte zusammen. Uralte Instinkte erwachten in ihr, drängten sie, Schutz zu suchen und zu fliehen. Doch sie ließ sich auf ein Knie nieder und zielte mit ihrer Pistole höher.

Plötzlich rollte etwas Kugelförmiges in die Höhle hinein.

»Himmel ... Herrgott ... Verdammte Scheiße ...« Villanueva stieß einen endlosen Fluch aus und wich zurück.

Es war Halloway – beziehungsweise sein Kopf. Der abgetrennte Kopf des SEALs, oder was von ihm übrig war, blieb einen Meter vor ihnen plumpsend und mit himmelwärts gerichteten Augen liegen. Schneeflocken legten sich sanft auf seine Wimpern.

14

Jason ließ sich in den Bürostuhl fallen und stieß einen Seufzer aus, der laut genug war, um die Aufmerksamkeit seines Babysitters zu wecken. Seit fünf Minuten wartete er schon. Fünf Minuten! Er würde noch zu spät zum Karatetraining kommen.

Roland schaute von seinen Unterlagen auf; seine Brille

rutschte bis auf die Spitze seiner langen Nase. »Oh, Jason, du bist noch hier? Ich dachte, du wärst schon in der Turnhalle.«

»Sie wissen doch, dass ich das nicht kann.« Er betonte jede Silbe.

»Warum?«

Jason rollte die Augen. »Dr. Blakely hat gesagt, dass ich ohne einen blöden Babysitter nicht vor die Tür gehen darf.« Er verzog das Gesicht und machte den näselnden Ton von Blakelys Stimme nach. »Es ist zu meinem eigenen Schutz.«

»Aber das ist doch lächerlich. Die Turnhalle ist direkt nebenan. Sei ein braver Junge und lauf einfach hinüber. Ich muss noch einen riesigen Stapel Berichte registrieren und in ein Verzeichnis eintragen.«

Jason strahlte. Alles klar! Mit einem lauten Quietschen schubste er seinen Stuhl zurück und schoss hinaus. Er rannte die Eingangshalle hinunter und zur Tür hinaus. Seine Sporttasche schlug gegen sein Bein. Er sprintete die zehn Meter zum Nachbargebäude. Lieutenant Brusserman wartete wahrscheinlich schon auf ihn. Kaum war er durch die Tür, drangen die vertrauten Gerüche der Turnhalle auf ihn ein. Verschwitzte Baumwolltrikots, Bohnerwachs auf dem Boden des Basketballfelds und der scharfe Geruch von Desinfektionsmittel.

Er suchte im Aerobic-Bereich nach Lieutenant Brusserman, fand aber keine Spur von ihm. Also ging er zur anderen Seite der Turnhalle, auf die Umkleideräume zu. Er blieb stehen, um einem Zweikampf auf dem Basketballfeld zuzuschauen. Jason erkannte Major Chan, mit dem er gestern eine Bootstour unternommen hatte.

Major Chan machte das Zeichen, um auszusetzen, und kam zu Jason herüber. Er war außer Atem und stieß die Worte keuchend hervor. »Hallo, Kurzer. Hör mal, der Lieutenant hat angerufen. Er schafft es heute leider nicht und sagt, es täte ihm Leid. Er ist morgen wieder für dich da.« Der Major täuschte spielerisch einen Boxhieb vor und nahm das Training wieder auf.

Jason war enttäuscht. »Aber was soll ich denn jetzt ...« Doch der Major war schon wieder auf dem Spielfeld und wehrte gerade einen Korbjäger ab.

Verflixt! Und jetzt? Er hatte keine Lust, wieder zu Roland ins Büro zurückzugehen. Dort bliebe ihm nichts anderes übrig, als sich durch langweilige Zeitschriften über das Marineleben zu blättern.

Er schob die Tür mit dem Arm auf und schlüpfte nach draußen. Eine Gruppe scherzender und lachender Wissenschaftler in weißen Kitteln lief an ihm vorbei; sie waren auf dem Weg zum Wohnheim.

Jason setzte sich auf die Stufen und durchsuchte seine Sporttasche nach etwas, womit er sich beschäftigen konnte. Sein Nintendo-Gameboy? Er rümpfte die Nase. Nein, langweilig. Er fischte einen Spiderman-Comic heraus, aber den hatte er schon gelesen.

Seufzend schüttelte er den Inhalt aus der Tasche. Ein paar Münzen klingelten, und ein Päckchen Kaugummi fiel heraus. Stirnrunzelnd hob er das Päckchen Juicy-Fruit-Kaugummi auf und steckte es ins Seitenfach. In dem Moment berührte seine Hand einen harten, runden Gegenstand.

Er zog ihn heraus. Ach ja! Er befingerte einen roten alten Feuerwerkskörper. Eine Knallerbse. Er lächelte, als er sich daran erinnerte, dass er sie bei Billy Sanderson gegen einen X-Men-Comic eingetauscht hatte. Er hatte das gute Stück beinahe vergessen. Mit einem schelmischen Glanz in den Augen schaute er sich um und überlegte, ob er sich davonschleichen und sie benutzen sollte.

In diesem Augenblick kam ein Wissenschaftler im weißen Kittel um die nächste Ecke, direkt auf ihn zu. Er schob die Knallerbse schnell wieder in ihr Versteck zurück. Vielleicht sollte er doch besser warten, bis er wieder zu Hause war. Wenn seine Mutter von seinem kleinen Geheimnis erführe ... nein, er blieb besser ganz cool.

Er zog den Reißverschluss der Tasche zu und wusste immer noch nichts mit seiner freien Zeit anzufangen.

Er stand auf, ging die Stufen hinunter und nahm die Tasche in die andere Hand. Gerade bog eine Gruppe Offiziere um die Ecke der Turnhalle, von denen einer mit genügend Orden behangen war, um einen Elefanten in die Knie zu zwingen.

Der dekorierte Mann nahm seine Kopfbedeckung ab und wischte sich den Schweiß von der Stirn. »Ist das immer so verdammt heiß hier unten?«

Einer seiner Begleiter antwortete: »Das ist nicht die Hitze, das ist die Feuchtigkeit.«

»Es ist die *Hitze*, Lieutenant«, herrschte ihn der Mann an.

»Jawohl, Sir, jawohl, Admiral.«

Jason war beeindruckt von der Furcht, die dieser Mann auslöste, und blieb wie angewurzelt stehen.

»Wo ist denn jetzt dieser Blakely?«, fragte der Admiral und setzte die Kopfbedeckung wieder auf.

»Hier entlang, Sir.« Der Lieutenant eilte voraus um die Ecke.

Wow! Da musste was im Gange sein. Jason linste um die Ecke. Die Männer verschwanden in einem der Betonblocks.

Jason kannte das Gebäude. Es war die Funkzentrale. Er war dreimal dort gewesen, als er während der morgendlichen Funkzeit zwei Minuten mit seiner Mutter sprechen durfte. Normalerweise bestand die Unterhaltung darin, dass sie ihn fragte, ob er seinen Babysittern gehorchte. Dennoch, so dachte er seufzend, war er froh, ihre Stimme über das Rauschen hinweg hören zu können.

Jason kratzte sich hinter dem Ohr und fragte sich, was das ganze Lametta bei Dr. Blakely wollte. Er schürzte die Lippen. Vielleicht konnte er es herauskriegen. Er wusste, dass seine Mutter es nicht leiden konnte, wenn er an der Türe lauschte, doch konnte er einer tollen Story nicht widerstehen. Außerdem erfuhr er vielleicht etwas über seine Mutter.

Er stahl sich um die Ecke und schlich zur Tür. Es war niemand zu sehen. Die Sekretärin Sandy saß nicht an ihrem Schreibtisch. Was für ein Glück! Er schlich hinein. Als er nach dem Türknauf zur Eingangshalle griff, drehte sich dieser und die Tür ging auf.

Sandy stand mit einer halb leeren Kaffekanne vor ihm.

»Oh, Jason!«, sagte sie mit einem strahlenden Lächeln und schob sich eine blonde Strähne hinters Ohr. »Ich wusste gar nicht, dass du uns besuchen wolltest.«

Jason biss sich auf die Unterlippe und ging einen Schritt zurück, jederzeit bereit, sich aus dem Staub zu machen. Er räusperte sich. »Ich … ich wollte nur Dr. Blakely etwas sagen.«

Sie stellte die Kaffeekanne ab und zog einen neuen Filter heraus. »Tut mir Leid, Süßer, aber der Doktor ist beschäftigt. Kann ich es ihm sagen?«

»Nein! … Wissen Sie«, stotterte er mit großen Augen, »es ist was Persönliches … Privates.«

Sie machte einen Schmollmund und lächelte dann. »In Ordnung. Na, dann setz dich hin und warte, bis Dr. Blakely Zeit hat.«

Er nickte. Das führte zu gar nichts. Vielleicht sollte er einfach wieder gehen und sagen, dass er später mit Dr. Blakely reden würde. Das wäre wohl das Klügste. Doch er sagte etwas anderes: »Ich muss auf die Toilette.«

»Aber ja, mein Schatz. Durch die Tür links.«

Natürlich wusste er das schon. Viel wichtiger war, dass

sich die Toilette direkt neben der Funkzentrale befand. Er ging zur Tür. »Danke.«

Sandy lächelte über ihre Tastatur hinweg und zwinkerte ihm zu.

Jason hielt die Luft an und ging in die Eingangshalle. Seine Turnschuhe quietschten auf dem gebohnerten Linoleum. In der Halle war niemand, aber er konnte das Raunen der Stimmen aus den einzelnen Büros hören. Jason stellte sich auf die Zehenspitzen, schlich die Halle hinunter und versuchte, so leise wie möglich zu sein. Schließlich erreichte er die Tür zur Funkzentrale. Er erstarrte mitten im Schritt und lauschte. Blakelys Stimme erklang klar und knapp. »Zum Teufel, was glauben Sie eigentlich, warum ich das Funkverbindungsnetz brauche? Sie wissen aus meinen Berichten verdammt genau, dass es hier unten eine noch unbestimmte Gefahrenquelle gibt. Wir müssen ...«

Die Stimme des Admirals unterbrach ihn. »Mag alles sein, der Bericht Ihres Teams vom heutigen Abend hat eine Stunde Verspätung. Ich glaube aber, Alarmstufe Rot wäre etwas voreilig.«

»Michaelson wäre keine Sekunde verspätet mit seinem Bericht, wenn er dazu in der Lage wäre.«

»Dem Major liegt an dieser Mission viel zu viel. Sein persönliches Engagement ist zu groß. Sie hätten ihm niemals erlauben dürfen, daran teilzunehmen.«

»Wir haben diese Diskussion bereits geführt. Das ist erledigt. Nun möchte ich gern wissen, was Sie unternehmen wollen.«

»Nichts.«

Ein lauter Knall. »Hören Sie, die Bewegungsdetektoren spielen verrückt. Gestern haben wir wieder einen Mann in Sektor Vier verloren. Und nun meldet sich mein Team nicht. Und was tun Sie? Auf Ihrem Hintern sitzen, bis der Nächste verschwindet?«

Die Antwort klang so kalt, dass Jason schauderte. »Nein. Washington hat mich nur aus einem Grund geschickt: Damit ich mir ein Urteil bilde, ob Sie in der Lage sind, dieses Kommando zu führen. Sie haben mir die Entscheidung leicht gemacht. Ab sofort sind Sie suspendiert.«

Stille, dann wurden heftige Worte hervorgestoßen: »Ihr Affen habt das von langer Hand geplant, was? Ihr hattet niemals vor, dieses Projekt unter ziviler Leitung zu lassen. Wann haben die hohen Tiere denn entschieden, mir das Projekt aus der Hand zu nehmen? Als das erste Team vermisst gemeldet wurde? Oder von Anfang an?«

Totenstille breitete sich aus.

Bevor Jason reagieren konnte, flog die Tür auf. Blakely, mit wildem Blick, stieß mit dem Jungen zusammen und warf ihn um. »Jason!«

»Ich ... ich ... ich ...«

»Was tust du hier?«

»Ich wollte ... ich dachte ...«

»Egal.« Blakely bückte sich und half ihm auf. »Komm hoch.«

Jason wurde zur Tür geschoben und stolperte voran. »Was ist denn los? Ist mit Mama alles okay?«

Der alte Mann beachtete ihn nicht. »Ich muss dich in Sicherheit bringen. Ich hätte nie erlauben sollen, dass sie dich mitnimmt.«

Der Admiral trat in den Flur hinaus. »Wenn das Jason Carter ist, lassen Sie ihn in Ruhe. Er steht jetzt unter meiner Aufsicht.«

»Gehen Sie zum Teufel!«, schrie Blakely und trieb Jason zum Ausgang.

Jason taumelte in den Empfangsbereich. Von Panik erfüllt und unfähig zu denken, konzentrierte er sich darauf, dem tobenden Wissenschaftler immer einen Schritt voraus zu sein, und stieß gegen die Tür.

Sandy fiel vor lauter Überraschung die Kinnlade herunter, und sie stand von ihren Schreibarbeiten auf. »Was ist denn los?«

Keiner antwortete. Jason wurde durch die Tür geschubst, Blakely hatte die Hand auf seine Schulter gelegt. Mittlerweile flossen Tränen über Jasons Gesicht; er hielt seine Sporttasche eng umschlungen.

An der frischen Luft schien Blakely sich zu beruhigen. »Es tut mir Leid, Jason. Ich wollte dich nicht in Angst und Schrecken versetzen. Aber du solltest wissen ...«

Plötzlich erklang das Heulen einer Sirene durch die Höhle, das so durchdringend war, dass Jason zusammenzuckte und sich die Ohren zuhielt. »Was ist das?« schrie er.

»Die Peripheriedetektoren. Die Basis wird angegriffen. Schnell jetzt.« Blakely zerrte an Jasons Arm.

15

Jetzt herrschte wieder Stille. Zehn lange Sekunden waren vergangen, seit sie den Schrei aus dem Tunnel gehört hatten. Der Rauch von Villanuevas Feuerstoß verzog sich langsam vom Eingang. War es tot? Ashley schluckte schwer und starrte über den Lauf ihrer Pistole. Aus dem Augenwinkel konnte sie Halloways Kopf sehen. Er lag immer noch einen Meter von ihrem Zeh entfernt und glotzte sie an, als wollte er sie fragen, wie sie das hatte zulassen können.

Sie rsikierte einen kurzen Blick nach rechts zu Ben hinüber. Er erwiderte ihren Blick und zuckte mit den Schultern. Vielleicht hatten sie das, was den SEAL umgebracht hatte, ja getötet. Vielleicht hatten sie Glück ...

Da stürmte es mit einem Brüllen aus dem Tunnel.

Sein Gebiss blitzte auf – mit Zähnen spitz wie Nadeln und zerklüftet wie ein Sägeblatt.

»O Gott!«, schrie Ashley. Vor Schreck taumelte sie zurück, und ihr Schuss verfehlte sein Ziel.

Ben zog sie zur Seite, weg von dem schnappenden Gebiss und hinter einen Haufen Felsbrocken.

Irgendwo im Hintergrund hörten sie Linda schreien.

»Was zum Teufel …«, begann Ashley, doch Ben legte ihr die Hand auf den Mund und brachte sie zum Schweigen.

Ein fauliger Aasgestank drang in ihr Versteck, als ein mächtiger Reptilienkopf mit der Schnauze eines Krokodils über den Rand eines Felsbrockens schoss. Der Kopf balancierte auf einem schuppigen Hals, und seine weit offenen Nüstern nahmen schnaubend Witterung auf. Eine ölige schwarze Haut spannte sich über Schädel und Kiefer. Dann bewegte das Biest seine Schnauze in ihre Richtung. Sein schwarzes lidloses Auge, eine Kugel wie aus glänzendem Obsidian, glotzte sie an.

Ben versuchte verzweifelt, das Gewehr aus dem Holster zu zerren und anzulegen, doch fehlte ihm in der engen Deckung die Bewegungsfreiheit.

Ashley wollte ihre Pistole ziehen, doch ihre Hand griff ins Leere. Sie hatte die Waffe beim Hinfallen verloren. Verflucht!

Villanueva hielt die Stellung. Er verharrte regungslos, weil er befürchtete, dass eine einzige Bewegung die Bestie ablenken würde und den Schuss fehlgehen ließe. Er beobachtete sein Ziel und suchte nach einer Schwachstelle.

Was zum Teufel war das?

Villanueva betrachtete es durch das Visier. Aufrecht war es drei Meter groß und pechschwarz. Es ruhte auf zwei muskulösen Hinterläufen und hielt die Balance mit einem mächtigen Schwanz. Seine Arme waren im Vergleich zu den Hinterläufen spindeldürr und endeten in einzelnen Krallen wie bei einer Wildkatze. Er konnte genau sehen, wie sich die rasiermesserscharfen Klauen streckten und zusammenzogen, als sie am Felsen kratzten.

Villanueva beobachtete, wie die Bestie hin und her stakste, während der Kopf hinter dem Felsen verborgen war. Die sichelförmigen Krallen seiner Hinterläufe zerfurchten den Höhlenboden.

Wie konnte er es töten? Das Tier hatte einen massiven Brustkorb und war mit mehreren Schichten Lehm und Schuppen bedeckt, die undurchdringlich wie Stahl wirkten. Konnte eine Gewehrsalve den Brustkorb durchschlagen und das Herz erreichen? Möglich, aber zu riskant. Er hatte nur einen Schuss. Er schwenkte das Visier. Er musste den Kopf treffen.

Doch die Bestie schnüffelte immer noch hinter den Felsblöcken herum, hinter denen Ben und Ashley sich versteckt hielten, und Villanueva bekam sein Ziel nicht vor den Lauf. Plötzlich spannte sich ihr Körper an. Sie hörte auf, mit ihrem Schwanz zu peitschen. Irgendetwas hatte sie hinter den Felsblöcken entdeckt. Es war nicht schwer zu raten, was das sein konnte – entweder Ben oder Ashley.

Ein lautes Fauchen ertönte. Wie bei einem tollwütigen Hund, dem sich das Nackenfell sträubt, schoss aus seinem sich windenden Hals ein Kamm von Stacheln, der über den ganzen Rücken bis zum Schwanzende hinabreichte.

Zeig mir deinen Kopf, du verfluchtes Monstrum, dachte Villanueva. Lass mich einen sauberen Schuss anbringen.

Er knirschte mit den Zähnen. Wäre der Schuss nicht tödlich, würde die Bestie nur in Wut geraten, und ein zweiter Treffer wäre unmöglich. Er musste sie dazu bringen, sich zu bewegen. Hilflos sah er zu, wie sich die Muskeln der Bestie anspannten und sie zum Sprung ansetzte.

Er musste sie ablenken!

Villanuevas Knöchel wurden weiß, als er sein Gewehr noch fester packte.

Rückzug, dachte Michaelson. Jetzt trug er die Verantwortung für Linda und Khalid.

Er duckte sich hinter den schützenden Felsen. Er hasste es, die anderen im Stich zu lassen, aber er war im Augenblick nicht in der Lage, ihnen zu Hilfe zu kommen. Er blickte zu Linda hinüber, die immer noch in Khalids Armen zitterte. Sie mussten sich auf eine Stellung zurückziehen, die sie besser halten konnten.

Er sprang vom Felsen weg und kroch zu den beiden. »Packt eure Rucksäcke. Wir machen uns davon.«

Linda hob ihr blasses Gesicht von Khalids Schulter. »Und die anderen?«

»Sofort!«, sagte er harsch und warf ihr den Rucksack zu.

Khalid schulterte seinen Rucksack und half dann Linda. »Er hat Recht. Wir können ihnen nicht helfen.«

Michaelson hielt das Gewehr in der Hand und trieb seine Schützlinge vorwärts. Als sie den ersten Felsen umrundet hatten, konnten sie auf die schüsselförmige Höhle hinunterblicken. Hier auf dem Rand sah Michaelson die Hänge des Tals, das sie vor einer Stunde durchschritten hatten.

»Scheiße!«, sagte er und hielt an.

Khalid stand neben ihm. »Was ist los?«

»Da drüben. Direkt neben dem nächsten Felskamm.«

Khalid schaute in die Richtung und fluchte in seiner Muttersprache. Linda drückte ihr Gesicht an seine Schulter.

Michaelson beobachtete das Gelände vor ihnen. Vier Reptilien schwenkten ihre Köpfe über den mit Felsbrocken übersäten Höhlenboden. Sie reckten ihre langen Hälse in die Höhe und blickten in ihre Richtung. Wie bösartige Präriehunde. Während er hinschaute, senkte eines den Kopf und verschwand aus seinem Blickfeld.

Es war nicht auszumachen, wie viele dort drüben waren, aber eines war sicher: Der Versuch, das Tal zu durchqueren, wäre Selbstmord. Ihr Rückzug war abgeschnitten. Michaelson biss die Zähne zusammen und schlang den Gewehrriemen fester um die Hand.

Aus den Augenwinkeln heraus bemerkte er eine plötzliche Bewegung.

Er richtete seine Lampe nach links. Zehn Meter entfernt stand ein solider Stalagmit, der genauso aussah wie die zahllosen anderen, die sie bisher angetroffen hatten. Im Augenblick bewegte sich dort nichts. Er biss auf die Zähne und packte das Gewehr fester. War da nicht etwas dahinter? Plötzlich wuchsen ein peitschender Schwanz und eine Schnauze aus dem Stalagmiten heraus, die sich dem schwarzen Felsen perfekt angepasst hatten. Sogar im Licht konnte man nicht erkennen, wo der Fels anfing und die Bestie aufhörte.

Die schwarzen Augen richteten sich auf ihn. Die Bestie öffnete ihre Kiefer und entblößte eine Zahnreihe nach der anderen.

Ashley schreckte zurück, als sich die Schnauze in ihre Richtung bewegte. Der Atem stank nach Verwesung, als die Bestie fauchte. Ashley tastete blind nach irgendeiner Waffe und hatte plötzlich die Stablampe in der Hand, die an ihrem Gürtel hing. Vielleicht konnte sie das Vieh fortprügeln. Sie packte den massiven Griff und riss die Lampe nach vorn.

Ben, der immer noch versuchte, sein Gewehr frei zu bekommen, hielt inne. »Einschalten!«, schrie er. »Hellste Stufe!«

Ashley reagierte sofort auf sein Kommando und schob

den Schalter klickend nach oben. Wie eine Lanze blitzte der Lichtstrahl aus ihrer Deckung hervor und traf die Bestie direkt ins Auge.

Brüllend riss sie den Kopf zurück.

In dem Moment, in dem sie sich hinter den Felsen zurückzog, explodierte ein Gewehrschuss. Villanueva, ging es Ashley durch den Kopf. Er ist immer noch da draußen. Sie kam auf die Knie hoch. Ein zweiter Schuss, diesmal von hinten. Ashley sah Ben fragend an.

»Lauf!«, schrie er.

Sie sprang auf die Füße und lief ein paar Schritte nach vorn, um Platz für Ben zu machen, als wieder von vorn gefeuert wurde.

Ein wütendes Fauchen hallte durch die Höhle, gefolgt von einem lauten Krachen, als etwas auf die Felsen fiel.

»Pass auf!« Ben stieß Ashley nach vorn.

Sie fiel vornüber, rollte zur Seite und sah, wie eine Lawine von Felsbrocken zwischen sie und Ben stürzte. Genau auf die Stelle, wo sie gerade gestanden hatte. »Ben!«

Hinter den Felsbrocken rief Ben: »Alles in Ordnung! Aber ich habe keine Ahnung, wie ich zu dir gelangen soll!«

»Dann versuch, zu Michaelson durchzukommen!«

»Zum Teufel, ich lass dich nicht im Stich!«

»Lauf!«

Aus Sorge um Villanueva wartete Ashley keine Sekunde länger, sondern kroch vorsichtig zum Rand der Felsblöcke und schaute vorsichtig um die Ecke.

Ihre Augen weiteten sich vor Angst.

Villanuevas Schuss ging daneben, verfehlte den Kopf und prallte ohne Wirkung vom Nacken der Bestie ab. Aber das genügte wenigstens, um ihre Aufmerksamkeit auf sich zu ziehen.

Wie eine gereizte Schlange griff sie ihn an.

Wo eben noch der SEAL gestanden hatte, schnappten ihre Kiefer zu. Villanueva war schon mehrere Meter zurückgesprungen. Die Bestie öffnete ihr Maul und brüllte, ihre Augen schimmerten rot. Zögernd wich er noch einen Schritt zurück. Die Bestie senkte ihren Kopf tiefer, duckte sich mit angespannten, vibrierenden Muskeln.

Im nächsten Moment könnte sie springen.

Villanueva zielte aus der Hüfte und drückte ab, als die Bestie auf ihn zusprang. Die Kugel traf und riss ihr ein Loch in die Schulter. Blut spritzte durch die Luft. Unbeeindruckt bewegte sie sich auf ihn zu.

Er wich nach rechts aus.

Doch diesmal war er zu langsam.

Bei seinem Ausweichmanöver wurde sein Arm jäh nach hinten gezerrt, und er fiel auf den harten Felsen. Plötzlich wurde sein ganzer Körper in die Luft gerissen, und er baumelte an einem Arm am Gebiss der Bestie. Der brennende Schmerz raubte ihm fast das Bewusstsein.

Mit zusammengebissenen Zähnen versuchte er, sein Gewehr in Anschlag zu bringen. Der Lederriemen war noch um seinen Unterarm geschlungen, doch es hing außerhalb seiner Reichweite. Er zog das Gewehr bis zur Brust hinauf und versuchte, es mit einer Hand zu halten.

Gerade als er den Finger am Abzug hatte, schüttelte die Bestie ihn wie eine Flickenpuppe. Sein Oberarm löste sich aus der Schulter.

Knochen knackten.

Eine schwarze Woge rollte über ihn hinweg, und er ertrank in ihr.

Das Gewehr glitt ihm aus den tauben Fingern.

Michaelson stieß Linda hinter sich. »Zurück.« Er ging hinter dem nächsten Felsen in Deckung, das Gewehr im Anschlag, um ihren Rückzug zu decken. Die Bestie pirschte sich an sie heran und drängte sie zur Wand. Vom Gewehrfeuer her zu urteilen wurden sie in die Richtung der Gruppe gedrängt, die mit der anderen Bestie kämpfte.

Ein kluger Schachzug, dachte er. Sie versuchte, ihn in die Klauen der anderen zu treiben. »Khalid, bewegen Sie Ihren Arsch nach vorn«, schrie er. »Ich brauche Feuerschutz. Ich muss nachladen.«

Keine Antwort.

»Khalid!«

Er warf einen Blick über die Schulter.

Kein Khalid, keine Linda. Wo waren sie geblieben?

Er drehte sich wieder um und blickte auf den Weg. Zwei Meter entfernt erschien ein Kopf von der Größe eines Stiers hinter einem Felsen. Die kleinen Nasenflügel, wie ein chinesischer Fächer gebläht, nahmen Witterung auf. Zuerst scheute die Bestie vor dem Licht, dann trat sie aus der Deckung. Sie ging aufrecht auf muskulösen Beinen. Ihr Mund stand offen. Es sah beinahe so aus, als grinste sie. Sie senkte den Kopf zum Felsboden hinunter und schnüffelte. Als sie den Rücken nach unten beugte, sah Michaelson die aufgestellten Stacheln, die ihre Wirbelsäule spickten.

Verfluchtes Monster. Er hob sein Gewehr und richtete das Visier auf ihr hässliches Gesicht. Mit einem grimmigen Lächeln drückte er ab.

Klick.

Der Schlagbolzen traf auf eine leere Kammer.

Ashley kroch weiter. Bitte … sei noch am Leben!

Villanueva hing regungslos im Kiefer der Bestie. Sie schleuderte den Körper des SEALs ein letztes Mal hin und her und ließ ihn dann auf den Felsboden fallen.

Schaudernd hielt Ashley den Atem an. Sein ganzer Körper war blutüberströmt. Verdammt, er bewegte sich nicht …

Die Bestie legte den Kopf mal auf die eine, mal auf die andere Seite und betrachtete ihren Fang wie ein Vogel einen Wurm. Gefangen vom Anblick ihrer Beute, bemerkte sie Ashley nicht.

Vorsicht, dachte sie, bloß nicht ihre Aufmerksamkeit wecken. Sie duckte sich und setzte einen Schritt vorsichtig vor den anderen.

Fast da.

Mit zusammengebissenen Zähnen robbte sie zum Gewehr.

Die Bestie spielte immer noch mit Villanueva. Mit ausgefahrenen Krallen warf sie seinen Körper auf die andere Seite. Ashley hörte, wie sie an seinem Blut schnüffelte.

Ashley griff nach ihrer Pistole. Als ihre Finger sich um die Waffe schlossen, fuhr sie zusammen.

Stimmen näherten sich von hinten.

»Es ist hier drüben.« Sie erkannte Khalids schweren Akzent.

»Bist du sicher?« Lindas angespannte Stimme.

Die Bestie warf den Kopf herum und blickte genau in Ashley Richtung. Die rührte sich nicht vor Angst und betete, dass die Bestie schlecht sah.

»Im Wurmloch sind wir sicher. Viel zu eng für sie.« Die Stimmen näherten sich ihrem Standort. »Wir rennen hin.«

Die Bestie streckte ihren Hals mit aufgerichtetem Kopf vor. Wie zu Stein erstarrt, lauschte sie den Stimmen und den nahenden Bewegungen. Vielleicht …

Ashley hob ihre Pistole mit qualvoller Langsamkeit. Nur keine plötzlichen Bewegungen, sonst merkte die Bestie etwas.

Sie versuchte, den Lauf auf das Obsidianauge zu richten, doch ein riesiger Knochenwulst schützte es. Nur wenn die Bestie den Kopf ein wenig zur Seite legte, konnte der Schuss ins Schwarze treffen.

Hinter ihr rief Linda laut: »Da ist Ashley!«

Halt den Mund, herrschte Ashley sie in Gedanken an. Offensichtlich hatte Linda den Felsen noch nicht ganz umrundet, sonst hätte sie gesehen, was sie noch erwartete.

Ashley hörte, wie Linda mit dem Absatz losen Schiefer abkratzte. »Khalid, Ashley muss dieselbe Idee gehabt haben wie … o Gott!«

Die Bestie riss den Kopf in Lindas Richtung, ein Auge wurde sichtbar. Ohne Lindas Schrei zu beachten, drückte Ashley zweimal kurz hintereinander ab. Der Rückschlag schleuderte sie nach hinten.

Sie war sich nicht sicher, ob sie ihr Ziel getroffen hatte. Geduckt kam sie wieder hoch und machte sich darauf gefasst, ein Maul voller Zähne zu erblicken, das nach ihr schnappte.

Sie schreckte zurück, als der Kopf der Bestie, der durch den Aufprall der Kugeln zurückgeschleudert worden war, wieder auf sie zuschoss. Ein Auge war nur noch ein Krater.

Sie kam einen Schritt auf Ashley zu und fauchte durchdringend. Ashley taumelte rückwärts und stieß mit Linda zusammen.

»Zurück!«, schrie Ashley und versuchte, die Pistole auf die Bestie zu richten. Noch bevor sie zielen konnte, schnappte sie nach ihr. Ashley wich zur Seite aus.

Linda jedoch nicht.

Die Bestie biss in den Rucksack der Biologin, die sofort verzweifelt versuchte, sich zu befreien, und zerrte sie an Ashley vorbei. Lindas Gesicht war ein einziger Schrei.

Ashley wollte mit der Pistole auf das Monster zielen, doch Lindas zappelnder Körper verdeckte ihr die Sicht.

Khalid lief zu ihr. »Tu doch was!«

Sie hatte die Waffe mit beiden Händen gepackt. Kein sauberer Schuss. Linda blickte sie mit flehenden und vor

Angst weit aufgerissenen Augen an. Sie konnte immer noch nicht feuern.

Plötzlich hörten sie eine laute Explosion. Alle erstarrten. Wie eine Marionette, deren Fäden durchschnitten worden waren, fiel die Bestie zu Boden. Ashley, nun zitternd, hielt immer noch die Waffe auf sie gerichtet. Die Bestie rührte sich nicht.

Jenseits des regungslosen Körpers sah sie, dass Villanueva, über und über mit Blut bedeckt, sich aufgesetzt hatte und das Gewehr in der gesunden Hand hielt. Die Mündung rauchte noch schwach. Mit einem Stöhnen sank er wieder zurück.

Ashley rannte zu ihm. Er versuchte sich aufzurichten, doch sie hielt ihn zurück.

»Nicht bewegen«, sagte sie und zuckte zusammen. Es fiel ihr schwer, ihn anzuschauen. Ein Stück Knochen ragte aus seinem Oberarm. Dickflüssiges Blut floss aus den aufgerissenen Wunden.

»Er hat mir das Leben gerettet«, flüsterte Linda, die zu Ashley getreten war und sich nun neben Villanueva kniete. Sie ergriff seine zerschundene Hand.

Er versuchte zu lächeln. Blut floss in zwei dünnen Rinnsalen aus seiner gebrochenen Nase. »Ich habe das Gefühl, als wäre ich mit einer Lokomotive kollidiert.« Seine Augen waren durch den Schockzustand glasig. Er hustete heftig.

»Sprechen Sie jetzt nicht«, sagte Ashley und rief Khalid zu: »Hol die Rucksäcke. Ich brauche den Erste-Hilfe-Koffer.«

Khalid, der nur einen Meter neben ihr stand, blickte zum Wurmloch, dann wieder zu Ashley. »Dazu haben wir keine Zeit ...«

Linda stand auf. »Wir können ihn nicht hier liegen lassen, Khalid. Wenn du die Rucksäcke nicht holst, tue ich es«, sagte sie und ging.

Mürrisch folgte er ihr.

Ashley wandte sich wieder Villanueva zu, als plötzlich eine weitere Gewehrsalve auf der anderen Seite der Höhle erklang. Der SEAL schloss die Augen. »Es kommen noch mehr«, murmelte er, »Khalid hat Recht. Ihr müsst hier verschwinden. Lasst mir nur mein Gewehr hier.«

»Halten Sie den Mund. Wir verlassen diese beschissene Höhle alle zusammen.« Sie drehte sich um und blickte suchend in die Dunkelheit der Höhle.

Hast du gehört, Ben? dachte sie. Du bist auch gemeint.

Michaelson drückte erneut ab. Das Magazin war schon wieder leer. Und es blieb keine Zeit zum Nachladen.

Mit einem wütenden Fauchen schoss das Biest auf ihn zu.

Als die Schnauze zuschnappte, schlug er mit dem hölzernen Gewehrkolben wie mit einem Baseballschläger auf die weiche Nasenschleimhaut ein. Die Bestie grunzte und wich einen Schritt zurück. Mit einer ihrer winzigen Vorderpfoten fasste sie sich an die Nase.

Ohne eine weitere Sekunde zu verlieren, sprintete Michaelson los und dankte Gott für seine Sportlerzeit in der Little League damals in Nebraska.

Während er den Weg hinunterrannte, tastete er nach dem Reservemagazin in seiner Brusttasche. In diesem Augenblick verfing sich sein Fuß in einem Loch. Er stolperte, fiel aber nicht. Ein Schmerz schoss ihm in den Knöchel. Er hüpfte ein paar Schritte weiter. Ob der Fuß gebrochen oder nur verrenkt war, konnte er nicht sagen.

Michaelson humpelte weiter. Nach mehreren schmerzvollen Metern war ihm klar, dass er das Rennen verlieren würde. Er blieb stehen und schaute zurück. Alles ruhig. Er musste sich der Bestie stellen. Während er den Weg beobachtete, versuchte er, das Magazin einzulegen, doch hielt er es falsch herum. Verflucht.

Er drehte das Magazin und rammte es ins Gewehr. Dabei schlich er sich rückwärts um einen Felsen herum und zielte auf den Weg vor sich. Komm nur, du dreckiges Mistviech.

Er hörte, wie sich etwas vorsichtig näherte.

Plötzlich tauchte ein Schatten zwischen zwei Felsen auf, nur einen guten Meter vor ihm. Erschrocken drückte Michaelson ab. Der Schuss verfehlte sein Ziel.

»Was glauben Sie eigentlich, wen Sie vor sich haben?«, rief Ben und presste die Hand auf sein versengtes Ohr.

»Tut mir Leid. Ich dachte ...«

»Vielleicht rufen Sie beim nächsten Mal ›Deckung‹.«

Genau hinter Bens rechter Schulter sah Michaelson eine ihm bekannte, verletzte Schnauze um die Kurve kommen. Er hob das Gewehr. »Deckung!«

Ohne zu zögern, sprang Ben neben Michaelson und riss das Gewehr herum.

Als der Kopf vollständig sichtbar war, zielte Michaelson und drückte ab. Der Kopf flog zurück, und Blut schoss aus dem Maul. Der schwere Körper sackte zu Boden, der Schwanz schlug noch ein paar Mal zuckend, dann rührte sich die Bestie nicht mehr. »Mein Gott! Wie viele gibt es davon?«, fragte Ben atemlos.

»Ich habe mindestens vier gesehen.«

»Wir müssen uns beeilen«, drängte Ben. »Ashley und Villanueva kämpfen noch mit der anderen.«

Wie auf Stichwort ertönte ein glockenheller Pistolenschuss, gefolgt von einem zweiten. »Los«, sagte Ben. Sein Blick war sorgenvoll.

»Ich habe mich am Fußgelenk verletzt. Ich kann mich nicht schnell bewegen.«

Ben biss sich auf die Unterlippe. »Dann gehen Sie zuerst. Ich halte uns den Rücken frei. Kämpfen wir uns eben, so gut wir können, vor.«

»Nein, gehen Sie allein. Ich komme nach, sobald ich kann.«

»Vergessen Sie das«, sagte Ben, »ich lasse Sie nicht verwundet zurück. Los jetzt, wir verschwenden nur Zeit.«

Die sture Haltung des Australiers ließ keinen Zweifel aufkommen: Diskutieren war sinnlos. Michaelson stieß sich vom Felsen ab und zuckte zusammen, als sein Fuß den Boden berührte. Abwechselnd machte er zwei Schritte mit dem gesunden Fuß und einen mit dem verletzten.

Als Ben rief: »Wir bekommen Gesellschaft!«, erhöhte Michaelson das Tempo.

Ashley lag auf ihrem Schlitten und beobachtete das Gelände vom Wurmloch aus. Bei jedem Gewehrschuss zuckte sie zusammen. Während der letzten Viertelstunde waren sporadisch Schüsse gefallen. Fünf Schüsse nacheinander, dann eine Minute lang gar keiner, dann wieder eine Salve. Doch in den letzten zwei Minuten herrschte Ruhe in der Höhle. Absolute Ruhe. Qualvolle Stille.

Komm, Ben, komm bitte zurück.

Weiter unten im Wurmloch hörte sie Villanueva etwas murmeln. Das Morphium hatte ihn wirr gemacht. Sein Arm war bandagiert und mit dem Verband an seiner Brust befestigt. Mit einer reichlichen Dosis schmerzstillender Mittel und einem heftigen Ruck an seinem Arm war es ihnen gelungen, seine Schulter wieder einzurenken. Danach war er in einen unruhigen Schlaf gesunken. Was für ein Teufelskerl.

Dennoch benötigte er mehr Hilfe, als der gepriesene Erste-Hilfe-Koffer bieten konnte. Sobald sie in Sicherheit wären, würden sie per Funk um Unterstützung bitten. Sie brauchten große Waffen, am besten Bazookas.

Linda und Khalid hatten die Rucksäcke und den SEAL tiefer in den Tunnel gebracht. Ashley wartete am Eingang und beobachtete die Höhle. Wo bist du, Ben? Angestrengt versuchte sie, mit ihren Blicken die Dunkelheit zu durchdringen.

Hinter ihr hörte sie Räder auf dem Fels knirschen. »Siehst du etwas?«, fragte Linda.

Ashley sah über die Schulter. Lindas Gesicht schaute blass unter ihrem Helm hervor, ihr Atem rasselte. »Nein«, antwortete sie, »es ist verdammt still da draußen.«

»Ashley, ich muss ins Freie.«

»Im Wurmloch ist es sicherer.«

»Nein ... ich kann nicht atmen. Ich brauche Luft.«

Jetzt begriff Ashley. Zum Teufel, es hatte genügend Anzeichen gegeben. »Du hast Klaustrophobie, nicht wahr?«

Linda schwieg und sagte dann schüchtern: »Bitte.«

»Okay. Ich bleibe bei dir.«

Ashley rutschte zuerst hinaus, nahm die Blendlampe und beleuchtete die nähere Umgebung. Sie wandte sich zu Linda, um ihr ein Zeichen zu geben, aber die Biologin stand bereits, noch ein wenig wacklig, auf den Beinen.

Linda machte ein paar Schritte und atmete tief ein und aus.

Ashley beobachtete die Höhle. Kein Anzeichen von den anderen.

Linda sagte mit leicht zitternder Stimme: »Wofür ... hältst du ... dieses Lebewesen?«

Ashley drehte sich um. Die zierliche Frau stand neben dem Kadaver der Bestie. Der Hinterkopf war ein blutige Masse. Die Biologin trat mit dem Fuß dagegen.

Ashley zuckte mit den Achseln. Sie war jetzt nicht in der Stimmung, darüber zu diskutieren. Nicht jetzt, wo Ben noch da draußen war. »Ich weiß es nicht.«

Linda kniete sich neben das riesige Tier. Sie rümpfte die Nase bei dem Ekel erregenden Geruch. Mit dem Finger fuhr sie den Wulst über dem heilen Auge entlang. »Die Augenhöhle ist ungewöhnlich für ein Reptil. Der Jochbogen stimmt nicht. Eher wie der eines Säugetiers. Und die Struktur des Beckens ist sehr merkwürdig. Überleg mal, wie es sich fortbewegt: aufrecht, mit Beinen und Gelenken wie bei einem Vogel.« Sie sprach wie in Trance und bemerkte kaum, was sie sagte. »So etwas habe ich noch nie gesehen.«

Ashley zuckte wieder mit den Achseln und leuchtete mit der Lampe über die Felsoberfläche. »Mein Gott, es lebt hier seit Jahrhunderten isoliert. Wer weiß, unter welchem evolutionären Druck sich dieses Ungetüm entwickelt hat«, murmelte sie unkonzentriert. Eine andere Frage nahm ihre ganze Aufmerksamkeit in Anspruch: Wo bist du, Ben?

Linda fuhr fort, die Leiche des Tiers zu untersuchen, und ging am Körper entlang. »Hm, schau dir das mal an.«

Ashley drehte sich zu Linda um und richtete ihr Licht auf sie.

Die Biologin bewegte einige Stacheln auf und ab, aus denen der Kamm des Tiers bestand. »Das sind keine Schuppen, sondern verklumpte Haare.«

Neugierig kam Ashley näher.

»Vorsicht«, warnte Linda, »die Stachel könnten vergiftet sein. Schau dir den schimmernden Glanz an den Spitzen und die fleischige Drüse unten an den Stacheln an. Sei vorsichtig.« Linda ging zur Seite und bewegte sich weiter an dem Kadaver entlang.

Ashley kniete sich neben den beschädigten Schädel und hob vorsichtig einen Stachel mit einem behandschuhten Finger. Dann hockte sie sich auf die Fersen. »Vielleicht ist es eine unbekannte Dinosaurierart. Ich kann mehrere primordiale Charakteristika eines Reptils entdecken. Sogar die Schuppen sind denen des Plesiosaurus, einer Dinosaurierart, ähnlich. Aber was ist mit dem Rest? Das Kiefergelenk sitzt zu tief am Schädel, so dass der Kiefer wie bei einer Schlange eingehängt ist. Dadurch kann die Bestie das

Maul so weit öffnen, dass sie ein kleines Schwein mit einem Mal schlucken kann. Außerdem kenne ich keine Dinosaurier, denen Haare wachsen.«

»Ashley, schau mal.«

Ashley hockte sich neben die Biologin. »Was hast du gefunden?«

»Es ist weder ein Dinosaurier noch ein Reptil, noch ein typisches Säugetier.« Linda griff nach dem frei liegenden Bauch der Bestie. Unter einer Hautfalte am Unterleib kam ein Beutel zum Vorschein. »Es ist ein Monotrema, ein Kloakentier.«

Ashley, nervös und abgelenkt, kannte die Bezeichnung, wusste aber nicht genau, was damit gemeint war. »Ein was?«

»Ein Eier legendes Beuteltier. Wie das australische Schnabeltier. Diese Art trägt Merkmale von Reptilien und Säugetieren zugleich. Angeblich eine Sackgasse der Evolution.«

Der verwundete SEAL stöhnte benommen im Tunnel.

»Von wegen Sackgasse«, sagte Ashley.

Big Bertha war ihm immer noch auf der Spur. Aus mehreren Metern Entfernung beobachtete Ben die größte Bestie des Trios, das sich an seine Fersen geheftet hatte. Sie bückte sich und hob mit ihrer Klaue eine der Patronenhülsen auf, die sein Gewehr ausgestoßen hatte. Sie schnaubte die Hülse verächtlich an und warf sie fort. Die anderen beiden versteckten sich hinter ihr, bis sie sie mit einem Fauchen vertrieb.

Ben verkroch sich wieder hinter dem Felsen. Drei gegen einen. Schlechte Karten. Vielleicht war er ein wenig voreilig gewesen, als er Michaelson vorgeschickt hatte. Sein Plan, das Trio fortzulocken, um dem Major mehr Zeit zu geben, erschien ihm plötzlich dumm.

Mit Schüssen hatte er die drei hinter sich her gelockt,

aber die Mistviecher wurden immer cleverer und nutzten die Deckung von Felsen. Und egal wie schnell er rannte, sie hielten Schritt. Vor wenigen Minuten hätte ihn beinahe eine seitlich eingeholt und ihn überrascht. Eine Kugel, die an einem Stein abprallte, traf sie zufällig in den Schwanz und hielt sie so lange auf, dass er entkommen konnte.

Er stieß sich vom Felsen ab und rannte los. Er brauchte irgendetwas, womit er sie ablenken konnte. Er musste Zeit gewinnen, um ihnen zu entkommen. Während ihn seine Verfolger jagten, hörte er das charakteristische Schnüffeln.

Verdammt noch mal, denk nach! Du bist doch schlauer als so ein bescheuertes Höhlenmonster.

In dem Moment fiel es ihm wie Schuppen von den Augen. Vielleicht, nur vielleicht ...

Er rannte schneller und suchte nach der idealen Stelle. Dieses eine Mal war das Glück auf seiner Seite. Er gelangte auf eine Lichtung in einem Wald aus Felsen. Im Kopf stellte er sich den Lageplan vor.

Wenn er sich dort hinter dem Geröllhaufen versteckte ... Teufel, das könnte funktionieren.

Er griff nach seinem Gürtel, um die Falle aufzustellen.

Als er das erledigt hatte, zwängte er sich in den engen Spalt zwischen zwei kantige Felsen und gab dabei Acht, nicht seinen Gewehrarm einzuklemmen. Von diesem Punkt hatte er eine günstige Aussicht auf das gesamte offene Gelände. Seine Blendlampe stand in der Spalte nebenan und beleuchtete das Gelände vor ihm, er selbst jedoch blieb im Schatten.

Er hob das Gewehr und wartete, während er jede Sekunde zählte. Die Höhle war totenstill. Dann wurde ein leises Schnüffeln hörbar, gefolgt von einem plötzlichen zornigen Fauchen. Big Bertha trat vorsichtig und mit gesenktem Kopf in den Lichtkegel. Sie schoss nach vorn. Verdammt, war die schnell. Innerhalb eines Augenblicks sprang sie in die Mitte der Lichtung, von dem leuchtenden Gegenstand gefesselt. Die beiden anderen, anscheinend jüngeren Bestien schlichen hinter sie. Sie hob das Bündel Gewehrpatronen auf, das Ben zusammengeklebt hatte.

Ben legte die Wange an den Gewehrkolben und blickte durch das Visier. Er gestattete sich den Anflug eines Lächelns. Neugier ist tödlich.

Bertha hielt die Patronen an ihre Nase und beschnüffelte sie. Ben zielte auf das Bündel und drückte ab. Als die Kugel traf, erschütterte eine donnernde Explosion die Höhle.

Wo einmal Berthas rechte Hand gewesen war, ragte nun ein blutiger Stumpf heraus, der schwarzes Blut verspritzte. Ihre Schnauze war eine Ruine aus Knochen und Knorpel. Sie taumelte, krachte zu Boden und schlug im Todeskampf um sich.

Von Panik ergriffen, sprangen die anderen fort, eine auf einen hohen Felsen. Sie schrien einander an und schlugen zornig mit den Schwänzen. Ben nutzte die Verwirrung, krabbelte aus seinem Versteck, packte seine Lampe und rannte.

Das sollte sie eine Weile beschäftigen – hoffte er. Er sprintete mit Volldampf. Fünf Minuten brauchte er, dann hätte er genügend Vorsprung. Nach zehn Metern wagte er einen Blick über die Schulter. Zwei Reptilköpfe starrten in seine Richtung. Sie fauchten sich nicht länger an, sondern hatten seinen Trick durchschaut und wussten nun, an wem sie sich rächen mussten.

Ben drehte sich um und zwang seine Beine zur Höchstleistung. Als er sich erneut umsah, waren die Köpfe verschwunden.

Die Jagd ging weiter.

Ashley starrte den Beutel der Bestie an. »Also eine Art Beuteltier? Wie kann es das geben?«

Linda zuckte mit den Schultern. »Es hat alle möglichen

Arten von Beuteltieren gegeben. In grauer Vorzeit hielten sie jede ökologische Nische besetzt: Raubtiere, Beutetiere und so weiter. Ich nehme an, das hier ist ein früher Prototyp. Eine Spezies, die irgendwann im Laufe der Evolution ausstarb. Sogar wenn ...«

Plötzlich hörten sie, dass sich etwas auf sie zu bewegte.

Ashley riss den Kopf herum. Mehrere Meter entfernt tauchte eine einsame Lampe, die unkontrolliert auf und ab tanzte, hinter einem Felsen auf. Ashley hielt den Strahl ihrer Lampe in die Richtung.

Michaelson kam mit schmerzverzerrtem Gesicht auf sie zugehumpelt.

Ashley starrte ihn unverwandt an. »Wo ist Ben?«

»Er ist hinter mir geblieben, um uns Deckung zu geben.« Michaelson richtete einen sorgenvollen Blick auf die schwarze Höhle. »Aber ich habe ihn seit einer ganzen Weile weder gesehen noch Schüsse von ihm gehört. Nur eine laute Explosion.«

»Das heißt, Sie haben ihn zurückgelassen? Auf sich allein gestellt?«

»Er bestand darauf, dass ...«

Ashley unterbrach ihn mit einer Handbewegung. »Später. Bitte steigt jetzt ins Wurmloch. Hier draußen sind wir zu ungeschützt.«

Michaelson schüttelte den Kopf. »Ich bleibe hier draußen und bewache den Eingang, bis Ben kommt.«

»Nein«, sagte Ashley mit einem Blick auf seinen Knöchel. »Angesichts Ihrer Verletzung halte ich lieber Wache.«

Unwillig gehorchte er ihrem Befehl.

Kurz darauf stand Ashley allein mit der Pistole in der einen und der Stablampe in der anderen Hand vor dem Eingang des Wurmlochs. Ihr Herz klopfte so laut, dass es sicherlich in der ganzen Höhle zu hören war. Komm, Ben, versetz mich nicht.

Aus der Tiefe des Wurmlochs rief Michaelson: »Ist schon etwas von Ben zu sehen?«

Ashley stand noch an der Öffnung. »Nein, kriechen Sie weiter. Ich sage Ihnen Bescheid, wenn ich etwas sehe.« Mittlerweile waren ihre Hände verschwitzt und die Pistole in ihrer Hand glitschig. Es waren bereits zehn Minuten seit Michaelsons Ankunft vergangen. Ben hätte längst hier sein müssen. In ihrer Fantasie malte sie sich die schrecklichsten Dinge aus, die ihm passiert sein konnten. Komm zurück, beschwor sie ihn.

Da sah sie von weitem eine weitere Laterne, die wild auf und ab hüpfte. Gott sei Dank, dachte sie und hob die eigene Lampe. Ben rannte in vollem Tempo auf sie zu. Er warf das Gewehr über die Schulter und scheuchte sie mit einer Handbewegung fort.

»Lauf!«, schrie er.

Hinter ihm tauchten zwei monströse Gestalten auf, die ihm mit riesigen Schritten näher kamen. Ihre Hälse schnellten vor und zurück, als sie ihr fliehendes Opfer mit gierigen Blicken verfolgten.

»Spring rein!«, brüllte er ihr zu.

In Panik drehte sie sich um, um zu gehorchen, hielt dann jedoch inne. Wie würde Ben ...? Sie wirbelte herum, schob die Pistole in den Gürtel, hob seinen Schlitten und rief ihm zu: »Fang!«

Sie schleuderte ihm den Schlitten entgegen und sah, dass er ihn aus der Luft fing. Was sie als Nächstes tat, kostete sie die größte Selbstüberwindung ihres Lebens. Sie drehte Ben den Rücken zu und sprang kopfüber ins Wurmloch.

Mit angehaltenem Atem schoss sie den Schacht hinunter. Kaum war sie in sicherer Entfernung, hielt sie an und schaute zurück. Aus diesem Winkel konnte sie erkennen, wie Ben auf den Eingang zurannte, die Schnauze einer Bestie genau hinter seiner Schulter. Schnell!

Er sprang auf die Öffnung zu, den Schlitten an die Brust gepresst. Ashley zuckte zusammen. Er würde die Öffnung verfehlen und gegen die Wand fliegen.

Stattdessen landete er mit einem lauten »Uff!« im Wurmloch und glitt sanft in den Tunnel.

Er hatte es geschafft! Sie löste die Fäuste und gab einen langen Seufzer von sich.

Als Ben mit ihr zusammenstieß, lächelte er sie an, angespannt und gleichzeitig erleichtert. »Na, ist das nicht schnuckelig?«

Sein kräftigen Hände umklammerten ihre Beine. Sie wünschte sich, dass diese Hände sich um sie legten und ganz fest hielten. Sie streckte den Arm nach ihm aus und drückte seine Hand.

Plötzlich erfüllte ein wütender Schrei das Wurmloch. Einer der Verfolger hatte den Kopf in den Tunnel gesteckt und schnappte mit weit aufgerissenem Maul nach ihnen.

Ben schubste sie vorwärts. »Wird Zeit, dass wir verduften.«

Ashley stieß sich mit den Händen ab und rollte vorwärts, als sie plötzlich einen entsetzten Schrei von Ben hörte. Sie schoss herum. Ben glitt in die entgegengesetzte Richtung zur Öffnung hin. Die Bestie hatte seinen Schuh gepackt und zerrte ihn rückwärts heraus. Ben trat ihr mit dem anderen Fuß immer wieder auf die Schnauze.

Ashley warf sich auf den Rücken, opferte dabei ihren Schlitten, der den Tunnel hinunterschlitterte, und zog ihre Pistole. »Leg dich flach auf den Boden, Ben! Runter!«

Ben sah die Mündung, presste sich auf den Boden und legte die Hände über den Kopf.

Sie hielt die Pistole mit beiden Händen fest und zielte. Über Bens Rücken hinweg visierte sie das Auge an und drückte ab. Der Schuss erzeugte im Tunnel einen ohrenbetäubenden Knall.

Unmittelbar danach ertönte ein gellender Schrei des Schmerzes. Im nächsten Moment rollte Ben wieder auf sie zu. Bevor sie sich's versah, berührte er mit seinem Mund den ihren. Sie pressten ihre Lippen aufeinander. Anscheinend selbst überrascht, zog er sich plötzlich zurück. Sie blinzelte ihn mit halb geöffnetem Mund an.

»Verdammt«, sagte er.

»Autsch!« Ben rutschte unter Ashley hin und her. »Du erdrückst mich.«

Auf Bens Rücken liegend, spürte sie unter sich die Bewegungen seiner Muskeln, während er den Schlitten vorwärtsbewegte. Die gegensätzlichsten Gefühle stritten in ihrem Inneren miteinander: taumelnde Erleichterung wegen ihres knappen Entkommens, Beklommenheit angesichts der Gefahren, die vor ihnen lagen, und aufsteigende Lust auf den Mann unter ihr. »Tut mir Leid«, sagte sie, rutschte zurück, legte ihren Kopf auf seine linke Schulter und ihre Hände an seine Taille. Sein Körper gab wie ein Ofen unablässig Hitze von sich. Ashley schloss die Augen und berührte mit ihrer Wange seinen Nacken.

»Ich sehe Licht vor uns«, sagte Ben.

Sie hob den Kopf, um nach vorn zu schauen. »Das sind die anderen. Ich habe ihnen gesagt, sie sollen im Tunnel bleiben.«

Sie rollten weiter. Michaelson war der Letzte in der Reihe. Er musste seinen massigen Körper verdrehen, um sich zu ihnen umzudrehen. Ehrliche Erleichterung stand ihm ins Gesicht geschrieben, was auf seltsame Weise rührend war.

»Gott sei Dank«, rief er, »haben Sie uns einen Schreck eingejagt. Zuerst der Schrei und die Schüsse, und dann noch Ihr Schlitten, der leer bei uns ankam.«

»Wir haben eine Fahrgemeinschaft gebildet.« Ben grinste. »Spart Sprit und ist umweltfreundlich.«

Ashley zwickte ihn in die Taille, und Ben verzog schmerzhaft das Gesicht. Sie reckte den Hals, um über Michaelson hinüberzuschauen. »Wie geht es Villanueva?«

»Immer noch groggy, aber stabil. Der Atem geht ruhig, der Puls ist gut.«

»Okay. Dann lasst uns hier eine Pause einlegen und versuchen, Kontakt mit Alpha aufzunehmen. Habt ihr Funkverbindung bekommen?«

Michaelson nickte. »Ich habe es schon versucht.«

»Und?«

»Nur statisches Rauschen.«

Sie runzelte die Stirn. Wenn sie keine Verbindungen bekamen und keine Hilfe rufen konnten ... »Vielleicht sind wir zu dicht von Felsen umgeben.«

»Nein, das dürfte keine Rolle spielen. Wir sind hier unten immer von Felsen umgeben.«

»Was ist dann der Grund? Ist das Funkgerät beschädigt?«

»Nein, es funktioniert tadellos, und die Funkzentrale der Basis ist rund um die Uhr besetzt. Dass keiner von denen geantwortet hat ...« Er suchte nach Worten.

»Was wollen Sie damit sagen?«

»Dort muss etwas sehr Schwerwiegendes vorgefallen sein.«

16

»Lauf«, rief Blakely und gab Jason einen Schubs, »in mein Büro.«

»Aber ...«

»Mach schnell!«

Blakely rannte zu seinem Büro, packte im Vorbeilaufen den Jungen am Arm und zog ihn mit sich. Jason war von der Aufregung immer noch benommen und wehrte sich glücklicherweise nicht dagegen.

Das laute Sirenengeheul machte es Blakely schwer, einen klaren Gedanken zu fassen. Männer und Frauen rannten in alle Richtungen. Tausende Suchscheinwerfer leuchteten in wilden Kurven über die Höhlendecke. Den Schüssen nach zu urteilen, erfolgte der Angriff auf die Basis von allen Seiten.

Blakely stürmte die Treppe zum Verwaltungsgebäude hoch. Jason stolperte hinter ihm her, der Gurt seiner Sporttasche hatte sich an seinen Fuß verfangen. Sie rannten durch die Tür, dann den Korridor hinab und in Blakelys Büro hinein.

Roland stopfte stapelweise Dokumente in eine Aktentasche. Ohne aufzublicken, sagte er: »Ich habe es schon gehört. Bin fast fertig.«

»Gut. Vergiss die Forschungsergebnisse in meiner Schreibtischschublade nicht. Diese Soldatenärsche sollen mir meinetwegen die Basis abnehmen, aber meine Arbeit bekommen sie nicht.«

»Was sollen die Sirenen?«, fragte Roland. »Was ist überhaupt los?«

Er fuhr sich mit der Hand durch sein dünnes Haar. »Der Alarm betrifft die ganze Basis. Ich habe das Gefühl …«

Eine gewaltige Explosion erschütterte das Gebäude. Jason drückte sein Sporttasche noch fester an sich. Tränen traten ihm in die Augen.

Roland sammelte die Dokumente nun schneller ein. »Das klang nach dem Munitionsdepot auf der Südseite.«

Blakely nickte. »Lassen Sie den Rest liegen. Wir verlassen das Gebäude.«

Er öffnete eine Schublade und nahm einen .45er Colt Automatik aus der Schublade. Er prüfte, ob er geladen war, und gab ihn Roland zusammen mit einem Ersatzmagazin. »Nehmen Sie ihn.«

Roland guckte, als hätte man ihm eine Giftschlange vor die Nase gehalten. Er schüttelte den Kopf.

Wieder erschütterte eine Explosion das Gebäude. Putz rieselte von der Decke.

Roland schnappte sich die Pistole.

Mit einem winzigen Schlüssel öffnete Blakely eine Schublade und holte eine abgesägte Flinte heraus. Krachend klappte er den Lauf nach unten. Zwei rote Patronen steckten in den Kammern. Blakely schnappte die Flinte zu.

Als er sich umdrehte, stolperte er über Jason. Bei dem Zusammenstoß verlor Jason die Fassung. »Meine ... Mama ...«, schluchzte er tränenerstickt.

Blakely ging auf die Knie und nahm den Jungen bei den Schultern. »Jason, ich möchte, dass du jetzt ganz stark bist. Wir rennen gleich zum Aufzug. Du sollst doch wieder heil nach oben kommen.«

Maschinengewehre feuerten nur wenige Meter entfernt.

»Wir müssen gehen«, sagte Roland und hielt die Aktentasche in der einen und den Colt in der anderen Hand. »Durch den Hinterausgang. Das ist der kürzere Weg zum Aufzug.«

»Gut«, sagte Blakely und stand auf, ließ aber eine Hand auf der Schulter des Jungen. »Gehen Sie vor. Ich halte uns den Rücken frei.«

Roland drehte sich herum und eilte zur Tür hinaus. Blakely und Jason folgten ihm dichtauf. Blakely hielt die Flinte mit beiden Händen.

Draußen hatten die Sirenen ihr Heulen eingestellt, aber um sie herum blitzte überall Gewehrfeuer auf. Bewaffnete Soldaten rannten in alle Richtungen. Zwei Männer mit einer Bahre, auf der sich eine verhüllte Gestalt wand, liefen auf dem Weg zum Krankenhaus an ihnen vorbei. Ein blutiger Arm rutschte unter dem Laken hervor und schleifte über den Boden.

Blakely schaute sich suchend unter den herumlaufenden Menschen um. Er wollte erfahren, was passiert war. Ein verwirrter Private stolperte gerade rückwärts um die Ecke und stieß mit ihnen zusammen. Er hatte seinen Helm verloren, und das Gewehr in seiner Hand zitterte. Blakely erkannte ihn an den roten Haaren und den Sommersprossen.

»Private Johnson«, sagte Blakely und gab seiner Stimme so viel Autorität wie möglich, »machen Sie Meldung.«

Johnson wirbelte herum. Ihm stand die Panik ins Gesicht geschrieben. Blut rann aus einer Stirnwunde. Er erinnerte sich mühsam an die militärischen Gepflogenheiten und nahm zitternd Haltung an. »Sir, die Sicherheitslinien der Basis sind durchbrochen worden. Sie sind aus allen Richtungen gekommen, aus allen Löchern und Tunnels geschlüpft. Mein ... mein Zug ist vernichtet. Ausgelöscht.« Während er Bericht erstattete, wurden seine Augen größer und glasiger. Er zitterte immer heftiger.

»Wer, Private? Wer greift an?«

Der Irrsinn stand in seinen Augen, als er hervorplatzte: »Sie ... da kommen sie. Wir müssen hier raus.«

»*Wer?*« Blakely wollte den Mann bei der Schulter packen, doch der Private schreckte zurück und rannte fort.

»Der Aufzug liegt südlich von uns. Wenn wir ihn verloren haben, dann ...«, warf Roland ein.

»Es ist die einzige Möglichkeit, hier rauszukommen«, murmelte Blakely. »Wir müssen es versuchen und die schlimmsten Kämpfe vermeiden.«

Roland nickte. Jason blieb dicht an seiner Seite.

Vorsichtig gingen sie voran und machten einen Bogen um alle Schießereien. Als sie um eine dunkle Nissenhütte schlichen, stieß Blakely mit Roland zusammen, der unvermittelt stehen geblieben war. Blakely folgte Rolands Fingerzeig und schaute vorsichtig um die Ecke.

Zwischen den beiden Gebäuden nebenan lagen vier zerfetzte Torsos, abgerissene Arme und Beine, Eingeweide, verteilt wie Luftschlangen. Plötzlich bewegte sich einer der Torsos und wurde von unsichtbarer Hand in eine dunkle Gasse gezerrt.

Blakely unterdrückte einen Schrei, als auch an ihm etwas zerrte. Aber es war nur die Hand seines Assistenten, die ihn in Deckung zog. Da brach nur mehrere Meter von ihnen entfernt ein wildes, unmenschliches Geheul aus. Ein weiterer Schrei ertönte hinter ihnen, ganz in der Nähe.

Roland versuchte, die Tür zur Hütte zu öffnen. Die verrosteten Scharniere quietschten, als sie aufging. Sie huschten hinein und hofften, dass niemand das Geräusch gehört hatte. Blakely schloss die Tür so leise, wie es die Scharniere erlaubten. Dann schob er den Riegel vor. Finsternis umgab sie. Er machte eine kleine Taschenlampe an, die an seiner Schlüsselkette befestigt war. Sie gab nur schwaches Licht von sich. Im Dämmerlicht konnte er Kisten erkennen, die in parallelen Reihen gestapelt waren. Die dichten Stapel reichten vom Boden bis zur Decke. Keine Nische, keine Ecke, wo man sich verstecken konnte. Aber auf der anderen Seite der Nissenhütte musste ein Ausgang sein.

Blakely wies mit der Lampe ans andere Ende der Hütte. »Die Stapel entlang! Zur Tür ...«

Ein gewaltiger Knall ertönte, als etwas Schweres die Tür traf, gefolgt von protestierendem Gebrüll. Wieder knallte etwas gegen die Tür. Dieses Mal verbog sich der Rahmen, und Metall knirschte – aber der Riegel hielt.

»Noch einen Treffer hält sie nicht aus!«, übertönte Blakely den Lärm. »Lauft!«

Roland sprintete los. Blakely packte Jasons Hand und zog den Jungen mit sich, während er die Kistenstapel entlanglief.

Ein dritter Knall hallte durch die Versorgungshütte. Metall knirschte, dann strömte Licht in den Raum. Blakely hielt den Atem an, als etwas Großes in die Hütte eindrang und das Licht der Straßenlaterne kurz verdeckte und das Innere wieder in Dunkelheit tauchte.

Als Erstes nahm er den Gestank wahr. Verwesung und Leichenhaus. Dann die Geräusche. Kratzen und Schaben. Diese Schritte hatte er bestimmt noch nirgendwo gehört. Im nächsten Moment brach es durch die benachbarte Kistenreihe und fauchte, als es im Nachbargang durch die Hütte lief.

Nahezu panisch riss er Jason vorwärts, der aufschrie und stolperte. Bevor Jason zu Boden fiel, bekam Blakely ein Stück von seinem Hemd zu fassen und zog das Kind wieder hoch. Aber es war zu spät ...

Der Stapel Kisten genau hinter ihm stürzte zusammen, und ein wütender Schrei ertönte. Die Kisten wurden wie Bauklötze zur Seite geschleudert. In wenigen Sekunden wäre es bei ihnen. Vor sich sah er Roland, der die Tür fast erreicht hatte. Blakely schnappte sich Jason und wollte loslaufen, doch seine alten Knie konnten das Gewicht des Jungen nicht tragen. Jeder Atemzug brannte in seiner Brust.

Jason schien das zu spüren und zappelte herum. »Lassen Sie mich runter, ich kann laufen.«

Blakely fehlte die Puste, um sich zu streiten. Er ließ den Jungen los. Jason rannte wie ein Kaninchen. Kaum berührten seine Füße den Boden, war er auf und davon.

Blakely wollte hinter ihm herlaufen, als eine fallende Kiste ihn nach vorn stieß und seine Beine unter sich begrub. Er schrie laut auf, als er auf dem Boden aufschlug. Mit seinen Armen versuchte er, sich aufzurichten; fieberhaft zog er an seinen Beinen. Mehrere Meter weiter war Jason stehen geblieben und hatte sich umgedreht. Der Junge ging einen Schritt auf ihn zu.

»Nein«, schrie er, »lauf, ich komme nach!«

Plötzlich splitterte Holz und die Schnauze eines Reptils schoss durch die Kisten in den Gang, genau zwischen Jason und Blakely. Es fauchte und renkte sich den Hals aus nach Blakelys Taschenlampe. Mit seinen mächtigen Schultern versuchte es, weiter durch den Kistenstapel zu dringen. Blakely wollte nach seiner Flinte greifen, doch die war außer Reichweite. Als die Bestie nach ihm schnappte, drehte er sich zur Seite, so weit es ging. Er entkam ihr nur knapp.

Die Schnauze stieß gegen seine Schulter, verfehlte ihn jedoch. Mit dem Kopf stieß sie die Kiste von seinen Beinen. Ohne zu zögern, rollte Blakely zur Seite. Instinktiv wollte er sich zwischen die Kisten zwängen, aber die wichen nicht von der Stelle. In der Falle! Nun konnte er nur noch mit einem verzweifelten Sprint den anderen hinterherlaufen.

Die Bestie knurrte und fauchte und holte zu einem zweiten Angriff aus. Als sie den Hals gerade vorstoßen wollte, sprang Jason vor ihre Nase und wirbelte seinen Sportbeutel im Kreis.

Verblüfft erstarrte die Bestie.

Mit aller Kraft schleuderte der Junge den Beutel nach vorn und verpasste ihr einen kräftigen Schlag auf die Nase. Von der Wucht des Aufpralls flog ihr Kopf zurück.

Blakely wartete keine Sekunde. »Lauf!« Sein Herz pumpte Adrenalin in seinen Körper und befeuerte seine Panik. Er schoss vorwärts, packte seine Flinte und stürmte den Gang hinunter. Jason, beweglich wie ein Äffchen, raste voraus. Hinter ihnen tobte die Bestie und versuchte, sich von den Kisten zu befreien. Blakely lief und lief, ohne die Anstrengung wahrzunehmen, die Augen nach vorn gerichtet.

Vor ihm zuckte ein Lichtblitz auf.

Roland hatte den anderen Ausgang erreicht. Blakely sah seine Silhouette in der offenen Tür, er winkte sie zu sich. »Schnell«, rief Roland, »es kommt näher!«

Blakely versuchte, schneller zu laufen, doch seine Beine gaben nach, und er fiel auf die Knie. Der Lärm stürzender Kisten näherte sich. Benommen kam Blakely wieder auf die Beine. Ein plötzlicher Schmerz, heiß wie Feuer, explodierte in seiner Brust und schoss seinen linken Arm hinunter. Sein Herz.

Der Raum kippte ... die Finsternis drohte, ihn zu verschlucken ...

Plötzlich war Roland da und hielt ihn fest. Blakely ließ sich von ihm ziehen. Er wusste, dass er protestieren und darauf bestehen sollte, selbst zu gehen. Aber er war zu schwach, um auch nur einen Laut von sich zu geben. Zusammen stolperten sie durch die Tür hinaus.

Hinter ihnen trat Jason die Tür zu.

Während sie forthumpelten, hörten sie ein wütendes Brüllen aus der Nissenhütte. Die Klauen der Bestie zerfurchten das Metall, als sie nach ihnen schlug.

Blakely hob die zitternde Hand und zeigte nach vorn. »Der Lärm lockt noch mehr von ihnen an.«

Eilig liefen sie ins Camp hinein. Sie hatten die Hoffnung, den Aufzug zu erreichen, längst aufgegeben. Sporadisch explodierten Gewehrsalven um sie herum. Rauchfetzen wehten durch die Höhle. Am Nordende brannte es, die Flammen schlugen bis zur Decke. Sie stolperten durchs Lager und gingen beim kleinsten Geräusch in Deckung.

Als sie sich in einem Eingang versteckt hatten, sprach Roland zum ersten Mal seit ihrer Flucht aus der Hütte. »Wo sollen wir hin? Sie greifen uns aus allen Richtungen an.«

»Nein«, flüsterte Blakely mit rauer Stimme, »sie greifen nur von der Landseite aus an.« Mit pfeifendem Atem zeigte er in Richtung See.

Sein Assistent nickte. »Dort sind wir vielleicht sicherer. Wenn wir ein Boot finden könnten und aufs Wasser ...«

Jason meldete sich zu Wort: »Was machen wir, wenn sie schwimmen können?«

Blakely machte einen bemühten Scherz: »Dann besorgen wir uns ein Schnellboot. Los jetzt.« Er stieß sich von der Schwelle hoch. Das langsame Tempo, in dem sie die Basis durchquert hatten, hatte ihm gut getan, so dass er nun allein gehen konnte. Roland ging voraus, während er und der Junge ihm folgten. Mit ein bisschen Glück ...

Da stürmte plötzlich eine der Bestien um die Ecke und blockierte nur zwei Meter vor ihnen in den Weg. Es war eine kleinere, muskelbepackt und zernarbt wie ein Zuhälter. Sie bäumte sich auf, fuhr ihre Stacheln aus und fauchte sie an.

Blakely hob die Flinte und feuerte blindlings. Das Biest heulte auf und taumelte einen Schritt zurück. Der Schuss hatte eine blutige Furche seiner ihrer linken Flanke hinterlassen. Roland feuerte ebenfalls und traf den rechten Arm, der in Fetzen davonflog.

»Los!«, schrie Roland und packte Jason bei der Schulter und Blakely am Arm. Er schubste sie in eine enge Gasse zwischen dem Kasino und dem Wohnheim. »Lauft!«

Während Blakely davonstolperte, hörte er, dass Roland mit der Pistole mehrmals hintereinander feuerte. Es ertönte ein lautes Krachen, und Holz splitterte. Dann Stille.

Im nächsten Augenblick war Roland wieder an seiner Seite und legte den Arm fest um Blakely, damit sie schneller vorankamen. »Ich habe es zu Fall gebracht, aber es kommt gleich wieder hoch ...«

Wutgebrüll holte sie von hinten ein.

»Hier rein«, stieß Blakely keuchend hervor und zeigte auf das Wohnheim.

»Wenn es uns folgt und dort eindringt, stecken wir wieder in der Falle.«

»Nein, kommt mit.« Blakely ging ins Wohnheim voran,

in dem es leer und still war, bis auf ein Radio, das krächzend einen alten Schlager von sich gab. »Hier entlang.« Während er durch den Freizeitraum humpelte, bedeutete er ihnen, ihm zu folgen.

Ein Billardtisch mit zerrissenem Bezug stand einsam da, ein Queue lehnte dagegen, als wäre der Spieler eben hinausgegangen, um eine Zigarette zu rauchen. In der Ecke blinkte und dudelte ein Flipper.

»Wohin gehen wir?«, fragte Roland.

»Kfz-Depot … Fahrzeug besorgen.« Blakely nickte in Richtung des nächsten Korridors.

Roland nickte. »Kommt.«

Hinter ihnen platzte ein Fenster, Glassplitter spritzten in alle Richtungen. Aus etlichen Wunden blutend, landete die Bestie mit einem dumpfen Geräusch in dem Raum. Der verschlissene Billardtisch stand ihr im Weg und lenkte sie ab. Das verschaffte ihnen die nötigen Sekunden, um in den Korridor zu gelangen. Die Bestie attackierte den Tisch wie eine verwundete Beute und zerriss ihn mit Klauen und Zähnen.

»Hier hindurch«, flüsterte Blakely und stieß eine Seitentür auf. Die Garage stank nach verbranntem Öl und vergossenem Benzin. Der Lichtstrahl seiner winzigen Taschenlampe ging überall ins Leere. Auf dem letzten Stellplatz entdeckte er plötzlich einen einsamen Ford Bronco. Einer der wenigen normalen Lastwagen, die seit der Einführung der elektrischen Maultiere übrig geblieben waren. Gott sei Dank! Vielleicht hatten sie noch eine Chance.

Roland schob ihn im Dunkeln vorwärts.

Doch als Blakely auf den Boden schaute, durchfuhr ihn ein Schreck. Kein Reifen! Die linke Vorderradfelge war leer. Kein Wunder, dass der Wagen noch hier stand. Er versuchte zu protestieren, doch Roland schmiss ihn beinahe in den Wagen. Resigniert ließ er sich in den Sitz fallen, als Jason schon auf den Rücksitz flog. Glücklicherweise steckte der Schlüssel im Zündschloss.

»Macht euch auf eine holprige Fahrt gefasst«, sagte Roland, als er per Fernsteuerung das Garagentor öffnete. »Schnallt euch an.« Das Metalltor der Garage bewegte sich klappernd nach oben – viel zu langsam. Alle hielten den Atem an, während das Tor sich höher bewegte und die Außenbeleuchtung sichtbar wurde. Der Luft schien rein zu sein.

»Das Motorengeräusch«, sagte Roland und startete den Motor, »wird sie magnetisch anziehen.« Er legte den ersten Gang ein, trat aufs Gas und beförderte den Bronco nach vorn. Die leere Felgte sprühte blaue Funken, als das Metall sich in den Stein fräste.

Gerade als sie das Wohnheim hinter sich lassen wollten, sprang die Bestie durch eine Tür und mit einem durchdringenden Schrei auf den Lastwagen. Sogar verwundet fiel sie noch über sie her.

Jason schreckte vom Fenster zurück, als die spitzen Zähne nach ihm schnappten. Die Krallen kratzten den Lack von der Tür. »Fahren Sie doch!«, schrie der Junge.

Roland legte den zweiten Gang ein und trat das Gaspedal durch. Der Bronco schien für einen Moment stehen zu bleiben, so dass ein Schlag der Bestie die Windschutzscheibe traf und ein Spinnennetz aus Rissen entstand. Als ob er dadurch angespornt worden wäre, schoss der Wagen vorwärts und entkam.

Über das Motorengeräusch hinweg hörten sie das wütende Gebrüll, das aber bald hinter ihnen zurückblieb.

Der Bronco holperte zwischen den Gebäuden, Zelten und Baracken her. Hier und dort sahen sie in der Entfernung das aschfahle Gesicht eines von Panik erfüllten, versprengten Soldaten, der aus seiner Deckung lugte.

Roland fummelte am Funkgerät herum und versuchte,

jemanden zu erreichen, empfing aber nur statisches Rauschen. Gerade als sie über die Brücke auf die Nordseite rollten, explodierte ein Granatensperrfeuer irgendwo vor ihnen, nahe dem Rand der Basis.

»Klingt so, als ob sich die Truppen neu formiert hätten«, sagte Roland mit hoffnungsvollem Klang in der Stimme. »Sie gehen jetzt mit gemeinsamer Anstrengung vor. Vielleicht können sie die Basis zurückerobern.«

»Vielleicht«, sagte Blakely, dessen Brust schmerzte. »Aber wir gehen jetzt kein Risiko ein. Das Wasser ist immer noch die beste Chance.«

Roland zeigte nach vorn. »Wir werden verdammt nah am Kampfgeschehen vorbeikommen. Vielleicht sollten wir uns auf den Boden des Wagens legen. Das könnte etwas sicherer …«

Der Bronco rumpelte um die Ecke und kollidierte beinahe mit einem Fahrzeug, das auf der Seite lag. Die Türen waren abgerissen, das Dach zerfetzt. Ein abgetrennter Arm lag neben dem Auto und hielt noch eine Pistole umklammert.

»Vergesst es«, sagte Roland.

Blakely biss die Zähne zusammen, als sie langsam um das Wrack herumfuhren. Wie bei einem blutigen Verkehrsunfall konnte Blakely den Blick nicht abwenden. Durch das zerrissene Metall hindurch sah er, dass das Innere mit blutigen Fleischfetzen besudelt war. Er riss den Kopf herum, um das Blutbad nicht mehr sehen zu müssen. Seine Kiefer schmerzten.

Als er sich auf die Lichtkegel der Frontscheinwerfer konzentrierte, sprang eine Bestie direkt vor den Wagen und schnitt ihnen den Weg ab. Diese war riesig, so groß wie ein Elefantenbulle, doppelt so groß wie alle, die sie bisher zu Gesicht bekommen hatten. Die Beine, mächtig wie Baumstämme, liefen in sichelförmigen Krallen aus, die Kiefer hätten ein Kalb mit einem Bissen zermalmen können.

Roland riss den Kopf herum, um zurückzusetzen, und suchte mit dem Schaltknüppel den Rückwärtsgang.

Jason saß auf dem Rücksitz und starrte nach vorn. »Weg, weg, weg ...«, murmelte er.

Mit einem Knirschen, das durch Mark und Bein ging, legte Roland den Rückwärtsgang ein, aber ein zweites Monster stellte sich hinter sie und setzte sie fest. Beide Biester senkten ihre Köpfe, brüllten den Bronco an, peitschten mit ihren Schwänzen und bereiteten sich auf den Angriff vor.

»Zum Teufel!«, fluchte Roland, als er in den ersten Gang schaltete. Beide Bestien machten den Eindruck, als könnten sie den Wagen wie ein Matchbox-Auto hochheben und einander zuwerfen. Roland stemmte sich gegen das Lenkrad.

Blakely atmete panisch, seine Brust schmerzte.

Plötzlich ruckte der Bronco vorwärts. Es sah so aus, als käme Roland an der Bestie vor ihnen vorbei, aber Blakely ahnte, dass es ihm nicht gelingen würde. Die verfluchten Viecher waren einfach zu groß und zu schnell.

Jason stieß einen Schrei aus, als Roland auf die Bestie zufuhr. Kurz vor dem Aufprall riss er das Lenkrad rechts herum, fräste die leere Felge über ihre Zehen und zermalmte das Fleisch zwischen dem scharfen Metall und dem harten Felsen.

Die Bestie schoss hoch, ihr Hals spannte sich wie die Sehne eines Bogens, und sie brüllte vor Schmerz auf. Sie riss die zerfetzte Klaue unter dem Rad hervor und kippte den Bronco beinahe um. Eine Sekunde lang balancierte der Wagen auf zwei Rädern und krachte dann auf alle vier zurück.

Roland ließ keine Sekunde verstreichen. Er schoss an der verletzten Bestie vorbei. Der Schmerz hatte sie in schäumende Wut versetzt. Sie griff den Laster an, rammte ihn mit voller Wucht, schleifte ihn einen Meter nach rechts und stieß ihn fast in eine Baracke.

Roland kämpfte mit dem Steuer und versuchte, weiter geradeaus zu fahren. Einen unerträglichen Augenblick später war der Bronco der tobenden Bestie entkommen. Die Bestie stieß ein wütendes Gebrüll aus, doch durch ihre Verletzung konnte sie die Verfolgung nicht aufnehmen. Bald schon war das zornige Geschrei hinter ihnen verklungen.

Während sie auf den See zufuhren, näherten sie sich dem Schauplatz der Kämpfe, und Roland musste abbremsen. Durch die Explosionen und das Gewehrfeuer war der Rauch so dicht, dass die Scheinwerfer die Dunkelheit nur wenige Meter weit durchdringen konnten.

»Fahren wir in die richtige Richtung?«, fragte Roland.

»Ich glaube schon.« Blakely beugte sich nach vorn und berührte mit der Nase beinahe die Windschutzscheibe. Er konnte kaum unterscheiden, ob die miserable Sicht durch den Rauch oder sein schlechtes Augenlicht verursacht wurde. »Wenn wir uns rechts vom Inferno halten, sollten wir geradewegs auf den See treffen.«

Blakely warf einen Blick in den Rückspiegel. Jason saß regungslos und angeschnallt in seinem Sitz. »Alles klar bei dir, Jason?«

Der Junge sagte nichts. Nur seine Augen bewegten sich und trafen Blakelys Blick im Rückspiegel. »Scheiß Sommer«, sagte er und hielt seine Sporttasche fest.

Stimmt, dachte Blakely. Er nickte dem Jungen zu und konzentrierte sich wieder auf den Weg.

Eine plötzliche Bö vertrieb den Rauch vor ihnen und gab den Blick frei. Blakely richtete sich auf. Kurz bevor der Rauch die Sicht wieder verdeckte, sah er ihn.

Wellen. Der See! Sie hatten es geschafft.

Roland hatte ihn auch gesehen. Ein gewaltiger Ruck riss sie alle mehrere Zentimeter aus ihren Sitzen.

»Ich hoffe, Sie können mit dem Boot besser umgehen als mit dem Ford«, witzelte Blakely.

Plötzlich stieß der Bronco links mit etwas zusammen. Das Lenkrad wirbelte unkontrolliert herum.

»Festhalten!« Roland schaffte es noch, die Warnung auszustoßen, als der Wagen auch schon ein Gebäude streifte und einen Laternenpfahl überfuhr.

Blakelys Gurt schnitt ihm in die Schulter, als der Aufprall ihn zur Seite schleuderte. Er knallte gegen die Tür und stöhnte, als er die Schramme an seinem Kopf fühlte.

Roland löste seinen Sicherheitsgurt und reichte ihm die Hand. »Alles in Ordnung?«

»Was haben Sie überfahren?«, fragte Blakely.

Hinter ihnen schrie Jason: »Achtung!« Er hatte sich bereits losgeschnallt und kletterte über den Vordersitz zu ihnen herüber.

Plötzlich flog das hintere Fenster splitternd nach innen und eine Krokodilschnauze stieß hindurch. Die Kunststoffschicht der Sicherheitsverglasung hielt die Scheibe noch zusammen und hüllte die Schnauze ein. Die Bestie versuchte, sie zu durchstoßen.

»Raus!«, befahl Roland. »Rennt zum Wasser.«

Roland zerrte Jason hinter sich her. Blakely kletterte über den Fahrersitz und ließ sich aus dem Bronco herausfallen.

Rauch umgab sie, während sie zum Wasser liefen. Blakely hoffte verzweifelt, dass er sich nicht geirrt hatte und das Dock in der Nähe lag. Als er zurückblickte, sah er, wie sich die Bestie zu befreien versuchte und zornig brüllte. Wenn sie sich erst einmal befreit hätte, wäre sie in wenigen Sekunden bei ihnen.

Er blieb stehen.

Roland drehte sich um. »Was tun Sie?«

»Laufen Sie weiter. Nehmen Sie den Jungen. Ich halte das Vieh auf.«

»Sind Sie wahnsinnig? Sie sind dazu nicht in der Lage.«

Roland stieß den Jungen zu ihm. »Nehmen Sie Jason. Ich kann Sie wieder einholen. Geben Sie mir Ihre Flinte.«

Blakely zögerte. Er könnte seinem Assistenten einen Befehl geben …

Roland riss ihm das Gewehr aus der Hand und richtete es auf Blakely. »Los jetzt!«

Blakely wusste, dass er nicht schießen würde, aber mit Streiten würden sie nur Zeit verlieren. Die Bestie brüllte jetzt in einem anderen Ton. Sie hatte sich befreit. »Wir starten den Motor schon mal.«

Blakely stolperte hinter Jason her. Hinter ihnen zerriss ein Schuss die Luft. Er hatte Angst um seinen Freund.

Jason lief einige Schritte vor ihm her. »Ich sehe es!«

Die Lichter des Docks schimmerten in der rauchigen Luft. Gott sei Dank. Im nächsten Moment erklangen ihre lauten Schritte auf den hölzernen Planken des Piers.

In der Ferne hörten sie Schüsse.

Zu ihrer Linken war ein grünes Zodiac-Pontonboot mit zwei Leinen festgemacht.

»Spring hinein«, keuchte er, doch der Junge war schon auf dem Boot. »Ich lasse jetzt den Motor an. Bleib bitte nahe beim Seil. Wenn ich ›Zieh!‹ rufe, dann reißt du die Leine los.«

»Ich weiß«, sagte Jason und blickte zurück zum Dock.

Blakely zog den Anlasser. Der Motor spotzte, startete jedoch nicht. Er riss wieder an der Schnur. Dasselbe. Mist.

»Da kommt Roland!«

Blakely schaute auf. Roland sprintete auf sie zu, durch den Rauch kaum zu sehen. Wieder zog Blakely an der Schnur. Diesmal ging der Motor beinahe an und stotterte länger, bevor das Geräusch erstarb. Blakely betete, als er sah, dass Roland auf sie zugerannt kam.

Wie durch einen Vorhang schob sich der Kopf der Bestie

aus dem Rauch und schnappte nach Rolands Schulter. Roland wurde durch die Luft geschleudert. Die Wucht beförderte ihn bis ans Ende des Docks. Er landete neben dem Boot, das Brechen von Knochen war unüberhörbar, als er auf den Planken aufschlug. In dicken Strömen floss Blut aus seiner Schulter.

Blakely reckte sich über den Bootsrand, um ihn ins Boot zu ziehen.

Die Bestie war am Rand des Docks stehen geblieben und betrachtete das Wasser misstrauisch.

Roland floss Blut aus dem Mund. Er versuchte aufzustehen, fiel jedoch vornüber. Er blickte Blakely an und schüttelte den Kopf. Mit dem heilen Arm löste er die zweite Leine. Das Boot trieb vom Pier fort.

»Fahrt«, rief er Blut spuckend. Mit letzter Kraft zog er sich einen Ring vom Finger seiner linken Hand und warf ihn ins Boot.

Blakely fing ihn auf und erkannte, dass es der Ring von Rolands Partner in Seattle war.

»Sagen Sie Eric, dass ich ihn liebe.« Roland zog die Pistole aus dem Gürtel, als die Bestie vorsichtig eine Pranke auf das Dock setzte.

Blakely riss an der Anlasserschnur, und der Motor startete mit einem rasselnden Jaulen. Er drehte die Benzinversorgung auf, der Bug des Bootes richtete sich auf, und das Boot schoss vom Dock weg. Er beobachtete, wie die Bestie sich an Roland heranpirschte und ihn anfauchte.

Roland versuchte, die Pistole ruhig zu halten, doch die Kräfte verließen ihn mehr und mehr. Seinen ersten Schuss feuerte er blindlings ab. Die Bestie war jetzt über ihm. Roland richtete die Pistole auf die eigene Stirn.

Blakely schaute weg.

Ein Schuss fiel. Das Echo schallte über den See.

Als Blakely wieder aufschaute, hatte sich der Rauch zwischen das Boot und das Dock geschoben. Nur an einem fernen Glimmen konnte man die Basis noch erkennen.

Enttäuschtes Gebrüll erklang plötzlich über das Wasser. Die Beute hatte die Bestie um den Mord gebracht.

17

»Was meinst du mit ›Linda ist weg‹?«, fragte Ashley und schaute vom Funkgerät auf. Auch sie konnte niemanden erreichen. »Wieso können die Leute nicht da bleiben, wo sie hingehören? Ich habe befohlen, dass alle im Tunnel bleiben.«

Michaelson verstaute das Funkgerät und wies hinter sich. »Es tut mir Leid. Ich hatte mich nur für eine Sekunde umgedreht, und da waren Linda und Khalid fort. Der Ausgang des Tunnels befindet sich weitere hundert Meter vor uns.«

Ben meldete sich zu Wort: »Es ist ihre Klaustrophobie. Hier drin ist es ihr zu eng.«

»Wenn ihr mich fragt, ist es im Bauch einer dieser verfluchten Bestien weitaus enger.«

»Khalid hat bereits die nächste Höhle ausgekundschaftet«, sagte Michaelson. »Ich habe sie noch nicht gesehen, aber er hat gesagt, sie sei sicher. Dort befindet sich nur der Zugang zu einem zweiten Wurmloch. Viel zu klein für die Bestien.«

»Schön«, sagte Ashley, »aber was ist mit anderen Raubtieren? Vielleicht leben hier auch welche, die in die Wurmlöcher reinpassen.«

Michaelson zuckte mit den Achseln.

»In Ordnung. Brechen wir auf. Aber bleibt beisammen.« Sie half Michaelson, den schlafenden Villanueva zu tragen.

Er stöhnte, während sie ihn bewegten. Verschwitzt, aber fieberfrei. Auch er brauchte so schnell wie möglich Hilfe. Verfluchtes Funkgerät!

Michaelson bewegte sich rückwärts durch den Tunnel und zog Villanueva hinter sich her. Ashley schob von hinten. Ihre Knie waren wund, als sie endlich das Licht des Ausgangs sah. Ben kam als Letzter und schleppte die Rucksäcke. Mit einem letzten Ruck zogen sie den SEAL aus dem Tunnel. Ashley stolperte hinterher – in ein Wunder der Natur hinein.

»Heiliger Strohsack!«, rief Ben, als er aus dem Tunnel krabbelte. »Ich bin tot und im Himmel.«

Ashley war sprachlos. Vor ihnen lag eine Höhle von der Größe eines kleinen Ballsaals. Beinahe gemütlich. Irisierende Kristalle, manche so groß wie ein Daumennagel, andere so groß wie reife Wassermelonen, bildeten eine Kruste auf Wänden und Boden und reflektierten das Licht der Stablampen, als sprühten sie Funken. Überall brach sich das Licht in allen Spektralfarben. Mit offenem Mund stakste Ashley vorsichtig über den unebenen Boden zur Mitte der Höhle hin.

»Weißt du, was das ist?«, fragte Ben und nahm ihre Hand.

Sie schüttelte den Kopf. Linda und Khalid hockten wenige Meter entfernt, die Köpfe zusammengesteckt, und untersuchten einen der größeren Kristalle.

»Wir sind in einer gigantischen Geode«, sagte Ben.

»Was ist das«, fragte sie, nur halb interessiert, und konnte den Blick von dieser natürlichen Pracht nicht abwenden.

»So etwas hast du schon gesehen. Kennst du nicht die hohlen, aufgeschnittenen Steine aus den Ökoläden, deren Innenseite mit hellen Quartz- oder violetten Amethystkristallen besetzt ist? Sie entstehen hauptsächlich in Vulkanen und werden gewöhnlich bei Eruptionen hinausgeschleudert.«

»Doch, die kenne ich. Die sind aber selten größer als Handbälle.«

»Ich weiß.« Mit einer Handbewegung umriss er die ganze Höhle. »So etwas ist noch nie entdeckt worden. Aber zum Teufel, wir befinden uns ja auch unterhalb eines aktiven Vulkans.«

Sie schaute ihm ins Gesicht, das in diesem Licht rötlich schimmerte. Ihr fiel sein kantiges Kinn auf, als er zur Decke starrte. Seine Aufregung war ansteckend. Sie drückte seinen Arm. Michaelson kam auf sie zu und unterbrach sie. »Wenn das Quarz sein sollte, ist es möglich, dass es in diesen Mengen die Funkverbindung unmöglich macht. Allerdings glaube ich nicht daran.«

Daran hatte sie nicht gedacht. Sie schöpfte Hoffnung. Vielleicht ...

Khalid rief: »Es ist kein Quarz.«

»Was?«, fragte sie, überrascht über seinen Einwurf. Er war doch sonst so wortkarg. »Was ist es dann?«

»Es ist Diamant.«

Ben lachte. »Klar doch.«

»Wer ist der Geologe hier? Schau dir einmal den Brechungswinkel der Kristallstruktur an. Es ist Diamant.«

Wie vom Donner gerührt, blickte jeder auf die Steinmassen um sie herum. Khalid amüsierte ihre Überraschung.

Linda hielt einen Diamantklumpen von der Größe eines Basketballs in die Höhe. »Mein Gott!«

Ashley dachte an die Diamantstatue. Wie viele dieser Höhlen mochte es hier unten geben? Unermessliche Reichtümer ...

Ihre Begeisterung wurde durch aufkommende Besorgnis gebremst. Sie schüttelte den Kopf und ließ Bens Hand los. »Bevor ihr anfangt, eure Reichtümer zu zählen, möchte ich euch daran erinnern, dass wir hier raus müssen. Michaelson, versuchen Sie noch einmal, jemanden über Funk zu erreichen. Die anderen bauen das Nachtlager auf.«

Kaum hatte sie die Anweisungen gegeben, spürte sie plötzlich ihre Erschöpfung. Jeder Muskel brannte. Jeder Quadratzentimeter Haut war zerschunden. Ihr schien es, als wären sie schon seit Tagen ununterbrochen auf den Beinen. Sie schaute auf ihre Armbanduhr. Nach Mitternacht.

»Immer noch keine Reaktion«, sagte Michaelson und schaltete das Funkgerät aus.

Ben saß auf der Luftmatratze, die er gerade ausgebreitet hatte, und hatte den GPS-Empfänger geöffnet. »Der funktioniert auch nicht. Vielleicht liegt Michaelson richtig mit den Interferenzen. Mein Empfänger verwendet zur Orientierung ein Funksignal der Basis als stationären Bezugspunkt.« Er klappte den Empfänger zu. »Das verdammte Teil sucht und sucht, kann aber das Signal nicht auffangen.«

Sie nickte, vor Erschöpfung und Sorge um Jason unfähig, klar zu denken. »Vielleicht hat die Basis gerade Probleme mit der Stromversorgung oder so etwas. Versuchen wir es morgen früh noch einmal«, sagte sie und rieb sich die Augen. Vor ihrem geistigen Auge sah sie immer wieder Jasons Gesicht. Wenn sie noch länger an ihn dächte, kämen ihr die Tränen. Sie konnten sowieso nichts tun. Morgen wäre früh genug.

Ben kam zu ihr. Er hatte ihre Luftmatratze aufgepumpt. »Ihr Bett wartet.« Er vollführte eine elegante Verbeugung.

Sie nahm die Matratze mit einem müden Lächeln. »Danke, Ben.«

»Da drüben habe ich relativ flachen Untergrund gefunden, gerade groß genug für zwei.« Ein Schmunzeln spielte um seine Mundwinkel. Die Einladung war deutlich.

Ashley ging zu der Stelle hinüber und legte ihre Matratze hin. Sein Lächeln wurde mit jedem ihrer Schritte breiter. »Wer übernimmt die erste Wache?«, fragte sie.

»Wache?«, sagte Ben.

Sie nickte. »Wir befinden uns hier auf unerschlossenem Territorium. Fleisch fressende Schnecken, Haie von der Größe eines Wals, und nun Beuteltiere als Raubtiere. Wissen wir, was sonst noch da draußen lauert? Für alle Fälle muss jemand Wache halten ... Wir wechseln uns ab.«

Michaelson meldete sich zu Wort. »Ich übernehme die erste Wache, aber da es zwei Eingänge zur Höhle gibt, rate ich, zwei Leute pro Schicht einzuteilen.«

»Gute Idee. Wer bestreitet freiwillig mit Michaelson die erste Schicht?« Sie starrte Ben mitten in die Augen.

Er leistete nur wenige Augenblicke lang Widerstand, dann seufzte er und hob die Hand. »O Mann, ich merke schon, jetzt weht wieder ein anderer Wind.«

Nachdem sie einen Plan aufgestellt hatten, zogen sich diejenigen, die nicht Wache hielten, zu ihren Betten zurück. Ashley kuschelte sich an ihre Matratze wie in die Arme eines Liebhabers. Bald waren alle Lampen bis auf eine einzige Stablampe ausgeschaltet. Ashley wartete darauf, von der Finsternis verschluckt zu werden. Die Augen fielen ihr langsam zu. Was zum ...? Sie richtete sich auf. Die Höhle wurde nicht dunkel, sie leuchtete.

Ben stand auf. »Heiliger Strohsack, jetzt können wir Batterien sparen.«

Linda erhob sich. »Es kommt aus der Wand«, sagte die Biologin und blickte sich um. Sie kroch zu einer Wand hinüber, wo ein Stück Diamant herabgefallen war. Mit einer Messerklinge kratzte sie etwas ab, untersuchte das Gestein und wandte sich den anderen mit erhobenem Messer zu. Es schimmerte in einem sanften Gelb. »Das ist ein Schimmelpilz.« Na toll, dachte Ashley. Bei unserem Glück geben sie wahrscheinlich eine schädliche Strahlung ab.

»Was für ein Fund!« Linda setzte sich auf ihre Matratze und strich die Klinge in einem Probebeutel ab. Sie lächelte breit und redete unaufhörlich. »Damit habe ich die fünfte phosphoreszierende Spezies hier unten gefunden. Auch der Fisch in der Alpha-Basis leuchtete auf Grund einer Pilzschicht auf seinen Schuppen. Aber das hier …« Sie fuchtelte mit den Armen. »Das hier ist es beinahe wert, von Bestien gejagt zu werden.«

Michaelson setzte sich wieder und legte sein Gewehr über die Knie. »Ist es auch wert, dass jemand deswegen stirbt?«

Lindas Lächeln verschwand, und sie verschloss den Beutel.

Die Worte des Majors ernüchterten das ganze Team, und die Erschöpfung überwältigte ihr Staunen. Jeder legte sich wieder schlafen.

Ashley streckte sich, wickelte ihre nackten Füße in die Wolldecke ein und zog sich wie in einen Kokon zurück. Sie warf eine Blick auf Bens leere Matratze. Die beiden Männer unterhielten sich murmelnd, während sie Wache hielten. Sie schloss die Augen, berührte mit der Zunge ihre wunde Unterlippe, erinnerte sich an seinen Kuss und fiel in tiefen Schlaf.

Viel zu früh wurde sie von einer Berührung an der Schulter geweckt. Sie rollte vom Licht der Laterne fort.

»Aufwachen, Schneewittchen. Deine Schicht.« Bens Lippen berührten ihr Ohr. »Ich habe sogar Kaffee gekocht.«

Sie stöhnte, richtete sich auf und rieb sich den Schlaf aus den Augen. Ihre Muskeln waren schwer wie Blei. »Danke, Ben … Kaffee klingt wundervoll.«

Er half ihr aufzustehen. »Er schmeckt wie Schlamm, aber er kurbelt deine hübschen Augenlider hoch.«

Sie warf ihm ein schwaches Lächeln zu. Michaelson wickelte sich bereits in sein Laken. »Sieh zu, dass du eine Mütze voll Schlaf bekommst. In wenigen Stunden ist es Morgen.«

Er nickte, setzte sich auf die Matratze und zog die Schuhe aus. »Sobald meine Birne aufs Kissen aufschlägt, bin ich im Land der Träume.«

Sie beneidete ihn. Ihr verknittertes Laken erschien ihr einladender denn je. Gähnend ging sie zu der behelfsmäßigen Wachstation beim Campingofen. Sie war überrascht, Linda neben Khalid sitzen zu sehen. »Warum bist du denn auf?«, fragte sie. »Khalid und ich haben jetzt Schicht.«

»Ich weiß«, sagte Linda und rutschte zur Seite, um für Ashley Platz auf dem Felsen zu machen. »Aber ich konnte nicht schlafen. Ich bin einfach zu aufgeregt. Und ich wollte noch ein paar Tests durchführen. Außerdem habe ich ein kleines Nickerchen gemacht, und mehr benötige ich normalerweise nicht.«

Ashley sah, dass Linda ihre Testanordnung auf einem verhältnismäßig ebenen Tisch aus Stein aufgestellt hatte. Linda hielt eine Phiole vor das Licht der Laterne und schüttelte sie. Das Phosphoreszieren in der Phiole wurde stärker. »Faszinierend«, sagte sie und schrieb etwas in ihr Notizbuch. Ashely blickte zu Khalid. Während er die Pistole mit der linken Hand hielt, hob er vorsichtig die Kaffeekanne vom Campingofen. Er ließ etwas von dem dickflüssigen Getränk in die Blechtasse schwappen.

Gedankenverloren hielt Linda ihm ihre Tasse zum Nachfüllen hin und schaute nicht einmal in seine Richtung. Beinahe wie ein altes, verheiratetes Paar beim Frühstück.

Nachdem ihre Tasse gefüllt war, nahm sie einen Schluck und verzog das Gesicht. »Der ist ja grauenhaft.« Aber sie trank noch einen Schluck und seufzte dann. Sie lehnte sich zurück und blickte Ashley an. »Also, wo ich nun einmal auf bin, kannst du genauso gut wieder ins Bett gehen.«

Auf diese Idee war Ashley noch gar nicht gekommen, aber sie erschien ihr sinnvoll und verdammt verführerisch. »Wenn du wirklich der Meinung bist, dass du …«

Linda nickte. »Du brauchst Schlaf. Du solltest mal deine Augen sehen. Sie sind blutunterlaufen.«

So fühlten sie sich auch an. Ashley schaute zu Ben hinüber, der schnarchte. Linda musste ihr das Angebot kein zweites Mal machen. »Dann bis morgen.«

»Aber bevor du gehst«, sagte Linda, als Ashley sich schon umgedreht hatte, »habe ich noch ein Frage, die mich plagt.«

Ashley wandte sich widerwillig zu ihr um – ihre Matratze zog sie fast magnetisch an. »Und zwar?«

»Diese Beuteltiere. Sie sind ganz offensichtlich Raubtiere. Woher bekommt solch eine Spezies ausreichende Nahrung?«

Ashley zuckte mit den Schultern. »Keine Ahnung.«

»Na ja, sie befinden sich am Anfang der Nahrungskette. Doch wer kommt danach? Schau dir die Löwen in Afrika an. Um nur ein einziges Rudel Löwen zu versorgen, wird ein großes Reservoir an Pflanzenfressern benötigt – Antilopen, Wasserbüffel, Zebras. Vom biologischen Standpunkt aus betrachtet benötigen unsere Bestien einen immensen Beutevorrat.«

Ashley rieb sich die wunden Augen. »Ja, kann ich mir vorstellen.«

»Und wo ist der?« Linda trank wieder einen Schluck Kaffee. »Wo ist ihr Nahrungsvorrat?«

Khalid grunzte. »Zum Teufel, ich weiß nur, dass ich nicht dazugehören möchte.«

Ashley nickte. Die Frage war faszinierend. Was jagten sie? Wenn man an die Zusammenarbeit dachte, die die Bestien in der letzten Höhle demonstriert hatten, so besaßen sie eine gewisse Intelligenz. Beinahe schon Heimtücke. »Ich bin mir nicht sicher. Das ist ein Geheimnis, das die nächste Expedition lösen muss.«

Linda nickte. Sie hielt eine zweite Phiole mit phosphoreszierendem Gelb in die Höhe. »So viele Geheimnisse hier unten …« Sie prüfte eine Notiz in ihrem Buch und kräuselte die Lippen.

Ashley sagte »Gute Nacht« und zog sich zu ihrer Matratze zurück. Sie kuschelte sich in die Laken, die noch warm von eben waren. Seufzend schloss sie die Augen, doch die Fragen der Biologin nagten an ihr. Wovon ernährten sich diese Viecher?

Ben wälzte sich im Schlaf. Er wusste, dass er träumte, konnte aber nicht aufwachen. Er war schon wieder in dieser verdammten Höhle und ging durch die mit Früchten behangenen Bäume, rote matschige, kürbisförmige Früchte, die obszön herabbaumelten.

»Hallo«, rief er laut in den Hain.

Keine Antwort.

Er hatte das Bild seines Großvaters gesehen, als er das letzte Mal hier war. In einer Höhle. Wo war das bloß gewesen? Er ging in eine Richtung, die ihm vertraut erschien, und streifte einen tief hängenden Ast voller Laub und zierlichen blauen Blumen. War er nicht schon an einem ähnlichen Busch vorbeigekommen? Er hatte das Gefühl, nach Jahrzehnten in seine Heimatstadt zurückzukehren. Seine Füße erinnerten sich anscheinend daran, wo sie einmal hergegangen waren.

Während er sich der gegenüberliegenden Wand näherte, wusste er, dass er auf dem richtigen Weg war. Er konnte sogar das schwarze Loch in der leuchtenden Wand sehen. Leuchtend? Es war derselbe Schimmelpilz, der in der Geode wuchs. Seltsam.

Er ging weiter auf die Wand zu und erwartete, dass ihm

die Bäume den Zugang versperrten, wie bei seinem letzten Besuch. Aber dieses Mal hielt ihn kein Baum auf. Nach ein paar Schritten stand er plötzlich vor der Wand, und ein sanfter Moschusgeruch hüllte ihn ein. Die Pilze bildeten schotenartige, stecknadelkopfgroße Sporen. Er wischte mit der Hand an der Wand entlang. In seinem Kopf drehte sich alles. Farbblitze explodierten vor seinen Augen. Beinahe ohnmächtig sank er auf die Knie. Er kämpfte mit der Bewusstlosigkeit, aber vor seinen Augen sah er nur fantastische Farbwirbel und Muster. Er glitt zu Boden, und sein Hinterkopf explodierte vor Schmerz, als er hinfiel.

Eine Stimme erklang seitlich von ihm. »Benny, jetzt reicht es aber.« Er kannte diese Stimme aus seiner Kindheit. Es war sein Großvater.

»Himmel, jetzt komm zu Bewusstsein, Junge.«

Sein Blick wurde klarer, als sein Großvater ein zerriebenes Blatt unter seiner Nase hin und her wedelte. Es roch nach Minze mit einem Hauch von Kirsche. Mit jedem Atemzug verschwanden mehr Farbwirbel vor seinen Augen, als ob sie das Blatt fortwischte. »Na also, Benny. Wurde auch Zeit, dass du deinen Hintern mal hier runter bewegt hast.«

Natürlich war das ein Traum, aber er kam ihm so wirklich vor. Er sah das Spinnengewebe aus geplatzten Äderchen auf der Nasenspitze seines Großvaters; die weißen Haarbüschel rund um seine Ohren; das immer währende Lachen in seinen Augen. »Opa?«

»Wer denn sonst?«

»Na ja, wenn man bedenkt, dass du eigentlich einen Meter achtzig tief im australischen Mutterboden liegen solltest, kommt dieses Wiedersehen doch ausgesprochen unerwartet für mich.« Er stemmte sich hoch. Der Moschusgeruch war immer noch stark und drohte ihn wieder zu überwältigen. »Warum bist du hier?«

»Man hat mich geschickt, um dich zu warnen.«

»Mit dem schwarzen Viechzeug haben wir schon Bekanntschaft geschlossen. Dafür bist du ein bisschen spät dran.«

»Die Bestien? Halt dir das Ungeziefer bloß vom Leib.«

»Ungeziefer? Das Ungeziefer hat beinahe unsere Mannschaft vertilgt.«

Sein Großvater setzte sich im Schneidersitz neben ihn. »Benny, ihr müsst in die Tiefe, nach unten. Steigt nicht nach oben.«

»Aber ...«

»In die Tiefe, Benny, in die Tiefe.«

Wieder drang der Moschusgeruch in sein Bewusstsein und beschmierte die Vision seines Großvaters mit breiten violetten und orangefarbenen Pinselstrichen. »Ich verstehe dich nicht ...« Er spürte, wie er wieder davongetragen wurde.

Die Worte seines Großvaters verfolgten ihn, als er langsam das Bewusstsein verlor: » ... in die Tiefe ... in die Tiefe ...«

»Aufwachen, Ben.« Ashley klopfte ihm auf die Schulter. Sie war überrascht, wie tief sein Schlaf war. Die anderen waren schon länger auf den Beinen. Ben war der Letzte, der sich noch in seine Decke rollte. Sogar Villanueva saß aufrecht. Es ging ihm viel besser, den Arm trug er in einer provisorischen Schlinge.

Ashley packte Ben an der Schulter und schüttelte ihn. »Komm jetzt, das Frühstück ist gleich fertig.« Sie blickte hinüber zu Michaelson, der sich über den Campingkocher beugte. Wie er es schaffte, aus dehydrierten Eiern eine fast perfekte Imitation eines Omeletts zu zaubern, war ein Rätsel, das selbst den besten Koch verblüfft hätte. Ihr Magen reagierte knurrend auf den quälenden Duft von gegrillten Zwiebeln und Dosenschinken.

Ben stöhnte, rollte sich auf den Rücken und öffnete die Augen einen Schlitz weit. »Zum Teufel, was ist das für ein Gestank?«

»Das ist das Frühstück, und wenn du dich nicht beeilst, kriegst du nur noch kalte Cornflakes.«

Er stemmte sich auf die Ellbogen. Seine Haare standen in alle Himmelsrichtungen. Er kratzte sich unter dem Laken. »O Mann, mein Kopf brummt, als würde er jeden Moment explodieren. Einen Kater zu bekommen, ohne einen feuchtfröhlichen Abend im Pub verbracht zu haben, ist einfach unfair.«

Besorgt legte Ashley ihre Hand auf seine Stirn. Glücklicherweise hatte er kein Fieber. »Es sind nur Kopfschmerzen. Ich hole dir ein Aspirin.«

»Wie wäre es mit einer Hand voll?«, sagte er mit einem müden Grinsen.

Sie ging zu der Tasche mit dem Erste-Hilfe-Koffer und schüttelte ein paar Aspirin aus einer kleinen Plastikflasche.

Villanueva saß direkt neben ihr. »Er sieht nicht besonders gesund aus.«

Über diese Feststellung musste Ashley lächeln. Das sagte ein Mann, dessen Hemd vom eigenen getrockneten Blut vollkommen rot war und dessen Arm beinahe ausgerissen worden wäre. »Ich bin mir sicher, Ben erholt sich wieder. Sie allerdings brauchen Ruhe. Sie sollten nicht einmal sitzen.«

Er schaute sie mit steinerner Miene an, als ob sie in einer fremden Sprache zu ihm gesprochen hätte.

Michaelson kam zu ihnen und gab dem SEAL eine dampfende Schüssel. »Hühnerbrühe«, sagte er, als Villanueva fragend die Brauen hob. »Sie haben eine Menge Blut verloren und brauchen jede Menge Ersatzflüssigkeit. Austrinken.«

Ashley ging zurück zu Ben, mit dem Anflug eines Lächelns auf den Lippen. Major Michaelson verwandelte sich langsam in eine richtige Florence Nightingale.

»Danke«, sagte Ben, »aber mir geht es schon viel besser. Wenn ich erst einmal auf den Beinen bin, dann bin ich munterer als ein Känguru mit einem vollen Beutel.«

»Nimm die Aspirin trotzdem.« Sie drückte ihm einige Tabletten in die Hand und reichte ihm einen Becher Wasser. »Wir haben noch einen langen Tag vor uns.«

Er verzog das Gesicht, nahm die Tabletten aber. »Sag mal, hast du nicht eben von Frühstücken gesprochen? Ich wollte immer einmal das Frühstück im Bett serviert bekommen.«

»Wenn du Hunger hast, bist du auch gesund genug, um dir das Essen selbst zu besorgen. Außerdem versammeln wir uns alle zum Frühstück, um das weitere Vorgehen zu besprechen. Und ich lege Wert auf deine Vorschläge.«

»Klar. Allerdings sind Verdauungsprobleme dann vorprogrammiert.«

Sie half ihm beim Aufstehen. »Hör auf zu nörgeln.«

Ben täuschte ein finsteres Gesicht vor und ging mit ihr zum Campingkocher, wo Michaelson gerade dabei war, Omelett und Bratkartoffeln auf die Teller zu verteilen.

»Ein wahres Festessen, Kumpel«, sagte Ben anerkennend und wog den Blechteller in der Hand, den der Major ihm gereicht hatte.

»Da wir seit dem Frühstück gestern Morgen keine warme Mahlzeit mehr hatten, dachte ich, dass jeder einen Happen vertragen könnte.«

Michaelson füllte Bens Teller mit seiner Kelle.

Ashley nahm eine kleinere Portion und setzte sich auf einen flachen Felsen. Khalid und Linda saßen schon am Campingofen und aßen hungrig. Villanueva nippte an seiner Hühnerbrühe und starrte lüstern auf das deftige Essen der anderen.

Als auch Michaelson sich zu ihnen gesellt hatte, eröffnete Ashley die Besprechung. »Wir müssen das weitere Vorgehen entscheiden. Unsere Vorräte reichen nur noch acht Tage.«

Außer Nicken und Kauen bekam sie keine Antwort. Die anderen warteten auf eine nähere Erläuterung.

»Uns stehen die folgenden Möglichkeiten zur Auswahl: Entweder wählen wir den Rückzug, das heißt, wir kämpfen uns durch die Monstergasse an die Oberfläche; oder wir warten hier und hoffen, dass man auf Grund des unterbrochenen Funkkontakts einen Suchtrupp hinter uns her schickt; oder wir suchen eine Alternativroute nach oben und nehmen in Kauf, weiteren Monstern in die Arme zu laufen.«

Linda legte ihre Gabel hin. »Ich bin der Meinung, wir sollten hier bleiben. Irgendwann kommt schon jemand und findet uns.«

»Vielleicht«, sagte Michaelson, »aber denken Sie an das erste Team. Uns hat man erst Monate später hinterhergeschickt. Da können wir uns auf eine lange Wartezeit gefasst machen.«

»Das ist richtig«, sagte Ben, »und der Suchtrupp wird genauso von den Bestien empfangen werden. Es ist nicht fair, die anderen ohne Warnung in dieselbe Löwengrube fallen zu lassen. Und da hindurch wieder zurückzugehen ist keine Alternative. Ich bin dafür, wir dringen weiter vor.«

Ashley nickte. Sie war der gleichen Meinung, aber es mussten auch andere Umstände in Betracht gezogen werden. Sie wies auf Villanueva. »Wir haben einen Verwundeten unter uns, dessen Heilung durch die Weiterreise beeinträchtigt würde.«

Villanueva nahm die Schüssel von den Lippen. »Ich komme schon klar. Ich weiß genau, welche Strapazen ich auf mich nehmen kann.«

Ashley schaute zu ihm hinüber. »Dessen bin ich mir sicher. Aber was, wenn wir mit noch mehr Problemen konfrontiert werden? Ihre Verletzungen beeinträchtigen die Mobilität des Teams erheblich.«

»Sollte das der Fall sein, lassen Sie mich zurück. Meinetwegen soll das Team nicht gefährdet werden.«

»Edle Worte, aber das hieße, Sie im Stich zu lassen. Ich für meinen Teil würde das niemals tun.«

»Ich auch nicht. Wenn wir in die Klemme geraten, dann wir alle oder keiner.«

Villanueva schüttelte den Kopf und hob die Schüssel zum Mund. »Zivilisten ...«, murmelte er über die dampfende Brühe hinweg.

Khalid meldete sich. »Also, was machen wir? Weiter vordringen oder nicht? Mir scheint, wir sind verdammt, wenn wir es tun, und ebenso verdammt, wenn wir es nicht tun.«

»Ich habe einen Vorschlag«, sagte Ashley. »Wir trennen uns. Linda und Khalid bleiben mit Villanueva hier in Sicherheit. Der Rest bricht auf. Wir versuchen, einen Weg nach oben zu finden, und kommen mit einem Rettungstrupp zurück.«

Alle überlegten schweigend. Dann nickte Michaelson. »Das ist ein guter Plan. Ein effizientes Team hat eine große Chance, eine Route nach oben zu finden. Aber, Ashley, es gibt keinerlei Grund, weshalb Sie mit uns kommen sollten. Ben und ich ...«

Ben unterbrach ihn. »Der Major hat Recht. Zwei kommen schneller voran als drei.«

»Quatsch. Ich bin genauso schnell wie ihr und außerdem der bessere Schütze. Und drei Paar Augen finden den Weg schneller als zwei. Ich komme mit.«

Beide Männer versuchten, sie mit eisernen Mienen einzuschüchtern, aber sie gab nicht nach. Schließlich sagte Ben zu Michaelson: »Das Spiel haben wir verloren, Kumpel. Wir sind in Gesellschaft einer Dame. Also aufgepasst: keine Flüche, keine schmutzigen Witze und nicht in der Gegend rumspucken.«

»Na toll«, sagte Michaelson, »dann wollen wir mal die Vorräte aufteilen und uns auf den Weg machen. Wir werden mit leichtem Gepäck reisen. Also nur das Notwendigste einpacken: Waffen, Funkgerät, Wasserflaschen, Seile.«

Ashley nahm ihre Pistole. »Und jede Menge Munition.«

Khalid stand abseits, als die anderen sich für den Aufbruch bereit machten. Er schaute unter seinen dichten Brauen hervor und beobachtete, wie Ben und Michaelson die Vorräte verstauten. Villanueva bemühte sich zu helfen, indem er das Funkgerät auseinander baute und die wichtigsten Einzelteile wasserdicht verpackte. Khalid betrachtete den SEAL prüfend und überlegte, wie viel Kraft noch in ihm stecken mochte.

Linda trat zu ihm. »Schau dir das an!«

Khalid drehte sich um.

»Hier gibt es tatsächlich eine phosphoreszierende Schimmelart, die in dem Diamanten wächst.« Sie hielt den kristallenen Brocken in ihrer hohlen Hand und beugte sich nahe zu ihm, um ihn gegen das umgebende Licht abzuschirmen. Ihre Haare streiften seine Wange. »Siehst du?«

Der Kristall von der Größe eines Golfballs leuchtete in einem sanften Gelb in ihren Händen. »Warum tust du ihn nicht zu deinen Proben?«

Proben? Er brauchte einen Moment, um sie zu verstehen. Dann begriff er. Sie meinte die Sammlung faustgroßer Diamanten, die er in seinen Rucksack gepackt hatte. Er hatte ihr erzählt, es wären geologische Proben für wissenschaftliche Zwecke.

»Mache ich«, sagte er und nahm ihr Geschenk an. Er

öffnete seinen Rucksack und legte den Diamanten vorsichtig zu den anderen. Dann fuhr er mit dem Finger über die Diamanten. Zwölf Stück.

Auch wenn es sein Auftraggeber nicht wünschte, würde er diese Höhle nicht mit leeren Händen verlassen.

Linda beobachtete mit gemischten Gefühlen, wie die anderen die Höhle verließen. Ihre Gefühle schwankten zwischen Angst, weil sie sich trennten, und Erleichterung, weil sie sich in dieser Höhle in Sicherheit vor den Raubtieren befanden.

Sie bemerkte, dass Khalid wieder die Diamanten untersuchte. Er schien von den Reichtümern, die sie umgaben, fasziniert zu sein und sammelte fortwährend verstreute Bruchstücke ein. Villanueva schlummerte auf seiner Matratze.

Nur sie schaute den anderen noch hinterher, als Bens Laterne hinter einer Kurve des Wurmlochs verblasste. Sie fragte sich, welchen neuen Gefahren die drei begegnen mochten und welche Wunder sie selbst verpassen würde, weil sie zurückblieb. Ein kleiner Funke Neid wollte zu einer Flamme heranwachsen, aber der Gedanke an die Schrecken, die den anderen bevorstanden, dämpfte ihr Bedauern.

Linda blickte in der kleinen Höhle umher, die im Lampenlicht irisierte. Sie musste bei dem Gedanken lächeln, dass ausgerechnet sie, Linda Furstenburg, Klaustrophobin par excellence, glücklich war, sich in einer engen Kammer viele Kilometer unter der Erdoberfläche verstecken zu können. Sollten die anderen doch neue Wunder entdecken. Hier würde sie wenigstens von niemandem verspeist.

Sie ging zu dem Miniaturlabor hinüber, das sie aufgebaut hatte. Außerdem gab es auch hier eine Menge zu entdecken. Sie setzte sich und rechnete die Werte zweimal nach. Dann betrachtete sie das Wachstum der Zellfäden unter dem Mikroskop. Sie holte einen Objektträger mit einem älteren Pilz hervor und untersuchte auch diesen. »Mein Gott, wenn das nicht Chloroplast ist«, murmelte sie.

Villanueva, der nebenan schlummerte, öffnete ein Auge. »Reden Sie mit mir?«

Linda wurde rot. »Nein, Entschuldigung. Dieser Schimmel ist nur so faszinierend.«

Villanueva stemmte sich hoch und setzte sich, offenbar immer noch groggy, aber auch gelangweilt. »Was haben Sie entdeckt?«

»Zuerst habe ich gedacht, es handelte sich um eine dimorphe Spezies, zwei Ausprägungen ein und desselben Pilzes also. Aber jetzt bin ich anderer Meinung. Ich glaube, es handelt sich um zwei unterschiedliche Spezies, die in Symbiose miteinander leben. Die eine hält die andere am Leben und umgekehrt.«

»Das habe ich nicht kapiert, Doc.«

»Der eine Schimmeltyp – der mit den leuchtenden Zellfäden – erhält seine Energie aus dem Schwefelwasserstoff, der sich in den Spuren vulkanischer Gase befindet. Doch die Wachstumsrate ist zu hoch, um sie ausschließlich auf den vorhandenen Gasgehalt zurückzuführen. Außerdem verschwendet er eine Menge Energie, um das Leuchten hervorzurufen.«

»Und warum tut er das?«

»Genau darum geht es! Eine zweite Pilzart ist in diesen Prozess verwickelt. Dieser zweite Schimmelpilz ist voll von einer Art Chloroplast!« Sie wies auf den Objektträger als Beweis.

Der SEAL zuckte mit den Achseln. »Na und?«

»So nutzt der zweite Schimmelpilz die Leuchtenergie des ersten wie eine Pflanze das Sonnenlicht. Er ernährt sich von dieser Energie und wächst und gedeiht seinerseits nicht nur, sondern produziert darüber hinaus Schwefelwasserstoff für seine leuchtende bessere Hälfte.«

»Also füttert der eine Schimmelpilz den anderen?«

»Genau! Aber ganz offenbar steckt noch mehr dahinter. Um diese Wechselwirkung aufrechtzuerhalten, ist mehr Energie nötig. Ob durch Wärmeenergie oder durch irgendetwas aus den Felsen hier oder durch Zersetzung oder was immer. Ich weiß es nicht. Es gibt so viel zu erfahren. Ich könnte Jahre damit verbringen, nur diese Beziehung zu erforschen.«

Villanueva schien das Interesse an ihren Offenbarungen zu verlieren. »Aha. Trotzdem möchte ich lieber so schnell wie möglich hier abhauen.«

»Ich auch, aber der Pilz gibt uns für vieles eine Erklärung.«

»Zum Beispiel?« Villanueva gähnte.

»Zum Beispiel, warum die Bestien immer noch Augen besitzen. Warum ihre Erscheinung sich so gut an die Felsen anpasst. Es ist doch merkwürdig, dass Lebewesen, die seit Jahrtausenden isoliert in immer währender Finsternis leben, immer noch Augen und die Fähigkeit, mit der Umgebung zu verschmelzen, besitzen. Die meisten isolierten Höhlenlebewesen sind auf Grund der Dunkelheit blind und Albinos.«

»Hm. Sie wollen also damit sagen, dass sich diese Wesen meistens in beleuchteten Gegenden herumtreiben?«

»Oder zumindest an deren Rand.«

»Gut zu wissen. Also überall, wo man Schimmelpilze findet, treiben sich auch diese Bestien herum.«

»Genau!«

Zwei Dinge fielen Ashley auf, sobald sie das letzte Wurmloch verlassen hatten. Es wurde immer heißer, und der Schimmel wurde dicker und heller, je tiefer sie hinabstiegen.

Sie waren nun seit einem halben Tag unterwegs und hatten nur von Zeit zu Zeit angehalten, um die Funkverbindung zu testen. Niemand hatte auf ihre Hilferufe geantwortet.

»Wir sollten unsere Batterien schonen, so lange wir können«, sagte Ben. »Das Leuchten hier reicht aus, um den Weg zu erkennen.«

Er hatte Recht. Als alle Lampen ausgeknipst waren, konnte sie gut sehen. Sie wischte sich über die Stirn. Die Höhle vor ihnen war voller blubbernder Teiche, die mit kochendem Wasser gefüllt waren. Es war so heiß wie in einer Sauna und stank nach verfaulten Eiern.

Ben bot ihr einen Schluck aus seiner Wasserflasche an. »Wir nähern uns wohl einem heißen Abzug des Vulkans.«

Sie nickte. »Wir müssen einen Weg hinauf finden. Und zwar schnell!«

Michaelson rief ihnen aus mehreren Metern Entfernung zu: »Ihr Wunsch ist in Erfüllung gegangen, Ashley. Hier drüben ist ein Spalt. Er erstreckt sich etwa hundert Meter in die Höhe und man kann hinaufsteigen. Das könnte die Lücke sein, nach der wir gesucht haben.«

Ashley eilte zu ihm. Sie würde jede steile Felswand erklettern, wenn sie nur von diesen heißen Schwefeldämpfen fortkäme. Sie knipste ihre Stablampe wieder an und versuchte, nach oben zu klettern. Der Riss war zerklüftet und bot viele Haltepunkte für Hände und Füße. Das Ende lag außerhalb der Reichweite ihrer Lampe. Fantastisch.

Ben kam zu ihr. »An der Südwand befindet sich noch ein Wurmloch, das nach unten führt.«

»Wen kümmert das? Wir nehmen diesen Weg.«

Ben schaute in die Höhe. »Ich weiß nicht …«, murmelte er.

»Was meinst du damit?« Sie blickte ihn beunruhigt an. »Der ist perfekt.«

»Man kann das Ende nicht sehen. Wer sagt uns, dass er in einer Höhle endet? Vielleicht ist er irgendwann einfach zu Ende.«

»Ben, spürst du nicht den Wind? Er saugt einen fast den Spalt hinauf. Hast du nicht gesagt, dass das ein Zeichen dafür ist, dass ein Tunnel auch einen Ausgang hat?«

»Ich glaube schon.« Er flüsterte jetzt.

Sie schaute ihn an und fragte sich, wovor er zurückschreckte. Ganz bestimmt nicht vor dem Aufstieg. Ihr kam er wie ein Kinderspiel vor. »Ben?«

Er schüttelte den Kopf, als wollte er ihn von Spinnweben befreien. »Natürlich, du hast Recht. Legt eure Sicherheitsgurte an, und hängt die Expressschlingen ein. Es geht aufwärts.«

Ashley starrte den Australier an. Sie kannte ihn erst seit kurzem, wusste aber bereits jede seiner Stimmungen zu deuten. Irgendetwas störte ihn. »Ben, du bist hier der Experte …«

Er befestigte sein Seil und ging die Felswand an. »Ich bin einverstanden. Ich hatte nur diesen Drang zu …« Er schüttelte wieder den Kopf. »Teufel, egal. Los jetzt.«

Sie sah, dass seine linke Hand zitterte, als er den ersten Halt ergriff.

Linda wachte plötzlich mit einem Brummschädel auf. Khalid lag auf seiner Matratze nicht weit entfernt und schnarchte laut. Einer seiner keuchenden Schnarcher hatte sie aufgeschreckt. Sie blickte auf die Uhr. Vier Stunden waren vergangen, seit sich die beiden zu einem Mittagsschlaf hingelegt hatten. Sie schaute zu Villanueva. Auch er schlief tief und fest.

Seltsam, sie machte niemals Nickerchen und schon gar nicht mehrere Stunden lang. Sie setzte sich auf und streckte sich. Natürlich waren die Umstände zurzeit viel ungewöhnlicher. Nachdem sie gestern den ganzen Tag vor den Bestien davongelaufen war, hatte ihr Körper die Ruhe bitter nötig.

Sie stand auf – und alles drehte sich. Helle Funken explodierten vor ihren Augen. Sie fiel fast auf die Knie und wäre beinahe ohnmächtig geworden. Nach einigen Sekunden verging der Schwindel. Bin wohl zu rasch aufgestanden, dachte sie und schüttelte den Kopf. Sie hörte ihren Puls laut pochen, jeder Herzschlag dröhnte in ihren Schläfen. Linda griff nach der Wasserflasche und nahm einen großen Schluck.

Sie atmete schwer. Da fiel ihr Blick auf die Wände, und sie ließ beinahe die Wasserflasche fallen. Aus der bisher glatten Oberfläche der Schimmelschicht ragten plötzlich zahlreiche kugelförmige Auswüchse hervor. Sie beobachtete, wie mehrere hundert dieser Kapseln zerplatzten und kleine Wolken eines feinen Staubs von sich gaben. Sporen! Im Lampenlicht konnte sie ganze Wolken von Sporen durch die Geode wabern sehen. Sie sah, dass Khalid eine der Wolken einatmete.

Das konnte nicht gesund sein. Sie kniete neben Khalid nieder und schüttelte ihn an der Schulter. Er wachte nicht auf. Sie schüttelte ihn fester. Nichts. Sie hob seine Lider: Im hellen Licht blieben seine Pupillen erweitert und zeigten keine Reaktion. Verdammt, die Sporen wirkten wie eine Droge und betäubten sie. Ihr wurde klar, dass ihnen eine Überdosis drohte, wenn sie die Droge noch länger inhalierten.

Der Pilz versuchte, sie umzubringen!

Durch die Aufregung atmete sie unregelmäßig. Vor ihren Augen flammten bunte Blumen auf. Die Sporen! Ruhig bleiben. Langsamer atmen. Weniger Sporen inhalieren. Sie hielt den Atem an. Wieder drehte sich alles um sie herum. Denk nach, verflucht!

Da hatte sie eine Idee. Sie nahm ein Taschentuch, goss Wasser darüber und legte den tropfenden Stoff auf Nase und Mund. Der feuchte Stoff würde die Sporen filtern. Hoffte sie zumindest.

Eilig legte sie auch Khalid ein nasses Taschentuch auf Mund und Nase, um ihn vor weiteren Sporen zu schützen. Stirb mir bloß nicht, dachte sie.

Dann eilte sie zu Villanueva. Einen kurzen Moment lang dachte sie, er hätte aufgehört zu atmen. Aber bei genauerem Hinschauen konnte sie sehen, wie sich seine Brust hob und senkte. Doch seine Gesichtsfarbe hatte einen Blaustich. Zyanotisch. Sie präparierte ein drittes Taschentuch und legte es über das Gesicht des SEALs.

Prüfend betrachtete sie ihn mit geballten Fäusten. Seine Atmung war unregelmäßig und flach. Durch seinen angegriffenen Zustand war er für die Droge empfänglicher.

Sie blickte sich um. Das Leuchten des Pilzes war durch den Ausstoß der Sporen ein wenig dunkler geworden. Wahrscheinlich benötigte er die Energie für deren Produktion. Wodurch war es nur ausgelöst worden? Ihre Körperwärme? Der erhöhte Kohlendioxidgehalt der Luft, den ihr Aten verursacht hatte?

Sie hatte keine Zeit, nach Antworten zu suchen. Erst einmal musste sie die anderen hier herausbekommen. Aber wohin? Wer konnte sagen, ob nicht die Bestien in der nächsten Höhle lauerten? Und wer wusste, was sie erwartete, wenn sie den anderen folgten?

Nur eines war sicher. Wenn sie hier blieben, würden sie sterben.

Sie ging zu dem Wurmloch, in dem Ashley und die anderen vor wenigen Stunden verschwunden waren. Eine leichte Brise wehte ihr von unten entgegen und ließ ihre blonden Strähnen flattern.

Die Luft war frischer und sporenfrei.

Linda fällte eine Entscheidung. Sie musste die beiden Männer durch dieses Wurmloch zerren. Falls sie etwas auf der anderen Seite bedrohte, konnten sie wenigstens im Tunnel bleiben. Entscheidend war, dass der Wind das Wurmloch frei von Sporen hielt.

Sie unterdrückte die Angst, die ihr der Gedanke machte, sich tagelang in dem engen Tunnel zu verstecken. Sie blickte auf die Männer. Es würde schwierig werden, sie über den unebenen Höhlenboden zu schleifen. Die Diamanten machten den Boden zu holperig, um die Schlitten zu verwenden. Aber wenn sie einmal beim Wurmloch wären, könnte sie die Schlitten ab dort benutzen. Sie ging zu den bewegungslosen Körpern, packte die Beine des SEALs und zerrte ihn keuchend vor Anstrengung auf das Wurmloch zu.

Nach einer Viertelstunde lagen beide Männer bäuchlings auf ihren Schlitten im Wurmloch. Lindas Herz pochte, und der Schweiß biss ihr in die Augen. Mittlerweile schwankte sie wie eine Betrunkene – ob von der Anstrengung oder dem Rauschgift der Sporen, wusste sie nicht.

Sie spritzte sich mehr Wasser ins Gesicht und machte sich bereit. Mit angehaltenem Atem tauchte sie ins Wurmloch, versuchte, die bedrückenden Wände zu ignorieren, und konzentrierte sich darauf, die Männer vor sich herzuschieben. Sie schob den steifen Khalid voran, stieß mit seiner Schulter gegen Villanuevas Schlitten, so dass der SEAL mehrere Meter nach vorn rollte, bis er zum Halten kam.

Stoßend und schiebend kam sie nur langsam vorwärts. Doch je weiter sie vordrangen, desto klarer wurde ihr Kopf. Sie hielt einen Moment an und legte die Wange an ihren Arm. Sie hatte es geschafft. Hier war die Luft sauber.

Khalid stöhnte und wachte auf. Sie lächelte müde. Ihre Zufriedenheit wurde nur vage vom Gefühl der Enge beeinträchtigt. Es war eher wie das Summen einer Mücke als das übliche panische Brüllen. Nein, der Würgegriff des Tunnels hatte seine Bedrohlichkeit verloren. Sie hatte die Männer gerettet.

Ashley folgte Ben und suchte an denselben Stellen Halt wie er. Stiche schossen durch ihre Finger, und ihre Schenkel schmerzten. Wegen des Schimmelpilzes an den Wänden rutschten ihre Hände ab. Doch wenigstens ließ der Pilzbewuchs nach, je weiter sie nach oben stiegen. Irgendwann während des Aufstiegs mussten sie die Helmlampen einschalten. Mit dem allmählichen Verschwinden des Schimmels umgab sie mehr und mehr undurchdringliche Dunkelheit.

Michaelson folgte und schob sie über manches Hindernis nach oben.

Sie sah, wie Ben einen Spit in den Riss über ihnen schlug, eine Öse hineindrehte und eine Schlinge hindurchzog. Während der Arbeit summte er vor sich hin. Nach zwei Stunden Klettern konnte sie das Lied mittlerweile nicht mehr hören.

»Ben«, rief Michaelson von unten, »wie weit noch?«

»Ungefähr eine Stunde.«

Ashley stöhnte und lehnte sich mit der Stirn gegen die Felswand.

»Aber etwa zehn Meter über uns scheint ein breiter Vorsprung zu sein. Dort könnten wir unsere Mittagspause verbringen, bevor wir den letzten Teil in Angriff nehmen.«

Ashley dankte den Klettergöttern für diese winzige Hoffnung. »Dann lass uns dort hinaufklettern, Ben. Ich bin es satt, hier rumzuhängen.«

Sie beobachtete Ben, der nach einem Halt für die Hand suchte und sich hinaufzog. »Du warst diejenige, die hier raufklettern wollte«, rief er gut gelaunt. »Ich wollte die einfachere Route nehmen. Also hör auf rumzumosern.«

Wenigstens schien sein anfängliches Zittern bei der Anstrengung des Aufstiegs nachgelassen zu haben. Die erste Stunde war noch leicht gewesen, aber das war auch nur die Aufwärmrunde für den beinahe senkrechten Aufstieg gewesen, mit dem sie es in der letzten Stunde aufgenommen hatten.

Ashley streckte sich, um dort Halt zu bekommen, wo Ben seinen Fuß zuletzt hingesetzt hatte, aber sie kam einfach nicht heran. Sie suchte nach einem anderen Halt auf der glatten Oberfläche. Doch sie blickte nur auf die leere Wand. Verflucht. »Ben, ich komme hier nicht weiter«, rief sie und versuchte, ihre aufkommende Panik zu unterdrücken.

Ben blickte zu ihr herunter. »Kein Problem, Ash. Lass einfach los, ich zieh dich mit dem Seil auf die Höhe des nächsten Dübels. Dort findest du sicher einen Halt. Ich kann hier oben eine gute Hebelwirkung ausüben.«

Sie schluckte schwer. Der gesunde Menschenverstand riet ihr, sich an die Wand zu klammern.

Er zwinkerte ihr zu. Als könnte er ihre Gedanken lesen, sagte er: »Ich lasse dich nicht fallen.«

Ihr Misstrauen war ihr peinlich. Sie zwang sich loszulassen. Als sie sich von der Wand löste und über dem einhundert Meter tiefen Abgrund schwang, wurde sie von der Karabinerbremse gehalten. Ben zog das Seil durch die Expressschlinge, und Ashley wurde plötzlich in die Höhe gerissen.

Mit zwei Zügen hatte er sie auf seine Höhe gehievt. Sie schaukelte einen knappen Meter von der Wand entfernt. Ben hielt ihr seine Hand hin. Sie griff danach. Seine Finger streichelten über ihre Handfläche, bevor er sie schloss. Ununterbrochen blickte er ihr in die Augen, als er sie zu sich zog. Er hielt ihre Taille fest umschlungen, und seine heiße Hand lag auf ihrem feuchten T-Shirt, als sie ihre Füße aufsetzte und sich an der Wand festhielt.

»Danke, Ben.«

»Jederzeit, Liebling«, säuselte er ihr ins Ohr und strich mit seinen Lippen über ihre Wange.

Sie errötete und schaute fort. »Wir ... äh ... machen besser, dass wir fortkommen. Michaelson wartet.«

Er wandte sich wieder der Felswand zu und kletterte weiter. Sie beobachtete, wie er mit der Leichtigkeit einer Bergziege vorankam, die Beine weit gespreizt. Sie musste den Blick mit Gewalt abwenden, bevor sie mit immer noch rotem Kopf den Aufstieg fortsetzte.

Innerhalb von zehn Minuten saßen alle auf dem Vorsprung und tranken warmes Wasser und kauten zähen, trockenen Käse.

Ben saß nahe bei Ashley. Ihre Beine berührten sich. Alle waren erschöpft und aßen schweigend. Michaelson war tief in Gedanken versunken.

Schließlich wischte Ashley die Krümel aus ihrem Schoß und erhob sich mit zitternden Waden. Sie stemmte die Fäuste in die Hüften und blickte den Hang hinauf. Glücklicherweise war es eine kurze und leichte Steigung. Wenn sie noch einmal eine senkrechte Wand hinauf müsste, bräuchte sie einen Tag Pause.

Ben stellte sich neben sie. »Fertig?«

Sie nickte.

»Okay«, sagte Ben, »dann Gurte an und los.« Er schnappte sich das aufgerollte Kletterseil und band sie an sich. Er stand dicht neben ihr, als er sie festknotete. Dann beugte er sich zu ihr. »Das müssen wir einmal ausprobieren, wenn wir nicht gerade einen Felsen hochklettern«, sagte er mit einem frechen Grinsen.

Sie verdrehte die Augen und schüttelte den Kopf. »Gehen wir endlich.«

Ben pfiff schon wieder das verdammte Lied und nahm den Hang in Angriff. Ashley folgte ihm. Ein gutes Stück des

Aufstiegs ließ sich im Gehen bewältigen, über kurze Abschnitte hinweg mussten sie kriechen. Kurz vor dem Ende jedoch wurde der Aufstieg wieder knifflig. Haltepunkte für Füße und Hände mussten sorgfältig ausgesucht werden, jeder Meter kostete Umsicht und Kraft.

Seufzend blickte Ashley hinauf und fragte sich, ob sie jemals aus dieser Spalte herauskämen. Plötzlich sah sie, wie Ben sich in die Höhe stemmte und aus ihrem Blickfeld rollte. Er hatte den Rand der Klippe erreicht! Mit neuer Kraft folgte sie ihm und kämpfte sich von Halt zu Halt.

Plötzlich erschien Bens Gesicht über dem Rand, nur einen halben Meter von ihr entfernt und mit einem riesigen Lächeln. »Komm schon, worauf wartest du?«

»Mach, dass du fortkommst«, sagte sie mit einem ebenso großen Lächeln.

Er langte nach unten und schob eine Hand unter ihren Gurt.

»Ich kann das allein. Lass ...«

Er zog sie zu sich und küsste sie mitten auf den Mund. Dann rollte er sich rückwärts, hob sie über die Kante und auf sich drauf.

Sie lachte, während sie auf seiner Brust lag. Erleichterung über den bewältigten Aufstieg machte sich breit. Bens Nase war nur Zentimeter von ihr entfernt. Aber er lachte nicht – er war in ihre Augen versunken. Seine Ernsthaftigkeit ernüchterte sie.

In seinem Blick lag ein Hunger, eine Begierde, die ihr noch nie so offen gezeigt worden war. Und in seinen Augen stand eine Frage geschrieben. Während sie seinen Blick erwiderte, blieb ihr das Lachen im Halse stecken. Nur für einen Moment hielt sie sich zurück, dann gab sie ihm die Antwort auf seine Frage, beugte sich hinunter und erwiderte seinen Kuss, zuerst zärtlich, dann mit Leidenschaft – einer Leidenschaft, die sie zu lange unterdrückt hatte.

Er schlang seine Arme um sie, verschlang sie geradezu, zog sie noch tiefer in seine Umarmung, während ihre Körper sich genauso heftig ineinander gruben wie ihre Lippen.

Worte drangen plötzlich in ihre Idylle. »Wenn ihr Turteltäubchen fertig seid, könnte ich ein wenig Hilfe brauchen.«

Mit puterrotem Kopf rollte Ashley von Ben herunter und setzte sich auf.

Michaelson, der den größten Rucksack trug, kämpfte sich über die Kante. Ben eilte zu ihm hinüber und zog ihn am Rucksack herauf.

Michaelson kam auf die Beine. »Okay, jetzt sind wir oben. Aber wo zum Teufel ist oben?«

Ashley räusperte sich und warf Ben einen vorwurfsvollen Blick zu. Sie hätten die Gegend untersuchen sollen. Sie nahm ihre Blendlaterne und schaltete sie ein. Die Männer folgten ihrem Beispiel. »Finden wir es heraus«, sagte sie.

Ben holte den GPS-Empfänger aus seinem Rucksack und spielte damit herum. »Funktioniert immer noch nicht.« Er verschloss ihn wieder und wühlte im Rucksack herum. »Vergesst den modernen Computerklimbim. Manchmal muss man auf altmodische Methoden zurückgreifen.« Er zog eine verkratzte silberne Schachtel von der Größe seines Handtellers hervor und küsste sie. »Ah! Da ist ja mein Liebling. Ein einfacher magnetischer Kompass mit eingebautem Barometer zur Druckmessung. Fantastisch geeignet, um die Tiefe zu schätzen.« Er prüfte die Werte des winzigen Instruments. »Ich schätze mal, wir sind gerade zweihundert Meter geklettert. Die bringen uns unserem Zuhause nicht allzu viel näher.« Er wies mit dem Kompass vorwärts. »Da entlang sollten wir gehen.«

Ashley übernahm die Spitze, Michaelson humpelte hinterher.

Vor ihnen öffneten sich die Felsen in eine geräumige Höhle, eine kleine Erhebung versperrte ihnen den Blick in den Hauptraum. Ashley erreichte die Kuppe zuerst. Sie erstarrte, als sie mit dem Strahl ihrer Laterne über den Grund der Höhle strich.

Ben holte sie ein. »Scheiße!«, sagte er, als er hinunterblickte.

»O Gott«, flüsterte Michaelson.

Ashley verbreiterte den Strahl der Laterne. Vor ihnen, über den Höhlenboden verteilt, lagen tausende weiße Eier, so groß wie reife Wassermelonen. Die meisten bildeten Haufen. Nester. Überall sah man zerbrochene, leere Schalen. Mitten in der Höhle steckten drei kleine Bestien, so groß wie junge Ponys, die Köpfe zusammen. Als Ashleys Strahl sie traf, begannen sie, durchdringend zu wimmern.

Linda hatte Recht, dachte Ashley. Eierlegend wie das Schnabeltier. »Das ist nicht gut«, sagte sie, »überhaupt nicht gut.«

Nur ein weiterer Gang führte aus der Höhle. Es war ein Tunnel, durch den ein Zug gepasst hätte. Die Babys hörten nicht auf zu kreischen. Es klang wie ein Fingernagel, der über eine Schiefertafel kratzte. Als ein Brüllen aus dem Tunnel erklang, beruhigten sich die drei rasch und legten sich wieder in ihr Nest.

Ein großes, wütendes Etwas bahnte sich seinen Weg.

18

Jason lehnte sich über den Rand des Pontons und beobachtete die dreieckige Form des Kielwassers, während er den Finger ins Wasser hielt. Er wünschte sich, seine Mutter wäre hier. Nicht, dass er sich fürchtete. Der anfängliche Horror ihrer gestrigen Flucht war mittlerweile einer bloßen Sorge gewichen. Er vermisste sie nur.

Hinter ihm schnarchte Blakely in seinem Sitz, in den er sich hatte fallen lassen. Sie ankerten hier seit fast einem Tag, hundert Meter vom Ufer entfernt. Es gab nichts zu tun, es gab nichts zu sehen. Eine Rauchwolke verhüllte das Ufer. Gestern hatte das Feuer kurzer Explosionen das Ufer erhellt. Heute jedoch sah man nichts außer öligem Rauch und Schwärze. Man konnte kaum erkennen, in welcher Richtung die Basis lag.

Jason wälzte sich auf den Rücken. Eine Schnalle seiner orangefarbenen Schwimmweste drückte ihm in die Seite. Er drehte sich in eine bequemere Position und betrachtete die Welt über sich. Die einsame Laterne warf einen Lichtfleck auf die Decke. Stalagtiten ragten aus dem schwarzen Nebel heraus und waren auf das Boot gerichtet. Als würden sie auf ihn zeigen. Sogar als das Boot davontrieb, schienen sich die felsigen Speerspitzen zu biegen und ihn immer noch anzuklagen, bevor sie schließlich im Rauch verschwanden.

Jason richtete sich plötzlich auf und brachte das Boot damit zum Schaukeln. Warte mal. Sie hatten doch Anker geworfen. Das Boot durfte gar nicht unter den Stalagtiten vorbeigleiten. Sie bewegten sich! Sie trieben fort!

»Dr. Blakely!« Jason krabbelte über den federnden Boden zu dem Wissenschaftler. »Da stimmt was nicht.«

Blakely stöhnte und setzte sich aufrecht hin. »Was denn, Jason? Hast du schon wieder einen Fisch gesehen?« Er schob die Brille den Nasenrücken hoch. Ein Glas war ihm gestern irgendwann herausgestoßen worden. Er kniff das ungeschützte Auge zu, als ob er Jason zublinzeln wollte.

»Schauen Sie doch, Dr. Blakely! Wir bewegen uns.«

Seufzend verrenkte Blakely seinen Hals nach hinten und zog eine missbilligende Miene, die plötzlich einem erstaunten Blick und weit geöffneten Augen wich. »Verflucht, wir bewegen uns wirklich.«

Er griff über den Rand des Boots und holte das Ankertau ein. Dabei warf er das tropfende Tau auf Jasons Zehen.

Jason stieß das schleimige, stinkende Seil mit mürrischem Gesicht zur Seite.

»Veflucht!« Blakely hielt das abgerissene Ende des Taus in der Hand. Kein Anker. »Sieht so aus, als hätte es jemand durchgebissen.« Er ließ das Tauende fallen und setzte sich neben das Ruder. »Die Strömung ist sehr stark hier. Wir haben ein flottes Tempo.«

»Was machen wir jetzt?«

Blakely ging zum Motor. »Zuerst müssen wir herausfinden, wohin wir uns bewegen. Jason, geh vor und schalt den Suchscheinwerfer ein.«

Jason eilte zum Bug, schnappte sich die Lampe, schaltete sie ein und schwenkte den Strahl nach vorn. Das Licht schnitt wie eine riesige Klinge durch die Dunkelheit vor ihnen. Doch der Rauch leistete ihm Widerstand. Nur wenige Meter vom Bug entfernt verschluckte ein undurchdringlicher Vorhang aus öligem Nebel das Licht.

»Jason, hol bitte die Paddel heraus. Vielleicht brauchen wir sie.«

»Warum denn? Wir haben doch den Motor.«

Blakely schüttelte den Kopf. »Es ist nicht viel Benzin im Tank. Und so dick wie der Rauch ist, wäre das Tempo Selbstmord. Wir könnten mit etwas kollidieren oder irgendwo auflaufen. Und außerdem, falls wir nahe am Strand sind – und wer zum Teufel soll das in dieser Erbsensuppe wissen? –, möchte ich die Aufmerksamkeit nicht auf uns ziehen. Also rudern wir.«

Nickend arretierte Jason den Scheinwerfer und bewegte sich zu der Stelle, wo die Plastikpaddel befestigt waren. Als er das erste aus seiner Halterung befreit hatte, fluchte Blakely plötzlich. Jason schaute hoch.

Eine Wand aus zerklüftetem Fels raste auf sie zu und füllte ihre gesamte Sicht aus. Schwarze Dolche ragten von den Wänden und aus dem Wasser. Die Strömung trieb ihr Boot genau auf die dichteste Ansammlung scharfkantiger Felsen zu. Plötzlich war ein Schlauchboot kein so angenehmes Beförderungsmittel mehr.

Blakely schrie, als er sich mit voller Kraft auf das Steuer stemmte. »Junge, lauf auf die rechte Seite und paddele wie verrückt!«

Jason erfasste die Gefahr, sprang nach rechts und beugte sich über den Rand des Boots, um sein Paddel ins Wasser zu tauchen. Er zog es so durchs Wasser, wie seine Mutter es ihm gezeigt hatte, als sie im Colorado River Kanu fahren gewesen waren. Er tauchte mit dem Paddel tief ein und machte lange und schnelle Züge.

»Wir schaffen es nicht«, schrie Blakely, und seine Stimme überschlug sich.

Die Panik in seiner Stimme war ansteckend. Jasons vorbildliches Paddeln wurde verzweifelt. Er konzentrierte sich auf das Wasser, das er aufwühlte. Dennoch lauschte er aufmerksam, während ihm das Blut in den Schläfen pochte, in der Erwartung, jeden Moment das Zerreißen der Schwimmer zu hören.

Seine Schultern brannten vor Anstrengung, aber er tauchte das Paddel immer wieder ins Wasser.

»Wir drehen uns!« In Blakelys Stimme erklang eine Spur Hoffnung.

Jason warf einen Blick über die Schulter. Das Boot fuhr nun in einem spitzen Winkel und nicht mehr senkrecht auf die Wand zu. Er ruderte weiter. »Werfen Sie den Motor an!«, schrie er.

»Die Zeit reicht nicht. Ich habe Angst, das Steuer loszulassen.«

Jason hatte schon zu viele Kanufahrten mitgemacht, um

nicht zu erkennen, dass sie es nicht schaffen würden. Dennoch paddelte er unermüdlich. Da sahen sie plötzlich, während ihr Boot mehr und mehr zur Seite trieb, durch den Rauch hindurch eine Öffnung in der Wand. Ein großer schwarzer Schlund. Wenn sie darauf zuhielten, konnten sie der zerklüfteten Wand vielleicht entkommen.

Blakely sah sie auch. »Unsere letzte Chance.«

Jason paddelte wie wild weiter. Glücklicherweise strömte auch das Wasser in diese Richtung. Während er ruderte, grub sich der Bug des Schiffes immer tiefer in die Strömung.

»Vorsicht, dein Kopf!«, rief Blakely ihm zu.

Jason duckte sich, als sie unter einem felsigen Überhang hindurchtrieben. Jeden Moment mussten sie auf die Wand treffen. Er hockte sich tief ins Boot hinein und wartete auf die Kollision. Aber die Stärke der Strömung ergriff das Boot plötzlich und zog den Bug um die Kurve in den schwarzen Tunnel hinein.

»Wir haben es geschafft«, jubelte Jason.

Sie glitten sanft in den Tunnel. Jason kroch nach vorn zum Suchscheinwerfer am Bug. Er wirbelte herum und untersuchte die Wände des Tunnels. Keine steinernen Speerspitzen drohten sie zu erdolchen. Stattdessen waren die Wände glatt wie poliertes Glas.

»Hier scheinen wir sicher zu sein«, sagte Blakely. »Das ist der Fluss, in den sich der See entleert. Was für ein Glück, dass das Wasser des Flusses die Wände im Laufe der Zeit glatt poliert hat.« Das Echo warf seine Worte zurück und ließ sie hohl klingen.

Der Fluss trieb das Boot tiefer in den Tunnel hinein. Ihr Licht durchdrang die Dunkelheit bis zur nächsten Biegung.

»Wohin führt er?«, fragte Jason.

»Ich weiß es nicht, und ich glaube auch nicht, dass jetzt der richtige Zeitpunkt ist, um das herauszufinden. Lass uns mal schauen, ob wir das Boot wenden können, dann werfe ich den Motor an.«

Jason gab Blakely ein Paddel, und jeder setzte sich an eine Seite. Jason paddelte vorwärts, Blakely rückwärts. Das Boot drehte sich um seine eigene Achse, gerade als die Strömung um die Kurve bog. Plötzlich fiel der Fluss steil ab. Die erhöhte Geschwindigkeit riss den Bug des Boots wieder nach vorn.

»Halt dich fest, Jason!«, sagte Blakely, als das Boot in die wilde Strömung hineingezogen wurde.

Jason schluckte heftig und griff mit einer Hand in eine Halteschlinge. Das Boot sackte tiefer und wurde immer schneller. Der Bugscheinwerfer hüpfte über das tosende Wasser. Als er sah, was auf ihn zukam, griff Jason auch mit der zweiten Hand in die Schlinge.

Der Tunnel ging jetzt in eine enge Kurve. Das Wasser strömte in einem hohen Bogen an der Wand entlang, als der Fluss um die Kurve bog.

»Scheiße!«, platzte es aus Blakely heraus, der sich hastig die Gischt mit dem Ärmel von der Brille wischte und dann verzweifelt nach einer Schlinge griff.

Das Boot schoss in die Kurve und stieg dabei steil die Wand hinauf. Als würde man mit dem Strudel in einen Abfluss strömen, dachte Jason. Er sah, wie Blakelys Seite des Boots sich über ihm aufrichtete. Blakely versuchte krampfhaft, den Halt nicht zu verlieren, seine Beine strampelten auf dem glitschigen Gummiboden.

Jason kauerte sich zusammen und betete, dass das Boot nicht kippte.

Das Boot klatschte herunter, als die Kurve wieder in die Gerade überging, und Jason fiel auf den Boden.

»Noch eine Kurve!«, schrie Blakely.

Jason wappnete sich. Dieses Mal schoss seine Seite des Boots steil in die Höhe. Er sah die kahle Stelle auf Dr. Blakelys Kopf. Dann sank das Boot in die Waagerechte zurück. »Wie können wir anhalten?«

Blakely blickte mit zusammengekniffenen Augen in den Tunnel, durch den das Boot hindurchraste. »Weiß ich nicht. Ich hoffe, dass die Strömung irgendwann einmal geradeaus läuft und unsere Fahrt sich verlangsamt ... Festhalten! Da kommt die nächste Kurve!«

Nach fünf weiteren Kurven wurde Jason langsam übel. Die Trockennahrung, die er zum Frühstück gegessen hatte, lag wie ein Klumpen in seinem Magen. »Mir wird schlecht«, murmelte er.

»Schhhh!«, sagte Blakely. »Hör mal.« Das Boot hatte seine Fahrt verlangsamt, der Fluss verlief wieder waagerecht, doch die Strömung war immer noch stark.

Jason unterdrückte ein Stöhnen, legte den Kopf auf die Seite und lauschte angestrengt. Und? Dann hörte er es auch. Es klang, als würde jemand gurgeln. Das Gurgeln schwoll immer mehr an, bis es toste.

Blakely nahm das Wort wie eine heiße Kartoffel in den Mund: »Wasserfall.« Er schnappte sich das Steuer. »Wir müssen umdrehen und den Motor in Gang setzen!«

Jason schaute sich in dem engen, felsigen Tunnel um. Sogar wenn man die reißende Strömung außer Acht ließ, gab es keinen Platz für eine Wende. Da erinnerte er sich an etwas, das seine Mutter ihm beigebracht hatte. »Wir wenden in der nächsten Kurve!«, schrie er durch den donnernden Lärm.

»Was?« Blakely starrte ihn an, als wäre er verrückt geworden.

»Wenn wir in die Kurve gehen, können wir uns durch die Kraft der Strömung drehen.«

»Das ist zu gefährlich.«

Jason zeigte nach vorn. »Ja, aber was ist damit?«

»Eins zu null für dich. Wie drehen wir uns?«

Jason gestikulierte mit Händen und Füßen, um sich verständlich zu machen. »Drehen Sie das Steuer in der nächsten Kurve in die entgegengesetzte Richtung. Versuchen Sie so, den Bug die Wand hinauf zu steuern. Die Strömung reißt dann das Heck herum und dreht uns rückwärts. Meine Mama und ich haben es einmal versucht.«

»Und hat es geklappt?«

»Eigentlich nicht, das Boot ist gekentert.«

»Toll.«

»Es soll aber funktionieren. Wir haben es nur falsch gemacht.«

»Okay, wir haben nur einmal die Chance, es richtig zu machen. Da kommt die nächste Kurve!« Blakely musste brüllen, um das Getöse zu übertönen.

Jason sprang zurück neben Blakely, um mit ihm das Steuer herumzulegen. »Auf mein Kommando drücken!«

Blakely nickte.

Jason wartete, bis die Spitze des Boots in die Kurve ging. »Jetzt!«

Blakely riss das Ruder herum und stemmte sich mit aller Kraft dagegen. Jason drückte ebenso fest. Der Bug schoss die Wand hinauf, das Boot stand senkrecht.

»Nicht loslassen!« rief Jason, der spürte, dass Blakely locker ließ. »Nicht bevor wir ganz herum sind!«

Für einen Moment zitterte das Boot, dann flog das Heck herum, und der Scheinwerfer leuchtete in die Richtung, aus der sie gekommen waren.

»Mein Gott!«, sagte Blakely mit großen Augen. »Wir haben es geschafft.«

Jason wirbelte herum, um zu sehen, wohin die Strömung sie riss. Hundert Meter weiter ergoss sich der Fluss in eine große Höhle. Er guckte angestrengt auf die näher kommende Öffnung. Merkwürdig, dachte er. Er rieb die Augen und betrachtete wieder die Wände des Tunnels um sich herum.

Es verschwand einfach nicht. »Schauen Sie, die Wände geben eine Art Licht von sich.«

Blakely verdrehte den Hals, um sich umzusehen. »Eine Art leuchtender Schimmel.« Er zog an der Anlasserschnur des Außenbordmotors. Der Motor klickte, sprang aber nicht an.

»O nein!«, sagte Jason. »Da!«

Blakely hatte es schon gesehen und riss verzweifelt an der Schnur.

Stromabwärts konnten sie durch das Leuchten den Schaum von Wildwasser sehen. Das Tosen drückte ihm mittlerweile aufs Trommelfell und ließ seinen Schädel vibrieren. Jenseits der mahlenden Strömung verschwand der Fluss. Über eine Klippe!

Jason drehte sich zu Blakely, als das Boot auf den Abgrund zuraste. »Schnell!«

Blakely riss noch einmal mit ganzer Kraft an der Schnur, der Motor stotterte – und sprang an!

Blakely gab Vollgas. Das Boot stemmte sich gegen die Strömung, zuerst ohne Wirkung. Immer noch drängte der Strom sie auf den Wasserfall zu. Doch wenige Meter vor dem Wildwasser gewann der Motor endlich. Das Boot lag nun bewegungslos im Fluss, während der Motor gegen die Strömung ankämpfte.

»Los, los, los ...« Jason versuchte, das Boot anzufeuern.

Als hätte es ihn erhört, bewegte es sich vorwärts, zuerst langsam, dann immer schneller.

Jason jubelte. Blakely lächelte grimmig.

Und dann ging der Motor aus.

19

Wieder ein Schrei, der durch Mark und Bein ging. Die Bestie musste jeden Augenblick auftauchen.

Ashley suchte nach einem zweiten Ausweg aus dem Nest. Sogar eine kleine Spalte, in der sie sich verstecken konnten, hätte es getan. Ein eiliger Schwenk mit der Blendlaterne offenbarte nur Felswände.

»Wieder zurück!«, sagte Ben und wies mit seiner Lampe zurück zur Klippe.

Michaelson hatte bereits sein Gewehr in der Hand. »Nein, wir bleiben und töten sie.«

Ashley schüttelte den Kopf. »Es könnten noch andere in der Nähe sein. Die Schüsse locken wahrscheinlich eine ganze Herde dieser verdammten Biester an. Wir schießen nur, wenn sie uns in die Enge treiben.«

Ben warf einen Blick zur Klippe. »Ich behaupte mal, wir sind schon in die Enge getrieben.«

»Wir müssen uns nur irgendwo verstecken«, sagte Ashley. »Wenn Big Mama die Höhle leer vorfindet, wird sie hoffentlich das Interesse verlieren und wieder verschwinden.«

»Aber wo können wir uns verstecken?«, fragte Michaelson. Er prüfte die Patronen seines Gewehrs.

Ben zog an dem aufgerollten Seil, das über seiner Schulter hing. »Wir könnten uns ein Stück über die Klippe abseilen und dort hängen bleiben, bis sie weg ist. Falls sie uns findet, seilen wir uns tiefer ab.«

Ashleys Arme fühlten sich immer noch wie weiche Nudeln an, aber hatte sie eine andere Wahl? »Gute Idee. Los geht's.«

Sie rutschte über den Kamm und folgte Ben bis zum Rand der Klippe. Von der Kuppe aus sicherte Michaelson ihren Rückzug, beobachtete den Tunnel und wartete auf Big Mamas Ankunft.

»Wickle dein Seil um den Stalagmiten«, wies Ben sie an, »So!«

Sie machte es ihm nach und zog ihren Knoten sogar noch fester zu als er. Dann überprüfte sie das Seil mit einem Ruck.

»Das ist fest genug, Ash.«

»Nur zur Sicherheit.« Sie beobachtete, wie Ben das Seil des Majors um einen dritten Vorsprung wickelte. Er warf das zusammengerollte Seil über die Kante und ließ es an der Felswand herunterhängen.

Zorniges Gebrüll donnerte durch die Höhle. Ashley blickte zum Nest.

Michaelson stolperte den Hang herunter, seine Flinte hielt er mit einer Hand fest. »Sie kommt!«

»Ash, Bewegung! Ich sorge schon dafür, dass Michaelson gesichert ist.«

Sie nickte und hakte das Seil in den Karabinerhaken ein. »Geh kein Risiko ein.«

»Wer, ich?« Ben zwinkerte ihr zu und scheuchte sie zur Kante. Wieder ertönte ein Brüllen. »Beeilung!«

Sie packte das Seil, beugte sich über den Rand, sprang ein paar Meter hinunter, bremste und hielt an. Der Rand der Klippe verdeckte ihr die Sicht. Verdammt, sie konnte nicht erkennen, was da oben vor sich ging, aber sie konnte es hören.

»Warten Sie nicht, Ben! Machen Sie, dass Sie Ihren Arsch da runter bekommen!« Michaelsons Stimme klang fast hysterisch. »Sie ist direkt hinter mir.«

»Hier rüber, Mann!«

Gesteinsbrocken rieselten über die Kante, als der Major schlitternd zum Stehen kam. »Sie sieht uns! Da kommt sie!«

Der Klang von Krallen, die auf Felsen kratzten, ließ Ashley erzittern. Ein ohrenbetäubender Schrei explodierte oben. Es klang, als käme er direkt vom Rand.

Michaelson sprang plötzlich über den Abgrund, das Seil zischte durch seinen Karabiner. Seine Stiefel trafen mehrere Meter zu ihrer Linken auf die Wand. Sein Gesicht war im Licht ihrer Helmlampe puterrot.

Michaelson japste nach Luft und schüttelte den Kopf. »Er ... er ... hatte seine Lampe ausgeschaltet ... dann ist er hinter einen Steinschlag gesprungen. Ich glaube nicht, dass sie ihn gesehen hat. Sie war auf meine Helmlampe fixiert.«

Ashley betete, dass Ben sich in Sicherheit befand, und sah auf das leere, baumelnde Seil links von ihr. Über ihr hörte sie ein Grunzen. Noch mehr Schutt rieselte herunter und prasselte auf Michaelson.

Ein Reptilkopf schoss über den Rand der Klippe und starrte suchend zuerst mit einem schwarzen Auge in den Abgrund, dann mit dem anderen. Die Bestie befand sich genau über dem Major. Plötzlich hielt sie in der Bewegung inne, ein Auge auf Michaelson gerichtet. Sie öffnete ihr Maul und brüllte ihn an.

Michaelson ließ sich noch einen Meter tiefer fallen. Nun konnte sie auch mit ihrem langen, stacheligen Hals nicht an ihn heran. Die Bestie fauchte die entgangene Beute an, legte ein letztes Mal den Kopf auf die Seite und verschwand dann jenseits der Felskante. Ashley atmete erleichtert auf, als Michaelson den Daumen hochhielt. Sie waren in Sicherheit. Aber was war mit Ben? Wieder hielt sie Ausschau. Plötzlich schnappte Michaelson laut nach Luft und lenkte Ashleys Aufmerksamkeit wieder auf sich. Er hatte den Halt verloren und knallte gegen die Felswand, weil jemand sein Seil hinaufzog. Sie sah mit großen Augen, wie sein baumelnder Körper wieder einen Meter hinaufgezerrt wurde. Er prallte mit der Schulter hart gegen die Wand.

»O Gott! Sie hat mein Seil!« Er wurde noch höher gezogen und war nur noch einen halben Meter von der Kante entfernt.

Die Bestie schaute wieder über den Rand, den Kopf auf die Seite gelegt, ein Auge auf Michaelson gerichtet, das Seil fest zwischen den Kiefern. Sie riss den Kopf zurück, so dass Michaelson in die Höhe gezogen wurde und nun vom Maul der Bestie herabbaumelte.

Ashley versuchte, ihre Pistole mit einer Hand aus dem Holster zu ziehen, ohne das Seil loszulassen. Verzweifelt versuchte sie, den Verschluss zu öffnen. Verdammt! Während sie mit dem Holster kämpfte, hörte sie Bens Stimme. Sie hielt inne.

»He, Big Mama, behandelt man so einen Gast?« Dann stieß er einen lauten Pfiff aus.

Ashley sah, wie die Bestie in Bens Richtung zuckte und Michaelson hin und her schleuderte. Das Tier öffnete das Maul, um den Eindringling anzufauchen, und verlor das Seil.

Michaelson sackte mit rudernden Armen und Beinen an ihr vorbei. Das Tau zog sich stramm, er knallte gegen die Wand. Sie hörte das Geräusch knirschender Knochen.

Entsetzt sah sie zu ihm hinunter. Er stöhnte, die Augen vor Schmerz zusammengekniffen, und versuchte, mit einem Bein wieder in die Abseilposition zu gelangen. Ashley war erleichtert, dass er den Sturz überlebt hatte, und schaute wieder zum Klippenrand.

Die Bestie hatte sich aus dem Blickfeld zurückgezogen. Ashley hörte, wie sie schnüffelte und schnaufte und mit den Krallen vorsichtig suchend am Felsen kratzte. Los, Ben, mach, dass du runterkommst! Sie lauschte angestrengt. Was mochte dort oben vor sich gehen? Stille. Sie warf einen Blick nach links. Bens Seil war fort! Wann war es verschwunden?

Ein freudiges Schnauben erklang von oben. Der Jäger hatte sein Opfer gefunden. Ein verzweifeltes Scharren und Balgen brach aus.

»Schau mal, Ma!« Bens Stimme klang aggressiv. »Ich habe dir einen neuen Schal gestrickt.«

Wütendes Gebrüll.

Plötzlich sprang Ben über die Felskante und schoss durch die Luft. Sein Seil fiel hinterher. Als es sich straffte, drehte er sich mitten in der Luft herum, Gesicht zur Klippe, und schoss auf die Wand zu. Mit den Beinen federte er die Wucht des Aufpralls ab. Nur sein hervorgestoßenes »Uff!« ließ erahnen, dass der Aufprall ihm zu schaffen machte.

»Ben …«, sagte Ashley erleichtert und verwirrt, »was ist mit …«

Ben zeigte mit dem Finger nach oben.

Sie schaute wieder zur Felskante hinauf. Der Kopf des Beuteltiers ragte über die Klippe, seine wabblige Zunge hing aus dem schlaffen Kiefer. Das Seil war um seinen Hals geschlungen und schnitt sich tief in sein Fleisch.

Ben zeigte der Bestie einen Schmollmund. »Also das nennst du Dankbarkeit? Ich glaube, ihr gefällt mein Geschenk nicht.«

Der SEAL stöhnte und öffnete die Augen. Linda fühlte gerade seinen Puls. »Er kommt wieder zu sich«, sagte sie. Sie hatte befürchtet, dass ihn die Sporen bei seinem geschwächten Zustand untergekriegt hätten.

»Das ist gut«, sagte Khalid. Man sah ihm an seinem fahlen Gesicht an, dass er selbst noch mit den Folgeerscheinungen kämpfte. Er schloss die Augen und drückte die Finger an die Schläfen.

»Hier, versuch das mal.« Sie reichte ihm ein feuchtes Handtuch. »Zurücklehnen und auf die Augen legen.«

Er lächelte sie matt an, gehorchte dann aber.

Während er sich zurücklehnte, wandte sich Linda wieder Villanueva zu. Sie kühlte seine Stirn. Mit Khalids Hilfe war es ihr gelungen, ihn in eine einigermaßen pilzfreie

Höhle zu bringen, durch die ein Bach mit kaltem Wasser floss, der ein wenig scharf nach gelösten Mineralien roch. Der einzige Eingang war eine enge Öffnung und zu klein für die Bestien. Dennoch hatte sie die Pistole auf einen Felsen in Reichweite gelegt.

Villanueva versuchte zu sprechen und brachte zwischen seinen klebrigen Lippen hervor: »W-w-asser ...«

Sie half ihm, sich aufzurichten, und hob eine Tasse an seine Lippen. Mit zitternden Händen nahm er sie ihr ab und trank allein.

»Was ist passiert?«, fragte er und blickte auf Khalid, der nun ruhig unter dem nassen Laken schnarchte.

Während er die Tasse leer trank, erzählte sie ihm von den giftigen Pilzsporen.

Er gab ihr die Tasse zurück. »Gibt es hier unten irgendetwas, das uns nicht auffressen will?«

Sie grinste ihn an. »Das hier ist eine feindliche Umwelt. Alles, was überleben will, muss lernen, die wenigen Ressourcen ganz auszuschöpfen. Das hat harten Wettbewerb und die unterschiedlichsten Angriffsmethoden zur Folge.«

»Toll. Was kommt als Nächstes? Fleisch fressende Schmetterlinge?«

Sie zuckte mit den Achseln.

Er schüttelte den Kopf. »Verflucht, jetzt könnte ich eine Zigarette gebrauchen.«

»Ich glaube nicht, dass Ihnen das gut täte.«

Er hob die Brauen. »Mir wäre gerade fast der Arm abgerissen worden, ein Monster hat mich als Beißring missbraucht, und irgend so ein bekloppter Schimmelpilz hat versucht, mich zu vergiften. Ich glaube, ich überlebe auch eine Zigarette.«

Sie nickte. »Ich schaue mal in Khalids Gepäck nach. Er hat ein paar Extrarationen. Ich bin sicher, er hat nichts dagegen, eine abzugeben.« Sie holte seinen Rucksack zu sich herüber und wunderte sich darüber, wie schwer er war. Sie öffnete die Taschen und wühlte durch Kleidung und Kletterausrüstung. »Es muss hier irgendwo drin sein.«

»Ist schon gut. Ich könnte ...«

»Hier, ich glaube, ich habe eine. Noch eingeschweißt.«

Ihr Arm steckte bis zum Ellbogen im Rucksack, und sie fühlte, wie der Kunststoff in ihren Fingern knisterte. »Ich hab's!« Sie zog ihren Arm heraus und hob das eingeschweißte Päckchen in die Höhe. Sie wurde verlegen, als sie entdeckte, dass es sich nicht um eine Schachtel Zigaretten handelte. Neugierig hielt sie es ins Licht, um es genauer zu betrachten.

Villanueva riss die Augen weit auf, als er sah, was sie in der Hand hielt. »Passen Sie auf damit!«

»Was ist das?«

»Plastiksprengstoff. Lassen Sie mich mal sehen.«

»Sprengstoff?« Sie gab ihm den in Zellophan eingewickelten Würfel.

Er schaute auf die Rückseite der Verpackung. »Der Aufdruck ... Es handelt sich um deutsche Ware.«

»Warum sollte ...?« Sie blickte auf den Schlafenden. »Als Geologe hat er vielleicht geglaubt, er muss sprengen, um an Gesteinsproben zu gelangen.«

Der SEAL schüttelte den Kopf. »Ich war über alles informiert. Man hätte es mir gesagt, wenn jemand Plastiksprengstoff dabei gehabt hätte. Das hier ist ganz offensichtlich Schmuggelware. Geben Sie mir den Rucksack.«

Sie hielt den Atem an. Tausend Gedanken schossen ihr durch den Kopf, als sie ihm Khalids Rucksack reichte. Sie erinnerte sich plötzlich, wie abwehrend er sich manchmal verhalten hatte, wenn ein anderer seinem Rucksack zu nahe kam. Was für ausweichende Antworten er gegeben hatte, wenn ihn jemand nach seiner Vergangenheit gefragt hatte. Aber sie erinnerte sich auch an seine starken Hände, die ihr steile Hänge hinaufgeholfen hatten, und an seine freundlichen, ermutigenden Worte.

Villanueva schloss den Rucksack. »Da sind zwölf Päckchen drin. Das reicht, um den ganzen Vulkan über uns in die Luft zu jagen.« Er griff nach ihrer Pistole, doch seine Verletzungen hinderten ihn daran. »Geben Sie mir Ihre Waffe.«

Instinktiv wollte sie gehorchen, aber als sie die Hand auf die Pistole legte, hielt sie plötzlich inne und war sich nicht sicher, was sie tun sollte.

Mit einem rasselnden Schnarchen hustete Khalid sich wach. Er nahm das Tuch vom Gesicht und setzte sich auf. »Was macht ihr …?« Sein Blick bewegte sich von Villanueva mit dem Rucksack zu Linda mit der Waffe. Er kräuselte die Stirn und zog die Augenbrauen zusammen. Sein Akzent wurde breiter: »Was zum Teufel habt ihr mit meinem Rucksack zu schaffen?«

Seine Worte waren an den SEAL gerichtet, aber seine Wut traf auch Linda. Verlegen sagte sie: »Wir haben nur eine Zigarette gesucht und …«

Villanueva schnitt ihr das Wort ab. »Was für ein Spiel spielen Sie, Khalid? Wer hat Sie geschickt?«

»Ich weiß nicht, wovon Sie reden. Geben Sie mir meinen Rucksack zurück.«

Der SEAL schüttelte den Kopf. »Gehen Sie zum Teufel.«

Linda trat einen Schritt von den Widersachern zurück. Sie hielt die Pistole in den tauben Fingern und starrte Khalid unverwandt an. Dies war derselbe Mann, der seine Wasserflasche mit ihr geteilt hatte. Derselbe Mann, der sie befreit hatte, als sie in der engen Spalte steckte.

Ihre Bewegung erregte Khalids Aufmerksamkeit. Er sprach zu ihr und wies mit dem Daumen auf Villanueva. »Hat er Fieber? Ist das die Pilzdroge? Warum benimmt er sich so?« Er winkte sie zu sich, von Villanueva fort. »Sei vorsichtig. Vielleicht ist er gefährlich.«

Benommen sah sie, wie ihre Füße sich auf Khalid zubewegten. »Es geht ihm gut. Nur kann er nicht verstehen, warum du Sprengstoff dabei hast.«

»Kommen Sie ihm nicht näher!« Villanueva versuchte aufzustehen, war jedoch zu schwach und fiel wieder hin. »Glauben Sie ihm kein Wort. Geben Sie mir die Waffe.«

Khalid flehte sie an: »Tu es nicht. Er wird mich töten.«

Sie blickte zu Villanueva.

Villanuevas Lippen hatten sich zu einer dünnen, harten Linie verengt. »Was haben Sie sich mit dem ganzen Sprengstoff für uns ausgedacht?«

Khalid senkte den Kopf. »Linda, lass mich erklären. Er verdreht alles. Ich bin kein arabischer Terrorist. Er lässt sich von seinen Vorurteilen beeinflussen.«

»Khalid ...?« Sie ging einen einzigen Schritt auf ihn zu. Nun lag nur noch ein Meter zwischen ihnen.

»Aufpassen!«

Villanuevas Warnung kam zu spät. Zu spät für Khalids plötzlichen Hechtsprung. Er war auf ihr, bevor sie nach Luft schnappen konnte, und hielt sie eng umschlungen. Mit einer Hand griff er nach der Pistole und entwand sie ihr.

»Es tut mir Leid«, flüsterte er ihr ins Ohr. »So hatte ich das nicht geplant.« Als er die Pistole in der Hand hielt, ließ er sie frei.

Sie stolperte ein paar Schritte fort von ihm. Tränen standen ihr in den Augen.

Er richtete die Waffe auf Villanueva.

»Und jetzt, Khalid?«, sagte er mit einem hämischen Grinsen. »Wie wollen Sie hier fortkommen?«

»Indem ich Ballast abwerfe.« Khalid drückte zweimal ab. Villanuevas Kopf flog zurück, zwei kleine Löcher entstanden auf seiner Stirn. Sein Körper sackte zu Boden.

Linda schrie auf. Sie hielt die Hände vors Gesicht, fiel

auf die Knie, schluchzte und erwartete, dass jeden Moment Kugeln auch ihren Körper zerfetzten.

Sie fühlte eine Hand auf ihrer Schulter. Kein Wort.

Bei seiner Berührung zuckte sie zusammen und weinte noch mehr. Die Hand berührte sie nicht mehr. Schließlich gingen ihre gequälten Schreie in lautloses Weinen über. Sie blickte auf.

Khalid hockte auf den Fersen und ließ den Kopf hängen. Er hielt die Pistole mit derselben Selbstverständlichkeit, wie man einen Kugelschreiber hält. Er musste ihren Blick bemerkt haben.

Sie schniefte. »Warum?«

Sein Antwort klang unbeteiligt und gefühllos. »Ich habe eine Mission zu erfüllen.« Er schaute ihr ins Gesicht. »Blakely war naiv. Die Nachricht vom Fund einer riesigen Diamantstatue hat viele Ohren erreicht. Ein südafrikanisches Diamantenkartell trat an meinen Arbeitgeber heran. Wenn die Fundstelle solch riesiger Diamanten jemals entdeckt würde, dann würde das den Markt für Diamanten zerstören. Mit den Preisen ginge es bergab. Ich habe den Auftrag, die Fundstelle zu finden und zu sabotieren. Das ganze System in die Luft zu jagen.«

Sie senkte den Kopf. »Und alle sterben nur für Geld.«

Er streckte die Hand aus, fasste ihr Kinn und hob ihr Gesicht. Seine Fingerspitzen waren noch warm von der Pistole. »Nein«, sagte er, »ich habe das Angebot der Südafrikaner auch aus einem anderen Grund angenommen. Aus einem Grund, der mir mehr am Herzen liegt. Falls dieser Kontinent sich zu einem größeren Konkurrenten im Erdölmarkt entwickeln würde, würde dies, wie im Fall des Diamantenmarkts, die Wirtschaft des Mittleren Ostens vernichten. Öl ist das Blut, das durch die Adern meines Heimatlandes fließt. Bevor man dort Öl fand, war mein Land arm. Es gab keine Schulen, kein Gesundheitswesen, keinen Weg, der aus der Wüste hinausführte. Das will ich nie wieder erleben. Nicht nach so viel Fortschritt.« Schmerz blitzte in seinen Augen auf. »Ich liebe mein Land genauso, wie du deins liebst. Würdest du töten, um dein Land zu retten?«

Verunsichert gab sie keine Antwort und wandte ihr Gesicht ab.

Er ließ ihr Kinn los und stand auf. »Ich muss wieder nach oben und meine Mission erfüllen.« Er ging zu Villanuevas Leiche. »Er musste sterben. Sein Wissen hat meine Mission bedroht. Aber ... dich ... brauche ich. Ein zusätzliches Paar Augen, ein zusätzliches Paar Hände. Die Reise nach oben ist lang.«

Für einen Moment schöpfte sie Hoffnung.

»Ich habe einen Auftrag und werde ihn ausführen«, sagte er. »Du kannst hier bleiben ... oder mit mir kommen. Aber eines muss dir klar sein. Wenn du mich begleitest und mein Geheimnis verrätst, muss ich wieder töten.« Er hielt ihr die Hand hin. »Kann ich dir vertrauen?«

Linda starrte auf seine schwielige Handfläche. Wenn sie mit ihm ginge, dann könnte er sich so plötzlich gegen sie wenden, wie er sich gegen Villanueva gewendet hatte. Doch allein und unbewaffnet hier unten zu bleiben bedeutete den sicheren Tod.

Sie verschränkte die Arme, ignorierte seine Hand und fällte eine Entscheidung. »Ich komme mit dir.«

Gott sei Dank, dachte Michaelson, als Ben vor ihm anhielt. Er legte dem Australier die Hand auf die Schulter und stabilisierte so seine Position. Die provisorische Schiene an seinem Knöchel schnitt ihm in die Wade. Die behelfsmäßige Vorrichtung war ihm in aller Eile angelegt worden, nachdem sie zum Nest zurückgeklettert waren. So konnte er wenigstens gehen, wenn auch langsam und unbeholfen.

Michaelson bekam einen Schreck, als er sah, wie weit es bis zum Ausgang des Nests noch war.

»Habt ihr das gehört?«, fragte Ben und legte den Kopf schief.

Ashley schüttelte den Kopf, Michaelson lauschte.

Mehrere Meter hinter ihnen fauchte eines der Bestienbabys die drei an, während sich sein kleiner Stachelkamm auf und ab bewegte. Die Proteste der Babys verloren an Aggressivität, als sie bemerkten, dass die Gruppe das Nest verließ. Aber der Tunnel war noch ein gutes Stück entfernt – ein schwarzer Schlitz in der Wand.

»Nein«, sagte Michaelson, »nichts. Die Luft scheint rein zu sein.«

Ben nickte und stocherte mit einem Finger im Ohr. »Ich hätte schwören können …« Er ging weiter.

Michaelson folgte ihm, das verletzte Bein nachziehend.

Ashley holte auf. »Schaffen Sie es?«

»Kein Problem, aber ich bin immer noch der Meinung, Sie sollten ohne mich weitergehen. Ich halte Sie nur auf.«

Sie runzelte die Stirn. »Es ist sowieso besser, wenn wir langsamer gehen. Wir wissen nicht, was uns erwartet.«

Resigniert hinkte er hinter Ben her und behielt den Eingang des Tunnels im Auge. Ein Ziel. Er zählte seine Schritte. Jeder ungerade war schmerzhaft, immer dann, wenn er sein Gewicht auf den geschienten Knöchel verlagerte.

Mit dem 33. Schritt hatte er endlich die Öffnung erreicht. Er stützte sich mit einem Arm gegen die Wand. Der Schweiß stand ihm auf der Stirn. Im rechten Oberkörper spürte er einen stechenden Schmerz. Scheiße, dachte er, ich muss mir auch eine Rippe angebrochen haben. Er hielt sich mit der Hand die Seite.

Ben trat zu ihm. Er hatte den Tunnel ausgekundschaftet, während sie auf Michaelson gewartet hatten. Ben schaute auf die Stelle, die sich Michaelson hielt, und hob eine

Braue, stellte aber glücklicherweise keine Fragen. Es war Michaelson schon peinlich genug, dass der Australier seinen Arsch gerettet hatte, als die wütende Bestie ihn eingeholt hatte. Wenn Bens verrückter Stunt nicht gewesen wäre, wäre er jetzt mausetot.

Er ließ die schmerzhafte Stelle los. »Was haben Sie gefunden?«

»Da unten ist der absolute Irrgarten. Die Gänge kreuzen sich in allen möglichen Richtungen. Manche werden von Schimmelpilzen beleuchtet, manche sind dunkel. Wir müssen vorsichtig sein.«

»Zumindest gibt es jede Menge Fluchtwege.«

»Ja, aber welcher Gang führt hinaus?«

»Es gibt nur einen Weg, um das herauszufinden.« Er unterdrückte das Stechen und zeigte den Tunnel hinunter. »Nach Ihnen.«

Ben richtete den Strahl seiner Lampe nach vorn und trat in den Tunnel. Nach mehreren Metern, die sie behutsam zurückgelegt hatten, wurde Michaelson klar, dass Ben mit seiner Beschreibung untertrieben hatte. Von der ersten Kreuzung gingen fünf Gänge in unterschiedliche Richtungen ab.

»Wo lang?«, fragte Ben Ashley.

Michaelson humpelte vorwärts, ungehalten darüber, dass Ben ihn in die Entscheidung nicht einbezog. Auch wenn er ein Invalide war, war er immer noch der militärische Dienstälteste und in erster Linie für ihre Sicherheit verantwortlich.

Ashley richtete den Strahl ihrer Stablampe in jeden Tunnel. Schließlich verharrte sie bei einem der Gänge. »Dieser Gang scheint nach oben zu führen. Außerdem sind die Wände teilweise mit dem leuchtenden Schimmel bedeckt.«

Michaelson schaute suchend in den Tunnel ihrer Wahl und gab ein unverbindliches Grunzen von sich.

Ashley sah ihn an. »Der Schimmel erlaubt uns, Batterien zu sparen. Wir wissen immer noch nicht, wie weit wir klettern müssen, bis wir aus diesem Höllenloch heraus sind. Insofern sollten wir sparsam sein. Versucht, so oft wie möglich die beleuchteten Tunnel zu benutzen. Außerdem fühle ich mich bei Licht sicherer.«

Michaelson nickte. So sehr es auch an ihm nagte, ihre Einschätzung der Situation war vernünftig. Er hätte das weitere Vorgehen nicht besser planen können. »Gehen wir«, sagte er.

Ben ging wieder voraus. Er reduzierte das Licht seiner Lampe, so dass er die dunkleren Winkel und Nischen ausleuchten konnte. Ansonsten gab ihnen der dichter werdende Schimmelpilz ausreichend Licht. Ben machte den anderen ein Zeichen, die Lampen auszuschalten, auch die Helmlampen.

Michaelson folgte ihm. Ashley hielt ihnen den Rücken frei, die Pistole in der Hand. Michaelson hatte die Zähne zusammengebissen, sowohl vor Schmerz als auch aus Frustration über seinen körperlichen Zustand. Er sollte eigentlich den Rückzug sichern oder die Aufklärung übernehmen und nicht wie ein Muttersöhnchen in der sicheren Mitte behütet werden.

Doch konnte er die Reihenfolge ihrer Prozession nicht verändern. Ben war ihnen schon mehrere Meter voraus, während Michaelson mühsam hinterherhumpelte. Er legte das Gewicht auf seinen gesunden Fuß und blickte zurück. Er sah, dass Ashley den Gang hinter ihnen im Blick hielt. Sie drehte sich um und ertappte ihn dabei, wie er sie anstarrte. Sie lächelte ihn schwach an, beinahe als wollte sie ihn beruhigen.

Er zog die Brauen ärgerlich zusammen und humpelte schneller. Sie ließen Seitenwege und Abzweigungen rasch hinter sich. Er merkte sich die Route erst gar nicht, sondern hielt den Blick auf Bens Rücken gerichtet und versuchte, mit ihm Schritt zu halten. Auch wenn sein fester Wille ihn vorantrieb und ihm half, seine Schmerzen und seine Behinderung zu ignorieren, wich sein fieberhafter Schritt schließlich einem Mitleid erregenden Schneckentempo. Ben verschwand hinter der nächsten Kurve. Michaelson japste jetzt, Sterne tanzten vor seinen Augen. Wie elektrische Schläge schossen die Schmerzen durch seinen Knöchel.

Er blieb stehen, lehnte sich an die Wand. Die schmerzende Seite brannte wie Feuer.

Ashley trat zu ihm. In ihrer Stimme lag eine Mischung aus Wut und Sorge. »Hören Sie auf, sich so unter Druck zu setzen. Das ist kein Wettrennen. Nur behutsames Vorangehen wird uns hier herausbringen.«

»Ich halte Sie auf«, stieß er zwischen vor Schmerz zusammengebissenen Zähnen hervor.

Plötzlich erschien Bens Gesicht vor ihm. Verflucht, konnte sich der Australier leise bewegen, wenn er wollte. Ben machte ein besorgtes Gesicht.

Michaelson glotzte ihn an. »Ich bin okay.« Untersteh dich zu widersprechen, dachte er.

»Das ist gut«, flüsterte Ben in einem alarmierten Ton, »denn ich glaube, wir werden verfolgt.«

Ashley trat zu ihm. »Was meinst du damit?«

»Ich höre die ganze Zeit schon ein Schaben und Scharren aus den Nachbargängen, das mit uns Schritt hält.«

»Vielleicht nur das Echo unserer Schritte?«, sagte Ashley, doch sie richtete den Blick ängstlich hinter sich. »Ich habe nichts gehört.« Sie schaute Michaelson an. »Sie vielleicht?«

Er schüttelte den Kopf, doch konnte er das kaum beurteilen. Alles, was er hörte, wenn er sich bewegte, waren sein eigenes pfeifendes Keuchen und das Blut, das in seinen

Ohren pochte. Zum Teufel, er hatte noch nicht einmal Ben bemerkt, bis er vor ihm stand.

Ben hauchte seine Worte. »Man muss wissen, wonach man lauscht. Ich kenne die typischen Geräusche einer Höhle. Und diese hier sind untypisch.«

»Und was machen wir jetzt?«, fragte Ashley.

»Wir müssen den Verfolger abschütteln, nur kennt er dieses Labyrinth besser als wir. Unsere einzige Hoffnung liegt in unserer Schnelligkeit. Wir müssen ihn hinter uns lassen.«

Michaelson spürte, dass Ben ihn dabei nicht anschaute. Ashley auch nicht. Eine peinliche Stille lastete auf ihnen. Er wusste, was sie jetzt dachten. Sie mussten schnell vorankommen, wollten ihn aber nicht zurücklassen.

Er rollte mit den Augen und wollte gerade etwas sagen, als er es hörte. Jetzt hörten sie es alle. Drei Paar Augen blickten gleichzeitig in die Richtung, aus der sie gekommen waren. Irgendetwas schabte da hinten am Fels. Dann hörten sie, wie ein einzelner Stein verschoben wurde und hinfiel. Da war etwas.

»Lasst mich hier«, sagte Michaelson. Er zog die Pistole und richtete sie auf Ashley und Ben. »Jetzt.«

»Lassen Sie den Scheiß«, sagte Ben. »Wir sind hier nicht in irgendeinem Rambo-Film. Wir wissen, dass Sie uns nicht erschießen werden.«

»Ich lasse nicht zu, dass meine Verletzung alle das Leben kostet.« Er hob den Lauf an seine Schläfe und drückte die kalte Mündung gegen seine erhitzte Haut. »Geht, oder ich schieße.«

»Michaelson.« Ashleys Stimme war angespannt vor Angst. »Wir sind ein Team.«

»Geht. Ich gebe euch Rückendeckung, solange ich kann.«

»Nein!«, sagte Ashley. »Sie kommen mit uns.«

»Geht.« Er spannte den Hahn. »Jetzt. Oder in drei Sekunden deckt euch niemand den Rücken.«

Er sah, dass Ashley schwer schlucken musste und Ben Hilfe suchend anblickte. Wenn einer von ihnen ihn bedrängte, würde er abdrücken. Er wusste, dass er sie nur mit Gewalt dazu bringen konnte, ihn zurückzulassen. Ein zweiter Stein fiel irgendwo hinter ihnen zu Boden.

Ben schaute Ashley an und ließ resigniert die Schultern hängen. »Er hat Recht. Wir müssen auch an die anderen denken. Wenn wir keine Hilfe holen, sterben sie auch.«

Ashley ballte die Fäuste, bis ihre Knöchel weiß wurden. »Ich hasse das.«

Ben legte ihr die Hand auf die Schulter. Er blickte Michaelson an. »Ich weiß, Sie sind scharf auf diesen Selbstmordeinsatz. Kamikaze und so. Aber fünf Meter weiter befindet sich eine kleine Nische mit einem winzigen Wasserbecken. Die ist groß genug für drei Marines. Ich schlage vor, Sie verkriechen sich dort. Es ist ein sicheres Örtchen, um sich zu verstecken, und bietet ausreichend Deckung, wenn Sie schießen müssen.«

Michaelson nickte, blieb aber misstrauisch. »Gehen Sie. Ich schaue mir das später an.«

Ben zog Ashley fort. »Komm, vielleicht können wir die Verfolger von ihm ablenken.«

Sie ließ sich von ihm fortziehen. Vorher blickte sie den Major ein letztes Mal an. Sie hatte Tränen in den Augen. »Dennis, geben Sie auf sich Acht. Machen Sie keine Dummheiten.«

Er scheuchte sie mit der Pistole fort und beobachtete, wie sie sich umdrehte, Ben seinen Arm um sie legte und die beiden fortliefen. Sie verschwanden hinter der nächsten Kurve, ohne sich noch einmal umzublicken. Er hörte, wie ihre Schritte im Tunnel verhallten, bis Stille einkehrte.

Michaelson lauschte angestrengt. Er wollte ganz sichergehen, dass sie auch wirklich fort waren. Außerdem achtete er auf verräterische Geräusche der Verfolger.

Doch er hörte nur das pochende Blut in den Ohren. Er wartete noch eine Weile. Aber nach fast einer Stunde sah und hörte er immer noch nichts. Vielleicht war Bens Furcht unberechtigt gewesen. Aber überzeugt war er nicht. Ben kannte sich in Späleologie zu gut aus, um sich von Echos oder den üblichen Höhlengeräuschen täuschen zu lassen.

Er leckte seine trockenen Lippen, die von Staub und getrocknetem Schweiß bedeckt waren. Dann schüttelte er die Wasserflasche an seinem Gürtel. Fast leer. Er sollte besser Bens Rat folgen und sich die Nische einmal anschauen. Seine Flasche dort füllen und sich verkriechen.

So leise wie möglich humpelte er den Gang hinunter und suchte nach der Nische. Jeder Schritt ließ ihn vor Schmerz zusammenfahren. Jedes Mal, wenn er den Stiefel über den Felsboden zog, kam ihm das Geräusch in dem leeren Tunnel wie eine Explosion vor. Glücklicherweise tauchte nach wenigen Schritten hinter der Kurve eine kleine schwarze Öffnung in der rechten Wand des Tunnels auf. Er schaltete seine Laterne ein und leuchtete in die Nische hinein. Es war dunkel darin, kein leuchtender Schimmelpilz, nur Leere. Die Decke war niedrig. Zu niedrig, um aufrecht stehen zu können, aber wenn er sich bückte, konnte er hineinsteigen und sich umherbewegen. In der Ecke lief ein kleines Rinnsal die rückwärtige Wand hinunter und sammelte sich in einer Pfütze.

Er probierte es mit dem Finger. Es hatte einen stark mineralischen Geschmack, schien aber trinkbar zu sein. Nachdem er den Rest aus der Wasserflasche getrunken hatte, hielt er sie unter das Rinnsal, um frisches Wasser aufzufangen.

Zufrieden machte er es sich im Schatten in der Nähe des Eingangs bequem. Das Licht des mit Schimmel verkrusteten Ganges ermöglichte es ihm, den Tunnel in beiden Richtungen heimlich zu beobachten. Hier hatte er einen sicheren Posten. Er wartete, die Waffe in der Hand.

Feiglinge, dachte sie, wir sind nichts weiter als Feiglinge. Egal wie logisch die Entscheidung, Michaelson zurückzulassen, gewesen sein mag, Ashley kam sich immer noch vor wie ein Hund mit eingekniffenem Schwanz.

Sie folgte Ben durch die Irrgänge des Labyrinths. Mittlerweile waren fast fünf Stunden vergangen. Während der kurzen Ruhepausen, in denen sie warmes Wasser aus den Flaschen getrunken hatte, hörte sie immer noch die Geräusche, die sie verfolgten. Manchmal kamen sie von weit her, manchmal schienen sie hinter der nächsten dunklen Ecke zu lauern.

Ben blieb vor ihr stehen. Der Schweiß stand ihm auf der Stirn. Er schraubte den Deckel seiner Wasserflasche auf, hob sie an seine Lippen und nahm einen kleinen Schluck. Nachdem er sich mit dem Ärmel über den Mund gewischt hatte, sagte er: »Es ergibt einfach keinen Sinn, zum Teufel.« Er schüttelte die Flasche und zog die Stirn kraus.

Ihre war auch fast leer. »Was meinst du?«

»Mittlerweile sollten wir unsere Verfolger entweder abgeschüttelt oder sie uns eingeholt haben. Doch diese Pattsituation ist verdammt merkwürdig.«

»Vielleicht haben wir einfach nur Glück?«

Beiden fuhr der Schreck in die Glieder, als plötzlich loses Gestein in einer Höhle rechts von ihnen zu Boden polterte.

Ben rümpfte die Nase, als hätte er einen üblen Geruch wahrgenommen. »In diesem Labyrinth vertraue ich dem Glück nicht mehr.«

Ashley trank gerade so viel, um den Staub von ihrer Zunge zu spülen, und verschloss ihre Flasche. »Gehen wir.«

Ben ging jetzt schneller, seine Haltung war angespannt, die Waffe hatte er fest in der Hand.

Das Warten ging ihr ebenso auf die Nerven. Wer zum Teufel verfolgte sie? Und warum griff er nicht an? In ihrem Magen tobte beißende Säure. Sie wünschte sich beinahe den Angriff des Verfolgers herbei. Dann könnte sie sich wenigstens wehren ... etwas tun, anstatt vor Furcht davonzulaufen.

Im Laufe der nächsten Stunden führte ihr Weg durch zahlreiche Gänge. Manche gingen aufwärts, andere abwärts, manche hatten einen ebenen Boden, manche waren voller Felsgeröll, die einen beleuchtet von phosphoreszierendem Schimmel, die anderen pechschwarz.

Ben hielt den silbernen Kompass in der freien Hand. »Wir bewegen uns in die falsche Richtung, von der Basis weg.«

»Haben wir eine Wahl?« Der Hunger und die verworrenen Gänge machten Ashley schwindlig. Sie hatte unterwegs an den Trockenrationen geknabbert, aber sie brauchte eine richtige Mahlzeit. Sie ertappte sich dabei, dass sie von einem Cheeseburger mit einer besonders großen Portion Pommes Frites träumte. Und natürlich einer Coca-Cola. Die warme Spucke in ihrer Flasche befeuchtete nicht einmal ihren Mund.

Sie stolperte über einen Felsbrocken. Ihre Reflexe waren bereits so abgestumpft, dass sie auf die Knie fiel. Sie versuchte, wieder auf die Beine zu kommen, doch die versagten ihr den Dienst. Ihre Muskeln waren müde und schmerzten. Mit einem Stöhnen sackte sie wieder zurück.

Ben kehrte um und hockte sich zu ihr. »Wir können jetzt nicht stehen bleiben.«

»Weiß ich«, sagte sie erschöpft, »ich brauche nur eine Minute, nicht mehr.«

Er setzte sich neben sie, legte die Hand auf ihr Bein und

drückte tröstend ihren Oberschenkel. »Wir kommen hier schon raus.«

»Wirklich?«, flüsterte sie. Und wenn sie es nicht schaffen würden? Sie dachte an ihren Sohn, der in der Alpha-Basis gut aufgehoben war, und ließ den Kopf hängen. Wenigstens war er in Sicherheit. Wenn ihr etwas passierte …

Sie biss die Zähne zusammen. Zum Teufel mit dem Pessimismus! Natürlich würde sie ihren Sohn wiedersehen. Sie stellte sich sein lustiges Lächeln vor, wenn er überrascht wurde, die sture Haartolle, die immer hinter einem Ohr abstand. Sie schob Bens Hand von ihrem Knie und stand auf. Und wenn sie es mit jeder verteufelten Bestie in diesem Höllenschlund im Zweikampf aufnehmen musste, sie würde ihren Sohn wiedersehen.

»Gehen wir«, sagte sie und reichte Ben die Hand, um ihm aufzuhelfen. »Wir müssen den Weg nach Hause finden.«

»Verdammt gute Idee.« Ben grinste sein berüchtigtes Honigkuchenpferdgrinsen, bei dem er jeden Zahn zur Schau stellte, und marschierte weiter.

Ashley folgte ihm mit festen Schritten, entschlossen, kilometerweit zu laufen, wenn es sein musste. Aber schon nach hundert Metern hielt Ben wieder an. Er hob eine Hand und legte den Kopf auf die Seite.

Ashley schwieg und lauschte angestrengt. Aber sie konnte nichts Ungewöhnliches hören. »Ben …? Was ist?«

»Eine Brise.« Er zeigte auf einen seitlichen Gang.

Sie trat zu ihm. Jetzt, wo er sie darauf aufmerksam machte, spürte sie einen schwachen Zug, der aus dem Tunnel kam und einzelne Strähnen ihrer schwarzen Haare hochwehte. »Was bedeutet das?«

»Ich glaube, da ist das Labyrinth zu Ende.«

»Dann nichts wie hin.« Sie setzte sich in Bewegung und übernahm dieses Mal die Spitze.

Während sie voranschritten, verengte sich der Gang, die Kurven wurden messerscharf und die Brise wehte stärker und stärker. Der Schimmel an den Wänden wurde nach jeder Biegung lichter. Schließlich mussten sie ihre Blendlaternen und Helmlampen einschalten.

Nach einem Marsch von etwa anderthalb Kilometern fluchte Ben: »Zum Teufel!«

»Was?«

»Wir kommen nur noch an einem einzigen Seitengang vorbei. Es ist ein Kinderspiel, uns hier einzukesseln. Es gibt keinen Fluchtweg.«

Sie runzelte die Stirn und ging weiter. Toll, noch etwas, das ihnen nun Kopfzerbrechen machte. Aber sie waren entschlossen, nur in eine Richtung zu gehen: immer geradeaus.

Als sie sich durch die nächste enge Kurve gezwängt hatten, wurde die Decke niedriger. Aus der Brise war ein Wind geworden, der ihr die Haare ums Gesicht wehte und nach hinten peitschte, als würde er sie mahnen umzukehren. Er pfiff in ihren Ohren.

Ben tippte sie von hinten an. »Hast du das gehört?«

Sie schnellte herum. »Was?«

»Sie sind jetzt hinter uns – und kommen immer näher.«

Sie drehte sich um und kniff die Lippen zusammen. Dann beschleunigte sie das Tempo, duckte sich und rannte gegen den Wind an. Sie bog um die nächste Ecke. Wenige Meter entfernt endete der Gang. Der Wind blies aus der Öffnung eines Wurmlochs am Ende des Tunnels, dem ersten Wurmloch, seitdem sie das Labyrinth betreten hatten. Sie rannte vorwärts und betete, dass dieser Tunnel aufwärts führte, nach Hause. Sie kniete sich neben die Öffnung und leuchtete mit ihrer Laterne hinein. Was sie sah, ließ sie aufstöhnen. Der Tunnel führte nicht nur abwärts, sondern das auch noch mit einer Steilheit, die ihr Angst einflößte. Noch tiefer hinab ins Herz des Kontinents.

Ben kniete sich neben sie. Er hatte schon seinen Schlitten herausgeholt und löste den Riegel, um ihn auseinander zu ziehen. »Du beeilst dich besser, Ash. Sie sind ungefähr hundert Meter hinter uns.«

Missmutig zeigte sie auf das Wurmloch. »Es führt nach unten. Und zwar ziemlich weit.«

»Wir können nicht mehr zurück.« Er half ihr, den Schlitten loszuschnallen. »Ich habe den Verdacht, dass man uns genau hierhin treiben wollte.«

»Was?« Sie löste die Verriegelung des Schlittens, um ihn auseinander zu ziehen. Von hinten hörten sie, wie Steine zu Boden fielen.

»Keine Zeit«, sagte Ben. Er scheuchte sie zur Öffnung. »Ladies first.« Mit der Pistole zielte er auf den Weg hinter ihnen. Ashley blickte in den dunklen Gang, dann zu Ben. Sie holte tief Luft und schob sich mit dem Schlitten in das Wurmloch. Der steile Winkel, in dem der Tunnel nach unten führte, beschleunigte ihre Abfahrt rasch. Sie bremste mit den behandschuhten Händen und den Stiefeln, konnte ihr Tempo jedoch nur wenig verringern.

Sie hörte, dass Ben sich hinter ihr in den Schacht stieß. Das Geräusch seiner Räder näherte sich.

»Teufel!«, rief er. »Das ist ja wie auf der Rutschbahn. Jetzt will ich sehen, wie die Schweinehunde uns noch kriegen wollen!«

Mittlerweile war ihre Geschwindigkeit so hoch, dass ihre Hände trotz der Handschuhe beim Bremsen brannten. Während sie immer tiefer in den Tunnel schossen, traten immer größere Flecken von phosphoreszierendem Schimmelpilz an den Wänden auf.

»Wir stecken in einem gigantischen Korkenzieher!«, rief Ben. »Spürst du die Fliehkraft?«

Und ob. Je schneller sie rasten und je enger die Kurven wurden, umso mehr stieg ihr Schlitten die Wand hoch.

Bremsversuche waren nun unmöglich. Während sie die Spirale hinunterwirbelten, wurde der Pilz dichter und dichter, fast wurden sie von seiner Helligkeit geblendet. Die Wände wurden durch den Schimmel außerdem glitschiger, so dass sie mit den Stiefelspitzen keinerlei Bremswirkung erzeugen konnten. Ashley hoffte, dass der Tunnel waagerecht auslief, bevor er endete, und ihnen die Gelegenheit gab abzubremsen. Mit dieser Geschwindigkeit wäre sie nur ungern aus dem Tunnel geschleudert und von einem ahnungslosen Stalagmiten aufgespießt worden. Sie starrte in den Tunnel hinein und betete darum, dass sich die Neigung verflachte.

Leider hatte sie kein Glück. Der Tunnelausgang kam hinter der nächsten Kurve in Sicht. Ihr blieb keine Zeit, abzubremsen und die Fahrt zu verlangsamen. Sie konnte nur noch ihren Kopf mit den Armen bedecken und sich ducken.

Sie schoss aus dem Tunnel und in die nächste Höhle hinein. Einen Moment lang war sie von dem gleißenden Licht geblendet und holperte über den leicht felsigen Boden. Als sich ihre Augen an die Helligkeit gewöhnt hatten, sah sie, wie sie auf eine dichte Wand gelber Pflanzen zuschoss. Ashley schloss die Augen und krachte zwischen die dicken Stängel. Bei dem Zusammenprall fiel sie vom Schlitten, aber die Erde des Felds dämpfte ihren Fall, und sie rollte noch ein paar Meter weit.

Als sie zum Stillstand gekommen war, kam sie schnell wieder auf die Beine. Kaum stand sie, stieß Ben mit einem wilden Schrei mit ihr zusammen, und sie verhedderten sich in einem wirren Knäuel von Armen und Beinen.

»Na, das war mal was anderes«, sagte Ben zu ihrem linken Knie.

Ashley befreite sich und stand mit einem Ächzen auf. Sie war am ganzen Körper zerschunden. Sie blickte sich um, während Ben aufstand. Die gelben Pflanzen reichten ihr bis zur Brust und erinnerten sie an Weizen. Ein ganzes Feld breitete sich über den hügeligen Boden der Höhle aus. Kilometerweit! Sie reckte den Hals. Diese Höhle war so riesig, dass einem selbst die Alpha-Höhle winzig vorkam. Fast so groß wie der Grand Canyon – nur überdacht. Die Wände waren hunderte von Metern hoch. Das Dach hoch über ihren Köpfen leuchtete vor lauter Schimmel, manche Flecken strahlten so hell wie die Sonne. Sie ließ ihren Blick über das gelbe Feld streichen, das sich über die sanften Hügel der Ebene erstreckte, durchbrochen nur von winzigen Hainen spindeldürrer Bäume, wie Inseln im Meer.

»Ich dachte, wir wären nicht mehr in Kansas«, sagte Ashley, der die Kinnlade auf die Brust gesunken war.

Ein Rascheln zog ihre Aufmerksamkeit vom Panorama wieder auf die Vegetation. In der Ferne bahnte sich etwas seinen Weg durch das Feld. Es manövrierte um die Baumgruppen herum und hielt genau auf sie zu. Man sah nichts von ihm außer der Spur geteilter Halme, als es sich durch das Feld bewegte wie ein Hai durchs Wasser.

Sie blickte zu Ben und wich zurück. Er zeigte nach links. Dort schossen zwei weitere Fährten auf sie zu. Ashley schaute genauer auf das Feld und bemerkte noch drei Fährten, die sich ihnen näherten. Sechs insgesamt.

Sie wich weiter zurück und packte Ben am Ärmel. Er leistete keinen Widerstand.

Beinahe wären sie gestrauchelt, als sie vom Feld wieder auf den nackten Felsboden traten und zur Öffnung des Wurmlochs stolperten. Ihre Schlitten hatten sie irgendwo im Feld verloren. Als Ashley nach ihrer Pistole griff, berührte sie das leere Holster. Verdammt, die Waffe musste beim Sturz weggeschleudert worden sein.

Sie schaute Ben an. Zum Glück hatte er seine Pistole schon in der rechten Hand.

»Ich habe meine verloren«, stieß sie zwischen zusammengepressten Lippen hervor.

»Schon okay. Dafür habe ich meine Reservemagazine verloren. Und in diesem Magazin sind noch drei Schuss.«

Sie starrte gebannt auf die sechs Fährten, die sich stetig auf sie zubewegten. Gar kein gutes Zeichen. Die nächste war nur noch zehn Meter entfernt. Das Ding war stehen geblieben und rührte sich nicht mehr. Es wartete. Schon bald hatten die anderen aufgeholt.

»Das Wurmloch?«, fragte Ashley.

»Klingt gut. Du gehst zuerst.«

Der Klang ihrer Worte schien die Verfolger im Feld anzulocken. Sie schnellten mit Lichtgeschwindigkeit auf sie zu. Wegen der plötzlichen Bewegung kauerte Ashley bewegungslos am Wurmloch wie ein Hirsch im Licht eines Scheinwerfers. Die sechs Tiere brachen aus dem Feld hervor, blieben dann gleichzeitig stehen, hockten sich auf alle Viere, die Hinterbeine zum Sprung bereit, und trommelten mit ihren Schwänzen.

Sie sahen aus wie eine Kreuzung aus Wolf und Löwe. Sie hatten ein bernsteinfarbenes Fell, dichte Mähnen, die sich wie Kapuzen um Kopf und Hals legten, riesige Augen mit geschlitzten Pupillen, einen lang gestreckten Kiefer, gespickt mit scharfen Zähnen. Das Rudel gab ein gleichmäßiges Knurren von sich.

»Ganz still«, flüsterte Ben, »keine plötzlichen Bewegungen.«

Ashley bewegte sich keinen Millimeter. Immer noch in der Hocke erstarrt, hatte sie ihren Blick auf die sechs unbeweglichen Augenpaare geheftet, die sie anstarrten. Und sie wollte auch in dieser Stellung so lange verharren, wie es sein musste.

In diesem Moment schoss etwas aus dem Wurmloch und packte ihren Knöchel. Sie stieß einen hohen Schrei aus.

20

»Versuch es mit den Paddeln!«, schrie Blakely über das Dröhnen des näher kommenden Wasserfalls hinweg. Ein letztes Mal zog er an der Anlasserschnur. Der Motor stotterte und ging aus. Er sah, wie die Strömung das Boot auf den Abgrund zutrieb. Von hier aus war es unmöglich festzustellen, wie tief das Wasser hinunterstürzte. Aber der Lärm! Das Anschwellen des Tosens ließ auf einen tödlichen Sturz schließen. Er schnappte sich das Paddel und kletterte an den Bootsrand. Von dort beobachtete er, wie Jason am anderen Rand sein Paddel immer wieder tief ins Wasser eintauchte.

»Fester, Jason, fester!«, rief er dem Jungen zu, als er mit aller Kraft der Strömung Widerstand leistete. Seine Schultern schmerzten vor Anstrengung.

»Ich versuche es ja! Aber es funktioniert nicht, wir werden nicht langsamer!«

Blakely wagte einen Blick zurück. Das Heck des Boots befand sich am Rand des Wasserfalls. Er sah, wie die Strömung das Boot über den Rand kippte. »Halt dich fest! Ganz fest!«, schrie er und griff selbst nach den Halteschlingen des Pontons. Jason tat das Gleiche.

Das Boot schien auf der Kante des Wasserfalls zu schweben. Blakely hielt den Atem an, als das Boot hinüberkippte. Für einen Moment, als sie fielen, umgab sie eine Wasserwand. Er spürte, wie sich das Boot herumdrehen wollte. Er öffnete gerade den Mund, um zu rufen, da traf es auf dem Grund des Wasserfalls auf. Die beiden wurden gegen den Boden gedrückt, Wasser spritzte in Fontänen in die Luft. Zum Glück waren sie nicht gekentert.

Blakely hob den Kopf. Der Wasserfall war nur fünf Meter tief. »Ich kann es nicht glauben. Wir …«

Das Boot kippte über einen zweiten Wasserfall. Blakely

verlor vor lauter Überraschung fast den Halt, als es über den Rand rutschte und in die Tiefe stürzte. Auch durch das Tosen des Wasserfalls hindurch war das fürchterliche Geräusch deutlich zu hören: Ein Schwimmer war aufgerissen. Verflucht! Das Boot klatschte auf die Wasseroberfläche und füllte sich rasch mit Wasser. Die restliche Luft in dem beschädigten Schwimmer hielt sie kaum noch über Wasser.

Er zog Jason von der sinkenden Hälfte fort, damit der Junge sich an den Schlingen der noch schwimmenden Hälfte fest halten konnte.

Jason schaute über die Schulter zurück. »Da kommt der Nächste!«

Bevor Blakely auch nur einen Blick nach hinten werfen konnte, um sich davon zu überzeugen, kippte das Boot über den nächsten Wasserfall. Das sinkende Ponton wirkte wie ein Gewicht, das sie herumriss. Die unkontrollierte Bewegung ließ das Boot so stürzen, dass es kenternd auf den schäumenden Wogen auftraf.

Kurz bevor Blakely unter die Wasseroberfläche schoss, sah er, wie Jason aus dem Boot flog, seine Arme nach einem Halt ausstreckend, als er aus dem Sitz geschleudert wurde. Dann wogte Salzwasser um Blakely herum, drang in seine Nase ein und verursachte einen Hustenanfall, der seinen Lungen die lebensnotwendige Luft raubte. Krampfhaft presste er die Lippen zusammen, seine Lungen schrien vor Schmerz. Er kämpfte gegen die Strömung an, um sich von dem sinkenden Boot zu befreien. Mit einem letzten Stoß stieß er sich von dem unbeschädigten Schwimmer ab. Mithilfe seiner Schwimmweste stieg er an die Oberfläche der rollenden Wellen.

Er schnappte nach Luft und blickte dabei suchend über die Wasseroberfläche. Vor ihm traf das Wasser der drei Katarakte, die sie hinuntergestürzt waren, auf. Er sah sich um, ob noch ein Wasserfall drohte, während die Strömung ihn mit sich zog. Zum Glück war das der letzte gewesen. Sie hatten den Boden der tiefen Höhle erreicht. Die Strömung trieb ihn in einen Strudel so groß wie ein Teich, in dem das Wasser träge herumwirbelte.

Im Wasser tretend blickte er suchend umher. Große Flecken phosphoreszierender Pilze beleuchteten die Höhle. In dem schwachen Licht entdeckte er einen orangefarbenen Fleck, der am gegenüberliegenden Ufer auf und ab hüpfte. Jason. Blakely trat heftig mit den voll gesogenen, schweren Schuhen im Wasser. Jason schien sich nicht zu bewegen, sondern nur in der Strömung zu treiben. Sie drohte, den Jungen wieder vom Ufer wegzuziehen und in den Hauptstrom zu saugen.

Er brauchte unendlich lange, um Jason zu erreichen. Während er schwamm, sah er, wie Blut aus einer Platzwunde am Kopf des Jungen tropfte. Wenigstens hatte die Schwimmweste seinen Kopf über Wasser gehalten.

»Halt durch, mein Junge!« Er vergrößerte seine Anstrengungen, und nach einer Minute hatte er die Schwimmweste des Jungen gepackt. Er war erleichtert, als er merkte, dass Jason zwar rasselnd, aber kraftvoll atmete. Nun schwamm er zum Ufer und zog Jason hinter sich her. Dabei achtete er darauf, Mund und Nase des Jungen über Wasser zu halten.

Plötzlich stieß er mit der Schulter gegen einen Felsen – das Ufer. Blakely ließ Jason für einen Moment los und kletterte ans rutschige Ufer. Dann legte er sich auf den Bauch und streckte die Arme nach dem Jungen aus, der noch im Wasser trieb. Er erwischte mit den Fingerspitzen den Zipfel der Schwimmweste und zog Jason damit so weit näher, dass er die Weste mit den Händen ganz packen konnte.

Als er den Jungen ans Ufer ziehen wollte, öffnete Jason flatternd die Augen. Benommen und verwirrt, wie er war, geriet er in Panik, schlug mit den Armen wild um sich und stieß wirre Laute des Protests hervor.

Eine verirrte Hand traf Blakely an der Schläfe, so dass er den Jungen beinahe losgelassen hätte. Blakely versuchte, Jason mit strenger und gleichzeitig tröstender Stimme zu beruhigen: »Jason, bleib ruhig! Ich bin es, wir sind in Sicherheit.«

Seine Worte schienen zu dem Jungen durchzudringen. Sein Toben wurde zu einem schwachen Zappeln. »Na also«, sagte Blakely, als er ihn ans Ufer zog. Er zerrte ihn von der Kante fort und ließ sich dann neben ihn fallen. Jason versuchte, sich aufzurichten, doch Blakely, vollkommen außer Atem, hielt ihn zurück. »Nicht bewegen. Ruh dich aus«, keuchte er.

Das Adrenalin, das sein Organismus vorher noch ausgeschüttet hatte, sickerte nun tief in das glitschige Felsgestein. Plötzlich spürte er, dass seine Arme und Beine vom Wasser und von der Anstrengung schwer waren. Einen Augenblick lang ließ er den Kopf hängen, dann holte er tief Luft. Was sollten sie jetzt tun?

Neben ihm hustete Jason Wasser, so dass sich Blakely wieder um ihn kümmerte. Er griff über ihn hinüber, löste die Schnallen seiner Schwimmweste und untersuchte ihn nach weiteren Verletzungen. Keine gebrochenen Knochen, keine Fleischwunden. Vorsichtig tastete er die Wunde an Jasons Kopf ab. Er musste gegen einen Felsen geprallt sein. Blakely schnitt eine Grimasse, doch kam er zu der Überzeugung, dass die Wunde schlimmer aussah, als sie war. Dennoch benötigte er den Erste-Hilfe-Koffer vom Boot, um dem Jungen Antibiotika zu geben und einen trockenen Verband anzulegen.

Er schaute zu der Stelle wenige Meter vor dem Ufer, wo die Überreste des Boots dümpelten. Bevor es wieder abgetrieben wurde, wollte er auf jeden Fall noch bergen, so viel er konnte – Lebensmittelrationen, Stablampen, Erste-Hilfe-Koffer. Keiner wusste, wie viel Zeit sie hier unten verbringen mussten.

Er blickte zu Jason. Der Junge erwiderte seinen Blick. Seine Augen waren wieder hell und klar. Jason leckte sich über die Lippen. »Mein Kopf tut weh«, sagte er mit einem heiseren Flüstern.

»Ich weiß, mein Junge. Du hast ihn dir ziemlich heftig gestoßen.«

Jason hob die Hand und befühlte den Kopf. Dann starrte er mit großen Augen auf seine blutigen Fingerspitzen.

Blakely klopfte ihm auf die Schulter. »Das wird schon wieder. Es ist nur ein kleiner Schnitt. Ich schwimme zum Boot und hole dir einen Verband.«

»Aber ...«

»Mach dir keine Sorgen, ich bin gleich zurück.« Blakely stieß sich mit einem Stöhnen hoch. Durch seine Brust schossen alarmierende Schmerzen. Eigentlich wollte er nicht mehr ins Wasser. Doch er hatte keine andere Wahl.

Jason stützte sich auf einen Ellbogen und sah ihm schweigend zu.

Blakely glitt ins Wasser und schwamm zum Boot. Zum Glück war es mittlerweile näher ans Ufer getrieben, während er Jason getröstet hatte. Nur wenige Züge, und er war dort. Das Boot ragte nur noch halb aus dem Wasser. Obwohl alles mit Strippen und Riemen festgebunden worden war, waren doch ein paar Gegenstände losgerissen worden. Wenigstens waren die Nahrungsmittel und der Erste-Hilfe-Koffer noch da.

Er durchsuchte die Überreste des Boots. Verflucht, der Plastikbehälter, der die Ersatzstablampen und die Batterien enthielt, war abgerissen worden. Indem er sich auf den unversehrten Schwimmer aufstützte, ruhte er sich einen Moment aus. In dieser Höhle wäre das kein Problem, der

Schimmel gab genügend Licht ab. Aber was, wenn sie die Höhle verlassen mussten?

Er schüttelte den Kopf und durchsuchte den Rest des Boots. Er fand Jasons Sporttasche an einer Schlinge festgebunden und befühlte die Tasche. Hm, sie bestand aus wasserdichtem Material. Diese Entdeckung würde den Jungen mit Sicherheit ein wenig trösten. Er löste den aufgequollenen Knoten mit den Fingerspitzen und legte die Tasche auf den Arm, mit dem er die Vorräte festhielt. Nach einem letzten flüchtigen Stöbern stieß er sich vom Boot ab und schwamm auf das Ufer zu. Zum Glück war es nicht weit. Doch als er dort ankam, brannten seine Lungen, und sein linker Arm schmerzte.

Er warf das Eingesammelte aus dem Wasser und benötigte anschließend ein paar Versuche, um auf das rutschige Ufer zu gelangen. Mehrmals schürfte er sich das Knie schmerzhaft auf, bis es ihm gelang, aus dem Wasser zu klettern und sich aufzurichten.

Er wurde starr vor Schreck, als er die leere Schwimmweste vor sich sah. »Jason?«

Der Junge war weg.

Linda streckte den Arm aus und ergriff Khalids dargebotene Hand, während sie eine Welle des Ekels niederkämpfte. Bei seiner Berührung schreckte sie beinahe zurück, doch seine kräftige Hand lag trocken und warm in ihrer und hielt sie fest. Widerwillig ließ sie zu, dass er sie den letzten Meter der Geröllhalde hochzog. Sie riskierte einen Blick die Halde hinunter, die sie gerade erklommen hatten. Der Höhlenboden lag hunderte Meter unter ihnen und wurde von dem allgegenwärtigen Schimmelpilz beleuchtet.

»Ich hatte Recht«, sagte Khalid und zeigte auf die Spalte oberhalb der Geröllhalde. »Schau, die Spalte gehört zu einer Verwerfungslinie. Und sie führt aufwärts.« Er schaute sich nach ihr um, ein breites Grinsen im Gesicht. »Spürst du ihn? Den Wind?«

Sie fühlte, wie der Wind ihr sanft über die Wange strich, als der Riss durch seine dunkle Kehle tief Luft holte – beinahe so, als wollte er sie in sich hineinsaugen – und pfeifend in den Spalt hinein entwich. »Das erscheint mir viel versprechend.« Sie zwang sich zu einem Lächeln.

Als Gegenreaktion wurde sein Grinsen noch breiter. Sie blickte in seine Augen, die in diesem Licht wie zwei schwarze Löcher wirkten. Als er sich abwandte, spürte sie die Versuchung, sich von seiner Hand zu befreien und die Geröllhalde hinabzulaufen. Aber ihre Beine folgten Khalid in den V-förmigen Felsspalt hinein.

Nach wenigen Metern schaltete Khalid seine Helmlampe ein. Auf diesen schrägen Wänden wucherte kein Pilz. Sein Lichtstrahl durchstieß die jungfräuliche Dunkelheit. Linda nahm ihre Blendlaterne vom Gurt und stellte sie auf diffuses Licht ein, das die Wände nur oberflächlich beleuchten sollte.

Die Wände breiteten sich nach beiden Seiten wie Flügel aus. Die Decke über ihren Köpfen sah aus, als würde sie aus einem einzigen Felsblock bestehen, der jeden Moment herunterfallen konnte. Die Konstruktion wirkte so zerbrechlich, als könnte die Felsdecke sogar von einem lauten Geräusch erschüttert werden und sie kilometertief unter dem Gestein begraben.

»Ich glaube, das ist eine relativ junge Formation«, sagte Khalid. »Vom geologischen Standpunkt aus betrachtet, meine ich. Vielleicht nur um die eintausend Jahre. Das Gestein« – er klopfte auf die Wand zur Rechten – »ist nicht so stark vom Wasser erodiert worden wie das in der vorherigen Höhle. Schau, wie scharf der Felsen ist, als wäre er mit einem Messer herausgeschnitzt worden. Diese Spalte muss durch ein jüngeres seismisches Ereignis entstanden sein.«

»Hier ist auch kein Pilz zu finden«, murmelte sie.

»Was?«

Sie schwenkte die Laterne an der Wand entlang. »Kein Schimmelpilz. Wenn diese Spalte eine Million Jahre alt wäre, glaube ich, wäre der Schimmel auch hier eingedrungen.«

Er nickte. »Stimmt.«

»Wenn wir unser Lager aufschlagen, müssen wir uns zuerst vergewissern, dass kein Schimmel in der Nähe ist. Und wenn doch, muss ich ihn zuerst untersuchen«, sagte Linda. Sie merkte, dass das Sprechen die beklemmende Angst aus ihrer Brust vertrieb. »Während der Pausen habe ich mehrere Schimmelproben analysiert. Sie sind durchaus unterschiedlich. Ich bin ziemlich sicher, dass die meisten Pilzarten ungefährlich sind. Die aggressive Spezies hat jedoch eine besondere Struktur der Zellfäden. Vor der müssen wir uns hüten.«

»Natürlich, wir müssen vorsichtiger sein.« Er ging wieder voran.

Linda wollte weiter mit ihm reden, um die Vorstellung zu vertreiben, dass sie einem kaltblütigen Killer folgte. »Wie kam es dazu, dass man dich für den Auftrag ausgewählt hat? Wegen deines geologischen Backgrounds, oder warst du immer ein ...?« Sie hätte beinahe »Terrorist« gesagt, verkniff es sich dann aber.

»Ich bin kein Geologe«, erwiderte er. »Ich habe den Auftrag vor zwei Jahren bekommen und seitdem so viel wie möglich über Geologie gelernt. Nicht nur, um Khalid überzeugend spielen zu können, sondern auch, um die Entdeckungen hier unten besser zu verstehen. Ich hatte für das Studium ausreichend Zeit, als ich mich von der Gesichtsoperation erholte.«

Diese Enthüllung versetzte sie in Erstaunen. »Du bist nicht der echte Khalid Najmon?«

Er half ihr über einen heruntergestürzten Felsbrocken, der den Weg blockierte. »Ich sah dem echten Khalid damals schon sehr ähnlich. Deswegen hatte man mich auch ausgewählt. Aber meine Vorgesetzten sind gründlich. Sie wollten eine noch genauere Übereinstimmung.«

Sie beobachtete ihn, während er vorauskletterte, und begriff langsam die Dimension seines Fanatismus, die Unerschütterlichkeit seiner Überzeugungen. »Was ist aus dem echten Khalid geworden?«

Er schenkte ihr einen missbilligenden Blick, als ob sie eine dumme Frage gestellt hätte.

»Wie lautet dein richtiger Name?«

Er beachtete ihre Frage nicht und wandte sich ab. »Dort oben ist Licht.«

Sie schleppte sich neben ihn und blickte nach vorne. Mit einem Mal schöpfte sie Hoffnung. Vielleicht der Weg nach draußen? Der Tunnel wurde an dieser Stelle so breit wie eine kleine Höhle. Aus der nächsten Kurve drang ein Leuchten zu ihnen. Das charakteristische grüne Licht ließ keinen Zweifel daran, woher es rührte. »Schimmelpilz«, sagte sie resigniert.

Er nickte. »Aber hör nur.«

Jetzt, wo er es sagte, hörte sie es auch. Ein dumpfes Grollen. Sie kannte das Geräusch aus dem Ort nahe Quebec City, in dem ihr Großvater wohnte. »Klingt wie ein Wasserfall.«

»Ja, ich glaube auch. Aber es ist schon spät. Und wegen des Schimmels, der uns dort vorne erwartet, sollten wir hier lagern. Morgen früh machen wir uns zum Wasserfall auf.«

Linda nickte. Sie hatte auch keine Lust, noch einmal einen Angriff der aggressiven Schimmelspezies abwehren zu müssen. Aber vor diesem Augenblick hatte sie sich auch gefürchtet. Gemeinsam zu lagern. Die erste Nacht mit jemandem zu verbringen, der ein Mörder war.

Plötzlich erklang ein Ruf aus dem Tunnel vor ihnen. Erschreckt trat Linda unwillkürlich einen Schritt näher zu Khalid. Jemand rief! Es erklang aus weiter Ferne, aber es war ein Mensch!

»Jason! Wo zum Teufel bist du?«

O Mann, dachte Jason, hat man denn nirgendwo seine Ruhe? Er zog den Reißverschluss seiner Hose hoch und trat hinter dem Stalagmiten hervor. »Ich musste nur mal für kleine Jungs«, rief er Blakely zu. »Den ganzen Tag musste ich es mir verkneifen.«

Der Doktor lief eilig auf ihn zu, immer noch tropfnass. Seine Augenbrauen waren vor Ärger zusammengekniffen. »Tu das nie wieder!«

»Was denn?«

»Einfach so wegzulaufen.«

»Ich war doch nur da drüben.« Jason zeigte auf das stille Örtchen.

»Ist mir egal. Hier lauern überall Gefahren.« Blakelys Gesicht entspannte sich, aber sein Atem rasselte immer noch. »Jason, wir müssen vorsichtig sein und zusammenbleiben, hörst du?«

»Natürlich. Ich wollte nicht ...«

»Ist schon in Ordnung. Lass mich mal nach der Beule auf deinem Kopf schauen.«

Schlurfend ging Jason zu dem kleinen Felsblock und setzte sich. Mit verzerrtem Gesicht ließ er sich von Blakely die Wunde reinigen. Es war gar nicht so schlimm, als er die Wunde spülte. Ja, es tat sogar gut. Er entspannte sich und schloss die Augen. Plötzlich brannte es auf seiner Stirn wie Feuer. »Aaauuu!«

»Sei nicht so zimperlich. Ist doch nur ein bisschen Jod.«

»Es brennt.«

»Das ist gut. Das heißt, dass es wirkt.« Blakely befestigte einen Klebeverband auf der Schnittwunde. Dann lehnte er sich zurück und bewunderte offenbar sein Werk. »Das müssen wir jetzt zweimal am Tag wechseln.«

Jason rollte mit den Augen. Na, toll.

Blakely ging und wühlte in den Sachen, die er vom Boot geholt hatte. »Hast du Hunger?«

»Nein. Außer Sie haben einen Schokoladenriegel.«

Blakely zog die Schachtel heraus, in der sich die Nahrungsmittel befanden, und öffnete sie knackend. Er langte hinein und holte einen in Folie verpackten Riegel hervor.

Jason bekam große Augen und hielt die Hand auf.

Blakely brach den Riegel in Viertel und gab ihm ein Stück. »Wir müssen unsere Vorräte streng rationieren.«

Stirnrunzelnd nahm Jason seine Zuteilung an. Mann, das war bitter. »Wie kommen wir bloß wieder hinauf?«

»Gar nicht. Wir haben keine Stablampen.«

»Was machen wir also?«

»Wir warten. Ungefähr einen Tag lang. Irgendjemand wird uns schon finden.«

Jason wusste genau, wann man ihn belog, aber er sagte nichts. Der Doktor hatte genug Probleme, und Jason wollte ihm nicht zur Last fallen.

Als er sich auf den Felsen fläzte, fiel ihm ein vertrauter roter Beutel auf.

»He, meine Sporttasche! Sie haben sie gerettet. Danke!« Er hechtete zur Tasche hinüber, öffnete sie und wühlte darin herum. Noch da!

Er holte seinen Nintendo-Gameboy heraus und hockte sich seufzend hin. Er drückte auf den Einschaltknopf, und innerhalb weniger Sekunden erklang die vertraute Erkennungsmelodie des Spiels. »Cool!«

Jason lehnte sich gegen einen Stalagmiten und widmete sich seinem Spiel. Wenigstens hatte er nun, während sie warteten, etwas zu tun. So vollkommen versunken in die

Welt des Nintendo-Spiels fühlte er sich fast wie zu Hause. Normalerweise würde sich seine Mutter jetzt über den Lärm beschweren, den der Gameboy von sich gab. Seufzend startete er mit seiner Spielfigur ins Level zwölf.

»Jason, könntest du das abstellen?«, fragte Blakely und stand auf. »Der Lärm.«

Jason grinste. Wie bei seiner Mutter. Was sollte man mit den Erwachsenen nur machen?

»Bitte, Jason, beeil dich.« In seiner Stimme lag ein dringlicher Ton.

Er schaltete das Spiel aus, stand auf und ging zu Blakely. »Was ...«

»Psst! Ich habe etwas gehört.«

Jason hielt die Luft an und stellte sich vor, wie wieder eine der Bestien auf sie zuschlich. Er schob sich hinter den Doktor. Sie warteten mehrere angespannte Augenblicke. Es fiel ihnen schwer, etwas über das Tosen des Wasserfalls hinweg zu hören. Durch das angestrengte Lauschen begannen ihnen die Ohren zu klingeln. Jason schluckte schwer, sein Mund war trocken. Vielleicht hatte der Doktor nur geglaubt, er hätte etwas gehört. Eine Art Fata Morgana, nur aus Geräuschen. Das wünschte er sich wie wahnsinnig.

Blakely schüttelte den Kopf. »Ich weiß es nicht ...«

»Haaallo!« Der Ruf schallte durch die Höhle und ließ sie beide in die Höhe schießen.

Blakely schaute Jason an. »Da ist jemand! Ich kann es nicht glauben!«

Jason sah zu, wie Blakely auf einen Felsbrocken kletterte. Es kostete den alten Mann ein paar Versuche, sich hinaufzustemmen. Jason kraxelte geschickt hoch und stellte sich neben ihn. »Was glauben Sie, wer es ist?«

»Ich habe keine Ahnung, aber wir finden es schon heraus.« Blakely legte die Hände um den Mund und rief: »Wir sind hier drüben! Am Fuß des Wasserfalls!«

Jason wartete auf eine Antwort. Mehrere Sekunden lang nichts, dann die Antwort: »Wir kommen! Bleibt, wo ihr seid!«

»Ich habe dir doch gesagt, dass uns jemand findet. Habe ich es dir nicht gesagt?« Blakely klang plötzlich erschöpft und keuchte.

Jason sah, dass der Doktor neben dem Felsen auf die Knie sackte. Etwas stimmte nicht.

Jason sprang herunter und eilte zu ihm. Blakely hustete krampfartig, rutschte zur Seite – und brach zusammen.

»Dr. Blakely!« Jason zupfte an seinem Arm. Er antwortete nicht. Das Herz schlug Jason bis zum Hals. Er blickte verzweifelt um sich, seine Hände zitterten. Dann kletterte er wieder auf den Felsen hinauf und schrie in die Dunkelheit hinein: »Hilfe!«

Linda beeilte sich, um Khalid einzuholen. Ihr Rucksack hing ihr von der Schulter. Sie blickte zur Höhle hinüber. »Das klang nach Ashleys Sohn.«

Khalid grunzte und kletterte weiter in die Höhle hinab. Sein Ziel war der Fuß des Wasserfalls. Die Pistole hielt er in der linken Hand. »Wenn es Jason ist«, sagte er schließlich, »dann befinden wir uns in der Nähe der Basis. Blakely würde niemals erlauben, dass der Junge den Sicherheitsbereich des Camps verlässt.«

Misstrauisch beäugte sie die Waffe. »Was hast du vor?«

»Meinen Auftrag zu Ende zu bringen.«

»Was meinst du damit?«

»Das hängt von dir ab.«

Linda musste heftig schlucken. »Hör zu, Khalid, ich will nicht, dass noch jemand getötet wird.«

Khalid zog drohend seine Augenbrauen zusammen. »Dann halt deinen Mund. Solange sie nichts von meiner Mission wissen, verschone ich sie.«

Sie erinnerte sich an Villanuevas plötzlichen und unnötigen Tod. »Ich sage kein Wort.«

Khalid nickte und schritt rascher voran. Nach ein paar Metern zeigte er nach vorn. »Dort drüben. Auf dem Felsbrocken. Ich kann ihn sehen. Es ist der Junge.«

Sie kniff die Augen zusammen. Überall lagen Felsbrocken. Dann sah sie die winzige Gestalt, die mit beiden Armen winkte. Sie rief ihm zu: »Halt durch, Jason! Wir kommen!«

Jason hatte sie gesehen. Zwei Leute mit Helmen. Ihre Lampen blitzten über die mit Schimmel bedeckten Höhlenwände. Sie hatten ihn auch gesehen. Jemand rief ihm etwas zu, doch die Worte gingen im Rauschen des Wasserfalls unter.

Er kletterte von dem Felsen, um nach Blakely zu schauen. Seine Haut war bleich geworden, seine Lippen lila. Er atmete noch, aber jeder Atemzug rasselte, als wären Kieselsteine in seinen Lungen.

Jason verschränkte die Arme und sprang von einem Fuß auf den anderen. »Kommen Sie, Doc, bitte nicht sterben. Gleich ist Hilfe da.« Er wandte sich in die Richtung, aus der die Retter nahten. Beeilt euch, betete er.

Er setzte sich neben Blakely und ergriff eine seiner Hände. So kalt, dachte er. Er rieb die Hand wie Aladin seine Lampe und wünschte sich, dass der Doktor gesund würde. Als wäre sein Wunsch erhört worden, stieß der alte Mann ein Stöhnen hervor. Jason rieb fester, sprang dann auf die andere Seite und rieb die linke Hand und das Handgelenk. »Bitte, Doc, bitte.«

Blakely öffnete die Augen mit flatternden Lidern. Zuerst schielte er noch, dann fokussierten sie sich. Er stöhnte wieder laut und atmete dann hastig. Schließlich sagte er: »J-Jason?«

»Alles in Ordnung?«

Mit schmerzverzerrtem Mund flüsterte er: »M-meine M-medizin. Nitro... Nitroglyzerin.«

Jason blickte sich um. »Wo?«

Blakely hob die Hand, ließ sie aber wieder sinken. »In m-meiner Tasche. In ... meiner Jacke.«

Jason klopfte die Kleidung des Doktors ab und entdeckte eine Beule in seiner Brustinnentasche, die sich wie ein Medizinfläschchen anfühlte. Er fischte eine rote Plastikflasche hervor. »Ist es die?«

»J-ja.«

»Was soll ich tun?«

»Eine ... nein, zwei Pillen.«

Jason brauchte eine Minute, um den Sicherheitsverschluss zu öffnen. Er klopfte zwei Pillen in seine Handfläche.

Wieder öffnete der Doktor seine Augen. »Guter Junge.« Seine Stimme klang gespenstisch. Als wäre er die Puppe eines Bauchredners, der kilometerweit entfernt war. »U-unter meine Z-Zunge.«

Jason streckte die Hand aus und ließ zwei Pillen in den Mund des Doktors fallen. Er sah, wie Blakely die Pillen unter die Zunge schob. Dann schloss er die Augen und holte mehrmals tief Luft.

Erleichtert ließ Jason den Kopf sinken und dankte dem unbekannten Schutzengel.

In diesem Moment erklang eine Stimme direkt hinter ihm, und Jason machte vor Schreck einen Satz in die Luft.

»Jason? Mein Gott, was ist passiert?«

Er wirbelte herum und blickte in ein vertrautes Gesicht. Ihre Haare strotzen vor Lehm, und dunkle Schatten lagen ihr um die Augen, aber sie war immer noch ein wundervoller Anblick. »Linda!« Er sprang auf und lief in ihre Arme.

Sie drückte ihn fest an sich. Tränen strömten ihm plötzlich aus den Augen, und er weinte in ihr T-Shirt. All die

Angst und die Schmerzen der letzten zwei Tage brachen mit einem Mal aus ihm hervor.

»Oh, Jason.« Sie wiegte ihn in ihren Armen. »Jetzt wird alles wieder gut.«

Er weinte immer noch, obwohl er wusste, dass es nun gut war. Aber er schaffte es einfach nicht. Er ließ sich drücken und wiegen, bis er nur noch schluchzte, und wollte Lindas Umarmung niemals verlassen.

Plötzlich erklang eine Stimme mit hartem Akzent.

Jason öffnete ein verweintes Auge und sah die stahlblaue Pistole in der Hand des Ägypters. Er erstarrte in Lindas Umarmung.

»Was zum Teufel ist hier passiert?«, fragte Khalid.

Viertes Buch

Trommeln des Todes

21

Ashley schrie vor Panik laut auf. Die pelzige Hand, die ihr Fußgelenk gepackt hatte, griff noch fester zu und hielt sie wie ein Schraubstock. Was zum Teufel war das? Sie sprang zur Seite, zerrte an ihrem Bein und befreite sich aus der Umklammerung des Angreifers. Dabei kollidierte sie mit Ben und stieß zufällig seine Pistole zur Seite. Ein Schuss löste sich, glücklicherweise in die Luft. Noch eine Kugel weniger.

»Herrgott, Ash!«, platzte es aus Ben heraus. Er schob sie hinter sich. Das Rudel wolfartiger Tiere, die mit den Pfoten scharrten, ließ er nicht aus den Augen.

»Da ist etwas im Wurmloch. Es hatte mich gep-packt.«

Er blickte in das Loch hinein. Dort war nichts. »Ich sehe niemanden ... Heiliger Strohsack!« Ben sprang mit einem Satz zurück, als etwas aus dem Tunnel kletterte. »Scheiße!«

Zuerst dachte Ashley, es wäre ein schmutziges, kleines Kind, nackt und mit Lehm beschmiert. Aber als es sich aufrichtete und sich ihnen zuwandte, merkte Ashley, wie sehr sie sich geirrt hatte. Sie trat noch einen Schritt zurück.

Es war ein Meter zwanzig groß, gedrungen und nackt und nach den Genitalien zu urteilen offensichtlich männlich. Sein lehmverschmiertes Haupthaar war mit einem Lederband zurückgebunden. Dicke, verfilzte Haare bedeckten Brust und Beine.

Ashleys erster Gedanke war, dass sie hier einen Hominiden oder eine Art Protomensch vor sich hatte. Vielleicht die Zwergenversion eines Neandertalers. Mehrere Charakteristika unterstützten ihre Annahme: die dicken, knochigen Augenbrauen, die sich über die großen Augen wölbten, die breite, platte Nase, mit der er schnüffelte, die vorstehenden Kieferknochen, die ihm eine schnauzenähnliche Physiognomie gaben.

Doch Ashley hatte alle Aufzeichnungen über fossile Funde hominider und protomenschlicher Spezies studiert. Und dieses atmende – und stinkende – Exemplar konnte sie mit keiner davon in Übereinstimmung bringen. Am ähnlichsten war vielleicht noch der Australopithecus, doch dieses Wesen hier war ganz anders. Sein Körper war zwar muskulös, doch nicht so unförmig wie die der frühen Hominiden. Und sein Hals war zu lang und schlank. Auch seine Ohren waren auffallend: spitz und ein wenig büschelartig. Sie konnten sich sogar beim Hören vor- und zurückdrehen. Keines dieser Charakteristika entsprach irgendeinem fossilen Fund eines urzeitlichen Protomenschen!

Plötzlich ging das Wesen auf sie zu.

Ben hob die Pistole.

Es beäugte die Waffe, öffnete den Mund und entblößte kurze Fangzähne. Dann drehte es sich um, winkte mit seinem muskulösem Arm dem Rudel wolfartiger Tiere und rief ihnen grunzend zu: »Ankh! Ankh!« Wie ein perfekt abgerichtetes Gespann drehten sich alle gleichzeitig um und verschwanden wieder im Feld. Er wandte sich zu Ben um und verschränkte die Arme vor der Brust.

Ben ließ die Pistole sinken. Er sprach aus dem Mundwinkel zu Ashley. »Was hältst du davon, Ash?«

»Ich bin mir nicht sicher«, raunte sie staunend. »Aber ich glaube, wir haben gerade einen unserer Höhlenbewohner kennen gelernt.«

Ein Ohr des Wesens richtete sich in die andere Richtung. Es schien zu lauschen. Dabei senkten sich langsam seine Lider. Nach wenigen Sekunden öffneten sie sich wieder. Es drehte sich auf dem Absatz um und ging mit rollendem Gang fort.

Ashley beobachtete es. Wie gern hätte sie seine Beckenstruktur abgetastet. Irgendetwas stimmte damit nicht. Es passte zu keiner Spezies von Hominiden. Wer war das? *Was* war das?

Das Wesen ging ein paar Meter weit, hielt an und drehte sich nach ihnen um. Wieder verschränkte es die Arme vor der Brust. Es wartete.

»Ich glaube, es möchte, dass wir ihm folgen«, sagte sie und ging los.

Ben hielt sie am Ellbogen fest. »Wir haben keine Ahnung, wo es uns hinbringen wird«, flüsterte er. »Wissen wir, ob wir nicht schon für heute Abend auf dem Speiseplan stehen?« Er sprach nun lauter und rief der wartenden Gestalt zu: »Warte mal einen Moment, mein zottiger Freund. Wohin geht die Reise?«

Das Wesen schaute Ben an, drehte sich um und ging weiter. Ashley starrte ihm nach. Sie musste mehr über dieses Lebewesen herausbekommen. Da sie nichts zu verlieren hatten, entschied sie sich, ihm zu folgen, und rief Ben zu: »Ich glaube, wir sind in Sicherheit. Die Wolfstiere hätten uns töten können, wenn es uns etwas hätte antun wollen.«

Ben schüttelte den Kopf, folgte ihr aber vorsichtig.

Während sie mehrere Meter hinter ihrem Begleiter herliefen, führte der sie auf einen schmalen Pfad, der durch das gelbe Feld führte. Bevor das Wesen diesen Weg betrat, zückte es einen langen Dolch aus seinem Gürtel, dem einzigen Kleidungsstück. Die Klinge bestand aus einer langen kristallenen Scherbe. Diamant!

Ben hielt Ashley mit dem Arm zurück. Offenbar befürchtete er, das Wesen würde angreifen.

»Dogaomarubi«, sagte ihr Begleiter, als wollte er etwas erklären, und hob das Messer.

Ben nickte. »Aha! Du mich auch, Kleiner. Aber steck dein Fahrtenmesser bitte wieder weg.«

»Mein Gott«, rief Ashley, »es spricht mit uns. Verbale Kommunikation! Unglaublich.«

Das Wesen drehte sich wieder um und führte sie in das gelbe Feld. Die getreideähnlichen Saatkörner, die sich an der Spitze der Stängel befanden, reichten ihm bis über den Kopf, während sie Ashley nur bis zur Brust gingen. Sie musste sich durch die enge Gasse kämpfen und schob mit ihren Schultern die Vegetation zur Seite, während ihr Begleiter sich behände durch die Halme bewegte, scheinbar ohne einen einzigen zu berühren. Ashley fühlte sich wie ein schwerfälliger Elefant. Nach einer Stunde schob sie sich nicht mehr durch die Pflanzen, sie stolperte nur noch.

Ben folgte ihr und ächzte bei jedem Schritt, mit dem er sich durch das Dickicht kämpfte. »Ein Himmelreich für eine Machete«, sagte er schnaufend.

»Oder einen fahrbaren Untersatz«, fügte Ashley hinzu. »Ich brauche eine Pause.«

Als wäre ihr Wunsch Befehl, traten sie auf eine Lichtung. Über einen Bach, der den Weg kreuzte, führte eine Steinbrücke. Ihr Begleiter wartete am Fuß der Brücke und setzte sich auf einen Stein. Den Dolch hielt er in der Hand. *»Dogaomarubi«*, wiederholte er. Er zeigte auf zwei runde Felsen.

Ashley warf Ben einen fragenden Blick zu. Ben schaute ihren Führer an.

Sie sah, dass er ihnen gestikulierend mitteilte, sich hinzusetzen. *»Dogaomarubi«*, sagte er mit noch mehr Nachdruck.

»Er will, dass wir uns setzen«, sagte Ashley, setzte sich auf einen der Steine und setzte ihren Rucksack ab. »*Dogaomarubi* heißt wahrscheinlich ›Ruhepause‹.«

Ben hockte sich auf den Felsblock neben sie und ließ seinen Rucksack mit einem Seufzer vom Rücken gleiten. »Das war Zeit.«

Das Wesen ging zu Ben und bot ihm seinen Dolch an.

Ben nahm ihn. »Danke …« Zu Ashley gewandt sagte er: »Ist das ein Geschenk? Muss ich ihm jetzt auch was geben?«

»Weiß ich nicht. Das ist von Kultur zu Kultur unterschiedlich. Manchmal ist es auch eine Beleidigung, ein Geschenk mit einem Geschenk zu erwidern.«

»Was mache ich denn jetzt? Soll ich irgendetwas damit anstellen? Mir die Handfläche aufschneiden? Sein Blutsbruder werden?«

Sie zuckte mit den Achseln.

Ihr Begleiter starrte sie während ihrer Unterhaltung an. Seine Ohren drehten sich immer wieder vor und zurück, als sie sprachen. Schließlich gab er ein lautes Grunzen von sich, ging auf Ben zu und schnappte sich den Dolch. Er kniete sich vor Ben und zog dessen Hosenbein hoch.

Ben wollte sein Bein zurückziehen – da wurde er starr vor Schreck.

Ashley sah es auch und schnappte nach Luft. »Was ist das?« Sie ging hinüber, um es sich genauer anzusehen, und bückte sich neben Ben. Eine schwarze Nacktschnecke, so groß wie ein Handteller, klebte an seinem Schienbein. Sie sah, wie ihr Körper wellenförmig erzitterte und ein paar Millimeter größer wurde.

Ihr Begleiter setzte das Messer an und löste das Tier geschickt von Bens Bein. Die Saugnäpfe hielten sich zuerst stur fest, sprangen dann aber ab. Zwei kleine rosa Kreise mit nadelstichartigen Löchern in der Mitte markierten die Stelle, wo das Tier gesessen hatte. Ein paar Tropfen Blut sickerten heraus.

»Scheiß Blutegel!«, schrie Ben. Ein Schauder lief ihm über den Rücken. Er schoss hoch und zog sich die Hose aus, das Gesicht angewidert vor Ekel. Fünf weitere Blutegel klebten an seinen Beinen. Ashley verzog das Gesicht, als sie sah, dass sich einer auf seiner rechten Gesäßhälfte festgesaugt hatte. Sie blickte an ihren Beinen hinunter. Plötzlich hatte sie das Gefühl, dass Tausende dieser widerlichen Parasiten ihre Beine hinaufkrabbelten. Auch wenn sie wusste, dass sie sich das nur einbildete, öffnete sie doch rasch ihren Gürtel und stieg aus ihrer Hose.

Sie hielt den Atem an und schaute auf ihre Beine. Zwei schwarze Fladen klebten auf ihrem linken Oberschenkel und einer auf dem rechten. Mist! Wer wusste, welche Krankheiten die Schnecken übertragen konnten.

Ben, mittlerweile nackt von der Taille abwärts, war grün im Gesicht, als der letzte Parasit entfernt war. Als das Wesen fertig war, kam es mit dem Messer zu Ashley.

»Ich kann das selbst«, sagte sie und hielt die Hand auf.

Das Wesen schaute auf ihre Hand, dann zu ihrem Gesicht auf. Mit Nachdruck streckte sie die Hand noch weiter aus. Es hielt inne und schien zu verstehen … nickte sogar! Dann legte es das Heft des Messers in ihre Hand.

Verfluchte Blutegel! Ashley schob die Messerspitze unter den hinteren Saugnapf und hebelte den Leib des Egels hoch, bis sie an den vorderen Saugnapf gelangte. Sie musste ein wenig daran zerren, bis sich der letzte Saugnapf lösen ließ. Dann trug sie den Blutegel mit dem Diamantdolch zum Bach und warf ihn hinein, wie es das Wesen vorgemacht hatte. Danach machte sie sich an die beiden anderen Egel heran.

Kaum hielt sie den letzten schwarzen Parasiten auf der Schneide des Messers, nahm das Wesen den Egel vorsichtig zwischen die Finger einer Hand, zeigte mit der anderen darauf und sagte: *»Dogaomarubi!«* Dann warf es den Egel ins Wasser.

Ben zog seinen Gürtel zu. »Ich glaube nicht, dass *Dogaomarubi* ›Ruhepause‹ heißt. Ich glaube, es heißt eher ›verfluchter Blutegel‹.«

Ashley nickte, während sie sich den Rucksack aufsetzte.

»Hast du bemerkt, dass er die Parasiten nicht getötet hat? Wie vorsichtig er sie mit dem Messer gelöst hat? Ich habe einen der Egel im Wasser beobachtet. Er saugte sich mit Wasser voll und bewegte sich dann wieder ins Feld hinein.«

»Ja und?«

»Ich glaube, man braucht sie, um die Felder zu betreiben, so wie ein Farmer Bienen braucht. Sie nutzen die Egel in irgendeiner Form zur Bewässerung. Sozusagen als eine Art biologisches Werkzeug.«

Ben durchfuhr ein Schauder. »Wunderschön, nur zapfen dir Bienen nicht das Blut ab«, murmelte er.

Ashley rollte die Augen und folgte ihrem Begleiter über die Brücke wieder in das Feld hinein. Nach einer Stunde erblickten sie in der Ferne eine Herde tapsiger Tiere, die dort anscheinend weideten. Sie hoben ihre klobigen Köpfe, die auf kurzen Hälsen saßen, und starrten ihnen nach, als sie vorbeigingen.

»Sehen aus wie Wallabys auf Hormondiät«, sagte Ben.

»*Turituri*«, sagte ihr Begleiter und zeigte auf die Tiere. Ashley nickte. Sie war fasziniert von dem Ökosystem, das sich hier entwickelt hatte. Phytoplankton und vulkanische Gase stellten die grundlegenden Energieressourcen dar, die eine Nahrungsmittelkette in Gang setzten, die auf Pilzen und Mikroorganismen basierte. Dieses System musste unglaublich zerbrechlich sein und eine stetige Manipulation erfordern, um aufrechterhalten zu werden. Wie die Blutegel nahm jeder Organismus eine Schlüsselposition zur Stabilisierung und zum Schutz der Umwelt ein.

Sie betrachtete den Rücken ihres Begleiters. Wie viel Intelligenz erforderte es, dieses Ökosystem funktionsfähig zu halten? Nur durch reinen Zufall konnte dieses System nicht so reichhaltig und vielfältig gedeihen.

Als sie weitergingen, stieg plötzlich ein Vogelschwarm auf. Schnell wie der Blitz holte ihr Begleiter eine Schleuder hervor, feuerte einen Stein ab und schoss einen Vogel herunter. Er rannte ins Feld, um seine Beute zu holen, und kehrte kurz darauf mit dem Vogel im Gürtel zurück. Ashley starrte auf seinen Fang. Keine Federn. Was sie für einen Vogel gehalten hatte, war eine Eidechse mit Flügeln.

Ben hatte den »Vogel« auch in Augenschein genommen. »Ich hoffe, das ist nicht unser Abendessen.«

»Schmeckt wahrscheinlich wie Hühnchen«, sagte sie und zog ihn weiter.

Ihr Begleiter hielt mehrere Meter vor ihnen an und setzte sich auf den Boden. Ashley folgte seinem Beispiel, hockte sich aber tiefer hin aus Furcht vor Raubtieren. Vorsichtig beobachtete sie die Savanne.

»Was ist los?«, fragte Ben, ließ sich neben ihr nieder und duckte sich auch.

Ashley blickte auf ihren Begleiter. Er hockte ein paar Meter entfernt und entleerte sich am Wegrand. Ashley war sprachlos.

Ben nicht. »Nicht gerade ein diskretes Völkchen, was?«

Nach Beendigung seines Geschäfts reinigte er sich mit einem größeren Blatt aus dem Feld. Dann drehte er sich um, sammelte mit demselben Blatt seinen Stuhl auf und steckte ihn in einen Beutel an seinem Gürtel.

»Aber sehr reinlich«, sagte Ben.

Ashley schüttelte den Kopf. »Konservierung.«

»Was?«

»Die Energievorräte des Ökosystems sind begrenzt. Alles muss wieder verwendet werden. Damit dieses empfindliche System überleben kann, darf man nichts vergeuden.«

»Dennoch ... erinnere mich bitte daran, dass ich unserem Freund nicht die Hand schüttele.«

Ihr Begleiter ging weiter, fast ohne einen Blick zurückzuwerfen. Ashley folgte ihm.

Nach einem Marsch von weiteren zwei Stunden und

zwei Unterbrechungen, um sich der Blutegel zu entledigen, schleppte sich Ashley nur noch im Schneckentempo daher, war in Schweiß gebadet, und jeder Teil ihrer Körpers juckte und piekste.

Ihr Begleiter schaute sie an. »*Daga mond carofi*«, sagte er, und seine Schlitzaugen verengten sich sorgenvoll.

Sie schüttelte verständnislos den Kopf, öffnete ihre Wasserflasche und trank.

Er zeigte auf die ferne Wand, in deren Richtung der Pfad sich nun bog. »*Carofi!*«

Sie wischte sich über die Stirn und blickte mit zusammengekniffenen Augen in die Richtung, in die er zeigte. Man konnte das in Spalten und Zeilen eingeteilte Muster schwarzer Flecken auf der fernen, schattigen Höhlenwand kaum sehen. Sie erkannte das Muster, es glich der Anordnung der Höhlenbehausungen in der Alpha-Höhle. Sogar aus dieser Entfernung konnte sie eine Menge Geschäftigkeit erkennen. Winzige Gestalten kletterten zwischen den Behausungen hin und her.

»Mein Gott, Ben. Schau nur, ein Dorf!«, rief sie.

Ben zog an seinem rechten Ohrläppchen und machte eine merkwürdige Grimasse, eine Mischung aus Überraschung und Furcht. »Hörst du …? Das Summen …?« Er verdrehte die Augen, so dass nur noch das Weiße zu sehen war.

»Ben?«

Er schwankte ein wenig, taumelte und fiel plötzlich ins Feld.

Ben kämpfte gegen die Schwärze an. Er hörte, dass Ashley ihn rief, aber es klang so, als wäre sie in einem tiefen Brunnen, weit weg, und würde immer schwächer. Die Schwärze umfing ihn vollständig.

Er spürte, dass ihn jemand an der Schulter rüttelte, zuerst sanft, dann immer heftiger. Mit flatternden Lidern öffnete er die Augen. Großvater schüttelte ihn noch einmal. »Benny, wir haben keine Zeit für ein Nickerchen. Wir brauchen dich hier gesund und munter.«

Nicht schon wieder, dachte er, als er sich in der vertrauten Höhle umblickte. Felssäulen, die rote kürbisförmige Früchte trugen, umgaben ihn. Er träumte. Aber wie kam das? Sein Großvater war bis auf einen Lendenschurz nackt, und seine Brust war in den Grundfarben bemalt.

»Was willst du?«, fragte er.

»Komm, folge mir.« Großvater stand auf und zeigte auf den Eingang zu einer Höhle, über den jemand einen Stern gemalt hatte. »Hier entlang.« Er ging zum Eingang und kletterte hinein.

Ben wollte ihm folgen, stellte jedoch fest, dass er sich nicht aufsetzen konnte. Er war gelähmt. »Ich kann mich nicht bewegen«, rief er.

Nur eine Stimme aus der Höhle gab ihm Antwort. »Komm, wenn du kannst. Du gehörst zu uns!«

Wieder verschluckte ihn die Finsternis. Er wehrte sich dagegen, dieses Mal erfolgreich. Plötzlich brach Licht über ihn herein, und er blickte in Ashleys besorgtes Gesicht.

»Ben?«, fragte sie. »Was ist passiert?«

»Ich weiß nicht.« Er setzte sich auf. »Ich weiß es nicht.«

Als sie sich dem Lager näherten, starrte Ashley mit offenem Mund die Felswand hinauf. Sie versuchte, die Anzahl der Behausungen, die in die Wand gehauen waren, zu zählen, verzählte sich aber nach einhundert. Die Höhlen konzentrierten sich in einer anderthalb Kilometer breiten, schräg ansteigenden Kurve und bildeten eine Art natürliches Amphitheater.

Die Behausungen reichten ungefähr zwanzig Stockwerke hoch. In Stein gehauene Treppen verbanden die Etagen miteinander, dicke Seile und plumpe Rollen hingen an verschiedenen Stellen vor der Felswand.

Trotz ihrer Ähnlichkeit waren diese Höhlen nicht so spartanisch ausgestattet wie die in der Alpha-Höhle. Hier wirkten sie vielmehr wie komfortable Wohnungen. Die Wände waren mit bunten Stoffen geschmückt, die Eingänge mit fein gemusterten Tüchern verkleidet. Von verschiedenen Stockwerken hingen gewebte Teppiche herab, die fremde Tiere und komplexe Jagdszenen darstellten. Töpferwaren, mit gelben, roten und blauen Farbtönen bemalt, schmückten viele Eingänge.

Ben nahm Ashleys Hand, als sie das gelbe Feld hinter sich ließen und sich der Siedlung näherten. Sie drückte seine Hand. Ihr fiel auf, dass der Felsboden fast glatt poliert war – ob durch jahrelange harte Arbeit oder durch jahrhundertelange Benutzung, war nicht zu erkennen.

Sie folgten ihrem Begleiter durch eine ständig wachsende Anzahl von Schaulustigen. Manche waren vor Ehrfurcht erstarrt und schauten sie mit großen Augen aus einiger Entfernung an, andere stahlen sich heran, um vorsichtig ihre Arme zu berühren oder an ihren Kleidern zu zupfen. Wieder andere versteckten sich hinter ihren Vordermännern und schauten ihnen verstohlen über die Schulter. Ashley blickte zur Felswand hoch, die sie umgab. Dort hatten die Bewohner mit kleinen Händen die Vorhänge zur Seite geschoben, um sie anzustaunen. Von den gemeißelten Stufen zwischen den Etagen schauten tausende neugierige Gesichter auf sie hinab.

Kleinkinder tollten um die Beine ihrer Eltern herum.

Wie ihr Begleiter waren alle nackt. Einige trugen jedoch einfache Halsbänder und andere Kappen, die aus rotem Stoff gefertigt waren. Eine Gruppe Männer, alle mit schwarzgrauen Haaren, hatte eine Art geschliffenen Knochen quer durch die Nase.

Ihr Begleiter blieb stehen, kniete sich auf einen Stein, beugte den Kopf und wartete.

Ashley und Ben standen hinter ihm. Während sie ihrem Begleiter über die Schulter schauten, erregte ein erwachsenes Weibchen ihre Aufmerksamkeit. Sie war etwas weniger behaart als ihr Begleiter, doch waren ihre hängenden Brüste nackt, mit großen braunen Warzen, die ihren gewölbten Bauch berührten. Sie zeigte alle Anzeichen einer Schwangerschaft. Ashley wollte den Blick gerade abwenden, als sie eine plötzliche Bewegung wahrnahm. Eine kleine Hand erschien aus einer Bauchfalte der Frau. Die Hand fuhr hoch und ergriff ein Büschel Fell unterhalb einer Brust. Daran zog sich ein wimmernder Säugling, rosa und haarlos, aus ihrem Bauch und begann an ihrer Brust zu trinken. Die Mutter schien es gar nicht wahrzunehmen und starrte weiterhin Ashley an. Ashley schaute fasziniert zu. Der Säugling, der von dem Aufruhr unruhig wurde, verschwand wieder in seinem Versteck. In einem Beutel!

»Schau nur, Ben«, sagte Ashley, und die Zuschauer wichen einen Schritt zurück, »die Mutter dort drüben. Sie trägt ihr Baby in einem Beutel unter ihrem Bauch.«

»Na und? Hast du die Wachen am Eingang gesehen? Die mit den Speeren und den Wolfswesen an der Leine? Wenn wir hier raus wollen, haben wir ein Problem.«

»Mir egal. Mich kriegt man hier sowieso nur mit Gewalt wieder fort. Hier gibt es einfach zu viel zu entdecken. Kannst du dir vorstellen, was das bedeutet?« Sie wies mit dem Kopf auf die Frau.

»Was denn?«

»Nur Beuteltiere, also Marsupialier, tragen ihre Jungen in Beuteln. Diese Lebewesen müssen Beuteltiere als Vorfahren haben!«

»Klasse, wir sind von einem Haufen Kängurus eingefangen worden.«

Sie ignorierte seine Bemerkung und dachte weiterhin laut vor sich hin. »Die riesigen Bestien, die uns angegriffen haben, waren ebenso eine Spezies früher Beuteltiere. Es scheint, als wären alle Nischen dieses Ökosystems mit unterschiedlichen Beuteltierarten besetzt. Aber wie sind sie nur hierher gelangt? Wie haben sie überlebt?«

Ben zuckte die Achseln.

»Mensch, überleg doch einmal, Ben. Ein komplettes Ökosystem aus Beuteltieren, unbeeinflusst und fern vom Wettbewerb der übrigen Säugetiere, hat sich hier entwickeln können. Die Evolution hat in diesen Höhlen einen vollkommen anderen Weg eingeschlagen.«

In diesem Moment verstummte die flüsternde Menge. Vollkommene Stille herrschte. Ben stieß Ashley an und deutete nach vorn.

Eine hoch aufgerichtete Gestalt schritt aus dem Eingang zum größten Haus. Das Wesen war schwarzhaarig, hatte jedoch vereinzelte graue Flecken in seinem Bart. Seine Augen waren von einem derart satten Gelb, dass sie zu glühen schienen. Das Wesen war einen Kopf größer als ihr Begleiter, seine Schultern waren breit und muskulös. In der rechten Hand trug es einen Stab, der größer war als es selbst. Auf der Spitze saß ein Rubin so groß wie eine Grapefruit.

Nun hob ihr Begleiter den Kopf und begann, hastig zu sprechen. Der andere, eindeutig der Anführer der Gemeinschaft, ließ ab und zu ein Wort fallen. Ashley verfolgte neugierig den Wortwechsel und fragte sich, um was es ging. Ihr Begleiter endete mit einem letzten Brummen und senkte den Blick wieder auf den Stein vor sich.

Der Häuptling wandte sich ihnen zu, blickte zuerst Ashley, dann Ben an. Er schien sie ausgiebig zu mustern und kratzte sich dabei geistesabwesend am Bauch. Dann bellte er ihnen etwas zu. Während seine Worte für Ashley und Ben unverständlich waren, schnappte die Menge hörbar nach Luft und wich einen Schritt zurück. Manche schossen sogar davon und huschten hinter die Vorhänge.

Ashley schaute Ben an.

Er zuckte mit den Schultern und flüsterte: »Ich glaube, das bedeutet nichts Gutes.«

Der Häuptling stampfte mit seinem Stab auf den Boden und drehte sich um.

In dem Moment tauchte eine zerbrechliche Gestalt mit zottigen silbergrauen Haaren aus der Nachbarhöhle auf. Er ging so langsam und vorsichtig, dass Ashley glaubte, sie würde seine Gelenke quietschen hören. Wie der Anführer hatte auch er einen Stock, doch ganz im Gegensatz zu ihm benutzte er ihn, um sich bei jedem Schritt mit seinem ganzen Gewicht darauf zu stützen. Außerdem war sein Stab mit einem pfirsichgroßen Diamanten besetzt.

Als er näher kam, bemerkte Ashley das Muster, das in roten und gelben Farbtönen auf seine Brust gemalt war.

Ben wurde plötzlich unruhig. »Ich schnappe gleich über.«

»Psst«, zischte sie, »es ist bestimmt nicht höflich, jetzt zu reden.«

Der Greis schaute sie an. Auch wenn sein Körper offenbar alt und verbraucht war, ließen seine Augen eine scharfe Intelligenz und einen regen Geist erkennen. Er schaute Ben an, nickte ihm zu und sprach dann zum Anführer.

Ben zog sich einen Schritt zurück. »Ashley, ich habe das Muster schon einmal gesehen. Das Muster auf der Brust des Tattergreises.«

»Was? Wo?«, flüsterte sie.

Er schluckte schwer und sagte mit zitternder Stimme: »In … einem Traum. Auf der Brust meines … toten Großvaters.«

Sie nahm seine Hand. »Hör zu, darüber reden wir später. Im Augenblick sollten wir lieber herausfinden, was sie mit uns vorhaben.«

Während ihres Flüsterns war die Diskussion zwischen dem Alten und dem Anführer heftig geworden. Sie sprachen mit lauter Stimme und gaben ihren Argumenten Nachdruck, indem sie mit ihren Stäben heftig auf den Boden stießen. Schließlich entblößte der Anführer seine Zähne, zerbrach seinen Stab über dem Knie und stürmte davon.

»Und jetzt?«, fragte Ben.

Der Alte blickte sie an und richtete den Stab auf sie. Er sagte nur ein Wort: »Tod.«

22

Während Michaelson von seinem winzigen Zufluchtsort aus den Tunnel im Auge behielt, schlief er vor Erschöpfung fast ein. Stunden waren vergangen, seit Ben und Ashley aufgebrochen waren und ihn allein gelassen hatten. Angestrengt lauschte er nach einem Zeichen der Verfolger. Nichts. Die Stille dröhnte in seinen Ohren.

Er seufzte. Wenigstens war der pochende Schmerz in seinem Knöchel nur noch ein leises Protestieren. Irgendwann müsste er die Schiene richten, doch im Augenblick war er einfach zu müde dafür. Er schloss die Augen, um sich besser konzentrieren zu können. Doch außer Stille nahm er nichts wahr.

Er musste gähnen, und das Kinn sackte ihm auf die Brust. Er schüttelte den Kopf, um wach zu bleiben.

Ein prüfender Blick in den Tunnel – alles in Ordnung. Nach mehreren Minuten, die ihm wie eine Ewigkeit vorkamen, fielen ihm die Augen wieder zu. Er atmete nun tief und befand sich in dem unscharfen Grenzbereich zwischen Traum und Wirklichkeit.

In diesem Augenblick streifte etwas seine Hand.

Sofort waren seine Augen offen, und er warf den Kopf zurück. Beinahe hätte er sich an der Felswand gestoßen. Er fingerte an seinem Gewehr herum und richtete es – auf einen Mann in einer zerlumpten Uniform der US Marines! Die Ärmel waren an den Schultern abgerissen. Das war unmöglich. Er zwinkerte ein paar Mal. Das muss ein Traum sein, dachte er. Aber die Gestalt blieb und lächelte auf ihn herunter.

Michaelson blickte in die Augen seines verschollenen Bruders. »Harry? Mein Gott, du lebst!«

Sein Bruder schob den Lauf von Michaelsons Gewehr mit dem Finger zur Seite. »Wenn du abdrückst, nicht mehr«, sagte er mit einem müden Grinsen.

Michaelson warf das Gewehr in die Ecke, ignorierte den Schmerz in seinem Knöchel, sprang auf und umarmte seinen Bruder ungestüm. Nur mit Anstrengung hielt er die Tränen zurück. Er betete darum, dass er nicht träumte. Doch das belustigte Glucksen seines Bruders war keine Einbildung. Es war Wirklichkeit. »Gott sei Dank, Gott sei Dank«, jauchzte Michaelson an Harrys Schulter.

»Brüderchen, du hast uns ganz schön auf Trab gehalten«, sagte Harry, löste sich aus der Umarmung und fuhr sich mit der Hand durch die schwarzen Haare.

Lächelnd registrierte Michaelson diese vertraute Geste, die er seit Ewigkeiten nicht mehr gesehen hatte. Jahrelang hatte Harry den Bürstenschnitt der Armee getragen, doch nach all den Monaten hier unten war diese Angewohnheit wie ein alter Freund zurückgekehrt.

Michaelson war für einen Moment lang unfähig zu sprechen. Um ein Haar hätte er seinen Bruder noch einmal in die Arme geschlossen, doch da bemerkte er die Narbe, die sich über die ganze Länge seines rechten Arms zog. Sie war rosa und aufgeworfen, offenbar erst kürzlich verheilt. Er streckte die Hand aus und berührte sie. »Was ist passiert?«

Harry wurde sachlich. Michaelson blickte prüfend in das Gesicht seines Bruders und bemerkte die Ringe unter seinen blauen Augen. Seinen ruhelosen Blick. Er hatte an Gewicht verloren; die Reste seiner Uniform schlackerten an seinem Körper.

»Das ist eine lange Geschichte«, sagte Harry.

»Nun gut, die Zeit sollten wir uns nehmen.«

»Nein, auf keinen Fall. Wir müssen uns beeilen. Die *Cra'kan* sind ganz in der Nähe.«

»Die wer?«

»Diese Bestien.« Harry bedeutete ihm zu folgen. »Pack deinen Ranzen, Soldat, wir rücken aus.«

Michaelson warf ihm das Gewehr zu und kletterte in die Nische, um seinen Rucksack und seine Wasserflasche einzusammeln. Als er wieder herauskroch, sah er, wie sein Bruder das Gewehr mit einem anerkennenden Lächeln bewunderte. Harry gab ihm die Waffe widerwillig zurück. »Nettes Gerät. Hätte ich gebrauchen können, als ich die Wissenschaftler eskortierte. Vielleicht wäre es dann ...« Er schwieg, und seine Miene verfinsterte sich.

Michaelson trat von hinten an ihn heran und legte ihm die Hand auf die Schulter. Er wurde den Verdacht immer noch nicht los, dass sein Bruder im nächsten Moment mit einem Knall verschwinden und sich in Rauch auflösen würde, als triebe ein Gespenst mit seinem Abbild Schabernack. Er bemerkte, dass Harrys Hände leer waren. Wie hatte er hier nur ohne Waffe überlebt? »Ich habe noch eine Waffe in meinem Rucksack ...«, setzte er an.

»Nicht nötig. Ich habe Freunde.«

Freunde? Michaelson ließ den Blick durch den leeren Tunnel schweifen, während er sich den Rucksack auf den Rücken setzte. Wovon redete Harry?

Harry knurrte plötzlich etwas, das seinem Bruder einen Schauder durch Mark und Bein jagte. Ein unmenschliches

Geräusch, halb Jaulen, halb Stöhnen, tief und durchdringend. Michaelson starrte ihn entgeistert an. Hatte er während der Isolation hier unten den Verstand verloren?

Harry drehte sich zu ihm um und sagte ernst: »Schieß bitte nicht auf sie.«

»Wovon zum Teufel sprichst ...« Weiter hinten im Tunnel entstand plötzlich Bewegung. Kleine, menschenähnliche Gestalten, von den Felsen kaum zu unterscheiden, kamen auf sie zu. Ihre Messer und Speere schimmerten im grünlichen Licht des Schimmels. Michaelson hörte, wie hinter ihm ein Stein über den Boden kullerte. Als er sich umblickte, sah er, dass sich noch mehr näherten. »Harry?«

»Es sind Freunde. Sie haben mir das Leben gerettet.«

Eines der Wesen trat aus der Menge hervor. Es blickte unverwandt auf Michaelson, während es sich auf Harry zubewegte. Michaelson hielt das Gewehr fest in der Hand. Das Wesen war nackt, nur etwa einen Meter zwanzig groß, aber drahtig und muskulös. Sein scheckiges, sandfarbenes Haar war mit einem blutroten Kopftuch zurückgebunden. Große Augen musterten ihn von Kopf bis Fuß, während sich seine abstehenden Ohren wie Radarschüsseln in alle Richtungen drehten.

Während sich die kleine Gestalt näherte, betrachtete Michaelson abwägend ihre Bewaffnung. In einem Gürtel um die nackte Taille steckte ein langes Messer mit einer derben Klinge aus Kristall. Mit ihrer vierfingrigen Hand hielt sie einen langen Speer.

Michaelson beobachtete, wie das Wesen Harry den Speer reichte. Dann zog es sich zurück.

»Wer sind ... nein, *was* sind sie?«

»Sie nennen sich *Mimi'swee*.«

Einer der *Mimi'swee* eilte von hinten herbei, so dass Michaelson erschrak, drückte sich an ihm vorbei und ging auf Harry zu. Er zeigte mit dem Finger nach hinten. »*Doda fer'ago*«, sagte er, »*doda cra'kan!*«

Harry blickte seinen Bruder an. »Er sagt, wir bekommen Gesellschaft. Sie haben unsere Witterung aufgenommen und rücken uns auf den Pelz. Zeit zu verduften.«

Wie auf Stichwort ertönte ein Brüllen hinter ihnen. Ein zweites und ein drittes erklangen als Antwort aus allen Richtungen. Sie waren eingekesselt.

Michaelson dachte daran, dass Ashley und Ben im Labyrinth der Tunnel herumirrten. Er trat zu Harry. »Hör zu, ich habe Kollegen und …«

»Ich weiß. Wir haben ein kleines Team meiner Freunde hinterhergeschickt.« Er deutete mit dem Daumen nach vorn. »Man hat dafür gesorgt, dass sie in Sicherheit sind.«

»Wo?«

Ein zweites Mal hallte das Gebrüll durch die Gänge. »Ich zeige es dir. Komm jetzt, bevor wir zum Abendessen verspeist werden.«

Michaelson blieb nahe bei seinem Bruder. Die kleinen Gestalten wirbelten um ihn herum, manche rannten vorbei, um voraus zu laufen, andere blieben hinter ihm, um den Rückzug zu decken. Er bemühte sich, Schritt zu halten, und biss die Zähne fest zusammen, aber sein kaputter Knöchel meldete sich schon bald und protestierte schmerzhaft. Allmählich entstand ein Abstand zwischen ihm und seinem Bruder.

Harry verlangsamte seinen Schritt, packte Michaelsons Arm, legte ihn sich um den Nacken und stützte ihn auf der verletzten Seite. Mittlerweile liefen nur noch zwei oder drei der kleinen Jäger hinter ihnen. »Ich lasse dich nicht zurück, Dennis.«

»Ich behindere dich nur. Ich bin nicht gekommen, damit du stirbst.«

»Halt den Mund, Bruderherz. Heute wird keiner sterben.« Harry drückte Michaelsons Schulter. »Wie wir hier so eng umschlungen daherhumpeln, das erinnert mich an das dreibeinige Rennen in Kearney, wo wir das blaue Band auf der Kirmes gewonnen haben.«

Michaelson verzog das Gesicht vor Schmerz und spuckte aus. »Weil du geschummelt hast!«

»Trotzdem hast du das Band nicht zurückgegeben.«

Plötzlich entstand hinter ihnen ein Aufruhr. Einer der Jäger huschte zu ihnen und knurrte Harry etwas zu. Harrys Gesichtsausdruck wurde ernst. Er antwortete etwas Unverständliches. Der Jäger nickte und machte, dass er vorwärts kam. Nur noch ein kleiner Jäger war nun hinter ihnen.

»Was hat er gesagt?«

»Einer der *Cra'kan* versucht, die Lücke zu schließen. Wir sind noch lange nicht in Sicherheit.«

Michaelson knirschte mit den Zähnen. Jetzt hatte er seinen Bruder wieder in Gefahr gebracht. »Ich habe dir gesagt ...«

»Ja, ja, du hast schon immer Recht gehabt.« Harry unterbrach ihren schlurfenden Marsch. Der letzte Jäger, mit schwarzem Fell und einer Narbe auf der rechten Wange, blieb neben Harry stehen. »Dennis, geh voraus und hol auf, so viel wie du schaffst. Nob'cobi und ich versuchen, sie aufzuhalten und etwas Zeit für die anderen rauszuschinden.«

»Zum Teufel damit. Ich habe das Gewehr.«

»Ja, aber ich habe die Erfahrung. Und nun mach, dass du fortkommst!«

Michaelson kannte den sturen Ausdruck in den Augen seines Bruders. Da war Streiten zwecklos. »Na, dann nimm wenigstens mein Gewehr.«

Harry schüttelte den Kopf. »Du wirst es vielleicht brauchen.« Er hob den Speer, den er bisher in der rechten Hand gehalten hatte. »Außerdem schmälert der Gebrauch nicht traditioneller Waffen unsere Chance, *Il'jann* zu gewinnen.«

»Was?«

Harry scheuchte ihn fort. »Das ist so eine Art Trophäensammeln. Ein Maßstab für Ehre.« Jetzt hörten sie das Geräusch trappelnder Krallen auf Stein aus dem Tunnel. »Jetzt hau ab!«

Michaelson nickte und lief los. Auf keinen Fall würde er seinen Bruder nur mit einem Speer kämpfen lassen. Sobald er den ersten Seitengang erreichte, hockte er sich hinein und blickte zurück. Sein Bruder und der Jäger steckten ihre Köpfe zusammen. Die kleine Gestalt gestikulierte mit den Händen und nickte.

Michaelson ließ seinen Rucksack fallen, nahm das Gewehr und legte sich flach in den Tunnel. Er zielte den Gang hinunter. Er wartete und lauschte auf das anschwellende Getrappel der nahenden Bestie. Sein Bruder ging plötzlich in Angriffsposition und richtete den Speer nach vorn. Anscheinend hatte er etwas gesehen, was Michaelson aus seiner Position nicht wahrnehmen konnte. Der kleine Jäger drückte sich flach gegen die Höhlenwand. Harry steckte das Heft des Speers in eine Vertiefung im Boden, die Klinge war den Tunnel hinab gerichtet. Er hockte sich hin und hielt den Speer fest.

Ein wütendes Brüllen schallte durch den Gang. Dann stakste die Bestie ins Blickfeld, füllte den gesamten Tunnel aus, so gigantisch, größer als alle, die Michaelson bisher gesehen hatte. So schwarz, als wäre sie in Pech getaucht worden, fuhr sie mit dem Kopf nach vorn und wieder zurück und schnaubte laut. Als sie Harry entdeckte, blieb sie still stehen und verlagerte das Gewicht auf die muskulösen Hinterbeine. Sie machte einen Schritt zurück, reckte den langen Hals nach vorn, öffnete das Maul und brüllte.

Harry rührte sich keinen Millimeter und antwortete mit einem eigenen Kampfschrei: »Zur Hölle mit dir!«

Ein feines Lächeln umspielte Michaelsons Lippen. Dieser verrückte Hund fürchtete weder Tod noch Teufel. Michaelson, der auf dem Bauch lag, kniff die Augen zu schmalen Schlitzen zusammen, legte den Kolben des Gewehrs an seine Schulter und blinzelte durch das Visier. Sein Bruder stand in der Schusslinie. Scheiße!

Mit zornigem Gebrüll stürmte die Bestie auf seinen Bruder zu. Michaelson blieb keine Zeit zu reagieren. Harry duckte sich, als sie nach ihm schnappte, machte sich sprungbereit, während sich die Bestie selber pfählte und der Speer ihr tief in die Brust fuhr, und rollte zur Seite.

In diesem Moment sprang Nob'cobi, der kleine Jäger, von der Wand fort und rittlings auf den Nacken der Bestie. Er hielt ein langes Messer in der Hand. Wie der Teufel stach er mit dem Messer auf ihre Augen ein.

Im Todeskampf bäumte sich die Bestie brüllend auf, warf den Kopf zurück und schleuderte den Jäger hinunter. Das Messer ragte noch aus ihrem linken Auge.

Der kleine Jäger landete hart, kroch aber schnell fort von dem peitschenden Schwanz, zu Harry hin.

Mit dem unverletzten Auge entdeckte die Bestie Nob'cobi und schnappte nach ihm. Harry wollte schneller sein und ihn aus ihrer Reichweite ziehen, aber er griff ins Leere. Sie hatte Nob'cobi bereits geschnappt. Dennoch hielt Harry mit der abgebrochenen Hälfte seines Speers auf sie zu und wollte anscheinend den scharfkantigen Rest als Waffe benutzen, um seinen Freund zu befreien.

Michaelson knirschte mit den Zähnen. Sein Bruder stand erneut ein wenig in der Schusslinie, denn er wollte Nob'cobi offensichtlich nicht den Zähnen der Bestie überlassen. Der Teufel soll ihn holen! Michaelson hielt den Atem an, kniff die Augen zusammen und drückte ab. Der Gewehrschuss donnerte ohrenbetäubend durch den engen Tunnel.

Alle erstarrten bei dem plötzlichen Knall. Harry hielt

mitten im Stoß inne, den abgebrochenen Speer in der erhobenen Hand. Die Bestie blieb in der Bewegung stehen.

»Harry!«, brüllte Michaelson. Seine Stimme brachte wieder Leben in die Szene. Die Bestie brach zusammen, tot, eine Kugel im Kopf. Im Fallen ließ sie ihre Beute los, und Nob'cobi purzelte aus ihrem Rachen. Harry rannte auf seinen Freund zu.

Michaelson kroch aus seinem Versteck und ging auf seinen Bruder zu, ließ aber dabei den leblosen Körper, der den Durchgang versperrte, nicht aus den Augen. »Wie geht es ihm?«

Harry half dem kleinen Jäger aufzustehen. »Er wird am Leben bleiben. Das sind zähe Burschen. Er hat nur ein paar Löcher in der Schulter, sonst keine ernsthaften Verletzungen.«

»Gut.« Michaelson kniete sich neben den *Mimi'swee* und legte ihm eine Hand auf die unversehrte Schulter.

Harry hockte sich auf die Fersen. »Dennis, ich habe dir doch gesagt, dass du dich davonmachen sollst.«

Michaelson runzelte die Stirn. »Ich bin nicht nur dein älterer Bruder, sondern bekleide auch den höheren Dienstrang.«

»Na, im Augenblick bin ich geradezu glücklich darüber, dass du die Karriereleiter schneller als ich erklettert hast. Andernfalls hättest du vielleicht auf mich gehört.« Dann schaute er ihm ernst in die Augen und sagte: »Danke, Dennis.«

Der kleine Jäger stieß plötzlich unverständliches Zeug hervor und machte ein gequältes Gesicht. Harry nickte ernüchtert. Die kleine Gestalt griff sich an die verwundete Schulter und tauchte einen Finger in das austretende Blut. Dann wandte sie sich zu Michaelson.

»Nob'cobi möchte sein *Il'jann* mit dir teilen«, erklärte Harry. »Das ist bei seinem Volk eine besondere Ehre. So etwas wie Blutsbruderschaft.«

Der pelzige Jäger streckte den Arm aus und berührte mit dem blutigen Finger Michaelsons Stirn. »Br... Bruder«, sagte er halb knurrend.

23

Khalid beobachtete aufmerksam, wie Linda den Jungen umarmte. Sein Kopf versank unterhalb ihres Kinns. Linda flüsterte tröstende Worte in sein Ohr. Khalid ging zu Blakely hinüber, der leblos auf einem Felsen lag. Blakely hatte die Augen offen und starrte ihn an, sein Atem ging unregelmäßig und rasselnd. Der Wissenschaftler besaß Informationen, die Khalid benötigte, um seine Mission zu beenden. Er kniete sich neben ihn und hielt ihm seine Wasserflasche hin. Dann ließ er ein dünnes Rinnsal in Blakelys Mund laufen.

Blakely schloss die Augen und schluckte gierig, schob die Flasche dann beiseite, so dass Wasser auf seine Brust tropfte. »Danke«, murmelte er.

»Was ist passiert?«, fragte Khalid. »Wie sind Sie hierher geraten?«

Blakely sprach mit geschlossenen Augen, als müsste er sich die Ereignisse ins Gedächtnis zurückrufen. »Das Camp wurde ... angegriffen ... zerstört.« Er hatte Mühe zu atmen und schnappte mehrmals nach Luft.

Khalids erster Gedanke war, dass ihm jemand zuvorgekommen sein musste. Ein zweiter Agent? Aber er verwarf den Gedanken, als er dem Wissenschaftler weiter zuhörte.

»Riesige Tiere ... hunderte ... haben das Camp gestürmt. Wir sind mit einem Ponton-Boot entkommen. Und hier an Land gespült worden.«

Khalid machte ein besorgtes Gesicht, als er die schlechten Nachrichten hörte. Verflucht, also gab es noch mehr von ihnen. Er hatte gehofft, die paar, denen sie begegnet waren, wären die einzigen gewesen. Er blickte hoch und betrachtete die Wasserkaskaden. Falls sie ihren Weg hinauf finden sollten, wurden sie von den lauernden Bestien erwartet. Er ging in die Hocke und steckte die Pistole ins Holster.

»Und jetzt?«, murmelte er vor sich hin.

Blakely hörte es und sagte mit immer noch heiserer, aber fester Stimme: »Wir warten. Vertrauen wir auf das Militär. Wenn die erst erfahren, was passiert ist, werden sie kommen und alles durchkämmen. Die werden uns schon finden.«

Khalid kratzte sich an seinen Bartstoppeln. Blakely hatte Recht. Das Militär würde sich *bestimmt* in Kürze in Bewegung setzen, um die Sicherheit der Basis wiederherzustellen. Doch wenn die US Navy die Höhlen hier unten auf den Kopf stellte, würde es für ihn viel schwieriger, wenn nicht gar unmöglich sein, seinen Auftrag zu erfüllen.

Er rieb sich die müden roten Augen, körniger Schmutz juckte unter seinen Lidern. Er musste die Alpha-Basis erreichen, bevor Verstärkung eintraf. Und er brauchte ausreichend Zeit, um die Sprengladungen anzubringen und sich aus dem Staub zu machen. Auch für ihn ein verdammt großer Auftrag.

Vielleicht war das eine Prüfung, die Allah ihm auferlegt hatte. Die Kräfte der Natur nahmen den Kampf mit ihm auf, stellten ihn auf die Probe. Wie sollte er sich sonst die teuflischen Bestien erklären, die sich ihm in den Weg stellten, die zahllosen Hindernisse und Schrecken, die hinter jeder Ecke neu lauerten? Es musste der Allmächtige sein, der ihn prüfte.

Er schloss die Augen und verbarg das Gesicht in seinen Händen. Er betete, bat um Kraft für den Erfolg und um ein Zeichen von Allahs Wertschätzung. Fünf Minuten lang betete er. Das Blut pochte ihm in den Ohren. Doch Allah gab ihm kein Zeichen. Schließlich setzte er sich hin und legte die Hände auf die Knie.

Da, als er die Augen hob, sah er es. Ein Fetzen ölig schwarzen Rauchs drang aus einer Öffnung in der Mitte der Felswand. Khalid reckte sich höher. »Doktor, hat das Camp gebrannt? Gab es viel Rauch?«

Blakely hustete trocken. »Ja, dichten Rauch. Warum?«

Khalid zeigte auf die gegenüberliegende Wand, ein freudiges Lächeln auf seinen Lippen. »Schauen Sie nur, dort! Der Rauch! Das muss der Weg nach oben sein.« Er starrte unverwandt auf die Rauchwolke, als wäre sie ein Finger Gottes.

Linda hielt immer noch Jason im Arm und starrte auf die Tunnelöffnung und die Rauchwolke. In ihr kämpften gegensätzliche Gefühle miteinander: zum einen die Erleichterung darüber, einen Weg hinaus gefunden zu haben, zum anderen die Furcht davor, dass etwas von den Ereignissen durchsickern könnte. Was täte Khalid dann? Wenn Blakely und Jason von seinen Plänen erführen, würde er sie töten.

Sie drehte sich um und blickte Khalid an. Sein Gesichtsausdruck, während er die Felswand hinaufblickte, war merkwürdig exaltiert, seine Augen waren weit aufgerissen und glänzten. Ihr lief ein Schauer über den Rücken, als sich ihre Blicke trafen. Er lächelte sie an. »Es ist fast geschafft«, sagte er.

Sie nickte. Es war alles viel zu schnell passiert. Sie hatte gedacht, sie würden noch Tage damit zubringen, den Weg nach Hause zu finden, was ihr genügend Zeit gegeben hätte, einen Plan auszuarbeiten. Zeit genug, um zu entscheiden, ob sie sein Vorhaben vereiteln oder nur die eigene Haut retten und ihn seiner Wege gehen lassen sollte.

Jemand zog sie am Arm und riss sie aus ihren Gedanken.

Sie blickte zu Jason herab. »Linda, was ist mit meiner Mama? Glaubst du, es geht ihr gut?«

Sie drückte seinen Arm, als er so zu ihr hinaufschaute. Eigentlich sollte sie ihn belügen, ihm sagen, dass alles wieder gut werde, aber Jason war ein aufgewecktes Kind. Er schaute sie mit nüchternen, klaren Augen an, erwartete eine ehrliche Antwort. »Jason, ich weiß es nicht. Aber Ben und Major Michaelson sind bei ihr. Sie ist in guten Händen.«

Jason nickte.

Khalid berührte ihre Schulter. Ein Schreck durchfuhr sie. Er bedeutete ihr, ihm ein paar Schritte zu folgen, um unter vier Augen mit ihr sprechen zu können. Das Herz schlug ihr bis zum Hals, während sie ihm folgte. Er blickte noch einmal zurück, um sicherzustellen, dass ihnen niemand folgte. »Hör zu, ich möchte, dass wir heute Nacht aufbrechen.«

Ihr Mund wurde trocken. Das ging ihr zu schnell, so als würde ein Güterzug auf einen demolierten Prellbock zurasen. »Aber Blakely ist dazu nicht in der Lage.«

Khalid verzog keine Miene. »Ich hatte nicht vor, ihn mitzunehmen. Den Jungen auch nicht.«

Nun flüsterte sie. »Du hast mir versprochen, niemanden zu töten, wenn ich schweige.«

»Ich töte sie nicht. Ich lasse sie nur zurück.«

»Macht das einen Unterschied?«

Er zuckte mit den Achseln. »Wie gesagt, wenn sie etwas von meinem Plan erführen, wäre ich gezwungen, sie zu töten. Indem wir sie zurücklassen, haben sie wenigstens die Chance durchzukommen.«

Während sie Khalid anstarrte, stellte sie sich vor, wie Jason verhungerte und Blakely von einer Bestie aufgefressen wurde. Wie leichtfertig er Jason und Blakely zu einem langsamen Tod verurteilte. Wo hatte diese Bestie ihr Herz? Sie schluckte. »Ich hasse das.«

»Wir brechen auf, wenn die beiden eingeschlafen sind«, flüsterte Khalid ihr ins Ohr, so, wie ein Liebhaber seiner Geliebten Liebesschwüre zuraunt. »Du musst ihnen dabei nicht in die Augen schauen.«

Seine Worte drohten sie um den Verstand zu bringen. Wie konnte er nur so beiläufig ihren Tod planen? Sich einfach in der Nacht davonschleichen? Wie konnte er nur ...?

Da hatte sie eine Idee.

Noch überlegte sie, aber sie hatte nicht viel Zeit, und das Risiko war groß. Verzagt biss sie sich auf die Unterlippe. Sie beobachtete, wie Jason lachte, als Blakely etwas zu ihm sagte. Im Licht des Schimmelpilzes konnte sie erkennen, wie Jasons Augen strahlten. Strahlten vor jungem Leben, einem Leben, das zum größten Teil noch vor ihm lag.

Sie schloss die Augen und besiegelte ihren Plan. Sie konnte es schaffen. Nein, sie *würde* es schaffen. »Okay, wir brechen heute Nacht auf«, sagte sie entschlossen.

Während Linda nur so tat, als schliefe sie, waren Blakely und Jason wirklich eingeschlafen, zugedeckt mit ihren Ersatzdecken. Blakely schnarchte und gab dabei ein pfeifendes Gurgeln von sich, das man sogar trotz des Wasserfalls hörte. Linda behielt durch ihre fast geschlossenen Lider Khalids Profil im Auge. Er saß, halb in seinem Schlafsack, an einen Felsblock gelehnt. Sie wartete, sah, wie ihm das Kinn auf die Brust fiel und er es wieder hochriss, als er merkte, dass der Schlaf ihn fast übermannte. Fast.

Linda hatte Khalid dazu überredet, doch ein wenig zu schlafen, und das mit ihrer Erschöpfung begründet. Nur zwei Stunden Schlaf, hatte sie gebettelt. Genug, um Energie für den nächsten Abschnitt ihrer Reise zu sammeln. Er hatte eingewilligt. Dann hatte sie heimlich mehrere Tabletten, die man ihr gegen die Klaustrophobie verschrieben hatte, in Khalids Wasser aufgelöst und darauf geachtet, dass er es austrank. Der starke mineralische Geschmack des hiesigen Wassers verdeckte den der Tabletten. Sie würden ihn nicht umhauen – sie hatten nur eine geringe sedative Wirkung –, aber in dieser Anzahl sollten sie ihn so schläfrig machen, dass er früher oder später beim Wachehalten einnicken musste. Das war alles, was sie wollte.

Sie sah, wie sein Kinn wieder auf seine Brust fiel. Dieses Mal blieb es dort.

Das Blut dröhnte in ihren Schläfen, während sie angespannt in ihrem Schlafsack, der nahe genug bei Khalids lag, lauschte, ob sein Atem in einen regelmäßigen Rhythmus überging. Sie wusste, dass ihr nicht viel Zeit blieb.

Mit quälender Langsamkeit stieg sie aus ihrem Schlafsack. Glücklicherweise verschluckte der Lärm des Wasserfalls die Geräusche ihrer Bewegungen.

Sie schlich an seine Seite, nahm seine Laterne und seinen Helm von einem Felsen nebenan. Ursprünglich wollte sie seine Pistole entwenden, aber er hatte sie in den Schlafsack gesteckt und war darauf eingeschlafen. Sie ihm wegzunehmen wäre jetzt zu gefährlich.

Daher hatte sie den Ersatzplan in Angriff genommen. Sie entfernte die Batterien aus seiner Laterne und seinem Helm. Seine Waffe mag er behalten, dachte sie, aber wir wollen mal sehen, ob er ohne Licht etwas ausrichten kann.

Nachdem sie das erledigt hatte, wandte sie sich dem schlafenden Blakely zu. Sie legte ihre Hand auf seinen Mund und drückte heftig zu, als er erwachte. Sie beugte sich über ihn, legte einen Finger auf ihre Lippen und bedeutete ihm zu schweigen. Nachdem er den Schreck überwunden hatte, nahm sie die Hand von seinem Mund und machte ein Zeichen, dass er ihr folgen sollte ... leise. Sie führte ihn mehrere Meter weit weg.

Als sie weit genug gegangen waren, drückte sie ihre Lippen an sein Ohr und hoffte, dass ihre Worte vom Rauschen des Wasserfalls gedämpft würden. »Wir müssen uns fortschleichen. Jetzt. Sind Sie in der Lage dazu?«

Er sah sie aus zusammengekniffenen Augen an. »Ja, aber warum denn? Was ist los?«

Sie berichtete kurz, was vorgefallen war und wie sie zu ihnen gefunden hatten. Als sie damit fertig war, zitterte ihre Stimme.

Blakelys Augen waren während ihrer Geschichte immer größer geworden. »Dieses Schwein! Ich hätte nie geglaubt ... Mein Gott, das war mein Fehler. Ich hätte ihn gründlicher überprüfen lassen müssen. Verflucht, bin ich naiv gewesen. Bei allem!«

Der Wissenschaftler sah Jahrzehnte älter als noch vor einer Woche aus. Tief liegende Augen, hängende Schultern, sogar seine Haare schienen grauer geworden zu sein. Sie legte die Hand auf seinen Arm. »Wir müssen jetzt Jason holen und uns davonstehlen.«

Er schüttelte den Kopf. »Warum überfallen wir ihn nicht und nehmen ihm die Pistole ab? Oder schnappen uns einen großen Stein und erschlagen ihn?«

»Er ist ein ausgebildeter Mörder. Eine Killermaschine.« Sie konnte die Angst in ihrer Stimme nicht verbergen. »Wir sind ihm nicht gewachsen. Wenn wir ihn angreifen und nur verletzen, sind wir tot. Es ist am sichersten, wir laufen einfach fort. Versuchen, in einen der dunklen Tunnel zu gelangen, wohin er uns ohne Licht nicht folgen kann.«

»Aber was ist mit den Gefahren, die uns dort draußen erwarten?« Er zeigte auf die Felswand auf der anderen Seite. »Ohne Waffe überleben wir nicht lange.«

Sie legte die Arme um ihren Leib. »Ich weiß. Aber ich nehme es lieber mit unbekannten Gefahren auf als mit ihm.«

»Okay, aber wir reisen mit leichtem Gepäck. Nur Wasserflaschen und Nahrungsmittel.«

Sie nickte. »Holen wir Jason.«

Jason geriet in Panik, als er wach geschüttelt wurde. Er konnte nicht atmen! Wenige Sekunden lang wehrte er sich heftig, dann begriff er, dass es Lindas Hand über seinem Mund war, die ihm die Luft raubte.

Sie bedeutete ihm, leise zu sein und flüsterte ihm ins Ohr: »Ruhig, Jason!«

Er hörte auf zu zappeln, aber sein Herz klopfte immer noch heftig, und der Kopf tat ihm weh. Was war los? Schon wieder Monster? Er schnellte in seinem Schlafsack hoch und sah, wie Blakely die Schachteln mit getrockneten Nahrungsrationen einsammelte. Wie ein Dieb in der Nacht schlich er umher und gab Acht, wohin er seine Füße setzte.

Khalid lag zusammengesunken in seinem Schlafsack. Blakely und Linda warfen immer wieder Blicke auf den schnarchenden Mann. Jason schaute Linda mit fragendem Blick an. Sie legte einen Finger auf ihre Lippen. Er verstand einfach nicht, warum er still sein sollte. Die herabstürzenden Wassermassen machten doch schon genug Lärm. Dennoch tat er, was man ihm sagte, und blieb still sitzen.

In weniger als einer Minute hatten Linda und Blakely drei Wasserflaschen, Stablampen und einen Beutel mit Nahrungsrationen zusammengelegt. Blakely zeigte Linda eine Pistole mit einer breiten Mündung, die er unter den Ausrüstungsgegenständen des Boots gefunden hatte. Eine Leuchtpistole, stellte Jason fest.

Blakely hockte sich neben ihn und flüsterte: »Hör zu, mein Junge, wir müssen uns davonschleichen. Khalid lassen wir zurück. Wir müssen sehr schnell sein. Meinst du, das schaffst du?«

Verwirrt nickte er. An Lindas blassem Gesicht und ihrem nervösen Blick konnte er allerdings erkennen, dass es Grund gab, sich zu fürchten. Er blickte zu Khalid, der wie ein zusammengekauertes Ungeheuer dalag.

Linda und Blakely teilten rasch die zusammengerafften

Sachen unter sich auf und bedeuteten ihm zu folgen. Er stand auf und nahm seine Sporttasche. Blakely blickte auf die Tasche und schüttelte den Kopf. »Lass sie hier«, wisperte er.

Keinesfalls! Er konnte sie tragen. Er war doch kein Baby. Jason schüttelte den Kopf und drückte die Tasche noch fester an sich.

Blakely wollte etwas entgegnen, doch Linda fasste ihn am Arm an und beruhigte ihn. Sie winkte beiden zu, ihr zu folgen. Jason schritt hinter ihr her, und Blakely folgte ihm.

Keiner sagte ein Wort während ihres Marschs, auch nicht, als das Camp hinter den Stalagmiten und Felsbrocken nicht mehr zu sehen war. Die Stille jagte Jason Angst ein, viel mehr Angst als brüllende Bestien und Gewehrsalven. Jedes zufällige Geräusch ließ ihn hochfahren, jedes Knirschen unter ihren Stiefeln klang wie ein Steinschlag, der durch die ganze Höhle hallte. Eine halbe Stunde später, als sie die Geröllhalde erreicht hatten, die zu dem rauchenden Tunnel führte, sprach Linda endlich das erste Wort: »Schaut!« Sie zeigte auf die Öffnung hoch über ihnen. »Der Rauch ist weniger geworden. Das wird uns das Atmen erleichtern.«

»Ja«, sagte Blakely, »doch wird es nun schwerer für uns werden, den Weg nach oben zurückzuverfolgen.« Er machte ein finsteres Gesicht, als er den Hang hinaufblickte.

»Meinen Sie, sie schaffen es?«, fragte Linda.

»Habe ich eine andere Wahl?«

Linda drückte seinen Arm und schaute ihn an. »Jason, was ist mit dir? Kommst du die Felsen rauf?«

»Kinderspiel«, sagte er mit einem Kichern.

»Dann beeilen wir uns besser. Ich weiß nicht, wie lange die Sedativa bei Khalid vorhalten.«

Khalid träumte, dass er am Umhang seiner Mutter zerrte, als sich der schwarze Wüstensturm auf ihr Lager herabsenkte. Er wollte sie vor dem Sturm warnen, aber sie redete ununterbrochen mit den anderen verhüllten Gestalten und merkte nichts von dem nahenden Wind und den Sandmassen, die grollend näher kamen. Er zog an ihrem Umhang, um sie auf sich aufmerksam zu machen, doch sie stieß ihn mit einem Hüftschwung zur Seite. Er lief zur Zeltöffnung und beobachtete den tobenden Wirbelsturm, der den Horizont verwischte. Wieder ging er zu den verhüllten Gestalten, wo auch seine Mutter war. Er schrie sie an, seine Stimme war ein Schilfrohr im Wind. Dieses Mal hörten sie ihn und drehten sich um. Er öffnete den Mund, um seine Warnung zu wiederholen, als er sah, was hinter den Schleiern hervorschaute. Keine Gesichter! Schädel. Gelbe, vom Sand glatt gescheuerte Knochen blickten über die schwarzen Schleier. Aus den Falten der Umhänge kamen Skeletthände hervor, die nach ihm griffen. Er stolperte rückwärts in den Sturm hinein. Ein Schrei blieb ihm im Hals stecken.

Als ihn die ganze Wucht des Sturms traf, fuhr Khalid aus seinem Traum hoch, verwirrt, dass ihm das Grollen gefolgt war. Zuerst hockte er noch zusammengekauert in seinem Schlafsack, bis er begriff, dass das Grollen vom Wasserfall herrührte. Er schluckte schwer und hatte das Gefühl, seine Kehle wäre voller Sand. Mit einem Ruck stieß er sich aus dem Schlafsack und griff nach der Wasserflasche. Sie war fort. Er schoss in die Höhe.

Mit einem Blick auf die leeren Schlafsäcke, die wie abgelegte Schlangenhäute aussahen, erkannte er, dass sie ihn hinters Licht geführt hatten. Er verfluchte sie und hob seine Pistole, als erwartete er einen Angriff. Suchend schaute er herum. Keine Spur. Er blickte zu der Öffnung in der fernen Wand, aus der sich nur noch ein dünner Rauchfaden kringelte. Zumindest wusste er, wohin sie gegangen waren.

Mit dem Fuß sichtete er die Überbleibsel, die sie zurückgelassen hatten. Alle Laternen waren weg, die Batterien auch. Er hatte kein Licht.

Khalid griff in die Hosentasche und holte sein Feuerzeug hervor. Er schnappte es mit dem Daumen auf, und eine Flamme schoss in die Höhe. Mit diesem Feuer würde er seinen Weg finden.

Er presste die Lippen zu einem entschlossenen Lächeln zusammen. Er würde es ihr schon zeigen. Bald würde sie seinen Zorn zu spüren bekommen und ihm um Vergebung anbetteln.

Wie der schwarze Sturm in seinem Traum wäre er ohne Gnade und nicht aufzuhalten.

24

Ashley ging einen Schritt zurück und fragte sich, ob ihr Gehör ihr einen Streich spielte. Wieso sprach dieses Wesen ihre Sprache? Das musste Zufall sein, eine gebräuchliche Abfolge von Lauten, die versehentlich mit einem englischen Wort übereinstimmte.

»*Tod*«, wiederholte der weißhaarige Alte, zeigte mit dem Stab auf sie und schüttelte ihn heftig vor ihrem Gesicht, als wollte er ihr die Bedeutung einbläuen. Dann setzte er seinen Stab wieder auf den Boden, stützte sich mit seinem ganzen Gewicht darauf und ließ die Schultern traurig hängen. »*Dobori dobi!*«, sagte er schließlich mit trauriger Stimme.

Bei diesen Worten schnappten alle Anwesenden hörbar nach Luft, und Unruhe kam auf. Die wenigen neugierigen Zuschauer, die sich noch um sie gedrängelt hatten, suchten das Weite, verschwanden in ihren Höhlen und zogen eilig den Vorhang vor den Eingang. Keiner lugte mehr hinter einer Ecke hervor.

Nur noch eine verstreute Gruppe kleiner Wesen war übrig geblieben – die mit Diamantspeeren bewaffneten Jäger. Und selbst diese scharrten unruhig mit den Füßen.

Ben neben ihr sagte: »Ash, wir bekommen Ärger.«

Sie blickte ihn an. Seine Augen waren riesengroß. »Ben«, flüsterte sie und fühlte sich von den Wesen beobachtet, »was sollen wir tun?«

»Wie soll ich das wissen? Du bist die Anthropologin.«

»Vielleicht sollten wir ...« Ashley wurde durch ein Geräusch unterbrochen, als der Alte den Stab fest auf den Boden stieß und ihre Aufmerksamkeit auf sich zog.

»Dobori dobi!«, dröhnte er und zeigte mit einem langen, gekrümmten Finger auf Ben. Dann drehte er sich um und humpelte davon.

»Warte!«, rief Ben.

Der Alte wandte sich um und sah ihn an. Es kostete ihn Anstrengung. Offenbar war er erschöpft, hustete keuchend und hatte Mühe, sich mit seinem Stab aufrecht zu halten.

Mit großen, feuchten Augen starrte er Ben an. Er hob einen Finger, berührte damit die Spitze seines Ohrs und senkte dann den Finger auf die Höhe des Musters auf seiner Brust, genau über seinem Herzen. Dann drehte er sich um und hinkte über den kahlen Felsboden durch einen Höhleneingang.

»Ash, kannst du dir darauf einen Reim machen?«

»Ich bin mir nicht ganz sicher. Er wollte uns etwas mitteilen. Nur was?«

Sie schluckte heftig und versuchte, den Klumpen in ihrem Hals loszuwerden. Sie schaute sich suchend um. Nichts. Sie und Ben standen am Rand des gelben Felds. Die Felswand mit den Behausungen umgab sie in einem Halbkreis. Sie ließ den Blick noch einmal schweifen und zählte zehn Wachen, die im Freien geblieben waren und an den Aufgängen zum zweiten Stockwerk standen. Keine Wache hätte sie davon abhalten können, wieder ins Feld zurückzulaufen.

Als sie gerade vorschlagen wollte, abzuhauen und einen Fluchtweg durch die Felder zu finden, erklang von der Felswand her ein tiefes Dröhnen, rhythmisch und langsam. Das tiefe, klangvolle Pochen drang bis in ihr Zwerchfell und ließ ihren Körper wie die Sehne eines Bogens vibrieren. Sie wusste, auch wenn sie sich die Ohren mit den Fingern zuhielt, würde sie das sonore Dröhnen spüren.

»Trommeln«, bemerkte Ben unnötigerweise.

Sie nickte. »Viele Kulturen kündigen Zeremonien und Rituale mit Trommeln an.« Wieder wandte sie sich um und blickte über die Felder. Besonders Todesrituale. Aber das behielt sie für sich.

Ben aber wusste, was die Trommeln bedeuteten. Zum Teufel, er hatte genug Tarzan-Filme gesehen, um zu wissen, dass die Eingeborenen auf dem Kriegspfad waren. Dennoch erfüllte ihn eine merkwürdige Ruhe. Er wusste, dass sein Herzschlag eigentlich rasen und seine Hände nass vor Angstschweiß sein sollten. Aber nein, stattdessen hatte er das Gefühl, neben sich zu stehen und die Ereignisse durch die Augen eines anderen zu beobachten. Seit der Alte seine Brust mit dem Finger berührt hatte, hatte ihn ein Gefühl des Friedens ergriffen.

Mit jedem Paukenschlag fuhren ihm seltsame Gedanken durch den Kopf, beinahe so, als würden die Trommeln ihm etwas mitteilen. *Bumm* ... der Tod kommt. *Bumm* ... besiege ihn und lebe. *Bumm* ... ein einziger Ausweg. *Bumm* ... zeige das Blut, das in deinen Adern fließt.

»Ben?« Ashleys Gesicht erschien vor ihm wie aus dem Nichts; ihre Stimme war leise im Vergleich zum Rufen der Trommeln. Sie wedelte mit der Hand vor seinem Gesicht. »Alles okay?«

»Mir geht es bestens.« Ben schüttelte den Kopf. »Ich versuche nur nachzudenken.«

»Du hast irgendetwas gemurmelt. Irgendetwas von Blut.«

»Es ist nichts.«

»Bist du sicher, dass alles okay ist?«

»In Anbetracht unserer Situation bin ich sogar ziemlich auf Draht.« Er zeigte ihr ein mattes Lächeln und hoffte, sie würde es ihm abkaufen, während er sich selbst darüber wunderte, was zum Teufel mit ihm los war. »Alles okay«, wiederholte er.

Dennoch behielt sie den besorgten Gesichtsausdruck. »Hast du eine Idee, was die vorhaben?«, fragte sie und schaute, ob sich auf der Felswand etwas bewegte.

Er zuckte mit den Schultern. Die Eingeborenen konnten sie auf viele Arten töten. Sie konnten sie mit ihren Speeren aufspießen, Felsbrocken auf sie werfen, die wolfartigen Bestien auf sie hetzen oder sie von den Egeln aussaugen lassen. Was genau geschehen würde, wusste nur der Teufel. Er rieb sich die Schläfen. Seltsamerweise aber wusste Ben es auch. Sie würden aus der Luft angegriffen werden. *Der Tod kommt.* Aber woher zum Teufel wusste er das?

Er drehte sich herum und suchte den Himmel über den Feldern nach einem Anzeichen ab. Über ihren Köpfen sah er nur den leuchtenden Schimmel. Aber er war sich ganz sicher. Er wusste sogar, aus welcher Richtung der Tod kommen würde. Mit zusammengekniffenen Augen schaute er nach links. Da sah er sie, die schwarzen Flecken vor dem grün schimmernden Hintergrund. Sie näherten sich rasch und wurden dabei schnell größer. Er zeigte mit dem Finger auf sie.

»Da drüben, Ash. Siehst du sie?«

»Was? Wo denn?«

Er drehte ihr Kinn, bis sie in die richtige Richtung schaute. »Sie müssen von den Trommeln herbeigelockt worden sein«, sagte er. »Scheint so, als wurden sie dadurch zum Mittagessen gerufen.«

»Wer sind sie?«, fragte Ashley.

»Jemand mit großem Hunger. Sie haben es verdammt eilig!«

Sie deutete auf die Pistole in seinem Gürtel. »Wie viele Kugeln, sagtest du, sind noch in der Pistole?«

»Noch zwei.« Er blickte über den Himmel und zählte die fliegenden schwarzen Angreifer. Jetzt war bereits ihre Gestalt erkennbar. Mit breiten Schwingen durchteilten sie die Luft. »Es handelt sich um einen Schwarm von mindestens fünfzehn, die da auf uns zufliegen.«

»Dann können wir uns den Weg nicht freischießen.« Ashley warf einen Blick auf das Feld. »Vielleicht, wenn wir ins Feld rennnen. Dort stehen keine Wachen mehr.«

»Nein, da säßen wir wie auf einem Präsentierteller. Wir müssen uns Deckung suchen.« Bernd schaute hinüber zur Siedlung. Das Trommeln ertönte nun wütender und wilder und machte es ihm schwer, einen klaren Gedanken zu fassen. Ben ließ seinen Blick über die Siedlung schweifen. Alle Eingänge waren jetzt mit dicken Vorhängen verschlossen. Nervöse Wachposten standen an den Aufgängen, betrachteten ihn mit zusammengekniffenen Augen und hielten ihre Speere fest in den Händen. Nur vor einer Hand voll Höhleneingänge zu ebener Erde standen keine Posten. Ben stupste Ashley an und wies auf die sechs dunklen Eingänge. »Was hältst du davon, dort drüben Unterschlupf zu suchen?«

»Meinst du, die Wachen lassen das zu? Ihre Speere machen keinen einladenden Eindruck.«

»Siehst du nicht, dass sie nur den Weg nach oben versperren? Diese Höhlen«, sagte er und wies mit einer schwungvollen Armbewegung über die sechs Eingänge, »sind nicht verschlossen oder bewacht.«

»Dann versuchen wir unser Glück. Schau nur!«

Ben drehte sich herum. »Was zur Hölle sind das für Viecher?« Der Schwarm war nun nahe genug, so dass sie Details erkennen konnten. Ihre Flügel waren mit einer ledrigen Haut überzogen und hatten eine Spannweite von mehreren Metern. Sie hatten krumme schwarze Schnäbel und ebenholzfarbene Krallen, die so lang waren wie sein Unterarm. Und diese Augen! Matte schwarze Kugeln, lidlos wie die eines großen weißen Hais.

»Eine Spezies fliegender Raubtiere! Nachfahren des Pterodactylus vielleicht«, sagte Ashley und zog an seinem Arm. »Lass uns abhauen, sie sind fast über uns. Wir müssen Deckung suchen.«

Er riss sich vom Anblick des nahenden Schwarms los, der jetzt nur noch fünfzig Meter entfernt war. »Lauf!«, brüllte er und schubste Ashley vorwärts. Die Wachen machten keine Anstalten, sie aufzuhalten.

Das Trommeln hörte plötzlich auf, mit einem Schlag verklang das wilde Dröhnen und hinterließ eine lastende Stille. Ben beschleunigte seine Schritte und versuchte, Ashley einzuholen.

Hinter sich hörte er einen dumpfen Aufprall. Kurz danach folgten weitere, als würden Felsbrocken auf die Erde fallen. Der Schwarm war gelandet. Vereinzeltes Krächzen war zu hören.

Vor sich sah er, wie Ashley den ersten Eingang erreicht hatte. Die anderen fünf erstreckten sich an der Felswand entlang, von ihnen weg. Plötzlich erinnerte er sich daran, was ihm die Trommeln gesagt hatten. Er sah die Buchstaben förmlich vor seinen Augen. *Ein einziger Ausweg!* Wieder schaute er von einem Eingang zum nächsten. *Sechs!* Und nur *einer* war der *Ausweg!* Er bemerkte plötzlich ein Symbol, das über dem Eingang in den Fels gemeißelt war, auf den Ashley zusteuerte: ein Kreis, in den ein Dreieck gezeichnet war. Das falsche Symbol. Diese Höhle nicht!

Er lief noch schneller und brachte Ashley zu Fall, als sie sich gerade duckte, um dort Deckung zu suchen. Er rollte über den Boden und fiel hart auf eine Schulter, als er Ashleys Sturz auffing.

Sie rappelte sich auf. »Was soll das?«

»Keine Zeit!« Er sprang wieder auf und zerrte sie hinter sich her. »Folge mir!«

»Ben, hinter dir!«

Er drehte sich herum und zog gleichzeitig seinen Revolver aus dem Gürtel. Das hatte er befürchtet. Das nahende Biest war größer als ein Vogel Strauß, und ganz im Gegensatz zu dem Vogel mit dem dünnen Hals bestand dieses Tier hauptsächlich aus Schnabel und Muskeln. Es schnappte nach ihm und zielte tief, um mit seinem krummen Schnabel seine Eingeweide zu treffen.

Verfluchter Mist! Er hatte es langsam satt, dass immer irgendwelche Viecher ihn verspeisen wollten. Er feuerte ihm zwei Kugeln in den Schädel, die letzte aus nächster Nähe. »Verpiss dich!«, schrie er, zog den Kopf ein und riss Ashley zur Seite.

Mit Ashley im Schlepptau rannte er am Fuß der Felswand entlang und suchte nach dem richtigen Symbol. Hinter ihnen machten sich die anderen Tiere über die Leiche her. Heißes Blut spritzte Ben gegen die Waden, während er lief. Er hoffte, dadurch Zeit zu gewinnen.

Er suchte weiter. Über dem nächsten Höhleneingang waren eine Schlangenlinie und darüber ein Kreis eingemeißelt, über dem darauf folgenden ein gezackter Pfeil, über dem nächsten ein Kreis in einem Kreis, wie ein Donut. Falsch, falsch, falsch! Er rannte an den Höhlen vorbei.

Dann sah er es! Über den nächsten Eingang hatte man unbeholfen einen Stern eingemeißelt. Wie aus dem Nichts tauchte vor seinem geistigen Auge plötzlich das Bild seines Großvaters in seiner Traumhöhle auf, der ihn zu einem

Höhleneingang mit genau demselben Stern winkte. Dies war der *einzige Ausweg!*

Er stürzte durch den Eingang und riss Ashley mit sich. Während er in die Höhle stolperte, prallte er beinahe mit einer Gestalt zusammen, die anderthalb Meter von der Öffnung entfernt auf einen Stab gestützt stand. Das Licht reichte gerade aus, um das Muster zu erkennen, das auf seine Brust gezeichnet war. Schwankend hob der Alte seine magere Hand und legte sie auf Bens Schulter. Er knurrte mit tiefer Stimme, doch waren seine Worte zu verstehen: »Du bist einer von uns.«

Ashley entwand Ben ihre Hand. Was ging hier vor? Sie trat zur Seite, als der Alte sich mit seinem Stab Platz verschaffte. Mit dem Stab als Krücke schritt er an ihnen vorbei und ging zum Eingang hinüber. Er winkte ihnen zu, damit sie einen Blick nach draußen warfen.

»Ben?« Ashley schaute ihn fragend an. Er zuckte mit den Schultern und folgte dem Alten. Mit gerunzelter Stirn ging auch Ashley zu ihnen hinüber. Sie musste in die Hocke gehen, um etwas zu sehen.

Draußen hatten die Raubvögel ihren toten Artgenossen gerade zu Ende verspeist und überall Blut und Knochen auf dem Boden zurückgelassen. Einige der geflügelten Monster versuchten, an den Wachen vorbeizukommen und den Aufgang hinauf zu den Wohnungen zu gelangen, wurden jedoch von ihren Speeren in Schach gehalten.

Ein Pfiff erklang von links, und aus den fünf anderen Öffnungen strömte eine kleine Prozession wimmernder Huftiere, die von den Eingeborenen mit den Speeren hinausgetrieben wurden. Die Tiere waren etwa so groß wie kleine Kälber, ähnelten aber eher Pferden, bis auf die scharfen, gebogenen Stoßzähne. Sie bäumten sich auf und schlugen mit den Hufen auf die Felsen. Vor Angst verdrehten sie die Augen, so dass nur noch das Weiße sichtbar war. Sobald sie von den Speeren hinausgetrieben worden waren, schossen sie in alle Richtungen davon. Ihre Bewegungen erregten die Aufmerksamkeit der Raubvögel, die sich auf die Herde stürzten.

»Wenn wir einen anderen Eingang genommen hätten als diesen«, flüsterte Ben Ashley zu, »wären wir mit diesen Tieren zur Hinrichtung hinausgetrieben worden. Das war eine Prüfung.«

Ashley wollte sich von dem Gemetzel bereits abwenden, als sie sah, wie ein kleines Huftier vom Rest der Herde floh und genau vor ihrer Höhle mit entsetztem Blick erstarrte. Sie zuckte zusammen, als sie sah, wie einer der Raubvögel sich hinter dem Tier zum Angriff erhob. Er streckte seinen gekrümmten Schnabel nach vorn, um das kleine Tier aufzuspießen. Das Tier wimmerte sie bettelnd an, die Augen vor Furcht weit aufgerissen. Ohne weiter nachzudenken, schoss Ashley aus der Höhle, packte das verschreckte Tier am Nacken und zerrte es in die Höhle. »Dann soll dieses Kleine wenigstens auch gerettet werden«, sagte sie, schnappte nach Luft und zog es tiefer in die Höhle hinein.

Der Alte wandte sich zu ihr um, die Augen im Schock weit geöffnet. Da er mit dem Rücken zum Eingang dastand, entging ihm der geöffnete Schnabel, der nach ihm schnappte. Der betrogene Jäger wollte seine Beute so schnell nicht aufgeben.

Ashley wollte ihn warnen und hob einen Arm.

Aber bevor sie nur ein Wort hervorbringen konnte, schlug der Alte, ohne über die Schulter zu blicken, mit seinem Stab hinter sich. Der Schlag auf den Schnabel schallte laut durch die Höhle. Sie war überrascht, wie viel Kraft der Alte besaß. Er starrte sie unverwandt an und murmelte etwas vor sich hin. Dann ging er zu ihr hinüber und legte eine Hand auf ihre Schulter. Er nickte ihr zu, ging tiefer in die

Höhle hinein und hielt noch einmal an, um ihnen zu bedeuten, ihm zu folgen.

Lautes Scheppern erklang von draußen, als würden Töpfe und Pfannen aneinander geschlagen. Ben entfernte sich vom Eingang und ging zu Ashley. »Jetzt sind sie satt, und der Lärm verscheucht sie.«

»Wie dressierte Papageien«, sagte sie. Sie stand auf und folgte dem Alten. Das kleine Tier hoppelte hinter ihr her und jaulte leise.

Ben betrachtete das Huftier. »Du hättest draufgehen können, Ash.«

Sie sagte kleinlaut: »Ich bin einem Impuls gefolgt. Wenn du nicht den richtigen Eingang gewählt hättest, dachte ich, hätten *wir* da draußen gestanden und um Hilfe gerufen. Ich konnte es einfach nicht sterben lassen.« Das kleine Tier stupste sie an und beschnupperte ihre Stiefel im Gehen.

Ben legte ihr den Arm um die Schultern und drückte sie. »Ich glaube, du hast einen Freund gewonnen.«

Sie schmiegte sich in Bens Arme. »Jason wollte immer ein Haustier haben.«

Gemeinsam trotteten sie den dunklen Tunnel entlang, der nur von gelegentlichen Flecken des leuchtenden Schimmels erhellt wurde. Nach ein paar Minuten bat sie: »Sag mir, woher du gewusst hast, welcher Eingang der richtige war.«

Sie fühlte, wie er sich anspannte. »Ash, du wirst glauben, ich wäre total bekloppt.«

»Nach dieser Expedition glaube ich beinahe alles.« Dabei starrte sie auf den Rücken des Vertreters einer Spezies, die Englisch sprach und viele Millionen Jahre älter als der Homo sapiens war. Im Augenblick war sie neuen Erkenntnissen gegenüber sehr aufgeschlossen.

»Okay.« Er holte tief Luft. »Erinnerst du dich daran, dass ich sagte, ich hätte das Symbol auf der Brust des Alten schon mal irgendwo gesehen?«

»Ja, du sagtest, dass du von deinem Großvater geträumt hast.«

»Genau. In diesem Traum führte mein Großvater mich zu einer Höhle, über deren Eingang dieses Symbol gemeißelt war. Er sagte mir, diese Höhle sei sicher.«

Sie blieb stehen und schaute ihn ungläubig an. »Meinst du das im Ernst?«

Er lachte leise und zog sie voran. »Wir leben noch, oder?«

»Hattest du schon vorher irgendwelche hellseherischen Erlebnisse?«

»Teufel, nein. Und wenn, würde ich jetzt nicht in diesem Schlamassel stecken. Ich würde mich in Las Vegas in der Sonne aalen und auf meinen nächsten Auftritt als Mr. Houdini warten.«

»Und warum jetzt?«

Er stieß ein nervöses Lachen hervor und ging ein paar Schritte vor, um dem Alten als Erster zu folgen. »Ich habe eine Idee. Aber sie ist verdammt unheimlich.«

»Was denn?«

»Die Träume von dieser Höhle ... Ich hatte sie immer öfter, seit wir zum ersten Mal von der Expedition erfuhren. Und sie sind deutlicher und häufiger geworden, seit wir hier unten angekommen sind.«

»Also glaubst du, sie haben etwas mit der Höhle hier zu tun.«

»Nein, mit ihm.« Er zeigte auf den nackten Rücken des Alten. »Ich glaube, er hat mit mir Kontakt aufgenommen. Als sie vorhin anfingen, die Trommeln zu schlagen, formten sich seltsame Gedanken und Worte in meinem Kopf.«

»Telepathie?«, sagte sie und dachte über die Schlussfolgerung nach. »Aber wieso ausgerechnet du?«

Er zuckte mit den Achseln. »Ich weiß es nicht. Vielleicht weil Blut der Aborigines in meinen Adern fließt?«

Sie betrachtete seine blauen Augen und sein blondes

Haar. »Wenn man dich so ansieht, muss das Blut ziemlich dünn sein.«

»Anscheinend reicht es dennoch.«

»Warum, glaubst du, hat es etwas mit deiner Abstammung zu tun?«

»Die Bilder in meinen Träumen«, sagte er und zählte mit den Fingern ab. »Beim ersten Mal erschien mein Großvater in der traditionellen Tracht der Aborigines. Dann wiederholte sich neulich der Albtraum aus meiner Kindheit. Und auch die Worte, die die Trommeln mir einhämmerten – ›zeige das Blut, das in deinen Adern fließt‹. Alles weist auf eine Eigenschaft hin, die ich durch das Blut meiner Vorfahren besitze.«

Ashley holte tief Luft. Diese Behauptung widersprach der Logik und dem gesunden Menschenverstand. Das konnte nur purer Unsinn sein. Trotzdem, Ben hatte den richtigen Eingang gewählt. Sie erinnerte sich, was ein Kollege gesagt hatte, der seine Dissertation über die Stämme der Aborigines geschrieben hatte. »Es gibt eine Menge Mystik in der Überlieferung der Aborigines. Geister, die im Busch umherstreifen. Ahnen, die über große Entfernungen hinweg durch Traumpools mit ihren Nachfahren in Verbindung treten. So ein Zeug halt.«

»Genau«, sagte Ben, »ich habe das bisher auch für Humbug gehalten. Ein Freund von mir, ein Aborigine, mit dem ich Höhlen erkundet habe, hat geschworen, er hätte verdammt verrücktes Zeug gesehen, aber ich habe ihm nie geglaubt.«

Geistesabwesend schob Ashley das kleine Huftier zur Seite, als es ihr vor die Füße lief. Das Tier blökte und rannte in einen Seitentunnel. »Worin besteht die Verbindung zwischen einem bisher unentdeckten Stamm hoch entwickelter Beuteltiere in der Antarktis und den Aborigines in Australien?«

»Das wüsste ich auch gern. Aber die Zeichnung, die du in den Felsenhöhlen in der Alpha-Höhle entdeckt hast – das Oval mit dem Blitz –, macht mich nachdenklich.«

»Wieso?«

»Du kannst dich daran erinnern, dass ich sagte, ich hätte sie schon einmal gesehen? In Höhlenmalereien der Aborigines?«

Sie nickte. »Die die spirituellen Schöpferwesen der Aborigines darstellten.«

»Stimmt. Die, die den Ahnen der Aborigines angeblich beigebracht haben, wie man jagt. Die Mimis.«

Der Alte drehte sich um und schaute sie an. Er murmelte etwas. »*Gota trif'luca mimi'swee.*«

Ben und Ashley blickten sich an. »Du bist der Telepath hier«, sagte sie. »Was hat er gesagt?«

Ben zuckte mit den Schultern und schüttelte den Kopf.

Der Alte schien ihre Verwirrung zu spüren und seufzte tief. Er tippte mit dem Finger auf seine Brust. »*Mimi'-swee.*« Mit dem Arm machte er eine weit ausholende Bewegung über die komplette Siedlung. »*Mimi'swee.*«

»Ich kapiere es immer noch nicht«, sagte Ben.

Ashley hob die Hand. »Mi-mi-swee«, stotterte sie und konzentrierte sich auf die korrekte Aussprache. Dann zeigte sie auf den alten Mann.

Seine Halswirbel knirschten altersschwach, als er den Kopf auf und ab bewegte. Dann wandte er sich ab.

Ashley stolperte, so schockiert war sie. Das war unmöglich. »Er hat uns den Namen seines Stamms genannt, die *Mimi'swee*«, sagte sie. Dann raunte sie: »Mimis, die Felsgeister, die Schöpferwesen der Aborigines. Sie sind ein und dieselben.«

Ben machte große Augen, als plötzlich der Groschen fiel. Bevor er ein weiteres Wort sagen konnte, öffnete sich der Gang in eine große Höhle, die von Schimmelpilzen an

Wänden und Decken beleuchtet wurde. Ehrfurchtsvoll starrte Ashley die Säulen an, die die ferne Höhlendecke trugen. Doch es waren nicht nur die Felssäulen, die sie so faszinierten. Es war vor allem der dichte Bewuchs, der die Säulen umgab, aus dem weiße Äste sprossen. Sie trugen rote matschige Früchte, die wie japanische Lampen herunterhingen.

»Verdammt«, stöhnte Ben hinter ihr, »nicht das schon wieder.«

Ben zögerte einen Moment, bevor er Ashley und dem Alten in die Höhle folgte. Er blickte prüfend umher und erwartete, Geisterstimmen zu hören oder seinen Großvater zu sehen, wie er im Dunkeln umherschlich. Aber nichts von alledem passierte. Bei näherer Betrachtung waren die fruchtartigen Gewächse das Einzige in dieser Höhle, worin sie der aus seinem Traum ähnelte. Die Felsformationen waren völlig anders und die Gewächse waren nicht annähernd so dick oder belaubt wie in seinem Traum. Er holte tief Luft und folgte Ashleys schlankem Rücken.

Ashley blieb stehen und griff nach einer der roten Früchte. »Ich glaube, es ist eine Art Pilz«, sagte sie atemlos und wies nickend auf die Frucht. »Fallen dir die fehlenden Blätter auf? Das verbindende Wurzelsystem. Wie Zellfäden. Wenn Linda das sähe, würde sie in Verzückung geraten.«

»Wo du gerade Linda erwähnst«, sagte Ben, »das hier ist ja alles sehr faszinierend, aber wir haben Freunde, die auf unsere Hilfe warten.«

»Ich weiß, Ben, ich weiß. Das habe ich nicht vergessen. Vielleicht können wir ja von den Mimis, da sie unsere Sprache einigermaßen verstehen, erfahren, wie wir nach oben gelangen.«

»Dann wollen wir mal fragen.«

Ashley schüttelte den Kopf und folgte dem Alten. »Zuerst müssen wir ihr Vertrauen gewinnen. Deine Nummer mit der richtigen Höhle war sicher ein Anfang, aber sie sind immer noch misstrauisch. Wir müssen uns auch weiterhin vorsichtig verhalten, sonst landen wir doch noch im Kochtopf.«

Mittlerweile befanden sie sich in der Mitte der Höhle. Hier gab es keine Stalagmiten und keine kürbisförmigen Gewächse. In die Mitte des Bodens hatte man eine seichte Mulde gemeißelt, die etwa eine Handbreit tief war. Dort, wo sie abfiel, war der Stein glasig gescheuert worden. Blutfarbene Zeichnungen umgaben den Rand.

Auf der gegenüberliegenden Seite lehnte sich der Alte auf seinen Stab.

»Mein Gott! Schau dir diese Details an!«, rief Ashley und löste sich von Bens Seite, um eine der Zeichnungen näher in Augenschein zu nehmen. Sie kniete sich hin, um ein Bild zu betrachten, das ein großes Tier zeigte, welches von einer Gruppe winziger Krieger angegriffen wurde. »Schau nur, die rote Farbe hat denselben Ton wie diese seltsamen Früchte. Diese Pilze liefern offenbar so eine Art selbst gemachten Farbstoff.«

»Toll«, sagte Ben sarkastisch, »also das Atelier eines Ökokünstlers.«

»Nein, ich glaube, das hier ist ein religiöser Ort. Primitive Kulturen fertigen gern Götzenbilder an. Idole, Statuen, Gemälde, so etwas. Gib mir fünf Minuten, um diese hier zu untersuchen. Vielleicht bekomme ich etwas heraus.« Sie rutschte zum nächsten Bild hinüber und würdigte ihn keines weiteren Blickes.

Wie in seinen Träumen spürte Ben wieder die bohrenden Blicke in seinem Hinterkopf. Er drehte sich um.

Der Alte stand auf der gegenüberliegenden Seite und warf nur einen kurzen Blick auf Ashley, bevor er seine grauen Augen wieder auf Ben richtete. Er nickte und setzte sich im Schneidersitz auf den Boden. Sein Stab ruhte auf seinen Knien. Er bedeutete Ben, es ihm nachzutun.

Ben ging in die Hocke und bemerkte plötzlich, wie schwer seine Glieder waren. Mittlerweile musste es Abend sein. Später Abend. Mit einem Ächzen ließ er sich auf dem harten Boden nieder. Er streckte seinen verspannten Rücken und nahm eine legere Haltung ein. Er träumte von einer großen, warmen Flasche Bier.

Dann blickte er auf und bemerkte, dass der Alte ihn anstarrte, keinen Ton von sich gab, nur mit seinen stechenden Augen herüberblickte. Er schien etwas von ihm zu wollen. Aber was?

Ben warf ihm einen seiner charmanten Blicke zu, die selbst ein Krokodil in ein schnurrendes Kätzchen verwandeln konnten. Aber der Alte blickte nur finster mit erwartungsvoller Miene zurück. Na, dann eben nicht, dachte Ben, während sich seine Lider senkten und er sich immer mehr entspannte. Er hatte für heute genügend Rätsel gelöst. Jetzt wollte er nur noch einen gemütlichen Platz, um ein Nickerchen zu halten. Sein Kinn sank langsam auf seine Brust. Nur ein Viertelstündchen.

Er glitt langsam in einen Nebel hinein und hörte nur noch halb die leisen Geräusche, die Ashley erzeugte, während sie sich von Zeichnung zu Zeichnung bewegte. Es war so schön, den Stress des Tages von sich abfallen zu lassen. Sein Atem ging immer tiefer, und ein leises Schnarchen drang aus seiner Nase. Könnte er nur …

»Ben! Benny. Wirst du wohl wach, mein Junge!«

Ben riss die Augen auf. Wer zum Teufel …? Er saß immer noch in derselben Höhle, wo ihn dieselben Stalagmiten und Früchte umgaben. Aber anstatt des Alten saß ihm sein Großvater im Schneidersitz gegenüber. Er winkte mit seiner Hand, die voller Leberflecken war, über den Teich zu ihm herüber. Ben blickte sich um. Außer ihm war auf dieser Seite niemand. Auch Ashley war nicht da. Er verrenkte sich fast den Hals, als er über die Schulter schaute. Das war merkwürdig: Er konnte immer noch hören, wie sie sich links hinter ihm bewegte und irgendetwas vor sich hin murmelte, aber sie blieb unsichtbar.

»Benny, was suchst du denn?«

»Wo bin ich?«

Sein Großvater hob einen gekrümmten arthritischen Finger und zeigte auf seinen Kopf. »Hier drin, mein Junge.«

Ben schnappte nach Luft, sein Herz schlug immer schneller. Das war Wahnsinn. Langsam verschluckte die Dunkelheit seinen Großvater und die Höhle.

»Schhh, mein Junge. Nun beruhige dich und reg dich wieder ab, sonst funktioniert es nicht.«

Ben schluckte und begriff nur langsam, was vor sich ging. Er konzentrierte sich darauf, sich zu entspannen. Er begann mit den Zehen und arbeitete sich langsam hinauf. Die Bilder um ihn herum wurden wieder klarer und intensiver.

»So ist es gut, Benny. So ist es besser.«

Er konzentrierte sich darauf, gleichmäßig und tief zu atmen, während er sprach. »Du bist nicht mein Großvater.«

»Nein, der bin ich nicht.« Sein Großvater lächelte schwach, dann wurde das Bild plötzlich unscharf, schrumpfte langsam und begann durcheinander zu wirbeln. Seine Augenbrauen wurden buschiger, seine Augen größer. Ein Stab lag plötzlich über seinen Knien. Aus dem unscharfen Bild traten die Umrisse des alten, gebrechlichen Wesens hervor. »Dies hier ist mein wahres Erscheinungsbild. Ich heiße Mo'amba.«

Die Stimme des Alten klang immer noch wie die seines Großvaters. Es verwirrte Ben, die Stimme aus dem Mund des fremden Wesens zu hören. »Wie? Warum?« Lauter Fragen tauchten in seinem Kopf auf.

»Benny, keiner von uns beiden spricht die Sprache des anderen. Deshalb spreche ich mit dir in der Sprache unserer Vorstellungskraft. Meine Gedanken werden in deinem Kopf in die Bilder und Worte übersetzt, die du verstehst.«

»Dann hast du sozusagen die Erinnerung an meinen Großvater als dein Erscheinungsbild für mich verwendet.«

»Ich nicht. Das hast du getan. Deine Fantasie hat sein Bild hervorgeholt, um einen *Heri'huti* darzustellen.«

Ben dachte an das strenge, sachliche Gesicht seines Großvaters. »Und was zum Teufel ist ein *Heri'huti*?«

»Ich bin einer. Genau wie du. Jemand, der auf der Traumebene Kontakt aufnehmen kann. Jemand, der die dunklen Wege ins Ungewisse hinabschauen kann.«

»Aber warum ich?«

»Ich kann die Geschichte deines Blutes erkennen. In der Linie deiner Abstammung sehe ich einen starken *Heri'huti* in der fernen Vergangenheit. Sehr stark. Du bist noch ungeübt, aber mit der Zeit könnte deine Fähigkeit sogar meine übertreffen. Eine Fähigkeit, die mein Volk zum Überleben braucht.«

»Was meinst du mit ›Überleben‹?«

»Ich bin der Letzte meines Volkes, der diese Fähigkeit besitzt«, sagte Mo'amba mit gequältem Gesichtsausdruck. »Im Lauf der Zeit habe ich erlebt, wie die anderen *Heri'hutis* diese Welt verließen und ich zurückblieb. Jetzt kann auch ich die Jäger nicht mehr führen und ihnen zeigen, wie sie unser Volk ernähren und unsere Grenzen gegen die *Crak'an* verteidigen. Die Jäger gehen allein hinaus. Blind. Ohne die Kraft eines *Heri'hutis*, der über die nächste Kurve hinaussehen kann, ist das Jagen sehr gefährlich, und wir haben bereits viele Jäger verloren. Ihre Witwen klagen jede Nacht. Wir können ohne einen neuen *Heri'huti*, der unser Volk führt, auf Dauer nicht überleben.« Er zeigte mit dem Finger auf Ben. »Und der bist du.«

»Ich?«

»Seit vielen Jahren rufe ich und versuche, andere wie mich hierher zu locken. Du warst der Einzige, der gekommen ist.«

»Zum Teufel, es muss doch noch andere geben. Andere wie … na ja, wie du. Vielleicht teilt ja eine andere Siedlung ihren *Heri'huti* mit eurem.«

Mo'amba schüttelte den Kopf. »Nach der Großen Trennung haben wir die Verbindung zu den anderen Siedlungen verloren. In meinen tiefsten Träumen höre ich manchmal das Raunen der Verlorenen, doch sind das eher Wunschträume als echte Träume.«

»Dennoch kannst du nicht von mir erwarten …«

Mo'amba nahm wieder die Gestalt seines Großvaters an. Auf seiner Stirn standen grimmige Falten. »Blut ist dicker als Wasser! Du bist einer von uns!«

Ben setzte zu einer Antwort an, als ihm plötzlich Ashleys Stimme ins Bewusstsein drang. »Ben, das musst du dir ansehen!«

Bei diesen Worten schwanden plötzlich die Bilder um ihn herum und das Gesicht des Großvaters wurde von der Finsternis verschluckt. Er öffnete die Augen und schüttelte die Reste seines Traums ab.

Ashley blickte ihn mit sorgenvollem Gesicht an. »Mein Gott, wie kannst du zu so einem Zeitpunkt schlafen?«

»Was?« Benommen rieb er seine Schläfen, wo er immer noch ein leises Pochen spürte.

»Komm und schau dir das an«, sagte Ashley, ohne zu merken, was gerade vorgefallen war. Sie ging ein paar Meter zu einer Zeichnung hinüber, kniete sich hin und winkte ihn zu sich.

Er blickte über die Lichtung zu dem Alten hinüber. Er starrte ihn immer noch an.

Mit einem Schauder kam Ben auf die Beine und hockte

sich zu Ashley. Er war sich nicht sicher, ob er ihr etwas erzählen sollte. »Was hast du gefunden, Ash?«

»Schau dir diese Felszeichnung an. Es ist ein Triptychon.«

»Ein Trip-was?

»Drei Bilder. Schau dir das letzte an.« Ashley hockte vor drei gezeichneten roten Kreisen und zeigte auf den dritten.

Ben rückte näher und konnte kaum glauben, was er sah. Der dritte Kreis war eine grobe Karte mit den Landmassen der Südhalbkugel. »Mein Gott, das ist ja Australien.«

»Ich weiß. Die Zeichnung ist zwar ungenau, aber dennoch präzise genug. Jetzt schau dir die anderen an.«

Ben betrachtete die anderen zwei Kreise. Der erste zeigte den australischen Kontinent, der mit dem antarktischen Kontinent durch eine breite Landbrücke verbunden war. Der zweite zeigte, wie diese Landmasse sich loslöste. »Was ist damit?«

»Das ist die Verbindung! Das erklärt, wie die Mimis Australiens – wenigstens ein paar von ihnen – hierher geraten sind.«

»Ich kapiere es immer noch nicht.«

Ashley seufzte, als hätte sie es ihm nun wirklich deutlich erklärt. »Vor vielen Jahrtausenden waren die Kontinente durch Landbrücken verbunden. Durch die Verschiebung der Kontinentalplatten und das dramatische Steigen und Sinken des Wasserpegels verschwanden diese Landbrücken innerhalb weniger Monate. Fossilienfunde stützen die Theorie einer solchen Landbrücke zwischen Australien und der Antarktis. Man hat viele Fossilien ausgestorbener Beuteltierarten in der Antarktis gefunden.«

Er zuckte mit den Schultern. »Also glaubst du …?«

»Ja, natürlich! Schau dir die erste Karte an.« Sie zeigte auf die Verbindung der beiden Kontinente. »Das ist die Landbrücke. Das zweite Bild zeigt das Verschwinden der

Brücke. Und die dritte Karte zeigt, wie die Kontinente schließlich isoliert wurden.«

»Aber wie konnten diese Wesen das wissen? Wie konnten sie diese Karten zeichnen?«

Ashley hockte sich auf die Fersen. »Offenbar haben sie es durchlebt. Und Karten davon gezeichnet, so wie die amerikanischen Indianer Karten von ihren Küsten gezeichnet haben. Und durch eine entweder mündliche oder bildliche Überlieferung haben sie diese Geschichte am Leben gehalten.« Sie zeigt auf Australien und die Antarktis auf der dritten Karte. »Einst waren sie verbunden. Dann vertrieb irgendetwas dieses Volk aus Australien, zumindest einige von ihnen. Und als die Landbrücke versank, waren sie hier gefangen.«

Ben betrachtete die Karten und stellte sich vor, wie ein Volk über eine Felsenbrücke auf diesen eisigen Kontinent fliehen musste. Er setzte den Finger auf die Antarktis. Zwei Stämme voneinander getrennt. »Mein Gott ... die Große Trennung«, murmelte er. »Vielleicht hat Mo'amba das gemeint.«

»Wer?«, fragte Ashley und blickte vom mittleren Bild auf.

»Ash, vielleicht setzt du dich besser hin, bevor ich dir das erzähle.« Er bemerkte, dass sie ihm gebannt und mit konzentrierter Miene zuhörte. Als er ihr erklärte, was gerade zwischen ihm und dem Alten vorgefallen war, veränderte sich ihr Gesichtsausdruck, und sie riss ihre Augen immer weiter auf.

»Du meinst, er kann mit dir sprechen?«, rief sie, als er fertig war. »Sie benutzen wirklich eine rudimentäre Telepathie.« Sie blickte auf das Wesen, das ihnen mit untergeschlagenen Beinen gegenüber saß. »Hört er uns gerade zu und liest unsere Gedanken?«

»Das glaube ich nicht. Wir müssen uns dazu beide in

Trance befinden. So wie das die Aborigines mit den Traumpools machen, wenn sie miteinander in Kontakt treten.«

»Und er ist der Letzte seines Volkes mit dieser Fähigkeit?«

Ben nickte. »Außer mir.«

Ashley machte ein nachdenkliches Gesicht. »Aus Sicht der Populationsgenetik hat der Verlust dieses Merkmals einen Sinn. Diese Gemeinschaft lebt hier seit tausenden Generationen isoliert. Die hohe Rate an Inzucht innerhalb dieser geschlossenen Gemeinschaft, der Mangel an frischem genetischem Material muss die komplexe Verbindung der Gene, die für diese Fähigkeit zuständig sind, schwächen und sie am Ende auslöschen.« Sie drehte sich zu ihm um, ihre Augen waren weit offen, ihr Blick starr. »Ich könnte hier mein ganzes Leben damit zubringen, die Wirkung dieses einen genetischen Merkmals auf die Population zu erforschen. Die Erkenntnisse würden die gesamte Anthropologie auf den Kopf stellen. Ich meine ...«

Ben hob die Hand. »Ash, das ist alles schön und gut, aber wir müssen hier rauskommen. Oder wenigstens Michaelson und die anderen herholen.«

Bens Worte ernüchterten Ashley. »Du hast Recht«, sagte sie nickend. »Wir haben immer noch jede Menge Zeit für die Forschung, wenn wir wieder in der Alpha-Basis sind.« Sie wies auf die sitzende Gestalt. »Hast du Mo'amba gefragt, wie wir hier herauskommen?«

»Nein. Ich glaube auch nicht, dass er bereit ist, es uns zu sagen. Er will, dass ich bleibe und seinen Platz in der Gemeinschaft einnehme.«

»Das könnte problematisch werden.« Ashley tippte mit dem Finger auf ihr Kinn. »Hier stimmt etwas nicht. Wenn du so verdammt wichtig für den Stamm bist, warum wollten sie dich dann töten?«

»Ich weiß es nicht.«

»Anscheinend teilt nicht jeder hier Mo'ambas Standpunkt. Dieser Jungspund mit dem Rubinstab, wahrscheinlich das Oberhaupt des Stamms, wollte uns auf Teufel komm raus loswerden. Vielleicht könnten wir ...«

Hinter ihnen wurde es plötzlich unruhig. Ben drehte sich um und sah eine bekannte Gestalt, die ihm durch die behangenen Steinsäulen entgegenhumpelte. Eine kleine Schar bewaffneter Wesen folgte. Das Aufstoßen ihrer Speere brachte die roten Pilze zum Schwingen.

Ashley schoss in die Höhe. »Das ist Michaelson!«

Ben sah die zahlreichen Speerspitzen, die dem Major folgten. Er zählte die Anzahl der bewaffneten Krieger. Während die meisten ihre Speere lässig über die Schulter gelegt hatten, hatten andere die Hand auf das Messer in ihrem Gürtel gelegt.

Ben ging auf Michaelson zu und klopfte ihm auf die Schulter. Er bemerkte das Blut, das in seinem Gesicht klebte. »Was ist passiert?«, fragte er. »Sie sehen aus, als wären Sie durch den Fleischwolf gedreht worden.«

Ashley kam dazu und untersuchte mit besorgtem Gesicht seine Verletzungen.

Michaelson vermied es, ihr in die Augen zu sehen. Er schien verlegen zu sein. »Das ist nichts. Das meiste Blut stammt nicht einmal von mir. Hört zu, wir haben nicht viel Zeit.«

Die Krieger hinter ihnen bewegten sich unruhig hin und her. Michaelson blickte zurück. Eine große Gestalt in einem verschlissenen Arbeitsanzug der Armee pflügte sich durch die Menge. Als er zu ihnen herüberkam, erkannte Ben die Familienähnlichkeit. Dieselben schwarzen Haare, dieselben blauen Augen, dieselbe Hakennase.

»Mein Bruder Harry«, stellte Michaelson vor.

»Das ist ja Wahnsinn«, sagte Ashley, »Sie haben ihn gefunden!«

»Eigentlich hat er mich gefunden. Er hat die letzten drei Monate bei diesen ... bei diesen Wesen gelebt.«

Ben bemerkte, wie Harry Ashley anerkennend von oben bis unten musterte.

»Hast du es ihnen schon gesagt?«, fragte Harry seinen Bruder.

»Nein, ich war gerade dabei.«

Harry nickte Ben und Ashley zu. »Tut mir Leid, ich dachte, Sie wären Flüchtlinge.«

»Was soll das heißen?«, fragte Ben.

Harry musste schlucken. »Ich hatte gehofft, Sie wüssten es bereits. Sonst hätte ich mich eher bemüht, Sie zu finden.«

»Was?«, fragte Ashley nun drängender, damit Harry endlich ausspuckte, was er ihnen verschwieg.

Michaelson räusperte sich. »Die Alpha-Basis ist zerstört worden. Von diesen Dinosaurier-Viechern.«

Ashley erstarrte. In ihrem Blick stand deutlich die unausgesprochene Frage geschrieben. Langsam drehte sie sich zu Ben um. Er sah die Angst in ihren Augen. »Das kann nicht sein«, flüsterte sie. »Was ist mit Jason?«

Ben nahm sie in die Arme und drückte sie. »Ganz ruhig«, raunte er ihr zu, »ich bin sicher, dass Blakely ihn beim ersten Anzeichen von Gefahr in Sicherheit gebracht hat.«

Seine Worte schienen sie zu beruhigen und ihr wieder Hoffnung zu geben. Das Zittern schwand langsam. Sie wand sich mit entschlossener Miene aus seinen Armen. »Wir müssen hinauf. Ich will wissen, was dort los ist.«

Ben spürte die Verzweiflung in ihren Worten. »Ich weiß. Wir brechen sofort auf.«

Harry trat vor. »Hört zu, wir können nicht einfach ...« Er zuckte zusammen, als es hinter ihnen laut knackte.

Ben wirbelte herum und sah, dass der Häuptling des Stamms auf sie zukam. Er warf auch den neuen Stab auf den Boden. Der Knall ließ jeden in der Höhle verstummen. »Oh, oh«, sagte Ben, »da ist einer verflucht sauer.«

Mo'amba versuchte aufzustehen und stemmte sich mit seinem Stab in die Höhe. Er schlurfte auf sie zu, um einzuschreiten. Wütende Worte wurden ausgetauscht. Mitten in einem Ausbruch von knurrendem Gebrüll schwang der Häuptling seinen Stab über den Boden und schlug Mo'ambas Stab unter ihm weg. Ohne Stütze fiel der alte Mann zu Boden.

Die Krieger, die um sie herum standen, schnappten laut nach Luft. Mehrere wandten sich ab. Der Häuptling beobachtete die anderen vorsichtig. Seine Brust hob und senkte sich. Schließlich beruhigte er sich ein wenig und half Mo'amba auf. Nun unterhielt man sich in einem ruhigeren Ton. Dann folgte ein beklemmender Moment, in dem die beiden sich Auge in Auge blickten, bis der Häuptling knurrte, mit seinem Stab abschließend auf den Boden aufstieß und davonstolzierte.

Michaelson drehte sich zu Harry um. »Hast du das alles verstanden?«

Harry nickte mit blutleerem Gesicht. »Es gibt Ärger.«

25

Jason wusste, dass sie in Schwierigkeiten steckten, als er hörte, wie die beiden Erwachsenen sich in leisem Tonfall unterhielten. Der Tunneleingang vor ihnen war früher einmal von einem Steinschlag verschüttet worden. Nur ein kleines Loch von der Größe eines Kürbis führte durch das Geröll. Aus diesem kleinen Loch puffte ihnen Rauch ins Gesicht. Er beobachtete die beiden Erwachsenen, die neben dem Geröllhaufen hockten.

»Wir können nicht zurück«, sagte Linda, »er wartet sicher auf uns.«

»In Ordnung, dann müssen wir aber einen anderen Weg zur Alpha-Basis hinauf finden. Vielleicht über einen der Seitengänge«, sagte Blakely. Sein Atem rasselte wegen der verräucherten Luft, und seine Augen waren rot angelaufen und tränten.

Jason blickte den Weg zurück, den sie hergekommen waren. Er hielt sich die Nase gegen den Gestank zu und sah, wie die schwarzen Rauchfetzen sich von ihm entfernten. Der Rauch stank nach geschmorten Gummireifen. Er konnte ihn förmlich schmecken. Das feuchte Tuch, das er vors Gesicht hielt, konnte den Geruch kaum abhalten.

Dennoch beschwerte sich keiner, denn der Rauch diente ihnen auch als Führer. Im Laufe des vergangenen Tages hatte er ihnen immer dann den richtigen Weg gewiesen, wenn sie an eine Tunnelkreuzung gelangten und sich entscheiden mussten, welchen Weg sie nehmen sollten.

»Umkehren? Ich weiß nicht«, sagte Linda hinter ihm, »in keinem der anderen Gänge wehte ein Lüftchen. Die Luft schien zu stehen.«

»Haben wir eine andere Wahl? Wir kommen nicht mehr vorwärts.« Blakely lachte unangenehm. »Und wenigstens entkommen wir diesem verfluchten Rauch.«

Jason trat an Lindas Seite. »Vielleicht komme ich durch das Loch durch.«

Linda schenkte ihm ein mattes Lächeln. »Nein, mein Süßer, es ist zu klein.«

»Lass mal sehen«, sagte Jason und quetschte sich zwischen Linda und Blakely durch. Er hustete, als ihm ein Fetzen dichter Rauch aus dem Loch entgegenwehte.

Blakely legte einen Arm um ihn. »Stop, Jason. Wir wissen nicht, wie stabil es ist. Außerdem hat Linda Recht. Es ist viel zu klein.«

Jason ließ nicht locker. »Das will ich sehen!« Er wand sich aus Blakelys Griff und ging in die Hocke. Der Rauch strömte wie eine massive Säule aus der Öffnung, genau auf ihn zu. Er steckte eine Faust hinein und war erstaunt über den Druck, den der Wind ausübte. So als würde er die Hand bei voller Fahrt aus dem Beifahrerfenster eines Autos halten. Aber sein Erstaunen verwandelte sich schnell in Übelkeit, als sein Arm den Luftstrom unterbrach und einen Strahl direkt auf sein Gesicht lenkte. Würgend zog er seine Hand wieder heraus. Vor seinen Augen tanzten Sterne, und er schnappte nach Luft.

Blakely legte ihm die Hand auf die Schulter und lächelte beinahe amüsiert. »Vorsicht, mein Junge, da steckt genügend Kraft hinter, um dich umzubringen.«

Jasons Gesicht lief rot an, und er schüttelte Blakelys Hand ab. Jetzt war er noch entschlossener, durch die Öffnung zu dringen. Bevor ihn jemand aufhalten konnte, füllte er seine Lungen mit Luft und kniff Augen und Lippen zu. Dann tauchte er in den rauchigen Luftstrom ein.

Zwar wurde er von dem Luftdruck sofort abgebremst, doch stemmte er sich mit den Füßen dagegen. Er zwängte einen Arm und die Schulter hindurch, drehte sich dann herum und versuchte, vorwärts zu krabbeln.

Wenn er nur seinen Kopf wenden und den Körper in die andere Richtung drehen könnte … Aber die Steine leisteten bei jedem Versuch Widerstand. Wenige Sekunden später musste er einsehen, dass die Öffnung zu klein für ihn war. Enttäuscht zog er sich zurück, rollte auf die Seite und atmete mit einem langen Seufzer die angehaltene Luft aus.

Er sah, dass Blakely sich mit der Hand vor der Nase hin und her wedelte, da der aufgewühlte Rauch ihm ums Gesicht wehte. »Das war wohl nichts. Mit deiner Dummheit hättest du uns beide fast erstickt.«

»Aber ich wollte doch nur …«

»Schluss jetzt mit dem Unfug. Wir müssen unsere Lage akzeptieren und einen anderen Weg finden. Dieser Tunnel ist für uns hier zu Ende.«

Jason schniefte und versuchte, keine Miene zu verziehen. »Aber ich habe herausgefunden, dass das enge Loch nur einen halben Meter tief ist. Nach diesem kurzen Stück wird der Tunnel wieder breiter, und wir können ihn wieder benutzen. Wenn wir einen Weg finden würden, der uns auf die andere Seite führt …«

»Ich fürchte nur, wenn du keine Hacke unter deinem Hemd versteckt hast, hilft uns das nicht viel.«

Jason, der sich nun geschlagen gab, ließ den Kopf hängen.

Linda legte ihm eine tröstende Hand aufs Knie. »He, du hast es wenigstens versucht. Und es ist ja nichts passiert. Zum Teufel, wenn wir schlauer gewesen wären, hätten wir einen Würfel von Khalids Plastiksprengstoff mitgenommen und uns den Weg frei gesprengt.« Sie hob sein Kinn mit einem Finger hoch. »Ich bin stolz auf dich.«

Jason versuchte erfolglos, ein Lächeln zu unterdrücken. »Danke.«

Sie wuschelte durch seine Haare und wandte sich wieder zu Blakely. »Ich fürchte, wir haben wirklich keine andere Wahl, als uns einen anderen Weg zu suchen.«

Blakely murmelte eine Antwort, doch Jason hörte nicht mehr hin. Stattdessen hallten Lindas letzte Worte in seinem Kopf: Würfel? Sprengstoff? Er stand auf. Könnte es sein …?

Er ging hinüber zu Linda, die sich gerade intensiv mit Blakely besprach, und zog sie am Ärmel. Linda blickte zu ihm hinunter, während Blakely die Stirn runzelte und ihn wegen der Unterbrechung zornig anblickte.

»Was ist denn, Jason?«, fragte sie und schob eine blonde Strähne hinter ihr Ohr.

Er trat unruhig auf der Stelle. »Hm, Linda, der Sprengstoff, von dem du gesprochen hast. Ich glaube, davon habe ich etwas.«

Blakely trat auf ihn zu. »Was? Wie?«

Linda hielt Blakely mit einer Hand zurück. »Jason, wie kommst du auf die Idee, du hättest Sprengstoff?«

Jason scharrte mit seinem Turnschuh über den felsigen Boden und schaute den anderen nicht in die Augen, während er ihnen erzählte, wie der Inhalt aus Khalids Tasche in Jasons Toilettenkabine gekullert war. »Ich habe das Zeug in meiner Sporttasche«, sagte er abschließend und zeigte auf die rote Nike-Tasche vor seinen Füßen. »Ich zeige es euch.«

Er zog den Reißverschluss auf und wühlte in der Tasche herum. Er hätte jemandem davon erzählen müssen. Bestimmt bekam er jetzt Ärger. Er schob den Tascheninhalt hin und her. Es war schwer zu finden, die Tasche war voller Sportkleidung, einem orangefarbenen Handtuch, Spielkarten, die lose herumflogen, Kleingeld für einen Videospielautomat. Wo war es bloß?

Nach einer vollen Minute war Blakely außer sich und rief: »Schütt alles auf den Boden!« Er versuchte, Jason die Tasche wegzunehmen.

»Warten Sie!« Jason zog seinen Nintendo-Gameboy aus der Tasche. »Der zerbricht sonst.« Er steckte den Gameboy in seine Jackentasche.

Blakely drehte die Tasche auf den Kopf und schüttelte. Jasons Sachen fielen heraus. Alle drei wühlten sich durch seinen Plunder.

Vorsichtig zog er seine Unterwäsche zum Wechseln heraus, damit Linda seine Boxershorts nicht zu sehen bekam. Als er die Wäsche unter dem Handtuch vesteckte, sah er das vertraute graue Material.

Er hob es auf und hielt es Linda hin. »Hier ist es.« Mit

einem schwachen Lächeln auf den Lippen nahm sie das verformte Material und betrachtete seine Handarbeit. »Schönes Flugzeug.«

Er zuckte mit den Schultern. »Ich habe gedacht, es wäre so etwas wie harte Play-Doh-Knete.«

Blakely schaute ungläubig zu. »Bist du sicher, dass das der Sprengstoff ist?«

Linda fischte ein Stück zerknittertes Zellophanpapier aus seinen Sachen. »Doch, das ist dasselbe Zellophan, mit dem auch die anderen Würfel verpackt waren.«

Blakely nahm ihr das Flugzeug ab und hielt es, als wäre es das teuerste und zerbrechlichste Kunstwerk der Welt. »Okay, wir haben also Sprengstoff, jedoch nichts, womit wir ihn zünden könnten. Wir brauchen ein Zündhütchen.«

»Was ist das?«, fragte Jason.

Blakely sah ihn nur finster an, doch Linda erklärte es ihm. »Das ist ein kleiner Sprengkörper, der den Brocken in die Luft jagt.«

»Wie ein Feuerwerkskracher?«

»Das würde schon reichen«, antwortete Blakely, »aber wir werden hier unten wohl kaum ein Geschäft finden, das Kracher verkauft.«

Jason stocherte in der Seitentasche seines Sportbeutels und holte die kleine rote Knallerbse hervor, die er dort vor neugierigen Augen verborgen hatte. »Funktioniert das?«

Blakely nickte und grinste. »Ich glaube schon.«

Linda lächelte ebenfalls, drehte sich um und drückte Jason an sich. »Du steckst voller Überraschungen, junger Mann.«

Jason wurde purpurrot. »Erzählt bloß meiner Mutter nichts von der Knallerbse. Sonst bringt sie mich um.«

Khalid ging vor der Gabelung in die Hocke und steckte den Kopf zuerst in den einen Gang, dann in den anderen. Wie ein Hund auf einer Fährte schnüffelte er in beide Richtungen. Im linken Tunnel bemerkte er einen scharfen Geruch, der ihm in die Nase biss. Rauch. Er ging hinein und hielt das brennende Feuerzeug vor sich. Er hatte, um Gas zu sparen, die Flamme auf die geringste Stufe eingestellt, so dass ihm nur ein schwaches Glimmen den Weg wies. Wenn ihm das Butangas ausging, wäre er blind und nicht mehr in der Lage, seinen Auftrag zu erfüllen. Daher musste er die winzige Flamme sehr pfleglich behandeln.

In dieser totalen Finsternis gab sogar das Flämmchen genügend Licht ab, um mehrere Meter weit zu sehen. Er marschierte zügig voran und verschwendete keine Zeit für Ruhepausen. Er konnte nicht sagen, wie weit ihm Linda und die anderen voraus waren. Aber vieles wies darauf hin, dass er auf der richtigen Fährte war: Fußspuren im Lehm, Verpackungsreste eines Nahrungsriegels, und an einer Stelle hatte offenbar jemand Wasser gelassen, denn der Ammoniakgeruch stach ihm in die Nase. Er war ihnen dicht auf den Fersen.

Während er durch die monotonen Gänge eilte, ging er seinen Gedanken nach. Wie von selbst verfolgte sein trainierter Körper die Spur weiter, umging Schlaglöcher, sprang über Felsspalten und kletterte über Hindernisse, die Steinschläge hinterlassen hatten – mit dem einzigen Ziel, die anderen einzuholen.

Linda schubste Jason weiter zurück hinter die Biegung des Tunnels und betete inständig, dass Blakely wusste, was er tat. Es war durchaus möglich, dass das ganze Tunnelsystem über ihnen zusammenbrach. Dennoch war ihr bewusst, dass sie das Risiko in Kauf nehmen mussten. Wenn sie zurückgingen, würde das in einer Katastrophe enden.

»Ich will zusehen«, sagte Jason.

»Nein, mein Süßer. Das ist zu gefährlich. Hier, steck dir

die Stöpsel in die Ohren.« Sie gab ihm zwei Wattebällchen aus dem Erste-Hilfe-Koffer. »Und wenn ich es dir sage, hältst du dir die Ohren zu und machst den Mund weit auf.«

»Warum?«

»Weil die Lautstärke der Explosion sehr gefährlich ist und dein Trommelfell zum Platzen bringen kann.«

Jason wollte nicht locker lassen. »Ich will aber trotzdem zugucken.«

Plötzlich tauchte Blakely vor ihnen auf; er war ein wenig außer Atem. »Alles fertig. Ich habe die Sprengladung so geformt, dass sie von uns weg explodiert. Seid ihr bereit?«

Linda nickte. »Sind Sie ein guter Schütze?«

»Kein schlechter, aber bei diesem Druck ...« Er zuckte mit den Achseln.

»Sie haben nur einen Schuss.«

Er hob die Leuchtpistole. »Ich weiß.« Die Knallerbse hatte er in den Plastiksprengstoff hineingedrückt. Und nun wollte er sie mit der Leuchtpistole aus sicherer Entfernung zünden. Er winkte die beiden weiter zurück.

Linda schob den Jungen hinter sich. »Viel Glück.«

Blakely wischte sich mit dem Ärmel über die nasse Stirn, dann ging er ein paar Schritte weiter den Tunnel entlang, um eine gute Schussposition einzunehmen. Linda bemerkte die violette Färbung seiner Lippen. Der Stress und die schlechte Luft bereiteten seinem Herz Probleme. Sie schaute ihm zu, während sie Watte in ihre Ohren stopfte, und bewunderte seine Ausdauer. Dann hob er den Daumen und zielte mit der Leuchtpistole auf den Sprengstoff.

Linda gab Jason das Zeichen, seine Ohren zu bedecken und den Mund zu öffnen. Er gehorchte, versuchte aber, an ihr vorbei nach Blakely zu schauen.

Mit zugehaltenen Ohren hörte sie das Ploppen der Pistole, als wäre sie eine Spielzeugwaffe, und sah, wie Blakely die Pistole senkte. Nichts passierte.

Er drehte sich zu ihr herum, zuckte mit den Schultern und öffnete gerade den Mund, als die Sprengladung detonierte. Die Druckwelle schien schneller als der Schall zu sein. Sie sah, dass Blakely zurückgefegt wurde, den Boden unter den Füßen verlor und gegen die Wand geschleudert wurde.

Bevor sie ihm zu Hilfe kommen konnte, wurde sie ebenfalls den Tunnel hinabgeschleudert und landete auf Jason. Das dröhnende Krachen rauschte über sie hinweg wie ein unsichtbarer Güterzug und mit einer Lautstärke, die ihr Bewusstsein beinah nicht mehr wahrnehmen wollte. Nach dem Dröhnen hörte sie nur noch ein dumpfes Klingeln in den Ohren. Staub und Rauch wirbelten durch den Tunnel und drangen ihr in die Atemwege. Jason und Linda befanden sich plötzlich im Innern einer Staubwolke, die im Licht ihrer Helmlampen milchig leuchtete. Wirbelnder Staub hatte sie verschluckt.

Linda half Jason auf. Er hielt seinen Ellbogen fest und zuckte vor Schmerz zusammen, schien sonst aber nicht verletzt zu sein. Sie war benommen und wusste nicht, in welcher Richtung Blakely sich befand. Er konnte verletzt sein. Sie nahm die Blendlaterne in der Hoffnung, dass das Licht die Dunkelheit besser durchdringen würde als die Helmlampe. Hektisch schwenkte sie den Lichtstrahl durch die staubige Luft. Nichts.

Jason zeigte mit einer Hand in eine Richtung und zog mit der anderen die Watte aus seinen Ohren. »Da drüben. Ich glaube, da ist ein Licht.«

Jetzt sah sie es auch. Ein Licht hüpfte auf sie zu. Erleichtert atmete sie auf. Sie eilte darauf zu, um Blakely zu helfen, und hoffte, dass der Weg nun frei war.

»Warte!«, rief Jason plötzlich und zog an ihrem Arm, um sie aufzuhalten.

Sie blickte zu ihm hinunter. »Was?« Als sie den Blick

wieder nach vorn richtete, drang eine Gestalt aus dem Rauch in ihren Lichtkegel. Es war nicht Blakely. Sie stolperte einen Schritt zurück. Nein!

Mit der einen Hand hielt Khalid ein Feuerzeug in die Höhe, mit der anderen richtete er eine Pistole auf sie. Blut rann aus einer Schnittwunde an der Schläfe über seine Wange. »Wie passend, dass ein Donnerschlag meinem Sturm vorausgeht«, sagte er und zielte mit der Pistole auf Lindas Brust.

Blakely stöhnte. Die Schmerzen in seiner Brust brannten wie Feuer. Zuerst dachte er, es wäre wieder sein Herz, aber dann bemerkte er, dass die Schmerzen zunahmen, wenn er einatmete, und abnahmen, wenn er ausatmete. Eine Rippe ist gebrochen, dachte er. Er fuhr sich mit der Hand über die rechte Seite seiner Brust. Der furchtbare Schmerz direkt unterhalb seiner Achselhöhle bestätigte den Verdacht. Definitiv gebrochen, aber nur eine. Verdammt, als wenn er nicht schon genug Probleme hätte. Blakely lehnte den Kopf zurück an die Wand und schloss die Augen. Er legte das feuchte Taschentuch wieder über die Nase, auch wenn es nach Schweiß und Schleim roch. Das war immer noch besser, als die rauchgeschwängerte Luft einzuatmen. Er wollte warten, bis sich der Staub gelegt hatte, und dann Linda beim Verbinden seiner Rippen helfen, bevor sie ihre Reise wieder aufnähmen. Blakely seufzte und wollte sich gerade etwas entspannen, als ihm plötzlich ein Schreck durch die Glieder fuhr. Was, wenn durch die Explosion der Gang nicht ausreichend erweitert worden war und sie immer noch nicht durchkamen? Oder schlimmer noch, der Durchgang nun ganz verschüttet war? Was, wenn er sich seine Rippe umsonst gebrochen hatte? Er brauchte Gewissheit.

Mit verzerrtem Gesicht und zusammengebissenen Zähnen versuchte er, die Stablampe an seinem Gürtel zu fassen.

Er zuckte vor Schmerzen zusammen, als er sie löste. Bei jeder Bewegung hatte er das Gefühl, dass ihn jemand mit einem stumpfen Messer stach – und es dann gnadenlos in der Wunde herumdrehte. Er kämpfte gegen den Schmerz an, hob die Lampe und schaltete sie ein. Der Strahl konnte den wirbelnden Felsstaub und den Rauch jedoch nicht durchdringen. Er konnte nicht weiter als drei Meter sehen.

Wenn er sich nur ein paar Meter vorwärtsbewegte, könnte er vielleicht die Explosionsstelle sehen. Was, wenn er alles vermasselt hatte, weil er die Ladung nicht richtig geformt hatte? Nein, das konnte nicht sein. Er hatte es genauso gemacht, wie Hans, der deutsche Sprengmeister, es ihm in der Alpha-Basis gezeigt hatte.

Es gab nur einen Weg, das herauszufinden. Vorsichtig stand er auf. Die Schmerzen brannten heftiger und trieben ihm die Tränen in die Augen. Doch ließen sie sich für eine Weile ertragen. Er holte tief Luft und machte sich auf die schmerzhaften ersten Schritte gefasst. Bevor er losging, hörte er hinter sich das Echo einer Stimme. Es war Linda. Gott sei Dank, wenigstens ihr ging es gut. Er leuchtete mit der Stablampe in ihre Richtung, doch war nur schwarzer Rauch zu sehen. Wegen des Pfeifens in seinen Ohren konnte er nur die lauteren Geräusche hören. Er schüttelte den Kopf und richtete den Lichtstrahl wieder auf die Explosionsstelle. Sie würden sicher bald bei ihm auftauchen.

Er ging einen Schritt nach vorn. Bevor sie zurückkehrten, wollte er das Ergebnis der Sprengung prüfen. Durch die Bewegung drang ihm der Schmerz tiefer in die Brust. Er atmete vorsichtig und flach, denn er wusste, das ihm ein abgebrochener Knochensplitter einer Rippe die Lunge aufschlitzen konnte.

Nach zwei weiteren Schritten musste er pausieren. Von seiner Stirn tropfte der Schweiß. Auch seinem Herzen tat das Ganze nicht gut, doch die Verzweiflung trieb ihn voran. Außerdem wollte er zuerst erfahren, ob die Sprengung gelungen war oder nicht.

Mit dem Lichtstrahl folgte er der Gerölllawine, sah plötzlich die Wand, die ihren Weg blockiert hatte, und lächelte. Ein klaffender Spalt, groß genug für ein Elefantenbaby, ermöglichte ihnen nun den Durchgang.

Hinter ihm ertönte plötzlich das Echo eines Schusses. Instinktiv fuhr Blakely in die Höhe und verzog sofort das Gesicht vor Schmerz. Ein brennendes Stechen schoss ihm durch die Brust. Die Schmerzen raubten ihm beinahe das Bewusstsein, ihm wurde schwarz vor Augen, und er nahm vom Licht der Lampe nur noch ein Flackern wahr.

Er tat einen Schritt nach vorn und presste die Arme um seine Brust, um den Schmerz zurückzuhalten. Er hustete in das Taschentuch vor seinem Mund. Der Husten löste stechende Schmerzen aus, so dass er in die Knie ging. Er schmeckte das Blut in seinem Mund und riss sich angewidert das Taschentuch vom Gesicht. Ein Feuerwerk explodierte vor seinen Augen, während er gegen die Ohnmacht ankämpfte.

Da hörte er einen zweiten Schuss.

Linda zuckte zusammen, als die Kugel über ihr an der Felswand abprallte und an ihrem Ohr vorbeischoss. Khalid stand gelassen vor ihr und gab seinen Worten mit Feuerstößen aus seiner Pistole Nachdruck, die an der Wand abprallten. Sie legte Jason, der hinter ihr kauerte, die Hand auf den Kopf und versuchte, ihn zu beruhigen.

Khalid sprach langsam. »Ich hatte gehofft, du würdest die Bedeutung meiner Mission verstehen.«

»Khalid ...«, setzte Linda an. Die Worte blieben ihr in der Kehle stecken, aber sie musste mit ihm sprechen. »Ich hatte doch keine Wahl. Ich konnte nicht zulassen, dass du sie dem sicheren Tod überlässt.«

Ehe sie sich's versehen hatte, schoss Khalid auf sie zu, stieß sie zur Seite, packte Jason am Arm und riss ihn von ihr fort. Sie verlor das Gleichgewicht, rutschte aus und fiel hart auf die Knie.

»Nicht, Khalid!«, flehte sie. Tränen standen ihr in den Augen. »Bitte. Ich tue alles.«

Einen Moment lang schien er zu zögern, und seine Pistole schwankte. Dann drückte er Jason fest an sich und presste den Lauf an dessen Schläfe. Jasons riss die tränenlosen Augen vor Angst weit auf. Seine Lippen waren weiß. Er wand sich in Khalids Griff, doch der wusste, wie man eine Geisel festhielt. Auch wenn Jason wie wild zappelte, blieb die Mündung immer dicht an seiner Schläfe. Linda ließ die Hoffnung sinken.

Plötzlich erklang eine Stimme. »Lassen Sie den Jungen los!« Blakely tauchte auf und jagte Linda einen Schreck ein. Sogar Khalid zuckte zusammen und trat einen Schritt zurück.

Blakely stützte sich mit einem Arm an der Tunnelwand ab. Mit der anderen Hand hatte er die Leuchtpistole auf Khalid gerichtet. Linda war klar, dass dies eine leere Drohung war. Die Leuchtpatrone hatte er verschossen. Doch das wusste Khalid nicht. Hoffnung keimte in ihr auf. Sie sah, dass aus Blakelys Mund Blut tropfte, und hörte seinen schweren Atem. Die Druckwelle der Explosion musste ihn schwer verletzt haben. »Ich habe gesagt«, keuchte er, »Sie sollen den Jungen loslassen!« Die Leuchtpistole in seiner Hand schwankte auf und ab, da ihn die Kräfte verließen.

Blakely trat zwischen Linda und Khalid. »Jetzt!«

Khalid schien vor der Pistole zurückzuschrecken. Doch dann stieß er wie eine Kobra vor und schlug Blakely die Pistole mit seiner Waffe aus der Hand. »Leere Drohungen können gefährlich sein, Doktor. Ich habe gesehen, wie sie mit der Leuchtpatrone die Explosion ausgelöst haben.«

Khalid wies nickend in die Richtung des erweiterten Durchgangs. »Danke übrigens.«

Blakely hustete und sackte gegen die Wand. Seine Lippen waren schmal und blau angelaufen vor lauter Schmerzen und Erschöpfung. Er blickte Linda an, und weiteres Blut floss aus seinem Mund. »Es tut mir Leid«, flüsterte er.

Sie ging hinüber zu Blakely, und Khalid machte einen Schritt zurück. Er hatte Jason die Pistole wieder an die Schläfe gesetzt. Linda prüfte Blakelys Puls, der schwach und unregelmäßig ging. Er brauchte sofort medizinische Betreuung. Sie wandte sich zu Khalid um, der ein paar Meter zurückgewichen war.

»Bitte, hör damit auf«, flehte sie. »Wir können doch alle zusammen hier fortgehen. Es gibt keinen Grund, irgendjemanden zu töten. Lass den Jungen laufen.«

Während er sie anschaute, tat er etwas Verblüffendes: Er bückte sich und legte seine Pistole auf den Boden. Eine Sekunde lang schöpfte sie Hoffnung. Doch als er sich wieder aufrichtete, zog er eine weitere Pistole aus einem verborgenen Holster über dem Stiefel. Nun legte er diese Waffe an Jasons Schläfe, den er immer noch an sich gepresst hielt.

»Du willst, dass der Junge am Leben bleibt?«, sagte Khalid mit zusammengekniffenen Augen. Er schob die Pistole mit dem Fuß zu Linda hin. »Dann töte Blakely.«

Sie starrte auf die Pistole, als wäre sie giftig und jede Berührung tödlich. »Wovon redest du?«, fragte sie und schaute Khalid entgeistert an.

»Wir schleppen zu viel Ballast mit uns herum. Ich nehme entweder den Jungen oder den Doktor mit. Die Entscheidung überlasse ich dir. In der Pistole befindet sich nur noch eine Kugel. Töte Blakely, oder ich töte den Jungen.«

»Nein!«, schrie sie und sprang entsetzt von der Pistole weg.

»Dann stirbt der Junge. Die Entscheidung liegt bei dir. Ich bin nur das Werkzeug.«

»Khalid … bitte«, sagte sie tränenüberströmt, »lass mich das nicht tun.«

Blakely hob die Stimme. »Heb die Pistole auf.« Seine Worte klangen so sachlich und ruhig, dass sie ihm gehorcht hatte, bevor ihr klar wurde, was sie tat. Sie hielt inne, als ihre Hand über dem Griff schwebte.

»Tu es!«

Sie nahm die Waffe. Bei der Berührung spürte sie, dass sie immer noch heiß vom letzten Schuss war. Vorsichtshalber nahm sie sie in beide Hände und blickte zu Khalid auf.

Als ob er ihre Gedanken lesen könnte, warnte er sie: »Du hast nur einen Schuss, meine Liebe. Selbst wenn du mich triffst, wäre der Junge tot, bevor du den Finger gekrümmt hättest.«

Sie ließ die Schultern hängen. »Warum?«, sagte sie leise. »Warum tust du mir das an?«

»Ich brauche Hilfe. Und ich brauche Gehorsam. Ich werde dir beibringen zu gehorchen.«

»Ich kann das nicht«, sagte sie. »Ich kann nicht einfach so jemanden umbringen.«

»Hör zu«, sagte Blakely mit heiserer und belegter Stimme. »Du musst es tun.« Dann flüsterte er: »Du musst Zeit gewinnen. Er bringt uns sowieso alle um.«

»Aber …«

Er hustete. Die Tränen standen ihm in den Augen, Schmerz zeichnete sein Gesicht. »Tu es. Ich schaffe es ohnehin nicht mehr.«

»Trotzdem … ich kann es nicht«, flüsterte sie und ließ den Kopf sinken.

Blakely streckte die Hand nach ihr aus, legte sie ihr auf den Kopf und flüsterte ihr ins Ohr: »Meine Frau ist vor vier Jahren gestorben. Meine Kinder sind erwachsen. Sieben Enkelkinder habe ich in meinen Armen gewiegt. Ich habe ein reiches Leben hinter mir. Doch Jason steht erst am Anfang.«

Er hob ihren Kopf und nahm dann ihre Hände, mit denen sie die Waffe hielt. Er drückte sie ihr in eine Handfläche, hob ihre Hand hoch und drückte die Mündung gegen seine Stirn. »Sei stark, Linda.«

»Nein, bitte nicht«, flehte sie, und die Tränen flossen ihr über die Wangen.

Er schloss die Augen und hielt ihre Hand. Sie spürte, dass er unbeobachtet ihren Finger vom Abzug schob. »Ich weiß«, flüsterte er. »Aber dieser Hund darf nicht siegen.« Er legte seinen Finger statt ihrem auf den Abzug. Sie spürte, wie sein Finger zuckte. Dann rissen die Explosion und der Rückschlag ihr die Pistole aus der Hand. Scheppernd fiel sie zu Boden. Aus der Mündung stieg Rauch.

Vor Schreck erstarrt, stand Linda mit erhobenen Händen da, als hielte sie noch die Pistole. Blakely war zur Seite gesackt und starrte nun mit leeren Augen auf die gegenüberliegende Wand, in seiner Stirn war ein pfenniggroßes Loch. Die Wunde war so unscheinbar, als könnte sie mithilfe eines Heftpflasters verheilen.

»Nein«, stöhnte Linda und taumelte hin und her, »nein, nein, nein …«

Plötzlich war Jason an ihrer Seite und schlang von hinten seine Arme um sie. Khalid hatte ihn losgelassen. Jason hielt sie schweigend und starrte mit weit aufgerissenen Augen auf Blakelys leblosen Körper.

Linda drehte sich zu Khalid um. Er hatte die Pistole auf sie gerichtet. »Du hast versprochen, dem Jungen nichts anzutun.«

»Das werde ich auch nicht«, sagte er. Seine Worte waren kalt und bar jeden Mitgefühls für den Toten, der vor ihnen lag. »Im Gegensatz zu dir halte ich mein Wort. Und jetzt ist es Zeit für deine nächste Lektion.«

»Ich kann doch nicht die ganze Zeit über gefesselt bleiben«, protestierte Linda. Ihre Versuche, die Schnüre zu lockern, mit denen er sie gefesselt hatte, führten nur dazu, dass sie sich tiefer einschnitten.

»Du bist schlau, Linda«, sagte Khalid und schmunzelte über ihre Befreiungsversuche. »Und wir haben noch einen langen Weg vor uns, bevor wir in der Alpha-Basis ankommen. Du läufst mir nicht noch einmal davon.« Er packte Jason am Oberarm und zerrte ihn unsanft den Tunnel entlang. »Darauf kannst du Gift nehmen.«

Sie fürchtete, er würde Jason etwas antun, und rief ihm nach: »Was machst du … Du hast versprochen, ihm nichts zu tun!«

»Nur keine Sorge. Ich halte mein Wort.« Er verschwand um die nächste Kurve.

Sie starrte auf die Wände um sie herum. Ihr Herz klopfte so heftig, dass sie kaum noch atmen konnte. Was hatte er jetzt vor? Ein letztes Mal zog sie an ihren Fesseln.

Sie blickte sich um. Ihr Helmlicht hatte nur einen schwachen Strahl. Wenigstens war der Rauch schwächer geworden, so dass sie ohne Taschentuch atmen konnte. Doch stach er ihr immer noch in Augen und Nase.

Sie leuchtete mit ihrer Helmlampe in die andere Richtung und versuchte zu erkennen, was Khalid plante. Ab und zu drang ein Wort oder ein Echo aus der Richtung zu ihr, in die Khalid und Jason verschwunden waren. Was hatte er bloß vor?

Beinahe zwei Stunden vergingen, bis sie das Schaben von Stiefeln auf Felsgestein hörte, ein deutliches Zeichen, dass die beiden zurückkehrten. Erschöpft wie sie war, war sie fast eingeschlafen. Es mussten mindestens vierzig Stunden vergangen sein, seit sie zum letzten Mal geschlafen hatte.

»Alles in Ordnung, Jason?«, fragte sie.

Der Junge nickte, machte aber ein merkwürdiges Gesicht.

Khalid kam zu ihr und löste ihre Fesseln. »Ich schlage das Lager auf«, sagte er. »Wir bleiben sechs Stunden hier und ziehen dann weiter.«

Während sie ihre roten Handgelenke rieb, bemerkte sie, dass Khalid seine Waffe nicht mehr trug. Sehr seltsam, sie hatte ihn seit Blakelys Tod nicht mehr ohne Pistole in der Hand gesehen. Er wandte ihr den Rücken zu, ging fort und ließ Jason und sie allein. Seine Nachlässigkeit machte sie unruhig. Sie hätte sich Jason schnappen und weglaufen können, aber sie wollte es erst gar nicht versuchen; er würde sie doch wieder einholen. Dennoch beunruhigte sie seine Sorglosigkeit.

Sie kniete sich an Jasons Seite. »Hat er dir wehgetan?«

»Nein, aber … Ich konnte mich nicht dagegen wehren.« Plötzlich brach Jason in Tränen aus.

Sie drückte ihn an sich. »Was ist denn, Jason? Sag es mir doch.«

Sein Schluchzen ging in ein krampfhaftes Zittern über. »Er … er … Ich will nicht sterben!«

Sie hielt ihn ganz fest und ließ ihn langsam zur Ruhe kommen. Nach mehreren Minuten schniefte er ein letztes Mal. »Ich bringe dich hier raus, das verspreche ich dir«, sagte sie und hoffte, dass sie das Versprechen halten konnte. »Nun hol tief Luft und erzähl mir, was passiert ist.«

Er ließ den Kopf hängen und hob dann sein Hemd hoch. Sie zuckte ein wenig zurück, weil sie befürchtete, er würde ihr Spuren einer körperlichen Misshandlung zeigen. Aber was Jason ihr zeigte, war schlimmer.

»Mein Gott!«, japste Linda. »Was hat er mit dir gemacht?«

Jason zog vorsichtig an dem schwarzen Nylongürtel, der fest um seinen weißen Bauch gezogen war. Die Umrisse grauer Plastiksprengstoffwürfel drückten sich durch den Gürtel. Die Würfel waren durch farbige Drähte miteinander verbunden. Sie guckte genauer auf die große Gürtelschnalle. Eine leuchtende LED-Anzeige mit einer kleinen Tastatur, so groß wie eine Visitenkarte, war an der Schnalle befestigt. Ein Bündel farbiger Kabel führte in die Tastatur hinein. Kleine rote Zahlen auf dem Display zählten rückwärts.

»Warum?«, murmelte Linda zu sich selbst.

»Er hat gesagt, es wäre eine Lektion in Gehorsam«, antwortete Jason. »Alle zwei Stunden muss Khalid einen geheimen Code eingeben, oder die Bombe geht in die Luft. Und wenn ich den Gürtel ablege, explodiert sie auch.«

Linda ließ die Schultern herabsacken. »Dieser Schweinehund. So sind wir von ihm abhängig. Wenn wir fliehen oder Khalid etwas passiert, dann …« Sie sprach nicht zu Ende.

»… dann fliege ich in die Luft«, führte Jason den Satz zu Ende. »Er hat gesagt, es würde nicht wehtun.«

»Das alles hat er dir erklärt? Was für ein Monster ist er bloß?«

Jason antwortete mit leiser Stimme: »Ein schlaues.«

26

Ashley zog Harry am Ärmel. Sie bemerkte, wie ähnlich er Major Michaelson sah, besonders mit dem strengen Gesichtsausdruck, den er gerade hatte, mit den zusammengepressten Lippen und der tiefen Furche über der Nase. »Worüber haben die sich gerade gestritten?«, fragte sie.

Mo'amba war dem Häuptling bereits hinaus gefolgt, und ein großer Teil der Krieger war in unterschiedliche

Richtungen verschwunden. Sie blickte sich um. Ein kleiner Kader von Stammesangehörigen mit Speeren umgab sie immer noch und warf ihnen misstrauische Blicke zu.

»Und was für einen Ärger bekommen wir jetzt?«, fragte sie, wieder zu Harry gewandt.

Er beobachtete die Krieger mit zusammengekniffenen Augen und sagte: »Ärger ist ein harmloses Wort dafür. Sie haben entschieden, dass ihr beiden doch sterben sollt.«

Ashley schaute ihn entsetzt an. »Aber wieso? Was ist mit Ihnen und Michaelson?«

»Wir sind von der Kriegerkaste adoptiert worden. Diese Kaste besitzt einen strengen Ehrenkodex – sie nennen es *Il'jann*. Nicht einmal die Ältesten mischen sich da ein. Sie beide dagegen sind Fremde. Sündenböcke.«

Ashley blickte zu Ben. Eigentlich hätte sie um ihr eigenes Leben fürchten müssen, doch es war das Schicksal ihres Sohnes, das sie bedrückte und ihr die Kehle zuschnürte. Sie durfte noch nicht sterben ... nicht bis sie Jason in Sicherheit wusste.

Ben beobachtete fortwährend die nackten Krieger um sich herum, doch sie schaffte es, seinen Blick auf sich zu ziehen. Er drückte tröstend ihren Arm. »Ich weiß, ich weiß«, sagte er, als könnte er ihre Gedanken lesen. »Wir kommen hier schon raus und finden Jason.«

Ashley holte tief Luft und wandte sich zu Harry. »Was ist mit Mo'amba?«

Harry schüttelte den Kopf. »Ihr Häuptling, Bo'rada, hat den übrigen Stamm gegen Sie aufgewiegelt. Aber eins muss man dem Alten lassen. Mo'amba hat es geschafft, eine Versammlung des Ältestenrats einzuberufen, bevor das Urteil vollstreckt wird – und das in letzter Minute. Sie ist für morgen Vormittag angesetzt.«

Ben trat auf ihn zu. »Wie wäre es dann, wenn wir heute Nacht ausbrechen würden?«

Harry seufzte und schüttelte den Kopf. »Das schafft ihr nie. Da draußen lauern zu viele Hinterhalte, Fallen und Bestien auf euch. Selbst wenn es euch gelingt, unbeschadet an ihnen vorbeizukommen – diese kleinen Kerle kennen das Gelände wie ihre Westentasche. Sie schneiden euch die Kehle durch, bevor ihr sie überhaupt kommen hört.«

Ben rieb sich die Schläfe. »Verdammt will ich sein, wenn ich mich kampflos ergebe. Ich werde ...«

Ashley unterbrach ihn. »Harry, werden wir die Gelegenheit bekommen, bei dieser Ältestenversammlung etwas zu sagen?«

»Ich nehme es an.«

»Könnten Sie für mich übersetzen?«

»Ja, natürlich. Vielleicht nicht perfekt, aber ich werde mein Bestes tun.«

»Gut. Sie stehen uns zwar feindselig gegenüber, doch aus ihren Felsmalereien kann man schließen, dass sie normalerweise eine friedliebende Gemeinschaft sind. Sozial eingestellt. Alles wird geteilt, die Kranken und Schwachen werden mitgetragen, fast wie eine große Familie.«

»Sie nahmen mich wie einen der Ihren auf«, bestätigte Harry.

Ashley nickte. »Irgendetwas hat sie aufgewühlt und so aggressiv gemacht. Wenn wir herausbekommen, was es ist, können wir vielleicht unsere Haut retten.«

»Und was ist, wenn nicht?«, murrte Ben.

Ashleys Stimme wurde kalt. »Dann kämpfen wir.«

Plötzlich erklang von der Siedlung her ein Gong, der beinahe sogar die Felsen zum Schwingen brachte. Wie auf ein Stichwort hin eskortierten die Wachen sie durch das Labyrinth der Tunnel in eine andere große Höhle. Ben und Ashley wurden hineingetrieben, und mehrere Wachen stellten sich vor den Eingang, um eine Flucht zu verhindern.

Harry sprach vom Eingang aus zu Ashley. »Dennis und

ich müssen die Nacht im Lager der Krieger verbringen, aber ich sehe zu, dass ich morgen früh sofort wieder hier bin. Vielleicht können wir sie überzeugen.«

»Bitte kommen Sie unbedingt«, sagte Ben. »Ich konnte noch nie gut Scharade spielen.«

Ashley sah den Brüdern nach. Dann schaute sie sich in ihrer Höhle um. Über die Höhle verteilt lagen meterbreite Kissen mit zusammengefalteten Laken darauf. Jedes war in einer unterschiedlichen Farbe und einem anderen Muster gefertigt. In den Ecken waren steinerne Wasserbecken im Boden eingelassen.

»Ich nehme an, das ist unsere Zelle«, sagte Ben und trat eines der Kissen durch den Raum.

Ashley nickte. Ihre Arme hatte sie vor der Brust verschränkt. Nach all dem Stress des Tages fühlte sie sich vollkommen leer.

Ben legte den Arm um sie. »Es wird alles gut werden«, sagte er so sanft und leise, als würde ein anderer Mensch mit ihr sprechen. Sie sah ihn an. Wo war der laute Draufgänger geblieben? Er drückte ihren Arm und hielt sie fest.

»Ich mache mir solche Sorgen um Jason«, sagte sie und lehnte sich an ihn. »Diese Ungewissheit ist eine Qual. Was, wenn ...«

Ben legte einen Finger auf ihre Lippen. »Psst. Deinem Sohn geht es gut.« Wieder waren seine Worte so klar und ruhig, dass sie ihm einfach glaubte. Sie blickte in seine ernsten blauen Augen, die jetzt nicht mehr die eines Spaßmachers waren. Es wäre so einfach, sich darin zu verlieren und diesen breiten Schultern all die Belastungen und Sorgen für eine Weile zu überlassen.

Alte emotionale Wunden drohten aufzubrechen, und sie wollte protestieren, doch bevor sie ein Wort sagen konnte, hatte Ben sich über sie gebeugt, statt des Fingers sanft seine Lippen auf ihren Mund gedrückt und auf diese Weise jedem Einwand den Wind aus den Segeln genommen. Sie gab nur noch ein leises Seufzen von sich.

Dann glitten seine Lippen an ihrem Hals hinunter, und seine bärtige Wange streifte ihren Wangenknochen, als er die sanfte Biegung ihres Halsansatzes liebkoste. Sie verlor sich in der sanften Stärke seiner Umarmung, legte ihren Kopf zurück und bot ihm ihren Hals ganz an.

Nur für einen Moment hielt er inne, hob den Blick, um in ihre Augen zu blicken, die Wangen gerötet vor Leidenschaft. Sie wusste, dass das ihre letzte Gelegenheit war. Noch konnte sie ihn aufhalten, sagte ihr sein Blick. Einen ängstlichen Augenblick lang verkrampfte sie sich und wehrte sich dagegen, sich ihm ganz hinzugeben und das Risiko einzugehen, wieder verlassen zu werden und die Trennung verwinden zu müssen.

Er schien ihre Furcht zu spüren und zog sich ein wenig zurück, das Feuer in seinen Augen wich einer liebevollen Sorge. Noch nie hatte sie einen so leidenschaftlichen Mann getroffen, der gleichzeitig so voller Mitgefühl war. Sie sah, wie ihre Hand in sein dichtes Haar griff und ihn zu sich zog, als würde sie versinken und sich zur Wasseroberfläche kämpfen.

In seinen Armen geborgen ließ sie sich von ihm hochheben und sanft auf die Kissen legen.

Ben starrte an die Felsendecke und konnte keinen Schlaf finden. Ashley hatte sich an seiner Seite zusammengerollt, einen Arm über seine Brust und ein Bein über seinen Bauch gelegt. Als sie sich im Schlaf bewegte, erwachte Bens Verlangen erneut. Er musste sich beherrschen, um nicht über sie herzufallen und wieder die Tiefen ihrer Leidenschaft auszuloten. Er wusste, dass sie Schlaf brauchte. Der nächste Tag würde viele Herausforderungen mit sich bringen. Dennoch ... er konnte der Versuchung nicht widerstehen und fuhr mit dem Finger über ihre rechte Brust. Sie stöhnte leise im Schlaf.

Gerade als er ihre Schläfe küssen wollte, wurde ihm schwarz vor Augen, so, als stülpe ihm jemand einen Sack über den Kopf. Er stürzte in die Schwärze, fort vom Licht und von Ashley.

Eine Stimme schreckte ihn auf. »Es ist langsam Zeit, Benny!«

In der Dunkelheit leuchtete die Vision seines Großvaters auf, der im Schneidersitz auf einem Kissen nur wenige Meter entfernt von ihm saß. Stöhnend setzte sich Ben auf. Als er genauer hinschaute, verwandelte sich sein Großvater in Mo'amba.

Der Alte nickte ihm zu. »Ich habe lange warten müssen, bis du mein Rufen gehört hast.«

Ben räusperte sich und blickte auf seinen nackten Körper, dem die Erregung noch anzusehen war. Er bedeckte seine Blöße mit den Händen. »Ich hatte zu tun.«

Mo'amba räusperte sich. »Ich denke, dreimal ist mehr als genug. Nun ist es Zeit, dass wir miteinander reden.«

Ben zog sich eine Decke über den Schoß. »Du hast Recht. Ich habe eine Menge Fragen an dich. Zum Beispiel, warum euer Häuptling uns an den Kragen will.«

»Er und der Stamm fürchten sich. Viele sind gestorben. Die *Cra'kan* haben ihre Überfälle auf unser Territorium vervielfacht, haben ganze Herden unserer Tiere vernichtet, unsere Wachposten durch ihre unvermuteten Angriffe überrascht und viele getötet.«

»Aber was hat das mit uns zu tun?«

»Seit unzähligen Generationen befinden sich die *Cra'kan* mit uns im Kampf. Nach der Großen Teilung unseres Volkes strandeten wir gemeinsam hier. Als wir damals in dieser Unterwelt Schutz vor der Kälte und den *Cra'kan* suchten, folgten sie uns. Schließlich wurde durch eine Katastrophe der Zugang zur Erdoberfläche vor uns verschlossen, so dass wir gemeinsam in der Falle steckten.«

»Wie habt ihr überlebt?«

»Wir passten uns an. Während ihr Maschinen und eiserne Werkzeuge erbaut habt, die euch das Leben erleichtern, haben wir lebende Werkzeuge gezüchtet – Pflanzen und Tiere, die *uns* das Leben erleichtern. Wir lernten, von beiden das auszuwählen, was unsere Bedürfnisse am ehesten befriedigte, und gaben das Wissen weiter. Wir lernten, wie man Pflanzen anbaut, die uns als Nahrung dienten.« Er zeigte auf die Wand. »Sogar wie man das Licht züchtet, das uns führt. Wir passten uns an. Aber die *Cra'kan* nicht. Sie suchen seither die Randgebiete unserer Siedlung heim und leben von den Abfällen unserer Arbeit. Aber versteh mich nicht falsch, sie sind voller Tücke. Ständig stellen sie unsere Krieger auf die Probe und versuchen, eine Bresche in die Siedlung zu schlagen.«

»Warum habt ihr bei all eurer Klugheit nicht einen konzentrierten Angriff auf sie unternommen, um sie auszulöschen? Sie ein für alle Mal zu erledigen?«

Mo'amba schüttelte den Kopf. »Das dürfen wir nicht. So wie sie uns zum Überleben brauchen, brauchen wir sie. Ihr Kot enthält eine Substanz, den wir zum Anbau unserer Nutzpflanzen benötigen. Ohne diese Substanz würden die Pflanzen sterben. Und wir auch. Wir treiben sogar unser altes Milchvieh, also die Tiere, die nicht mehr genügend Milch geben, in das Territorium der *Cra'kan*, um sie ihnen zum Fraß vorzuwerfen.«

»Ihr füttert diese Bestien? Kein Wunder, dass es so viele gibt.«

»Wir müssen ihre Populationsgröße konstant halten, damit sie genügend Substanz produzieren. Unsere Jäger haben in erster Linie die Aufgabe, die Substanz einzusammeln und hierherzubringen.«

»Scheiße sammeln«, sagte Ben. »So viel zum Berufsbild des edlen Jägers.«

»Und ob sie edel sind. Sie riskieren sehr viel, wenn sie ins Territorium der *Cra'kan* eindringen. Besonders ohne die Weitsichtigkeit der *Heri'huti.*« Der Alte schaute ihn bedeutungsvoll an.

»Darüber sollten wir nicht schon wieder sprechen«, sagte Ben, denn er fürchtete, dass Mo'amba ihn wieder auffordern wollte, hier zu bleiben und dem Stamm zu helfen, einem Stamm, der ihn im Augenblick lieber tot als lebendig sah. »Du hast mir immer noch nicht verraten, warum dieses verfluchte Todesurteil über uns verhängt wurde.«

»Darauf wollte ich gerade zu sprechen kommen. Wir haben seit Jahren unsere Messer und Lanzen geschliffen, um uns die *Cra'kan* vom Leib und aus unserem Leben fern zu halten. Eines unserer Hauptverteidungsmittel ist das *Tin'ai'fori*. Es ...«

Ben hob die Hand. »Einen Moment mal. Was ist das?«

Mo'amba presste nachdenklich die Lippen zusammen und runzelte die Stirn. »Ihr besitzt kein Wort dafür.« Er griff hinter sich und kratzte ein wenig leuchtenden Schimmel von der Wand. »Es ist eine besondere Art davon. Aber tödlich. Diese zentrale Höhle haben wir mit einer besonders dicken Schicht *Tin'ai'fori* umgeben. Es schützt unsere Siedlung.«

»Wie kommt es dann, dass diese Bestien – äh, *Cra'kan* – nun in der Lage sind, zu euch durchzudringen und plötzlich zu überfallen?«

»Die Antwort auf diese Frage ist ein Geheimnis, das die Anführer und die Kriegerkaste hüten.« Mo'amba räusperte sich, und seine Stimme wurde plötzlich tiefer und leiser, als könnte jemand ihr Gespräch belauschen. »Das *Tin'ai'fori* stirbt. Ganz langsam werden die Ränder unseres Verteidigungsrings schwarz und fallen ab, wodurch unser Schutz vor den *Cra'kan* immer dünner wird. Letzten Endes wird dieser Ring ganz verschwinden.«

Ben stellte sich vor, wie ganze Herden dieser Bestien in die Geborgenheit der Höhle einfielen. Auch wenn ihn dieses Volk zum Tode verurteilt hatte, so lief ihm doch bei dem Gedanken an das Blutbad ein Schauder den Rücken hinunter. »Aber was hat das alles mit uns zu tun?«

»Das Sterben der *Tin'ai'fori* begann kurz nach der Ankunft deiner Leute.«

»Was? Wie denn das?«

»Ich weiß es nicht. Einige Krieger und ich glauben, dass es ein Zeichen ist. Ein Omen, dass es Zeit ist, zur Erdoberfläche zurückzukehren. Aber viele andere glauben, dass ihr Dämonen seid, die uns vernichten wollen.«

»Und ich nehme an, euer Häuptling ist auch dieser Überzeugung?«

Mo'amba nickte. »Wie die meisten anderen auch.«

»Wie überzeugen wir ihn vom Gegenteil? Ich vermute, das Wort eines Dämons wird ihm wenig bedeuten.«

»Das ist richtig. Daher musst du morgen meinen Anweisungen folgen. Dein Artgenosse Harry wird uns dabei helfen. Ohne dass er es bemerkt hat, habe ich ihm während seiner Traumzeit die Grundbegriffe unserer Sprache beigebracht, ihm geholfen, sich mit uns zu verständigen. Hör ihm gut zu.«

»Was hast du vor?«

Mo'ambas Bild wurde blass, und als der Kontakt unterbrochen wurde, hob er die Hand zum Abschied. *»Morgen.«*

27

An nächsten Morgen ging Ashley in ihrer Höhle auf und ab und grübelte über das nach, was Ben von ihrem einzigen Verbündeten, Mo'amba, erfahren hatte. Wie sollten sie gegen den Aberglauben ankommen? Wie so viele Missionare, die von abergläubischen Eingeborenen in entlegenen Winkeln der Welt ermordet worden waren, fragte sie sich nun auch, wie so etwas passieren konnte.

Ben trat hinter sie, nahm sie in die Arme und legte seine Wange an ihre. »Du gräbst noch eine Furche in den Boden, wenn du weiter so auf und ab gehst«, sagte er.

Sie seufzte. Er hatte Recht. Sie musste einfach abwarten. Noch eine zweite Sorge plagte sie. »Hör mal, wegen letzter Nacht.«

»Hm?« Er drückte sie fester an sich.

»Ich war ... also, ich meine ... nur weil wir beide ... ich erwarte nicht, dass du ... weißt du ... es war ein Augenblick.«

»Jetzt hör mal zu, Lady, versuch bloß nicht, dich herauszureden. Ich bin kein One-Night-Stand. Glaubst du etwa, du könntest mich einfach so benutzen und dann fortwerfen?«

Sie lächelte schwach. Plötzlich war ihr die Intimität unangenehm, und sie wand sich aus seiner Umarmung. War es ihm wirklich so ernst, wie es aus seinen Worten klang? Wie viele andere Männer hatten ewige Treue geschworen und waren heimlich aus ihrem Bett geschlüpft und in die Nacht entschwunden? Und wie war das mit ihrem Exmann? Scott hatte genauso ernsthaft geschworen, sie zu ehren und zu lieben, und was war hinterher daraus geworden? Sie legte die Hand auf ihren Bauch und erinnerte sich an den Verlust und die Schmerzen.

Sie entfernte sich einen Schritt von Ben und versuchte,

seinen verletzten Blick zu meiden. »Wir müssen einen Plan schmieden. Nur für den Fall, dass wir sie nicht mit Worten überzeugen können. Michaelson hat immer noch einen Rucksack voller Waffen. Wir sollten …«

Plötzlich wurde sie von einem Aufruhr vor dem Eingang unterbrochen. Sie fuhr herum und sah, wie sich Harry an den Wachen vorbeidrängte. Michaelson hinkte mit einem Speer als Krücke hinter ihm her. Im Stillen seufzte Ashley erleichtert auf über die Unterbrechung und war froh, dass die anderen den intimen Moment störten.

Sie räusperte sich. »Haben Sie … ach was, hast *du* etwas erfahren können, Harry?«

Er nickte. »Ich bin die ganze Nacht auf den Beinen gewesen und habe versucht, aus dem Klatsch und Tratsch irgendwelche brauchbaren Informationen zu gewinnen. Man braut hier so eine Art Fusel, der aus einer speziellen Schimmelart gewonnen wird – schmeckt wie warme Zahnpasta. Aber was soll's, Suff ist Suff.«

»Jetzt erzähl schon«, brummte Ben mürrisch, »wir haben nicht den ganzen Tag Zeit.«

Ashley blickte ihn kurz an. Es war nicht seine Art, Leute derart anzufahren.

Harry blinzelte mehrmals mit den Augen, offensichtlich übermüdet, vielleicht auch verkatert. »Egal, dieser kleine Schlummertrunk hat die eine oder andere Zunge gelöst. Es scheint so, als ob jeder glaubt, ihr tötet ihren wertvollen Schimmelpilz.«

Ashley nickt. »Das wissen wir schon.«

Er hob die Brauen. »Woher zum Teufel …«

»Das tut jetzt nichts zur Sache. Was hast du über die Versammlung des Ältestenrats erfahren können? Wird man uns Gelegenheit geben, uns zu verteidigen?«

Harry schaute sie wissend an. »Aus der Gerüchteküche hört man, dass Mo'amba euch verteidigen wird. Auch wenn er alt ist, will es sich doch niemand mit ihm verderben. Daher haben wir vielleicht die winzige Chance, sie zu überzeugen.«

»Wir brauchen auch einen Ersatzplan.« Sie warf einen Blick auf Michaelson und registrierte, dass er immer noch die Pistole im Holster trug. »Wie steht es mit unserer Bewaffnung?«

Michaelson schlug auf sein Holster. »Das hier, eine kurzläufige AK-47, und mein Gewehr zum Zusammensetzen hinten in Harrys Höhle.«

»Wie stehen die Chancen, dass wir uns den Weg freischießen?«

»Darauf würde ich keinen Pfennig verwetten. Ich habe den Verhandlungsraum gesehen. Er liegt mitten in der Siedlung. Ich bezweifle, dass wir da herauskommen. Und selbst wenn wir es schaffen, müssen wir den Weg hinauf finden.«

Ashley runzelte die Stirn. »Dann sollten wir besser alles daran setzen, verdammt überzeugend aufzutreten.«

In der Ferne begannen die Trommeln einen langsamen Rhythmus zu schlagen. Die Wachen am Eingang wurden unruhig. Einer bellte einen Befehl.

Harry wandte sich zu Ashley. »Showtime.«

Das Erste, was Ashley im Verhandlungsraum auffiel, war der Boden. Der Felsen war spiegelglatt poliert und wirkte rutschig, wie schwarzes Eis. In der Mitte des Raums senkte sich der Boden in eine schüsselähnliche Grube. Säulen standen wie Wachposten in einem Kreis um den Raum herum. Sie waren ebenso seidig glatt poliert wie der Boden. Girlanden aus Schimmelpilz, die mal rot, mal grün leuchteten, hingen an den Säulen herab und bildeten kunstvolle Muster. Ähnliche Muster in phosphoreszierenden Linien schmückten die Wände.

Acht Kissen mit Troddeln, jedes in einer anderen Farbe,

umgaben die Grube in der Mitte. Dies war der einzige Bereich des Raums, der nicht poliert war und aussah, als hätte man ihn erst kürzlich aus dem Fels gehauen. Obwohl Ashley sich immer wieder Sorgen um Jason machte und sie die Angst um Bens und ihr eigenes Schicksal plagte, dachte sie wie eine Anthropologin. Ihr Verstand beschäftigte sich unaufhörlich mit den Geheimnissen dieses Volks. Worin bestand zum Beispiel die kulturelle Bedeutung dieser Gruben? Beinahe jede bewohnte Höhle – selbst die Alpha-Basis – hatte diese Vertiefung in der Mitte. Zuerst hatte sie angenommen, es wären Feuerstellen. Aber seit sie gesehen hatte, wie dieses Volk lebte, glaubte sie nicht mehr an diese Erklärung. Bisher hatte sie noch keinen brennenden Herd gesehen. In Anbetracht der zahlreichen kochenden Quellen, der vulkanischen Wärme und des Mangels an Holz gab es für sie keinen Grund mehr, an der kulturellen Notwendigkeit von derart zahlreichen Feuerstellen festzuhalten. Worum handelte es sich dann?

Eine Wache stieß sie in den Rücken, und sie stolperte in den Raum hinein.

Ben gab ihr einen Stups. »Sieht so aus, als wären wir die Ersten.«

Ashley ging zur Seite, um für Harry Platz zu schaffen. Michaelson machte einen Umweg zum Lager der Jäger, um dort sein Gewehr zusammenzusetzen und zu laden. Die Pistole des Majors drückte ihr ins Kreuz – Ashley hatte sie in ihren Gürtel gesteckt und mit dem über die Hose hängenden Hemd verdeckt. Nur für den Fall, dass alles schief ging, würden sie die Pistole gebrauchen, um das Gebiet der Jäger zu erreichen und mit Michaelson zusammenzutreffen … und mit seinem Arsenal.

Eine Stammesangehörige betrat den Raum durch einen anderen Eingang. Sie trug einen Stab, dessen Spitze mit einem Amethyst besetzt war. Ihre hängenden Brüste ließen unschwer ihr Geschlecht erkennen, und ihr Bauch verriet, dass sie höchstwahrscheinlich schwanger war. Sie schritt durch den Raum, um sich auf eines der Kissen zu knien. Zwei Wachen flankierten sie. Sie beachtete Ashley und deren Leute nicht und vermied den Blickkontakt, als sie sich niederließ.

Dagegen gab sie dem nächsten Ratsangehörigen mit einem Kopfnicken ein Zeichen, den Raum zu betreten. Es kostete Ashley ein wenig Überwindung, ihn anzuschauen, denn ihm fehlte eine Hand, und eine klaffende Narbe lief über sein Gesicht. Er zog sein linkes Bein ein wenig nach, als er auf das purpurne Kissen zusteuerte und sich mit einem lauten Seufzen daraufplumpsen ließ.

Harry näherte sich Ashley. »Das ist Tru'gula. Er ist der Anführer der Kriegerkaste. Er sieht zwar heruntergekommen aus, aber er ist ein scharfer Hund.«

Obwohl Harry geflüstert hatte, hatte Tru'gula seine Worte anscheinend mitbekommen, denn er warf ihnen einen finsteren Blick zu. Harry ging wieder einen Schritt zur Seite und schwieg, als eine Prozession von Gestalten mit Stäben an ihnen vorbeischritt, die sich auf den restlichen Kissen niederließen. Bald standen auch zahlreiche bewaffnete Wachen an den Wänden. Ashley rutschte hin und her und versuchte, die Pistole in eine bequemere Stellung zu bekommen. Doch auch wenn sie ihr ins Kreuz drückte, gab ihr das Gefühl eine gewisse Sicherheit.

Mo'amba ging nah an Ashley vorbei, als er zu seinem rotgelb karierten Kissen humpelte. Auch er ignorierte sie.

Als Letzter traf der Häuptling des Stamms, Bo'rada, ein. Harry hatte ihr erzählt, das Bo'rada der Sohn des letzten Häuptlings war. Man hatte ihm das Amt aus Respekt für seinen Vater verliehen. Die meisten Räte tolerierten ihn, doch genoss er keinen guten Ruf, sagte man ihm doch nach, er sei zu sprunghaft und fälle Entscheidungen zu unüberlegt. Der Rat neigte dazu, sich Entschlüsse lange durch den Kopf gehen zu lassen. Manchmal brauchte er für einfache Angelegenheiten Jahre. Der junge Häuptling mit seiner unsteten und aufbrausenden Art war besonders für die älteren Ratsmitglieder eine Blamage.

Dennoch hatte er seine Anhänger. Harry machte Ashley auf ein besonders dünnes männliches Stammesmitglied aufmerksam, dessen Blick unstet umherwanderte. Seine Hände zupften fortwährend an dem Kissen, auf dem er saß, als ob er keine bequeme Position für seinen knochigen Körper finden könnte. »Sin'jari«, sagte Harry. »Ein schmieriger Speichellecker aus dem Gefolge Bo'radas. Nehmt euch vor ihm in Acht. Er ist so heimtückisch wie nervös.«

»Er sieht aus, als könnte ihn eine steife Brise umpusten«, sagte Ben.

»Unterschätzt den Kriecher nicht. Er ist derjenige, der den Häuptling davon überzeugt hat, dass ihr sterben müsst. Er ist ein Schmeichler und weiß, wie man mit den Ängsten der Menschen spielt und ihnen den Kopf verdreht.«

Der Häuptling stieß den Stab dreimal auf den Boden und setzte sich.

Harry trat zwischen Ben und Ashley, um zu dolmetschen, nachdem die Verhandlung eröffnet worden war.

Ashley hatte erwartet, dass ihr Fall als erster Punkt auf der Agenda stand, aber da hatte sie sich getäuscht. Der erste Tagesordnungspunkt hatte wohl etwas mit der Ernte zu tun. Eine längere Diskussion drehte sich um die Frage, ob man nun damit beginnen oder ob man die Huftiere einen weiteren Monat frei grasen lassen solle. Nach langem Hin und Her, bei dem Mo'amba zu dösen schien, entschied man, dass jetzt geerntet werden sollte.

Ashley richtete sich auf, weil sie erwartete, dass ihr Schicksal als Nächstes verhandelt würde. Weit gefehlt. Das einzige weibliche Mitglied des Rats, Jus'siri, erhob sich als

Nächste von ihrem Kissen, wobei ihr eine Wache aufgrund ihrer fortgeschrittenen Schwangerschaft helfen musste.

Ashley trat von einem Fuß auf den anderen. Was denn jetzt? Dieses ewige Warten ging ihr auf die Nerven. Sogar Ben fing an zu murren.

Sie sah, dass Jus'siri zu der kleinen Grube in der Mitte des Raums watschelte. Die anderen Ältesten stellten sich um sie herum, viele lächelten erfreut.

Ashley fiel das Kinn auf die Brust, als sie sah, was nun passierte.

Ben verzog den Mund. »Das ist ja widerlich.«

Jus'siri griff in ihre Bauchfalte, und beide Hände verschwanden im Beutel. Mit angestrengtem Gesicht, aber stolzem Blick zog sie aus ihrem Beutel ein braun geflecktes Ei, so groß wie das von einem Strauß. Sie hielt es in die Höhe, und ihr leerer Bauch sackte hinab. Die anderen Räte stampften mit ihren Stäben und jubelten. Jus'siri legte das Ei sorgfältig in die kleine Grube – keine Grube, begriff Ashley endlich, sondern ein Nest! Die stolze Mutter trat einen Schritt zurück.

»Mein Gott«, sprudelte es aus Ashley heraus, »es sind keine Beuteltiere! Es sind Kloakentiere!«

»Was?«, fragte Ben mit immer noch angewidertem Gesicht.

»Darüber habe ich mit Linda gesprochen. Kloakentiere, Monotremen. Genau wie die *Cra'kan*. Eier legende Säugetiere. Ein evolutionäres Bindeglied zwischen Reptilien und Säugetieren, das Merkmale beider Ordnungen trägt. Sie legen Eier wie die Reptilien, haben aber ein Fell und produzieren Milch wie Säugetiere. Angeblich eine Sackgasse der Evolution.«

»Sieht so aus, als hätten die hier eine Umleitung genommen«, sagte Ben.

Ashley drehte sich zu Harry. »Was machen sie?«

»Sie zelebrieren die Namensgebung. Jus'siri bietet ihr Kind dem Stamm an.«

Ashley bemerkte, dass Mo'amba mühsam von seinem Kissen aufstand und zu dem Ei hinüberging. Er kniete sich und legte seine Hände sanft darauf.

»Was tut er?«, fragte Ashley.

Sie hatte Harry gefragt, doch Ben antwortete. »Er nimmt Verbindung mit dem Ei und dem Kind darin auf.«

Ashley schaute Ben mit hochgezogenen Augenbrauen an, aber er schüttelte nur den Kopf, als wäre ihm selbst nicht klar, woher er das wusste.

Mo'amba blickte zur Mutter hoch, während er immer noch das Ei hielt. Lächelnd sagte er etwas zu ihr.

»Es ist gesund«, übersetzte Harry.

Plötzlich schreckte Mo'amba ruckartig zurück und stieß das Ei wie zufällig aus dem Nest.

Ben sprang an Ashleys Seite. »Ich habe es gefühlt«, sagte er, »als hätte mich ein Baby getreten.«

»Was gefühlt?«, fragte Ashley.

Ben schüttelte wieder nur den Kopf.

Ashley sah zu, wie Mo'amba die Hände erneut auf das Ei legte, diesmal noch zärtlicher. Seine Hände zitterten nicht nur vom Alter. Wieder sah er Jus'siri an, die jetzt einen besorgten Gesichtsausdruck machte. Mit Tränen in den Augen sprach er zu ihr.

Die Menge brach in Jubelrufe aus, Stäbe wurden enthusiastisch auf den Boden gestampft.

Ashley schaute Harry ungeduldig an und wartete auf seine Übersetzung.

Wieder antwortete Ben: »Das Kind ist ein *Heri'huti*. Es besitzt die Fähigkeit, mit dem Geist zu sehen und zu sprechen.« Mit Staunen in der Stimme sagte er zu Ashley: »Ich habe wirklich *gefühlt*, wie es sich bewegt hat.«

Mo'amba stand auf, von Freude so überwältigt, dass er

keine Krücke brauchte. Er stampfte mit dem Stab auf, um die Menge zur Ruhe zu bringen. Als der Aufruhr sich bis auf ein Murmeln gelegt hatte, erhob er die Stimme und betonte seine Botschaft zweimal mit seinem Stab.

»Ich nenne dieses Kind Tu'shama«, übersetzte Harry. »›Der in unsere Zukunft sehen kann‹.«

Die Menge brach wieder in Jubeln aus, und jeder hatte den Namen Tu'shama auf den Lippen.

»Na ja«, sagte Ben, »wenigstens sind sie guter Laune, wenn sie über unser Schicksal richten.«

Ashley nickte. »Hoffentlich verschieben sie die Entscheidung nicht. Ich möchte keinen weiteren Tag verlieren.«

Als ob der vernarbte Tru'gula sie verstanden hatte, stampfte er mit seinem Stab auf und schlug vor, die Entscheidung über Bens und Ashleys Schicksal zu verschieben. Daraufhin nickten viele, sogar Bo'rada.

Dann stampfte der spindeldürre Sin'jari mit seinem Stab auf und bat um das Wort. Harrys Übersetzung ließ sie erschauern. »Sicherlich ist eine Zeit der Freude angebrochen, doch wir dürfen nicht vergessen, dass es außer der Freude ebenso Kummer gibt. Wie viele Witwen weinen in diesem Augenblick?«

Seine Worte ernüchterten das Publikum.

»Dort stehen Dämonen, die uns vernichten wollen.« Er richtete einen langen, knotigen Finger auf sie. »Seitdem sie hier angekommen sind und unsere Welt entweiht haben, hat unser Volk angefangen zu sterben. Wir haben versucht, mit ihnen Freundschaft zu schließen«, fuhr er fort und deutete auf Harry, »doch noch immer sterben wir. Ich halte es für keinen Zufall, dass zu dem Zeitpunkt, wo wir entscheiden, die Dämonen zu vernichten, ein neuer *Heri'huti* erscheint. Ich sage euch, dass dies ein Zeichen der Götter ist. Ein Zeichen, dass wir die Dämonen aus unserer Welt vertreiben sollen. Und zwar sofort!«

Mehrere Köpfe nickten nun zustimmend.

Ashley griff hinter sich und schob die Pistole zur Sicherheit tiefer unter den Gürtel. Sie begann, nach Hindernissen zwischen ihr und der Tür zu schauen.

Mo'amba stampfte mit seinem Stab auf den Boden und bat um Aufmerksamkeit.

Bens Unruhe legte sich, als er sah, dass Mo'amba ihre Verteidigung aufnahm. Er ergriff Ashleys Hand und drückte sie. »Er wird sie zur Vernunft bringen«, sagte er.

Mo'amba wartete mit seinem Plädoyer, bis der Lärm sich legte. Sin'jaris Augen zuckten, und seine Hand bewegte sich unruhig an seinem Stab auf und ab. Offenbar sorgte er sich. Aber als Mo'amba anfing zu sprechen, entstand ein Lächeln auf seinem hageren Gesicht, das immer breiter wurde und viel zu viele Zähne entblößte.

Harry übersetzte: »Sin'jari hat Recht, wenn er sagt, dass zu viele unserer Verteidigungsringe ausgefallen sind. Dass viele Angehörige unseres Volks gestorben sind. Ich habe darüber viel nachgedacht, zahlreiche Stunden im Gebet verbracht und unsere Vorfahren um Hilfe ersucht. Dabei bin ich zu einer Antwort gekommen.« Mo'amba zeigte mit seinem Stab auf Ben und Ashley. »Sin'jari hat Recht. Sie tragen die Schuld.«

28

Michaelson hockte vor seinem Arsenal und machte eine Bestandsaufnahme seiner Waffen: Ein zusammenlegbares Gewehr, eine AK-47, zwei Pistolen und vier Schachteln mit Munition vom Kaliber .34. Warum hatte er bloß keinen Granatwerfer für die Mission beantragt? Er schüttelte den Kopf.

Dann runzelte er die Stirn. Wenn es wirklich zum Kampf käme, dachte er, hätten sie nicht die geringste Chance, hier lebend herauszukommen. Er setzte sich auf die Fersen und zuckte zusammen, als sein verletzter Knöchel schmerzte.

Hinter ihm kopulierte ein Pärchen offen vor den anderen Kriegern, ihr Grunzen und Stöhnen war in der Stille nicht zu überhören. Nachdem er die letzte Nacht hier mit Harry verbracht hatte, hatte er sich schon fast an ihr fehlendes Schamgefühl gewöhnt. Bereits in der letzten Nacht hatten sie ihre Leidenschaft offen zur Schau gestellt. Dennoch wandte er ihnen den Rücken zu und beobachtete einen der Krieger, der in einer Ecke arbeitete.

Das Krieger schien alt zu sein, seine Schläfen waren ergraut, seine Statur hager, aber sein Blick war durchdringend. Er hatte die raue Spitze einer Lanze in der Hand und schmierte eine graue Paste auf die Oberfläche. Sogar im Zwielicht der Schimmelbeleuchtung war das rote Glühen zu sehen, das sich in der Lanzenspitze bildete. Er schnalzte zufrieden mit der Zunge und verteilte eine noch dickere Schicht auf die Kante der rauen Klinge. Die Kante begann, tiefrot zu glühen.

Fasziniert schaute Michaelson zu, wie der Krieger nun ein anderes Werkzeug benutzte, um die Lanzenspitze zu bearbeiten, und die Kante des weich gewordenen Diamanten in Form brachte. Die Paste schien die Oberfläche des Kristalls aufzuweichen, so dass sie eine formbare Konsistenz bekam. Dennoch konnte Michaelson an den Unterarmmuskeln des Kriegers erkennen, dass das Material immer noch so starr und widerstandsfähig wie weiches Blei war. Zusehends wurde aus dem Diamanten eine scharfe Klinge.

So machen die Schufte das also, dachte Michaelson. Formen die Rohdiamanten einfach mit einem Schimmel, der Kristall aufweicht. Im letzten Arbeitsschritt tauchte der alte Mann die Lanze in ein Gefäß voller Wasser. Nachdem er die tropfende Lanzenspitze wieder herausgezogen hatte, klopfte er mit einem Werkzeug dagegen. Es klang, als stieße man mit zwei Trinkpokalen an. Wieder hart.

Beeindruckt stand Michaelson auf und streckte die Beine. Das leidenschaftliche Paar hatte sein Liebesspiel beendet und lag nun schlummernd in einer Umarmung da. Michaelson versuchte, die Verspannungen in den Beinen zu lockern, doch wegen der niedrigen Decke konnte er sich nicht strecken.

Ein plötzliches Stimmengewirr am Eingang zu den Höhlen der Krieger erregte seine Aufmerksamkeit. Das unverständliche Kauderwelsch hatte einen panischen Klang. Michaelsons erster Gedanke war, dass der Grund der Aufregung ein plötzlicher Ausbruchsversuch Ashleys und der anderen war, und er schnappte sich eine geladene Pistole. Er bahnte sich einen Weg durch die kleine Menge zum Mittelpunkt des Aufruhrs. Als er sich am letzten Zuschauer vorbeischob und den Grund der Aufregung sah, blieb er wie angewurzelt stehen.

Vier Krieger trugen einen Leichnam mit derb geflochtenen Tragriemen herein. Sie legten die steife Gestalt vor seine Füße. Die zerrissene Uniform des SEALs sah noch blutiger aus als das letzteMal, als er sie gesehen hatte. An der zyanotischen Hautfarbe und den starren glasigen Augen konnte er schon erkennen, dass es unnötig war, ihm den Puls zu fühlen. »Villanueva«, sagte er. »Mein Gott.« Michaelson steckte die Pistole ins Holster und kniete sich hin. Er nahm die steife Hand seines Untergebenen. »Scheiße«, stieß er hervor. Er starrte auf die beiden Schusslöcher in der Stirn des SEALs. Zwei. Ganz offensichtlich kein Selbstmord. Jemand hatte ihn umgebracht. Aber wer?

Ashley schluckte einen enttäuschten Aufschrei hinunter. Es war schlimm genug, dass sie den ganzen Tag in der Ratssitzung verschwendet hatten. Jetzt hatte sie Mo'amba, ihr einziger Verbündeter, auch noch verraten. Sie ballte die Fäuste, so dass ihre Schultern zitterten. Jason konnte gerade in Gefahr sein. Sie schloss die Augen. Es musste ihm gut gehen …

Neben ihr sprach Ben zu Harry und drückte einen Finger auf seine Brust. »Du musst Mo'amba falsch verstanden haben. Er sagte, er würde uns unterstützen.«

»Pst«, sagte Harry und stieß Bens Hand fort, »ich versuche zuzuhören.«

Nach seiner Anklage hatte Mo'amba weitergesprochen. Wahrscheinlich zieht er uns die Schlinge noch fester um den Hals, dachte Ashley. Sie blickte sich im Raum um, zählte die Wachen und beobachtete die Ausgänge.

Harry übersetzte zunächst stockend weiter, als er sich jedoch konzentrierte, gewann er zunehmend Selbstsicherheit.

Mo'amba sprach ruhig. »Diese Neuankömmlinge in unserer Welt haben das Sterben der *Tin'ai'fori* verursacht. Das habe ich dem Geflüster unserer Vorfahren entnommen.«

In der Ecke, wo Bo'radas Lakaien standen, wurde mit den Stäben gestampft. Das Geräusch schallte laut durch die Höhle. Ashley bemerkte, dass Sin'jari, die rechte Hand des Häuptlings, seinen Beifall nicht mit Stampfen kund tat, sondern nur ein dünnes, triumphierndes Lächeln zeigte.

Mo'amba bat mit einem Handzeichen um Ruhe, bevor er fortfuhr. »Aber diese Neuankömmlinge sind keine Dämonen. Sie sind aus Fleisch und Blut, aus Sehnen und Knochen. Wie wir. Es ist ist nicht ihr böser Wille, der uns bedroht. Nur ihr *Unwissen.*«

Sin'jari, dessen Lächeln einem misstrauischen Grienen gewichen war, erhob das Wort. »Das tut nichts zur Sache. Unsere Stammesangehörigen sterben, und das Gesetz ist eindeutig. Der Verantwortliche muss sterben. Und sogar du gibst zu, dass sie verantwortlich sind. Ich bin dafür, wir stimmen ab.«

Harry hörte auf zu übersetzen und leckte sich über die trockenen Lippen. Er blickte zu Ashley hinüber. »Ich habe doch gesagt, dass der Kerl ein Schweinehund ist.«

Ashley nickte und schaute unverwandt auf Mo'amba. Der *Heri'huti* verzog kaum sichtbar das Gesicht. Er hob die Hand. »Unser geschätzter Sin'jari behauptet, dass unsere Gesetze in diesem Fall eindeutig seien. Wieder einmal muss ich vor der Kompetenz unseres Kollegen den Hut ziehen. Er hat Recht. Derjenige, der für den Tod eines anderen die Verantwortung trägt, muss sterben. So will es das Gesetz.« Mo'amba hielt inne. Als Sin'jari wieder die Stimme erhob, schaute ihn Mo'amba finster an und brachte ihn zum Schweigen.

Mo'amba stützte sich schwer auf seinen Stab, als ob ihn die Verhandlung erschöpfte. Er sprach langsam und gab Harry damit Zeit zum Übersetzen. »Das entscheidende Wort in unserem Gesetz heißt *Verantwortung*. Ich habe aber nicht gesagt, diese Neulinge trügen die *Verantwortung*. Ich habe gesagt, sie trügen die *Schuld*. In ihrer Unkenntnis unseres Volks und unserer Kultur sind sie hier hereingestolpert und haben uns unbeabsichtigt in Gefahr gebracht. Wir können aber niemanden für Handlungen verantwortlich machen, deren er sich nicht bewusst war.«

Bo'rada sprach dieses Mal. »Das sind nur Worte. Das Ergebnis führt aufs Gleiche hinaus.«

»Worte?«, antwortete Mo'amba und richtete seinen Blick auf den Stammeshäuptling. »Diese Worte haben dafür gesorgt, dass deine rechte Hand sich immer noch an deinem Arm befindet. Ich kann mich dunkel an einen kleinen Jungen erinnern, der eine Herde *Trefer'oshi* aus seinem Gatter ließ. Sie zerstörten fast ein Zehntel der Jahresernte.

Das Gesetz fordert, dass derjenige, der das Wohlergehen des Stammes gefährdet, eine Hand verliert.«

»Damals war ich noch ein Junge«, sprudelte es aus Bo'rada heraus. »Ich wusste nicht, was ich tat. Du kannst mich dafür nicht verantwortlich mach…«

Sin'jari beugte sich zu ihm und ergriff sein Knie, um ihn zum Schweigen zu bewegen und den Schaden zu begrenzen.

Mo'amba wandte sich an die anderen Räte und lehnte sich noch gebeugter auf seinen Stab. »Ich bin ein alter Mann. Weit älter als ihr alle. Ich habe die Jugendsünden eines jeden von euch miterlebt. Doch ihr besitzt alle noch eure Hände und Füße«, er zeigte mit dem Finger auf Sin'jari, »und Nasen. Es gehört zum Lernen dazu, Fehler zu machen. Diese Neulinge lernen auch. Wir müssen sie eines Besseren belehren, anstatt sie zu vernichten.«

Ein Murmeln breitete sich im Raum aus. Sin'jari bewegte sich unruhig auf seinem Kissen hin und her. Einer seiner Handlanger beugte sich zu ihm und flüsterte ihm etwas ins Ohr. Sin'jari nickte und räusperte sich dann.

Harry warf Ashley einen Blick zu, der zu sagen schien: *Auf zur zweiten Runde.* Harry spuckte die Übersetzung von Sin'jaris Worten aus, als wären es Kröten. »Mo'amba ist weise wie immer und hat uns eine Menge zu denken gegeben. Doch wie will er wissen, dass die Beschädigung der schützenden *Tin'ai'fori* zufällig war? Wie haben die Neulinge diesen Schaden verursacht? Wie denn?«

Na toll, dachte Ashley. Und wie will der alte Mann diese Frage beantworten?

Mo'amba erhob die Stimme. »Ich habe wegen dieser Angelegenheit viele Tage im Gebet verbracht und schließlich eine Antwort bekommen. Durch ihr Fehlverhalten haben sie das Gleichgewicht zwischen *Ohna*, der weiblichen Seele, und *Umbo*, der männlichen Seele, gestört. Dieses gestörte Gleichgewicht zerreißt das Gewebe unserer Welt.«

Ein Flüstern ging durch die Höhle. Auch Sin'jari schwieg.

Jus'siri sprang auf und sprach: »Wie können wir das aufhalten?«

»Ich muss es euch zeigen«, sagte Mo'amba. »Dann werdet ihr mich verstehen. Ihr werdet begreifen, warum ich diese Fremdlinge beschütze. Wenn wir sie töten, werden wir den Schaden nie mehr rückgängig machen können.«

Sin'jari grunzte. »Das ist doch verrückt. Er will nur die Abstimmung aufschieben. Ich sage, lasst uns jetzt abstimmen. Lasst uns sie töten, bevor sie uns töten.«

Bo'rada packte Sin'jari fest bei der Schulter und brachte ihn zum Schweigen. »Man hat mir schon oft vorgeworfen, zu voreilig zu sein. Aber dieses Mal beuge ich mich dem Rat. Ich sage, lasst Mo'amba zu Ende sprechen. Diese Angelegenheit ist zu wichtig.«

Bei diesen Worten schien Sin'jari immer kleiner zu werden.

»Zeige es uns, Mo'amba«, fuhr Bo'rada fort, »zeige uns, wie es passiert ist und wie wir es aufhalten können.«

Mo'amba nickte und führte sie zum Ausgang des Versammlungsraums. Die übrigen Räte folgten ihm. Ashley und die anderen wurden von den Wachen hinter den Räten hergetrieben.

»Ich wusste doch, dass uns der Alte nicht im Stich lässt«, sagte Ben zu Ashley.

»Wir sind noch nicht draußen«, antwortete sie, aber sie sah zum ersten Mal einen Funken Hoffnung. Mit der Unterstützung des Stamms und ihrer Kenntnis des Höhlensystems könnten sie in wenigen Tagen wieder in der Alpha-Basis sein. Sie passte ihr Tempo den Ältesten an und unterdrückte den Drang, sie vorwärts zu drängeln und zur Eile zu bewegen.

Nachdem sie durch mehrere Tunnel geschritten und eine

steinerne Wendeltreppe hinaufgeklettert waren, traten sie, einer nach dem anderen, in eine Höhle, in die sie alle kaum hineinpassten. Ashley musste sich zwischen Tru'gula, dessen Fell wie ein nasser Hund roch, und die Felswand quetschen, um die Vorgänge mitansehen zu können.

Sie flüsterte Harry zu: »Wo sind wir?«

Harry zuckte mit den Achseln und stieß dabei mit seiner Schulter gegen Tru'gula. Der Anführer der Krieger knurrte ihn wütend an. Harry zuckte zusammen und beugte sich zu Ashley. »Das möchte ich besser *nicht* übersetzen.«

»Bist du schon einmal in dieser Höhle gewesen?«, fragte Ashley.

»Nein, dieser Teil der Siedlung gehört der Priesterkaste. Ein sehr verschwiegener Haufen.«

Ashley zappelte hin und her und versuchte, Mo'amba besser zu sehen. Alle Augen waren auf ihn gerichtet.

Etwas zu seinen Füßen funkelte strahlend hell, sie konnnte aber nicht erkennen, was es war. Sie winkte Ben zu. »Hilf mir mal.«

Ben half ihr, einen Fuß auf sein angewinkeltes Knie zu stellen, und hielt sie mit einer Hand fest. Sie stemmte sich hoch, balancierte auf einem Bein und stützte sich mit einer Hand an Bens Schulter und mit der anderen an der Wand ab, um sich in dieser wackeligen Stellung zu halten. Sie stand nun hoch genug, um über die Menge hinweg Mo'amba ganz sehen zu können.

Er fing an zu sprechen, und Harry übersetzte. »Ich habe euch hierhergeführt, weil ihr die Bedeutung dieses Raums kennt. Dies hier ist das Heim *Umbos*, der männlichen Seele.« Er trat einen Schritt zur Seite und zeigte mit seinem Stab auf die Lichtquelle.

Auf einem Steinpodest sah Ashley einen vertrauten Gegenstand stehen, der im fahlen Licht hell funkelte. Er schien das Licht des Raums einzufangen und es in Funkenexplosionen wieder von sich zu geben. Eine kristallene Statue von etwa einem halben Meter Größe. Diamant. Ganz ähnlich wie die, die ihnen Blakely vor Monaten gezeigt hatte. Diese hatte jedoch eine andere, auffälligere Wölbung unter der nackten Taille herausragen. Männlich. Diese Statue war das männliche Gegenstück zu der anderen.

»Hier steht *Umbo*«, erklärte Mo'amba, »so wie es sein soll. Er beschützt unsere Welt. Doch kann er das nicht allein. Seine andere Hälfte, *Ohna*, die weibliche Seele, ist nicht da.«

»Ja«, sprach Sin'jari, »die Fremdlinge haben sie gestohlen.«

»Nicht gestohlen. Unsere alte Siedlung war verlassen. Sie konnten nicht wissen, dass sie die Verbindung zu unserer fernen Vergangenheit war. Dass wir sie dort zurückgelassen hatten, damit sie unseren Vorfahren den Weg zu unserer neuen Siedlung weisen sollte. Jetzt ist sie fort. Das Gleichgewicht zwischen *Umbo* und *Ohna* wurde von denen zerstört, denen unsere Kultur fremd ist. Dieses zerstörte Gleichgewicht hat die Fäden des Gewebes, die unsere Welt zusammenhalten, zerrissen. Daher muss es wiederhergestellt werden.«

»Das kann es auch«, behauptete Sin'jari, »indem wir die Eindringlinge vernichten!« Er blickte sich um, stieß aber nur auf besorgtes Gemurmel.

»Nein«, sagte Mo'amba. »Das Gleichgewicht kann nur dadurch wieder erreicht werden, dass *Ohna* auf ihren angestammten Platz zurückgestellt wird.«

Die Logik des Alten schien lückenlos zu sein. So kam es auch Ashley vor, die ihm kein Wort glaubte. Die Ältesten um sie herum, sogar ihr Häuptling, nickten zustimmend. Bis auf einen.

Sin'jari trat in die Mitte des Raums und sprach mit Händen und Füßen. »Mo'amba hat seine Weisheit unter Beweis gestellt.« Er wandte sich an die Anwesenden. »Wir können nicht umhin, die Überlebenden des Angriffs der *Cra'kan* zu töten und *Ohna* zurückzuerobern, um sie auf ihren angestammten Platz zu bringen!«

Ein heftiges und zustimmendes Gemurmel erhob sich, aber mit den Stäben klopfte keiner. Das schien ihn zu wurmen. Er stieß mit seinem Stab wild auf den felsigen Boden, um die anderen zu animieren.

Mo'amba jedoch ließ nicht zu, dass das Murmeln stärker wurde. Harry übersetzte weiter: »Der Zorn unseres geschätzten Sin'jari scheint ihn für ein wichtiges Gesetz unseres Volkes blind gemacht zu haben.« Mo'amba wandte sich wieder an den breitschultrigen Anführer. »Bo'rada, bitte erzähle uns, was passierte, nachdem du die *Trefer'oshi* aus ihrem Gatter gelassen hattest und sie die Ernte vernichtet hatten.«

»Mein Vater und ich haben das Gatter wieder aufgebaut und die zertrampelten Felder neu eingesät. Wir haben drei Tage ohne Unterbrechung gearbeitet, bis wir es geschafft hatten.«

»Genau. Man hat euch die Chance gegeben, euer Unrecht wieder gutzumachen. Die Neulinge verdienen dieselbe Chance. Gebt ihnen die Gelegenheit, ihren Fehler zu korrigieren.«

Wieder murmelte die Menge zustimmend. Sogar Tru'gula stampfte zustimmend mit seinem Stab auf.

Sin'jari wollte jedoch immer noch nicht aufgeben. »Die Neulinge gehören nicht zu unserem Stamm. Unsere Gesetze gelten für sie nicht. Was sollte sie davon abhalten, mit *Ohna* zu verschwinden und unsere Welt dem Untergang zu überlassen?«

»Sie unterscheiden sich von uns«, gab Mo'amba zu. »Das kann jeder sehen. Aber der Unterschied ist geringfügig.« Mo'amba zeigte mit seinem Stab auf Ashley, Harry und Ben. »Kommt her zu mir.«

Was jetzt?, dachte Ashley. Wenn die Stimmung ins Negative kippte – und bei Sin'jaris Sturheit war das gar nicht unwahrscheinlich –, hätten sie alle Ratsältesten und ihr Gefolge zwischen sich und dem einzigen Ausgang.

Ben half Ashley von seinem Knie herunter und rieb sich am Oberschenkel. »Gut, dass du keine hohen Absätze trägst«, klagte er.

»Ben, wenn wir dort reingehen, stehen wir mit dem Rücken zur Wand.«

»Vertrau ihm. Er holt uns schon aus diesem Schlamassel heraus.« Ben schob sich die enge Gasse entlang, die die zurückweichende Menge öffnete, und hielt nur kurz an, um Ashley hinter sich herzuziehen. Harry folgte ihnen.

Nachdem sie sich vor die neugierig starrende Menge gestellt hatten, trat Mo'amba zwischen Ashley und Ben und fuhr fort: »Diese Neulinge mögen dem einen oder anderen fremdartig oder sogar gefährlich erscheinen. Andere finden wiederum Tru'gula mit seinen Narben fremd oder sogar beunruhigend, doch er ist immer noch einer von uns. Was zählt, ist die Seele.« Er schlug sich mit dem Stab gegen die Brust. »Hier drin sind wir gar nicht so unterschiedlich.«

Er unterbrach sich, um seinen Stab auf Harry zu richten. »Dieser Neuling hat die Tapferkeit seines Volkes unter Beweis gestellt. Er hat bewiesen, dass er wie jeder unseres Stammes des *Il'jann* würdig ist.« Dann zeigte er auf Ben. »Das ist ein Neuling mit den Fähigkeiten eines *Heri'huti*, der Gabe der Götter. Warum sollten die Götter sie ihm verliehen haben, wenn sie ihn dieser nicht für würdig hielten?«

Zuletzt richtete er seinen Stab auf Ashley. »Die Götter haben uns noch einen Hinweis darauf gegeben, dass sie die Fremden schätzen. Der *Heri'huti* hat sie in der letzten Nacht mit seinem Samen befruchtet.« Er legte eine Hand auf Ashleys Bauch. »Der Same ist aufgegangen, und die

Götter haben sie mit einem Kind gesegnet. Ein Kind, das hier bei uns gezeugt worden ist. Ein neues Kind unseres Stammes.«

Ashley musste ein paar Mal mit den Augen zwinkern und starrte auf die Hand auf ihrem Bauch. Das konnte er nicht ernst gemeint haben! Sie schaute zu Ben. Er starrte sie mit offenem Mund an.

»Wenn die Götter ihnen ein Kind geschenkt haben, so halten sie sie für würdig. Wie können wir es also wagen, sie nicht für würdig zu halten?«

Sin'jari schlug mit seinem Stab auf einen Stein. »Wir haben nur dein Wort, dass dieser ... dieser Eindringling ein *Heri'huti* ist«, sprudelte es aus ihm hervor.

Mo'amba, dessen Augen sich zu schmalen Schlitzen verengten, wollte gerade etwas entgegenen, als Bo'rada mit seinem Stab heftig auf den Boden stampfte. Alle Augen richteten sich auf ihn, als er gerade ein weiteres Mal den Stab aufstieß.

Bo'rada sagte: »Es reicht, Sin'jari. Mo'amba, der seit Generationen unserem Stamm dient, der Lüge zu bezichtigen, ist eine Unverschämtheit, die nicht geduldet werden kann. Ich schließe dich von der weiteren Verhandlung dieses Falls aus.« Bo'rada fuhr sich mit der Rubinspitze seines Stabs über die Lippen.

Die Menge hielt den Atem an. Ashley schaute fragend zu Harry, der sich mehr zu ihr hinüberbeugte. »Das ist eine seltene Maßnahme. Diese Gemeinschaft steht der freien Rede sehr offen gegenüber. Ein Ausschluss ist ein schwere Strafe.«

»Hauptsache, Sin'jari hält jetzt den Mund«, murmelte sie und trat von einem Fuß auf den anderen. Wozu neigte der Rat jetzt wohl?, fragte sie sich. Tod oder Freispruch? Hatte Mo'amba sie überzeugt? Sie blickte auf ihren Bauch und schluckte. Er konnte sehr überzeugend sein.

Bo'rada war noch nicht fertig. »Ich glaube Mo'amba.

Die Neulinge verdienen die Chance, ihren Fehler zu berichtigen.« Er zeigte mit seinem Stab auf Ben. Harry übersetzte: »Weißt du, wo sich *Ohna* befindet?«

Ben nickte.

»Wirst du sie uns zurückbringen?«

»Ich werde verflucht sein, wenn ich nicht mein Bestes tue«, sagte Ben, und Harry übersetzte es. »Das ist alles, was ich versprechen kann.«

»Dann stimme ich dafür, dass wir die Entscheidung über ihre Hinrichtung so lange aufschieben, bis die Mission erfolgreich beendet ist. Doch da ich ähnliche Vorbehalte wie Sin'jari hege, fordere ich eine Garantie ... Die Frau bleibt hier, bis der Auftrag erfüllt ist. Wenn das nicht innerhalb eines Tages geschehen ist, wird sie sterben.« Er stampfte mit seinem Stab auf.

Die Ratsmitglieder klopften zustimmend mit ihren Stäben. Außer zweien: Sin'jari, der von einer Meinungsäußerung ausgeschlossen war, und Mo'amba. Der alte *Heri'huti* starrte zuerst Ben, dann Ashley an. Sie sah die Sorge in seinem Gesicht. Doch schließlich hob er den Stab und stampfte dreimal auf den Boden – Zustimmung.

29

»Ich kann sie nicht einfach hier zurücklassen«, sagte Ben zu Mo'amba. Die anderen Ältesten waren aus *Umbos* Höhle herausgetreten, zurückgeblieben war nur eine Schar von bewaffneten Wachen. Ben blickte zu Ashley, die sich über *Umbo* gebeugt hatte und die Statue eingehend betrachtete. Einmal Anthropologin, immer Anthropologin, dachte er. Doch bemerkte er auch das Zittern ihrer Hand, als sie mit dem Finger an der Statue entlangfuhr.

»Es tut mir Leid«, übersetzte Harry Mo'ambas Worte, »mehr konnte ich nicht für euch tun. Der heutige Tag steht dir und deinen Kriegern zur Vorbereitung zur Verfügung. Dann bleibt dir ein Tag, um *Ohna* zurückzubringen, sonst wird Bo'rada Ashley töten ... und dein ungeborenes Kind.«

Ben rieb mit den Fingerspitzen an seiner Schläfe. »Heißt ... heißt das ... sie ist wirklich schwanger?«

Der Alte nickte.

»Vater sein«, sagte Ben leise vor sich hin und schüttelte den Kopf. Es ging einfach alles zu schnell. Die Ereignisse überschlugen sich.

Der Alte beugte sich zu ihm, flüsterte ihm gutturale Laute zu, zu leise für Harry, um sie zu übersetzen, und berührte dann Bens Stirn in der Mitte. In diesem Moment wurde Ben von Frieden und Ruhe erfüllt, als stünde er nach einem heißen Tag in der australischen Sonne unter einer kalten Dusche. Ben seufzte. Wie machte der Kerl das bloß? Mo'amba trat zur Seite.

Ben war nun ruhiger, und sein Denken wurde wieder von der Vernunft und nicht vom Gefühl bestimmt. Er musste einen Plan entwerfen. Wenigstens hatten ihm die Ältesten einen Tag zur Ausarbeitung einer Strategie zugestanden. Dennoch ... er erinnerte sich daran, wie lange er bis hierher gebraucht hatte. Auch mit einer Landkarte würde es länger als einen Tag bis zur Alpha-Höhle dauern.

Verzweifelt wandte er sich an Harry. »Bist du sicher, dass du richtig übersetzt hast? Man gibt uns einen Tag? Vierundzwanzig Stunden?«

Harry nickte. »Ungefähr. Ihr Tag, den sie *Cucuru* nennen, besteht eigentlich aus sechsundzwanzig Stunden.«

»Das bringt ja enorm viel. Zwei Stunden mehr. Ich nehme an, du kennst keinen schnelleren Weg hinauf zur Alpha-Basis?«

»Ich habe von einem Aufstieg gehört, der aber mindestens anderthalb Tage dauert. Und das nur, wenn wir uns beeilen und nicht von den *Cra'kan* angegriffen werden. Ich hatte mir diese Route ursprünglich selbst vorgenommen, wenn mein Arm verheilt ist, doch jetzt hält mich Dennis hier unten fest.«

»Scheiße.«

Mo'amba stampfte plötzlich mit seinem Stab auf und machte ein frustriertes Gesicht. Er bedeutete ihnen, zur Wand hinüberzugehen. Dann brachte er mühsam ein paar Worte Englisch hervor: »Ich zeige ... Schnell ... Hoch ...« Er schien das Wesentliche ihrer Unterhaltung verstanden zu haben.

Mo'amba ging zur gegenüberliegenden Wand hinüber und drückte den Knauf seines Stabs gegen eine steinerne Ausbuchtung. Dadurch wurde die Ausbuchtung in die Wand gedrückt, und ein Teil der nur scheinbar soliden Felswand schwang nach innen.

»Eine Geheimtür!« Ben beugte sich vor und schaute in den Gang hinein. »Er führt wahrscheinlich zu einem weiteren verfluchten Wurmloch.« Er winkte Ashley zu sich.

Mo'amba humpelte mit Harry davon. Die beiden unterhielten sich rege.

Ashley kniete sich neben Ben. »Ich hätte es mir denken können«, flüsterte sie leicht aufgeregt. »In den heiligen Stätten vieler Kulturen findet man oft Geheimkammern und Geheimgänge.« Ashley hockte sich auf die Fersen, anscheinend verzeifelt darüber, dass ihr der entscheidende anthropologische Zusammenhang fehlte. Dann sprang sie plötzlich auf. »Verdammt, ich bin so dumm!«

»Was?«

»Dieser Tunnel ... Ich kann mir denken, wo der hinführt.«

Verblüfft hob Ben eine fragende Augenbraue.

»Dies hier ist die Höhle der männlichen Seele. Ich wette,

die Höhle der weiblichen Seele in der Alpha-Höhle besitzt einen ganz ähnlichen Geheimgang, den wir übersehen haben. Ich wette meinen Kopf darauf, dass dieser Tunnel die Verbindung zur anderen Höhle ist. Ein symbolischer Vaginalkanal, der die männliche mit der weiblichen Seele verbindet.«

»Du meinst ...«

»Es ist ein direkter und sicherer Weg direkt nach oben.«

Ben sah einen Schimmer Hoffnung. »Bist du sicher? Wenn du Recht hast«, flüsterte er ihr zu, »können wir vielleicht alle durch diesen Tunnel abhauen.«

Ashley kniete sich wieder. »Nein. Klein und flink, wie sie sind, hätten sie uns in Null komma nichts eingeholt. Wir hätten keine Chance. Außerdem versuchen Mo'amba und sein Stamm, uns zu akzeptieren. Dies ist eine entscheidende Probe für unsere beiden Völker. Ich werde ihr Vertrauen nicht ausnutzen. Als Anthropologin kann ich die beginnende Bindung, die sie mit uns aufbauen wollen, nicht zerstören.«

»Aber was ist, wenn ...«

»Nein«, sagte sie, doch Ben konnte die Qual in ihren Augen erkennen. Es kostete sie ihre ganze Beherrschung, nicht sofort in den Tunnel zu steigen und die Suche nach ihrem Sohn aufzunehmen.

Wenige Schritte entfernt von ihnen hatten Mo'amba und Harry ihre Diskussion beendet. »Ist denn das die Möglichkeit«, verkündete Harry lautstark und zog ihre Aufmerksamkeit auf sich. Er drehte sich zu ihnen um. »Ihr werdet es nicht glauben, aber dieses Wurmloch ...«

»... führt zur Alpha-Basis«, beendete Ashley seinen Satz und stand auf.

Harry legte die Stirn in Falten. »Woher weißt du das?«

»Mir ist wieder eingefallen, dass ich Anthroplogin bin«, sagte Ashley säuerlich. »Und was hat Mo'amba dir noch gesagt?«

»Wenn ich ihn richtig verstanden habe, ist es ein fünfzig Kilometer langer Tunnel.«

Ben schaute in den Tunnel hinein. Und er wird etwa drei Kilometer aufwärts führen, schätzte er. »Das wird ein langer Aufstieg. Und es wird wahrscheinlich ein guter Teil des Tages dabei draufgehen.«

»Vielleicht auch nicht«, sagte Harry geheimnisvoll. »Kommt, gehen wir. Dennis treffen und einen Plan ausarbeiten.«

Ben wandte sich zu Mo'amba. »Harry, bitte ihn doch, uns bei der Planung zu helfen. Er kennt sich in den Höhlen aus.«

Harry nickte und sprach ein paar Worte mit Mo'amba, wobei er mit den Händen gestikulierte. Der Alte antwortete und schüttelte dabei den Kopf.

Harry übersetzte: »Er sagt, er hat zu viel vorzubereiten und wird später mit euch sprechen. Aber ich weiß nicht, ob das richtig übersetzt ist. Meine Übersetzung ist lausig. Er könnte auch gesagt haben, er ›träumt‹ später noch von dir.«

Ben nickte seufzend. »Lasst uns gehen. Wir haben noch viel zu tun bis morgen.« Als sie zum Ausgang gingen, blickte Ben zu Mo'amba zurück. Die Augen des alten Mannes schienen ihn zu durchbohren. Das wird eine Nacht voller interessanter Träume, dachte er, als er Ashley hinausfolgte.

Im Lager der Krieger betrachtete Ashley den leblosen Villanueva. Sie war sprachlos vor Schock. Sie hatte die anderen, die in der Geode geblieben waren, beinahe vergessen, weil sie sie in Sicherheit glaubte. Als sie die Einschüsse in Villanuevas Stirn sah, wurde ihr jedoch klar, dass es noch andere Gefahren gab als die Höhlen und ihre Bewohner.

»Das muss Khalid gewesen sein«, sagte Michaelson.

»Was ist mit Linda?«, fragte Ashley. »Haben die Krieger sie gesehen?«

»Ich weiß es nicht«, antwortete der Major. »Ich hatte keinen Übersetzer.« Er wies zu seinem Bruder, der mit einem Krieger namens Tomar'su ins Gespräch vertieft war. »Hoffentlich erfährt Harry, was passiert ist.«

Ashley konnte das blutleere Gesicht Villanuevas nicht länger ertragen. Als sie sich umdrehte, fiel ihr Blick auf einen wüsten Haufen Beutestücke. Ein vertrauter grüner Plastikgegenstand leuchtete daraus hervor. Ihr Schlitten. Sie hatte ihn bereits abgeschrieben, nachdem Ben und sie hier gelandet waren. Sie bemerkte, dass sie auch Bens roten Schlitten gefunden hatten.

Ganz schön fleißige Lumpensammler, dachte sie. Angesichts der kargen Ressourcen, die ihnen zur Verfügung standen, jedoch vollkommen verständlich.

Plötzlich wurde die Unterhaltung zwischen Harry und Tomar'su lauter. Ashley blickte zu ihnen hinüber. Harry hielt die Finger hoch und zählte offenbar irgendetwas. Schließlich ballte er verzweifelt die Faust, ließ den Krieger stehen und brach die Unterhaltung ab.

»Was war denn los?«, fragte Ashley, als er zurückkam.

»Er hat Unsinn geredet«, sagte Harry. »Er hat ein Geräusch beschrieben, das auf Schüsse schließen lässt. Deshalb sind die Jäger zur Geode gegangen. Als sie dort ankamen, fanden sie nur noch diesen ... diesen toten Soldaten.«

»Villanueva«, korrigierte Ashley ihn. »Er war ein Freund.«

Harry nickte und machte ein besorgtes Gesicht. »Als ich ihn nach den anderen beiden fragte, sagte er, dass seine Gruppe ihre Spur zu einer Höhle mit einem Wasserfall verfolgt und sie beim Lagern beobachtet hat.«

»Also ist Linda am Leben?«

»Dieser Teil der Geschichte ist der merkwürdige. Als ich ihn fragte, wie viele es gewesen seien, behauptete er, es wären vier gewesen.«

»Vier?«, sagte Ben.

»Ich weiß.« Harry fuhr sich mit der Hand durchs Haar. »Ich habe ihn mehrmals gefragt. Doch er ließ sich nicht beirren. Vier.« Harry hielt vier Finger hoch.

»Scheint so, als würde mit jedem gelösten Rätsel ein neues auftauchen«, sagte Ben.

Ashley grübelte über diese Nachricht nach. Selbst bei den jüngsten Ereignissen musste sie in Erfahrung bringen ... »Wo sind die vier jetzt?«

»Tomar'su sagt, sie seien in einen Tunnel gegangen, der nach Tod gerochen hätte, und seine Krieger hätten Angst gehabt, ihnen zu folgen.«

»Nach *Tod* gerochen?«

Harry zuckte mit den Schultern. »Das hat er gesagt.«

Alle schwiegen für einen Moment. Schließlich sprach Ashley. »Zum Teufel, das Rätsel lösen wir jetzt nicht. Wir wollen uns auf unsere jetzige Situation konzentrieren. Harry, du hast gesagt, du kennst eine schnellere Methode, um durch das Wurmloch nach oben zu kommen.«

Bei diesen Worten begann Harrys Gesicht zu leuchten. »Ja, kann schon sein. Wenn ich es in Gang bekomme. Schaut es euch an.« Er führte sie und die anderen in eine benachbarte Höhle, beinahe eine Art Zelle. »Klein«, sagte er, während er sie hineinließ, »aber mein.«

In einer Ecke lagen dicke grüne Kissen unter einer zerknitterten Decke. Außerdem befand sich in Harrys Zelle ein Sammelsurium aus primitiven Waffen, Lanzenspitzen und einem langen Gegenstand, der in Ölzeug eingwickelt war. Ashley rümpfte die Nase, als sie den penetranten Geruch von Benzin roch. Benzin?

Harry folgte ihnen hinein und drängte sich an ihr vorbei. »Die anderen in der Alpha-Basis haben jaulende, tuckernde Elektromotoren. Aber ich habe mir einen mit einem Verbrennungsmotor zusammengebaut. Da steckt mehr Power drin.« Er beugte sich vor und packte eine Ecke der Abdeckplane. »Nachdem man mich angegriffen hatte, haben es meine Mitstreiter aus dem letzten Camp gerettet. Es war ziemlich zerbeult, aber ich habe es wieder in Schuss gekriegt.«

Er zog die Plane herunter, und ein Transportschlitten kam zum Vorschein. Einer von den großen. »Ich habe ihn aus Aluminium gebaut, wegen des Gewichts. Blakely hatte nichts dagegen, dass wir ihn mitnahmen, weil er glaubte, wir würden keine schweren Waffen auf unserer Expedition benötigen.« Er stieß spöttisch die Luft durch die Nase. »Ich habe eine beschissene Pistole mitgenommen. Idiotisch!«

»Funktioniert der Schlitten?«, fragte Ashley, die mehr erfahren wollte.

»Im Großen und Ganzen. Man konnte ihn zusammenklappen und tragen, aber der Mechanismus ist verklemmt, und er bleibt offen. Andererseits geht die Fahrt direkt nach oben. Insofern ist das kein Problem.« Harry tätschelte den Schlitten. »Der Motor läuft prima. Allerdings habe ich nur noch eine Tankfüllung Benzin und den Motor deshalb nie lange laufen lassen. Er muss sicher noch eingestellt werden.«

»Reicht der Sprit, um bis nach oben zu kommen?« Ben kniete sich davor und schaute sich den Schlitten genau von allen Seiten an.

»Es sollte reichen.«

»Harry ist früher Motocrossrennen gefahren«, sagte Michaelson. »Er kennt sich mit Motoren aus. Wenn er der Meinung ist, er läuft, dann läuft er.«

Ben nickte, anscheinend zufrieden. »Dadurch werde ich einige Stunden gewinnen.«

»Es gibt nur einen Haken«, sagte Harry, »die Vorderachse ist verbogen. Falls man sie reparieren *kann*, muss ich eine Nachtschicht einlegen. Insofern solltest du dir vielleicht Plan B überlegen … vorsichtshalber.«

»Okay«, sagte Ashley, »dann wollen wir mal ein paar Sachen klarstellen. Da ich die einzige Geisel hier bin, schlage ich vor, dass alle anderen Ben bei seiner Mission begleiten. Wir sollten so viele von uns wie möglich außer Gefahr bringen.«

»Nein, Madam!«, widersprach Ben. »Ich gehe allein. Das ist eine Ein-Mann-Mission.«

»Du wirst Feuerschutz brauchen«, sagte Ashley. »Keiner weiß, wie viele von den *Cra'kan* sich noch in der Alpha-Basis herumtreiben.«

»Sie hat Recht«, sagte Harry. »Der Rat hat eine kleine Gruppe von Kriegern als Begleitschutz erlaubt. Da wir offizielle Blutsbrüder der Krieger sind, dürfen mein Bruder und ich mitgehen. Glaub mir, du kannst Unterstützung gebrauchen. Ich kann die billigen Plastikschlitten an meinem befestigen und dann alle wie mit einem Zug nach oben ziehen.«

Bens Gesicht wurde rot vor Entschlossenheit. »Ich werde Ashley nicht allein hier unten zurücklassen. Sie ist …«

»Ich bleibe bei Ashley«, unterbrach ihn Michaelson, »mein Knöchel ist sowieso hin. Ich würde euch nur aufhalten. Vielleicht warten Ashley und ich ja mit einem Alternativplan auf … wenn es überhaupt so weit kommt.«

Ben schien sich noch weiter streiten zu wollen, doch die Argumente der anderen waren besser. »In Ordnung! Harry kommt mit. Aber, Michaelson, was es auch kostet, ich werde die Mutter meines Kindes wiedersehen.«

»Das wirst du, Ben.«

Ben nickte, aber Ashley schwirrte der Kopf. Mutter? Bisher war es ihr gelungen, dieses Problem zu verdrängen, doch durch Bens Worte war es wieder aufgetaucht. Sie legte eine Hand auf ihren Bauch. Mutter? Sie hatte bisher noch nicht einmal angefangen, darüber nachzudenken. Aber über eines war sie sich als Mutter verdammt sicher …

»Ben, du musst Jason finden. Selbst wenn dadurch der Auftrag dran glauben muss. Versprich es mir.«

»Ich versuche es«, sagte Ben. »Du weißt, ich tue mein Bestes.«

»Versuch es nicht nur, *tu es!*«

Ben nahm sie in die Arme. In seiner Umarmung lösten sich die Tränen, die sie so lange zurückgehalten hatte. Sie ließ sich in seine Arme sinken.

30

Ben lag wach in seiner Zelle. Er wusste, dass er Schlaf brauchte. Aber nach diesem Tag, an dem sie Pläne geschmiedet und die Krieger der *Mimi'swee* ausgewählt hatten, die sie begleiten sollten, grübelte er immer noch über die Details der Mission nach. Was, wenn er scheiterte? Er rollte sich auf die linke Seite, grub sich in den Berg von Kissen und wickelte sich mit den Füßen in das dünne Laken. Plötzlich sah er Ashleys Gesicht vor seinem geistigen Auge.

Früher am Abend hatten sie Ashley für die Nacht in eine eigene Zelle gebracht. Unter Bewachung, als Geisel. Man hatte ihnen nicht einmal eine letzte gemeinsame Nacht gewährt.

Er rollte sich wieder auf den Rücken und seufzte laut. Dieses Grübeln war sinnlos. Vielleicht half es, wenn er seine Beine ein wenig streckte. Außerdem sollte er nachsehen, ob Harry Fortschritte machte. Er glitt von seinen Kissen und ging zum Ausgang.

Wenige Minuten später war er ins Viertel der Krieger zurückgekehrt. Harry hockte über den Einzelteilen des Schlittens, die auf dem Boden verstreut lagen. Michaelson schaute ihm über die Schulter. Ein lautes Knacken schallte durch die Höhle. »Scheiße!« Harry machte einen Satz zurück.

»Was ist schief gegangen?«, fragte Ben, der sich ihnen von hinten genähert hatte.

Harry hielt zwei Stücke einer Aluminiumstange hoch. »Das war leider nicht so gut. Ich habe zu fest gedrückt und die Achse zerbrochen.«

Ben spürte eine Beklemmung in der Brust. »Bekommst du das repariert?«

»Ich glaube nicht. Ich habe das Aluminium erhitzt, um es weich zu machen und wieder gerade zu biegen. Dabei ist es zerbrochen. Ich hätte warten sollen, bis es noch weicher geworden ist, nur hatte ich Angst, dass das Metall spröde wird.« Harry schmiss die Stücke zu Boden. »Tut mir Leid, Ben. Ich habe es vermasselt.«

Michaelson legte die Hand auf Harrys Schulter. »Du hast dein Bestes getan.«

»Scheiß drauf. Ich habe es versaut.« Harry schüttelte die Hand seines Bruders ab.

»Jetzt mach dich nicht selbst fertig«, sagte Ben. »Dann nehmen wir halt die Plastikschlitten und schieben uns hoch. Wir werden zwar langsamer sein, aber wir werden es schon schaffen.« Er betete zumindest darum. Was, wenn die Mission wegen dieser fehlenden Stunden scheitern würde?

»Hör zu«, sagte Michaelson zu Harry, »vielleicht habe ich ja eine Idee.«

»Was?«, sagte Ben.

Michaelson blickte mit müden, geröteten Augen über die Schulter und zeigte auf den Ausgang. »Ben, geh ins Bett. Mein Bruder und ich kriegen das schon hin. Außerdem wird es ein mühsamer Aufstieg. Also hol dir eine Mütze Schlaf.«

Ben starrte nur mit glasigen Augen vor sich hin. Er wusste, dass der Major Recht hatte.

»Wir sehen uns morgen«, sagte Michaelson, wandte sich wieder Harry und dem Schlitten zu und entließ Ben.

Während Ben zu seiner Zelle zurückging, schossen ihm die Konsequenzen, die Harrys schlechte Nachricht mit sich brachte, durch den Kopf. Auch wenn sie für die fünfzig Kilometer acht Stunden brauchten, blieb ihnen mit dem Rest des Tages immer noch viel Zeit, um ihre Mission zu beenden. Die Zeit musste einfach reichen, dachte er fest entschlossen.

Plötzlich kamen ihm die Kurven und Ecken des Tunnels unbekannt vor. Er drehte sich um und überprüfte, woher er gekommen war. Hätte er um die letzte Kurve biegen sollen ... oder vielleicht hinter dem letzten Felsblock links entlang?

Ein scharrendes Geräusch hinter ihm ließ ihn herumfahren. Im schwachen Licht sah er eine Gestalt, dünn wie ein Skelett, die sich ihm aus den Tiefen des Tunnels näherte. Er verharrte regungslos, erschrocken von der Fremdartigkeit der Gestalt, die im grünlichen Licht des Schimmelpilzes wie ein Gespenst aus dem Jenseits aussah. Doch als sie näher kam, erkannte er das hagere und faltige Gesicht. Es war Sin'jari, der so hartnäckig auf ihrem Tod bestanden hatte.

Als der Älteste auf ihn zukam, bemerkte Ben die beiden brutalen Wachen, die Sin'jari folgten. Richtige Arschgesichter. Während die meisten *Mimi'swee* klein und drahtig waren, sahen diese beiden wie vernarbte Bulldoggen aus, vornübergebeugt und drohend. Sin'jari trat vor Ben, hob seinen Stab, um ihm den Weg zu versperren, und bellte seinen Wachen etwas Zorniges zu.

Die beiden muskulösen Gestalten schritten auf ihn zu.

Obwohl sie physisch vollkommen entkräftet war, fand Ashley keinen Schlaf. Ihr Kopf dröhnte, und eine Prellung an ihrer Hüfte pochte. Sie dachte daran, wie Ben sie in den Armen gehalten hatte: an den Geruch seines Haars, das Gefühl seiner Finger auf ihrem Rücken und an ihrem Hals. Sie war in der letzten Nacht zu weit gegangen. In einem Moment furchtbarer Schwäche hatte sie ihm den völlig falschen Eindruck von ihren wahren Gefühle gegeben. Sie klammerte sich an die Decke, die sie um ihre Schultern gewickelt hatte. Sie fürchtete sich vor einer noch furchterregenderen Realität. War es wirklich der falsche Eindruck gewesen?

Sie blickte auf das leuchtende Zifferblatt ihrer Armbanduhr. Noch zwei Stunden, bis die Uhr zu ticken begann. Zu viele Sorgen tobten in ihrer Brust und fanden keinen Weg nach draußen. Was war mit Jason? Und mit Linda? Was wurde aus Ben? Würde er bei dem Versuch, sie zu retten, sterben? Konnte er sie überhaupt retten? Schlimmer noch, sollte er scheitern, würde sie dann nie erfahren, was ihrem Sohn widerfahren war?

Sie drückte die Decke gegen ihr Gesicht, als sie die Tränen überwältigten. Die Zeit lief ihr davon.

Ben wich vor den massigen Gestalten, die ihn jetzt drohend angrinsten, einen Schritt zurück. Sie waren unbewaffnet, doch irgendwie war das nur ein schwacher Trost. Er ging noch einen Schritt zurück und überlegte, was er tun sollte. Er konnte versuchen zu entkommen, doch sie hätten ihn so schnell gefasst wie ein Dingo ein Wallaby. Er versuchte es am besten dort, wo er jetzt stand.

»Okay, ihr Mistkerle«, murmelte er, mehr um sich selbst Mut zu machen als um seine Gegner einzuschüchtern. »Wollen wir doch mal sehen, wie leicht man euch eure langen Hälse brechen kann.«

Ben nahm eine stabile Position ein, indem er eine Ferse in eine Bodenvertiefung stemmte, um einem Schlag mehr Wucht geben zu können. Er wappnete sich gerade für einen Angriff, als ihm plötzlich jemand von hinten an die Schulter fasste. Angespannt wie er war, holte er zum Schwinger aus und schnellte instinktiv herum. Als er erkannte, wer der unsichtbare »Angreifer« war, konnte er den Schlag gerade noch bremsen.

Es war Mo'amba.

Der Alte ließ Bens Schulter los und blickte einen Moment lang auf seine erhobene Faust. Dann richtete er den Blick auf die beiden Wachen, um sie in ihre Schranken zu verweisen. Sie waren bewegungslos stehen geblieben. Er bellte etwas, und Sin'jaris Schoßhunde senkten die Köpfe und wichen zurück.

Ihr Meister jedoch wich keinen Schritt zur Seite und versperrte mit seinem Stab immer noch den Durchgang. Sin'jari fauchte Mo'amba an. Der Alte zuckte nur mit den Schultern, so dass Sin'jari seinen Stab zornig schüttelte und vor Wut zitterte.

Mo'amba tippte Ben auf die Schulter und bedeutete ihm zu folgen. Er führte ihn zurück, fort von Sin'jari. Doch das wütende Geheul des Mitglieds der Ältesten hörten sie noch lange.

Nach vielen Kurven und Abzweigungen fand sich Ben in einer vertrauten Höhle wieder. Seufzend schaute er auf die roten kürbisförmigen Pilze, die von den Säulen hingen. Warum landete er immer wieder dort?

Während er Mo'amba tiefer in die Höhle folgte und zwischen den Pilzen entlangstreifte, fiel ihm etwas Seltsames an den Steinsäulen auf. Als er das erste Mal hier gewesen war, mit Ashley, war er so sehr von den roten Schoten fasziniert gewesen, dass er angenommen hatte, dass die Säulen natürliche Felsen waren. Jetzt, bei näherer Betrachtung, stellte er fest, dass er sich geirrt hatte. Er fuhr mit einem Finger über die grobe, rissige Oberfläche einer Säule. Zum Teufel, das war ein versteinerter Baumstamm. Er schaute sich mit weit offenem Mund um. In der Höhle stand ein ganzes Wäldchen versteinerter Bäume.

Mit einem ungeduldigen Räuspern zog Mo'amba wieder seine Aufmerksamkeit auf sich. Er bedeutete Ben, sich an den Rand der kreisförmig angeordneten Felsmalereien zu setzen. Ben suchte sich ein bequemes Plätzchen auf dem Felsboden, und der Alte ließ sich gemächlich ihm gegenüber nieder.

Als er saß, wusste Ben, was Mo'amba wollte. Er schloss die Augen und entspannte sich, von seinen Zehen an aufwärts. Trotzdem spukten ihm noch viele Gedanken und Sorgen im Kopf herum, und er konnte sich nicht konzentrieren. Wieder versuchte er, sich zu entspannen, doch sorgenvolle Gedanken lenkten ihn ab.

Gerade als er aufgeben wollte, wurde er von einem lindernden Gefühl der Ruhe erfasst. Er wusste, dass dieses friedliche Gefühl von Mo'amba kam, und ließ zu, dass es seine Befürchtungen vertrieb.

Die Schwärze vor seinen Augen wich einem Feuerwerk aus Farben. Nur einen Augenblick lang nahm Mo'amba wieder die Gestalt seines Großvaters an. Das vertraute Gesicht wirkte noch beruhigender auf Ben. Wie ein altes Lieblingslied, das im Hintergrund gespielt wurde.

Mo'amba erschien wieder. »Du musst vorsichtiger sein, Ben«, ermahnte er ihn, »wenn du dich allein in der Siedlung bewegst. Es gibt immer noch Leute, denen es lieber wäre, wenn deine Mission misslänge oder du tot wärest. Sin'jari gibt nicht so leicht auf.«

»Woher wusstest du, dass ich in Schwierigkeiten stecke?«

»Das ist die Aufgabe eines *Heri'huti*. Das zu sehen, was sonst keiner sieht.«

»Danke. Jetzt hast du etwas gut bei mir. Die hätten mir den Arsch versohlt.«

»Nein, sie hätten dich umgebracht. Die beiden gehören zu Sin'jaris Clan. Es sind *Silaris*, ›Giftige‹.«

Ein Schauder lief Ben über den Rücken und unterbrach den mentalen Kontakt für einen Moment wie ein Stein, der in einen Teich geworfen wurde. »Was ist mit Ashley? Ist sie sicher, wenn ich fort bin?«

»Ja, sie wird von Tru'gulas Männern bewacht. Er wird sie beschützen. Keiner, erst recht nicht Sin'jari, wird sich in sein Gebiet wagen.«

»Bist du sicher?«

»Ich werde sie ebenfalls nicht aus den Augen lassen. Vertraue uns. Wir werden deine Frau bewachen, bis du zurückkehrst.«

»Sie ist nicht meine ... Ach, egal, selbst ich weiß nicht, was sie ist. Bitte ... passt auf sie auf, bis ich zurück bin. Und ich *komme* zurück.«

»Du wirst scheitern, Ben.«

Ben war völlig verblüfft und glaubte, sich verhört zu haben. »Was?«

»Ich kann den Lauf der Zeit bis in die letzten Winkel verfolgen. Wenn du so fortgehst, wie du jetzt bist, wirst du scheitern.«

»Was meinst du damit?«

»Du bist ein *Heri'huti*, aber hier drin glaubst du es nicht.« Mo'amba zeigte auf seine Brust. »Du musst dein Erbe annehmen, oder du und viele andere werden sterben.«

»Aber ich verstehe nicht, wie ...«

Mo'amba nahm wieder die Gestalt von Bens Großvater an. »Als ich dich zum ersten Mal rief, wählte dein Geist das Bild deines Großvaters aus, um meiner Erscheinung eine Gestalt zu geben. Dennoch hast du das Erbe deines Großvaters abgelehnt. Du hast dich geschämt. Wenn deine Mission erfolgreich verlaufen soll, musst du lernen, dein Blut und deine Herkunft genau wie das Bild deines Großvaters zu lieben und in Ehren zu halten. Nur dann hast du eine Chance.«

»Und wie schaffe ich das?«

Der alte Mann drückte beide Fäuste an seine Brust. »Hör auf dein Blut.«

»Was meinst du mit …« Das Bild löste sich auf, und Ben starrte ins Dunkle. Nur die Worte klangen noch in seinen Ohren: Hör auf dein Blut.

Er zwinkerte mit den Augen und blickte auf den stummen Mo'amba. Ihm lagen noch so viele Fragen auf dem Herzen. Doch Mo'amba richtete sich mithilfe seines Stabs nun auf.

»Warte!« Ben schritt zu Mo'amba hinüber. »Ich muss wissen, was du gemeint hast.«

»D-du«, knurrte er mit gutturaler Stimme auf Englisch, »du schläfst.« Er wandte sich ab und war offenbar der Ansicht, genug gesagt zu haben.

Ich schlafe?, fragte sich Ben. Als wenn er dazu Gelegenheit gehabt hätte!

Ashley wurde schlagartig wach und war überrascht, dass sie fest geschlafen hatte. Eine Eingeborene trat gebückt in ihre Höhle ein. Klappernd trug sie Teller, beladen mit bunten Früchten und einer Art dampfendem Fleisch, herein. Sie schlurfte zu einem flachen Stein, der etwa kniehoch war, und deckte den Tisch.

Ashley war enttäuscht, als sie erkannte, wo sie war. Sie wollte in ihr Traumland zurück. Sie hatte geträumt, sie wäre in ihrem winzigen Wohnwagen in der Wüste von New Mexico gewesen. Jason und Ben hatten draußen im staubigen Hof Fangen gespielt und ihre kläglichen Versuche, einen Sukkulentengarten anzulegen, zunichte gemacht. Sie hätte ahnen können, dass es ein Traum war, denn alles, was in ihrem Garten gedieh, waren diese seltsamen roten Pilzschoten. Das Seltsamste war allerdings, wie selbstverständlich sie Ben in der Vaterrolle akzeptierte. Sie schaute auf ihren Bauch. Ben als Vater?

Plötzlich hörte sie ein sanftes Schnarchen aus dem Kissenberg neben ihr. Sie setzte sich aufrechter und erkannte die blonde Strähne, die unter der Decke neben ihr herauslugte. Ben! Was machte er hier?

Als sie ihn anstieß, wurde sein Schnarchen zu einem explosionsartigen Grunzen. Er fuhr zusammen, sie erschrak, und er wachte auf. Er rieb sich die Augen. »Wie spät ist es?«

Sie ignorierte seine Frage. »Wie bist du an den Wachen vorbeigekommen?«

Er stützte sich auf einen Ellbogen. Er hatte blutunterlaufene Augen und einen roten Stoppelbart. »Wer soll es schon gewesen sein? Mo'amba hat die Wachen dazu gebracht, mich vorbeizulassen. Ich musste einfach wissen, ob es dir gut geht.«

»Warum hast du mich nicht geweckt?«

»Und dir deinen Schönheitsschlaf geraubt? Auf keinen Fall!« Ben kräuselte die Nase. »Was riecht denn da so?«

Der Geruch des brutzelnden Fleischs auf dem Teller erfüllte mittlerweile die ganze Höhle, so dass ihnen das Wasser im Munde zusammenlief. Ashleys Magen knurrte vor lauter Vorfreude. »Frühstück«, rief sie hungrig.

Ben setzte sich auf und bemerkte die nackte Dienerin. »Sie sind ja nicht gerade ein schamhaftes Völkchen, was?« Er schlüpfte aus den Decken und in seine Hosen hinein, während er der Dienerin züchtig den Rücken zukehrte.

Auch Ashley nutzte den Augenblick, um sich anzuziehen.

Beide stürzten sich wie die Heuschrecken auf das Essen.

Schließlich schob Ashley den Steinteller von sich. »Puh, ich glaube, jetzt bin ich satt. Für ein letztes Mahl war das gar nicht so schlecht.«

Ihre Worte hatten anscheinend eine verheerende Wirkung auf Ben. »Das war nicht deine letzte Mahlzeit, Ash. Ich verspreche es dir. Wir kommen hier raus!«

Sie lächelte ihn an, als sie merkte, dass er sie falsch verstanden hatte. »Ich habe doch nur gemeint, dass dies dein letztes Mahl ist, bevor du aufbrichst.«

»Oh!« Ben blickte finster vor sich hin.

Sie lachte über seinen ernsten Gesichtsausdruck.

»Ich dachte nur ...«

»Ich weiß.« Sie holte tief Luft und wurde sachlich. Dann ergriff sie seine Hand. »Ich weiß, Ben. Das ist süß.«

»Süß?« Das schien ihn getroffen zu haben. Er blickte auf ihre Finger, die sie in seine verschränkt hatte. Er sprach mit gesenkten Augen. »Ash, du musst wissen, was ich für dich empfinde. Ich möchte mehr als nur *süß* für dich sein.«

Sie versuchte, die Hand zurückzuziehen, doch er hielt sie fest. »Ben ...« Sie wusste nicht, was sie erwidern sollte. Einerseits wollte sie herausposaunen, dass sie ihn liebte, andererseits fürchtete sie sich davor, sich ihm auszuliefern. Nach Scott und nach der Fehlgeburt fürchtete sie sich davor, noch einmal verletzt zu werden und Vertrauen zu schenken. Sie hatte es beim ersten Mal mit Mühen überstanden. Jason hatte sie in Bewegung gehalten, und nun war er verschwunden. Widersprüchliche Gefühle tobten in ihr, so dass sie kaum klar denken konnte. Wie sollte sie das nur in Worte fassen?

Sie brauchte es gar nicht. Er ließ ihre Hand los und zog sich zurück. Mit beherrschter Stimme flüsterte er: »Ich denke, wir gehen jetzt besser. Sicher warten Harry und die anderen schon.«

Mit hängenden Schultern drehte er sich um. Sie wollte

etwas, irgendetwas sagen, um ihn zu trösten. Ihm sagen, dass er sie nicht aufgeben sollte. Aber war das fair? Sie schwieg.

Als Ashley *Umbos* Höhle betrat, sah sie, dass Harry mit den drei Kriegern, die Ben begleiten sollten, die Köpfe zusammensteckte. Er wirkte erstaunlich gut gelaunt und munter für jemanden, der die Nacht durchgearbeitet hatte. Der Raum war voller weiterer Stammesmitglieder. Mo'amba unterhielt sich mit Tru'gula. Kein weiterer Stammesältester war anwesend, nicht einmal Sin'jari. Und dafür war Ashley dankbar.

»Wir haben es geschafft!«, sagte Harry strahlend, als er zu ihnen kam.

»Ihr habt die Achse repariert?«, fragte Ben aufgeregt.

»Schaut es euch an. Ihr werdet euren Augen nicht trauen.« Er winkte sie hinüber zu Michaelson, der neben einem der Plastikschlitten hockte.

Ashley bemerkte, dass nun vier Plastikschlitten an den Motorschlitten gekoppelt waren. Die Lumpensammler hatten alle verlorenen Schlitten wiedergefunden, sogar den von Villanueva. Sie betrachtete dessen gelben Schlitten und schauderte. Sie hielt ihn für ein schlechtes Omen.

Dann schaute sie sich Michaelsons Werk genauer an. Ein letztes Mal zog er an einem Seil und befestigte damit den letzten Schlitten in der Reihe. Fast wie ein kleiner Zug.

Harry sagte: »Es war Dennis' Idee.« Er hob den großen Schlitten hoch und gab dabei auf den Motor Acht. »Schaut. Durch diese kleine Veränderung ist das wertvollste Fahrzeug der Welt entstanden.«

Ben pfiff anerkennend. »Ein Meisterstück.«

Ashley drängelte sich vor, um etwas zu sehen. Sie schaute nach der Vorderachse, die im schwachen Licht schimmerte. »Ist es wirklich das, was ich sehe?«

»Und ob«, sagte Harry, »eine Achse aus purem Diamant.«

»Und die hält?«, fragte Ben misstrauisch.

Harry zuckte mit den Schultern. »Ich habe die Achse ein paar Belastungstests unterzogen. Die verliefen okay. Außerdem haben wir keine andere Wahl. Entweder wir benutzen ihn, oder wir zockeln mit den Plastikschlitten los.«

Ben befühlte die Diamantachse. »Okay, Kumpel, vornehm geht die Welt zugrunde.«

Ashley trat einen Schritt zurück, als Harry den Schlitten auf den Boden setzte. »Also ... seid ihr alle soweit?« Aus irgendeinem Grund hatte sie diesen Moment gefürchtet. Sie hatte ihn auf sich zukommen sehen, doch die plötzliche Gewissheit, dass Ben sie verließ und möglicherweise zu Tode kam, war plötzlich zu viel für sie.

Ben, der ihre Angst spürte, kam zu ihr und nahm sie in die Arme. »Ich denke, wir sollten nicht länger warten. Es kann auf jede Minute ankommen.«

Ashley nickte nur und sprach kein Wort vor lauter Angst, in Tränen auszubrechen.

Harry rief die Krieger zu sich und gab ihnen lautstark letzte Befehle, gestikulierte mit den Händen und zeigte auf die einzelnen Schlitten. Es schien so, als sollte er die Rolle des Lokführers übernehmen, da er mit dem Motorschlitten am vertrautesten war. Ben würde dann den Fahrgastbegleiter am Ende des Zuges spielen und den drei nervösen Kriegern helfen, denen die motorisierte Fortbewegung wenig vertraut war.

Ashley ging zur Seite, um nicht im Weg zu stehen, während das Gepäck verstaut wurde und letzte Anweisungen erklärt wurden. Mo'amba trat neben sie und legte eine Hand auf ihre Schulter. Sie schaute ihn an, und er drückte sanft ihren Arm.

Als alles bereit war, kam Ben zu ihr. Die Geschäftigkeit

schien ihn aufgemuntert zu haben, doch in seinen blauen Augen lag immer noch ein Rest Traurigkeit. »Ich verspreche dir, ich finde Jason. Und ich komme zurück.«

Mo'ambas beruhigende Hand auf ihrer Schulter gab ihr die Kraft zu sprechen. »Das weiß ich, Ben. Ich vertraue dir.« Und zum ersten Mal begriff sie, dass sie ihm wirklich vertraute. Dass sie ihm ihr Leben anvertraute. Dass sie ihm selbst das Leben ihres Sohnes anvertraute. Tränen standen ihr in den Augen und liefen ihr übers Gesicht.

Er beugte sich zu ihr und küsste sie auf die Wange. Dann drehte er sich um und ging zu seinem Schlitten hinüber.

Ashley tat einen Schritt nach vorn. Sie konnte ihn nicht einfach gehen lassen, ohne dass er wusste, was sie wirklich für ihn empfand. Sie wollte ihm etwas zurufen, doch die Worte drohten ihr im Hals stecken zu bleiben: »Ben! Ich ... ich ...«

Harry startete den Motor, und ihre Worte wurden vom Dröhnen verschluckt. Er ließ die Maschine aufheulen. Der Schlitten tauchte sanft in das Wurmloch hinein und zog den Zug mit seinen Fahrgästen hinter sich her.

Ihre Augen folgten Ben, während er auf Villanuevas Schlitten im Tunnel verschwand. Ashley fror plötzlich am ganzen Körper. Sie schlang die Arme um sich. »Ich liebe dich, Ben«, flüsterte sie.

Fünftes Buch

Rückkehr zur Alpha-Basis

31

Linda zwängte sich unter einem Felsblock hindurch. Sie war zu erschöpft, um die klaustrophobischen Gefühle, die sie in dieser Enge beschlichen, wahrzunehmen. Im Augenblick machten ihr die kilometerdicken Felsmassen über ihr weniger zu schaffen als das Beißen in ihren Augen, die schmerzenden Muskeln und die furchtbare Situation.

Dies war der zweite Tag, seit Khalid sie und Jason gefangen genommen hatte. Das Tempo, das er vorlegte, ließ sie kaum zur Ruhe kommen: nur ganz kurze Unterbrechungen, keine Mittagspause, nur eine kurze Frühstückspause und ein kaltes Abendessen aus den Lebensmittelrationen. Sie mussten selbst dafür sorgen, mit seinem Tempo Schritt zu halten. Er hatte sie davor gewarnt, dass er wegen ihnen nicht anhalten und warten würde. Wenn er alle zwei Stunden den Code in Jasons Sprengstoffgürtel eingeben sollte, dann müssten sie sich an sein Tempo anpassen. So hetzten sie sich den ganzen Tag ab, um nicht den Anschluss zu verlieren.

Mit einem letzten Ruck kam Linda unter dem Felsblock heraus und stand auf. Hier war der Tunnel breiter. Der dichte Rauch war mittlerweile einem leicht beißenden Geruch gewichen, so dass ihnen das Atmen leichter fiel. Die zunehmende Verflüchtigung des Rauchs war es aber auch, die Khalid zur Eile antrieb. Wenn sich der Rauch vollständig aufgelöst hätte, bevor sie zur Basis zurückfänden, wären sie verloren.

Außerdem gab es noch einen anderen Grund, dem Rauch hinterherzulaufen. Bisher hatte sich ihnen keine einzige Bestie in den Weg gestellt. Linda hatte die Vermutung geäußert, dass der beißende Rauch sie wahrscheinlich abschreckte. Khalid hatte zu dieser Feststellung bloß genickt und mit einem merkwürdig sorgenvollen Gesichtsausdruck das Tempo erhöht.

Als sich Linda streckte und das Taschentuch vor ihrem Gesicht wieder zurechtrückte, drang das Licht ihrer Helmlampe durch die Schwärze vor ihr. Khalid war wenige Meter vor ihnen stehen geblieben und hatte sich über etwas auf dem Boden gebeugt. Er hatte Jason am Oberarm gepackt. Was jetzt?

Jason rief ihr zu: »Schau nur.«

Linda hockte sich neben Jason und sah, was Khalids Aufmerksamkeit auf sich gezogen hatte. In der Mitte des Tunnels stand ein halbmetergroßer Kanister aus Metall, aus dem dicke Kabel in die Dunkelheit führten. Oben drauf war ein rundes Drahtgitter befestigt, das aussah wie eine Satellitenschüssel.

»Was ist das?« fragte sie.

»So ein spezielles Funkdings von Dr. … Dr. Blakely.« Jason stotterte bei dem Namen des Toten. »Die Kabel müssten uns zur Basis führen.«

»Dann haben wir es geschafft«, sagte Linda, »wir sind da.«

Khalid ging weiter in den Tunnel hinein und folgte den Kabeln.

»Linda«, sagte Jason neben ihr und nahm ihre Hand, während sie Khalid folgten, »ich glaube nicht, dass er mich frei lässt.«

Sie drückte seine Hand. »Das wird er, Jason. Sobald er dich nicht länger als Geisel braucht, lässt er dich laufen.«

Der Junge schwieg einen Moment. Dann sagte er: »Wenn wir in der Basis sind, wenn wir …« Er sprach nicht weiter.

»Was dann, Jason?«

»Wenn du es schaffst, lauf weg. Nimm keine Rücksicht auf mich.«

Sie blieb stehen und hielt ihn fest. »Ich werde dich nicht allein bei ihm lassen. Wir kommen schon wieder aus dieser Situation heraus.«

»Er wird mich sowieso umbringen. Das weiß ich.«

»Jason … mein Kleiner, ich werde dich nicht …«

»Ich habe es in seinen Augen gesehen«, unterbrach er sie. »Er sieht … er sieht mich an, als wäre ich gar nicht da. Als wäre ich schon tot.«

Linda kniete sich vor ihn und nahm sein Gesicht in beide Hände. »Ich verspreche dir: Wir kommen durch. Gemeinsam.«

Jason schüttelte den Kopf und nahm ihre Hände von seinem Gesicht. »Er lässt mich sterben.« Dann drehte er sich um und marschierte tiefer in den Tunnel hinein.

Sie sah ihm nach, bis er hinter der nächsten Kurve verschwand. Wie der Teufel, dachte sie. Sie stand auf und folgte ihm, fest entschlossen zu verhindern, dass die Bestie ihm etwas antat. Kurz darauf holte sie den Jungen ein und legte ihm einen Arm um die Schulter. Beide schwiegen, während sie Khalid und dem Kabel folgten.

Nach einem Marsch von dreißig Minuten schien es um sie herum heller zu werden. Jason schaute zu Linda hoch. Sie schaltete die Helmlampe aus, weil sie nicht länger nötig war. Als sie um eine Ecke bogen, sahen sie Lampen an den Wänden.

Und sie brannten! Das hieß, dass die Generatoren noch funktionierten. Nach Jasons Bericht hatte sie gedacht, die Basis wäre zerstört und im Erdboden versunken. Vielleicht bestand ja doch die Möglichkeit, dass man sie zurückerobert hatte. Vielleicht war ja Verstärkung eingetroffen.

Als sie durch den beleuchteten Tunnel ging, sah sie, dass

Khalid an der Mündung des Tunnels stehen geblieben war. »Die Basis«, sagte er zu ihr, ohne sich umzudrehen.

Sie hielt den Atem an und eilte voller Hoffnung an seine Seite. Als sie hinausblickte, sank ihr Mut. Der Tunnel endete auf der Westseite der Höhle, oberhalb einer kleinen Erhebung. Vor ihnen ausgebreitet lag die Alpha-Höhle, die Basis sah man in gut einem Kilometer Entfernung.

Oder das, was von der Basis übrig war.

Die Alpha-Basis lag in Schutt und Asche. Vereinzelt flackerten Lichter, doch die meisten Laternenpfähle lagen umgeknickt am Boden. Die Gebäude, die noch standen, waren von Explosionen und Feuer gezeichnet. Hier und da sah man ein rotes Glühen, was darauf hinwies, dass noch nicht alle Brände erloschen waren. Eine rußige Wolke schwebte wie ein Nebel über der Basis, als wollte sie das Chaos verhüllen. Sogar aus dieser Entfernung konnte man Leichen sehen, die wie hingeworfene Stoffpuppen zwischen den Trümmern in den Straßen lagen. Am schlimmsten war, dass sich nichts, aber auch überhaupt nichts regte. Die Basis war tot.

Linda wollte Jason zurückhalten, doch er drängelte sich an ihr vorbei und starrte stumm auf das Gemetzel hinab.

»Der Aufzug ist unbeschädigt«, sagte Khalid. »Wir können weiter.«

Jason zupfte an Lindas Arm. Sie blickte zu ihm hinunter und musste gewaltsam den Blick von der Verwüstung abwenden. Er hob sein Hemd und zeigte auf die LED-Anzeige an seinem Gürtel. Sie zeigte die Zahl Dreißig. Dreißig Minuten noch, bis der Plastiksprengstoff gezündet wurde.

Sie nickte. »Khalid, es wird Zeit, Jasons Timer neu einzustellen.«

Er warf ihr einen kalten Blick zu. »Später.«

Sie sah Jason an, der ihren Blick resigniert erwiderte.

Ben, der die Nachhut hinter dem dröhnenden Motorschlitten bildete, sah vor sich nur das haarige Gesäß des *Mimi'swee*-Kriegers auf dem nächsten Schlitten.

Der nackte Krieger hörte auf den Namen Nob'cobi. Harry hatte ihn als Dennis' Blutsbruder vorgestellt. Er hatte darauf bestanden, ins Team aufgenommen zu werden, da Dennis nicht mitkommen konnte. Nob'cobi hätte an *Il'jann* verloren, wenn man ihn nicht aufgenommen hätte. Er hatte seinem Blutsbruder gegenüber eine Verpflichtung.

Doch wie Nob'cobi sich an den Schlitten klammerte und mit jedem Aufprall durchgeschüttelt wurde, wünschte er sich wahrscheinlich – *Il'jann* hin, *Il'jann* her –, dass er besser zu Hause geblieben wäre. Den anderen beiden Kriegern vor ihm ging es wohl kaum besser.

Ben langte nach vorne und gab Nob'cobis Bein einen ermutigenden Klaps. Doch wegen der Berührung schrie der Krieger panisch auf und verlor beinahe den Halt. »Immer sachte, mein Freund«, rief Ben so ruhig wie möglich über den Motorenlärm hinweg, was brüllend keine leichte Aufgabe war. »Das machst du prima. Halt nur noch ein wenig durch.«

Ben warf einen Blick auf die Uhr. Sie waren noch keine Stunde unterwegs. Wenn er ihre Geschwindigkeit richtig einschätzte, brauchten sie noch drei Stunden. Gegen Mittag müssten sie oben sein. Das war nicht schlecht.

Er legte den Kopf auf den Arm, schloss die Augen und ließ zu, dass die schaukelnde Bewegung und das ständige Dröhnen des Motors ihn ein wenig einschläferten. Wenn sich nur die *Mimi'swee* entspannen könnten. Er dachte an Nob'cobi, der sich wahrscheinlich über sich selbst ärgerte.

Mit geschlossenen Augen stellte sich Ben vor, wie Nob'cobi sich an seinem Schlitten festklammerte wie ein Ertrinkender an einem Strohhalm. In seinem Tagtraum drehte sich Nob'cobi um zu ihm und sprach: »Zu Fuß komme ich fast genauso schnell vorwärts. Das ... das ist doch ... Schwachsinn.«

»Ja, aber wir nicht«, antwortete Ben. »Wir sind nicht so kompakt gebaut wie ihr.«

»Ich hasse das!«

»Ach, jetzt hör auf zu jammern«, dachte Ben.

Plötzlich riss Nob'cobi die Augen so weit auf, dass fast nur noch das Weiße zu sehen war. »Du bist ja wirklich ein *Herï'huti*.«

Da mischte sich eine dritte Stimme in ihre Unterhaltung ein. Eine vertraute Stimme. »Sehr gut, Benny. Du lernst.« Dann verklang Mo'ambas Stimme wieder.

»Warte ... was habe ...?« Ben öffnete die Augen und sah, dass Nob'cobi ihn mit großen Augen anstarrte.

»*Herï'huti*«, sagte er und drehte sich um.

Ben dachte über die Konsequenzen nach. Er hatte es getan. So wie Mo'amba immer mit ihm in Verbindung trat, hatte er mit Nob'cobi Verbindung aufgenommen. Er spürte sogar die vertrauten Kopfschmerzen nach einer telepathischen Unterhaltung. Wieso war es plötzlich so einfach gewesen? Bisher war ihm so etwas noch nie gelungen.

Wieder sprach Mo'ambas geistige Stimme zu ihm. »Die Krieger sind darauf trainiert worden, die Suggestionen der *Herï'huti* wahrzunehmen, euer Volk nicht.« Die Stimme verstummte wieder.

Zum Teufel, dachte Ben, mir langt dieser Schwachsinn. Mit diesem ganzen Telepathiehumbug holen wir nicht die Statue aus Blakelys Safe.

In diesem Moment veränderte sich der Klang des Motors. Harry bremste ab. »Was ist los?«, rief Ben.

Harry antwortete: »Wir haben gleich die Hälfte der Strecke hinter uns gebracht.«

Ben sah auf seine Uhr. Es war eine weitere Stunde vergangen. »Und warum halten wir an?«

»Der Motor muss abkühlen. Er ist glutrot. Mein Baby war ursprünglich nicht zum Ziehen von Lasten gedacht. In gewisser Weise schleppen wir sozusagen mit einem Modellrennwagen einen Umzuganhänger.«

Plötzlich fuhr der Zug aus dem Wurmloch hinaus in eine Höhle, die so groß wie eine Doppelgarage war. An der gegenüberliegenden Wand befand sich die Öffnung eines zweiten Wurmlochs.

»Was ist das?«, fragte Ben und rollte von seinem Schlitten. Er stand auf, gähnte und schüttelte sich den Rucksack von den Schultern.

Harry stand ein paar Schritte entfernt von ihm und drehte den Kopf hin und her. »Mo'amba hatte mir gesagt, dass es auf halber Strecke eine Art Raststätte für Pilger gibt. Ich habe mir gedacht, dass hier ein guter Platz wäre, um sich die Beine zu vertreten, die Blase zu entleeren und den Motor abkühlen zu lassen.«

Nob'cobi und die anderen beiden Krieger waren auch aufgestanden und hatten sich möglichst weit von den Plastikschlitten entfernt. Die drei unterhielten sich lebhaft und machten Handbewegungen zum Fahrzeug hin, die – auch ohne Übersetzung – offensichtlich missbilligend waren.

Ben ging zu Harry. »Was ist mit dem Benzinvorrat?«

»Alles prima, mach dir keine Sorgen.«

»Wie lange dauert es, bis der Motor kalt ist?«

Harry zuckte mit den Schultern. »Keine Ahnung. Eine halbe Stunde, vielleicht eine ganze.«

Ben nickte, doch er ballte immer wieder die Fäuste. Er ging in dem kleinen Raum auf und ab. Solange sie in Bewegung waren, war alles in Ordnung. Diese Unterbrechung war jedoch qualvoll.

»Entspann dich«, sagte Harry schließlich, »wir liegen gut in der Zeit.«

»Ich weiß, ich weiß.« Ben suchte nach etwas, um sich

abzulenken, fand in der eintönigen Höhle jedoch nichts. Er blickte die drei Krieger an. »Wovon reden sie?«

»Sie lästern hauptsächlich.« Harry zog einen Diamantdolch aus einer pelzbesetzten Scheide an seinem Gürtel und reinigte sich die Nägel. »Außerdem erzählen sie sich die alten Sagen über den großen Exodus, als sie ihre alten Siedlungen verlassen mussten und in die jetzige Höhle einzogen.«

»Ja, aber warum mussten sie von dort fliehen?«

»Soweit ich sie verstehe, gab es eine Art Erdbeben, und die Höhle wurde überflutet. Viele starben. Ich glaube, es gibt irgendeinen heiligen Ort, den Nob'cobi aufsuchen will. Er hat etwas gesagt von alten Kriegern, die bei einer flutartigen Überschwemmung umgekommen sind. Ihre Köpfe sind in durchsichtigen Steinen begraben worden. Den Teil verstehe ich nicht.«

»Ich schon.« Ben dachte an die Höhlenperlen mit den Schädeln im Inneren, die sie entdeckt hatten.

Harry schaute ihn an, als wäre er verrückt. »Klar. Auf jeden Fall, nachdem sie die Höhle verlassen hatten, wurde sie von den *Cra'kan* übernommen. Sie benutzen sie als eine Art Paarungsort. Anscheinend gibt es verschiedene Herden. Und alle zehn Jahre kommen sie in dieser großen Höhle zusammen und veranstalten eine Orgie.«

»Scheint so, als wäre dieses Jahr das zehnte.« Ben stellte sich Herden dieser blutrünstigen Bestien vor, die voller Paarungsbrunst und Aggression ihr Territorium zurückeroberten. Die Alpha-Basis hatte nie eine Chance gehabt.

Harry nickte ernüchtert. »Ich schaue mal nach dem Schlitten.«

Nachdem er zwanzig qualvolle Minuten lang am Motor herumgebastelt hatte, hielt Harry schließlich den Daumen in die Höhe. Nach einigem Hin und Her kletterten die *Mimi'swee* auf ihre Schlitten, und es ging weiter.

Der Rest der Reise verlief unspektakulär. Keine Verzögerungen, keine Probleme. Dennoch dauerte es ewig. Während der Fahrt schaute Ben bestimmt sechzigmal auf die Uhr.

Schließlich schaltete Harry den Motor aus. »Endstation, Leute.«

Einer der Krieger kletterte über Harry hinweg, um zu der Steintür vor ihnen zu gelangen. Er betätigte einen Mechanismus rechts von der Tür. Sie öffnete sich, und die Reisenden blickten in *Ohnas* Höhle. Harry folgte dem Krieger hinein und zog die Schlitten hinterher.

Kaum waren sie in der kleinen Höhle, rollte Ben von seinem Schlitten und krabbelte zum Ausgang. Rasch ließ er seinen Blick über die unmittelbare Umgebung schweifen, in der Erwartung, Herden sich paarender Bestien zu erblicken. Jedoch war dort draußen keine Bewegung zu sehen. Nur die Wellen des Sees schwappten sanft an das felsige Ufer.

Er überblickte die ganze Alpha-Höhle und sah die flackernden Lichter des fernen Camps. Die Alpha-Basis. Aus dieser Perspektive sah sie vollkommen intakt aus, aber bei genauerer Betrachtung konnte er sehen, dass die Beleuchtung unzureichend war. Anscheinend war die Stromversorgung teilweise ausgefallen.

Die ursprünglich so reine Luft stach ihm in die Nase. Der Gestank von abgestandenem Rauch und verbranntem Öl verhieß nichts Gutes.

32

Das Erste, was Jason auffiel, als sie sich der Basis näherten, war der Gestank, der sogar den ständigen Geruch des öligen Rußes überdeckte. Er hielt sich die Nase zu und atmete durch den Mund. Dennoch wurde er den Brechreiz nicht los.

Linda klopfte ihm auf die Schulter, verzog aber genauso das Gesicht. »Khalid«, rief sie, »wir sind der Basis jetzt nahe genug gekommen, und auf Jasons Timer sind es nur noch sieben Minuten.«

»Dann geht schneller. Ich setze die Uhr erst zurück, wenn wir im Camp sind.«

»Es ist unvorsichtig, sich so zu beeilen. Hier könnten immer noch diese Bestien herumlaufen. Lass uns langsam gehen.«

»Die verräucherte Luft hat sie wahrscheinlich aus der Höhle vertrieben. Aber dabei wird es bestimmt nicht bleiben. Daher müssen wir jetzt handeln, bevor sich der Rauch lichtet.«

Linda ging schneller. »Jason, wir beeilen uns besser.«

Jason blickte auf den Sprengstoffgürtel um seinen Bauch. Der Timer sprang gerade von sechs auf fünf. Ihm wurde immer mulmiger.

Als sie den Rand der Basis erreichten, sahen sie, woher der Gestank rührte, und gingen langsamer. »Schau nicht hin«, sagte Linda und versuchte, ihm die Augen zuzuhalten.

Jason beachtete ihre Warnung nicht und starrte auf die tote Bestie. Khalid machte einen großen Bogen um den Kadaver. Linda folgte ihm und zog Jason hinter sich her. Als sie die Fleischmassen umrundet hatten, sahen sie die Todesursache. Ihr Bauch war von einer Sprengladung aufgerissen worden. Metallstücke und zerrissene Eingeweide lagen im Umkreis von mehreren Metern über den Boden verteilt. Jason musste mehrmals schlucken und bekämpfte den Brechreiz. Er wusste nicht, was schlimmer war, der Anblick oder der Gestank.

Während sie um die stinkende Bestie huschten, stockte Linda plötzlich der Atem, und sie drückte Jasons Gesicht an ihre Brust. Doch konnte er gerade noch den kopflosen Körper eines Soldaten sehen, gefangen in den toten Kiefern der Bestie. Diesmal befreite er sich nicht aus ihrer Umarmung.

Als sie die grausame Szenerie hinter sich gelassen hatten, ließ Linda ihn los und klopfte ihm auf die Schulter. Er sah, dass Khalid mit kalkweißem Gesicht vor ihnen stehen geblieben war, offenbar tief erschüttert.

Linda ging zu ihm. »Ich will nicht, dass Jason noch mehr davon sieht.«

Khalid nickte sogar. »Wir sind fast dort, wo ich hin will. Es geht hier runter.« Er drehte sich um und ging voran. »Seid leise.«

Khalid bahnte sich den Weg durch zwei eingestürzte Holzgebäude hindurch. Jason bemerkte ein Paar Armeestiefel, das unter einem Berg von Balken und Glas herausragte. Er schaute weg.

Die Basis war totenstill, und sie hörten nur ihre eigenen Schritte.

Khalid blieb ein paar Sekunden lang stehen und blickte sich um, als ob er sich orientieren wollte. Dann ging er nach Norden weiter, ins Innere des Camps. Nach weniger als einer Minute hatten sie die erste meterdicke Säule aus Fels erreicht, die den Boden mit der fernen Höhlendecke verband.

Khalid setzte seinen Rucksack ab und öffnete ihn. Er holte ein Kletterseil heraus und warf es Linda zu. »Binde den Jungen daran fest.«

»Was?« Sie ließ das Seil fallen und schüttelte den Kopf.

»Der Timer zeigt noch drei Minuten an. Ich setze ihn erst zurück, wenn du ihn festgebunden hast.«

»Aber warum ...«

»Du verlierst nur Zeit. Tu es!«

Linda blickte auf Jasons Timer, beugte sich dann zu ihm und hob das Seil auf. »Es tut mir Leid«, sagte sie und stellte ihn mit dem Rücken vor die Säule.

»Binde ihm zuerst die Hände auf den Rücken.«

Jason sah den leidenden Ausdruck in ihren Augen, als sie das Seil um seine Handgelenke band. Er wusste, dass sie den Tränen nahe war. Das tat ihm mehr weh, als gefesselt zu werden. »Ist schon okay«, flüsterte er.

Sie schlang das Seil um seine Taille und die Säule.

»Schnür ihn fest genug. Du verschwendest nur wertvolle Sekunden, wenn ich es nachholen muss.«

Linda zog das Seil fest und band rasch einen Knoten. »Ich bin fertig.« Sie setzte sich. »So«, sagte sie in scharfem Tonfall, »und nun stell den Timer!«

Khalid prüfte, ob der Knoten fest und das Seil straff waren und tippte auf der kreditkartengroßen Tastatur unter der LED-Anzeige etwas ein. Nun leuchtete die Zahl 120 auf. Jason blieben zwei weitere Stunden Frist.

»Warum tust du das?«, fragte Linda.

»Aus zwei Gründen. Erstens hält uns der Junge auf. Und ich muss noch fünfzehn Ladungen anbringen. Mit deiner Hilfe bin ich in weniger als zwei Stunden damit fertig. Zweitens dient es deiner Motivation. Erst wenn ich alle fünfzehn Ladungen scharf gemacht habe, werde ich zurückkommen und den Timer neu einstellen. Auf diese Weise kann ich mich auf deine rasche und hoch motivierte Zusammenarbeit verlassen.«

»Natürlich helfe ich dir. Das habe ich dir doch gesagt. Wozu das denn jetzt?«

»Ich gebe einen Dreck auf dein Wort«, erwiderte Khalid mit beißender Schärfe.

Sie schwieg.

Jason sah, dass Khalid zwei Taschentücher nahm und auf ihn zukam. Er versuchte auszuweichen, doch die Fesseln ließen es nicht zu. Khalid drückte Jasons Kopf mit seinem Handballen an die Felssäule. Dann knüllte er eines der Taschentücher zusammen und presste es ihm in den Mund.

Bevor Jason es ausspucken konnte, band er den Knebel mit dem zweiten Taschentuch fest.

Linda hatte mittlerweile Khalids Arm gepackt. »Lass ihn doch!«

Khalid stieß sie mit dem Ellbogen zur Seite und verknotete das Taschentuch. »Ich will nicht, dass der Bengel rumschreit, sobald wir fort sind. Nachher kommen die Bestien noch zurück.« Er zeigte auf Jasons Gürtel. Auf der Anzeige stand jetzt 116. »Wir verschwenden Zeit.«

Linda kniete sich vor Jason. Er versuchte, ruhig zu bleiben. Sie berührte seine Wange. »Ich komme zurück. Ich verspreche es dir.«

Er nickte und kämpfte gegen die Tränen an.

Sie hielt ihn ganz fest, bis Khalid sie an der Schulter zog. »Los!«

Linda stand auf und drückte ein letztes Mal Jasons Arm. Dann drehte sie sich um und folgte Khalid. Jason sah ihnen hinterher, bis sie verschwanden; er hörte, wie ihre Schritte verklangen. Dann war er allein.

Der Strahl von Bens Helmlampe zeigte ihnen den Weg durch die Dunkelheit. Ben führte die Gruppe durch die Höhle. Sie hielten auf die Lichter der Basis zu. Aus Vorsicht blieb er oft stehen und lauschte. Auch wenn er sie nicht sehen konnte, wusste er, dass die drei mit Speeren und Messern bewaffneten *Mimi'swee* nach allen Seiten ausgeschwärmt waren, um Ausschau nach den *Cra'kan* zu halten. Sie trugen keine Lampen und bewegten sich so leise, als wären sie Phantome. Das Einzige, was Ben hörte, war das schabende Geräusch von Harrys Stiefeln hinter ihm.

Er nahm die Pistole in die andere Hand und rieb seine Handfläche am Hosenbein trocken. Das Feuer hatte die Höhle aufgeheizt, und der Rauch machte ihnen das Atmen schwer. Er leckte sich über die rissigen Lippen, holte seine

Feldflasche hevor und öffnete den Verschluss mit dem Daumen. Ganz vorsichtig nahm er einen Schluck, nur so viel, um seinen Mund zu befeuchten. Dann flüsterte er Harry zu: »Ich hatte erwartet, dass hier noch jede Mengen Bestien herumlaufen.«

»Vielleicht halten die Hitze und der Rauch sie fern.«

»Mir gefällt das nicht. Es ist alles viel zu einfach. Eins habe ich gelernt: Wenn alles bestens aussieht, steht man in Wirklichkeit schon knietief in der Scheiße!«

Harry zuckte mit den Schultern. »Beschwör's nicht.«

Ein Geräusch von rechts machte sie aufmerksam. »Es ist Nob'cobi«, sagte Harry. »Komm. Er hat etwas gefunden.«

Ben folgte Harrys tanzender Laterne über den holprigen Boden. Nob'cobi hockte neben einem dampfenden Haufen Kot. Er hielt eine Hand voll vor seine Nase, dann wandte er sich zu Harry und sprach im Flüsterton.

Harry übersetzte: »Er sagt, es ist frisch.«

»Na, prima.« Ben verzog die Nase bei dem Gestank. »Es wäre auch zu schade, wenn es schon verdorben wäre.«

»Nob'cobi schätzt, dass der Kot weniger als eine Stunde alt ist. Dort drüben ist noch mehr. Er glaubt, dass es sich um eine Gruppe von mindestens fünf Tieren handelt. Zwei von ihnen sind männlich.«

»Und das hat er alles rausgekriegt, indem er seine Nase in die Scheiße gesteckt hat?«

»Das ist sein Job.«

»Was sollen wir also tun? Einen Bogen um sie machen?«

Harry kniete sich hin und unterhielt sich flüsternd mit Nob'cobi. Die anderen beiden Krieger standen mehrere Meter entfernt und beobachteten das Gebiet. Ihre Ohren bewegten sich vor und zurück. Schließlich stand Harry auf und kehrte zu Ben zurück. »Unser Plan ist, der Gruppe zu folgen. Sie scheinen sich auf die Basis zuzubewegen. Die *Cra'kan* reisen für gewöhnlich in dichten Herden. Dabei schließen sich alle Einzeltiere, auf die sie stoßen, entweder der Herde an oder werden getötet. Daher sollte das Kielwasser dieser Herde relativ frei von streunenden Bestien sein.«

»O ja«, murmelte Ben und trat gegen den dampfenden Kot, »aber wenn sie umkehren, dann werden auch wir zu *Cra'kan*-Scheiße.«

Khalid schaute Linda aufmerksam zu und vergewisserte sich, dass sie alle Kabel richtig verband. Gut! Sie lernte schnell. Das war die neunte Ladung. Sie hatte die letzten drei scharf gemacht, nachdem er es ihr anhand der ersten beiden gezeigt hatte. Dieses Mal zitterten ihre Hände kaum noch.

Nachdem er seine Ladung angebracht hatte, sah er, wie sie einen verstohlenen Blick auf die Uhr warf. Er wusste, dass es noch eine Stunde dauerte, bis Jasons Timer abgelaufen war, und bei nur sechs Ladungen, die noch anzubringen waren, lagen sie gut in der Zeit. »Jetzt drück den gelben Knopf auf dem Empfangsteil«, sagte er und deutete über ihre Schulter. »Gut, jetzt ist sie aktiviert und wartet auf mein Signal.«

Als sie der Basis näher kamen, konnte Ben die Herde *Cra'kan* in der Dunkelheit sehen. Die Umrisse ihrer dreieckigen Köpfe und ihrer stacheligen Kämme zeichneten sich gegen das Licht des Camps ab, das nur noch wenige Meter entfernt war.

Die Herde bestand aus insgesamt sieben Tieren – zwei hatten sich den ersten fünf angeschlossen, während sie auf die Basis zumarschiert waren.

Das größere der beiden Männchen führte die Herde an. Die Weibchen – Harry nannte sie »Haremsdamen« – folgten in loser Reihenfolge. Das kleinere Männchen – Spitzname »Tiny Tim« – lief hinterher. Es schien die Aufgabe zu haben, der Herde den Rücken freizuhalten, drehte sich oft um und wagte öfters einen Abstecher. Offenbar spürte es, dass etwas nicht stimmte: Es wirbelte oft herum und schnüffelte misstrauisch.

»Dieser unruhige Scheißkerl«, flüsterte Harry Ben ins Ohr und hockte sich neben ihn hinter einen Felsen.

Ben wagte nicht einmal zu sprechen, weil er befürchtete, dass das Tier auf sie aufmerksam würde. Die ganze Verfolgung war aufregend gewesen. Unterwegs war die Herde auf ein einzelnes angriffslustiges Männchen gestoßen. Wie ein Schwarm blutrünstiger Haie hatte sich die Herde auf es gestürzt und in blutige Fetzen gerissen.

Bei der Erinnerung lief Ben immer noch ein Schauer über den Rücken. Hier in der Mitte der Höhle gab es kaum Möglichkeiten, sich zu verstecken. Wenn die Herde sie entdeckte ... Er schüttelte sich und verbannte die Vorstellung aus seinem Kopf.

Er lugte hinter dem Felsen hervor und sah, dass die Herde gerade den Rand der Basis erreicht hatte und in die Schatten der unzerstörten Gebäude eintauchte.

»Die Luft ist rein«, sagte Harry leise und winkte den drei *Mimi'swee*-Kriegern. »Los.«

Ben erhob sich aus der Hocke und folgte Harry. Als er um den Felsen bog, verfing er sich in einer Spalte im Boden und fiel hin. Im Fallen traf er mit seiner Pistole auf dem Boden auf, und es löste sich ein Schuss. Ben sah das aufblitzende Mündungsfeuer und hörte, wie der Knall durch die Höhle donnerte.

Scheiße, dachte er, war wohl nichts mit Anschleichen.

Aus dem Schatten der Gebäude vor ihnen löste sich die Schnauze einer Bestie und zuckte suchend vor und zurück. Tiny Tim kam zurück.

Jason versuchte, sich aus den Fesseln zu winden, als der Schuss durch die Höhle dröhnte. Er biss auf seinen Knebel, konnte jedoch nicht einmal seine Zunge bewegen. Und durch den Mund bekam er allemal keine Luft. Er atmete tief durch die Nase ein, aus Angst zu ersticken. Um ihn herum tanzten Schatten im flackernden Licht.

Sein erster Gedanke war, dass Khalid Linda erschossen hatte, und das Herz schlug ihm bis zum Hals. Dann erklang eine Salve aus einem Automatikgewehr. Das war nicht Khalid! Wieder versuchte er, den Knebel auszuspucken. Vielleicht schaffte er es ja und konnte diejenigen zu Hilfe rufen, die da geschossen hatten.

Wieder hörte er Gewehrsalven.

Kamen sie näher? Er lauschte. Das Blut pochte in seinen Ohren und erschwerte ihm das Hören.

Noch mehr Schüsse.

Ja! Er zappelte immer wilder. Da fuhr ihm ein Gedanke durch den Kopf, und er wurde starr vor Schreck.

Auf wen schossen sie?

Ben warf sich in den Eingang eines der wenigen Betongebäude, die noch standen. Nob'cobi stürzte schwer atmend hinter ihm her. Mit einem Blick sahen sie, dass es sich um einen Schlafsaal handelte, denn an der Wand standen Feldbetten. Ben beachtete den Raum nicht weiter, sondern schaute rasch noch einmal zur Tür hinaus. Gerade noch sah er, wie der Schwanz eines *Cra'kan* gegenüber um die Ecke verschwand.

Gut. Glücklicherweise waren sie von einem der langsameren Weibchen verfolgt worden. Mit einem kurzen Sprint hatten sie die Bestie abgehängt. Aber was war mit Harry? Hatte er es bis zur Basis geschafft?

Aus südlicher Richtung ertönten Salven aus einem Automatikgewehr.

Ben ballte die Faust. Okay, wenigstens war er noch am Leben und kämpfte. Er rieb sich die Stirn und überlegte, was er tun sollte. Er könnte versuchen, zu Harry zu gelangen, doch würde es verdammt schwierig werden, ihn zu finden. Oder er könnte versuchen, zu Blakelys Büro zu kommen und die Statue zu holen. Das war sicher der klügere Plan, aber er konnte Harry und die anderen Krieger nicht einfach im Stich lassen.

Also, was sollte er tun? Die Pistole, die er dabei hatte, war keine große Hilfe. Nein, er musste darauf vertrauen, dass Harry und die anderen es allein schafften. Außerdem kannte sich Harry in der Basis gut aus und würde wissen, wohin Ben unterwegs war.

Er stieß die Tür auf, lehnte sich hinaus und brauchte ein paar Sekunden, um sich zu orientieren. Zur Linken entdeckte er den Aufzugschacht, und jenseits der zertrampelten Zelte lag der See. Er konzentrierte sich. Gut, jetzt wusste er ungefähr, wo er sich befand. Blakelys Büro war etwas mehr als einen halben Kilometer entfernt. Das hieß, falls die Brücke, die über die Schlucht in der Mitte des Camps führte, noch benutzbar war. Wenn er einen Bogen um die Schlucht machen musste, dann waren es mehr als drei Kilometer. Und in Anbetracht der verfluchten *Cra'kan*, die herumliefen, sollte die Route so kurz wie möglich sein.

Er holte tief Luft und bedeutete Nob'cobi, ihm zu folgen. Der kleine Krieger packte eine Lanze, die länger als er selbst war, und ging hinter ihm her. Ben huschte voran, blieb meistens im Schatten und lief von einer Deckung zur nächsten.

Während er sich Meter für Meter vorarbeitete, waren immer wieder Gewehrsalven zu hören. Er blieb stehen, lauschte und biss sich auf die Lippen. Die Schüsse entfernten sich allmählich. Wenn Harry alle verfügbaren Verstecke genutzt hatte, sollte er die Mistviecher mittlerweile losgeworden sein.

Er blickte zu Nob'cobi. Der Krieger hatte sich lässig auf seine Lanze gestützt, die Augen halb geschlossen, und kratzte sich am nackten Hinterteil. Warum war er nur so scheißruhig?

Wieder hörte Ben fünf Schüsse – jetzt noch weiter entfernt.

Und dann dämmerte es ihm. Harry feuerte die Salven absichtlich ab, um die Bestien wegzulocken und Ben den Weg zu Blakelys Büro frei zu machen.

Er blickte zu Nob'cobi und stieß ihn mit dem Ellbogen an. »Du hast es gewusst, nicht wahr, Kumpel? Dann los.« Er beschleunigte das Tempo und verließ sich darauf, dass Harry die *Cra'kan* weglockte. Jetzt, wo er schneller vorankam, gelangte er in zwei Minuten zur Schlucht. Er blieb stehen, als er die Brücke sah – oder das, was von ihr übrig war.

»Verdammt!«, fluchte er, »warum geht eigentlich alles daneben?« Von der Brücke waren nur noch ein paar Bretter zu sehen, die ein bis zwei Meter über die Schlucht ragten und den Blick in die gähnende Tiefe freigaben. Er schaute auf die andere Seite. Mindestens zehn Meter. Viel zu weit, um zu springen. Sie mussten um die Schlucht herumgehen ...

Er zuckte zusammen, als es hinter ihm laut krachte. Er wirbelte herum und sah einen *Cra'kan* zwischen zwei Gebäuden hervorschießen. Es war Tiny Tim, der da auf sie zukam und ihnen den Rückweg zu den Gebäuden und Zelten abschnitt. Die Bestie fauchte und kam mit großen Schritten auf sie zu.

»So, so, du kleines Mistvieh«, sagte Ben, wich zurück und hob die Pistole. »Du hast dich von Harry also nicht reinlegen lassen.« Er zielte und feuerte.

Der Knall erschreckte das Tier, und es fasste mit der Tatze an seinen Hals. Ben konnte die Blutspur erkennen, die aus der Wunde quoll. Die Kugel hatte zwar ihr Ziel getroffen, aber das dickhäutige Biest war wenig beeindruckt. Es stakste weiter auf sie zu.

Nob'cobi versteckte sich hinter Ben, als dieser wieder schoss. Die Kugel ging daneben, doch der Knall hielt die Bestie auf. Der *Cra'kan* blieb vorsichtig stehen und beäugte seine Beute.

Verflucht, man konnte förmlich sehen, wie das Miststück seine tückischen Pläne schmiedete. Ben trat einen weiteren Schritt zurück. Der Abgrund war nur noch wenige Zentimeter entfernt. Er wollte Nob'cobi sagen, er solle loslaufen, solange er die Bestie ablenkte, doch als er sich umdrehte, war Nob'cobi nicht mehr hinter ihm. Er war schon fort. Im nächsten Moment sah er ihn nur wenige Meter entfernt, wie er auf einem der Bretter über der Schlucht balancierte und an einen Laternenpfahl ein Seil band. Was hatte er vor?

Ben wandte sich seinem Widersacher zu. Der *Cra'kan* stand da, bewegte seinen Kopf ruckartig vor und zurück und starrte die Pistole an, als wollte er die Gefahr, die von ihr ausging, abwägen.

Ben fand auf dem rutschigen Felsen keinen Halt, als er noch einen Schritt zurückging. Er riskierte einen raschen Blick über die Schulter. Nob'cobi war von der Brücke zurückgetreten und stand einen Meter entfernt von Ben. »Was hast du …«

Noch ehe Ben den Satz beenden konnte, rannte Nob'cobi auf die Überreste der Brücke zu. Mein Gott, dachte Ben, er versucht, über den Abgrund zu springen. Das ist doch Selbstmord! Er sah, wie der Krieger über das dünne Brett rannte, als liefe er über festen Boden. Im letzten Moment stieß er seine Lanze nach vorn, rammte das stumpfe Ende aufs Brett, wurde hochgeschleudert und flog durch die Luft. Er landete mit einer Rolle vorwärts auf der anderen Seite der Schlucht.

Da bemerkte Ben das Seil, das sich Nob'cobi um die Taille geschlungen hatte. Es führte über den Abgrund hinüber zu dem Laternenpfahl, an den er es zuvor festgebunden hatte.

Ein Brüllen lenkte seine Aufmerksamkeit wieder auf den *Cra'kan*. Tiny Tim starrte über die Schlucht auf die entgangene Beute und war offensichtlich wütend über den Verlust. Jetzt richtete er seine schwarzen Augen wieder auf Ben. Ben glaubte fast, ein Lächeln auf seinen Lippen zu erkennen, als der *Cra'kan* seine gelben Zähne entblößte und auf ihn zustampfte.

Ben, der seine Pistole immer noch auf den Kopf der Bestie gerichtet hielt, begriff, dass er keine Chance hatte, das Tier mit einem Kopfschuss zu töten. Er richtete die Waffe auf ein leichteres Ziel, den Bauch. Wenn er Nob'cobis Absicht richtig erkannt hatte, brauchte er eine Atempause von nur wenigen Sekunden.

Er drückte ab. Der Schuss drang in die Flanke Tiny Tims. Die Bestie wich ein paar Schritte zurück.

Ben wartete keine Sekunde. Er wirbelte herum und rannte auf die Brücke zu. Wie er vermutet hatte, hatte Nob'cobi das Seil straff gezogen und das Ende an einem Pfahl auf der anderen Seite festgebunden. Nun konnte Ben sich an dem Seil über die Schlucht hangeln.

Hinter ihm ertönte ein Brüllen. Jetzt kam das Vieh! Beinahe wäre Ben ausgerutscht, als er auf die Holzplanke lief. Mit den Armen balancierend, lief er auf der Planke entlang und sprang.

Er hechtete nach dem Seil und streckte seine Arme so weit aus, wie er konnte.

Mit letzter Anstrengung bekam er das Seil mit einer Hand zu packen. Als es ihn hinunterriss, verrenkte er sich die Schulter. Mehrere Sekunden lang ruderte er wild in der Luft herum und drohte den Halt zu verlieren. Dann gelang es ihm, das Seil mit der anderen Hand zu packen. Für einen kurzen Moment hielt er inne, außer Atem und aufgeregt.

Plötzlich zuckte das Seil in seiner Hand. Was zum Teufel ... Er reckte den Kopf herum. Tiny Tim bearbeitete den Laternenpfahl, an den Nob'cobi das Seil gebunden hatte. An diesem Pfahl hing also sein Leben.

Ben blickte in den schwarzen Abgrund unter sich. Er hangelte sich am Seil entlang, aber durch das Ruckeln und Zerren kam er nur langsam vorwärts.

Er würde es nicht schaffen ...

Als das Seil in seiner Hand schlaffer wurde, dämmerte es ihm, dass er wohl einmal in seinem Leben Recht hatte.

33

Linda wurden zwei Dinge klar, während sie in der halbzerstörten Latrine hockte. Erstens hätten sie und Khalid niemals alle Sprengladungen angebracht, bevor Jasons Timer abgelaufen war. Bis dahin waren es nur noch zwanzig Minuten, und sie hatten noch drei Ladungen vor sich. Zweitens war sie überzeugt davon, dass Khalid sowieso nie vorgehabt hatte, Jason freizulassen.

Sie starrte Khalid an, der aus der demolierten Tür des Gebäudes hinausguckte. In dem engen Raum stach ihr der Piniengeruch des Desinfektionsmittels in die Nase. Seit die ersten Schüsse gefallen waren, hatte er keine weitere Ladung mehr scharf gemacht. Stattdessen hatte er die nächste Möglichkeit zur Deckung genutzt und sich flach auf den Boden gelegt.

Sie kroch zu ihm. »Jasons Timer läuft ab.«

Er nickte. »Ich weiß, aber die Schießerei findet irgendwo zwischen dem Jungen und uns statt. Anscheinend hat ein kleiner Haufen den ersten Überfall überlebt und leistet immer noch Widerstand. Und denen, auf die sie schießen, möchte ich nicht so bald in die Quere kommen.«

Na klar, du Drecksack, dachte Linda, was für eine bequeme Ausrede. Das Arschloch hatte nie vorgehabt, zu Jason zurückzukehren. Mittlerweile hatte sie herausbekommen, nach welchem Muster Khalid die Ladungen verteilte. Er hatte sie rund ums Camp verteilt und an den größten Säulen befestigt, die den Boden mit der Decke verbanden. Indem er sie in die Luft jagte, wollte er die Decke zum Einsturz bringen und den Vulkan auf das Höhlensystem stürzen lassen. Außerdem hatte sie bemerkt, dass Khalid sich dabei in Schlangenlinien auf den Aufzug zu bewegte. Offensichtlich wollte er, nachdem er die letzte Ladung befestigt und scharf gemacht hatte, in den Aufzug springen und fliehen. Und Jason als menschliche Bombe zurücklassen.

Doch die Schüsse gefährdeten seinen ausgetüftelten Plan.

Plötzlich hörten sie ein wütendes Gebrüll. Eine der Bestien! Etwas hatte sie wild gemacht. Linda merkte, dass Khalid bei jedem Brüllen zusammenzuckte. Es schien so, als verspürte er mehr als nur normale Angst. Jetzt murmelte er sogar leise etwas auf Arabisch. Es klang wie ein Gebet.

Auch wenn sie es genoss, den eiskalten Khalid endlich zittern zu sehen, so war er doch wie gelähmt und fürchtete sich, das Versteck zu verlassen. Und die Zeit lief ab.

»Wir müssen jetzt gehen«, sagte Linda mit fester Stimme.

Khalid wirbelte zu ihr herum und blickte sie finster an.

Bevor er sie verfluchen konnte, sagte sie: »Die Schüsse bewegen sich in unsere Richtung. Hörst du das, Khalid?« Sie zeigte in Richtung Tür. »Auf was sie auch immer schießen, es kommt auf uns zu. Hierher.«

Er ballte die Fäuste, nicht aus Zorn, sondern vor Angst

und Frustration. »Wir müssen fort von hier.« Seine sonst so feste Stimme klang heiser und stockend.

»Dann los!«

Ein lautes Knacken schallte über den Abgrund, als Tiny Tim den Laternenpfahl umknickte, an dem das Seil befestigt war. Ben fiel in die Tiefe und packte das schlaffe Seil noch fester. Er konnte nur beten, dass Nob'cobi es auf seiner Seite sicher befestigt hatte. Er zuckte zusammen, als er die Felswand auf sich zurasen sah. Auch wenn der Aufprall wehtäte, durfte er das Seil auf keinen Fall loslassen. Sonst bliebe von ihm nichts weiter als ein hässlicher Fettfleck auf dem Boden der Schlucht.

Er drehte sich, um die größte Wucht des Aufpralls mit den Füßen aufzufangen, jedoch mit geringem Erfolg. Er kollidierte mit der Wand, als wäre er von einem zehnstöckigen Haus gesprungen. Er traf mit der linken Hüfte so hart auf, dass ihm beinahe schwarz vor Augen wurde. Er ignorierte den Schmerz und konzentrierte sich nur auf eines: das Seil mit allen zehn Fingern festzuhalten. Er prallte von der Wand ab und baumelte zurück. Dieses Mal gelang es ihm, die Wucht mit den Füßen abzufangen. Nun hing er fünf Meter vom Rand des Abgrunds enfernt.

Von der anderen Seite des Abgrunds brüllte ihn Tiny Tim wütend an. Er stakste vor den Überresten der Brücke auf und ab und suchte nach einer Möglichkeit, auf die andere Seite zu kommen.

Sein Gebrüll ging Ben durch Mark und Bein, doch er warf ihm nur einen verächtlichen Blick zu und schrie: »Halt deine hässliche Schnauze!«

Tiny Tim spannte daraufhin die Muskeln an und ging in die Hocke. Ben wusste, dass er ihn sehen konnte. Einen Moment lang dachte er, der *Cra'kan* wolle sich selbstmörderisch auf ihn stürzen. Doch stattdessen fauchte er ein letztes Mal und floh in das Labyrinth der Gebäude zurück. Den war er los!

Ben seufzte erleichtert und ruhte sich kurz am Seil aus. Er spürte, dass Blut an seinem Bein entlanglief. Er musste hinaufklettern, bevor er noch schwächer wurde.

Er schlang ein Bein um das Seil und riskierte es, eine Hand loszulassen, um das Seil an seinem Klettergurt zu befestigen. Mit einem Minimum an Absicherung schaffte er nun den Aufstieg zügig.

Oben angekommen, half ihm Nob'cobi über die Kante. Vollkommen außer Atem rollte sich Ben auf den Rücken. Der Krieger machte sich an Bens blutgetränktem Hosenbein zu schaffen. Er sagte etwas mit besorgtem Ton in seiner gutturalen Sprache.

»Es ist nur eine Fleischwunde. Das überlebe ich schon.« Ben stemmte sich hoch. »Und vielen Dank, Kumpel. Du hast mir das Leben gerettet. Ich sah uns schon als Monsterfutter.«

Nob'cobi legte verwirrt die Stirn in Falten.

»Ach, vergiss es.« Ben versuchte aufzustehen, doch seine verletzte Hüfte widersetzte sich. Zwar war sie nicht gebrochen, doch schmerzte sie wie verrückt. Hüpfend entfernte er sich vom Abgrund. »Komm. Wir müssen zu Blakelys Safe.«

Nob'cobi folgte ihm, doch nach ein paar Metern packte er Ben am Arm und zeigte auf das Blut, das beim Laufen aus seiner Wunde troff.

»Ich habe doch gesagt, das ist nichts. Blakely hat einen Erste-Hilfe-Kasten in seinem Büro.« Ben wollte weitergehen, doch der kleine Krieger zog ihn beharrlich zurück. Wie ein Pantomime schnüffelte Nob'cobi an der Blutspur und imitierte gekonnt das kehlige Knurren eines *Cra'kan*.

»Du meinst, ich hinterlasse eine Spur?« Ben betrachtete nachdenklich die Linie der Blutstropfen. »Du hast Recht.

Ist sicher besser, wenn wir keine solch offensichtliche Einladung hinterlassen.«

Ben entledigte sich seiner blutigen Hose und wrang sie aus. Nur mit Shorts bekleidet, untersuchte er die Wunde. Ein gezackter Schnitt am Oberschenkel, von dem nur eine hässliche Narbe übrig bliebe, nichts weiter. Er schaute besorgt drein, während er mit dem letzten Wasser aus seiner Feldflasche die Wunde reinigte; dann band er ein Taschentuch um den Oberschenkel, um das Blut zu stillen.

»So«, sagte er und zog die Hose an, »bist du jetzt glücklich?«

Nob'cobi war anscheinend zufrieden, denn er hatte wieder seinen üblichen gelangweilten Gesichtsausdruck.

»Fein. Los geht's.« Ben ging wieder voran, und sie schlichen von Deckung zu Deckung. Er hatte die Nase voll von diesen stinkenden *Cra'kan* und wollte keinen von ihnen mehr sehen.

Doch der Weg war frei. Innnerhalb von fünf Minuten waren sie an Blakelys Bürotür. Die Glastür zum Verwaltungsgebäude war zertrümmert, aber ansonsten war das Betongebäude intakt. Wegen der Glassplitter traten sie vorsichtig über die Schwelle. Ben betrat den Empfangsraum. Ein Monstrum hatte hier getobt. Eine dickflüssige gelbe Substanz klebte an den Wänden und stank nach Ammoniak.

»Sieht so aus, als hätte hier ein streunender Kater wild herumgepisst«, murmelte Ben vor sich hin, als er die Reste des Schreibtischs und die Akten durchsuchte. Er wühlte sich durch den Schutt und gelangte zu der unbeschädigten Metalltür, die zu den Büros führte. Er versuchte, sie zu öffnen. Abgeschlossen.

»Verflucht noch eins!« Er schlug mit der Faust gegen die Tür, bis sie schmerzte, und rüttelte am Türknauf.

Von der anderen Seite der Tür erklang eine Stimme: »Hallo! Ist da draußen jemand?«

Mein Gott, eine der Frauen hatte überlebt! Er hämmerte auf die Tür ein. »Machen Sie auf. Hier ist Ben Brust vom Expeditionsteam.«

Zuerst Stille, dann eine zaghafte Stimme: »Kann man sich denn hinaustrauen?«

»Im Moment ja. Jetzt machen Sie schon auf.«

Er hörte, wie er den Riegel zurückzog. Die Tür ging nach innen auf. Eine kleine blonde Frau mit zerzausten Haaren stand vor ihm. Der schicke Hosenanzug hing in Fetzen an ihrem zarten Körper.

»Sandy?« Ben erkannte Blakelys Sekretärin. »Ist alles in Ordnung?«

Sie rannte auf ihn zu und schlang die Arme um ihn. »Gott sei Dank, dass Sie da sind!«

Nob'cobi kam zu Ben, murmelte etwas und zeigte auf die Tür.

Sandy starrte den kleinen, nackten Jäger mit großen Augen an. Sie grub ihre Fingernägel in Bens Arm, wimmerte kläglich und wich zurück.

Ben bedeutet Nob'cobi, draußen zu warten, um sie nicht noch mehr in Angst zu versetzen. Er schob Sandy den Flur entlang zu Blakelys Büro.

Dort ging er sofort zu dem Tresor, in dem Blakely die Diamantstatue, *Ohna*, das Idol der *Mimi'swee*, aufbewahrte. Er kannte zwar die Kombination nicht, doch gab es ausreichend Zündhütchen und Sprengstoff in der Basis. Insofern sollte es ihm nicht schwer fallen, den Safe zu öffnen. Harry musste wissen, wo sich die Sachen befanden und wie man sie benutzte. Aber wo war Harry?

Sandy hatte sich auf dem Sofa zusammengerollt. »Was ... was war das ... für ein Wesen?«

»Ein Freund. Einer der Höhlenbewohner.«

»Wie ... ich verstehe nicht ... wann ...?«

Er setzte sich neben sie. »Das ist eine lange Geschichte,

aber glauben Sie mir, er ist ein Freund. Er wird Ihnen nichts tun.«

Sie presste die Arme vor ihre Brust und zitterte.

»Warum sind Sie hier zurückgeblieben?«, fragte er. »Warum wurden Sie nicht mit den anderen evakuiert?«

Sie starrte ihn an, als wäre er verrückt. »Es gab keine Evakuierung. Sie griffen urplötzlich an. Uns blieb keine Zeit. Alle sind tot.«

»Was? Aber kam keine Verstärkung von oben?«

»Die Funkverbindung riss beinahe gleichzeitig ab. Am Tag nach dem Angriff hörte ich den Motor des Aufzugs, nahm mir ein Herz und ging nachschauen.« Sie wurde ganz blass, als sie die Geschichte erzählte.

»Der Aufzug war voller Soldaten. Aber sie konnten es nicht ahnen.« Sie drehte sich mit aufgerissenen Augen zu ihm. »*Sie konnten es nicht ahnen*. Das Geräusch lockte die Bestien herbei. Es waren so viele. Als sich der Aufzug öffnete, wurden die Männer überwältigt und in Stücke gerissen.« Sie legte die Hände vors Gesicht. »Seitdem hat sich niemand mehr heruntergewagt.«

Ben nickte. »Kein Wunder, McMurdo liegt am Arsch der Welt. Die brauchen mindestens eine Woche, um ein komplettes Überfallkommando auf die Beine zu stellen. Bis dahin sind wir auf uns allein gestellt.«

Sandy schluchzte immer mehr.

Er tätschelte ihre Hand. »Bis dahin halten wir durch.«

Mit tränenerstickter Stimme sagte sie: »Sie sind alle fortgelaufen. Ich war ganz allein. Ich konnte nichts tun.«

»Was ist mit Blakely?«

Sie schüttelte den Kopf. »Als ich ihn das letzte Mal sah, lief er mit dem Jungen hinaus.«

Für eine Millisekunde setzte Bens Herz aus. »Wissen Sie, ob sie in Sicherheit sind?«

»Ich weiß nicht, was mit ihnen geschehen ist. Ich habe

mich hier eingeschlossen. Aber die Schreie ... die Schreie konnte man noch tagelang hören. Dann nichts. Gar nichts mehr. Das war am schlimmsten. Die Stille.« Sie schaute zu ihm hoch und zitterte. »Ich habe gedacht, ich wäre die letzte Überlebende.«

»Nein, das sind Sie nicht.« Er stand auf. Was sollte er Ashley sagen? Er ging auf und ab und blickte auf seine Armbanduhr. 14 Stunden waren um. Er musste den Safe in die Luft sprengen und zu den *Mimi'swee* zurückkehren. Da blieb ihm keine Zeit, um die Basis gründlich abzusuchen. Vor allem, wo die *Cra'kan* immer noch herumliefen. Er blieb vor dem Safe stehen und ballte die Fäuste. Wo zum Teufel blieb Harry nur? Er drehte sich zu Sandy um. »Sie kennen nicht zufällig die Kombination von Blakelys Safe?«

Sie nickte und verriet sie ihm.

Endlich war das Glück wieder auf seiner Seite! Er drehte das Kombinationsschloss nach ihren Angaben und öffnete die schwere Tür. Einen Augenblick lang glaubte er, die Statue wäre fort, bis er begriff, dass sie in braunes Papier gewickelt und verschnürt war. Er holte das Päckchen heraus, riss das Papier ab und hielt die Statue gegen das durchscheinende Licht. Mit dem Finger fuhr er über den schwangeren Bauch der Figur. Hoffentlich brachte sie ihm Glück.

In diesem Moment stürzte Nob'cobi mit einem panischen Gesichtsausdruck herein.

Ben ahnte, dass sein Glück nur von kurzer Dauer war.

Tränen der Enttäuschung liefen über Jasons Gesicht. Er konnte es immer noch nicht glauben. Zuerst dachte er, er würde träumen, aber der Akzent war so deutlich gewesen. Ben! Er hatte gehört, wie er mit jemandem sprach. Dann folgte ein lautes Klopfen. Ganz in der Nähe! Er hatte die Worte zwar nicht genau verstehen können, doch es musste

Ben gewesen sein. Jason hatte versucht, ihm etwas zuzurufen, aber durch den Knebel drang nur ein leises Stöhnen, das er selbst kaum hören konnte.

Schließlich hatte er gehört, wie eine Tür zufiel, dann herrschte Stille. Nun lauschte er angestrengt nach einem Hinweis, dass Ben noch in der Nähe war. Nichts. Wahrscheinlich war er jetzt in dem Gebäude.

Jason zerrte wieder an den Fesseln. Wenn er nur eine Hand frei bekäme und den Knebel aus dem Mund ziehen könnte. Er musste es irgendwie schaffen, Ben etwas zuzurufen, wenn er das Gebäude wieder verließ. Wenn ihm das nicht gelänge … Er warf einen Blick auf die LED-Anzeige an seinem Gürtel. Dort leuchtete die Zahl Elf, die schon im nächsten Moment auf die Zehn umsprang.

Er brauchte Hilfe, und zwar schnell. Wieder zerrte er am Seil – vergeblich. Resigniert gab er den Widerstand auf. Ein anderer Plan musste her.

Während er erschöpft an der Säule hing, schoss ihm plötzlich ein Gedanke durch den Kopf. Vielleicht …

Er bewegte die Hüften hin und her. Wenn er mit seiner linken Hand in seine Jackentasche fassen könnte … Er presste die Augenlider zusammen, während er sich streckte, den Körper verdrehte und sich in seinen Fesseln aufbäumte. Mit den Fingerspitzen fühlte er schon die vertraute Kunststoffumhüllung. Vorsichtig zog er den Gegenstand aus seiner Tasche, damit er nicht runterfiel, doch er verfing sich im Stoff. Jason hielt inne und atmete tief ein. Nichts überstürzen! Mit noch stärkerer Konzentration befreite er ihn aus der Jacke und seufzte erleichtert auf. Dies war der einzige Gegenstand aus seiner Sporttasche, den Khalid ihm gelassen hatte.

Er betete, dass die Batterien noch nicht leer waren, als er den Nintendo-Gameboy anknipste. Sofort plärrte die vertraute Erkennungsmelodie aus dem Spielzeug. Jason drehte die Lautstärke ganz auf. Die Musik war zwar nicht ausgesprochen laut, aber mit ein bisschen Glück würde Ben auf den seltsamen Klang aufmerksam werden, wenn er aus dem Gebäude kam.

Er wartete. Bitte, Ben, mach schnell. Aber wenn nun die Batterien vorher schlappmachten? Und wenn er sich geirrt hatte und Ben schon wieder fort war? Und wenn der Timer an seinem Gürtel ablief, bevor Ben ihn gehört hatte? Die furchtbarsten Befürchtungen schossen ihm durch den Kopf.

Aber ein Gedanke kam ihm erst in den Sinn, als er die schwarze Schnauze rechts von sich um die Ecke kommen sah: Was, wenn nicht Ben, sondern jemand anderes von dem Geräusch angelockt wurde? Jason sah, wie die Bestie ihn sanft anfauchte und die Nüstern abwechselnd blähte und wieder zusammenzog. Er knipste den Gameboy aus und blieb mucksmäuschenstill. Die Bestie trat nun ganz in Erscheinung. Aus ihren Wunden an Bauch und Hals quoll Blut. Doch schien sie das nicht weiter zu stören, als sie langsam auf ihn zuschlich.

34

Ashley war sich sicher, dass es ihrem Sohn gut ging. Es konnte gar nicht anders sein. Sie legte den Stift hin. Den ganzen Tag über hatte sie in *Umbos* Höhle gearbeitet und versucht, sich durch Beschäftigung abzulenken. Sie hatte katalogisiert, vermessen und in ihre Kladde geschrieben.

Sie blickte auf die Uhr. Es war schon spät am Abend. Ben musste bereits auf dem Rückweg sein. Ob er eine Nachricht von Jason hatte? Oder schlimmer: Was, wenn er gar nicht zurückkam? Wie lange musste sie noch warten? Bis die Anspannung sie in den Wahnsinn trieb?

Seufzend setzte sie sich und schaute zu dem dösenden Mo'amba hinüber, der auf der anderen Seite mit geschlossenen Augen saß. Er war ihre einzige Wache. Die anderen hatte er fortgeschickt. Sie hatten ihm ohne ein Wort der Widerrede gehorcht.

Sie blickte auf das schwarze Wurmloch, durch das Ben verschwunden war. Sie könnte einen Ausbruchsversuch wagen. Wenn Mo'amba wirklich ein Nickerchen machte ... Sie schüttelte den Kopf. Sie müsste verdammt weit klettern. Und sie würden sie bestimmt einholen. Außerdem konnte sie Michaelson nicht im Stich lassen. Selbst wenn sie durch ein Wunder entkommen könnte, würde er an ihrer Stelle sterben.

Plötzlich öffnete Mo'amba die Augen und blickte sie an. Er erhob sich mit Mühe. Das stundenlange Sitzen machte ihn anscheinend steif. Ashley ging zu ihm hinüber und half ihm auf.

Er blickte zu dem Ausgang, der in die Siedlung führte.

»Was ist los?«, fragte sie ihn.

Mo'amba legte ihr die Hand auf den Mund, damit sie schwieg. Dann bedeutete er ihr, ihm zu folgen. Mit seinem Stab als Krücke humpelte er hinaus und zog sie in einen schattigen Alkoven auf der anderen Seite des Ganges.

Was ging da vor sich? Auf die Antwort musste sie nicht lange warten. Sie hörte das leise Geräusch lederner Schuhe auf Stein herankommen. Jemand näherte sich. Aber wer?

Ashley warf neugierige Blicke in den schwach beleuchteten Tunnel, bis Mo'amba sie in den Schatten zurückzog. Sie wartete mit angehaltenem Atem. Den Schritten nach zu urteilen, war es mehr als einer.

Sie drückte sich tiefer in die Nische. Die Gruppe ging dicht an ihr vorbei und verschwand in *Umbos* Höhle. Sie unterdrückte ein Zischen, als sie die knochige Gestalt erkannte. Es war Sin'jari.

Die anderen beiden waren das genaue Gegenteil von ihm. Während er lang und knochig war, waren seine zwei Begleiter muskelbepackt und gedrungen. Aber es gab keinen Zweifel, wer hier der Boss war. Ein bloßes Stirnrunzeln von ihm ließ die beiden zusammenzucken. Und das taten sie oft! Aus seinen Gesten und scharfen Anweisungen konnte Ashley schließen, dass Sin'jari offensichtlich Befehle gab, welche die beiden nur widerwillig befolgten.

Sin'jari bellte einen letzten Befehl, und die beiden stiernackigen Bullen krochen in das Wurmloch, das zur Alpha-Höhle führte.

Was geschah da? Ashley verstand kein Wort von dem, was gesprochen wurde, doch Mo'amba schon. Sie fühlte, wie er sich neben ihr anspannte und vor unterdrückter Wut und Anspannung geradezu zitterte. Seine Aufregung war ansteckend. Sie bemerkte, wie sie die Fäuste ballte. Sin'jari führte Übles im Schilde und wollte ihnen schaden.

Ashley erschrak, als Mo'amba plötzlich aus der Nische stürzte. Sie eilte hinter ihm her, als er in *Umbos* Höhle humpelte. Sin'jari drehte sich verblüfft um, mit offenem Mund und weit aufgerissenen Augen.

Mo'amba ging auf ihn zu und stellte sich vor ihn hin. Er stampfte mit seinem Stab so hart auf, dass Splitter von seinem Ende flogen. Sin'jari trat zurück, offenbar verblüfft darüber, dass sein Widersacher so plötzlich erschienen war.

Ashley ging zur Seite, als Mo'amba erregt zu Sin'jari sprach. Nun war es an Sin'jari zurückzuweichen. Während Mo'amba ihm seine Worte entgegenschleuderte, schien Sin'jari sich zu verschließen. Aber im Gegensatz zu seinen Lakaien, denen die Angst in den Augen stand, verengten sich seine Pupillen zu drohenden Schlitzen. Ashley sah von ihrer Position aus, wie er seine Hand langsam zu dem Dolch an seinem Gürtel bewegte.

Sie wollte Mo'amba warnen und öffnete den Mund,

doch die Worte blieben ihr im Halse stecken. Wie konnte sie ihn warnen? Sie kannte doch kein Wort seiner Sprache. Sie sah, dass sich Sin'jaris Finger um den Griff des Dolches schlossen. Mo'amba war einer der prominentesten Führer. Sin'jari würde es bestimmt nicht wagen …

Doch ohne Warnung holte Sin'jari aus und trieb den diamantenen Dolch in Mo'ambas Brust. Der Stoß unterbrach Mo'ambas zornige Tirade. Der alte *Mimi'swee* schaute auf den Griff, der aus seiner Brust ragte, als ob er einen faszinierenden Käfer studierte. Er hustete, und ein blutiges Rinnsal sickerte aus seinem Mund.

Ashley, die starr vor Schreck geworden war, schrie auf, als Sin'jari dem Alten den Dolch aus der Brust riss und ein zweites Mal zustach. Der Alte stolperte rückwärts, um aus der Reichweite des Angreifers zu kommen.

Sin'jari erhob den Dolch wieder und wollte Mo'amba in die Kehle stechen, doch da stürzte sich Ashley auf ihn. Sie trat ihm mit dem Absatz in die Rippen, so dass er zur Seite fiel. Als er zurücktaumelte und versuchte, das Gleichgewicht wieder zu erlangen, stellte Ashley sich schützend vor Mo'amba. Der alte Mann war mittlerweile auf dem Boden zusammengesackt. Er hatte seine Brust mit beiden Händen gepackt, Blut quoll zwischen seinen Fingern hervor.

Sin'jari kam auf sie zu.

»Mach, dass du fortkommst, du dreckiger Bastard!«, schrie Ashley.

Mit einer Hand hielt Sin'jari sich die verletzte Rippe, während die andere mit dem Dolch fuchtelte. Er bleckte die Zähne und schaute sie kalt an. Er hatte ein Messer, sie nicht.

Sie blickte auf den Stab, den Mo'amba fallen gelassen hatte.

Doch Sin'jari gab ihr nicht die geringste Chance, diesen Plan in die Tat umzusetzen. Er stürzte sich auf sie. Aber jahrelanges Karatetraining und vier ältere Brüder hatten Ashleys Reflexe geschult. Sie drehte sich zur Seite und packte Sin'jaris Handgelenk, als er an ihr vorbeischoss. Sie verlagerte ihr Gewicht auf ein Bein und nutzte Sin'jaris Schwung, indem sie ihn über ihre Hüfte zu Boden schleuderte. Das Geräusch brechender Knochen ließ sie innerlich aufjubeln. Sein Messer schlitterte über den Felsboden.

Zwei Schritte, und sie hielt den Dolch in ihrer Hand. Jetzt, wo sich das Blatt gewendet hat, wollen wir doch mal sehen, ob dem Schweinehund noch etwas einfällt, dachte sie. Sin'jari war bereits weggekrochen und hielt sich den linken Arm. Er wich vor ihr zurück, zum anderen Ende der Höhle hin. Offenbar hatte er aufgegeben.

Während sie Sin'jari nicht aus den Augen ließ, ging sie zu Mo'amba hinüber, der jetzt auf dem Rücken lag. Seine Brust hob und senkte sich, und sein Atem gurgelte. Er starrte ausdruckslos an die Decke. Ein Schock.

Er brauchte sofort Hilfe. Nur woher?

Sie sprang auf Sin'jari zu, als der plötzlich aufstand, und hob das Messer, aber er griff sie nicht an. Stattdessen taumelte er zum Wurmloch. Er grinste sie noch einmal an, dann sprang er hinein und verschwand.

In diesem Moment hörte sie das Getrappel vieler Füße im Tunnel. Gott sei Dank nahte Hilfe.

Als sie sich umdrehte, stürzte der erste Krieger mit gezücktem Speer in die Höhle. Ein großes Wehklagen erhob sich, als sie den blutenden Mo'amba auf der Erde liegen sahen. Wie auf Kommando richteten sich die zornigen und anklagenden Blicke der Krieger auf Ashley.

Sie sah auf den blutigen Dolch, den sie immer noch in ihrer Hand hielt. Verflucht!

»Ganz ruhig«, sagte Ben und packte Nob'cobis fuchtelnde Hände. Vergeblich hatte er versucht, aus seinen wilden

Gesten und gutturalen Lauten schlau zu werden. Nun waren beide frustriert.

Ben blickte zu Sandy. Sie hatte sich in die hinterste Ecke von Blakelys Büro zurückgezogen und kauerte dort. Von ihr war keine Hilfe zu erwarten.

Er ließ Nob'cobis Hände los. Wenn nur Harry da wäre ... Er beherrschte wenigstens die Sprache.

Plötzlich streckte Nob'cobi einen Finger aus und berührte Bens Stirn, dann seine. Ben starrte ihn verständnislos an. Der kleine Krieger wiederholte die Geste. Allmählich verzog er das Gesicht vor Wut.

Im nächsten Moment begriff Ben. Nob'cobi wollte mit ihm telepathische Verbindung aufnehmen. Die konnte der Krieger aber nicht aufbauen, weil er kein *Heri'huti* war – doch Ben. Wie bei ihrer Fahrt durchs Wurmloch.

Ben nickte Nob'cobi zu und bedeutete ihm, sich auf die Couch zu setzen. Nob'cobi blickte misstrauisch auf das Ledersofa und setzte sich stattdessen im Schneidersitz auf den Boden. Ben zuckte mit den Achseln und ließ sich in der gleichen Haltung vor den *Mimi'swee* sinken.

Er schloss die Augen, verlangsamte die Atmung und versuchte, sich zu konzentrieren. Dabei stellte er sich vor, er befände sich auf der Schafstation seines Vaters und säße auf der Veranda, hielte ein warmes Bier in der Hand und hätte den ganzen Tag Faulenzen vor sich. Plötzlich platzte es aus Sandy heraus: »Was machen Sie da?«

Ben runzelte die Stirn, öffnete jedoch nicht die Augen. »Alles in Ordnung, Sandy. Bitte bleiben Sie eine Minute lang ruhig.«

»Aber ...«

»Psst. Entspannen Sie sich.« Seine suggestiven Worte waren nicht nur an Sandy gerichtet, sondern auch an sich selbst. Entspann dich.

Er hörte, dass sie etwas vor sich hin murmelte, aber er

beachtete sie nicht, schlürfte schales Foster's aus einer staubigen Flasche und balancierte auf den hinteren Beinen seines Stuhls in der Ecke der Veranda. Er dachte an Nob'cobi, stellte sich das Gesicht mit der platten Nase und den dünnen Hals des kleinen Kerls vor. Plötzlich saß er auf dem Stuhl neben ihm.

Nob'cobi blickte sich mit offenem Mund staunend um. Er stand auf und lehnte sich auf das Geländer der Veranda, gaffte den weiten Himmel an. So weit man auch blickte, zeigte sich kein Wölkchen. Nob'cobi schien sich ein wenig zu ducken. Dann drehte er sich herum und sah Ben an. »Es ... es ist so groß.« Ihm schauderte.

Ben tat es ein wenig Leid, den armen Kerl in diese fremdartige Landschaft zu versetzen, doch Mo'amba hatte dasselbe mit ihm gemacht. Außerdem hatte er die Ranch vermisst. »Mach dir nichts draus, Nob'cobi. Auf die Größe kommt es nicht an.«

»Was?«

»Egal. War ein schlechter Witz.« Ben trank noch einen Schluck Bier. Zum Teufel, wenn das nicht verteufelt realistisch war. »Was wolltest du mir erzählen?«

Nob'cobi schluckte nervös und warf einen verstohlenen Blick hinter sich. »Da war ein sehr merkwürdiges Geräusch in der Höhle. So etwas habe ich bisher noch nie gehört.«

»Wie hat es geklungen?«

Nob'cobi verzog sein Gesicht und gab eine Imitation des Geräuschs von sich. Es war eine Art Melodie. Und sie klang vertraut.

»Noch mal!« Ben konzentrierte sich, schloss die Augen und lauschte. Wo hatte er das schon einmal gehört? Da riss er die Augen auf und schoss in die Höhe. Himmel, die verdammte Erkennungsmelodie von Jasons Gameboy! Die Melodie hatte er mindestens tausendmal in den letzten Wochen gehört.

»Wo hast du das gehört?«, sprudelte es aus ihm heraus.

»Ich bin dem Geräusch nachgegangen. Dabei wäre ich fast mit dem *Cra'kan* zusammengestoßen, der uns gejagt hat. Der schlaue. Ihn hatte das Geräusch auch angelockt.«

»Verflucht!« Ben unterbrach den Traum, der in bunte Fetzen zerstob, und saß wieder Nob'cobi in Blakelys Büro gegenüber. Rasch richteten er und Nob'cobi sich auf.

»Sandy, Sie bleiben hier«, sagte Ben und steckte ein volles Magazin in seine Pistole. »Schließen Sie die Tür ab. Wenn wir klopfen, machen sie ganz schnell auf.«

Sie nickte und folgte ihm den Flur hinunter. »Was ist denn los?«

»Das kann ich jetzt nicht erklären.« Er stieß die Tür zum Empfangsbereich auf. »Schließen Sie ab, und verhalten Sie sich ruhig.«

Er hörte, wie die Tür hinter ihm zugeschlagen und verschlossen wurde, und wandte sich Nob'cobi zu. »Jetzt zeig mir, wo die Melodie herkam.«

Der Krieger blickte ihn verständnislos an. Zum Henker, das war jetzt nicht der Zeitpunkt für weitere Kommunikationsprobleme. Ben summte die Melodie, schaute pantomimisch um sich und zuckte dann mit den Schultern.

Nob'cobi nickte, zeigte zur Tür und ging voran.

Ben schloss die Finger fest um die Pistole, bis die Knöchel weiß waren, und lief hinterher. Und wenn es schon zu spät war? Er schüttelte den Kopf. Nein, ganz bestimmt nicht.

Er folgte Nob'cobi nach draußen. Gerade als sie um die Ecke kamen, stand plötzlich Harry vor ihnen. Ben war so überrascht, das er beinahe auf ihn geschossen hätte.

»Du hast es geschafft«, sagte Harry außer Atem und schweißnass. »Schnapp dir die Statue und dann nichts wie weg hier. Die anderen Krieger führen die *Cra'kan*-Herde immer noch in die Irre, aber lange klappt das nicht mehr. Wir müssen ...«

Ben hob die Hand. »Ich habe sie schon.«

»Großartig!«

»Aber wir haben ein neues Problem. Komm, wir sind in Eile.« Ben scheuchte Nob'cobi voran und erzählte Harry die Ereignisse in Stenogrammform.

Harry begriff schnell. »Du denkst, es ist Ashleys Sohn.«

Ben nickte.

»Scheiße. Verflucht ungünstiger Zeitpunkt für ein Computerspiel.«

Nob'cobi bedeutete ihnen zu schweigen und winkte Harry zu sich. Er flüsterte ihm etwas ins Ohr. Harry schnitt eine Grimasse und rutschte zu Ben hinüber. Er übersetzte flüsternd: »Hier hat Nob'cobi Tiny Tim gesehen. Die Melodie kam von der anderen Seite des zerstörten Gebäudes da drüben.«

Ben nickte. Dieses Mal achtete er bei jedem Schritt darauf, dass er auf festes Gestein trat. Er wollte die *Cra'kan* nicht noch einmal durch seine Tollpatschigkeit herbeilocken. Die drei schlichen schweigend voran, an einem zerstörten Messezelt vorbei. Töpfe und Pfannen lagen kreuz und quer herum.

Nachdem sie eine Minute lang geschlichen waren, hörten sie das vertraute Kratzen der Klauen und das Schnüffeln eines *Cra'kan*. Nob'cobi ging ein paar Meter vor Ben und Harry her. Er lugte vorsichtig an einem Haufen Holz und Schutt vorbei auf die freie Fläche dahinter. Plötzlich schreckte er zurück und lehnte sich flach an die Wand. Er signalisierte ihnen, sich nicht zu rühren.

Ben sah, wie der mächtige Schwanz der Bestie ins Blickfeld fegte und ein paar verstreute Töpfe zur Seite schleuderte. Das Scheppern schallte unverhältnismäßig laut in der Totenstille des leeren Camps. Dann verschwand der Schwanz wieder.

Nob'cobi gab ihnen ein Zeichen, vorsichtig zu ihm zu

kommen. Ben schlich sich zuerst an und schob sich nahe genug an die Ecke heran, um einen Blick dahinter zu werfen.

Der *Cra'kan* stand mit dem Rücken zu ihnen. Sein Schwanz peitschte auf und ab. Ben sah, wie er seinen Kopf hin und her bewegte und etwas, das sich vor ihm befand, genau betrachtete. Dabei schnaufte er laut. Dann ging er einen Schritt zur Seite, um seine Beute aus einem anderen Winkel zu betrachten.

Ben unterdrückte einen Aufschrei. Die Bestie hatte den Blick auf ihre Beute freigegeben. Es war Jason, an eine Säule gefesselt, die Augen vor Angst weit aufgerissen. Der *Cra'kan* ging jedoch nur schnüffelnd und grunzend um die Säule herum, offenbar erstaunt darüber, dass sein Opfer nicht davonrannte. Wie eine Katze, dachte Ben, der es keinen Spaß macht, wenn ihre Beute nur still dasitzt.

Ben trat leise zurück und gab Harry die Gelegenheit, einen Blick zu riskieren. Dann flüsterte er ihm ins Ohr: »Lock mir den Dreckskerl fort, so wie die anderen. Dann kann ich Jason befreien und ihn in Sicherheit bringen. Wir treffen uns in einer halben Stunde Blakelys Büro.«

Harry nickte.

»Aber sei vorsichtig«, warnte ihn Ben, »der Schweinehund ist gerissen.«

Harry und Nob'cobi steckten kurz die Köpfe zusammen. Dann schlichen die beiden davon, um den *Cra'kan* in östlicher Richtung zu umgehen und von Bens Versteck abzulenken.

Ben wartete, bis die beiden ihre Position erreicht hatten. Er hielt den Atem an und betete, dass Jason nicht plötzlich aufschrie. Die Bestie wartete bestimmt nicht mehr lange. Über kurz oder lang würde Tiny Tims Staunen dem Hunger weichen, und er würde angreifen.

Ben spannte die Muskeln so stark an, dass sie zitterten.

Vor Schreck fuhr er hoch, als er Töpfe und Pfannen laut scheppern hörte. Harry und Nob'cobi. Das wurde aber auch langsam Zeit. Er riskierte einen Blick um die Ecke, um Tiny Tims Reaktion mitzubekommen.

Der stand bewegungslos und aufrecht da, die Ohren lauschend nach hinten gerichtet. Langsam drehte er seinen Kopf in die Richtung des Lärms. Er ging ein paar Schritte auf die Geräusche zu, blieb dann aber stehen und schaute zurück zu Jason. Er schien den Köder nicht anzunehmen. Wenigstens nicht, bevor er sein Schnäppchen aufgespießt hatte. Wieder ging er einen Schritt auf Jason zu.

Wag es nicht! Ben hob seine Pistole. Bevor er schießen konnte, sprang Harry mit zwei zerbeulten Töpfen in der Hand aus der Deckung.

Er brüllte die Bestie an. »Heho, Fettsack, wie wäre es mit einem Tänzchen?« Um seiner Aufforderung Nachdruck zu verleihen, schlug Harry die Töpfe zusammen.

Damit hatte er endlich Tiny Tims Aufmerksamkeit auf sich gezogen. Mit einem Brüllen schnellte er auf Harry zu, der nicht mit einer so raschen Reaktion gerechnet zu haben schien. Er taumelte zurück und fiel beinahe hin. Ben biss die Zähne zusammen. Marsch, Marsch, Soldat! Harry schien den leisen Befehl zu hören und rannte in die Gasse zurück.

Der flüchtende Mann war einfach zu verführerisch für den *Cra'kan*. Er lief hinter ihm her und verschwand.

Ben wartete keine Sekunde länger. Sobald die Schwanzspitze außer Sicht war, rannte er aus seinem Versteck und auf den Jungen zu.

Tränen liefen Jason über das verrußte Gesicht. Der Junge starrte immer noch der Bestie hinterher. Zum Glück war ihm sonst nichts passiert.

Ben kam angerannt. Das Geräusch seiner schweren Stiefel lenkte Jason ab. Für einen Moment stand ihm die Angst ins Gesicht geschrieben. Dann erst schien er Ben zu erkennen. Weitere Tränen liefen ihm übers Gesicht.

Wenige Sekunden später war Ben bei ihm. Er drückte ihn so fest an sich, wie es die Fesseln erlaubten, nahm ihm den Knebel aus dem Mund und fragte sich dabei, wer zum Teufel den Jungen gefesselt und geknebelt hatte. Aber sie hatten jetzt keine Zeit für Fragen. Jason wurde von Schluchzern geschüttelt. »Es ist alles in Ordnung, mein Junge. Du bist in Sicherheit.«

Doch Jason schluchzte weiter. Er versuchte zwischen den Schluchzern zu sprechen. »Ich ... habe versucht ... dich mit dem Spiel ... herzulocken.« Er ließ das Spielzeug fallen, das er noch in der Hand gehalten hatte. Es fiel scheppernd auf den Boden.

»Das hast du gut gemacht.« Ben ging in die Knie, zog ein Messer heraus und begann, die Fesseln aufzuschneiden.

»Meine ... meiner Mama ... geht es meiner Mama gut?«

»Es geht ihr prima. Sie ist in Sicherheit.«

Plötzlich zappelte Jason wild. Ben bekam kaum seine Handfesseln auf, so sehr wand er sich. Schließlich hatte er seine Hände befreit.

»Nun halt doch mal eine Sekunde still. Ich will nur noch den letzten Strick lösen.«

»Ich muss nachschauen!« Jason war wie besessen.

»Was?«

Jason hob sein T-Shirt hoch. Jetzt sah Ben die leuchtende LED-Anzeige auf Jasons Gürtelschnalle. Dort stand die Zahl Sechs.

Jason starrte schweigend auf die Schnalle und stöhnte dann.

»Was ist denn das?«

»Eine Bombe«, sagte Jason mit verzweifeltem Blick.

»Was zum Teufel sagst du da?«

Jason zeigte ihm die grauen Würfel aus Plastiksprengstoff, die an seinem Gürtel befestigt waren. »Khalid hat sie mir umgebunden. Damit er Linda kontrollieren kann. Sie ist so eingestellt, dass sie in sechs Minuten explodiert.«

»Dann runter damit.« Ben wollte ihn mit dem Messer von der Bombe befreien. Jason wich zurück. »Wenn du sie abschneidest, geht sie in die Luft. Nur durch den Geheimcode kann man sie abstellen.«

»Wer kennt den Code?«

»Khalid ... und der ist irgendwo da draußen und legt noch mehr Bomben.«

Dieses gottverdammte Dreckschwein. Wenn ich den zwischen die Finger bekomme ..., dachte Ben.

»Es muss eine andere Methode geben, sie zu entschärfen. Vielleicht kann Harry ... er ist Sprengmeister.« Ben bedeckte sein Gesicht mit den Händen. Zur Hölle! Wie sollte er ihn nur rechtzeitig finden? Sie waren erst in einer halben Stunde in Blakelys Büro verabredet. Er ballte die Fäuste und presste sie gegen seine Schläfen. Verflucht, Mann, *denk nach!*

Er starrte auf die LED-Anzeige. Gerade sprang sie von Sechs auf Fünf.

Ashley ließ sich auf das Kissen in ihrer Zelle sinken. Jetzt saß sie schon wieder fest. Drei Wachen standen auf der Türschwelle. Die Klingen ihrer Lanzen funkelten im Zwielicht des Schimmelpilzes. Ashley hatte mit Händen und Füßen versucht, ihre Unschuld zu beteuern, und mehrmals Sin'jaris Namen ausgesprochen, doch ihre Bemühungen waren vergeblich geblieben. Ihr einziger Zeuge, Mo'amba, war dem Tode nah.

Vor ihrer Zelle kam Bewegung auf und zog ihre Aufmerksamkeit auf sich. Michaelson schob sich an den Wachen vorbei. Sein verletzter Knöchel brachte ihn zum Stolpern, doch erlangte er das Gleichgewicht wieder.

»Die Schweine haben mir meine Waffen abgenommen«, sagte er und ging zu ihr. »*Alle*. Was geht hier vor?«

»Tut mir Leid, es war mein Fehler«, sagte sie und stand auf. Sie hatte die Ereignisse noch nicht überwunden. »Ich war zur falschen Zeit am falschen Ort.« Sie erzählte ihm, wie Sin'jari Mo'amba angegriffen hatte und wie sie dazwischengefahren war. »Man hat mich quasi mit rauchendem Colt erwischt. Mo'amba lag da mit zwei Stichen in der Brust, und ich stand mit erhobener Tatwaffe über ihm. Kann man es ihnen verdenken?«

»Was soll jetzt mit dir geschehen?«

Sie zuckte mit den Achseln. »Keine Ahnung. Ich glaube, im Moment sorgen sich alle mehr um Mo'amba.«

»Glaubst du, der alte Mann hat eine Überlebenschance?«

Ashley schüttelte den Kopf. »Das bezweifle ich. Er hat eine Menge Blut verloren. Mit seinen mentalen Kräften würde er es Sin'jari schon heimzahlen, wenn es sein Zustand zuließe. Telepathisch, meine ich, auf allen Hirnfrequenzen. Wenn er stirbt, hat keiner von uns eine Chance zu überleben, egal ob Ben es rechtzeitig schafft oder nicht.«

Michaelson blickte auf seine Uhr. »Ben bleiben keine acht Stunden mehr.«

Seufzend sagte sie: »Nun hoffe ich sogar, dass er nicht zurückkommt. So wütend, wie die Eingeborenen sind, werden sie ihn mit uns hinrichten, auch wenn er ihnen die Statue bringt. Es wäre am besten, er bliebe, wo er ist.«

»Das wird er nicht tun.«

»Ich weiß.« Sie ließ sich auf das Kissen fallen und gab Michaelson ein Zeichen, sich neben sie zu setzen. »Wenn man ihn nur warnen könnte. Wenn wir Ben und Harry nur eine Nachricht senden könnten, damit sie oben bleiben.«

»Keine Chance. Ben geht durch die Hölle, um dich wiederzusehen.«

Sie schlug sich mit der Faust aufs Knie. »Dann muss ich

den Eingeborenen die Wahrheit über Sin'jari mitteilen. Es muss doch eine Möglichkeit geben, mit ihnen zu kommunizieren. Aber wahrscheinlich geben sie sich nicht mal die Mühe zuzuhören. In ihrer Wut fällen sie das falsche Urteil.«

»Vielleicht kommen Harry und Ben ja zurück, bevor Mo'amba stirbt. Harry könnte dann deine Geschichte übersetzen.«

»Selbst wenn es dazu käme, würden sie uns doch nicht glauben. Sin'jari ist einer ihrer Ältesten. Sein Wort stünde gegen meins.«

»Dann brauchen wir Beweise. Was, glaubst du, hatte der Schuft vor?«

»Nichts Gutes, darauf kannst du Gift nehmen. Ich nehme an, er wollte Ben in die Quere kommen und seine Mission irgendwie vereiteln.«

»Wenn wir das beweisen können, würde das deiner Geschichte ein gutes Stück weiterhelfen.«

»Aber wie«, fragte sie außer sich.

»Ertapp ihn auf frischer Tat, wenn er zurückkommt. Die einzige leichte Route von der Alpha-Höhle zurück zur Siedlung führt durch das Wurmloch. Wenn er dadurch hinaufgeschlichen ist, wird er sich auf diesem Weg auch zurückstehlen.«

»Und wie, denkst du, sollen wir ihn in der Höhle gefangen nehmen?«

Er zuckte mit den Schultern. »Mensch! Ich kann doch nicht jede Frage beantworten.«

Sie schüttelte den Kopf, weil sie alle diese Überlegungen für nutzlose Träumerei hielt. »Alles hängt davon ab, dass Mo'amba überlebt, bis Harry und Ben zurückkommen. Sollte er ...«

Die Wachen an der Tür brachen plötzlich in lautes Klagegeheul aus. Das gleiche Heulen erklang ebenso in der ganzen Siedlung um sie herum. Es durchdrang die Felswände, als wären sie aus Papier, und sein Ton war so hoch, das sich die Haare auf Ashleys Armen aufrichteten.

Michaelson hielt sich bei dem Lärm die Ohren zu und verdrehte die Augen.

So plötzlich, wie das Geheul erklungen war, so überraschend brach es auch wieder ab. Die jähe Stille kam ihnen so einsam und leer vor, als ob man der Luft alles Leben genommen hätte.

Ashley sah, wie einer der Wachposten in ihre Richtung blickte. In seinen tief liegenden Augen sah sie Tränen und noch etwas anderes – Hass.

»Was hatte das jetzt zu bedeuten?«, fragte Michaelson.

»Unsere Zeit ist abgelaufen. Mo'amba ist tot.«

Ben wollte sich gerade aufrichten, als es ihn traf: eine Explosion in seinem Schädel. Er taumelte und fiel auf die Knie. Zuerst dachte er, eine Bombe wäre explodiert, so wie die, die an Jasons Taille befestigt war. Doch als er seine Augen aufriss, starrte Jason ihn nur fragend an.

»Alles in Ordnung?«, fragte der Junge, der anscheinend nichts von alledem mitbekommen hatte.

Ben nickte. »Glaub schon …« Dann wurde es schwarz um ihn herum.

Was zum Teufel …? Er versuchte, sich zu widersetzen, doch schien er in einem Weltall ohne Sterne zu treiben. Es gab nichts, gegen das er hätte angehen können, niemanden, gegen den er hätte kämpfen können. Er war nicht bewusstlos, aber von einer unendlichen Finsternis umgeben. Da erschien in der Dunkelheit ein kleiner, matter Funke. Als er sich darauf konzentrierte wie auf ein fernes Leuchfeuer, wurde der Funke zur hellen Flamme. Die Flamme sprach mit der Stimme seines Großvaters und flackerte bei jedem Wort. »… Ben … Ben … du musst dich beeilen …«

Mittlerweile war Ben bewusst, dass Mo'amba mit ihm Kontakt aufgenommen hatte. Aber dies war der falsche Zeitpunkt. »Was ist denn? Stimmt etwas nicht? Geht es Ashley gut?«

»... schwach ... müde.« Die Flamme wurde wieder zu einem blassen Flackern. »... musst dich beeilen ...« Einen Moment lang flackerte die Flamme heller. »Gefahr ...« Dann verblasste sie, wurde wieder zum Funken, schließlich verschwand sie ganz. Ben empfand nur noch Leere. Er spürte, dass nicht nur der Kontakt zu Mo'amba abgebrochen, sondern dass auch Mo'amba irgendwie fort war. Fort für immer. Als er seine Umwelt wieder wahrnahm, rannen ihm plötzlich Tränen über die Wangen.

»Ben, was hast du?« Jason schüttelte ihn an der Schulter. Ben erhob sich von dem felsigen Boden, auf dem er zusammengebrochen war. Mo'amba war tot. Das war so sicher wie das Amen in der Kirche. »Mir geht es gut«, sagte er zu dem Jungen.

»Du bist ohnmächtig geworden.«

»Mach dir keine Sorgen, mir geht es prima.« Er tätschelte Jasons Knie und grübelte über Mo'ambas letzte Worte nach. Er wollte, dass Ben sofort zurückkehrte. Dass er keine weitere Zeit verschwendete. Aber warum die Eile? Ben hatte noch sieben Stunden, bis seine Frist ablief. Irgendetwas war im Busch. Eine neue Gefahr.

Jason schaute ihn besorgt an, sprach aber kein Wort.

Ben blickte auf den Timer auf Bens Gürtel. Immer noch zeigte er die Fünf an. Beeilung jetzt, Mo'amba hatte sie zur Eile getrieben. Jetzt wurde es ernst. Er brauchte einen Plan. Er musste Harry erreichen. Er musste ihn hierher bekommen, damit er die Bombe entschärfte.

Da dämmerte es ihm ... zum Teufel, warum war er nicht früher darauf gekommen?

Natürlich konnte er mit Harry in Kontakt treten. Zumindest mit Nob'cobi, der Harry dann sagen konnte, dass er seinen Arsch herüberbewegen solle. Mo'ambas Kontaktaufnahme hatte ihn auf die Idee gebracht. Er konnte das doch genauso. Doch hatte er es noch nie auf diese Entfernung hin versucht. Außerdem war zweifelhaft, ob Nob'cobi sich in einem entspannten Trancezustand befand und für die Kontaktaufnahme überhaupt empfänglich war. Aber möglich war es. Er musste es nur versuchen.

»Jason, ich weiß, das du mich für vollkommen bescheuert halten wirst, aber ich muss mich jetzt konzentrieren. Bitte verhalt dich ganz ruhig.«

»Okay, aber was ...«

»Pst, später.« Ben setzte sich im Schneidersitz auf den Boden, schloss die Augen und atmete tief ein und aus. Wieder stellte er sich das Haus seiner Kindheit in der Gegend von Perth vor. Den orangefarbenen Staub. Die Kängurus am Horizont. Die Heimat.

Er saß wieder auf dem knarrenden Stuhl auf der Veranda. Diesmal gab er sich keine Mühe mit dem Bier. Stattdessen konzentrierte er sich fest auf Nob'cobis Gesicht und stellte sich vor, der Krieger säße auf dem Stuhl neben ihm. Er malte sich die Gesichtszüge Nob'cobis in allen Einzelheiten aus. Die Narbe auf seiner Wange, der ergrauende Haarschopf auf seinem Kopf. Für einen Augenblick nahm die Vorstellung Gestalt an. Nob'cobis erstauntes Gesicht sah ihn an, verschwand aber sofort wieder.

Vedammt! Ben konzentrierte sich erneut. Komm, Nob'-cobi, du hast mich eine Sekunde lang gesehen. Du weißt, was ich von dir will. Ben versuchte es mit aller Kraft. Komm doch, hör mir zu. Nichts. Minutenlang, so schien es ihm, versuchte er es immer wieder. Verschwendete Minuten, die er nicht hatte.

Gerade als er vor Enttäuschung schreien und aufgeben wollte, erschien Nob'cobi. Er schien außer Atem zu sein.

»Was willst du?«, knurrte er Ben an. »Ich wäre fast gestolpert, als du zum ersten Mal Kontakt mit mir aufgenommen hast. Du sollst doch …«

»Hör zu! Ich brauche Harry bei mir. Sofort!

»Wir sind gerade auf dem Rückweg. Der *Cra'kan* muss gleich bei euch sein. Er hat die Verfolgung aufgegeben und ist wieder in eure Richtung unterwegs. Habt ihr euch schon davongemacht?«

»Nein, es gibt ein Problem. Ich möchte, dass ihr Tiny Tim vergesst und wir uns im Büro treffen. Lauft so schnell ihr könnt.«

»Du besser auch. Der *Cra'kan* ist euch auf den Fersen.«

»Schnell.« Doch Nob'cobi war bereits verschwunden.

Ben wachte aus seinem Traumzustand auf und sah, dass Jason ihn anstarrte.

»Was hast du gemacht?«

»Das ist eine lange Geschichte«, sagte er und rappelte sich auf. »Wir bekommen gleich Gesellschaft.« Mit Erleichterung stellte er fest, dass Jasons LED-Anzeige die Vier anzeigte. Die Traumzeit hatte offenbar ein anderes Tempo. Er hatte das Gefühl gehabt, dort länger als nur eine Minute gewesen zu sein. »Kannst du laufen?«

Jason war vollkommen aufgeregt und trat von einem Fuß auf den anderen. »Na klar!«

»Dann komm.« Ben nahm ihn an der Hand und rannte mit ihm in dem Moment fort, als sie Tiny Tim aus der anderen Richtung kommen hörten. Sie erhöhten ihr Tempo und rannten jetzt wie die Teufel. Das Büro war knapp einhundert Meter entfernt. In weniger als einer Minute war Ben, mit Jason im Schlepptau, dort. Die Anzeige schlug gerade von Vier auf Drei um, als sie in den verwüsteten Empfangsbereich eindrangen. Jetzt komm verdammt schnell, Harry.

Ben ging zur Tür, die zu den Büroräumen führte und

klopfte. »Ich bin es, Ben«, rief er. Er hörte, wie das Schloss geöffnet wurde; die Tür ging auf.

Sandy schaute mit besorgtem Gesicht hinaus. Als sie Jason sah, bekam sie große Augen. »Sie haben den Jungen gefunden!« Sie rannte hinaus und nahm ihn in die Arme, als wäre er ihr Lebensretter.

Da erklang eine Stimme hinter ihnen. »Und warum die plötzliche Eile?« Harry stolperte in den Empfangsraum. Nob'cobi folgte mit vorsichtigen Schritten.

Ben bemerkte Jasons große Augen, der den *Mimi'swee* zum ersten Mal sah.

Ben packte Harry an der Schulter und zog ihn voran. »Jason ist voller Sprengladungen. Uns bleiben nur noch ein paar Minuten, bevor sie in die Luft fliegen. Du musst sie entschärfen.«

»Was zum Teufel ...?«, sagte Harry und ging sofort zu Jason. »Lass mal sehen.«

Sandy hatte Jason mittlerweile losgelassen, als hätte er die Pest, und war in den Flur zurückgewichen.

Jason zeigte auf den Gürtel, schaute aber über Harrys Schulter, der sich vor ihn kniete, auf Nob'cobi. Die Ziffer Zwei leuchtete rot. Vorsichtig berührte Harry den Gürtel. Jason musste sich einmal herumdrehen, damit er den ganzen Gürtel untersuchen konnte. »Hm« war alles, was er sagte.

»Und?«, fragte Ben.

»Dieses Fabrikat habe ich schon mal gesehen. Eine Komplettlösung. Der Auslöser steckt in dieser kleinen Metallschachtel. Selbst wenn wir Zeit und Werkzeug hätten, käme ich da nicht ohne Risiko dran. Ohne den Code geht unser Baby leider in die Luft.«

»Zur Hölle!«, platzte es aus Ben heraus. »Dann sind wir verloren.«

Harry zuckte mit den Achseln und berührte die Gürtelschnalle. Jason schrie panikerfüllt »Nicht!« Harry beachtete ihn nicht und öffnete die Schnalle. Der Gürtel teilte sich und glitt von Jasons Taille. Harry stand auf und hielt den Gürtel von sich weg, als wäre es eine Schlange.

Jason stolperte zur Seite. »Er sollte doch explodieren, wenn man ihn öffnet.«

»Wer hat dir das erzählt?«, fragte Harry.

»Khalid.«

»Dann hat er gelogen. Um den Gürtel führt kein geschlossener Stromkreis.«

Jason stand zitternd da. »Dann hätte … hätte ich ihn … immer … ausziehen können?« Ben bemerkte, dass dies Jason mehr verstörte als die Tatsache, dass er beinahe in die Luft gesprengt worden wäre.

Harry nickte. »Ja. Wenn du nichts dagegen hast« – er zeigte auf die Ziffer Eins auf der LED-Anzeige – »das Ding wird nämlich trotzdem gleich explodieren.«

Ben riss Harry den Gürtel aus der Hand. »Alle ans andere Ende des Gebäudes. Ich werfe unser Baby so weit, wie ich kann. Und dann lauft wie der Teufel.«

Während Ben zur Tür rannte, trieb Harry die anderen den Flur hinunter. Er rief Ben hinterher: »Und wirf nicht so zimperlich wie ein Mädchen. An dem Gürtel klebt eine verdammte Menge Sprengstoff.«

»Bring du nur alle ans andere Ende in Sicherheit!« Ben sprang zur Tür hinaus und rannte ein paar Meter ins Freie, um den Gürtel in hohem Bogen fortschleudern zu können.

Doch als er den Arm hob, stürzte sich die Bestie auf ihn.

Aus nur drei Metern Entfernung sprang ihm der verwundete *Cra'kan* in den Weg, fauchte drohend mit gesenktem Kopf und ließ ihn nicht vorbei.

Ben griff nach seiner Pistole, doch seine Hand ging ins Leere. Er hatte die Waffe im Gebäude vergessen. Ben wich ein paar Schritte zurück.

Tiny Tim riss den Rachen weit auf und brüllte ihn triumphierend an.

»Du kannst mich mal!« Ben schleuderte den Gürtel in Tiny Tims offenen Schlund, wirbelte auf dem Absatz herum und rannte zum sicheren Gebäude zurück. Er riskierte einen Blick zurück und sah, wie sich die Bestie mit einer Tatze an die Schnauze griff, um den Gürtel zu entfernen.

Du hässliches Monstrum hast gerade mehr vertilgt, als du verdauen kannst, dachte er.

Er sprang durch den demolierten Eingang und hechtete zum Flur. In dem Moment, in dem er auf die Schwelle trat, zerriss es die Welt hinter ihm in tausend Stücke. Der Druck der Explosion packte ihn und schleuderte ihn den Flur entlang. Er versuchte, beim Auftreffen so gut wie möglich abzurollen, doch irgendetwas knackte beim Zusammenprall mit der Flurtür. Schutt prasselte auf ihn herab, als er auf dem Boden lag. Kurz danach drangen dichte, beißende Rauchwolken in das Gebäude.

Jason tauchte neben ihm auf. »Ist alles okay, Ben?«

Ben antwortete mit einem Stöhnen.

Harry kniete sich zu ihm. »Lass mich mal schauen.«

Ben erhob sich auf alle viere und hustete den Rauch aus. Er spürte einen brennenden Schmerz im Genick. Seine Schulter schien ausgekugelt zu sein, doch sonst hatte er keine Beschwerden.

Ben schaute in das besorgte Gesicht Jasons. »Wenn wir draußen sind, kaufe ich dir ein paar Hosenträger. Von Gürteln hast du sicher die Nase voll.«

Im Augenblick der Explosion sah Khalid, wie Linda alle Hoffnung fahren ließ. Er erkannte es in ihren Augen. Sie hatte gerade den letzten Timer in der Hand gehabt und es ganz offensichtlich vermieden, dauernd auf ihre Armbanduhr zu schauen, als Jasons Zeit ablief. In der Eile hatte sie zwei Kabel vertauscht und beinahe aus Versehen die Zündung aktiviert. Er korrigierte ihren Fehler gerade, als die Explosion durch die Höhle dröhnte.

Als das Echo verklang, blickte sie Khalid nur an.

»Wir hatten einfach nicht genug Zeit«, sagte Khalid, obwohl er in Wahrheit niemals vorgehabt hatte, den Jungen zu retten. Er schaute sie prüfend an und erwartete, dass sie sich wütend auf ihn stürzen, ihn anschreien und in Tränen ausbrechen würde. Aber im Gegenteil, sie starrte ihn nur mit kalten und leblosen Augen an. Sie hatte aufgegeben.

Gut so. Er konnte auch darauf verzichten, dass sie hier vor ihm zusammenbrach. Sie lernte. Zweckdenken. Die Wüstensonne verbrannte diejenigen, die zu langsam waren. Er schüttelte den Kopf. »Machen wir Schluss hier.«

Sie drehte sich noch einmal um und blickte zu der Explosionswolke hinüber. »Es hat nicht funktioniert«, sagte sie leblos.

Er legte den winzigen Schraubenzieher hin. »Was?«

Sie hob den Arm, der ihr bleischwer vorkam, und zeigte mit dem Finger. »Die Säule ... an die Jason gefesselt war. Sie steht noch.«

Er richtete sich auf. Sie hatte Recht. Die Säule war anscheinend völlig unbeschädigt. Wie war das möglich?

Prüfend betrachtete er, wie die Rauchwolke durch die Luft trieb. Irgendetwas stimmte nicht. Die Ladung war westlich von der Säule explodiert. »Der Junge muss sich von den Fesseln befreit haben. Und ist weggelaufen.«

Seine Worte schienen ihre Hoffnung kurzfristig wieder zu beleben. Doch sie verflog rasch, als Linda begriff, dass die Bombe explodiert war, egal wo Jason sich in dem Moment befunden hatte.

»Gehen wir«, befahl Khalid.

Sie folgte ihm widerspruchslos.

35

Ben saß auf dem Ledersofa in Blakelys Büro und pflegte seine schmerzende Schulter. Er musste hier fort. Durch das Herumsitzen tat ihm die Schulter nur noch heftiger weh. Harry hatte sie ihm wieder eingerenkt.

Jason saß nun neben ihm und trat nervös mit den Hacken gegen das Sofa. Der Junge hatte eine Menge durchgemacht. Er hatte ihnen die ganze Geschichte bis zu dem Zeitpunkt, wo Ben ihn gefunden hatte, erzählt.

Sandy saß auf einem Stuhl hinter Blakelys Schreibtisch und drehte eine blonde Strähne in ihren Fingern. Unter ihren Augen zeichneten sich dunkle Ringe ab. »Der arme Dr. Blakely«, murmelte sie.

Ben nickte. Er bedauerte, dass er jemals schlecht über Blakely und seine verfluchte Expedition gedacht hatte. Einen solchen Tod hatte der Doc nicht verdient.

Schließlich stand Harry wieder in der Tür. »Ich bin soweit, Ben. Lass uns aufbrechen.«

Ja, es war Zeit. Ben war Mo'ambas Warnung immer noch präsent. Die Warterei war quälend, doch Harry hatte darauf bestanden, dass Ben sich ein paar Minuten ausruhte. Unterdessen sorgte Harry dafür, dass Ben auf schnellere Art und Weise zu Ashley gelangte. Ben erhob sich mit einem Satz vom Sofa. Sofort schoss ein Schmerz durch seine Schulter. »Zeig mir mal, was du meinst«, sagte Ben und zuckte zusammen.

»Es steht draußen, direkt vor dem Büro. Komm mit.« Harry ging voran.

Ben ermahnte Jason, schön zu warten, und folgte Harry durch den verkohlten Flur. Der Eingang war zerstört, und die Tür hing schief in den Angeln.

Harry winkte den *Mimi'swee*-Kriegern, die den *Cra'kan* in die Irre geführt hatten. Sie waren gerade zurück von ihrem Katz-und-Maus-Spiel und sahen noch nicht einmal müde aus. Harry klopfte seinen Kameraden auf die Schulter und ging hinaus.

»Sobald du fort bist, breche ich mit dem Jungen auf«, sagte Harry. »Wir nehmen den Aufzug und bringen uns in Sicherheit. Du musst dich allerdings beeilen.«

»Ich weiß. Pass trotzdem auf dich und den Jungen auf. Hier läuft immer noch der Verrückte herum und legt überall Bomben. Und ich möchte nicht, dass Jason noch einmal in seine Hände fällt.« Ben sah den flachen Explosionskrater zum ersten Mal. Fast zwei Meter Durchmesser. Die Felsoberfläche war versengt. Ihm fiel auf, dass von Tiny Tims Leiche keine Spur zu sehen war. Wahrscheinlich war die Bestie in tausend Stücke zerrissen worden. Er blickte Harry an. »Welches Ass hast du denn nun im Ärmel versteckt?«

Harry grinste selbstzufrieden. »Schau es dir an.« Er führte Ben um die Ecke des Gebäudes. Stolz zeigte er es ihm. »Mein Meisterstück.«

An der Wand lehnte ein schwarzes, mit Chrom verziertes Motorrad. Ben stieß einen anerkennenden Pfiff aus.

»Ich habe es aus meinem Wohnheim geholt, nachdem ich das Gelände erkundet hatte. Ich habe mir gedacht, dass du damit schneller zurück zum Wurmloch kommst. Das Baby hängt jeden verdammten *Cra'kan* ab.«

»Gute Idee.« Ben tätschelte den Sitz. »Ist es voll getankt und startklar?«

»Ja.«

»Dann wollen wir uns auf die Socken machen. Ich weiß nicht, wo dieser verfluchte Khalid ist oder was er als Nächstes plant, aber wenn du mich fragst, sollten wir nicht länger warten.«

»Was ist mit der Frau, die er als Geisel hält? Der Biologin?«, fragte Harry. »Sollen wir sie suchen?«

Ben schloss die Augen und ballte die Fäuste. Er sah Lindas nervöses Lächeln vor seinem geistigen Auge. Er hasste sich dafür, aber er musste es sagen. »Nein«, erwiderte er mit mühsam beherrschter Stimme, »es ist zu riskant. Nach allem, was wir wissen, ist sie vermutlich bereits tot. Sieh zu, dass du den Jungen zum Aufzug schaffst, und dann nichts wie weg.«

Harry nickte. »Also los!«

Innerhalb weniger Minuten war Harry bereit. Ben setzte sich rittlings auf das Motorrad. Er hatte sich ein Gewehr organisiert, das er unterhalb des linken Oberschenkels befestigt hatte. In seinem Rucksack befand sich nur die eingewickelte Statue.

Ein *Mimi'swee* – Ben hatte seinen Namen vergessen – kletterte widerwillig hinter ihm auf das Motorrad.

Ben seufzte, rief Harry und zeigte auf den Krieger. »Ich kann die Statue auch allein zurückbringen.«

»Aus Sicherheitsgründen solltest du nicht allein fahren. Hier laufen bestimmt noch mehr *Cra'kan*-Herden herum. Und nun fort mit dir!«

Jason stand neben dem Motorrad und war offenbar aufgeregt, weil Ben sie verließ.

Ben blinzelte ihm zu. »Ich komme zurück. Und wenn du mich das nächste Mal siehst, sitzt deine Mama hinter mir auf dem Sitz.«

Nun lächelte Jason schwach, doch sein Blick war immer noch besorgt. »Pass auf dich auf, Ben.«

»Immer.« Ben gab Gas, und der Motor heulte auf. Ben musste unfreiwillig lächeln. Sein Lächeln wurde zur Grimasse, als sich sein Beifahrer so stark an ihm festklammerte, dass seiner unteren Körperhälfte die Blutzufuhr abgeschnitten wurde. Ben tätschelte ihm den Arm. »Jetzt mach mal halblang, Kumpel.« Die Umklammerung lockerte sich ... aber nur ein wenig.

Ben winkte ein letztes Mal, dann glitt das Motorrad nach vorn und fuhr mit moderater Geschwindigkeit los. Durch den verstreuten Schutt kam Ben nur im Schritttempo voran. Aber nach ein paar Minuten war er mit dem Motorrad vertraut und beschleunigte. Nun hatte er ein breites Grinsen im Gesicht. Er fuhr an einem Areal mit eingestürzten Zelten vorbei Richtung Osten, um die Schlucht zu umfahren, da die Brücke nicht mehr existierte. Dabei bemühte er sich, die Leichenteile nicht zu beachten, die auf dem Weg verstreut lagen. Wie nach einem Autounfall, dachte er verdrießlich. Sein Lächeln machte einer verkniffenen Miene Platz.

Glücklicherweise hatte er innerhalb weniger Minuten die Basis hinter sich gelassen und raste auf die Nordwand zu. Er atmete die sauberere Luft tief ein und war froh, dass der Rauch und der Verwesungsgestank nachgelassen hatten.

Während er auf die fernen Behausungen zuraste und dem Weg folgte, den Menschen gemacht hatten, suchte er nach Anzeichen von *Cra'kan*. Nichts. Dennoch war er sich dessen bewusst, dass außerhalb des Scheinwerferlichts ganze Herden lauern konnten.

Mit angehaltenem Atem und verschwitzten Händen schoss er dahin. Angestrengt hielt er Ausschau und versuchte, den schwarzen Vorhang um ihn herum zu durchdringen. Aus der Ferne erklang ein Heulen, doch sonst war kein Anzeichen der *Cra'kan* zu entdecken. So gelangte er ohne weiteren Zwischenfall zur Nordwand. Es erschien ihm fast zu einfach.

Er schaltete den Motor aus.

Im nächsten Moment war der Krieger vom Sattel und in sicherer Entfernung von der »Höllenmaschine«. Ben schaltete die Stablampe ein, nahm das Gewehr und folgte seinem gelenkigen Partner von Stockwerk zu Stockwerk bis hinauf zu *Ohnas* Höhle. Der Krieger kam als Erster an und sprang geradezu in die sichere Höhle. Ben folgte ihm dichtauf.

Als sie die Höhle betraten, fiel ihm der Krieger plötzlich in die Arme. Was zum Teufel …? Der Griff eines Dolchs ragte aus seiner kleinen Brust. Der Krieger bäumte sich in seinen Armen auf und zuckte dann heftig. Ben konnte ihn nicht länger halten und ließ ihn zu Boden fallen.

Gift.

Ben richtete die Stablampe nach vorn. Zwei gedrungene, mit Muskeln bepackte *Mimi'swee* standen vor ihm, die ihm verdammt bekannt vorkamen. Es waren *Silaris*, »Giftige«.

Ben wich ein paar Schritte vom Eingang zurück, um sein Gewehr zu heben. Gerade als er anlegte, traf ihn etwas am Hinterkopf. Er fiel auf die Knie und sah nur noch Sterne. Dann brach er über der Schwelle zusammen. Das Gewehr entglitt seinen kraftlosen Fingern.

Die Schmerzen raubten ihm beinah die Besinnung, so dass er um sich herum kaum noch etwas wahrnahm. Doch war Sin'jaris dürre Gestalt nicht zu übersehen, als sie über ihm erschien. Er wischte Bens Blut von seinem Stab, beugte sich über ihn und starrte in seine Augen. Ben sah noch sein triumphierendes Lächeln, bevor ihm schwarz vor Augen wurde.

»Ich sage es dir«, sagte Ashley und ging in ihrer Zelle auf und ab, »dieser verdammte Sin'jari hat alles, was bisher passiert ist, eingefädelt. Es ist alles von langer Hand geplant gewesen.«

Michaelson blickte zu den Wachen, die vor ihrer Zellentür standen. »Wenn man danach urteilt, wie uns diese Typen anglotzen, glaube ich nicht, dass sie vernünftigen Argumenten zugänglich sind, selbst wenn wir ihre Sprache beherrschten.«

Ashley schaute die vier Wachen an. »Weißt du, was das

Schlimmste an dieser Situation ist? Dass diese Leute in uns nur Mörder sehen. Und das ist alles meine Schuld. Seit fast einem Jahrzehnt bin ich Anthropologin, und so verhalte ich mich beim ersten Kontakt mit einem fremden Volk.«

»Ashley, hör auf, dir Asche aufs Haupt zu streuen. Diese Situation ist außergewöhnlich. Außerdem hat Sin'jari uns einen Strich durch die Rechnung gemacht, nicht du.«

Ashley sprach mit zusammengebissenen Zähnen. »Wenn es nur eine Möglichkeit gäbe, das wieder zu korrigieren. Wenn wir bloß ...«

Sie wurde vom Gerede der Wachen unterbrochen. Sie ging einen Schritt zum Eingang, um nachzusehen, mit wem die Wachen sprachen, und erkannte das narbige Gesicht Tru'gulas, des Anführers der Krieger und Freundes von Mo'amba. Das verhieß nichts Gutes.

Tru'gula fuhr die Wachen an, die ebenso wie er Krieger waren. Sie machten ihrem Anführer Platz, der nun in die Zelle schritt. Mit den Händen hielt er den Knauf seines Stabs so fest gepackt, dass seine Knöchel weiß waren. Er blieb vor Ashley stehen und starrte sie mit verletztem Blick an. Prüfend betrachtete er sie und bildete sich anscheinend ein Urteil.

Ashley war sofort klar, dass sie diesen Augenblick nutzen musste. Vielleicht würde Tru'gula ihr ja zuhören. Sie wandte sich zu Michaelson und packte ihn bei den Schultern.

»Was zum ...«, setzte Michaelson an.

»Pst«, sagte sie zu ihm, »ich will mich ihm verständlich machen. Das könnte unsere letzte Gelegenheit sein, einen Verbündeten zu gewinnen.« Sie drehte Michaelson herum, so dass er sie anschaute. Dann blickte sie Tru'gula an und zeigte auf den Major. »Mo'amba.« Wieder packte sie Michaelsons Schultern und wiederholte »Mo'amba.«

Dann ging sie einen Schritt zurück und zeigte auf sich.

»Sin'jari.« Sie imitierte seinen tänzelnden Gang und zeigte wieder auf sich selbst. »Sin'jari.«

Tru'gula starrte sie ausdruckslos an.

Ashley rollte mit den Augen, imitierte jedoch weiterhin Sin'jari. Sie trat vor Michaelson und tat so, als zöge sie ein Messer aus einer Scheide und stieße es zweimal in Michaelsons Brust. Dann ging sie zurück und legte die Hand auf ihre Brust. »Sin'jari!«, sagte sie entschlossen.

Tru'gulas Augen verengten sich, in seinen verletzten Gesichtsausdruck mischte sich Wut.

Ashley trat zur Seite. Hatte er sie verstanden? Und wenn ja, glaubte er ihr? Sie hatte gerade ein Mitglied des Ältestenrats beschuldigt.

»Sin'jari«, fauchte Tru'gula, »Sin'jari!« Er trat auf Ashley zu.

Sie widerstand dem Drang zurückzuweichen und ahnte instinktiv, dass sie jetzt standhaft bleiben und die Wahrheit verteidigen musste. Also blickte sie ihm geradewegs in die Augen und zuckte mit keiner Wimper, als er dicht vor ihr stand.

Es schienen mehrere Minuten zu vergehen, bis Tru'gula etwas sagte. Offenbar musste er um Worte ringen. Er zeigte auf seinen Kopf. »Mo'amba ... weise.« Er packte Ashley an den Schultern. »Mo'amba ... dir ... vertraut.«

Sie nickte ihm aufmunternd zu.

»Offenbar hat Harry mit ihm gearbeitet«, murmelte Michaelson.

Der Anführer der Krieger wandte sich zu Michaelson. »Blutsbruder.« Er verschränkte die Arme vor der Brust. »Vertrauen.« Dann drehte er sich wieder zu Ashley um. »Tru'gula ... Tru'gula ... vertraut ... dir.«

Hatte sie richtig gehört? Hatte sie ihn auch nicht missverstanden? Er glaubte ihr! Voller Erleichterung umarmte sie Tru'gula, und Tränen traten ihr in die Augen.

Tru'gula befreite sich aus ihrer Umarmung. »Ge-fahr. Hier. Geht! Jetzt!« Er versuchte, sie zum Eingang zu zerren.

»Warte.« Sie wehrte sich und entwand ihren Arm aus seinem Griff. »Dass du uns traust, könntest du auch den anderen sagen. Dann müssten wir nicht fliehen.«

Verwirrt starrte er sie an. Er verstand sie nicht. Tru'gula blickte zum Eingang, dann wieder zu ihr. Er seufzte frustriert. »Tru'gula ... vertraut dir.« Er machte eine ausholende Handbewegung, als meinte er die ganze Siedlung. »Nicht ... vertraut.«

Ashley begriff, dass er ihnen zur Flucht verhelfen wollte. Er wollte ihnen helfen, vor den Beschuldigungen davonzulaufen. Er glaubte nicht daran, dass sein Volk ihnen die Unschuld abkaufte. Die Eingeborenen waren den Fremden gegenüber einfach zu misstrauisch.

»Geht ... jetzt«, wiederholte Tru'gula.

Ashley blieb stehen. »Nein.«

Michaelson trat zu ihr. »Ich glaube, wir sollten seine Hilfe besser annehmen.«

»Wenn ich davonlaufe, gebe ich damit meine Schuld zu. Ich kann nicht einfach abhauen und diese Leute in dem Glauben lassen, dass wir kaltblütige Mörder sind.«

»Aber Ashley, was für ein Risiko!«

Sie schüttelte den Kopf. »Du hast eben einen Plan erwähnt. Wie wir meine Unschuld beweisen könnten. Ich hatte ihn für ein Hirngespinst gehalten. Aber mit Tru'gulas Hilfe könnte es funktionieren.«

»Könnte? Eine verdammt geringe Chance, wo unser aller Leben auf dem Spiel steht.«

Sie durchbohrte ihn mit ihrem Blick. »Ich muss es versuchen.«

Lindas Beine waren schwer wie Blei. Sie stolperte hinter Khalid her, setzte beinahe willenlos ein Bein vor das andere und starrte auf seinen Rücken, während er sich einen Weg zum Aufzug bahnte. Sie wusste, dass sie ihn eigentlich hassen und verachten sollte.

Doch sie fühlte nichts.

Sie hatte ihr Wort gebrochen. Denn sie hatte Jason versprochen zurückzukommen. Sie hatte immer noch seinen Blick vor Augen, wie sie ihn an die Säule gefesselt hatte. Er wusste, dass er sterben würde. Irgendwie hätte sie es verhindern sollen, doch vor lauter Angst hatte sie versagt. Angst vor Khalid, Angst vor dem Sterben. Durch ihre eigene Tatenlosigkeit hatte sie das Schicksal des Jungen besiegelt.

Eine Träne rann ihr über die Wange.

Ihr ganzes Leben war von Angst bestimmt gewesen. Ob es ihre hysterische Klaustrophobie war oder irgendeine andere Furcht, Angst war ihr ständiger Begleiter. Und nun hatte sie durch diese lähmende Schwäche den Tod eines kleinen Jungen verursacht.

Mit diesem Tod war ihre Angst besiegt. Was ihr blieb, war Schuld.

Khalid war vor ihr stehen geblieben. »Horch! Hörst du etwas?«

Linda hörte nichts. Sie antwortete ihm auch nicht, weil sie kein Wort herausbrachte.

Khalid streckte den Finger aus. »Dort!«

Linda schaute in die Richtung, in die er zeigte. Auf der Fläche von der Größe eines Fußballfelds waren Suchscheinwerfer verteilt, die mit ihren Strahlen immer noch durch die Dunkelheit schnitten und den aufragenden Aufzugschacht hell erleuchteten. Dort oben bewegte sich etwas. Ein Fahrstuhl, der auf dem Weg nach unten war. Irgendjemand kam.

Bei längerem Hinschauen konnte sie Gewehre und andere Waffen erkennen, die durch die Metallstäbe des Fahrstuhls ragten. Wie ein bewaffnetes Stachelschwein. Endlich war Verstärkung auf dem Weg zu ihnen.

Khalid kniff die Augen zusammen. »Verdammt nah. Nur ein paar Minuten.«

Linda konnte nicht umhin zu lächeln. Sie freute sich über Khalids Verärgerung. »Ich glaube, auf diesem Weg kommst du nicht nach oben.«

Khalid starrte sie an, setzte den Rucksack ab und fing an, darin herumzusuchen. Er holte einen Sender heraus. Es war ein anderer als der, mit dem er die Bomben fernzünden wollte.

»Was hast du vor?«

»Geh in Deckung.« Er hob den Sender und drückte eine Taste. An dem Gerät blitzte ein grünes Licht auf. Khalid packte Linda und sprang mit ihr hinter die Reste eines eingestürzten Gebäudes. Eine Explosion detonierte vor ihnen und schleuderte Schutt und Rauch in ihre Richtung.

Kaum war der schlimmste Rauch verflogen, verließ Khalid Linda und betrachtete sein Werk. Linda folgte ihm, neugierig, was er getan hatte.

Dort, wo die Vorrichtung für den Aufzug gestanden hatte, schwelte jetzt ein Krater. Sie blickte in die Höhe. Nur ein Suchscheinwerfer war noch intakt und beleuchtete eine grausame Szenerie. Sie sah, wie die Reste des Schachtes in Zeitlupe herunterstürzten. Die Aufzugkabine raste unkontrolliert in die Tiefe. Obwohl ihre Ohren noch von der Explosion dröhnten, konnte sie die Schreie hören.

Rasch versteckte sie sich hinter der Ruine und schloss die Augen. Sie hatte das Gefühl, eine Ewigkeit zu warten. Dann hörte sie es, das dröhnende Krachen, als die Kabine auf dem Boden auftraf. Sie lauschte. Nun schrie niemand mehr.

Khalid kam zu ihr. Er zündete eine Zigarette an. Seine Hände zitterten leicht. »Ich bin froh, dass ich diese Bombe schon in der Nacht gelegt habe, bevor unsere Expedition aufgebrochen ist. Ich habe von Anfang an geahnt, dass diese Mission so zu Ende gehen könnte. Aber ich dachte, dass gründliche Planung …« Er zuckte mit den Achseln.

»Was machen wir jetzt? Wir kommen hier nicht mehr weg.«

Er blies eine Rauchwolke zur Höhlendecke. »Ich muss mit meinen Vorgesetzten Verbindung aufnehmen und sie von der Situation in Kenntnis setzen. Wir können von Blakelys Funkzentrale aus versuchen, jemanden zu erreichen.«

»Und dann?«

Er zuckte wieder mit den Achseln. »Dann sterben wir.«

36

Dieser verteufelte Sin'jari! Mit einem Schlag kam die Erinnerung zurück. Ben stemmte sich hoch und fuhr zusammen. Mit jeder Bewegung schossen Schmerzen durch seinen Hinterkopf. Das Echo der Explosion, die ihn wieder zu Bewusstsein gebracht hatte, schallte noch durch die Höhle.

Stöhnend stand er auf. Seine Beine zitterten. Er sah zurück zur Basis, die in der Ferne brannte. Was war geschehen? Doch er wusste die Antwort bereits: Khalid.

Sollte er zur Basis zurückkehren? Harry und die anderen konnten in Schwierigkeiten stecken. Ben berührte die empfindliche Stelle an seinem Hinterkopf und schaute auf seine Armbanduhr. Seine Zeit lief ab. Er war fast eine Stunde bewusstlos gewesen. Er musste zurück zu Ashley und sie befreien.

Trotzdem musste er vorher herausbekommen, wie der Stand der Dinge war. Er setzte sich hin, schloss die Augen und versetzte sich in Trance. Er konzentrierte sich auf Nob'cobi und rief ihn.

Nob'cobi antwortete sofort. Sein Bild nahm rasch Form an. Seine Schnurrbarthaare waren verbrannt.

»Was ist passiert?«, fragte Ben. »Ist Jason okay?«

Nob'cobi nickte, ganz außer Atem. »Käfigding zerstört. Harry und mein Bruder suchen nach deinem Feind, um ihn aufzuhalten. Ich habe die Frau und den Jungen ins Büro gebracht. Sie sind in Sicherheit. Ich bewache sie. Harry sagt, du musst dich beeilen.«

»Ich weiß.«

»Hol Hilfe!«

Ben unterbrach die Verbindung und stand wieder auf. Er musste die Statue zurückbringen, bevor ... Himmel und Hölle! Jetzt erst merkte er, dass ihm etwas fehlte. Sein Gewehr lag noch dort, wo es hingefallen war. Er fühlte auf seinem Rücken und durchsuchte dann die kleine Höhle. Sein Rucksack war weg. Und die Statue darin auch.

Sin'jari!

Dieser Schweinehund hatte ihn nur deswegen nicht kaltgemacht, weil er gefunden hatte, was er brauchte, um Bens Auftrag zu vereiteln. Ohne die Statue würde Ashley sterben.

Diese heimtückische kleine Ratte. Ben blickte sich in der Höhle um. Sein Blick blieb auf dem Aluminiumschlitten mit der Diamantachse haften. Er zog ein Messer aus dem Gürtel und zerschnitt die Verbindung mit den Plastikschlitten, die immer noch am Motorschlitten befestigt waren. Vielleicht ...

Ashley war bewusst, dass sie mit ihren Forderungen Tru'gula beunruhigt hatte. Schließlich war er jedoch darauf eingegangen und hatte sich einverstanden erklärt, sie und Michaelson zu *Umbos* Höhle zu bringen. Dorthin musste sich Tru'gula seinen Weg durch die Krieger hindurch bahnen. Einige sahen ihn an, als hielten sie ihn für verrückt.

Doch es gelang ihm durch Drohungen und Einschüchterungen, sich bis zur Höhle durchzuschlagen.

Michaelson ging auf und ab und beäugte die Statue mit einem leicht missbilligenden Gesichtsausdruck. »Es ist nur eine Idee«, sagte er, »ich möchte nicht, dass du dein Leben auf Grund einer Vermutung aufs Spiel setzt.«

»Deine Argumente sind schlüssig. Sin'jari kommt bestimmt auf diesem Weg zurück. Wir müssen nur auf ihn warten. Und ihn zur Rede stellen.«

»Und wenn er schon wieder zurück ist?«

Sie seufzte. »Das glaube ich nicht. Er hätte sich schon bemerkbar gemacht und würde uns lautstark beschuldigen.« Ashley blickte sich in der kleinen Höhle um. Durch die sechs Wachen und Tru'gula wirkte die Höhle überfüllt. Weitere Krieger bewachten den Weg hierher, doch über kurz oder lang würden sich die Gerüchte von ihrem Aufenthalt hier verbreiten. Dann würden andere kommen und herumschnüffeln. Sie hoffte, dass sie Sin'jari schnappten, bevor ein großes Theater ausbrach. Die Menge könnte unangenehm werden, wenn sie nicht rechtzeitig ihre Unschuld bewies.

Wie als Bestätigung hörte sie, wie im Tunnel ein Aufruhr entstand. Stimmen wurden laut. Plötzlich platzte ein Knäuel von *Mimi'swee* herein. Mehrere Gestalten, die miteinander rauften, kullerten in die Höhle.

Michaelson zog Ashley hinter sich. Auch Tru'gula stellte sich vor sie und gab ihr Deckung.

Sie sah, wie die Krieger mit anderen, korpulenteren *Mimi'swee* kämpften, doch die wenigen Wächter wurden von den Angreifern schnell überwältigt. Alles wurde noch schlimmer dadurch, dass schon ein einziger Stich von einem Dolch oder Speer der Angreifer den an sich leicht Verletzten in tödliche Zuckungen versetzte.

Bald standen nur noch Ashley, Michaelson und Tru'gula

aufrecht. Mindestens zehn der gedrungenen, muskulösen Angreifer befanden sich nun vor ihnen.

»*Silaris!*«, sagte Tru'gula und spuckte sie an.

Die Angreifer machten keinen Schritt auf sie zu; sie hatten offenbar Angst, einen der Ältesten anzugreifen.

Ein Geräusch hinter ihnen zog ihre Aufmerksamkeit auf das Wurmloch. Sie sah, wie Sin'jari heraustrat, gefolgt von zwei der hässlichen *Mimi'swee*. Ashley erkannte die beiden, die vorher schon bei ihm gewesen waren. Außerdem registrierte sie die Ähnlichkeit mit den Angreifern, die den Eingang abgeriegelt hatten. Es waren Sin'jaris Leute, sein Clan.

Sin'jari lächelte breit und zeigte seine Zähne. Worte waren unnötig. Er griff lediglich zum Dolch und ging auf Ashley zu.

Mit einem Aufstöhnen begriff Ashley, dass sie in eine Falle getappt waren.

Die Tunnelwände rauschten an Ben vorbei. Er wünschte sich, Harrys Schlitten würde noch schneller fahren. Bergab und mit Vollgas hatte er ihn auf achtzig Stundenkilometer beschleunigen können. In den Kurven stieg der Schlitten bis zur Decke hoch. Mit zusammengekniffenen Augen blickte Ben in Fahrtrichtung und konzentrierte sich auf die Strecke. Sobald der Ausgang in Sicht käme, musste er sofort bremsen. Der Tod war ihm sicher, wenn er mit diesem Tempo aus dem Wurmloch fliegen würde. Das Gewehr unter seiner Hüfte scheuerte, und er verlagerte seine Position.

Nun komm schon, der Ausgang kann doch nicht mehr weit sein, dachte er.

Wenn er sich konzentrierte und seine *Heri'huti*-Kräfte benutzte, konnte er vielleicht erfahren, wie weit es noch war.

Er richtete seinen Blick nach innen und ließ sein Herz langsamer schlagen. Noch bevor er in Trance war, bekam er Kontakt. *Jemand rief ihn.* Wie ein schemenhaftes Gespenst formte sich ein Bild vor seinen Augen. Ein zernarbtes Gesicht. Tru'gula!

Das Gesicht blinzelte ein paar Mal und sagte dann: »Komm schnell!«

»Ich weiß, ich habe die Nachricht schon bekommen«, erwiderte Ben.

»Dann sieh, was ich sehe.«

Wenige Sekunden lang verschwand der Tunnel, und er befand sich in *Umbos* Höhle. Dann sah er, was Tru'gula sah. Er schnappte nach Luft, und sein Herz verkrampfte sich. Abrupt brach die Verbindung ab.

Ben, vom Zorn beflügelt, flehte um mehr Geschwindigkeit.

Michaelson wollte sich zwischen Sin'jari und Ashley stellen, aber mit einer schnellen Handbewegung des Ältesten hatten ihn schon fünf *Silaris* gepackt und zurückgezerrt.

Ashley blickte zu Tru'gula hinüber. Er wehrte sich vergeblich gegen die zwei *Silaris*, die ihn festhielten. Auch er konnte ihr nicht helfen.

Sin'jari trat auf sie zu. »Er keine Hilfe. Er schwach.«

Ashley schaute ihn verblüfft an. »Du sprichst Englisch.«

Er nickte. »Ich lerne meine Feind. Beste Art …« Er runzelte die Stirn und suchte nach Worten.

»… sie kennen zu lernen«, schlug sie vor.

Er lächelte sie an, als wäre sie ein kleines Kind. »Nein, sie zu töten.«

Er hob den Dolch an ihr Kinn und grinste sie an. »Gift. Das richtig Wort?« Er wies auf die toten Krieger.

Sie nickte.

Er stach sich in den Finger. Wedelte dann mit der Hand herum, als wäre es nichts. »Ich Führer von *Silaris*. Gift uns nicht töten. Wir stark. Wir Führer.«

»Was ist mit Bo'rada? Ich dachte, er wäre euer Anführer.«

»Bo'rada?« Er machte ein hässliches Geräusch mit dem Mund.

»Nicht klug. Ich Führer von Bo'rada.«

Ashley begriff, dass dieser Staatsstreich lange vor ihrem Eintreffen vorbereitet worden sein musste. Ihre Ankunft hätte Sin'jaris Plan beinahe durchkreuzt. Doch er hatte die Situation nun zu seinen Gunsten gewendet.

»Jetzt ich Führer. Ich sagen, euch alle töten. Und viele andere kommen hier.«

Ashley schüttelte den Kopf. »Dieses Spiel gewinnst du nicht. Tru'gulas Krieger werden es nicht zulassen.«

Ein tückischer Blick funkelte in seinen Augen. Er zeigte auf Tru'gula. »Böse. Er euch helfen, töten Mo'amba.« Dann klopfte er sich mit dem Dolch auf die Brust. »Ich herausfinden.« Er stach mit dem Dolch in die Luft. »Ich aufhalten.«

Auf diese Weise wurde Tru'gula als Mitverschwörer und Komplize beschuldigt. Tote können nicht mehr plaudern. Sie schaute Tru'gula an, doch er hatte seine Augen halb geschlossen.

Das bemerkte auch Sin'jari. Er piekste den verwundeten Krieger mit einem Finger, um ihn auf sich aufmerksam zu machen. Ein paar Minuten lang wechselten sie erregte Worte. Zornige Worte. Schließlich wandte sich Sin'jari von ihm ab und drehte sich zu Ashley. Mit dem Daumen wies er auf Tru'gula. »Nicht klug. Er Hilfe rufen. Aber keiner da. Mo'amba tot.« Er grinste sie an. »Jetzt du.«

Er hob den vergifteten Dolch und ging einen Schritt auf sie zu. Sie wollte zurückweichen, doch die *Silaris* hinter ihr ließen sie nicht durch.

Gerade als Sin'jari seine knochige Hand um Ashleys Kehle legte, drang Lärm aus dem Wurmloch. Sin'jari drehte neugierig den Kopf herum.

Ashley fuhr erschrocken zusammen, als der Transportschlitten aus dem Wurmloch schoss, durch die Höhle flog und mehrere Silaris über den Haufen fuhr.

Durch diesen Tumult abgelenkt, bemerkte niemand, wie Ben aus dem Loch kletterte und aufstand. Er legte das Gewehr an die Schulter und zielte auf Sin'jari. »Ich schlage vor, Kumpel, du nimmst jetzt die Pfoten von der Lady.«

Sin'jari fauchte ihn an und wollte mit dem Dolch auf Ashley einstechen.

Da feuerte Ben.

Ashley sah die linke Hälfte von Sin'jaris Kopf durch die Luft fliegen. Eine halbe Sekunde lang stand er noch mit erhobenem Dolch da, dann brach er zusammen.

Zwei *Silaris* stürzten sich auf Ben. Er zielte auf sie, zwei Schüsse fielen, zwei weitere Leichen lagen auf der Erde. »Noch jemand?«

Plötzlich tauchte, wie auf ein geheimes Kommando, hinter den *Silaris* ein Trupp mit Lanzen bewaffneter Krieger auf.

»Darf ich euch mit ein paar Freunden bekannt machen?«, sagte Ben lächelnd. »Ich habe eben kurz angerufen. Dieses verteufelte *Heri'huti*-Zeugs könnte der Telekommunikationsbranche ganz schön zu schaffen machen.«

Ohne ihren Anführer leisteten die *Silaris* kaum Widerstand und wurden rasch abgeführt.

Ashley lief zu Ben und schloss ihn in die Arme. »Du lebst. Ich wusste nicht … ich wusste ja nicht, was Sin'jari da oben angerichtet hatte.« An seine Brust gepresst, sprach sie die Worte aus, die sie so lange unterdrückt hatte: »Ich liebe dich.«

»He, was war denn das?«, fragte Ben und hielt sie von sich, um ihr ins Gesicht zu schauen.

»Ich … ich liebe dich.«

Er drückte sie wieder an sich. »Ach so. Das wusste ich

doch schon. Ich habe mich nur gefragt, wann du es endlich herausfindest.«

»Halt den Mund.« Sie zog seinen Kopf herunter und küsste ihn.

Dann flüsterte Ben ihr ins Ohr: »Du weißt, dass da oben jemand darauf wartet, von dir in die Arme genommen zu werden und einen dicken Kuss zu bekommen.«

Sie riss sich von ihm los, hielt ihn aber immer noch bei den Schultern. »Meinst du etwa …«

Er nickte. »Jason geht es gut. Er hat nur eine Menge durchgemacht. Wir wir alle.«

Tränen standen in ihren Augen, als Ben sie anlächelte. Er schloss sie fest in seine Arme. Dort spürte sie zum ersten Mal eine Geborgenheit, die sie noch nie zuvor empfunden hatte.

Plötzlich trat Bo'rada in die Höhle. Die Verwirrung stand ihm ins Gesicht geschrieben. Er ging zu Tru'gula und sprach in aufgebrachtem Ton mit ihm. Tru'gula antwortete wild gestikulierend. Bo'radas Augen wurden immer größer.

»Ich lasse euch nur kurz allein«, flüsterte Ben, »und schau mal nach, was für ein Ärger euch jetzt bevorsteht.«

Als Tru'gula seinen Bericht beendet hatte, starrte Bo'rada angewidert auf Sin'jaris Leiche. Dann blickte er Ashley und Ben an und nickte ihnen feierlich zu. Ob aus Dank oder zur Entschuldigung, konnte sie nicht sagen.

Ben löste sich aus ihrer Umarmung. »Eines habe ich vergessen.« Er ging hinüber zu Sin'jaris Leiche und öffnete die Tasche an dessen Gürtel. Er griff hinein und zog die diamantene Statue heraus.

»*Ohna!*« Ben hielt die Statue in die Höhe, damit sie jeder sehen konnte. Dann ging er zu dem Podest hinüber, auf dem *Umbo* stand, und stellte *Ohna* daneben. »Die beiden sind ein hübsches Paar, was?«

37

Im zerstörten Empfangsraum vor Blakelys Büro saß Jason auf einem verdreckten Stuhl. Auf seinen Beinen lag der kaputte Gameboy, den er mit Klebeband zu reparieren versuchte. Harry und seine Krieger patrouillierten irgendwo draußen und hielten Wache. Seit der Explosion des Fahrstuhls hatte Harry angeordnet, das Gelände streng zu bewachen.

Jason wusste, dass er eigentlich bei Sandy im Büro bleiben sollte, doch sie war ihm unheimlich. Sie starrte die ganze Zeit nur ins Leere und spielte mit ihren Haaren herum. Als er aufgestanden war, hatte sie kein Wort von sich gegeben.

Er dachte daran, wie Ben ihn gerettet hatte, und hoffte inständig, dass Ben mit seiner Mutter zurückkehren würde.

Plötzlich hörte er ein leises Kratzen von draußen und verharrte bewegungslos auf seinem Stuhl. Wahrscheinlich war es Harry oder einer der anderen. Oder nicht? Wieder hörte er das Geräusch. Es klang, als würden mehrere Bretter herumgeschoben.

Jason stand leise auf und ging einen Schritt in Richtung Flur, in Sicherheit. Als er das Geräusch ein drittes Mal hörte, siegte jedoch die Neugier. Nun trat er auf die demolierte Eingangstür zu.

Er wollte nur einmal um die Ecke schauen. Vielleicht war es wichtig, vielleicht auch nicht.

Um nicht bemerkt zu werden, hielt er den Atem an und schlich um einen umgestürzten Schreibtisch herum. Jetzt konnte er alles vor dem Gebäude sehen.

Er hielt die Augen weit offen, blinzelte vorsichtshalber noch nicht einmal und lauschte, um zu erkennen, woher das Geräusch kam.

Doch da war nichts außer dem Krater und den Bergen

von Schutt, der durch die Explosion hinausgeschleudert worden war. Nichts rührte sich.

Er wollte sich gerade aus seiner Deckung wagen. Wahrscheinlich war es nur ...

Dann hörte und sah er es gleichzeitig. Eine Schnauze ragte unter einem Haufen Holz und Steinen heraus, etwa zwanzig Meter entfernt. Gut getarnt durch die schwarzen Steine und den verbrannten Schutt, war sie kaum zu erkennen. Wenn sie sich nicht bewegt hätte, dann hätte Jason sie übersehen.

Wieder bewegte sie sich, so dass der Schutt ein schwarzes Auge freigab, das ihn anzustarren schien. Jason wusste, dass es die Bestie war, die ihn beschnüffelt hatte, als er an die Säule gefesselt war. Es war die, die Ben Tiny Tim getauft hatte. Jason machte keinen Mucks mehr, um sie nicht noch mehr auf sich aufmerksam zu machen.

Er sah, dass sie den Kopf wieder sinken ließ. Offensichtlich war die Bestie noch benommen und erschöpft und erholte sich von den Folgen der Explosion. Jason musste die anderen warnen und ihnen sagen, dass sie überlebt hatte.

Da hörte er plötzlich noch ein Geräusch.

Eine Stimme. Eine vertraute Stimme. Weiblich. Sie weinte.

Er sah, wie Linda auftauchte und unverwandt auf den Krater starrte. Ihr Gesicht war verschmiert, und die Haare hingen ihr in zottigen Strähnen vom Kopf. Tränen traten ihr in die Augen.

Hinter ihr kam Khalid, der eine Zigarette rauchte. »Das wäre erledigt«, sagte er, »der Junge ist weg.«

Linda stolperte zur anderen Seite des Kraters und ging langsam herum. Jason erkannte, dass sie nur einen Meter an der Bestie vorbeigehen würde.

Er sprang aus seiner Deckung heraus und rannte zum Kraterrand. Über den Trichter hinweg rief er ihr zu: »Linda! Lauf zurück! Schnell!«

Als Linda ihn sah, fuhr sie zusammen. Ihre Hände flatterten wie aufgeschreckte Vögel auf ihr Gesicht zu. »Jason?« Sein plötzliches Auftauchen und sein Warnruf schien sie in Schock zu versetzen. Sie rutschte aus und stolperte in den Krater hinein.

»Pass auf!«

Die Bestie reagierte mit Gebrüll und schoss aus dem Schutthaufen heraus wie ein blutüberströmter Springteufel. Sie bäumte sich auf. Dort, wo ihr Arm gewesen war, ragte ein weißer Knochen aus ihrem Körper. Die komplette Flanke war verkohlt. Sie schnappte nach Linda, die zusammengekauert auf dem Grund des Kraters hockte.

»Nein!«, schrie Jason.

Khalid reagierte als Erster und feuerte wild auf die Bestie. Von den Schüssen abgelenkt, jagte sie auf ihn zu. Schreiend griff Khalid an seine Tasche. Seine Augen wurden so groß, dass sie aus den Höhlen traten. Er schien sich gar nicht zu wehren, als die Bestie zuschnappte. Nur ein schwaches Stöhnen kam ihm über die Lippen, als sie ihre Kiefer um seinen Leib schloss und ihn in die Höhe riss.

Jedoch erwies er sich als zu schwer für den geschwächten *Cra'kan*. Mit einem Krachen brach dieser zusammen und fiel in den Schutthaufen zurück, während er Khalid immer noch mit seinen Kiefern gepackt hielt.

Linda krabbelte auf Händen und Füßen zur gegenüberliegenden Seite des Kraters, ihr Gesicht ein Spiegel des Grauens. Währenddessen kroch der *Cra'kan* fort und schleppte den Ägypter mit sich.

Zwischen den Zähnen der Bestie schlug Khalid mit den Armen wild um sich. Er hielt die Pistole in einer Hand, benutzte sie aber nicht. Stattdessen versuchte er, irgendetwas aus seiner Tasche zu ziehen.

Blut floss ihm aus dem Mund, als er es mit einem heftigen Ruck und einem triumphierenden Aufschrei aus der

Tasche zog. Jason erkannte es. Khalid hatte es ihm einmal gezeigt. Es war ein Sender, mit dem man Bomben zündete.

Linda erkannte ihn auch. »Tu das nicht!«, schrie sie.

Khalid lächelte mit schmerzverzerrtem Gesicht. Über seine Lippen floss das Blut in Strömen. Er hob die Hand.

»Nein!«, schrie Linda.

Bevor Khalid den Sender benutzen konnte, verkrampfte sich die Bestie, Khalid wurde durchgeschüttelt, und der Sender wurde ihm aus der Hand geschleudert. Er fiel etwa einen Meter entfernt zu Boden.

Khalid grabschte nach dem Gerät, doch es war zu weit entfernt. Jason sah, wie die Bestie immer schwächer wurde und schließlich erschlaffte. In seiner Qual kniff Khalid die Augen zusammen und versuchte, sich aus den zusammengebissenen Zähnen zu befreien, um an den Sender zu kommen. Beim zweiten Versuch berührten seine Finger das Gerät.

Jason wartete keine Sekunde länger und sprang auf ihn zu.

Linda schrie: »Zurück!«

Er beachtete sie nicht und schnappte sich den Sender nur wenige Sekunden bevor Khalid herangekommen wäre. Khalid verfluchte ihn und spuckte dabei blutigen Speichel. Jason hüpfte zurück.

»Gib her, Junge!«

»Nein!« Jason ging noch einen Schritt zurück, um aus Khalids Reichweite zu kommen.

»Dann stirb!« Khalid hob die Pistole mit der anderen Hand. Aus dieser Entfernung konnte er ihn nicht verfehlen.

Das Letzte, das Jason sah, war das Aufblitzen des Mündungsfeuers.

In *Ohnas* Höhle angekommen, erhob sich Ashley vom Schlitten und streckte sich. Sie gab Harrys Aluminiumschlitten einen kleinen Tritt. Vier Stunden war sie auf Bens Rücken von der Siedlung der *Mimi'swee* bis hierher gefahren. Mit den Fingerknöcheln massierte sie sich einen Krampf aus den Oberschenkeln. Verdammt!

»Komm«, rief Ben von draußen, »die Luft ist rein. Los jetzt.«

Ashley krabbelte heraus und blickte auf die Alpha-Höhle. Sie hatte sich oft gefragt, ob sie diesen Ort jemals wiedersehen würde. Sie lächelte matt und zerschlagen. Endlich!

Als sie jedoch ihr Transportmittel sah, verging ihr das Lächeln. »Ein Motorrad?« Ashley kletterte die Felswand hinab zu Ben.

»Ich muss es Harry zurückbringen«, sagte er. »Er baut ganz schön wilde Maschinen.«

Sie nickte und stieg hinter Ben auf das Motorrad. Leider hatten sie Dennis bei den *Mimi'swee* zurücklassen müssen, weil er sie wegen seiner Verletzung aufgehalten hätte. Er kam mit einer Schar *Mimi'swee*-Kriegern zu Fuß nach. »Und wenn wir auf Maultieren hinreiten«, sagte sie, »ich muss Jason sehen.«

»Ist mir klar. Mich beunruhigt nur, dass ich Nob'cobi nicht erreichen kann. Jetzt halt dich fest.« Im nächsten Moment rasten sie durch die Dunkelheit auf den fernen Schimmer der Basis zu.

Ashley schmiegte sich an Bens Rücken und legte ihre Wange an seine Schulter. Sie drückte sich noch fester an ihn und konnte sein Herz schlagen hören.

»Halt Ausschau nach *Cra'kan*«, schrie Ben über den Motorenlärm hinweg. »Die Viecher treiben sich in der ganzen Höhle herum.«

»Fahr du nur direkt zur Basis. Es ist mir völlig egal, wer sich uns in den Weg stellt, solange du einfach drüberfährst.«

Während sie unterwegs waren, schaute sie sich nach den

kleinsten Anzeichen von Leben um. Doch es umgab sie nur Finsternis. Als sie sich der Basis näherten, wich die Dunkelheit einem dämmrigen Zwielicht. Und mit zunehmendem Licht roch sie den bestialischen Gestank immer deutlicher.

Sie rümpfte die Nase. »Mein Gott.«

»Man gewöhnt sich daran.«

Ich mich hoffentlich nie, dachte sie. Ashley schloss die Augen, als sie die Verwüstung und Zerstörung sah. Wie hatte Jason das nur überlebt?

»Fast da«, rief Ben.

Plötzlich sprang hinter einem umgekippten Auto ein *Cra'kan* mit blutiger Schnauze hervor. Ben sah ihn und ließ das Motorrad aufheulen. Die Maschine schoss vorwärts und ließ die Bestie brüllend hinter sich.

»Da drüben«, sagte Ben schließlich und zeigte auf das Bürogebäude.

Sie hatte es bereits erkannt. Obwohl es von Verbrennungen gezeichnet war, war es immer noch intakt. Ben bremste ab und fuhr um eine Gebäudeecke.

Was Ashley nun sah, ließ ihr das Blut in den Adern gefrieren.

Nein! Sie sprang vom Motorrad. Der Kadaver eines *Cra'kan* lag leblos ein paar Meter vom Gebäude entfernt auf der Erde. Khalid hing schlaff in seinem Maul. Seine Haut war weiß und seine leeren Augen starrten himmelwärts.

Doch dieser Anblick hatte sie nicht in Panik versetzt. Harry kniete über einer kleinen Gestalt, die verkrümmt über einem Felsen lag.

Nein, flehte sie, nicht nach alledem.

Ben holte sie ein und zog sie zurück. »Warte«, sagte er.

Sie widersetzte sich seinem Griff und schob seinen Arm zur Seite. Dann ging sie zu Harry hinüber. Harry stand auf und machte für sie Platz. Ben kam dazu.

»Es ist nicht Jason, Ash«, sagte Ben und legte ihr die

Hand auf die Schulter. »Das war es, was ich dir sagen wollte. Ich habe an deinem Gesicht erkannt, was du gedacht hast.«

Sie starrte auf den toten *Mimi'swee* hinunter. Er hatte eine Schusswunde in der Brust. »Wer ist das?«

Ben kniete sich neben den Toten und legte eine Hand auf seine Schulter. »Kein Wunder, dass ich keinen Kontakt bekommen habe. Es ist Nob'cobi.« Ben schaute zu Harry hoch. »Was ist passiert?«

Mit Tränen in den Augen erzählte Harry, was geschehen war. »Ich bin fortgegangen, um nach Überlebenden im Fahrstuhl zu suchen. Die *Mimi'swee* sind hier geblieben, um das Gebäude zu bewachen. Während ich fort war, kehrten Linda und Khalid zurück.« Er erzählte, wie der *Cra'kan* angegriffen und Khalid versucht hatte, alles in die Luft zu sprengen, bevor er starb. »Die Krieger schauten zu und warteten den besten Zeitpunkt ab, um einzugreifen. Als Jason sich den Sender schnappte, versuchte Khalid, ihn zu töten. Aber Nob'cobi stieß den Jungen zur Seite und fing die Kugel ab.«

Ashley kniete sich neben Ben. »Er hat meinem Sohn das Leben gerettet.«

»Ja«, sagte Harry, »Jason hat einen ganz schönen Schlag auf den Kopf bekommen. Er ist ein paar Minuten lang bewusstlos gewesen, aber jetzt geht es ihm wieder gut. Linda hat ihn …«

»Mama!«

Ashley fuhr herum und blickte zum Gebäude. Jason stand in den Trümmern des Eingangs. Um den Kopf hatte er einen Verband.

»Jason!«

Sie stand auf und rannte zu ihm. Die beiden fielen sich in die Arme. »Oh, mein Liebling, es tut mir so Leid …« Sie drückte ihn fest an ihre Brust.

»Ich hab dich so lieb, Mama.«

Ashley hielt ihn fest und wiegte ihn in ihren Armen.

Ben zeigte auf den großen Kadaver. »Ich dachte, ich hätte das verfluchte Biest erledigt.«

»Wahrscheinlich hatte es ein genauso dickes Fell wie du«, erwiderte Harry.

Linda trat mit einem Lächeln aus dem Eingang. Als Jason sie sah, befreite er sich aus Ashleys Armen. Er wischte sich die Nase ab und rückte den Verband zurecht. Offenbar war ihm die mütterliche Zuneigung peinlich.

Ashley lächelte. War er schon so groß?

Plötzlich rief Harry: »Schaut!« Er zeigte mit dem Finger in die Höhe.

Ashley stand auf, schloss sich den anderen an und blickte nach oben.

Lichter sanken in Pirouetten von der Decke.

Im schwachen Schimmer der wenigen Suchscheinwerfer, die unversehrt geblieben waren, schwebten aufgespannte Fallschirme herab. Immer mehr Schirme fielen vom Gerüst des Fahrstuhlschachts und blähten sich auf. Jeder Fallschirmspringer hatte ein Halogenlicht, das er hin und her schwenkte, während er heruntersank. Innerhalb weniger Minuten schienen es Hunderte zu sein, die in alle Richtungen trieben und die gesamte Basis abdeckten.

Wie Glühwürmchen in einer warmen Frühlingsnacht.

»Wer ist das?«, fragte Jason.

»Ich glaube, da kommt die Kavallerie über den Berg geritten«, sagte Harry.

Ben grunzte. »Wurde auch langsam Zeit.«

Epilog

Mount Erebus, Antarktis

Ben kroch seufzend ins Bett. Was für ein Tag! Er kuschelte sich an Ashley. Sie stöhnte im Schlaf und rollte sich auf die Seite. Er legte seine Hand auf ihren Bauch. Man konnte es schon sehen. Nach vier Monaten machte Ashley immer noch keine Anstalten, ihre anthropologischen Studien der *Mimi'swee* einzuschränken. So, wie er sie kannte, würde sie wahrscheinlich erst den Stift hinlegen, wenn die Fruchtblase platzte.

Er lächelte im Dunkeln, legte sich auf den Rücken, den Arm unter dem Kopf, und starrte an die Decke. Die Alpha-Basis war inzwischen fast wieder aufgebaut worden. Die akustische Abschreckungsmethode, die Linda entwickelt hatte, hielt ihnen die *Cra'kan* erfolgreich vom Leib. Ihr Biologenteam hatte außerdem eine weitere Entdeckung gemacht: Die Zerstörung des schützenden Schimmelpilzgürtels der *Mimi'swee* hatte nichts mit der gestörten Balance von *Umbo* und *Ohna* zu tun, wie Mo'amba behauptet hatte, sondern mit einem »modernen«, wettbewerbsfähigeren Schimmelpilz, den die Menschen eingeschleppt hatten. Also hatte Sin'jari doch Recht gehabt – die Menschen waren schuld. Zumindest indirekt.

Ben gab ein knarrendes Ächzen von sich und streckte seine matten Glieder. Das Maß seiner Verantwortung als *Heri'huti* dem Stamm gegenüber schien unendlich zu sein. Kein Wunder, dass Mo'amba ihm den Staffelstab übergeben wollte. Dennoch fühlte er sich dem Angedenken des alten Mannes gegenüber verpflichtet, die Aufgabe weiter auszuüben. Zumindest bis der winzige Nachwuchs der *Mimi'swee*, der die Gabe der *Heri'huti* hatte, reif für die Position war. Ben überwachte die Erziehung des Kindes, eine weitere Pflicht. Das Kind, das von Mo'amba Tu'shama getauft worden war, bevor er starb, war ein Mädchen, der erste weibliche *Heri'huti* des Stammes. Das Geschlecht des Kindes hatte die Gemeinschaft schockiert, doch das kümmerte Ben nicht. Männlich oder weiblich – sie war seine Nachfolgerin!

Ben kuschelte sich tiefer in seine Decke. Er konnte sich wirklich nicht beklagen. Der Job brachte natürlich Privilegien mit sich. In seiner Freizeit konnte er das weit verzweigte Höhlensystem erforschen. Die Krieger, die die Höhlen wie ihre Westentaschen kannten, zeigten ihm so wundersame Dinge, dass er manchmal zu träumen glaubte.

Auch wenn sie dabei den Kot der *Cra'kan* einsammelten.

Ben schloss die Augen. Viel zu bald käme der Morgen. Er rollte sich auf die Seite und legte einen Arm um Ashleys Taille.

Als er in den Schlaf hinüberglitt, spürte er im Traum eine Berührung. Sanft und vorsichtig. Jemand rief ihn.

Er öffnete sich, bereit, Kontakt aufzunehmen, doch die Verbindung brach wieder ab. Es war nur ein vorübergehender Kontakt gewesen, eine warme Brise, die über eine kalte Wange wehte.

Dann nichts mehr.

Wer?

Seine Hand spürte, wie das Baby sich in Ashleys Bauch regte. Da erinnerte er sich an Mo'ambas Worte: »Blut ist dicker als Wasser.«